Patricia Olivier-Rosset

Die Pforte der Welten
Violettas Lebensreisen

Roman

♥♥♥

In den einzelnen Phasen ihrer Persönlichkeitsentwicklung bleibt Violetta eine Heimatsuchende, die mit den Gefühlen ihrer emotionalen Einsamkeit ringt. Wie kann ihr Leben dennoch gelingen? In ihren erlebten Herausforderungen kommt sie mit dem Geheimnis der Verwandlung und mit der Kraft der inneren Bilder in Berührung. Die Pforte zu einer magischen Welt öffnet sich und eine abenteuerliche schamanische Reise in das verborgene Land der Navajo wirft ihre Schatten voraus.

Wird sie dort die große Liebe finden?

Violettas berührende schöne Geschichte, die auf realen Begebenheiten beruht, erzählt von Einsamkeit, vom Abschiednehmen, von Grenzüberschreitungen, Träumen und Neubeginn.

Dieses Buch will Mut machen, durch den eigenen Lebensschmerz hindurchzugehen und aus der emotionalen Abhängigkeit auszubrechen.

Patricia Olivier-Rosset, Jahrgang 1948, geboren in Genf/Schweiz, war in ihrem Berufsleben Sekretärin, interessierte sich jedoch früh für Literatur und Malerei. Sie verbrachte ein Jahr in Madrid. Neben dem Studium der spanischen Sprache besuchte sie einen Literaturkurs an der Universität und schrieb kleine Gedichte für die Literaturstunde eines Radiosenders. Beim Wandern durch Wald und Flur wuchs in ihr das Bedürfnis, die Einsamkeitserfahrungen und Entwicklungsstufen ihres bewegten Lebens in einem Roman in Gestalt der jungen Violetta Moiry zum Ausdruck zu bringen.

Patricia Olivier-Rosset

Die Pforte der Welten
Violettas Lebensreisen

Roman

Impressum

Bibliografische Information der Deutschen Nationalbibliothek:
Die Deutsche Nationalbibliothek verzeichnet diese Publikation in
der Deutschen Nationalbibliografie; detaillierte bibliografische
Daten sind im Internet über http://dnb.dnb.de abrufbar.

Die automatisierte Analyse des Werkes, um daraus Informationen
insbesondere über Muster, Trends und Korrelationen gemäß §44b
UrhG („Text und Data Mining") zu gewinnen, ist untersagt.

Lektorat: Prof. Dr. Stefan Zimmer
Zeichnungen: Patricia Olivier-Rosset

Verlag: BoD · Books on Demand GmbH, Überseering 33,
22297 Hamburg, bod@bod.de
Druck: Libri Plureos GmbH, Friedensallee 273, 22763 Hamburg

ISBN: 978-3-8192-6432-0

Inhalt

Teil II
Der Traumweg zum Regenbogen

II

Auch entlang steiniger Wege
wachsen Heilpflanzen

In Verbundenheit
all jenen gewidmet,
die auf den Pilgerpfaden des Lebens
einsam wandern

Prolog

Wer in seinen Kinder- und Jugendjahren Geborgenheit und Mutterliebe entbehren musste, wird auch als Erwachsener in seinem Inneren ein Mensch bleiben, der nach Sicherheit, Herzenswärme und Heimat suchen wird. Das Gefühl, im Leben der Eltern keinen Platz gehabt zu haben, führt nicht selten zu Entwicklungsstörungen, die den Menschen ein Leben lang begleiten werden. Mangel an Urvertrauen bewirkt Minderwertigkeitsgefühle, Versagensangst beeinflusst auf negativer Weise die psychosoziale Entwicklung. Es wird schwer werden, gesunde Beziehungen einzugehen. Wie kann das Leben trotzdem gelingen?

***

Ihre ersten Jahre verbringt die kleine Violetta in einem heruntergekommenen Haus im Paris der 50er Jahre. Das Künstlermilieu von Montmartre hatte ihre Eltern, das Kunstmalerehepaar, Pierre und Susanne Moiry, in die französische Hauptstadt gelockt. La "Vie de Bohème" wird hier tagtäglich gelebt, Violetta bleibt oft sich selbst überlassen oder wird bei Nachbarn abgestellt.

Als die Familie in die Schweiz, aus welcher sie vor Gläubigern geflüchtet war, zurückkehrt, entdeckt Violetta eine andere, helle Welt. Von da an ist die Natur ihr Seelentröster und sie entwickelt eine tiefe Verbundenheit zu den Lärchenwäldern der Walliser Berge. Durch die Annäherung an die Verwandtschaft väterlicherseits erfährt sie auch für kurze Zeit die Nestwärme, die ihr so sehr gefehlt hatte.

Nachdem sich die Eltern trennen, wächst sie in einem klösterlichen Internat auf und erfährt eine schmerzliche

Vereinsamung. Die Fesseln der Vergangenheit wird sie noch jahrelang spüren. Sie erlebt ihre Umwelt als ein Theaterstück, in dem sie nur Zuschauerin ist. Das Leben zieht an ihr vorbei. Stets sind es die anderen, die schön, gesund und erfolgreich sind. Neid macht sich in ihr breit. Violetta erfährt, wie schwer es ist, Zugang zu anderen Menschen zu haben, in denen sie unbewusst einen Vater oder eine Mutter sucht!

Immer wieder ergeben sich von ihrem Unterbewusstsein gesteuerte Situationen, die sie in Beziehungslosigkeit zurücklassen. Ihre hohen Erwartungen, von außen das Gefühl der Trennung und der Einsamkeit für immer überwinden zu können, erfüllen sich nicht, auch nicht, als sie in Deutschland, um nicht allein bleiben zu müssen, ihren ersten Freund heiratet. Erst später, bei einer schicksalhaften Begegnung, kann sie eine Leidenschaft leben, die sie für kurze Zeit glücklich macht. Der Geliebte kehrt jedoch ohne sie in seine Heimat zurück. Violetta lebt nur noch in ihren Erinnerungen, bis sie erneut eine Beziehung eingeht, die mit dem frühen Tod des Freundes endet.

Jahre später entdeckt sie ihre Hochsensibilität und ihren eigenen Wert. Sie kann den Blick von der zwischen ihr und dem Leben stehenden Mauer abwenden und sich selbst annehmen. Allmählich wird sie sich ihrer eigenen Wahrheit bewusst. Wenn niemand ihre Welt betreten kann, wird sie, durch ihre Phantasie beflügelt, diese zu den Menschen bringen. Mit kreativem Schreiben und Malen schafft sie sich einen Raum, der auch anderen offensteht.

Am Beispiel der sich ständig wandelnden Natur, die zu jeder Jahreszeit ihre Schönheit entfaltet, lernt sie, wie alles Leben der Gesetzmäßigkeit unterworfen und sie in diesen ewigen Kreislauf verwoben ist. Wovor Angst haben? Sie darf so sein, wie sie ist, empfindsam und doch dazugehörig.

Im Laufe der Jahre kann sie sich von ihrer narzisstischen Mutter abgrenzen, denn fortan ist ihr Selbstwertgefühl nicht mehr von anderen Menschen abhängig.

Es ist aber die verborgene Weisheit der alten Indianer, die sie die Geheimnisse des Lebens erspüren lässt, so dass sie bei einer phantastischen Reise in die Welt des Unsichtbaren unter der Obhut der Navajo den schamanischen Weg in die Tiefe ihrer Seele findet. Dort können ihre emotionalen Wunden heilen.

Diese Erzählung, die auf realen Begebenheiten beruht, möchte Mut machen, trotz widriger Umstände durch jede Lebensphase hindurch den eigenen Träumen Flügel wachsen zu lassen.

Liebe Leserin, lieber Leser, Violetta reicht Dir dazu die Hand wie eine Freundin mit der Zusage:

"Auch entlang steiniger Wege wachsen Heilpflanzen."

Februar 2025
Patricia Olivier-Rosset

Teil I

Schritte auf Stolpersteinen

Kindertage

Paris 1954. Der Winter hatte seinen eisigen Hauch über die Stadt gelegt. Frischer Schnee war gefallen, und an manchen Stellen hatten sich Eisflächen gebildet. Auch die Stadtkanäle waren zugefroren und die Menschen konnten darauf

Schlittschuh laufen.

Wer an jenem Tag nicht unbedingt hinaus musste, blieb zuhause. Wenige Unerschrockene waren unterwegs, unter ihnen Susanne Moiry, die ein Medikament aus der Apotheke abgeholt hatte. Jetzt eilte sie nun zurück nach Hause mit ihrer etwa 6 Jahre alten kleinen Tochter, Violetta. Susanne lebte in einem maroden Haus im Hinterhof der Rue Vandrezanne des 13. Arrondissements mit ihrem Mann, Pierre Moiry, der sich als Aquarellmaler versuchte. Die Rue Vandrezanne befand sich in einem Elendsviertel, in dem kleine Handwerker und Fabrikarbeiter lebten. Nicht wenige Bohème-Leute strandeten ebenfalls dort. Die meisten Häuser hatten weder Elektrizität noch fließendes Wasser. Durch die Innenhöfe sah man hin und wieder eine Kanalratte huschen.

Susanne wollte sofort den kleinen Kohleofen anzünden. Hoffentlich hatte Pierre an den Brennstoff gedacht. Susanne und Violetta liefen von der Avenue d'Italie kommend an den Karren des Vierjahreszeitenverkäufers vorbei, der bei Wind und Wetter dastand, und Violetta schaute schon voller Erwartung um die Ecke, ob auch heute der nette alte Mann ihr eine kleine Leckerei geben würde.

Susanne trotzte den kalten Temperaturen und kleidete sich stets geschmackvoll. Auch wenn es mitunter nur ein Baguette-Brot zu essen gab, auf ihre schönen Kleider wollte sie keinesfalls verzichten, auch in der Armut nicht. Sie stammte aus einer gutbürgerlichen Familie einer kleinen Stadt am Genfer See in der Schweiz. In ihrem Elternhaus hatte eine puritanische Strenge geherrscht. Sie selbst war eine hübsche gesellige Frau, die gern feierte und wusste, die Aufmerksamkeit der Leute auf sich zu lenken. An Verehrern mangelte es nicht. Susanne hatte ihre Banklehre mit 18

Jahren abgebrochen. Dann war sie in ihrer Unbekümmertheit Hals über Kopf zu Pierre Moiry nach Genf gezogen, der ihr allerlei Versprechungen gemacht hatte, darunter schöne Reisen und Umgang mit vielen interessanten Menschen. "Du brauchst nicht wieder hierher zu kommen!", hatten ihre verärgerten Eltern drohend gesagt.

Violetta lief neben ihrer Mutter so gut es ging, um ihren schnellen Schritten zu folgen. Nein, sie war kein besonders schönes Kind. Es hatte kleine steife Beinchen und ihre braunen glatten Haare waren zu einem Pferdeschwanz zusammengebunden. Oft war Violettas Gesichtsausdruck mürrisch und sie bewegte sich ein wenig wie die hölzernen Marionettenfiguren im Kasperletheater. Lediglich ihre langen dunklen Wimpern um die grünlichen Augen bemerkte man gelegentlich.

Man gelangte in die Parterre-Wohnung durch den gepflasterten Hinterhof, wo sich eine Wasserstelle und ein Toilettenhäuschen für die Bewohner befanden, wenn man nicht gerade den Nachttopf benutzen konnte.

Die ebenerdige Wohnung war Teil des Hofes, so dass der Boden auch hier mit Pflastersteinen bedeckt war. Es war ein großer Raum, links gab es einen Wasserhahn, aus welchem ein dünner Strahl kaltes Wasser zweifelhafter Herkunft herauskam. Nun war dieser aufgrund der Kälte zugefroren. Auf einem Gaskocher konnte man eine Suppe und die von Violetta vielgeliebten Ravioli erhitzen. Ein Stehregal und zwei Haken an der Wand dienten als Kleiderablage. Rechts stand ein Holztisch mit einer Petroleumlampe.

Manchmal brachte Susanne aus den Markthallen einen Mimosenzweig mit, den sie auf den Tisch stellte und der mit seinen gelben Rispen etwas Farbe in den ansonsten dunklen Raum brachte. Hinten an der Ecke, direkt an der Wand, befand sich das Ehebett, in welchem auch Violetta zusammen mit ihren Eltern schlief. Abends im Bett spielte sie damit, die ohnehin in Fetzen hängende alte Tapete von der Wand stückchenweise abzureißen. Und weil das Dach undicht war, tröpfelte bei starkem Regen das Wasser durch. Auf dem Boden gestellte leere Konservendosen dienten abermals als Auffangbehälter.

Susanne und Pierre hatten ohne Segen der beiderseitigen Eltern geheiratet, als Susanne schwanger geworden war. Zwei Jahre später, im Jahre 1950, waren sie von Genf nach Paris gezogen. Ein Vetter, der bereits dort lebte, hatte den beiden vom Künstlerdasein mit Gleichgesinnten in der französischen Hauptstadt erzählt und von dem großen Abenteuer, das auf sie wartete. Sie würden sich unter den Aquarellisten in Montparnasse, die zu dieser Zeit sehr gefragt waren, einfinden und die Bilder an Reisende verkaufen können. Pierre träumte schon immer davon, sich in Paris einen Namen als Maler zu machen. Seine Eltern, einfache Bauern aus den Walliser Bergen, konnten damit allerdings wenig anfangen. Koch oder Ziegenhirte hätte er werden sollen, wie normale Bergbewohner. Zwar hatte er eine Ausbildung zum Koch absolviert, Paris aber war der Ort für Leute wie er, und seine "Angebetete", die junge Susanne aus Vevey, hatte selbst auch großes Interesse an der Malerei. Nichts konnte die beiden zurückhalten. So hatten sie den Zug nach Frankreich genommen, ohne auch nur ein Kopfkissen zu besitzen. Zudem waren die Schuldeneintreiber Pierre auf den Fersen. Da war es gut abzutauchen; Cousin Gustave würde sie anfangs beherbergen.

Immer noch erbost über Susannes Verhalten und ihre erneute Schwangerschaft hatte ihre Mutter verkündet: "Dann hättest du das erste Kind auch nicht wegmachen brauchen, um schon wieder schwanger zu werden!"

Pierre galt sowohl in seiner eigenen Familie als auch in der Familie seiner Frau als wenig zuverlässig und arbeitsscheu. Mit schönen Reden versuchte er dies zu überspielen. In charmanter Weise versprach er den Leuten alles Mögliche, doch am Ende stand er ohne Geld da. Er trank auch gern den Walliser Wein und hatte immer wieder Schulden. Dennoch hatte sich Susanne in seine schöne Erscheinung verliebt. Pierre war ein guter Tänzer und er himmelte sie an. Vorerst.

Und da waren sie gelandet: Statt in einer Villa, wie von Pierre angekündigt, bewohnten sie jetzt ein abbruchreifes Haus. Doch Bistros fehlten im Quartier nicht. Das Nachtleben quoll nur so aus den Bars. Mit Zigarettenrauch und Wein, an der Ecke beim Tresen fast unscheinbar im Dunst; der Akkordeonspieler mit den tristen Melodien vom Traum besserer Zeiten …

Susanne öffnete die schmale Tür des Hauses und schrie auf. Auch Violetta erschrak und fing an zu weinen. Die Hauskatze lag blutig unter dem Tisch, totgebissen. Pierre entleerte beinahe täglich die Rattenfallen, was nicht wirklich nutzte. Es geschah sogar, dass die Nager nachts nicht davor zurückscheuten, sich auf dem Bett breit zu machen. Dann musste Pierre ganz vorsichtig seine Hand herunter zu seinen Schuhen strecken, einen davon hochnehmen und mit einem starken Schlag gezielt den Kopf des Tieres treffen.

Susanne rief laut um Hilfe. Sie traute sich nicht, die tote Katze anzufassen. Der Tunesier von nebenan kam mit nüchterner Selbstverständlichkeit, um das tote Tier zu entsorgen. Daran war er gewöhnt, von den Nachbarn die toten Ratten zu entsorgen.

Pierre war abwesend, wahrscheinlich wieder im Café des Artistes mit seinen Kumpels. Stunden später kam er angetrunken zurück. Wenn der Verkauf in Montmartre erfolgreich gewesen war, lud er gern die Leute ins Bistro ein. Und da infolgedessen das Geld für Lebensmittel knapp war, musste man spät abends noch arbeiten gehen, unter anderem Zeitschriften auf der Straße verkaufen. Anfangs störte es Susanne noch nicht allzu sehr, waren die anderen jungen Künstler aus dem Bistro ja auch betroffen, aber mit der Zeit verstand sie, dass "La vie de Bohème" alles andere als romantisch war.

Je mehr die Zeit verging, desto schwieriger wurden die Lebensumstände der Moirys. Die paar Franken für die Miete der Bruchbude waren nicht einmal die größte Sorge; mit ihrem Mann hatte Susanne immer häufiger Streit. Dazu kam, dass es ihr gefiel, mit anderen Männern im Bistro zu tanzen, derart, dass Pierre rasend vor Eifersucht war. Um die Misere des Alltags erträglicher zu machen, schluckte Susanne Pillen gegen Depressionen, solche gegen Schmerzen und andere zum Schlafen. Die Unglückspirale drehte sich immer weiter. Auch die kleine Tochter wurde mit hineingezogen. In Abwesenheit der Eltern war Violetta immer öfter sich selbst überlassen.

Eines Sommertages hatte Susanne Zeitungspapier auf den Tisch ausgebreitet, um das Kind zu entlausen. Dabei war Violettas Kopf bedrohlich nah an die Petroleumlampe geraten, die umkippte, so dass ihre Haare Feuer fingen. Panische Angst überfiel die Kleine, die dann versuchte, in den Hof zu fliehen. Schlimmeres konnte jedoch verhindert werden. Der Geruch verbrannter Haare mischte sich bald mit der muffigen Luft des Raumes. In diesem Schreckensaugenblick und mit zittrigen Händen schwor sich Susanne, dass es so nicht mehr weitergehen konnte. Innerlich wuchs in ihr der Wunsch, diesen verdammten Ort zu verlassen. Noch hoffte sie, dass Pierre einverstanden sein würde. Zudem hörte Violettas Husten nicht mehr auf.

Pierre trat ins Haus ein, wisch sich den Schweiß von der Stirn ab und sagte dann lallend:

"Ich habe eine Menge Zeitungen für diesen Abend zum Verkauf! Komm mit Chérie!"

Der Geruch nach Verbranntem lag noch in der Luft.

"Was riecht denn hier so?", fragte er naserümpfend.

"Ich muss mit dir reden!", unterbrach sie.

Pierre winkte ab.

"Später! Lass uns schnell etwas essen und dann die besseren Standplätze besetzen, bevor ein Gewitter kommt. Es ist schwül heute."

Sie wusste, dass es keinen Sinn hatte, groß zu diskutieren, da Pierre bereits jetzt gereizt war. Sie musste sich eingestehen, dass ihr einst so charmanter Mann, seitdem er zu viel trank, schnell aggressiv war. Und sie selbst konnte den Tag auch nicht ohne Pillen bewältigen.

An jenem Abend bekam Violetta eine Schnitte mit Konfitüre und wurde ins Bett gebracht.

Sie konnte nicht wirklich einschlafen, denn es war noch hell und die feuchte Hitze schwebte durch den Raum. So

19

schaute sie nach oben zur Decke und dachte an die schönen Bäume im Jardin du Luxembourg, wo sie einmal mit ihrer Mutter spazieren gegangen war. Es gab dort auch große Wasserbecken, die Kinder ließen ihre Segelschiffchen von einem Ufer zum anderen schwimmen. In ihrer kleinen Welt träumte Violetta davon, auch so spielen zu können. Im Innenhof spielte sie mit einfachen Dingen, mit Nähgarnrollen und Murmeln. Die kleineren Kinder waren noch fröhlich und sorglos in ihrer schmutzigen Kleidung, die älteren aber standen oft einfach gelangweilt herum.

Als die Betrachtung der Decke nicht mehr interessant genug war, fragte sie sich, warum ihre Mama nicht da war, um sie im Arm zu halten, was leider selten vorkam. Manchmal aber kaufte Susanne ein paar Äpfel und bereitete für ihre Tochter eine "Charlotte"; Apfelkompott mit Brotstückchen drin, was die Kleine sehr mochte.

Violetta sehnte sich auch nach ihrer Katze. Doch Minouche war nicht mehr da und so hatte sie sich angewöhnt, im Bett fingerlutschend in den Schlaf hin und her zu wiegen.

Etwas später zogen schwere Wolken am Himmel auf. Die Frau des Tunesiers eilte in den Innenhof, um ihre Wäsche hereinzuholen. Die ersten Regentropfen fielen zuerst leise und erfrischend, um dann an Stärke zu gewinnen und heftig auf die runden Pflastersteine zu prasseln, derart dass die schmalen tiefen Spalten zwischen den Steinen sich voll mit Wasser füllten. Violetta, immer noch wach, hörte bald das Trommeln der ersten Regentropfen in den Konservendosen. Plötzlich wehte ein heftiger Sturm. Es sah so aus, als würden Teile des Daches gleich vom Wind weggerissen werden. Eine erschreckte Ratte rannte schlagartig durch den Raum und Violetta schrie so laut sie konnte. Im Bett hin und her schwankend, rief sie immer wieder "Maman! Maman!" Mit einem Satz sprang sie aus dem Bett. Weil die Eingangstür zugeschlossen war, kletterte sie auf einen Hocker und öffnete das kleine zum Hof führende Fenster. Da eilte schon Ali herbei, der ihre Rufe gehört hatte. Schluchzend ließ sich das Kind von ihm auf den Arm nehmen. Plötzlich schälten sich zwei Gestalten aus dem Torbogen zum Hof. Pierre und Susanne, eine Zeitung über dem Kopf, hatten wegen des Wolkenbruchs den Straßenverkauf abgebrochen. Durchnässt und mit mageren Einnahmen hatten sie sich auf den Heimweg gemacht. Alis Frau bot allen etwas zu essen an und man beschloss, am nächsten Tag die Lage zu besprechen. Alis Wohnung war trocken geblieben, da sie im ersten Stock des größeren Nachbarhauses lag. Die verstörte Violetta durfte die Nacht bei den Nachbarn verbringen. "Die Kleine ist krank. Sie hustet stark", warnte Alis Frau.

Am nächsten Tag zeigte sich der ganze Schaden, der das Unwetter verursacht hatte und ein Weiterleben in dem baufälligen Haus unmöglich machte. "Ihr müsst von hier weg!", sagte Ali. "Wir sind schon alt, aber junge Leute wie ihr sollten eine richtige Wohnung haben."

Es war wieder Cousin Gustave, der sich der prekären Lage der Familie annahm.

"Für eine Weile könnt ihr bei meiner Mutter bleiben", schlug er vor. "Ihr wisst ja, wie schwierig es ist, eine bezahlbare Wohnung zu finden. Ihr wollt sicher nicht wieder in einem baufälligen Haus wohnen, oder?"

Tante Sylvie, Gustavs Mutter, lebte selbst auch in einfachen Verhältnissen in der Nähe der Markthallen, wo sie als

Gemüseverkäuferin ihren Stand hatte. Von der Küche aus hatte man einen Blick auf die stählernen Pavillons der Markthallen. Susanne hatte schon früher bei ihr übernachtet, wenn sie ein Waschbecken brauchte, um sich die Haare mit Henna zu färben.

Und so kam es, dass nach vier Jahren kärglichen Lebens in dem 13. Arrondissement Pierre, Susanne und Violetta für immer die Rue Vandrezanne hinter sich ließen. Der Blick auf die Zukunft blieb jedoch ungewiss.

Die Moirys nahmen Gustavs Angebot an und zogen zu Tante Sylvie. Sie war eine joviale Frau, die mit ausgeprägter Pariser Mundart redete. Sie hinkte etwas aufgrund der langjährigen Arbeit im Stehen am Gemüsestand, dennoch verstand sie, sich gegen die Widrigkeiten des Alltags durchzukämpfen. Sie mochte auch die kleine Violetta. "Ein armes kleines Ding", urteilte sie. "Ich werde ihr morgens Lebertran geben, damit sie zu Kräften kommt. Am besten wäre es, wenn ihr doch wieder in die Heimat zurückkehren würdet, wo die Bergluft klar ist."

Zwischen den Jahren 1960 und 1970 rückten Bagger und Abrissbirnen an. Die alten Behausungen wurden nach und nach abgerissen und es entstanden Hochhäuser. Später hat sich dort das heutige asiatische Viertel etabliert.

Die Wohnverhältnisse bei Gustavs Mutter waren für drei Personen doch etwas eng. So beschlossen Pierre und Susanne für einige Zeit bei anderen Freunden unterzukommen. Für ihre Tochter war gesorgt und so konnten sie sich ganz der Wohnungssuche widmen. Mit der Zeit war Pierre in der Szene als Maler zahlreicher Pariser Motive bekannt und hatte eine eigene Technik der Ölmalerei entwickelt. Seine Frau kümmerte sich um die Vermittlung bei Angebot und Verkauf unter den potentiellen Käufern. Wären da nicht die Alkoholprobleme und die ständige Geldnot! Zu größerem Ruhm fehlte es Pierre aber an Arbeitseifer, Müßiggang bremste sein Schaffen. Erst Jahre später sollte er durch seine Werke in eigenen Kunstausstellungen einen gewissen Bekanntheitsgrad erreichen.

Da Gustavs Mutter tagsüber stundenweise arbeitete, musste Violetta bei allerlei Nachbarn, je nach Möglichkeit, untergebracht werden. So kannte die Kleine bald alle Frauen im Haus und nahm schnell diese breite freche Mundart der alteingesessenen kleinen Pariser Leute an. Währenddessen sah sie ihre Eltern selten und so wuchs in ihr eine äußere Anpassungsfähigkeit, die sich jedoch zu einer emotionalen Entfremdung den Menschen gegenüber entwickelte. Sie war überall zuhause und doch nirgendwo daheim. Bei Tante Sylvie gefiel es ihr jedoch am besten. Dort hatte sie wenigstens einen Spielgefährten: Sultan, den Hofhund, vor dem Susanne sich so fürchtete.

Eines Tages kam eine gute Nachricht aus der Schweiz. Nach Jahren der Trennung sorgte sich Pierres Mutter um ihren Sohn und die Enkeltochter. Zwar hatte sie ihre Schwiegertochter stets abgelehnt, aber jetzt wünschte sie ihre kleine Enkelin Violetta kennenzulernen. Großmutter Marie hatte in dem Clan der Moirys das Sagen und ihre Söhne respektierten sie uneingeschränkt. Und überhaupt, im Clan Moiry hielten alle zusammen, auch wenn sie sich untereinander stritten.

Als Pierre von der Botschaft seiner Mutter erfuhr und nachdem die Wohnungssuche erfolglos geblieben war, traf er die Entscheidung, mit der Familie in die wohlbehütete

Schweiz zurückzukehren. Auch Tante Sylvie hatte ihn dazu ermutigt. Er würde als Koch in der Pension der Moirys arbeiten können. Außerdem sollte sich die Familie vergrößern: Susanne war schwanger.

Der Nachtzug nach Genf war voll belegt. Die Reisenden mussten z.T. im Gang auf Koffern sitzen. Susanne hatte zum Glück einen Liegeplatz für sich und ihre Tochter gefunden. Bei der langsamen Ausfahrt des Zuges verschwanden allmählich die Bahnhofslichter; nach den Jahren der Bedürftigkeit in der Fremde erwachten in Susanne die Neugier auf den Neuanfang und die Hoffnung auf einen guten Stern. Zwar war sie als "Stadtmädchen" nicht willkommen gewesen in Pierres Familie, aber jetzt, wo ein weiteres Enkelkind sich ankündigte?

Ruine
de Tourbillon
Sion

Château
de Valère
Sion

Vérolliez
St. Maurice

Patricia Olivier
10/18

Burgruinen und Klostermauern

Großmutter Marie Moiry führte in der Altstadt von Sion im Wallis ein Gasthaus mit Mittagstisch für die Angestellten der Stadtverwaltung. Das Restaurant befand sich in einem denkmalgeschützten Gebäude, in dem die Großeltern Moiry auch wohnten, nahe der im VIII. Jahrhundert erbauten Kathedrale Notre-Dame du Glarier. Die engen winkelartigen Steintreppen des Hauses führten direkt zum Speisesaal, der an eine Großküche und an ein weiteres Zimmer angrenzte. Ab den frühen Morgenstunden herrschte emsiges Wirtschaften, und die von den Kochtöpfen verursachten Geräusche vermischten sich mit dem lauten Geschwätz der in Tracht gekleideten Frauen.

Heute sollte ein besonderer Tag werden: Die Moirys erwarteten außergewöhnlichen Besuch. Der "verlorene" Sohn aus Paris mit Frau und Kind sollte eintreffen. Nach all den Jahren! Pierres Schwester, Anna, war bereits da, um die "Franzosen", wie sie genannt wurden, in Empfang zu nehmen. Sie hatte ihren kleinen Sohn dabei, Michel, genannt "Mimi", etwa so alt wie Violetta. Die energische und joviale Anna war der Meinung, dass ihre Nichte zusammen mit ihrem Sohn die Primärschule besuchen könnte. Und Violetta sollte ja auch noch katholisch getauft werden.

Und dann klingelte es durch das Stimmengewirr des Saales plötzlich an der Tür. Mimi rannte bereits hin, ganz neugierig, seine Cousine Violetta kennenzulernen. Als Anna die Tür öffnete, machte sie zuerst einen Schritt zurück. Vor ihr standen drei nach Brennspiritus und Schweiß riechende, von der Reise erschöpfte blasse Gestalten mit Koffern und Taschen.

"Lass mich dich näher anschauen, Pierre, du, Abenteurer! Hast du geglaubt, dass du in Paris dein Glück finden würdest?" Anna umarmte schließlich doch ihren Bruder.

"Guten Tag, Susanne." Etwas zögerlich reichte sie ihrer Schwägerin die Hand, gab ihr dann aber doch auch einen Begrüßungskuss.

"Und du bist Violetta", sprach Anna weiter als sie die Kleine sah, die sich schüchtern hinter ihren Vater versteckte. "Du siehst nicht gerade wohlernährt aus", stellte sie fest. "Das wird sich ändern, jetzt, da du bei Großmutter Marie und Tante Anna bist."

Ein Lächeln kam auf Violettas Gesicht, als sie ihren Cousin Mimi entdeckte. Der zierliche blonde Junge hatte ein Stupsnäschen, in das es "hineinregnen würde", wie ihn die Familie neckte.

"Ich habe von dir gehört und von den Ratten in eurem Haus!", sagte der Junge. "Ich gehe in die erste Klasse, komm ich zeige dir meine Sachen!"

Violetta folgte ihrem Cousin, interessierte sich aber dann doch mehr für die Handarbeitstruhe der Großmutter, die auf der Schlafzimmerkommode stand, vollgefüllt mit bunten Knöpfen. Violetta liebte Farben so sehr und stellte sich vor, mit den Knöpfen ein Bild zu machen. Ein Hustenanfall unterbrach ihre Phantasien.

"Bevor Violetta eingeschult werden kann, muss sie zuerst zum Arzt!", urteilte die besorgte Anna.

Großmutter Moiry drückte endlich die Kleine in ihren Armen und ließ ihren Emotionen freien Lauf.

"Wie du mir gefehlt hast! Du wirst es jetzt aber schön haben bei Großmutter Marie. Und ihr werdet eine richtige Wohnung haben."

Aus der Küche strömte leckerer Bratenduft. Die gefüllten Tomaten aus dem Ofen der Großmutter waren bekannt in der ganzen Umgebung. Der kulinarische Einfluss aus dem nahen Italien war unverkennbar. Alle saßen zu Mittag um den großen Tisch in der Küche und es wurde lebhaft diskutiert. Man reichte den Rotwein in Karaffen. Pierre, ganz in seinem Element, berichtete gestenreich vom Leben in Paris und wie man beschlossen hatte, auch unter Anraten von Cousin Gustave, doch wieder in die Schweizer Heimat zurückzukehren.

"Wir bekommen Nachwuchs!", verkündigte er auf einmal. "Violetta bekommt ein Geschwisterchen." Susanne, die gegenüber ihrer Schwägerin saß, verhielt sich schweigsam. Keiner war einverstanden gewesen, dass Pierre ein "Stadtmädchen" aus dem protestantischen Waadtland heiratet, so war das Verhältnis zu der Schwiegertochter angespannt geblieben.

Susanne wusste nicht so recht, ob sie sich über ein weiteres Kind freuen sollte oder nicht. Mit welcher Zukunft? Ein regelmäßiger und disziplinierter Tagesablauf war mit Pierre Moiry schwer vereinbar. Sie bezweifelte, dass ihr Mann es als Koch in der Pension seiner Eltern aushalten würde. Außerdem drehten sich ihre Gedanken im Kreis. Wollte sie wirklich das Heimchen am Herd spielen? Jedenfalls konnte sie sich das nicht vorstellen.

"Das ist doch wunderbar!", meinte Anna. "Vier Jahre nach Simone haben wir Mimi bekommen. Zwei Kinder sollten es schon sein, ein Einzelkind wird doch zu sehr verwöhnt!", tönte sie energisch, um dann augenzwinkernd zu einer Kellnerin laut zu rufen: "Louise, bring den Kindern doch Vanillepudding zum Nachtisch mit!"

Anna, die gewöhnt war, das Zepter zu übernehmen, führte weiter aus:

"Ihr seid von der Reise bestimmt müde, besonders Susanne sollte sich ausruhen. Mimi und Violetta können noch einen Moment spielen gehen. Morgen werden wir alles Weitere besprechen. Auch könnt ihr bald die Wohnung in der Rue des Châteaux besichtigen. Sie ist zwar klein, aber fürs Erste sollte es genügen. Es gibt auch ein Badezimmer, was ihr jetzt dringend braucht!", sagte Anna lachend weiter. „Und ihr seid nicht weit von uns weg, falls Violetta einmal bei uns übernachten sollte."

Bei jedem Löffelchen von dem wohlschmeckenden Pudding schielte Violetta zu ihrem Cousin hinüber, der wohl mit nur einer Portion vom Nachtisch nicht genug zu haben schien. Ihr ansonsten ernster Gesichtsausdruck erhellte sich. Diese erste Begegnung mit Mimi sollte der Beginn einer tiefen Freundschaft werden.

Als der Abend herannahte, verabschiedete man sich von Pierres Eltern. Anna nahm die drei mit zum Übernachten in ihre Wohnung, die unmittelbar in einer Gasse hinter der Kathedrale lag. Dort lebte sie mit ihrem Mann und den zwei Kindern. Es war eine großzügig geschnittene Wohnung mit vier Zimmern. In dem angrenzenden kleinen Hof stand ein mittelalterlicher Brunnen. Das Plätschern des Wassers vermischte sich mit dem Pfeifen der Spatzen, die in kleinen Gruppen in dem Becken ihr Gefieder badeten. Violetta war wie verzaubert von diesem heiteren Anblick, kannte sie doch nur die dunklen Pariser Hinterhöfe.

"Schau, Violetta, hier ist mein Zimmer!", unterbrach Mimi ihre Träumereien.

Schon meldete sich die energische Anna, nachdem sie sich um Pierre und Susanne gekümmert hatte.

"So, Violetta, ab ins Bad mit dir!" Die Kleine kannte bisher noch keine Badewanne. Erstaunt schaute sie wie das warme Wasser hineinfloss, während ihr Cousin lachend ein Gummientchen aufs Wasser warf.

"Wir werden dir neue Unterwäsche kaufen", sagte Anna, als ihr die dürftige Unterhose ihrer Nichte in die Hände fiel.

Später saßen alle zum Abendessen in der Küche. Traditionell wird im Wallis abends gern Bündnerfleisch, in der Luft getrocknetes Rindfleisch, Käse und Roggenfladenbrot sowie Rotwein gereicht. Für die Kinder gibt es Kakao. Man war abgespannt und wortkarg. Sogar Pierre nippte jetzt stumm an seinem Glas, während er mit der rechten Hand eine Zigarette hielt.

"Bevor ein Kind hier in die Schule kommt, muss der Schularzt dessen Lungen untersuchen", erklärte Anna. "Und Violetta muss noch katholisch getauft werden!"

Die bis dahin schweigende Susanne meldete sich zu Wort. "Sie ist doch bereits evangelisch getauft."

Pierres Finger trommelten nervös auf den Küchentisch.

"Aber hier sind alle katholisch!"

"Ja, sie kann dann mit Mimi noch in diesem Jahr die Erste Kommunion feiern!", meinte Anna weiter.

Die Diskussionen setzten sich noch bis in die späten Abendstunden fort.

Am Ende dieses ersten Tages in Sion hatte Violetta viele neue Eindrücke zu verarbeiten. Fürs Erste aber dachte sie an die badenden Vögel und an ihren lustigen Cousin Mimi, der ihr versprochen hatte, mit ihr zusammen zur Burg Valère hinauf zu laufen.

Am nächsten Morgen riss das Siebenuhrläuten vom Turm der Kathedrale die "Franzosen" aus ihren Betten. Heute wollte man die neue Wohnung besichtigen, die nahe der alten Burg auf dem Hügel gelegen war.

Eine enge kopfsteingepflasterte Straße führte steil hoch hinauf, die Rue des Châteaux, in der ganz oben das zukünftige Wohnhaus direkt am Straßenrand stand. Vor dem Aufstieg zur Burg war Pierre die einladende Terrasse einer kleinen Taverne an der Ecke der Rue des Châteaux nicht entgangen. Anna, die die Wohnung ausfindig gemacht hatte, begleitete die kleine Familie und ihr Sohn, der die Umgebung bereits als Abenteuerspielplatz kannte, wollte natürlich seiner Cousine dies alles zeigen. Oben angekommen, mussten sie kurz verschnaufen. Nach der flachen Großstadt Paris würden sich die Neuankömmlinge daran gewöhnen müssen, in Zukunft steile Wege zu gehen.

Als Violetta die von hügeligen Weinbergen erhabene Burg von Valère unter dem wolkenlosen Himmel erblickte, machte sie Freudensprünge und warf sich Mimi um den Hals. So etwas hatte sie noch nie gesehen. Es war eine neue helle Welt, die da in ihr kleines Herz einzog.

Das malerische Steinhaus verfügte über eine Wohnung mit einem schmiedeeisernen Balkongeländer. Durch den hinter dem Haus wild zugewachsenen Garten, in dem nachts kleine Leuchtkäfer blinkten, gelangte man zuerst in

31

das Bad, an das eine kleine Küche angrenzte. Zur Balkonseite befand sich ein Schlafzimmer mit einem großen Bett sowie ein kleineres für Violetta. Alles war hell und warm und so war sich die Familie einig, hier bleiben zu wollen, zur größten Freude der Kinder, die ihre Spielwiese bei der Burg direkt vor Augen hatten.

In den nachfolgenden Tagen richteten sich Pierre und Susanne ein und ließen ihre darüber begeisterte Tochter bei Tante Anna übernachten. Violetta musste zudem rasch ärztlich untersucht werden, denn ihre Hustenanfälle gaben Anlass zur Sorge; sie schwächelte zusehends.

Sobald wie möglich sollte Pierre, der vor seiner Malerei eine Ausbildung als Koch erfolgreich absolviert hatte, seine Arbeit in der Gaststätte der Eltern beginnen. Zusätzlich beabsichtigte Großmutter Marie, ein weiteres landestypisches Restaurant in der Altstadt zu eröffnen. Die Gäste des Gasthauses würden dann umsiedeln und in das neue Restaurant zum Essen kommen.

Pierre war zuerst von seiner Arbeit begeistert, da er seine kreative Phantasie entfalten konnte. Er kochte sehr gut, man würde sagen, zu gut. Am Ende des Monats vermittelte der Blick ins Ausgabenbuch nichts Gutes. Großmutter Marie mahnte ihren Sohn immer häufiger eindringlich, die Kosten zu reduzieren. Es dauerte nicht lange und Pierre war frustriert. Und da war auch noch die nicht endende Idee, eine Kunstausstellung seiner Ölbilder in der Altstadt veranstalten zu wollen.

Die Entwicklung dieser Umstände führte dazu, dass sich nach einigen Monaten Großmutter Marie und Tante Anna von Pierre als Chefkoch trennen mussten.

Durch Bekanntschaften im Künstlermilieu hatte man eines Tages eine neue Wirkungsweise entdeckt. Die Maler schlossen sich jetzt zu Künstlergruppen zusammen, so dass sie Lokalitäten für ihre Ausstellungen gemeinsam mieten konnten. Auf diese Weise hatten Pierre und Susanne eine Gruppe von Aquarellisten aus dem Berner Oberland kennengelernt und waren schließlich so viel unterwegs, dass Violetta bei ihrer Tante blieb. Doch eine dauerhafte Lösung war das nicht. So stellte man eine entfernte ältere Cousine ein, die Violetta betreuen sollte. Doch die alte Dame erwies sich als trinkfreudig und eines Tages fiel sie betrunken um. Ein großer Topf mit heißer Suppe kippte auf ihren Kopf, so dass sie mit schweren Verbrennungen ins Krankenhaus gebracht werden musste. Jetzt war Violetta wieder auf die Fürsorge ihrer Tante angewiesen.

Ihre Eltern kehrten zwischendurch jedoch immer wieder für eine kleine Weile nach Sion zurück. Pierre hatte im Schlafzimmer der Wohnung sein Atelier aufgebaut. Einige Aufträge hatte er bereits, ans Werk zu gehen war aber eine andere Sache. Oft war er ohne seine Frau zuhause, Susanne blieb bei den Malerfreunden im Berner Oberland, da die häufigen Reisen sie ermüdeten und die Zeit der Entbindung herannahte.

Alleinsein war nicht Pierres Sache. So verbrachte er viel Zeit in der Eckkneipe, wo er mittlerweile äußerst bekannt war. Großmutter Moiry war in Sorge. Es war auch offensichtlich, dass die Ehe ihres Sohnes kriselte. So versuchte sie immer wieder, auf ihn einzureden. Sie war ja die "Mama", die Hüterin des Moiry-Clans und sie verteidigte eifrig ihre drei Söhne, wobei der älteste, Pierre, ihre ganze Aufmerksamkeit genoss.

In dieser Zeit wurde Violetta für einige Wochen in das Sanatorium von Montana geschickt, eines bekannten Luftkurorts, da ein verdächtigter Fleck auf ihrer Lunge entdeckt worden war. Vor ihrer Abreise ins Berner Oberland hatte Susanne ihre Tochter noch nach Montana gebracht und dem Pflegepersonal übergeben.

Dort waren viele kranke Kinder, Violetta fühlte sich fremd und ängstlich. Zwar war sie in Paris mit den erwachsenen Nachbarn unbekümmert umgegangen, doch Kontakt zu so vielen Kindern auf einmal hatte sie noch nie gehabt. Sie wusste gar nicht, wie sie sie ansprechen sollte. Mit Mimi war das ganz anders: Er und sie waren auch ein Herz und eine Seele. Tränen liefen über ihre Wangen. Keine Abenteuerspiele auf dem Hügel von Valère. Und Großmutter Moiry und Tante Anna hatten sie auch nicht nach Montana begleiten können, da sie mit den Vorbereitungen für den neuen Gasthof beschäftigt waren. Violetta sollte in Montana genesen und dann würde wieder alles gut werden.

Im Speisesaal der Klinik setzte man sie an einen großen Tisch mit anderen lebhaften und fröhlich miteinander scherzenden Kindern. Sie waren schon seit Längerem da und kleine Gruppen hatten sich gebildet. Mädchen mit langen Zöpfen und solche mit lockigen Haaren. Sie waren hübsch gekleidet und berichteten einander von zuletzt erhaltenen Geschenken.

"Meine Mami hat mir heute eine schöne Puppe mitgebracht", erzählte eines der Mädchen. "Und am Wochenende bringen mir Mama und Papa eine Überraschung mit!"

Die Kinder beobachteten jetzt Violetta, die stumm mit der Gabel auf ihrem Teller herumstocherte. "Mama und Papa?", fragte sie sich. Wann waren beide das letzte Mal mit ihr zusammen gewesen?

Der Tagesablauf in der Klinik war so geregelt, dass die Kinder, neben ärztlicher Betreuung auf der Veranda in Decken eingehüllt ruhen sollten. Viel zu langweilig für Violetta, die lieber die Spaziergänge mit der Betreuerin in die nahegelegenen Wälder bevorzugte. Wenn während der Ruhezeiten ein Gewitter sich ankündigte, horchte Violetta fasziniert auf und lauschte Blitz und Donner, die zwischen den Bergen grollten. Anders als in Paris hatte sie jetzt keine Angst mehr davor.

In der Zeit ihres Aufenthaltes im Sanatorium hatte Violetta immer noch keine kleine Freundin, und so war sie die meiste Zeit in Träumereien vertieft. Sie galt als eine Außenseiterin mit blühender Phantasie. Keiner wollte so richtig die Geschichten der Konservenbüchsen und der Ratten in Paris glauben. Nach einiger Zeit jedoch entdeckten die Betreuer, dass sie eines gut konnte; zeichnen. Sie zeichnete alles, Wiesen und Pferde, Häuser und Löwen. Im Bastelraum waren genug Buntstifte und Hefte, was sie glücklich machte.

Auch die erhabenen Bergspitzen und die tiefen Wälder wurden für sie Heimat. Sie stellte sich vor, wie die Wichtel und die Tiere des Waldes ihre Freunde waren, Freunde, die ihr glaubten und die sie liebhatten. Jede Lärche am Wegesrand begrüßte sie, wenn sie vorbeiging und die Trollblumen der Feuchtwiesen lüfteten ihr ihre Geheimnisse. So hatte Violetta sich eine kleine Welt geschaffen, und sie war sich sicher, Mimi würde sie auch betreten können.

Die Sonne des sich langsam neigenden Sommers wärmte noch die Betten auf der Veranda, während Aufbruchstimmung in der Klinik sich breitmachte. Es war Abreisezeit. Nach und nach verließen die kleinen Patienten das Sanatorium und Tante Anna und Onkel Ernest zusammen mit Mimi und Simone holten Violetta mit dem Auto ab.

Beim Anblick der Kleinen, die von der Sonne gebräunt und wohlernährt vor ihr stand, nahm Anna sie freudig in den Armen. "So gefällst du mir aber besser!" Simone und Mimi staunten über die glückliche Verwandlung ihrer Cousine. Die Ärzte hatten jedoch angekündigt, dass Violettas Gesundheit immer empfindlich bleiben würde.

"Du kannst bei uns schlafen!", sagte Mimi begeistert. "Ja", ergänzte Anna kopfschüttelnd. "Deine Eltern hatten es nicht nötig, heute hier zu sein."

Violetta liebte es, bei ihrer Tante zu wohnen. "Mimi, werden wir bald zur Burg wieder spielen gehen?", fragte sie überschwänglich ihren Cousin. Glückliche helle Gelächter erschallten im Auto.

Bei aller Fürsorge den Kindern gegenüber, war Anna jedoch eine Geschäftsfrau. Sie arbeitete viel, kümmerte sich auch um die Buchhaltung der Gaststätte und deren Organisation. Viel Zeit für ein Familienleben hatte sie nicht. Ihr Mann arbeitete in der Finanzverwaltung. Simone war in einem Internat in Brig, um Deutsch zu lernen. Mit dem Zugang ihrer kleinen Nichte zur Familie sollte alles unbeschwert und fleißig so weitergehen, wäre da nicht ihr arbeitsscheuer Bruder Pierre, von dem sie erhofft hatte, er würde als Chefkoch das neue Restaurant der Moiry am

Laufen halten und seine bald größer werdende Familie versorgen können.

Während der nachfolgenden Wochen hatte man Violetta zum Katholisch-Kurs in der Kirche angemeldet. Nach einiger Zeit wurde sie in der Kathedrale getauft und anschließend mit Mimi machte sie ihre Erstkommunion. Sie war gern in der Kirche. Dort fühlte sie sich von der erhabenen Orgelmusik und dem Weihrauchduft zum Himmel emporgehoben.

Bald würde Violetta eine kleine Schwester bekommen. Doch von Susanne fehlte jede Spur. Pierre war jetzt allein in der Wohnung mit seiner Tochter. Dann die Nachricht: Susanne wollte auf keinen Fall in Sion entbinden, sondern im Berner Oberland in der Nähe der neuen Künstlerfreunde bleiben. In der kleinen Stadt Bulle im Kanton Freiburg hatte sie bereits eine Klinik ausgesucht und wollte dort das Kind zur Welt bringen. Pierre und Violetta sollten in Bulle sie und das Baby besuchen kommen.

Susanne gebar ein Mädchen, das Caroline genannt wurde. Pierre nahm seine Tochter mit und fuhr in die Klinik, um den Familienzuwachs zu begrüßen. Eine erschöpfte Susanne mit einem schreienden kleinen Bündel lag da im weißen Bett. Violetta hatte noch nie einen Neugeborenen gesehen und näherte sich vorsichtig.

"Siehst du Violetta, du hast jetzt eine kleine Schwester!", sagte ihr Vater ganz erfreut.

Violetta schaute erneut zu dem inzwischen schreiend rot angelaufenen Baby und der abwesend wirkenden Susanne, die noch in der Klinik blieb.

Als nach drei Wochen Susanne ohne das Baby wieder nach Hause in der Rue des Châteaux zurückkam, wurde bekannt: Es war bereits vor der Geburt entschieden worden, dass Caroline in der Obhut von Pflegeeltern übergeben werden würde, da das vagabundierende Leben der Eltern die Betreuung eines Babys erschweren würde.

Einige Monate später durfte Violetta zusammen mit ihren Eltern ihre kleine Schwester und dessen Pflegefamilie in Bulle besuchen. Das Kind hatte sich gut entwickelt und betrachtete seine Welt mit Susannes blauen Augen. Es war ein schönes Baby, dessen pausbäckiges Gesicht von dunklen Haaren eingerahmt waren. Es fiel jedoch auf, dass es oft weinte und schrie. Die Pflegemutter nahm es immer wieder auf den Arm, wo es sich dann beruhigte.

Violetta sollte ihre Schwester erst einige Jahre später im Alter von sieben Jahren wiedersehen. Caroline nannte ihre Pflegeeltern Vater und Mutter und sie wuchs in einem bürgerlichen und familiären Umfeld auf, dennoch hatte man bei ihr, wie es sich später herausstellte, schon als Kind eine schwere bipolare psychische Erkrankung diagnostiziert.

So hatte Violetta eigentlich gar keine Schwester, und beide wuchsen für immer getrennt voneinander auf. Zum Glück waren ihre Cousins wie Geschwister für sie. Simone versuchte geduldig, aus Violetta ein richtiges Mädchen zu machen.

Die Familie Moiry, allen voran, Großmutter Marie, war über das Verhalten des Sohnes und seiner Frau mehr als verärgert. "Wie konnte man einen Säugling einfach so abgeben?"

Violettas Eltern hatten sich auseinandergelebt und im Laufe der Zeit gefiel der schönen Susanne die

Bekanntschaft mit einem der jungen Maler aus der Künstlergruppe sehr gut, so dass sie vom wütenden Pierre eines Abends bei Tisch und vor den Augen Violettas eine Ohrfeige dafür einkassierte.

Am nächsten Tag verließ Susanne endgültig die gemeinsame Wohnung, ohne Violetta in ihren Armen gedrückt zu haben. Die Kleine sollte sie von da an für lange Zeit nicht mehr wiedersehen und Pierre bat seine Schwester, Anna, sich erneut um Violetta zu kümmern. Für sie war das Kriegsbeil zwischen ihr und ihrer Schwägerin jetzt ausgegraben. In ihren Augen hatte sie nicht nur Tochter und Ehemann verlassen, sie hatte auch ein weiteres Kind weggegeben.

Man schickte Violetta in die erste Klasse der Grundschule der Stadt. Die Lehrerin lobte ihre Kreativität. Doch das eigentliche und disziplinierte Lernen bereitete große Schwierigkeiten, dementsprechend verfiel sie wie gewohnt in ihre Phantasien. Folglich durfte sie in der Kinder-Theatergruppe mitspielen.

Nach der Schule gings wieder bergauf in die Rue des Châteaux nach Hause, wo ihr Vater das Essen für sich und Violetta bereitete. Pierre war jedoch oftmals nicht in der Wohnung, sondern unten in der Eckkneipe mit seinen Kumpeln, wo die Viertelkaraffen Fendant munter ihre Runden machten. Dann kehrte Violetta um bis zur Eckkneipe und schon erhob Pierre inmitten seiner Freunde einen Arm und rief mit lauter lallender Stimme:

"Komm zu Papa, meine Kleine, setzt dich hin zu mir!" Sie tat dies, etwas verlegen. Pierre zückte dann ein Stück Papier und einen Stift.

"Violetta, zeichne einen Löwen, der einen Hasen frisst!", befahl er seiner Tochter weiter. "Schaut euch ihre Pranken an! Eine Catcherin!" Das Endprodukt des Bildes zeigte er voller Stolz seinen Freunden, die mit Bewunderung das Ganze beurteilten. Violetta wusste gar nicht, was "Pranken" sein könnten, es ging wohl um ihre, für ein Mädchen etwas groß geratenen Hände.

Eigentlich war Pierre ein freundlicher Genosse, doch auf die Dauer konnte er sich nicht vernünftig um ein Kind kümmern, so dass Anna ihre Nichte immer wieder zu sich nahm; für Violetta waren es ihre schönsten Kinderstunden gewesen.

Es kam eine Zeit, in der Pierre einige Ölbilder in einer Ausstellung dem Publikum präsentieren wollte. Er erhoffte sich damit, einen künstlerischen Durchbruch zu erreichen. Die Tagespresse hatte bereits eine lobende Kritik über ihn geschrieben.

Am Abend vor der Vernissage stand unter den Besuchern im Hintergrund eine schwarzhaarige junge Frau in einem dunkelblauen Kostüm. Nachdem sie eine Weile den beschwingten Pierre beobachtet hatte, ging sie entschiedenen Schrittes auf den Galeristen zu und fragte ihn mit einem breiten strahlenden Lächeln:

"Könnten Sie mich bitte mit dem Meister bekannt machen? Ich heiße Jeannette Fournier."

Und so lernten sie sich kennen, die fremde Frau und Violettas Vater. Sie trat unverhofft in Pierres Leben und er verliebte sich in ihren asiatisch anmutenden Mandelaugen. Es gelang Jeannette, die ihn grenzenlos bewunderte, die neue Frau an seiner Seite zu werden und sie wurden bald ein Paar. Als Susanne dies erfuhr, wurde sie ärgerlich, man könnte sagen, ihre Empörung steigerte sich bis ins Unermessliche, obwohl sie selbst längst mit einem anderen Mann zusammen war. In Pierres Familie wuchs der Unmut darüber, und von da an war nicht nur Susanne für das Scheitern der Ehe verantwortlich, weil sie ihre Familie verlassen hatte, auch Jeannette war schuldig, daran mitgewirkt zu haben.

Das Leben mit einem Kunstmaler sollte jedoch noch für Unruhe sorgen. Die sich im Laufe der Zeit anhäufenden Schulden führten dazu, dass Pierre, von seinen Gläubigern bedrängt, erneut fliehen musste. Das Lehramt, das Jeannette am Gymnasium innehatte, wurde ihr entzogen, da man im streng katholischen Wallis Ende der 50er Jahre keine Lehrerin duldete, die die Mätresse eines verheirateten skandalumwitterten Mannes war.

Paris sollte wieder das Fluchtziel werden. Die Wohnung in der Rue des Châteaux wurde aufgelöst und zum ersten Male fiel ein Wort, das eine große Veränderung für Violetta bedeuten sollte: das Internat.

Als Violetta dieses hörte, kullerten die Tränen. Mehrmals hatte sie die Mädchen in Uniform gesehen, die angeführt von einer Nonne beim Spazierengehen artig paarweise liefen.

"Ich will aber nicht ins Internat!", hatte sie vehement zu Mimi gesagt. Sie spürte die sich anbahnenden bedrohlichen Veränderungen und begriff, dass sie nicht immer bei ihrer Tante bleiben konnte. Dass Susanne einfach verschwunden war, verstand Violetta zuerst nicht. Sie hatte sich daran gewöhnt, dass ihre Mutter oft wegblieb, und sie hätte sich nicht getraut zu fragen, warum sie nicht immer zuhause war.

"Violetta, während der Ferien wirst du natürlich wieder zu uns kommen und wir werden alle zusammen Picknick machen und an den See fahren!", tröstete Anna.

Die Moirys waren über die Situation entrüstet. Für sie war der älteste Sohn ein Versager und man hatte sich über den Charakter der Schwiegertochter doch nicht getäuscht.

Es war ein windiger Tag als Pierre seine Tochter, inzwischen 8 Jahre alt, in das Internat brachte. Es befand sich in der Stadt St. Maurice, etwa 40 km von Sion entfernt, und war ursprünglich ein Waisenhaus gewesen, das in einem Vorort namens Vérolliez stand. Das riesige, von den Nonnen im Jahr 1900 erbaute Gebäude war von der Straße aus weit sichtbar. Es befand sich nahe dem militärischen Truppenübungsfeld. Ganz in der Nähe ragten die rauchenden Schornsteine der großen Zementfabrik, die die Umgebung mit einem Grauschleier einhüllten.

Eine Schwester empfing Pierre und Violetta. Schüchtern betrachtete die Kleine die ganz in schwarz gekleidete Schwester. Und obwohl sie früher daran gewöhnt war, immer wieder irgendwo abgestellt zu werden, spürte Violetta, dass dieser Schritt jetzt eine große Umstellung für sie sein würde. Die Abwesenheit der Cousins, die Erfahrung empfindlicher zu sein als andere Kinder und der Abschiedsschmerz bewegten ihr kleines Herz. Sie hatte auch immer Schwierigkeiten gehabt, ihren Platz innerhalb einer Kindergruppe zu finden. Als Kind trat sie in das Internat ein, als Teenager würde sie es wieder verlassen.

Und Pierre sollte für einige Jahre aus Violettas Leben verschwinden. Vor seiner Abreise nahm Pierre ein letztes Mal seine Tochter und seinen Neffen mit ins Kino. Der Titel der Geschichte konnte Violettas Lage nicht besser bezeichnen: "Sans Famille, Allein auf der Welt", nach dem Roman von Hector Malot hieß der zu Tränen rührende Jugendspielfilm.

Die Scheidung war eingereicht und Pierre floh mit seiner neuen Frau nach Frankreich, wo er jedoch nicht mehr das gleiche Ambiente vorfinden sollte. Das Milieu in der Künstlerszene hatte sich drastisch verändert und für die Maler wehte jetzt der Wind rauer. So musste Pierre als Gärtner arbeiten.

Für Violetta begann der Tag früh. Um 6.00 h morgens betrat eine Schwester das Dormitorium der Kinder, ging durch die eingereihten Metallbetten zu den Fenstern und öffnete diese weit auf. Aufstehen war angesagt. Schnell mussten die Kinder sich fertig machen, und da es ziemlich kalt war, versuchte man im Bett sich schnell anzuziehen, wenn die Schwester es gerade nicht merkte. Vorn im Raum befand sich eine Waschecke. Aus kleinen Löchern eines langen Metallrohrs floss kaltes Wasser in eine Zinkwanne. Violetta hatte man die Haare geschnitten und so trug sie einen kurzen Pagenkopf, wie auch viele der anderen Mädchen. Nach dem Waschen und Anziehen begleitete eine Nonne die Kinder zur Frühmesse. Anschließend gab es Frühstück im großen Essraum, dem sogenannten Refektorium. Wieder wurde gebetet. Das Frühstück bestand aus dunklem Brot und Marmelade sowie dünnem Tee. Widerstrebend schmierte Violetta die Marmelade auf das noch klebrige, nicht ganz fertiggebackene Brot. War da nicht etwa ein Wurm in der Vierfruchtkonfitüre? Das Frühstück lag ihr anfangs wie ein Kloß im Magen.

Es war verpönt, laut zu reden. Die Schwestern waren schweigsam und streng. Disziplin und Ordentlichkeit regelten den Tagesablauf, unterbrochen durch Kirchengänge und Gesang. Die Unterrichtsstunden von knapp 7 Stunden am Tag waren beschwerlich und Violetta verabscheute das lange Sitzen. Nur bei den kreativen Fächern zeigte sie sich aufmerksam.

Susanne, die jetzt in Château-d'Oex, einem Bergdorf im Berner Oberland lebte, war darüber informiert worden, dass ihre Tochter in dem bekannten Schwesterninternat von Verolliez ihre Schulzeit absolvierte. Endgültiges Sorgerecht hatte noch niemand, weil beide Elternteile über kein regelmäßiges Einkommen verfügten. Pierre musste Unterhaltszahlungen leisten, was ein schwieriges Unterfangen war. Man gab sich gegenseitig die Schuld an der Misere und fuhr scharfe Geschütze auf.

An manchen Wochenenden fuhren Susanne und ihr neuer Freund Emilio nach Vérolliez und holten Violetta mit dem Auto ab. So verbrachte sie diese zwei Tage zusammen mit ihrer Mutter und der Künstlergruppe. Das Dorf war idyllisch gelegen zwischen Bergketten und auf den Wiesen weideten die Kühe. Der Ort lebte vom Fremdenverkehr, Sommer wie Winter war er ein von Touristen beliebtes Urlaubsziel.

Trotz der schönen Landschaft fühlte sich Violetta einsam und unglücklich, eigentlich noch mehr als im Schwesternheim. Susanne wollte zwar ihre Tochter bei sich haben, doch etwas mit ihr zu unternehmen, wie z. B. Minigolf spielen, geschah nicht einmal. Immer wieder war Violetta auf sich allein gestellt. Susanne legte großen Wert auf das Äußere ihrer Tochter, gut frisiert und gepflegt sollte sie sein und sich für schöne Kleider interessieren. "Die Haare dieses Kindes sind nicht zu bändigen", klagte sie. Zeit für einen Friseurtermin. Als an einem Samstag der Friseursalon in der Mittagspause noch geschlossen war, stellte Susanne Violetta vor der Ladentür mit den Worten:

"Warte hier, bis der Friseur wiederkommt und den Laden öffnet, das dürfte nicht mehr lange dauern. Ich hatte einen Termin vereinbart. Ich gehe jetzt nach Hause und werde einen Brief schreiben, dazu brauche ich Ruhe."

Violetta tat wie gewünscht. Doch auch nach langem Warten war der Friseur immer noch nicht zu seinem Salon zurück, so dass sie unverrichteter Dinge zurückkehrte. Ihre Mutter fuhr sie ärgerlich an.

"Ich hatte dir doch gesagt, vor dem Friseursalon zu warten, Violetta!"

Sie sagte kein Wort, gab sich die Schuld, dass ihre Mutter nun jetzt schlechtgelaunt war. Violetta wäre am liebsten fortgelaufen und sie fühlte, wie sie schwer atmete und ihre Kehle sich zuschnürte. Susanne legte den angefangenen Brief in eine Schublade. Es war sowieso Zeit, zu Emilio und dessen Eltern zu gehen.

Susannes Freund war freundlich zu Violetta und scherzte oft mit ihr. Außerdem kochte er vorzüglich.

"Du brauchst nur das Gelbe von dem Ei zu essen, wenn du willst und den Rest kannst du lassen", erklärte er. Violetta war sprachlos, "warum nicht das ganze Ei essen?"

Einmal beobachtete Violetta, wie ihre Mutter nach dem Essen verschiedene Tabletten aus einer Pillendose mit dem Rest Rotwein einnahm. Sie hatte wieder Kopfschmerzen, was sie allen Anwesenden bei Tisch erklärte und weshalb sie nicht mit ihrer Tochter spazieren gehen könnte.

"Ich muss mich jetzt einen Augenblick hinlegen, bevor wir nach Vérolliez wieder runterfahren", sagte sie etwas mürrisch.

Bis dahin war noch Zeit, so dass Violetta allein spazieren ging. Im Ortskern hielten sich viele Leute in den zahlreichen Restaurants, aus den offenen Türen hörte man schwungvolle Volksmusik, die auch fröhlich stimmen sollte, Violetta war aber selten fröhlich und lief sorgenvoll umher.

Nachdem Susanne sich ausgeruht hatte, erfrischte sie noch ihr Make-Up und zog mit dem Lippenstift ihre Lippen nach. Für eine kleine Weile war die Welt wieder in Ordnung, auch für Violetta, die das Aussehen ihrer Mutter bewunderte.

Was die weitere Verwandtschaft betraf, da gab es auch noch ihre Großeltern mütterlicherseits, in deren Gegenwart sie sich nicht immer wohlfühlte. Sie wohnten in Vevey am Genfer See. Die Großmutter war streng und liebte die Ordnung, sie backte aber leckere Tartes und fertigte allerlei Handarbeiten. Erst mit der Zeit lernte die Kleine "artig" und ihrer Großmutter gehorsam zu sein, während diese versuchte, dem Kind dieses Faulenzers von Pierre gute Manieren beizubringen.

Violetta mochte lieber die Schulferien bei den Großeltern in Sion verbringen, was Susanne auch manches Mal gut gelegen kam. Auch wenn man die Schwiegertochter in Sion nicht mehr unbedingt sehen wollte, die Kleine war jederzeit willkommen und ihr Cousin Mimi wartete schon!

Ein böses Tauziehen herrschte mittlerweile zwischen den Familien und Violetta stand immer häufiger zwischen den Fronten. Es waren nicht einmal die gegenseitigen Vorwürfe, die sie innerlich verletzten, sondern die ihr oft gestellte Frage, bei welchen Verwandten sie lieber zu Besuch war und wen sie mehr liebhatte, die Violetta überforderte, mit der Folge, dass sie immer mehr in ihrer eigenen Welt sich zurückzog und schließlich die Erwachsenen ignorierte.

Währenddessen hatten Großmutter Marie und Tante Anna in der Gaststätte alle Hände voll zu tun und das bedeutete für die Kinder freie Zeitgestaltung, da man keine Zeit hatte, auf sie aufzupassen. Man veranstaltete Picknicks im Freien, meistens im Wald oben auf der Passhöhe. Diese Ausflüge sollten zu Violettas schönsten Kindheitserinnerungen gehören.

Mit dem Beginn des neuen Schuljahrs und die Rückkehr nach den Ferien in den hohen Klostermauern entwickelte Violetta eine tiefe Zuneigung für den Gottesdienst. Sie liebte die Gesänge und die Schönheit rund um den Altar, so dass ihre geistige Entwicklung die Schwestern entzückte. Es gab oft sogenannte Exerzitien, d.h. Tage der Stille, während man nicht sprechen durfte und noch ungenießbareres Essen bekam als sonst üblich, aber Jesus wurde ihr Freund und sie selbst wollte eine Heilige werden. Vielleicht würde sie eines Tages eine Nonne sein. Dann hätte sie ihren Platz innerhalb einer Gemeinschaft und die anderen Nonnen wären ihre Schwestern. So beschäftigte sie sich bereits als Kind mit ihrem spirituellen Leben, das sich mit Fabelwesen vermischte.

Im Alltag des Internats gab es einen Ausflug, den Violetta besonders gefiel; den Weg zur Einsiedelei Notre-Dame du Scex, die schon im 8. Jahrhundert entstanden war. Die in einer Felsklippe über der Stadt St. Maurice versteckte Kapelle konnte nur durch den schmalen Pfad mit fast 500 Stufen erreicht werden. Das langsame Klettern entlang der Felsen war zwar gesichert, den Blick nach vorn zu richten war lebenswichtig, um nicht auszurutschen und in die Tiefe zu stürzen. Beim Klettern verstand Violetta instinktiv, dass man jederzeit immer wieder nach vorn schauen und einen Schritt nach dem anderen setzen muss, um nicht zu stolpern - und das nicht nur beim Bergsteigen. Oben angekommen, wurde man belohnt mit einer großartigen Aussicht auf die Stadt, die der Kapelle zu Füßen lag.

Abends im Bett wanderte Violetta den Aufstieg in Gedanken weiter und spürte mit jedem anstrengenden Schritt eine innere Befreiung ihrer Seele. Sie liebte es, wenn ihre Glieder, müde von der langen Wanderung, das Piksen der Strohmatratze nicht mehr fühlten. Wie schon als Kleinkind schaukelte sie immer noch hin und her mit dem Oberkörper, um sich in den Schlaf zu wiegen.

Die Winter waren neblig in St. Maurice. Die Sonne hatte Mühe, mit ihrem blassen Licht zwischen den engen hohen Bergfelsen durchzudringen. Und je nach Windrichtung war die Luft vom entweichenden Rauch der Zementfabrik durchdrungen. Violetta war oft kränklich und während der Wintermonate heizte man nur die Unterrichtszimmer. Umso erfreulicher war es, wenn sie eine bunte Postkarte von ihrer Mutter aus einem fernen Land bekam, aus Griechenland, Italien, Schottland. Susanne und Emilio bereisten fremde Länder, um Motive zu fotografieren, die später als Anregungen und Vorlagen für die Malerei dienen sollten.

Hinter den Klostermauern flohen Violettas Kindertage nur so hinweg und sie wuchs aus der kleinen Pariser Göre heraus, wie von den Erwachsenen erwünscht, nach außen hin angepasst. Sie blieb jedoch ein wilder Geist und während des Unterrichts schweifte ihr Blick oft durch das Klassenfenster zu den hohen Pappeln, die den Schulhof säumten. Sie hatte das Gefühl, das Rascheln der Blätter im Wind würde sie mitnehmen zu einer unendlichen Reise. Ihre Unaufmerksamkeit blieb nicht ohne Folgen.

"Violetta, wiederhole, was ich gerade gesagt habe!", sagte die Schwester mit strenger Stimme. "Wenn nicht, wirst du auf ein Blatt Papier fünfzig Mal schreiben 'ich soll im Unterricht aufpassen'!"

Das letzte Schuljahr neigte sich dem Ende zu und die Zeit war gekommen, die Klosterschule zu verlassen. Ihre berufliche Zukunft war völlig offen. Sollte sie eine Lehre in einem Betrieb beginnen oder noch eine andere Schule besuchen? Und weil es ihr an Selbstvertrauen fehlte, wagte sie nicht, eigene Wünsche zu äußern. Sie fragte sich aber auch, was sie überhaupt für Wünsche hatte. Eigentlich fürchtete sie sich vor der Welt da draußen. Sie wusste nur, dass die Schönen und Wohlhabenden erfolgreich waren. Violetta fühlte sich verlorener denn je. Die Idee, ein Noviziat im Kloster zu beginnen, hatte sie verworfen. Nein, sie wollte mit allen ihren Sinnen leben!

Wenn sie malte, zeichnete oder dichtete, erwachte in ihr doch ein Wunsch: eine Ausbildung an der Akademie des Beaux-Arts zu absolvieren. Würde der Weg dafür offen sein? Das war dahingestellt, denn die Akademie war teuer und Violettas Schulbildung eher dürftig. Den allgemeinen Anforderungen würde sie kaum gerecht werden können. Im Internat hatte man vor allem auf den Religionsunterricht Wert gelegt.

Vor einer Entscheidung, was aus Violetta werden sollte, hatte Susanne die Idee gehabt, ihre nunmehr 16jährige Tochter auf eine ihrer Reisen mitzunehmen. Man durfte annehmen, dass ein Mädchen dieses Alters vernünftig sein würde. Die Reise sollte nach Portugal gehen, um die malerischen Malmotive der Atlantik-Küste einzufangen. Emilio war zwar nicht mehr ihr Liebhaber, er begleitete sie jedoch, denn sie waren Partner in der kleinen Künstlergruppe des Berner Oberlandes.

Angeregt durch diese Aussicht erwachte in Violetta, die zu dieser Zeit keine rebellierende Jugendliche war, das Gefühl, die Zuneigung ihrer Mutter gewinnen zu wollen. Sie litt darunter, wenn sie sah, dass andere Kinder ein enges Verhältnis zu ihren Eltern hatten, während sie selbst ungeschickt und gehemmt dastand. Ihre eigene Unzulänglichkeit schien ihr die Ursache dafür zu sein, denn warum sonst sollte ihre Mutter von allen bewundert und als sehr charmant wahrgenommen werden. Violetta hatte jetzt das Bedürfnis, ihre Mutter immerfort zu umarmen und zu liebkosen.

"Ach, du hast aber deine Mutter gern!", sagte dann Emilio amüsiert, wenn er das knutschende Mädchen beobachtete.

Als die Reise kurz bevorstand, wurde noch der alte Borgward mit Polierwachs behandelt, um ihn vor der feuchten portugiesischen Atlantikluft zu schützen.

Während der langen Autofahrt bis zur iberischen Halbinsel wechselte das Farbspiel der Wiesen und Felder vom saftigen Grün bis zu den südlichen typischen ocker- und rötlichen Tönen. Die Mittagshitze zwang zu Pausen in Herbergen. Violetta liebte es, durch das Autofenster die Dörfer und Felder an sich vorbeiziehen zu sehen und sie träumte davon, eine Amazone zu sein, die in die Weite mit dem Wind galoppiert.

Man kam am Urlaubsort an der Atlantikküste nach einer Autopanne erschöpft an. In der direkt am Strand gelegenen kleinen Pension teilte sich Susanne ein Zimmer mit ihrer Tochter. Emilio hatte sein eigenes Quartier. Unter der Sonne Portugal am endlosen Sandstrand beobachte Violetta das Spiel der Wolken am hellblauen und rosafarbenen Himmel. Zudem entdeckte sie ihre Weiblichkeit. Sie hatte oft von den Menschen gehört, sie wäre nicht hübsch, ihre Beine wären wie die von Tante Anna, und ihre Art sich zu kleiden und ihre Haare zu kämmen, würden "infantil" wirken. Nein, man sah ihr ihre eigentliche Sinnlichkeit nicht an.

Am Strand hatte sie einen von der Sonne gebräunten jungen Mann entdeckt, der ihr keine Ruhe ließ, so dass sie ihn mit einer Bleistiftzeichnung verewigte.

Violetta konnte noch so sehr sich an ihre Mutter anschmiegen, Susanne blieb für sie emotional unerreichbar. Sie konnte die überströmenden Liebkosungen ihrer Tochter mütterlich nicht erwidern. Aber sie schenkte Violetta spanische Kastagnetten, mit welchen man den von ihr geliebten Flamenco-Tanz der Gitanos begleitet. Ein letztes kindliches Aufbäumen hatte Violetta während dieser Ferien in

Portugal. Später würde sie nie wieder sich ihrer Mutter in solcher Weise annähern können.

Auf der Heimreise zurück in die Schweiz hatte Susanne ihre Tochter vor der Wahl gestellt.

"Jetzt, wo du die Schule beendet hast, kannst du dir aussuchen, ob du mit uns in der Gruppe mitarbeiten und Bilder malen willst. Dann würdest du mit uns reisen, oder aber du gehst wieder nach Sion zu deiner Großmutter Marie, die dir eine einjährige Handelsschule bezahlen würde, damit du später im Büro arbeiten kannst."

Violetta fühlte, wie ihr Herz eng wurde. Im Büro sitzen? Nie im Leben! Ihre Tante Lilly aus Genève war Sekretärin und verdiente viel Geld. Violetta aber senkte den Kopf und wurde still.

"Ich weiß noch nicht", antwortete sie leise.

Während der Rückfahrt im Zwiegespräch mit sich selbst dachte Violetta über die Worte ihrer Mutter nach. Es war verlockend, selbst Bilder zu schaffen und einen freien Beruf auszuüben, Künstlerin zu werden lag ihr doch im Blut. Aber Großmutter Marie wollte gern, dass sie einen richtigen Beruf lernt und sicherlich würde sie eine solch "brotlose" Kunst, wie die einer Malerin, nicht finanzieren wollen. Mit Pierre hatte man ja gesehen, wo das Ganze hinführt!

Immer wieder tauchten in Violetta die Ereignisse ihres bisherigen Lebens auf. Die stetigen Auseinandersetzungen der Familien, die mangelnde Sicherheit, die finanziellen Sorgen. Sie sah, wie ihre Eltern, vor allem ihr Vater immer wieder hatte improvisieren müssen, um über die Runden zu kommen und wie man sich einen Zahnarzt nur in Ausnahmefällen hatte leisten können, weil es zu teuer war. Und da war noch ihre Mutter, die in allem viel zu sagen hatte.

Eine friedliche Koexistenz würde wohl schwer möglich werden.

So grübelte Violetta lange hin und her und sah, wie ihre Träume, eine Kunstmalerin zu werden, langsam verblassten, um schließlich zu verschwinden. Auch wenn sie keine freischaffende Malerin sein würde, zu den Farbstiften würde sie immer wieder zurückgreifen.

"Ich werde zu Großmutter Marie nach Sion gehen und die Handelsschule besuchen", erklärte sie dann mit ruhiger, aber bestimmter Stimme.

Man brachte Violetta in die Obhut ihrer Großeltern nach Sion. Sie hatten sich aus der vor einigen Jahren eröffneten Gaststätte zurückgezogen und das Ruder Tante Anna überlassen. Nur im privaten Rahmen nahmen einige befreundete Gäste noch Platz am großen Holztisch bei Großmutter Marie.

Nach einem kurzen zurückhaltenden Gruß übergab Susanne Violetta ihrer Schwiegermutter.

"Großmutter, ich bleibe bei euch und werde die Handelsschule besuchen", sagte sie etwas bedrückt.

"Das ist sehr gut, Violetta, du wirst sehen, das wird dir gefallen und zeichnen kannst du immer noch zuhause am Wochenende. Und später wird dir Onkel Ernest eine Stelle bei der Stadtverwaltung besorgen. Du wirst gutes Geld verdienen. Der Direktor, den ich persönlich gut kenne, hat für dich eine Ausnahme gemacht und die Schulanmeldung zugelassen, obwohl du noch keine achtzehn Jahre alt bist."

Am Abend kamen Tante Anna, Simone und Mimi vorbei. Man hatte sich lange nicht gesehen. Umso größer war die Freude des Wiedertreffens. Violetta akzeptierte jetzt, dass ihr Weg in eine andere Richtung gehen sollte. Auch wenn sie dem noch mit Beklemmung begegnete, waren Ihre Hoffnung und Neugier stärker als ihre Enttäuschung und Traurigkeit.

Aus dem Wohnzimmer rief eine jugendliche Stimme im Stimmbruch. Als Mimi vor ihr stand, erkannte Violetta ihren Cousin kaum wieder. Er war ein junger Mann geworden. Sie hatte fast vergessen, dass beide bald erwachsen waren. Etwas unsicher ließ sie ihren Blick auf ihn hin und hergehen. Das Zauberband der Kinderjahre hatte sich für immer aufgelöst.

"Ich freue mich, dass du wieder da bist!", begrüßte sie Mimi auch ein wenig eingeschüchtert. Etwas Schelmisches blitzte wie einst in seinen Augen.

"Stell dir vor, Simone hat sich mit dem Sohn vom Weinproduzenten der 'Caves de Sion' verlobt."

Ihre hübsche Cousine lächelte Violetta zu.

"Ja, aber solange mein Verlobter noch studiert, arbeite ich als Telefonistin in der Weinhandlung, sozusagen bei meinem zukünftigen Schwiegervater. Ich bin sehr glücklich, dass du wieder bei uns bist, Violetta. Auch du wirst eines Tages einen guten Job finden."

Violetta war sich bewusst, dass auch sie vor großen Herausforderungen stand und sie spürte eine innere Kraft, die sie drängte, auf die sich öffnende Tür ihrer neuen Lebensphase zuzubewegen.

Aufbruch zu den Germanen

Für Violetta hatte die Handelsschule begonnen. Sie war die jüngste von allen Schülerinnen und in der Klasse ihr gegenüber saß ein etwas unbeholfenes Mädchen aus dem Dorf, das von den anderen aufgrund ihrer altmodischen Kleider und langen Zöpfe belächelt wurde. Sie befreundete sich mit ihr und beide machten ihre Schulaufgaben nach dem Unterricht zusammen. Der Tag war lang, der straffe Lehrstoff musste innerhalb eines Schuljahres vermittelt werden. Hier gab es kein Zeichnen, kein Malen mehr, stattdessen Rechnen, Buchhaltung, Sprachen. Violetta lernte mit Leichtigkeit die deutschen Vokabeln, was ihre Schwierigkeiten mit dem Rechnen kompensierte. Diese Schulzeit besänftigte ihre aufgewühlte Seele, weil anstelle ihrer grundlegenden Melancholie die Aufnahmebereitschaft und das Lernen überwiegen mussten. Ihre Sorgen holten sie jedoch immer wieder ein, und, um ihre emotionale Leere auszufüllen, vertraute sie sich ihren "imaginären Freunden" an. Violetta sah sich mehr und mehr als introvertierte Außenseiterin. Alles um sie herum war zu laut und fremd.

Es war gut, sich entschieden zu haben, bei der Großmutter zu leben und vom Joch der Mutter befreit zu sein. Plötzlich schämte sie sich für dieses Gefühl. Warum fürchtete sie sich so vor ihr? Die Leute bewunderten die charmante Susanne, die aber so kühl mit ihr war.

Inzwischen war die Scheidung vollzogen und keiner der Elternteile hatte das Sorgerecht für die Kinder, die kleine Caroline stand unter der Obhut des Jugendamtes und um Violetta kümmerte sich die Großmutter.

Und so verlief Violettas Alltag ohne besondere Vorkommnisse zwischen Schule und Ausflügen mit Tante Anna, jedoch ohne Mimi, der jetzt eine Freundin hatte. Neben der Schule verbrachte sie viel Zeit in ihrem Zimmer mit dem Zeichnen von Landschaften. Die alte Villa der Großeltern, in die sie vor einigen Jahren gezogen waren, lag mitten in einem verwilderten Garten. Wenn im Mai der Flieder blühte, konnte sie mit der Hand von ihrem Fenster aus dessen Blüten berühren und sich von ihrem Duft betören lassen.

Wie so oft, hatte sie auch in der Handelsschule Mühe sich in Gruppen Gleichaltriger einzureihen. Zu groß waren ihre Unsicherheiten und Hemmungen. Als sie aus dem Internat herauskam, war sie unbedarft und katholisch indoktriniert. Mit scheuem Blick betrachtete sie die anderen Mädchen, die überwiegend aus den Dörfern des Rhône-Tals mit dem Postbus in die Walliser Hauptstadt kamen, dennoch ganz anders aufgeklärt waren als sie selbst.

Eines Abends als Violetta nach Hause kam und vor der Tür stand, hörte sie auf dem Flur die aufgeregten Stimmen von Großmutter Marie und Tante Anna.

"Heute Abend um 22.00h gehen wir alle zum Bahnhof", sagte Großmutter Marie lautstark. "Pierre kommt zurück! Pierre kommt zurück aus Paris mit Jeannette und … zwei Kindern!" Violetta öffnete die Tür und sah, dass dicke Tränen über Großmutters Wangen herunterliefen. Tante Anna war sichtlich aufgebracht. Violetta stand da, herzklopfend. Nach Jahren der Abwesenheit würde sie ihren Vater wiedersehen und dazu Halbgeschwister, von deren Existenz sie auch erst jetzt Kenntnis genommen hatte.

"Na, der wird was von mir hören", rief Tante Anna aufbrausend. "Er hat sich kaum gemeldet und von der Hochzeit mit Jeannette haben wir auch nur so nebenbei erfahren!"

Am späten Abend begleitete Violetta ihre Verwandten zum Bahnhof, um ihren Vater und seine neue Familie zu empfangen. Es erinnerte sie an ihre eigene lange Reise aus Paris damals im überfüllten Wagon. Pierre, der einen kleinen Jungen von etwa vier Jahren an der Hand hielt, während seine Frau ein Baby in den Armen trug, hatte sich nicht sehr verändert. Wiedersehensfreude und auch Zorn vermischten sich als Großmutter Marie ihren Sohn umarmte. Zumindest sahen alle wohlernährt aus und verbreiteten keinen Petroleumgeruch. Anders als Violetta in den 50er Jahren hatten sie nicht in allzu großer Armut gelebt, beide waren einer Arbeit nachgegangen.

Und wieder machte Anna aus ihrer Wohnung eine vorübergehende Unterkunft. Diesmal aber war sichergestellt, dass Pierre mit seiner neuen Familie ein geeignetes Zuhause haben würde, denn Jeannettes Eltern besaßen ein kleines Haus oben in Montana, dem Ort, wo Violetta im Sanatorium gewesen war.

Und Jeannette durfte wieder zu ihrem Beruf als Lehrerin im Gymnasium zurückkehren. All die Jahre hatte sie anstelle ihres Mannes die Unterhaltspensionen an Carolines Pflegeeltern und an die Nonnen des Internats für Violetta gezahlt. Dafür hatte sie zwei Weinberge verkaufen müssen, beklagte sie.

Violetta Stiefmutter war eine intelligente und kluge Frau, die genau wusste, wie sie ihrem Mann den Eindruck vermittelte, er habe fast immer recht, während sie mit Leichtigkeit die Geschicke des Alltagslebens pädagogisch selbst in die Hand nahm. Pierre merkte nichts davon und so konnten sie miteinander spielerisch gut umgehen. Zudem war Jeannette eine Frohnatur und verwaltete die Finanzen.

Im Laufe der Zeit hatten sich Pierre und Jeannette in dem Häuschen im 1.600m zwischen Wäldern und Wiesen hoch gelegenen Montana-Chermignon eingerichtet. Violetta durfte sie oft besuchen und konnte unbeschwerte Stunden mit ihnen verbringen. Sie mochte ihre Stiefmutter, mit der sie interessante Gespräche führen konnte und von ihr oft Jugendbücher geschenkt bekam.

Pierre arbeitete nicht wirklich. In Paris hatte er sich um die Gärten der NATO-Wohnanlagen gekümmert, während Jeannette als Reinemacherfrau dort arbeitete. Die goldenen Zeiten waren vorbei für die vielen Kunstmaler von Montmartre.

Nach einiger Zeit bekam Pierre seitens des Walliser Bistums den Auftrag, für ein Bleiglasfenster einer Kirche Mosaikmuster zu fertigen, worüber er sich zuerst begeisterte. Dem Arbeitsdruck konnte er jedoch nicht standhalten. Und so häuften sich wieder die Kneipenbesuche. Jeannettes Arbeit als Lehrerin brachte das Geld in die Haushaltskasse und Pierre war der Hausmann, der für die Familie das Mittagessen vorbereitete, wenn die Kinder nicht gerade bei Jeannettes Eltern waren und er dafür einen klaren Kopf hatte. Die Geschichte wiederholte sich, stellte Violetta fest.

Hin und wieder fuhr Violetta in den Berner Oberland, um ihre Mutter zu besuchen. Es war Susanne zu Ohren gekommen, dass ihr Ex-Mann Jeannette geheiratet hatte und zurück im Wallis mit seiner neuen Familie lebte. Sie hatte auch gemerkt, dass Violetta mit ihrer Stiefmutter sich gut verstand, worüber sie richtig eifersüchtig wurde.

"Wie kannst du diese Frau mögen, die unsere Ehe zerstört hat?", fragte Susanne wütend ihre überraschte Tochter.

"Wie denn, Ehe zerstört? Du warst doch gar nicht mehr da, als die beiden sich bei der Ausstellung kennengelernt haben!", antwortete sie, überrascht von ihrer plötzlichen Kühnheit.

Susanne bestand auf ihrer Aussage. Jeannette war die Schuldige, auch weil sie alle Hebel in Bewegung gesetzt hatte, dass ihr das Sorgerecht für Caroline durch Gerichtsbeschluss entzogen wurde. Es hieß, sie hätte kein regelmäßiges Einkommen, sollte Jeannette behauptet haben.

Die langen Diskussionen waren zermürbend und Violetta machte sich Vorwürfe, warum sie nicht eine bessere und liebenswürdigere Tochter sei. Sie schämte sich, dass es ihr bei Jeannette besser gefiel, weil sie Geschenke von ihr bekam und weil sie dort in die neue Familie ihres Vaters freundlich aufgenommen worden war.

Also konzentrierte sie sich wieder auf ihr Studium in der Handelsschule. Die Prüfungen rückten näher und ihr Onkel hatte bereits eine Stelle als Stenotypistin beim Finanzamt für sie in Aussicht gestellt.

"Violetta, du musst mal raus, unter junge Leute gehen", hatte ihre Großmutter vorgeschlagen, als sie eines Tages Violettas wehmütige Gedichte in die Hände bekam und diese gelesen hatte.

"Es ist nicht gut, dass du immer hier alleine bleibst. Auch wenn Mimi und Simone sehr beschäftigt sind, könntet ihr doch ab und zu etwas Gemeinsames unternehmen. Ich werde mit den beiden reden."

Eines Tages brachte Tante Anna die Nachricht, dass der Chor der Kathedrale junge Stimmen suchte.

"Das wäre doch was für dich, Violetta! Du hast eine schöne helle Stimme und es wird dir bestimmt gut gefallen!", sagte Großmutter Marie.

Violetta dachte über diesen Vorschlag nach und ja, sie mochte die Musik und das Singen auch sehr gern. Und so begann sie zweimal wöchentlich abends zu den Proben in das nahe gelegene Musik-Konservatorium hinzugehen. Der Chorleiter hatte sie eingeladen, ihre Sopranstimme geprüft und sie aufgenommen. Jetzt übte sie sich im Gesang des Gregorianischen Chorals, und man bereitete sich auf die großen liturgischen Festsonntagen mit Werken von Mozart und Haydn vor. Es waren im Chor alle Altersklassen vertreten, sie war jedoch wiederum die jüngste und während der Proben konnte sie sich in die Musik hineinfallen lassen. Die Sorgen verblassten allmählich und sie fühlte sich nicht mehr einsam. Von den Melodien getragen, träumte sie von weit entfernten Himmelssphären.

Eines Abends bei der Chorprobe durchdrang aus der letzten Reihe der Sänger, tief wie die Schwingung eines Cellos eine vibrierende Bassstimme:

"veni creator spiritus, mentes tuórum visita",
riefen die Worte und die Melodie füllte den sakral gewordenen Raum. Violetta drehte langsam den Kopf nach hinten, um vorsichtig nachzusehen, von welchem Sänger diese tiefe Stimme kam und spürte, wie ihr Herz anfing heftiger zu klopfen. Es war Etienne, der Bruder des Chorleiters. Etienne konnte nicht immer an den Proben teilnehmen, da er

in Bern studierte. Umso mehr fiel seine außergewöhnliche Stimme auf, wenn er hinten mit den anderen Sängern stand.

Nach den Proben gingen einige Leute in ein Café und Violetta nahm ihren Mut zusammen und beschloss, sich dazu zu gesellen. Wenn ihr Blick auf den gutaussehenden Etienne fiel, bekam sie feuchte Hände und sie geriet in ein Gefühlschaos. Einerseits war dies schön, doch dann litt sie darunter und hatte Angst vor Enttäuschung, weil sie nicht wusste, wie sie damit umgehen sollte. Alles schien ihr kompliziert zu sein. Wie sollte sie sein Interesse wecken? Zuerst aber überwiegten die Glücksgefühle.

Nach dem Café-Besuch kehrte Violetta beflügelt nach Hause zurück und Großmutter Marie war sichtlich erfreut, dass ihre Enkelin so aufblühte. Violetta war verliebt, aber keiner sollte es wissen! Doch ihre Cousine Simone, wohlvertraut in Herzensangelegenheiten hatte es bemerkt.

"Etienne ist sehr bekannt, er gilt als der schönste Mann der Stadt und alle Mädchen sind hinter ihm her!", sagte Simone lachend, was Violetta gar nicht lustig fand. Tatsächlich war auch im Chor eine Frau, die immer selbstbewusst und ohne Scheu seine Nähe suchte. Sie wusste, wie man's macht! Doch noch freute sich Violetta auf die wöchentlichen Chorproben.

Sie fing aber an, sich mit anderen zu vergleichen. Vor dem Spiegel stellte sie sich hin und sah ein ebenso unbeholfenes Mädchen wie ihre Kommilitonin aus der Handelsschule. Was sie in den Spiegel sah, gefiel ihr gar nicht, warum konnte sie nicht einfach so hübsch und sexy aussehen, wie die anderen, mit lockigem Haar und glatter Haut, großen Augen und wohlgeformtem Körper? Sie hatte festgestellt, dass schöne Menschen mehr begehrt werden und das beste Beispiel dafür war ihre eigene Mutter, die keine Schwierigkeiten hatte, zahlreiche Verehrer zu haben. Susanne ließ keine Gelegenheit aus, ihrer Tochter unliebsame Bemerkungen über ihr Aussehen zu äußern, sie würde überhaupt nichts von ihr geerbt haben, sondern die Gesichtszüge der Moiry würden dominieren. Von den Nonnen hatte sie auch immer wieder gehört, dass es die Seele des Menschen sei, die schön werden soll, während man den bösen Leib durch Askese reinigen sollte. Violetta fürchtete auf einmal, nie heiraten zu können, wer würde sich schon für sie interessieren? Auf all diese Fragen gab es zunächst keine Antwort, so dass sie in Gedichten ihrem Ersehnen Ausdruck verlieh.

Das Ende des Schuljahres stand kurz bevor und sie bereitete sich auf die Prüfungen, die sie erfolgreich bestand, so dass sie ein Diplom als Stenotypistin erhielt. Es dauerte nicht lange und sie saß mit anderen Frauen zusammen in einem Schreibzimmer der Steuerverwaltung.

Zwei Jahre lang blieb sie dort und schrieb den ganzen Tag allerhand Dokumente und Briefe. Und da es langweilig war, hatte sie viel Zeit an Etienne zu denken. Es verzehrte sie innerlich, weil sie feststellen musste, dass er zwar nett zu ihr war, ansonsten jedoch sie nicht ansah, wie sie sich wünschte, angesehen zu werden. Sie kam sich vor wie eine Ertrinkende, die versucht, sich aus dem Wasser zu retten.

Schließlich vertraute sie sich ihrer Cousine Simone an. Verständnisvoll und ruhig versuchte sie Violetta Mut zu machen. "Wenn es daraus etwas werden soll, wird es einfach geschehen", sagte sie besonnen.

"Es ist für sie leicht, so etwas zu sagen", meinte Violetta resigniert. "Umworben zu werden, geschieht nur den anderen, mir nicht."

So oft wie möglich kletterte sie wieder die alte Rue des Châteaux hoch hinaus zur Burg, wo sie als Kind so herrlich mit ihrem Cousin gespielt hatte. Von dort oben dehnte sich die Altstadt wie ein Flickenteppich am Fuß des Hügels und man schaute auf den silbrigen Lauf der Rhône, dem Strom, der das Walliser Tal bis zum Genfer See durchfließt. Die von hohen Wildgräsern überwucherten Felsen der alten Ruine, das Wehen des Windes und das Spiel von Sonne und Schatten in den Ästen der Bäume beruhigten ihr hitziges Gemüt. Als Kind hatte sie diese Natur geliebt, jetzt hatte sie das Gefühl, von dieser Natur geliebt zu werden.

Die eintönige Routine des Büroalltags wurde eines Tages unterbrochen.

"Violetta, wir haben deinen Vater heute in der Stadt gesehen, wie er mit einem kleinen Ziegenbock spazieren geht. Und man sagt, der Bock würde in den Kneipen pinkeln, da gibt es Ärger!", erzählten zwei Kolleginnen richtig amüsiert.

Pierre, dessen Ruf bereits für Schlagzeile sorgte, kümmerte sich nicht um die Äußerungen der Leute. Das Dorf Montana ist nicht weit entfernt von Sion und so fuhr er oft in die Hauptstadt, in der auch seine Frau arbeitete. Pierre wartete mit Titus, dem Ziegenbock, in seiner Stammkneipe auf Jeannette, die nach der Schule dazu kam. Das zutrauliche Tier lebte, wie es leben musste und der Wirt, ein Kumpel von Pierre, wurde sauer und verlangte Reinigungsgeld für seine Kneipe. Die ansonsten ruhige und sachliche

Jeannette konnte sich nicht zurückhalten vor Lachen und fand das ganze ziemlich lustig.

Für Violetta bedeutete das Verhalten ihres Vaters, dass man sie noch mehr als sonderlich ansah. Als Tochter eines verrückten Künstlers würde sie keine gute Partie abgeben. In dieser Umbruchzeit Mitte der 60er Jahre war es für viele wichtig, den Normen der bürgerlichen Gesellschaft zu entsprechen.

Zum Glück glätteten sich die Wogen und Violetta reifte an den alltäglichen Aufgaben. Von ihrem ausgezahlten Geld gab sie ihrer Großmutter, die ihr die Schule finanziert hatte, einen monatlichen "Zehnten" ab. Zudem sollte sie lernen zu sparen, hieß es weiter. Es gab ohnehin für Violetta keine Veranlassung, viel Geld auszugeben. Nebenbei hatte sie erfahren, dass ihre Kolleginnen mehr verdienten als sie, weil sie die höhere Handelsschule von drei Jahren besucht hatten.

Es war ein seltsamer Zufall, als eines Tages Violetta mitten in ihrer emotionalen Desorientierung einer früheren älteren Schulkameradin auf der Bahnhofstraße begegnete. Violetta war immer voller Bewunderung für sie gewesen, weil sie schon als Kind ziemlich wusste, was sie wollte, und intelligent war sie, eine, die keine Probleme mit Mathematik hatte. Die junge rothaarige Frau blieb erstaunt stehen.

"Violetta Moiry, aus der Primarstufe, was für eine Überraschung, dich wieder zu sehen! Was machst du jetzt, studierst du oder gehst du arbeiten?"

Violetta, die wie immer beim Gehen in Phantasien schwelgte, erwachte daraufhin sichtlich erfreut.

"Claudine Dupin, ich erinnere mich gut an dich. Wirklich nett, dich wiederzusehen." Violetta atmete tief durch. "Ich arbeite als Stenotypistin bei der Steuerverwaltung. Eigentlich wollte ich nie in einem Büro arbeiten. Weißt du, ich habe so gern gemalt. Nun damit kann man seine Brötchen nicht verdienen. Nach dem Internat hatte man mich also in die einjährige Handelsschule geschickt. Und was machst du?"

"Ich bin gerade zurück aus Deutschland, wo ich als Au-Pair-Mädchen in einer Familie in München sechs Monate verbracht habe", antwortete Claudine euphorisch. Eine tolle Zeit, sage ich dir. Ich war auch in Konzerten und nebenbei habe ich ganz gut die deutsche Sprache gelernt. Ende nächsten Monats geht es nach England, dort werde ich auch in einer Gastfamilie leben und zur Sprachschule gehen."

"Was willst du später mit Sprachen tun? Übersetzerin?"

"Nein, ich brauche vor allem Englisch, weil ich vorhabe, Naturwissenschaften zu studieren, um später nach Amerika auszuwandern und in der Forschung zu arbeiten", ergänzte Claudine in einem Atemzug. "Vielleicht finde ich in den USA auch einen guten Job, wer weiß?" Claudine warf einen Blick auf die Uhr. "Lass uns doch zusammen in den Tea-Room gehen, da kann ich dir schöne Geschichten aus meiner Zeit in München berichten. Und erzähl mir, wie deine Jahre so vergangen sind nach deiner Rückkehr aus Frankreich."

Violetta war über Claudines Neuigkeiten aufgewühlt. Da war eine, die wenigstens wusste, was sie will. Violetta spürte, wie etwas Unbekanntes, völlig Neues sie in seinen Bann zog. Wissbegierig fragte sie:

"Wie kommt man so an einer Stelle als Au-Pair-Mädchen, wie hast du das angestellt?"

"Wenn man noch nicht volljährig ist, muss wenigstens ein Elternteil zur Au-Pair-Agentur in Lausanne mitkommen", erklärte Claudine. "Es wird dann eine geeignete Gastfamilie gesucht. Gut ist es außerdem, wenn man einige Sprachkenntnisse schon hat. Na, Interesse? Oder willst du dein Leben lang hierbleiben?"

"Nein, aber ich liebe das Wallis", sagte Violetta kleinlaut. "Es würde mir schwerfallen, von hier wegzugehen."

"Du kannst ja wiederkommen, und eine gute Aussicht auf eine bessere Stellung hättest du mit Sprachkenntnissen auf jeden Fall."

Als die beiden den Tea-Room verließen, ließ Violetta diese Unterredung mit der alten Freundin nicht mehr los. Beide Mädchen wollten auf jeden Fall weiter in Verbindung bleiben, um über ihre jeweiligen Lebenswege auf dem Laufenden zu bleiben. Vor einer eventuellen Entscheidung, ob sie auch nach Deutschland gehen sollte, gab sich Violetta Bedenkzeit. Ihre Großmutter würde traurig werden, doch sie war weise und verständnisvoll. Was ihre Mutter betraf, würde es sicherlich keine Schwierigkeiten geben. Zu sehr war Susanne mit ihrem eigenen Leben beschäftigt und sie selbst war als junges Mädchen unter ganz anderen Umständen von zuhause fortgelaufen. Beruhigt durch diese Überlegung fühlte sich Violetta in der nachfolgenden Zeit erleichtert und es gelang ihr besser, auf Abstand zu Etienne zu gehen. Zudem verstand sie schmerzlich, dass es eine unerwiderte Liebe war.

Die Begegnung mit Claudine sollte in einer weit entfernten Zukunft ihrem Schicksal eine ganz andere Wendung geben.

Nach langen Überlegungen nahm Violetta ihren Mut zusammen und beschloss, ihre Großmutter über ihr Vorhaben in Kenntnis zu setzen.

Simone war inzwischen verheiratet und nach Genève gezogen. Ihr Mann studierte dort Physik und Mimi hatte auch Sion verlassen, um in Fribourg Studiengänge in Sport und Pädagogik zu belegen. Die Cousins waren dementsprechend lange voreinander getrennt, nur an den Wochenenden kamen sie manchmal zu Besuch.

Großmutter Marie war über die Absicht ihrer zweiten Enkelin traurig, wohl wissend, dass es für immer sein könnte. Seit drei Jahren wohnte Violetta bei ihr und es war nur eine Frage der Zeit, wann auch dieses Kind sich loslösen würde.

Weinend küsste Violetta ihre Großmutter.

"Danke, Oma, für alles ... Was wäre ich ohne Dich geworden? Ich komme doch wieder, wenn ich die deutsche Sprache kann. Und ich werde dir schreiben."

Großmutter Marie nahm schluchzend ein Taschentuch.

"Ja, meine Kleine, vergiss diese Jahre mit Oma nicht. Sie werden dir in Erinnerung bleiben als die schönsten deiner Jugend." Ihre Worte sollten sich bewahrheiten.

Die ansonsten so fröhliche Tante Anna hatte etwas griesgrämig reagiert.

"Komm ja nicht zurück mit einem deutschen Mann!"

Nun musste sie noch ihre Mutter von ihren Plänen in Kenntnis setzen. Zu diesem Zweck zog Violetta ein schönes Kleid an. Susanne sollte sehen, dass ihre Tochter sich auch modisch kleiden konnte. Ob diese Aufmachung ihr helfen würde, mehr Zutrauen zu gewinnen?

Das Treffen verlief positiver als erwartet. Susanne war damit einverstanden, dass Violetta für ein Jahr nach Deutschland gehen wollte. "Es hätte mir zwar besser gefallen, wenn deine Wahl Italien gewesen wäre!", hatte sie dennoch enttäuscht gesagt. Ein Termin in der Au-Pair-Agentur in Lausanne wurde vereinbart.

"Wir haben da etwas für ihre Tochter", sprach die Mitarbeiterin. "Allerdings nicht in München, weiter oben in Frankfurt am Main bei einer Arztfamilie. Es gibt keine Kinder zu betreuen, dort wird eine Haushaltshilfe gebraucht. Es ist das Einzige, was ich zurzeit anbieten kann, denn ihre Tochter ist noch nicht volljährig", erklärte die Frau mit monotoner Stimme. "Und noch etwas: In Frankfurt sind viele amerikanische Soldaten stationiert. Es ist angebracht, vorsichtig zu sein und nicht mit ihnen auszugehen!"

Dies wäre Violetta sowieso nicht in den Sinn gekommen, wo sie unter Liebeskummer litt. Zuerst einmal musste sie einfach fort, auch wenn es schmerzlich war, denn in ihrer Unsicherheit hatte sie auf einmal Angst vor der eigenen Courage. Schließlich weiß man ja nicht, was einem in der Fremde erwartet. Von ihrer Mutter konnte sie keine Ratschläge erwarten, es fehlte ihr einfach das Vertrauen, sie daraufhin anzusprechen.

Pierre und Jeannette fanden die Idee gut und philosophierten nach dem Motto: "So viele Sprachen man kann, so oft ist man Mensch."

Jetzt ging alles schnell. Violetta kündigte ihre Stellung beim Finanzamt. Am letzten Arbeitstag bekam sie ein Geschenk von ihren Kollegen, und ihr Vorgesetzter lud die Abteilung zu einem gemeinsamen Abschiedsessen ein. Als Violetta das ihr geschenkte Buch öffnete, fiel ihr ein inliegendes Kärtchen in die Hände, das in Anspielung auf ihr gelegentliches Zuspätkommen die folgenden Worte aufwies: "Seien Sie morgens pünktlich, vergessen Sie uns nicht ganz und schicken Sie uns eine Ansichtskarte!"

Die Zeit war gekommen, von der Familie Abschied zu nehmen. Simone und Mimi waren gekommen, um Violetta an der Schwelle ihres neuen Weges zu begleiten.

Am Tag der Abreise, kurz vor Weihnachten, während sie auf ihren Zug nach Genève auf dem Bahnsteig wartete, erklang aus einem Transistorradio eines Mitreisenden der berühmte Hit aus dem Jahr 1962, das unvergessliche Chanson von Richard Anthony:

"… Schon höre ich den Zug pfeifen,
den Zug, der so traurig pfeift in der Nacht.
Ich hätte nicht genügend Herz gehabt, Dich wieder zu sehen
Schon höre ich den Zug pfeifen
…
Mein Leben lang",

schmetterte der Sänger mit melancholischer Stimme.

Es gab kein Zurück mehr. Der Zug der SBB fuhr durch das Rhône-Tal an den während der Sommermonate sonnenverwöhnten Aprikosenplantagen vorbei in Richtung Genève, wo sie die Weihnachtstage bei Susannes Schwester, Tante Lilly, verbringen würde. Von dort aus würde sie dann in den Hispania-Express einsteigen und die lange Reise über Basel durch immer flacher werdende Landstriche bis zum Zielbahnhof Frankfurt am Main in Deutschland antreten.

Alles schien mit Violetta fortfliehen zu wollen. Vom Fenster aus konnte sie noch in der Ferne die beiden Hügel von Valère und Tourbillon wahrnehmen. Als diese allmählich verschwanden, spürte sie, wie sich ihre Kehle zuschnürte.

Abschied

Im schaukelnden Zug muss ich aufbrechen,
loslassen die stillen Wälder meines Wallis.
Es wird mich begleiten vom Sternenhimmel
das dunkelblaue Antlitz,
wenn vom Geist getrieben, ich zu neuen Ufern
Raum und Wege werde durchschreiten müssen.
Alpen-Thymian und tiefgrüne Kiefernadeln
verrieten mir vom Leben das Geheimnis.
Doch unbekannte, weit entfernte Gipfel
werd'ich jetzt auf steinigem Pfad erklimmen,
mit einem Funken Hoffnung, um durch das Dunkel
von Schwermut losgelöst, zu gesunden.
So nehm'ich auf leisen Sohlen Abschied
und werde eingehen das kühne Wagnis,
mir noch unbekannte Welten zu erkunden.
Ich ziehe los, im Herzen ein Klagelied,
weil vom Geliebten, an seiner Seite
der Platz schon längst vergeben ist.

er "Eiserne Steg"
Frankfurt / Main

Großstadtdschungel

Ende Dezember. Über Nacht war der erste Schnee gefallen. Feld und Flur glitzerten unter der Wintersonne. Nach ihrer Abreise aus dem Wallis hatte Violetta noch Zeit gehabt, mit der Familie mütterlicherseits in Genève die Weihnachtstage zu verbringen. In Deutschland erwartete man das Schweizer Au-Pair-Mädchen nicht vor dem 1. Januar des neuen Jahres.

An jenem Abreisetag stand Violetta in Begleitung ihrer Mutter und ihrer Tante wieder einmal auf einem Bahnsteig. Diese Reise würde einen drastischen Einschnitt in ihr Leben haben, jetzt aber schaute sie geistesabwesend auf die Schienen. Nach einem letzten Winken aus dem Fenster nahm Violetta Platz auf den gepolsterten Sitz des Abteils. Plötzlich empfand sie ein Gefühl tiefer Einsamkeit und sie fragte sich, ob ihre Entscheidung, die jetzt bitter schmeckte, auch richtig war.

Unter den Mitreisenden in ihrem Wagen war sie auch die Einzige, die allein unterwegs war. Große Veränderungen standen bevor. Doch hoffte sie, diese bald als Chance wahrnehmen zu können. War Claudine nicht begeistert gewesen, als sie über ihr Au-Pair-Jahr in Deutschland berichtete?

Nach und nach schlängelte sich jetzt der "Hispania Express" durch schroffe und kantige Felsenlandschaften und hatte nach etwa vier Stunden Basel erreicht. An der Grenze zu Deutschland stiegen Grenzbeamte in den Zug ein und fragten nach den Personalausweisen. Nun befand sich Violetta auf deutschem Boden und betrachtete das neue Land mit seinen flachwelligen winterlichen Landstrichen und Weinanbaugebieten, fast wie im Wallis, dachte sie. Bei diesem Gedanken zog sich ihr Herz zusammen. Jetzt war sie wirklich weit weg von der Heimat. Als sie in Frankreich lebte, war sie noch ein Kind und kannte dieses zwiespältige Gefühl der sich anbahnenden Veränderungen noch nicht, doch jetzt würde sie sich daran gewöhnen müssen, dass alles in Deutsch zu lesen sei, auch auf den Lebensmittelpackungen, ohne den französischen und italienischen Text, den Sprachen der Eidgenossen. Sie seufzte und ließ ihren Blick wiederum in die Weite schweifen. Im schnellen Tempo fuhr der Zug immer tiefer in das flache Landesinnere, an Städten und weiten Ackerflächen vorbei, grau wie die regenschweren Wolken. "Du wirst sehen, Violetta, in Deutschland kann man gut lernen, es regnet so oft, dass du nicht raus gehst!", hatte man ihr prophezeit.

Wie groß war dieses Land! Violetta blickte zum unbekannten Horizont, während sie, ermattet von der Reise, allmählich der Schwere ihrer Lider nachgab.

Ein lauter Pfiff riss sie aus ihrem Schlaf. Der Zug hatte einen großen Bahnhof erreicht und auf dem Bahnsteig standen viele Reisenden, die in den "Hispania Express" einstiegen. Vor Violetta saßen ein Mann und eine Frau, die sich genüsslich ein großes Sandwich einverleibten. Das erinnerte sie daran, dass sie selbst auch noch nichts gegessen hatte, doch mit einem Kloß im Hals war an Essen nicht zu denken, weshalb sie ihr Butterbrot zuerst nicht anrührte.

Der Regen perlte an den Fensterscheiben ab und Violetta überlegte, wie wohl der deutsche Herr Doktor Baumgarten aussehen würde. Es war vereinbart worden, dass zur Erkennung zusätzlich zum Foto ein jeder die Hälfte der vorab per Post zugeschickten rot-weißen Karte in der Hand halten würde. Je näher sich der Zug dem Zielbahnhof Frankfurt am Main näherte, desto verlorener fühlte sich Violetta. Auf was hatte sie sich da eingelassen? Wagemutig zu sein war nicht ihre Stärke. Doch jetzt darüber zu philosophieren war unpassend. Beim Eintreffen in Frankfurt zeigten sich imposante Industrieanlagen. Eine ausgeschüttete Kohleanhäufung lag neben den Gleisen und aus hohen Schornsteinen entwich ein dunkelgrauer Rauch. Mit quietschenden Bremsen trat der Zug langsam in die große mit Glas überdachte Bahnhofshalle ein.

"Frankfurt am Main!", krächzte die Ansage aus dem Lautsprecher. Hektisch nahm Violetta ihre Tasche, die halbe rotweiße Karte und den Gepäckschein für ihr Reisegepäck.

Sie stieg vorsichtig aus dem Zug aus und hielt Ausschau nach der anderen Kartenhälfte. Es waren so viele Menschen auf dem Bahnsteig, man umarmte sich und freute sich über ein Wiedersehen. Violettas Herz pochte, und wenn der alte Herr nicht kommen würde? Ganz sicher, dann würde sie schnell die Rückfahrt antreten.

"Guten Tag, Mademoiselle Moiry!", rief jemand aus der Menge, der ganz hinten stand. Die Stimme gehörte einem etwas älteren, beleibten Herrn, der die andere Hälfte der Karte in der Hand hielt.

"Guten Tag Herr Dr. Baumgarten!", antwortete Violetta mit leiser Stimme, halberfreut darüber, dass der Mann doch gekommen war.

"Sie sprechen schon etwas Deutsch, das ist gut. Ich hoffe, Sie werden sich bald gut verständigen können", kommentierte der alte Herr.

Violetta zeigte ihren Gepäckschein. Dr. Baumgarten verstand und ging mit ihr zum Gepäckservice. Als er die beiden großen Koffer sah, murmelte er vor sich hin: "Wie eine Prinzessin ist sie auf Reise!"

Schnell waren die Koffer im Taxi verstaut und der Wagen brachte den Herrn Doktor und Violetta in das Haus, das ab sofort ihre neue Bleibe sein würde.

Während der Fahrt entdeckte Violetta mit wachen Sinnen die Stadt. Alles war eine Nummer größer als in Sion und die Straßen so breit wie die Plätze ihrer Heimatstadt. Einige der Häuser hatten eine historische Vorderseite. Es gab aber auch noch wildwüchsige Brachflächen, die nach dem Zweiten Weltkrieg entstanden waren.

Das Wohnhaus der Baumgarten befand sich in einem Stadtteil im Nordwesten der Stadt. Violetta war erfreut über die vielen entlang der Straße stehenden Bäume, deren kahle Äste in den bleiernen Himmel emporragten. Kneipen suchte man hier vergeblich. Es gab jedoch sogenannte "Trinkhallen", wo einige Männer mit Bierflasche in der Hand herumstanden. "Sie trinken hier anscheinend keinen Wein", vermutete sie.

Frau Baumgarten und der erwachsene, etwa Mitte zwanzig Jahre alte Sohn, weilten im Wohnzimmer. Die hohe weiße Decke der Altbauwohnung war verziert mit Stuckornamenten, was sehr schön aussah. Nach einer Verschnaufpause erhob der Herr Doktor die Hand in Richtung Küche. Es gab das "Abendbrot", was man in Deutschland eben abends zu sich nimmt: Brot, Käse, Aufschnitt, Gurkenscheiben. Violetta saß schweigend neben dem Herrn Doktor und beobachtete die Familie.

"Du bist nicht unser erstes Au-Pair-Mädchen aus der Schweiz", erklärte Frau Baumgarten. "Wir duzen unsere

Mädchen", ergänzte sie und sprach sowohl langsam als auch deutlich. "Alle haben sich hier wohl gefühlt und haben schnell gelernt." Violetta konnte nicht alles verstehen und wusste, dass sie so schnell wie möglich, diese Sprache lernen musste. Der Sohn betrachtete die von der Reise ermüdete und nicht mehr ganz frische Schweizerin mit herablassender Miene.

"Ich werde dir zeigen, wie du meine Sachen in meinem Zimmer in Ordnung halten sollst!", meldete er selbstbewusst.

Die Wohnung war sehr geräumig, ein großes Zimmer diente als Warteraum für die wenigen Patienten, die der Herr Doktor in seinen alten Tagen noch privat betreute. Die Linoleum-Fußböden blitzten vor Sauberkeit und Violetta fragte sich, ob sie zukünftig diesbezüglich auch ans Werk gehen müsste. Nach dem Essen führte man sie zu einem weiteren Raum, in dem medizinische Geräte standen, die voneinander mit Hilfe eines Raumteilers getrennt waren. Dahinter befand sich ein Kleiderschrank und ein schmales Bett. Dies sollte ihr Schlafplatz werden. Violetta hatte nur noch einen Wunsch: die Augen schließen und träumen, dass dieser erste Sinneseindruck sich von einem tristen in einen erfreulicheren umwandeln möge.

"Morgen früh zeige ich dir, wie du für uns das Frühstück bereiten sollst, sei bitte hier in der Küche um 7.00h", erklärte der Hausherr. "Wir essen nämlich gebratene Eier." Er ging zur Tür und drehte sich zu Violetta: "Gute Nacht, Fräulein Moiry!"

Fröstelnd kroch sie unter die Decke. Die Gegenstände in dem Raum standen drohend wie graue Geister, mit denen sie im Traum kämpfte

Wie gewünscht, stand sie etwas unbeholfen pünktlich um 7.00h in der kalten weißgestrichenen Küche. Der Herr Doktor zeigte ihr die Speisekammer und wie die Eier zubereitet werden sollten. Das Frühstück war reichhaltig, es gab nicht nur Butter und Marmelade, wie in der Schweiz üblich, sondern auch Käse, Wurst und eben Rühreier mit Bacon.

Während sie aßen, gaben sie keinen Laut von sich, nur der junge Herr Baumgarten kündigte Violetta an, er wünsche sein Zimmer ordentlich aufgeräumt zu finden.

Tagsüber putzte sie, wischte den Linoleumboden und reinigte die Küchenkacheln. Wenn es an der Tür klingelte, musste sie die Patienten hineinlassen. Nach bereits kurzer Zeit fing ihr Rücken an zu schmerzen und beim Blick in den Spiegel fühlte sie sich abscheulicher denn je. Ihre Großmutter würde über das blasse Aussehen ihrer Enkelin sicher erschrecken.

Der Sohn des Hauses ließ auch keine Gelegenheit aus, ihr von der Schönheit seiner Freundin vorzuschwärmen. "Sie hat eine so hübsche Nase und eine tolle Figur!", pflegte er oft zu sagen. Violetta lernte allmählich dies zu ignorieren und versuchte tagtäglich, mit ihren Emotionen und Ängsten umzugehen. "Ob ihre ehemalige Schulkameradin in ihrer Au-Pair-Familie hatte auch so arbeiten müssen?", fragte sie sich. Die in der Handelsschule erworbenen Sprachkenntnisse kamen ihr zu Gute, so dass sie bereits einige Standardsätze sprechen und immer mehr Wörter verstehen konnte.

Wegen der Feiertage hatte der Deutschunterricht für Ausländer in der Volkshochschule noch nicht begonnen und so wartete Violetta ungeduldig darauf, endlich beginnen zu können. In der Zwischenzeit schrieb sie beinahe täglich Briefe an Großmutter Marie. Abends im Bett kreisten ihre Gedanken oft um Etienne im fernen Wallis, nach dem sie sich sehnte.

Mitte Januar war es soweit, die Tochter einer Bekannten von Frau Baumgarten nahm Violetta mit zur Sprachschule, um sie anzumelden. Mitten auf der breiten Hauptstraße verkehrte die Straßenbahn, die sich den Weg mit lauten Klingeltönen durch den belebten Straßenverkehr zu bahnen versuchte. Die vielen vor Ort gelegenen Konditoreien mit ihren im Schaufenster ausgelegten Torten weckten Violettas Interesse. So große Kuchenstücke hatte sie noch nie gesehen und irgendwann würde sie dort hineingehen und sich an einen dieser runden Tische hinsetzen. Doch fürs Erste meldete sie sich für den Anfänger-Deutschkurs an. Dieser sollte zweimal wöchentlich stattfinden und demnächst beginnen.

Die Gastfamilie nahm dies zur Kenntnis. So durfte Violetta zwar zur Schule gehen, die Hausarbeit jedoch nicht vernachlässigen. Ein Schritt nach vorn war getan und das machte sie zuversichtlich. Zudem gewährte man Violetta ab und zu den Sonntagnachmittag frei. Mit dem Stadtplan unter dem Arm ging sie dann auf Entdeckungstour, angefangen mit der Umgebung des Hauses. Das gepflegte Wohngebiet mit den alten Villen und Hofgärten war ruhig. Weiter in Richtung Zentrum fühlten sich jedoch die Straßen mit Autolärm, Straßenbahnklingel, Feuerwehr und Polizei. Es gab auch große Warenhäuser. Alles konnte man dort kaufen, und Violetta, die nur die kleinen Geschäfte ihrer Heimatstadt kannte, würde sicherlich eines Tages hineingehen. Die Welt der Mode hatte ihr Interesse geweckt. Ihre Cousine

Simone, die sich so sehr bemüht hatte, aus Violetta ein "richtiges" Mädchen zu machen, wäre darüber begeistert.

Eines Tages entdeckte sie einen kleinen bewaldeten Park in ihrem Stadtteil mit einem Rundweg um einen kleinen Weiher. Diese Oase war das Refugium vieler Vögel. Der Spaziergang zwischen den Eichen und Buchen der Grünanlage erweckte den Eindruck, gar nicht mitten in einer Stadt zu sein. Sicher würde sie hierher zum Aufatmen öfter wiederkommen.

Die Weihnachtsferien waren vorbei und sie konnte mit dem Unterricht endlich beginnen. Als sie am ersten Tag in den Schulraum eintraf, hörte sie wie zwei Mädchen auf Französisch sich unterhielten. Beherzt ging sie auf die beiden zu. Schnell war eine Verbindung entstanden, denn an Gesprächsstoff als Ausländerin im fremden Land fehlte es nicht.

Nach einiger Zeit hatte man sich zusammengefunden und Violetta staunte darüber, dass die beiden Französinnen ihren Alltag sehr viel freier als sie selbst gestalten konnten. Jeden Nachmittag hatten sie Zeit zur Verfügung, um Land und Leute kennenzulernen. Als sie von den prekären Arbeitsbedingungen Violettas erfuhren, nahm sich die ältere Nicole ihr an:

"Sie könnten eine andere Gastfamilie suchen!", schlug sie vor.

"Ich würde ja gern, aber wie?"

Nicole erklärte weiter:

"Das internationale Au-Pair-Programm hat auch hier in Frankfurt ein Büro. Ich war bereits dort. Einmal monatlich gibt es Schülerinnentreffen bei Kaffee und Kuchen, um sich auszutauschen. Man spricht auch etwas Französisch. Anhand einer Kartei mit vielen Adressen von Gastfamilien, wird einem nach der Kündigungsfrist eine neue Familie angeboten."

Violettas Herz schlug jetzt schneller. Ja, das würde sie so bald wie möglich in Angriff nehmen. Schlimmer als die unfreundliche Behandlung der Baumgarten konnte es nicht werden. Nachdenklich verließ sie an jenem Tag die Schule und nahm sich vor, ihren Au-Pair-Vertrag zum nächstmöglichen Termin zu kündigen. Nicole hatte angeboten, sie zum Frankfurter Au-Pair-Büro zu begleiten. Dann war es soweit. Die Sekretärin, die auch Französisch sprach, empfing Violetta und begrüßte sie freundlich.

"Erzählen Sie doch, was in Ihrer Gastfamilie nicht in Ordnung ist, und warum Sie sich dort nicht wohlfühlen."

"Ich habe wenig Zeit zum Lernen und verbringe den ganzen Tag damit, die Wohnung zu putzen und die Patienten des Herrn Doktor hereinzulassen. Auch schikaniert mich der Sohn immer wieder", erzählte Violetta etwas verlegen.

"Es kommt schon vor, dass das Verhältnis in einer Gastfamilie nicht so läuft, wie man es sich erhofft hat. Aber Sie sollten nicht wie eine Putzfrau den ganzen Tag arbeiten und vor allem nicht Empfangsdame der Praxis sein", sagte die Sekretärin weiter, während sie ihre Karteikartenbox öffnete. Langsam blätterte sie die Kärtchen durch.

"Da hätte ich was! Ein Ehepaar mit Kind. Frau Schmidt hat uns erst kürzlich angerufen. Die Eltern spielen oft Golf und brauchen vor allem ein Babysitter für ihr neunmonatiges Baby. Haben Sie Interesse?"

"Und ob!" Diese Worte klangen in Violettas Ohr wie Musik. Würde sich ihre Lage nach den letzten anstrengenden Wochen zum Guten wenden?

Sie konnte es kaum begreifen. Und ja, sie wollte es. Zu unglücklich war sie bei den Baumgarten und die Vorstellung, noch ein Jahr unter diesen Bedingungen leben zu müssen war ihr zuwider, es fehlte wenig und sie wäre wieder zu Großmutter Marie zurückgereist.

Sie wusste zu dieser Zeit noch nicht, dass ihr unsicheres Auftreten und ihre Übersensibilität eine Angriffsfläche boten, die sie zur Zielscheibe für Angriffe anderer Menschen machten. Die Sekretärin fuhr fort:

"Sie haben vier Wochen Kündigungsfrist. Sprechen Sie also bald mit der Gastfamilie über Ihre Entscheidung und weisen Sie darauf hin, dass Sie von uns weiterhin betreut werden. Ihre jetzige Gastfamilie wird wiederum mit dem Büro in der Schweiz Kontakt aufnehmen und wahrscheinlich sich beschweren. Aber es gibt nun mal das Risiko einer Vertragsauflösung zwischen Studentin und Gastfamilie. Doch viele junge Mädchen sind diesbezüglich unsicher und manche kehren in ihre Heimatländer zurück. Das ist auch keine Lösung."

Erleichtert und mit erhobenem Kopf kehrte Violetta an diesem Tag zu den Baumgarten zurück. Sie wollte die Gunst der Stunde nutzen und ihre Kündigung verkünden. Als sie dem Herrn Doktor gegenüberstand, zitterten ihre Hände. In diesem einen Moment war es aber Zeit, ihm ihren Entschluss mitzuteilen. Unverblümt erklärte Violetta, dass sie von diesem Ort weggehen und zu einer anderen Familie wechseln wolle.

Die Botschaft schlug ein wie eine Bombe. "Das könnte dir so passen!", reagierte der aufgebrachte Herr Doktor. Er wusste aber, dass er die Kündigung annehmen musste. Violetta hatte noch vier Wochen bei ihm zu arbeiten. Ärgerlich nur, dass er sich jetzt um ein neues Mädchen kümmern musste. Und er konnte nicht verstehen, dass die Arbeit im Haushalt so viel Zeit in Anspruch nehmen würde. "Du musst halt schneller arbeiten!", sagte er beleidigt.

In der nachfolgenden Zeit musste Violetta dessen üble Laune und die des Sohnes über sich ergehen lassen. Doch sie bemühte sich um ein friedliches Miteinander, ganz überrascht über ihre plötzliche Kühnheit. Es war ihr erster Kampf und sie hatte sich geradezu erfolgreich behaupten können.

Ende März hatte der Frühling in Frankfurt Einzug gehalten und der letzte Arbeitstag bei den Baumgarten war gekommen. Violetta durfte die Altbauwohnung im Nordwesten der Stadt für immer verlassen. Ein Dienstauto des Au-Pair-Büros brachte sie zu ihrer neuen Gastfamilie, die eine Villa im Süden der Stadt bewohnte. Nach Überqueren des Mains kam sie in ein Wohnviertel ganz in der Nähe des Flusses. Beim Vorbeifahren betrachtete Violetta die kleinen Boote auf dem Wasser und die Spaziergänger, die sich auf den schwimmenden Terrassen tummelten. Es war außergewöhnlich warm für die Jahreszeit und die Krokusse zeigten in der lauen Luft ihre goldgelben Blütenkelche.

Ihre neue Gastgeberin, Frau Schmidt, führte Violetta durchs Haus. Die rundum gelegenen Fenster ließen viel Licht hinein und von allen Zimmern hatte man einen Blick auf den Garten. Plötzlich eine Babystimme. Vorsichtig und voller Neugier folgte sie Frau Schmidt in das

Kinderzimmer. Ein aufgewecktes und fröhliches Kerlchen lag da in seinem kleinen Bett. Noch nie hatte Violetta Babys gepflegt. Doch sie wusste, den kleinen Jens-Peter, genannt "Peterle", hatte sie bereits in ihr Herz geschlossen.

"Um wieviel Uhr wollen Sie morgens aufstehen, Mademoiselle Moiry?", fragte Frau Schmidt die verblüffte Violetta. "Ich kümmere mich morgens um den Kleinen, Sie würden dann mit ihm an die frische Luft gehen. Ich bin Physiotherapeutin und behandle einige Patienten hier im Haus. Dann kommt mein Mann aus dem Büro und wir essen zu Mittag alle gemeinsam. Ach ja, mein Mann spricht etwas Französisch. Aber Sie sollen ja Deutsch lernen! Sie können sich schon ganz gut verständigen. Wo gehen Sie zur Schule? Doch nicht etwa im Volksbildungsheim?"

"Ja, dort habe ich mit dem Anfängerkurs begonnen."

"Das ist nicht besonders interessant, ich werde Sie zur Universität hinbringen, natürlich nur wenn Sie damit einverstanden sind. Dort könnten Sie mehr junge Leute kennenlernen. Es gibt auch mehrere Deutschkurse für Ausländer."

Violetta nickte, sie war so glücklich wie lange nicht mehr. Und Peterle streckte sein Händchen nach ihr aus.

Der Hausherr, ein Rechtsanwalt, war wesentlich älter als seine Frau und machte auf Violetta einen sympathischen Eindruck. Er sprach mit einem anderen Akzent als seine Frau. Als er vom Büro zum Mittagessen nach Hause kam, begrüßte er sie auf Französisch und erzählte fortan allerlei lustige Geschichten.

Das Essen, das Frau Schmidt servierte, war Violetta recht fremdartig: zusammen gekochter Kartoffelbrei mit

Apfelmus gut gewürzt mit Kümmel und Zwiebeln, dazu Bratwürste. Wider Erwarten schmeckte es gut."Ich komme aus Norddeutschland", erklärte Frau Schmidt lachend "und mein Mann ist Berliner. Na ja, ich wechsle die Kochrezepte, je nach Lust und Laune."

Violetta bezog eine zur Wohnung gehörende Mansarde unter dem Dach, das ihr kleines Reich wurde, wirklich sehr klein, aber gemütlich. Zufrieden schlief sie ein an diesem ersten Abend im Hause der neuen Gastfamilie in Sachsenhausen, dem Frankfurter Stadtteil auf der anderen Seite des Mains.

Die Glocken der nahestehenden Kirche weckten sie vor dem Wecker auf. Das Frühstück hatte Frau Schmidt bereits mit ihrem Mann, der das Haus zur frühen Stunde verlassen hatte, eingenommen, sie nahm jedoch noch einen Kaffee mit Violetta. Von seinem Baby-Park aus konnte Peterle auf die beiden schauen und brabbelte vor sich hin. Wie von Frau Schmidt angekündigt, sollte Violetta vormittags mit dem Kleinen spazieren gehen und vor dem Mittagessen zurück sein, um ihn zu wickeln und zu füttern.

Nach etwa 10 Minuten erreichte man den Main, der zwischen Kaiserdom, Altstadt und Sachsenhausen durchfließt. Die Uferpromenade mit seinen Spazierwegen und Liegewiesen lädt Flanierende zum Verweilen ein. Junge Mütter schoben ihre Kinderwagen und so hatte Violetta irgendwann einige Kontakte geknüpft. Sie sei nur der Babysitter, nicht die Mutter, sagte sie schüchtern. Bei dieser Aussage dachte sie mit Freude daran, dass irgendwann auch sie ein Baby haben würde. Klein-Peterle zeigte sich immer wieder an allem interessiert und spielte mit seinem bunten Schlüsselbund.

Nach einiger Zeit traten ihre bisherigen Erlebnisse und ihre Ängste immer mehr in den Hintergrund. Heimweh hatte sie jetzt weniger, wusste sie doch, dass sich ihre Mutter öfters in Frankreich bei ihrem neuen Freund aufhielt, ihr Vater seine neue Familie und dass sogar Mimi eine Freundin hatte. Simone erwartete ihr erstes Kind. Die Großeltern hatten Sion verlassen, um ihre alten Tage in ihrem Häuschen in Martigny zu verbringen. Dementsprechend wurde der Briefkontakt weniger und Violetta entwickelte mehr Selbstbewusstsein und ihr Charakter gewann an Stärke. Auch lachte sie jetzt öfter, was sicher auch vom Umgang mit dem Kind herrührte. Im Laufe der Wochen vertrauten die Eltern das Baby ihrem Au-Pair-Mädchen immer öfter an, wenn sie zu einem Golfturnier außerhalb der Stadt hinfahren mussten.

Eines Tages nach der monatlichen Zusammenkunft der Au-Pair-Mädchen in der Frankfurter Zentrale schlug eine Freundin vor, durch das Bahnhofsviertel entlangzugehen. Die Mädchen liefen durch die Kaiserstraße und folgten den bunten Neonlichtern, vorbei an zahlreiche Bars und Kneipen. Dass dies das Rotlichtviertel war, wussten sie noch nicht so richtig. Nicole blieb vor einer Bar stehen, aus welcher laute Rockmusik zu hören war. "Lasst uns doch tanzen gehen!", schlug sie vor. Violetta war noch nie tanzen, und sie konnte es auch nicht. Als sie hineingingen war die durch Zigarettenrauch geschwängerte Raumluft dicht wie der Nebel im November und sie wurde von einem heftigen Hustenanfall erschüttert. In der spärlichen Beleuchtung konnte man vorne durch die Dunstglocke an der Seite zum Tresen eine Art Käfig mit goldenen Gitterstäben erkennen, in welchem eine laszive Tänzerin sich halbnackt zeigte. Violetta fühlte sich in dieser Atmosphäre zunehmend unwohl, war sie doch noch so prüde, was Sexualmoral betraf. War das eine Sünde, sich so darzustellen? Einige der Männer, die herumstanden, versuchten es mit Anbaggern, so dass die Freundinnen nach einer Weile die Bar verließen und sich auf den Rückweg machten. Jetzt hatte Violetta ein Problem. Entweder war sie wirklich sehr naiv und zugeknöpft oder aber sie hatte die Entdeckung der Freizügigkeit gemacht. Wie war das mit ihrem Gewissen vereinbar? Sie tat sich schwer, eine Antwort zu finden. Denn sie fühlte oft in ihr dieses sinnliche Begehren, das alles andere vergessen lässt. Für sie zählten jedoch Natürlichkeit und Harmonie auch mit dem eigenen Körper, eine wichtige Rolle. Schließlich kam sie zu der Auffassung, dass sie doch nicht wirklich gehemmt sei, nur die Umstände sollten anders sein. Sich frei zu bewegen gehörte dazu. Sollte sie mit der jungen Frau Schmidt darüber sprechen? Es war unabdingbar, dass sie gerade in einer Großstadt wie Frankfurt immer wieder mit unerwarteten Erfahrungen dieser Art konfrontiert werden würde.

Im Laufe der Zeit lernte Violetta ihren neuen Stadtteil kennen und darüber hinaus erkundete sie je nach Möglichkeit auch den großen Stadtwald, der im Frühjahr mit einem weißen Blumenteppich von Buschwindröschen bedeckt ist, während das Sonnenlicht durch die hellgrünen Zweige der Bäume strahlt. So einen hellgrünen und leuchtenden Frühlingswald hatte sie noch nie gesehen. In den Kiefernwäldern im Wallis gibt es solche Blütenteppiche nicht, das ganze Jahr über tragen die Kiefer- und Lärchenwälder ein tiefes Dunkelgrün, das geheimnisvoll wirkt.

Eines Tages besuchte Violetta auch den berühmten Palmengarten im Westen der Stadt und wurde von dessen exotischer Welt mit Wasserfällen und Aquarien verzaubert. Sie nahm sich vor, mit Skizzenheft und Stift wiederzukommen.

Inzwischen hatte nun Frau Schmidt Violetta an der Johann Wolfgang-Goethe-Universität angemeldet, denn in Zukunft sollte sie ihren Deutschunterricht dort fortsetzen. Es war eine echte Studentenzeit, die jetzt vor ihr lag. Sie besuchte auch die Mensa, lernte neue Freunde kennen und ging manchmal Freitagabend in die Uni-Disko. Es kostete nichts und die Jukebox spielte Blues und Boogie-Musik.

An einem dieser Disko-Abende war der Raum besonders gut besucht und gerade als sie sich hinsetzen wollte, stand auf einmal ein junger Mann vor ihr.

"Hallo, ich bin der Josef! Magst du tanzen?"

Verdutzt schaute Violetta ihn an. Er war etwas größer als sie und von kräftigem aber schlankem Körperbau. Seine aschblonden Haare klebten etwas an seiner Kopfhaut. Er war Brillenträger und einfach gekleidet. Es ging eine Sympathie von ihm aus und sein Lächeln zeigte schöne weiße Zähne. Er nahm Violetta an der Hand bis zur Tanzfläche.

"Ich kann nicht sehr gut tanzen, aber vielleicht kannst du es mir beibringen!", entgegnete Violetta, von der eigenen Kühnheit überrascht. Hits von Conny Francis und von den Beatles füllten bald lautstark den Raum und keiner blieb ruhig sitzen. Wie wild wurde getanzt und gefeiert. Bei langsamen Tänzen erzählten beide aus ihrem Leben. So war Josef Student am Institut für indogermanische Sprachen, was er Violetta gründlich zu erklären versuchte. Auch interessierte er sich für Politik und erwähnte, dass er an den angekündigten Studentenprotesten teilnehmen würde. Violetta wusste noch nicht so richtig, was damit gemeint war, sie war eher damit beschäftigt, Josefs Erzählungen in Deutsch zu verstehen.

Später dachte sie noch lange über ihn nach. Es hatte sie gerührt, dass sie aufgefordert worden war. Jemand hatte sie angesprochen und zum ersten Mal fühlte sie sich inmitten der jungen Leute "angekommen".

Tagsüber das Baby betreuen, zwischendurch zur Uni, die Zeit schien an Violetta vorbei zu fliehen und sie entdeckte immer mehr neue Welten, die ihr wichtig wurden.

In den 68er Jahren gab es aber auch einen großen politischen Umbruch. Man akzeptierte die alte Welt nicht mehr, übte Kritik an das kapitalistische System und demonstrierte gegen Krieg und Rassendiskriminierung. Die Studenten gingen auf die Straße, sie lieferten sich bald Kämpfe mit der Polizei; es war eine echte Revolte und in Deutschland war neben Berlin die Stadt Frankfurt bei diesen prägenden Entwicklungen Vorreiterstadt. Josef nahm teil an Demonstrationen und die Studenten besetzten die Universität, wodurch der Unterricht in dieser Zeit auch für Violetta ausfiel.

Als die Lage sich beruhigt hatte, fingen die beiden an, sich öfters zu treffen. Man ging ins Kino, am Mainufer spazieren, in den Stadtwald picknicken und für Violetta, was sie so gernhatte: in die Eckkneipe "Onkel Max", Reis mit Soße für 1,10 DM essen gehen oder den linksalternativen "Club Voltaire" besuchen, um die von der Chefin persönlich direkt am Tresen geschmierten Schmalzbrote zu genießen. Dort gab es auch unkonventionelle Menschen, die über eine neue Ernährungsform diskutierten: essen nach dem makrobiotischen Yin und Yang-Prinzip, was angeblich zu Glück und Gesundheit führen und zu einem langen Leben verhelfen sollte.

Der sprachtalentierte Josef konnte sogar genug Französisch, um sich mit Violetta zu unterhalten. Inzwischen hatte sie jedoch Fortschritte gemacht und verständigte sich auf Deutsch bereits ganz gut.

Violettas Gastfamilie machte eines Tages die Bekanntschaft mit Josef und er wurde dort hin und wieder eingeladen. Es war eine gute Zeit für Violetta, die sich jetzt mit ihrem Au-Pair-Taschengeld schöne Kleider und Modeschmuck kaufte. Eine neue Frau wollte sie werden, eine, die selbstsicher aussieht und gefallen kann. Wenn sie in den Spiegel schaute, fiel ihr auf, dass unter dem dichten hellbraunen Haar ihr Gesicht runder und fraulicher geworden war.

Als der Herbst sich ankündigte, wanderten Violetta und Josef häufiger in den Stadtwald, der jetzt ein leuchtendes Freudenfeuer der Farben zeigte. Josef, der Intellektuelle, begleitete Violetta, die mehr von der eigenen Seele getrieben war. Er hingegen beschäftigte sich am liebsten mit skurrilen Dingen und mit Politik. Aber er mochte auch Violetta und meinte, dass es für ihn gut sei, öfter an der frischen Luft zu sein. Diese Anfangszeit mit der ersten Freundin sollte für ihn zu den unbeschwertesten Momenten seines Lebens werden.

Auf dem Rückweg kamen sie an einem Teich, der still zwischen mehreren Tümpeln silbrig glitzerte. Die verträumte Violetta hob einige bunte Blätter zur Dekoration ihres Zimmers.

"Ich habe meinen Eltern von dir erzählt", verkündete Josef auf einmal. "Und ich habe zugesagt, dass wir bald zu ihnen fahren. Sie wollen dich unbedingt kennenlernen."

Die erstaunte Violetta akzeptierte diese Einladung, doch sie hatte so ihre Zweifel. Freunde sein, ja. Aber mehr? Sie wusste es einfach nicht. Sie wusste nur, dass Josef mit seiner kameradschaftlichen Art für sie ein guter Freund war, aber sie konnte sich noch nicht vorstellen, dass mehr daraus werden könnte. Zwar hatte Josef sie einmal geküsst, aber … Nein, es hatte sich nicht wirklich gut angefühlt. Trotzdem wollte sie das Wagnis eingehen. Schließlich hatte sie noch keine Erfahrung und mit der Zeit würde auch sie ihn sicher gern küssen wollen.

In den darauffolgenden Tagen ließ Violetta mehr ihren Kopf als ihr Herz sprechen. Es hatte endlich ein ehrlicher Mann an ihr Gefallen gefunden, jemand mit guten Absichten und nettem Charakter. Das war doch ausschlaggebend. Man würde sagen, aus Dankbarkeit entschloss sie sich, Josef zu folgen.

An einem winterlichen Sonntag nahm Josef Violetta mit nach Darmstadt, etwa 30 km von Frankfurt entfernt, wo seine Eltern wohnten. Als beide sich dem Haus näherten, sah Violetta das Gesicht einer Frau durch das Fenster, ein freundliches Gesicht, das aussah wie das von Josef. Sie lächelte und winkte. Als sie die Tür aufmachte, drückte sie herzlich Violetta an sich.

"Willkommen! Ich freue mich. Ich heiße Erna und habe viel von dir gehört!"

Kuchen- und Kaffeeduft strömte aus der Küche. Ernas Augen wurden feucht: "Ich habe mir so oft auch eine Tochter gewünscht!", sagte sie.

Dieser Augenblick bedeutete für Violetta Glück und Erfüllung zugleich. Eine einfache Frau, die sie noch nicht einmal kannte, hatte sie "eine Tochter" genannt.

Ein gehäkeltes Brautkleid

Es sollte nicht nur bei einem Besuch in Josefs Elternhaus bleiben. Während der nachfolgenden Zeit erfuhr Violetta viel über sie. So hatten sie nach dem Zweiten Weltkrieg als Vertriebene aus dem Sudetenland in der damaligen Tschechoslowakei mit dem sechsmonatigen Josef in einem Viehwagon Richtung Bundesrepublik fliehen müssen. Erna, Josefs Mutter, hatte in den Kinderwagen das Nötigste verstecken können. In der alten Heimat hatten sie ein eigenes Kino betrieben, das sie samt Wohnhaus hatten verlassen müssen. Man brachte sie zuerst auf eine Quarantäne-Station, wo sie mit hunderten anderen Vertriebenen ausharren mussten.

Violetta war voller Bewunderung für Josefs Mutter. Da war eine kleine mutige Frau, die wusste, wie man sich durchkämpfen muss für sich und die Familie. Erna konnte einfach alles; Kochen und Backen, Kleidung nähen und wenn es sein musste, konnte sie auch Wände tapezieren und Lampen an die Decke anbringen. Sogar Futter für die Vögel fertigte sie selbst an. Auch war sie stets fröhlich und liebte schöne Dinge. Bei Tisch pflegte sie zu sagen: "Esst Kinder, solange wir's haben." Wohl eine Andeutung auf die Kriegsjahre.

Ihr Mann Willi war wesentlich älter. Er war bereits einmal verheiratet gewesen und hatte später Erna während des Krieges kennengelernt. Als sie schwanger geworden war, hatten sie geheiratet. Jetzt war Willi ein lungenkranker Mann, der seine Zeit meistens vor dem Fernseher auf der Couch verbrachte. Ansonsten reparierte er Geldautomaten in den Kneipen, wo die Gelegenheiten, einen über den Durst zu trinken nicht fehlten. So musste Erna hin und wieder ihn abholen, wenn er allein nicht mehr gehen konnte. Er nannte seine Frau einfach "Mutti", was für Violetta einer Herabsetzung ihrer Würde als Ehefrau gleichkam. Doch Ernas Herz ließ sich nicht so schnell aus dem Takt bringen. Sie machte einfach weiter.

Die herzliche Aufnahme in Josefs Familie bedeutete für Violetta, einen Platz in der Fremde zu haben und sie wurde von Erna geradezu mit Geschenken überschüttet, etwas, was sie von zuhause aus nicht kannte. Nicht nur Ernas Zuwendungen und ihre Liebe taten ihr gut, sie hatte auch ein offenes Herz für die Anliegen der jungen Frau, die sie geworden war. Die Fürsorge, die sie durch Josefs Mutter erfuhr, ließ den Sohn eigentlich bald in den Hintergrund treten. Ja, Josef war gutmütig wie seine Mutter und gewitzt wie sein Vater, er war offen für alles und wenn er lachte, blitzten seine schönen Zähne. Doch im Alltag ließ ihn sein wankelmütiges Verhalten oft auf der Stelle treten und er war leicht beeinflussbar. Als ewiger Student, intellektuell hoch begabt, hatte er jedoch bereits zweimal die Fachbereiche gewechselt. Ende der 60er Jahre gab es noch keine Semester-Obergrenze, so konnte man – Beiträge und Gebühren vorausgesetzt - seinen Studiengang unaufhörlich fortsetzen. Erna zeigte sich über ihren einzigen etwas verwöhnten Sohn besorgt darüber, hoffte jedoch, Josef würde eine gute Ehefrau finden, die ihn vorantreiben würde, und die schien in Violetta verkörpert zu sein.

Bald endete für sie im nahekommenden Frühling das Au-Pair-Jahr und eine Entscheidung war fällig; zurück in die Schweiz oder ein weiteres Jahr als Au-Pair in England wie ihre Freundin Nicole. Josef bedrängte sie, in Frankfurt zu bleiben, sich ein möbliertes Zimmer zu nehmen und einen Job zu suchen. Zweisprachige Sekretärinnen waren gefragt und sie würden zusammen den Führerschein machen und ein kleines Auto kaufen. Und überhaupt, "wir sollten uns verloben", meinte Josef. "Wir wollen doch zusammenbleiben, nicht wahr?" Josefs Vorschlag ließ sie zusammenzucken und sie blieb nachdenklich. Noch nie zuvor hatte sich jemand für sie so interessiert. Hatte man ihr nicht oft genug prophezeit, dass sie es schwer haben würde, überhaupt einen Mann zu finden, sie die Tochter des Sonderlings Pierre Moiry? Violetta strebte nach einer eigenen Familie und sie war jetzt hin- und hergerissen zwischen Wunsch und Wirklichkeit.

Es war ihr zu dieser Zeit noch nicht bewusst, dass sie in erster Linie eine Ersatzfamilie suchte. Zu groß war die Sehnsucht nach Nähe und Geborgenheit, so dass sie alles andere ausblendete. Sie und Josef waren unerfahren. Dann war da auch noch Josefs Studium. Auch wenn Erna ihren Sohn finanziell unterstützte, würde sie doch diejenige sein, die während Josefs Studienzeit für den Lebensunterhalt aufkommen müsste. Dabei hatte sie auf das alte Bild der Familie gesetzt: zuhause bleiben und für Mann und Kind da sein, all das, was ihr in ihrer Kindheit verwehrt worden war.

Auf der anderen Seite spürte sie, dass sie nicht ganz zusammenpassten und dass sie Josef nur liebhatte. Ihre Überlegungen zu einer gemeinsamen Zukunft holten sie jedoch wieder ein: mit Ernas Beistand, könnte auch die Ehe mit dem Sohn doch gelingen, oder? Und nie würde sie eine so liebenswerte Schwiegermutter bekommen. Sie hatte große Angst davor, von lieben Menschen getrennt zu werden und sie war von der Idee besessen, ja nicht als alte Jungfer ihr Dasein fristen zu müssen.

Um ihren Kopf klarer zu bekommen und sich von der Großstadtluft zu erholen, ging sie oft hinaus in die Natur. Schon immer hatte sie sich draußen geborgen gefühlt, so, als würden die Bäume des Waldes mit ihren starken Wurzeln wie stille Freunde, sie die Wurzellose, umarmen. Im Wald fühlte sie sich nicht einsam und lebte auf. Die Kraft, die von den Bäumen ausging, brachte Ruhe in ihr Gemüt und ließ die Sorgen für einen Augenblick verblassen.

Schneller als gewünscht, kam die Zeit des Abschieds von der Familie Schmidt. Peterle machte seine ersten Schritte, ein neues Kindermädchen war angefordert, so wollte es die Verfassung der Agentur nach einem Arbeitsjahr. Violetta war ohnehin sechs Wochen länger in der Familie Schmidt geblieben. Voller Dankbarkeit blickte sie auf eine erlebnisreiche Zeit zurück. Mit ihrem Koffer in der einen Hand und die andere auf Josefs Arm drehte sie sich beim Hinausgehen zu Frau Schmidt und dem Kind, um Abschied zu nehmen. Tränen schossen ihr in die Augen, es war wieder einmal so ein Riss, der durch ihr Herz ging. Und deshalb war es gut, dass sie einer Verlobung mit Josef letztendlich zugestimmt hatte. Dann würde sich ihre innere Leere füllen und sie bräuchte keine Angst mehr zu haben, allein bleiben zu müssen.

Damals war es noch nicht üblich, gleich zusammenzuziehen, ohne verheiratet zu sein, so dass sie sich ein kleines möbliertes Zimmer mietete. "Es ist ja nicht für immer", beschwichtigte Erna, die bald anfing, für die Fenster Gardinen zu nähen.

Violetta bekam ihre erste Stelle als Phonotypistin in der Verwaltung einer Maschinenfabrik im Osten der Stadt und erledigte dort den Schriftwechsel in Französisch und Deutsch. Es war ein langer Tag mit einer kleinen Mittagspause und Essen in der Kantine. Das lange Sitzen verursachte Rückenschmerzen und es wehte oft ein schmutziger Wind um die Häuser des Industriegebiets. Mit der Zeit stumpfte die eintönige Arbeit sie ab. Den Mut, eine andere Stelle zu suchen, konnte sie jedoch nicht aufbringen und so fand sie sich damit ab.

Sie verbrachten zusammen die Abende in ihrem Zimmer. "Ich muss bei mir ein bisschen aufräumen", hatte Josef etwas verlegen gesagt. Nur einmal hatte sie einen kurzen Blick in Josefs Unterkunft geworfen und die Unordnung, die dort herrschte, erklärte sie sich mit der Enge des Raumes. Josef bräuchte halt mehr Regale und mehr Platz für seine Bücher. Als Student sprach er viel von seinem Studium und erklärte, wie er bald promovieren würde und Professor für Sanskrit, eine alte indische Sprache, an der Universität werden würde.

Irgendwann kamen die zaghaften ersten körperlichen Annäherungsversuche. Doch Josef war kein Verführer, er interessierte sich vor allem für die Studentenszene, für innovative Theorien und wo man in den Parks einen Joint rauchen konnte. Auch in intimen Dingen witzelte er gern und der körperliche Kontakt beschränkte sich demnach zuerst aufs Küssen. Seine feuchtkalten Lippen waren nicht gerade erregend. Sie wünschte so sehr, richtig erobert zu werden … Aber, was waren das für Gedanken? Sie sollte doch froh sein, dass sie jemanden an ihrer Seite hatte, der es mit ihr gut meinte, schoss ihr durch den Kopf.

Am Wochenende war es üblich, nach Darmstadt zu Josefs Eltern zu fahren, worüber Violetta sich freute, wurde sie dort doch bekocht und umsorgt. Zuhause war sie diejenige, die diese Rolle übernahm. Sie tat es auch gern, wollte sie doch später eine gute Ehefrau und Mutter werden, so eine wie Erna war.

Sie spürte auch ihr aufwachendes sinnliches Verlangen und beschloss, sich die Pille verschreiben zu lassen, was in dieser Zeit für unverheiratete Frauen noch ein Tabuthema war. Violetta kam zu der Überzeugung, "man weiß ja nie und da wir uns verloben wollen ..." Während sie diese Herangehensweise durchdachte, erschrak sie über das heidnische Leben, das sie jetzt führte. Wo waren da ihr Glauben und ihre Moral geblieben? Josef war auch katholisch, doch nicht besonders fromm. Im wirklichen Leben war eben alles anders als im Internat bei den Nonnen. Religion verlor immer mehr an Bedeutung für sie, auch wenn sie Jesus, den Freund ihrer Kindheit, nicht vergaß. Und so trauerte sie der Zeit nach, wo sie solche Probleme noch nicht kannte.

Eines Abends nach dem Essen kam es dann zum ersten Mal. Bei einem Glas Wein verwickelten sich beide ineinander und fielen umschlungen auf das Bett.

Vorbei die Romantik, Violetta war verkrampft, der unerfahrene Josef wusste gar nicht, wie es geht und beide schwitzten. Sie ließ es einfach über sich ergehen. Als es nach kurzer Zeit vorbei war, schlief Josef ein, während sie mit gemischten Gefühlen die Decke anstarrte. Doch irgendwie war sie stolz, endlich "es auch gemacht zu haben". Alles Weitere würde sich mit der Zeit entwickeln, glaubte sie optimistisch.

Am Morgen danach wachten sie verspätet auf. Für Josef, der auch Vorlesungen an der Uni hin und wieder verpasste, war es unbedeutend, wann er aufstand. Violetta hingegen musste sich beeilen, mit der Straßenbahn zur Arbeit zu fahren.

In den nachfolgenden Wochen gestaltete sie immer öfter das Liebesleben aktiv und störte sich nicht mehr an Josefs wissenschaftlicher Debatte. Sie nahm ihn an die Hand und setzte sich in Reiterstellung auf ihn, wogegen er dann nicht abgeneigt war. Nicht, dass sie voller Leidenschaft über einander herfielen, aber sie wollte diese wohlige Nähe fühlen und mit allen Sinnen leben.

Die Probezeit in der Firma war erfolgreich verlaufen und Violetta durfte an ihre ersten Ferien denken. Es war vereinbart, mit Josef in die Schweiz zu fahren und ihn der Familie vorzustellen. Gleichzeitig war eine kleine Verlobungsfeier dort geplant, doch ohne Josefs Eltern, die die lange Fahrt aus Gesundheitsgründen nicht antreten konnten. Und so rückte der Urlaub im September näher und Violetta war überglücklich, ihre Berge bald wieder sehen zu können. Sie hoffte, dass die getrennten Familien väterlicher- und mütterlicherseits, die seit der Scheidung von Pierre und Susanne kein Wort mehr miteinander gesprochen hatten, sich wieder versöhnen würden.

An einem frühen Freitagmorgen nahmen sie den "Hispania Express", den Schnellzug, mit welchem sie von der Schweiz nach Deutschland angereist war. Sie fühlte sich an ihre damalige erste lange Reise erinnert, die sie allein in eine ungewisse Zukunft unternommen hatte und stellte mit Stolz fest, dass sie es geschafft hatte, zu bleiben und nicht einfach wieder abzureisen.

Während der Fahrt gingen in Violettas Kopf Tante Annas Worte: "Komm ja nicht zurück mit einem Deutschen!", hatte sie energisch gesagt. "Erstens kommt es anders, und zweitens als man denkt." Violetta wollte diesen ihr zugewiesenen Platz einnehmen. Sie würde nicht mehr als exzentrisch und marginal wie ihr Vater gelten, das war ihr jetzt das Allerwichtigste und sie würde nicht als eine alte Jungfer enden.

Für Josef war es die erste Reise überhaupt. Er war noch nicht im Ausland gewesen, dazu fehlte einfach das Geld und während der Semesterferien musste er kleine Jobs annehmen. Um seinen Augen vom Lesen eine kurze Pause zu gönnen, blickte Josef, der nie ohne ein Buch aus dem Haus ging, immer wieder aus dem Fenster hinaus und schaute auf die nebligen Landschaften. Violetta nutzte die Zeit, um sich endlich wieder in einigen Skizzen zu vertiefen. Doch ihre Gedanken kreisten um die bevorstehenden Ereignisse, wie das Treffen mit den Verwandten und wie sie Josef der Familie vorstellen würde. Sie empfand dabei ein leichtes Grummeln im Magen. Zum Glück sprach Josef recht gut Französisch, das würde alles doch einfacher machen.

Sie erreichten am Nachmittag die Stadt Basel und stiegen in einen anderen Zug in Richtung Berner Oberland um. Die Fahrt ging weiter an den Thunersee vorbei, um in Château-d'Oex, Susannes Wohnort, abends einzutreffen.

Als sie aus dem Wagon ausstiegen, wehte den beiden blassen Ankömmlingen aus der Großstadt eine milde Bergluft entgegen. Susanne, elegant wie immer, wartete bereits auf dem Bahnsteig.

"Maman, wie schön, dich wiederzusehen! Wie geht es dir?" Violetta umarmte ihre Mutter herzlich, wie es in Deutschland üblich war. Susanne reagierte etwas versteift auf diese ungewöhnliche Begrüßung, freute sich dennoch auf das Wiedersehen mit ihrer erwachsenen Tochter.

"Guten Tag, Bonjour Madame Susanne", sagte Josef freudestrahlend. Erstaunt und angenehm überrascht musterte Susanne ihren zukünftigen Schwiegersohn, während sie zum Taxi liefen. Susanne war aus ihrem damaligen Zimmer in ein neu gebautes Mehrfamilienhaus umgezogen und hatte jetzt eine Dreizimmerwohnung gemietet, die mit gutem Geschmack schön eingerichtet war.

"Josef, Sie werden im Gästezimmer schlafen. Violetta und ich schlafen im großen Bett. Morgen im Laufe des Tages werden Violettas Vater und die Cousins aus dem Wallis eintreffen", erklärte Susanne, deren Parfüm sich feinblumig in den Raum verteilte.

Jeder zog sich bald zurück und das Plätschern der nahfließenden Sarine ließ wie eine immer wiederkehrende Melodie die ermüdeten Reisenden in den Schlaf sinken.

Am nächsten Frühmorgen stand Josef auf dem Balkon und bestaunte das imposante Alpen-Panorama, das sich ihm anbot: die aus der Bergkette herausragende Gummfluh als höchster Gipfel der Waadtländer Voralpen, der über dem kleinen Ort zu wachen scheint. Von den umliegenden Wiesen läuteten die Kuhglocken. Jetzt im September nahte die Zeit des Almabtriebs, die Herden werden festlich geschmückt, um runter ins Tal wieder zu den Stallungen zurückgeführt zu werden.

Susanne unterbrach Josefs Betrachtung. "Frühstück!", hieß es aus der Küche. Violetta und ihre Mutter hatten frische Croissants und Kaffee vorbereitet. Die Unterhaltung nahm ihren Lauf, am kommenden Tag wollte man in ein Restaurant essen gehen. Alle würden kommen außer den Großeltern und natürlich waren Pierres Ehefrau und deren Kinder nicht eingeladen. Violetta bedauerte, dass vor allem ihre Großmutter Marie aus Altersgründen nicht kommen konnte. So würden sie und Josef nach Martigny in das Wallis hinunterfahren und sie in ihrem Haus besuchen.

Susannes langjähriger Freund aus Frankreich, Bernard, ein katholischer Priester, hatte segnende Grüße in schriftlicher Form zugesandt. Susanne war durch sein Wirken vom calvinistischen zum katholischen Glauben übergewechselt.

Vormittags liefen Violetta und Josef ins Dorf, um einige Lebensmittel zu kaufen. In den Bauerngärten vor den Häusern blühten die Dahlien und die Chrysanthemen in einem bunten Farbenrausch, von der noch wärmenden Herbstsonne durchdrungen, als versuchten sie, den Sommer festzuhalten.

Obwohl Violettas Erinnerungen an diesem Ort von den Konflikten in ihrer Kindheit mit ihrer Mutter geprägt waren, erlebte sie Château-d'Oex jetzt als ein ruhiges und liebliches Bergdorf.

Als alle Gäste eingetroffen waren und Quartier im kleinen Bahnhofshotel bezogen hatten, kam die langersehnte Begegnung mit Tante Anna, Mimi und Simone samt Familie und den übrigen Familienmitgliedern. Violettas Vater hatte immer noch die Angewohnheit, zu schmatzen beim Küssen und sein Dreitagebart piekte Violettas Wange. Pierre war gut gelaunt und freute sich, seine Ex-Frau wiederzusehen. "Immer noch so schön, Susanne! Du warst wirklich meine große Liebe!", posaunte er. Nach den ersten euphorischen Begrüßungen konzentrierte man sich wieder auf den Anlass des Treffens.

Am nächsten Tag gab es ein Festessen in einem rustikalen Restaurant. Lammfilet und Herzoginkartoffeln, mehrere Gemüsesorten. Der Rotwein stammte aus Frankreich; ein Châteauneuf-du-Pape, schwer und vollmundig, was Violettas Vater besonders liebte.

Während des lang andauernden Essens waren die Diskussionen temperamentvoll und lustig. Vergessen die Meinungsunterschiede und die alten Vorwürfe. Als der Nachtisch serviert wurde, holte Josef ein Schmuckkästchen aus seiner Jackentasche. Unter der Bewunderung aller, steckte Josef einen Ring an Violettas Finger. Diesen Augenblick ließ sie voller Dankbarkeit in sich verewigen, auch wenn der blaue Saphir zuvor von Josefs Mutter gekauft worden war.

Die frisch gebackenen Verlobten eröffneten die Tanzfläche und Violettas rotes Kleid schimmerte unter den Leuchten in spielerischer Bewegung.

Als der Tag langsam zur Neige ging und die Gäste sich zurückgezogen hatten, nahm Simone ihre Cousine leise zur Seite und flüsterte ihr ins Ohr "Er ist zwar ganz nett, ist er aber auch nicht ein wenig exaltiert?" Violetta schloss die Augen, der Tag war schön und sie war jetzt glücklich, was sollte diese mahnende Frage?

Josef und Violetta blieben noch einige Tage im Berner Oberland und besuchten vor ihrer Rückreise die Großeltern in Martigny. Ihr altes Haus war direkt an einem hohen Felsen gebaut. Es gab wenig Sonne in der schmalen Gasse. Doch hier hatten die Großeltern Moiry gelebt, bevor sie sich entschlossen hatten, nach Sion umzuziehen und eine Gaststätte zu betreiben.

"Meine kleine Violetta, komm näher, dass ich dich besser sehen kann, denn meine Augen sind müde geworden", sagte Großmutter Marie beim Öffnen der Tür und nahm ihre aufgewühlte Enkelin in den Armen. "Es ist schon so lange her ..." Ihre Lippen zitterten. Großvater ging es besser; er verbrachte seine Zeit damit, in seinem Bastelraum kleine Holzfiguren zu schnitzen. Beide lebten jetzt in der Nachbarschaft von einigen Alteingesessenen aus dem Ort und pflegten ihre Erinnerungen. So sehr sie in der Jugend temperamentvoll und zuversichtlich ans Werk gegangen waren, so hatten sie jetzt im Alter eine gewisse Melancholie und fatalistische Lebensanschauung entwickelt. Großmutter Marie trug immer schwarz und ihr gefärbtes ebenholzfarbenes Haar hatte sie zu einem Knoten zusammengefasst.

"Wir werden nicht mehr sehr lange hier sein, für uns naht die Zeit zu gehen", erklärte sie. „Aber ihr zwei, baut was Richtiges auf, habt Familie, seid mutig und fleißig!"

Als sie das Haus verließen, ahnte Violetta, dass es vielleicht das letzte Mal war, dass sie ihre Großmutter gesehen hatte und ihre letzten Worte prägten sich tief in ihrem Herzen ein.

Sie sah vor ihrem geistigen Auge diese ihre Geschichte wie einen sich abspielenden Kinofilm. Wer war sie gewesen? Hatte sie die Hauptrolle gespielt oder war es eine Aufführung, zu der sie als Zuschauerin eingeladen worden war?

Zurück in Deutschland holte der Alltag sie wieder ein, arbeiten gehen, Pläne schmieden. Josef besuchte seine

Seminare. Alle hofften, er würde im kommenden Semester seine Abschlussarbeit schreiben. Violetta, die jetzt gut Deutsch sprach, begann einen Spanisch-Kurs. Sie mochte diese Sprache seit sie die tanzenden Gitanos in Andalusien kennengelernt hatte. Diese Sprachkenntnisse würden eines Tages für sie von großer Bedeutung werden.

Es ergab sich zudem, dass sie den Arbeitsplatz kurzfristig wechseln konnte. Eine Großbank suchte eine Fremdsprachenkorrespondentin für die Auslandsabteilung. Dort war die Bezahlung besser und die Übersetzungsarbeit interessanter. Diese positive Entwicklung machte Mut und ließ hoffnungsvoll auf die Zukunft blicken.

Und so verging die Zeit ohne besondere Vorkommnisse. Mit Josef unternahm sie kleine Busreisen nach Holland und durch Deutschland. Beide hatten auch mit dem Fahrunterricht begonnen, was einige Wochen in Anspruch nahm. An einem heißen Sommertag machten beide die Fahrprüfung und kauften anschließend einen gebrauchten VW-Käfer.

Wie bekannt, studierte Josef seit einigen Jahren. Er hatte schleppend die ersten Klausuren hinter sich gebracht und ging auf die Abschlussprüfung zu. Im Hochschulsystem hatte es jedoch grundlegende Reformen gegeben, die jetzt den bis dahin gewöhnlichen Studienweg veränderten. Neue Gesetze waren in Kraft getreten und damit auch die Bedingungen für eine Assistenzstelle an der Universität. Aus diesem Grund erwarb Josef keinen Doktorgrad im indogermanischen Seminar der Universität Frankfurt und beschäftigte sich neben weiteren Studienlehrgängen mit Übersetzungen und Vorbereitung der Vorlesungen. Für Josef war das Institut so etwas wie ein zweites Zuhause. Er genoss dort viele Freiheiten, war zuständig für die

Literaturbestellung, und hin und wieder blieb er über Nacht dort, um schwierige Texte zu bearbeiten. Ihm standen eine Schlafcouch sowie eine Schreibmaschine mit indischer Tastatur und Sanskritzeichen zur Verfügung.

Josef führte aber auch einen ungesunden Lebenswandel, was Violetta beunruhigte. Er aß unregelmäßig und nahm Aufputschmittel, um leistungsfähig zu bleiben. Zudem gab es so viele Dinge, die ihn interessierten, dass er sich immer wieder von seinen Aufgaben ablenken ließ. Manchmal arbeitete er zusätzlich als Nachtportier in einem Hotel, was ihm nicht sehr bekömmlich war. "Wir brauchen doch ganz viel Geld für eine schöne Wohnung", erklärte er.

Nach einigen Monaten war Erna der Meinung, man sollte doch bald die Hochzeit planen. Wie schon so oft, wollte sie dem jungen Paar unter die Armen greifen und unter anderem eine Waschmaschine spendieren. Überhaupt war es Zeit, die möblierten Zimmer aufzugeben und sich auf Wohnungssuche zu begeben.

Dies wurde sobald in die Tat umgesetzt. Man studierte wöchentlich das Immobilienblatt der Tageszeitungen. In dieser Zeit mangelte es noch nicht so sehr an Wohnraum und so besichtigten Violetta und Josef drei Mietwohnungen. Bei dem dritten Angebot wurden sie fündig; eine Dreizimmerwohnung im Parterre eines älteren Hauses mit Terrasse und Garten. Das Haus befand sich in einer Siedlung im Nordwesten der Stadt, die naturnah am Fluss Nidda gelegen war. Ins Stadtzentrum gelangte man mit der Straßenbahn in zwanzig Minuten.

Die Ereignisse überschlugen sich und an einem sonnigen Herbsttag zogen Violetta und Josef in die neue Wohnung ein, die jedoch noch renoviert werden musste, was Josef und seine Mutter sofort in Angriff nahmen.

Mit wenig Geld und vielen Ideen wurde hübsch eingerichtet. Erna kaufte das Doppelbett und besagte Waschmaschine. Sie nähte die großen Gardinen und schenkte einen Schnellkochtopf.

Durch die Treppen der kleinen Terrasse gelangte man direkt in den noch verwilderten Garten. Mitten auf der Wiese befand sich ein Sauerkirschbaum und Violetta sah bereits seine im Frühjahr blühenden weißen Dolden. Diese Vision erfüllte sie mit großer Freude und sie würde jeden Augenblick nutzen, aus diesem Garten ein kleines Paradies zu machen.

"Fräulein, Sie müssen mit dem Spaten den Boden umgraben und Rabatte anlegen!", hatte der alte Nachbar vom ersten Stock gesagt. Landwirtschaftliche Arbeit war nicht Josefs Stärke, Violetta stürzte sich ans Werk und holte sich prompt einen Hexenschuss, der sie zur Mäßigung zwang.

Es folgte eine glückliche Zeit, sie richteten sich ein und erlebten eine harmonische Beziehung. Sie freundeten sich mit den jungen Nachbarn vom zweiten Stock an und Josefs Mutter versorgte sie mit praktischen Haushaltsdingen.

An einem Winter-Wochenende, als Violetta und Josef wieder in Darmstadt bei den Eltern waren, holte Erna einen Katalog hervor und öffnete die Seite mit den Hochzeitkleidern.

"Ich habe lange überlegt, welches Kleid wir für dich aussuchen sollen", sagte sie aufgeregt. "Und, weißt du was? Ich werde eins häkeln! Lauter kleine Rosetten auf Crêpe Satin mit einem feinen Garn. Was meinst du dazu? Willst du auch einen Schleier?"

Voll Dankbarkeit und mit feuchten Augen schaute Violetta sie an.

"Wie schön, aber was für Arbeit!"

Wieder einmal schien etwas Selbstbestimmtes ihr zu entweichen. Und sie traute sich nicht abzulehnen. Erna und Josef waren so voller Begeisterung. Bis zum nächsten Sommer wollte Josefs Mutter das Hochzeitskleid fertig häkeln.

Seitdem saß sie auf ihrem Sessel und arbeitete emsig ohne Rücksicht auf ihren wunden Fingerkuppen an dem langen schmalen Kleid. Am Ende sollten hunderte unsichtbar gewordene Fäden vernäht worden sein.

Die Hochzeit war wiederum in der Schweiz für den Hochsommer vorgesehen. Bernard, Susannes Freund, würde als Priester die Trauung vornehmen. Violetta schätzte ihn sehr, er hatte eine ruhige Art, war gebildet und freundlich. Später sollte sie erfahren, dass er zwar Susanne geliebt hatte, sich jedoch für seine geistliche Berufung entschieden hatte. Seither sollte die Beziehung zwischen ihnen rein platonisch gehalten worden sein.

Währenddessen hatte sich Violetta im Großraumbüro der Bank mit einigen Kolleginnen angefreundet. Sie staunte darüber, dass zum ersten Mal es ihr gelungen war, zu anderen Menschen eine gewisse Nähe aufzubauen. Man war etwa gleichaltrig und unternahm manchmal etwas zusammen. Eine von ihnen, die blonde Gesa hatte auffällige große blaue Augen, was wohl die Bewunderung vieler erweckte. Sie war mit einem spanischen Mann verheiratet gewesen. Irgendwann hatte sie sich jedoch von ihm getrennt und war nach Deutschland zurückgekehrt.

"Ich gehe am Wochenende reiten", sagte Gesa eines Tages. "Magst du mitkommen, Violetta?"

"Ich habe noch nie auf einem Pferd gesessen", antwortete sie mit verhaltener Stimme. Die Neugier und der Wunsch stiegen aber in ihr auf. Warum es nicht ausprobieren? Sie erinnerte sich daran, wie sie als kleines Mädchen braune und schwarze Pferde mit langen Mähnen gezeichnet hatte.

"Du kommst zuerst an der Longe, bis du im Sattel sicher genug bist", erklärte Gesa.

Violetta sah sich bereits durch den Wald galoppieren. Josef, der allem Neuen offen gegenüberstand, wollte auch dabei sein. Und so fuhren sie alle gemeinsam aufs Land und saßen bald einer nach dem anderen auf einem schwarz-weißen Schecken, der brav an der Longe des Reitlehrers seine Runden drehte.

"Es reicht für heute", sagte Violetta leicht zitternd nach einer Viertelstunde. Doch auch sie sollte vom sogenannten "Pferdevirus" angesteckt worden sein. In Frankfurt besuchte sie eine Reitschule und buchte dort zehn Stunden. Josef hatte unter seinen vielen Beschäftigungen einfach keine Zeit, sich ihr anzuschließen.

Viel Zeit hatte jetzt aber auch keiner. Die Planung und die Hochzeitsvorbereitungen erforderten Aufmerksamkeit. Standesamt, Kirche, Gäste. In all diesen Tagen fühlte Violetta eine zunehmend innere Unruhe. Es gab keinen Seelenfrieden und die Hoffnung auf ein "endlich angekommen sein" war durch den Schleier des Zweifels verdrängt. Es war alles so endgültig, so beunruhigend und ihr mühsam errungenes kleines Selbstvertrauen schmolz dahin. Was konnte sie schon erreichen, was verwirklichen? Würde ihr Leben, wo sie jetzt nicht mehr alleine war, endlich gelingen?

Im Hause von Josefs Eltern liefen die Vorbereitungen auf Hochtouren. Willi brachte sein Auto zur Inspektion, da man mit dem Wagen in die Schweiz fahren würde. Es gab viel Gepäck mitzunehmen.

Eine Woche vor der Abreise war das Brautkleid fertig zur letzten Anprobe. Als Erna ihr das Kleid überreichte, schlüpfte Violetta beinahe ehrfürchtig in das weiße schimmernde Satin, das mit fein aneinanderreihenden gehäkelten Rosetten überdeckt war. Erna lächelte, ihr Gesicht war blass geworden durch die langen abendlichen Arbeitsstunden aber ihr Werk erfüllte sie mit Stolz. Violetta würde einen glänzenden Auftritt erleben.

"Danke, Mutti, du bist mein Ein und Alles!" Sie drückte ihre Schwiegermutter in inniger Umarmung. Schon allein wegen dieser Frau, die ein Geschenk für sie war, lohnte es sich, die Zweifel aus dem Weg zu räumen und dem Sohn das Jawort zu geben.

An einem hellen Sommermorgen war es soweit. Mit dem vollgepackten Wagen fuhren sie in Richtung Schweizer Bergwelt. Auch die Hochzeitsgäste trafen in Château-d'Oex nach und nach ein. Violettas Vater sorgte für gute Laune und dass ihr Cousin Mimi und seine Frau bei der kirchlichen Trauung ihre Trauzeugen sein würden, erfüllte sie mit großer Freude.

Als am Hochzeitstag die Glocken der kleinen Kirche läuteten, zog Violetta zum Traualtar am Arm ihres Vaters mit langsamen Schritten, schön und gemächlich ein, einen Satingürtel um ihre schmale Taille gebunden und einen Strauß weißer Freesien in der Hand. Innerlich berührt, übergab Pierre seine Tochter dem Bräutigam und die Zeremonie nahm ihren Lauf.

In dieser begnadeten Stunde war es so, als ob die Zeit stehen geblieben wäre, und die Gedanken und Gefühle, die Sorgen und Ängste und auch die Erwartungen lösten sich auf wie Nebelschwaden. Sie lebte den reinen Augenblick. Ein Sonnenstrahl durchflutete das Bleiglas-Kirchenfenster und ließ das weiße Brautkleid in Licht erstrahlen, während von der Orgel der Choral "Jesus bleibet meine Freude" aus der Bach-Kantate erklang. Eine Horde rufender Schwalben flog jagend in engen Kurven um den Glockenturm.

Violetta war jetzt eine verheiratete Frau. Das "Ich" machte Platz für das "Wir" und ihre alte Angst, allein leben zu müssen, versickerte fürs Erste in ihr tiefstes Unterbewusstsein.

Für immer "Wir"?

Nun waren die Hochzeittage vorbei und das junge Paar kehrte nach Frankfurt zurück, wo der Alltag es wieder einholte. Man war glücklich, dass alles jetzt geregelt war.

Zuerst änderte sich wenig an den Lebensgewohnheiten der beiden und die ersten gemeinsamen Jahre verliefen in ruhigen Bahnen, von den täglichen Aufgaben geprägt. Josefs Unordnung wurde mit der Zeit jedoch beunruhigend. In Anbetracht der freundlichen Aufnahme in Josefs Familie war das Problem anfänglich in den Hintergrund gerückt.

Während der Woche ging Violetta ihrer Arbeit als Fremdsprachenkorrespondentin in der Großbank nach. Josef besuchte weiterhin Vorlesungen und arbeitete zwischendurch im Institut als wissenschaftlicher Mitarbeiter. Im Laufe der Jahre hatte sich allerdings die Zahl der Studenten in der Indogermanistik stark verringert. Viele hatten sich dem Germanistikstudium zugewandt, einer Fachrichtung, die mehr Zukunftsperspektiven bot. So verfügte Josef über relativ viel Freizeit, während welcher er seinen Leidenschaften, wie Bücher, Briefmarken, Religionen und Philosophien, pflegen konnte.

Violetta nahm weiterhin Reitstunden in einem nahgelegenen Stall und manchmal fuhren beide zusammen in die Stadt zu ihrer alten Kneipe "Onkel Max". Josef führte Violetta auch in die neue Hippie-Disko "Das Zoom", wo man nicht nur tanzen, sondern auch Cartoons-Filme anschauen konnte. In den verdunkelten Räumen rauchte manch einer auch seinen Joint.

Violetta betrachtete den goldenen Ring an ihrem Finger und reflektierte über die Ereignisse der letzten Jahre. Sie war seit vier Jahren mit Josef Olivier verheiratet. Was war jetzt anders? Früher hatte sie sich oft mit anderen Frauen verglichen. Mitunter waren ihre Minderwertigkeitskomplexe so belastend gewesen, dass sie schnell jemanden an ihrer Seite haben wollte, um nicht allein durchs Leben gehen zu müssen, in der Hoffnung auf Stärkung ihres Selbstwertgefühls. So war sie sich zu dieser Zeit sicher, eine frühe Heirat würde sich positiv auf ihr Leben auswirken.

Auch wenn sie den intellektuellen Josef eher wie einen Freund liebte, wollte sie ihn auch als Ehemann glücklich machen. Zwar hatte Josef ihr nie die begehrten Worte "Ich liebe dich" zugeflüstert, aber er war der erste, der sie beachtet und angesprochen hatte, als sie noch unbeholfen und wenig attraktiv dastand. So war Violetta der Meinung, dass ihr persönliches Glück nun in der liebevollen Ausführung ihrer Pflichten sich erfüllen würde. Dies wurde bald zu ihrem Lebensprinzip.

Dann aber brannte in ihr diese Leidenschaft, die sie auszuleben ersehnte. Und sie suchte das, was ihr schon seit ihrer Kindheit gefehlt hatte: Herzenswärme, was dazu führte, dass sie sich an liebgewonnene Menschen festklammerte. Die Angst, nie einen Mann abzubekommen, hatte sich wie eine Zwangsvorstellung in Violettas Seele eingebläut. Nun war sie der Meinung, dies hätte sich jetzt durch die Heirat erledigt.

Vorbei die Einsamkeit der Kindheitstage, als sie bei anderen Kindern versuchte, dazu zu gehören. In ihrer introvertierten Art war es ihr immer schwierig gewesen, in Beziehung zu anderen zu treten. Nun war sie jetzt kein Kind mehr und in ihrem Umfeld schätzte man sie für ihre Zuverlässigkeit und Hilfsbereitschaft, was auch bedeutete, dass man ihr mehr Arbeit und Verantwortung abverlangte, weil sie schlecht ablehnen konnte. Mit der Zeit entwickelte sie ein passiv-aggressives Verhalten, das sie allerdings zu unterdrücken versuchte.

Die wenigen Freunde von Josef und Violetta wohnten weit voneinander entfernt. Da war es gut, eine Schwiegermutter wie Erna zu haben, die mit ihrer Großzügigkeit und Lebensfreude wie eine Freundin für sie war. Und war Josef mit seinem skurrilen Wesen nicht auch ein interessanter Gesprächspartner?

Manchmal jedoch stiegen leise Zweifel in ihr hoch. Nein, in Josef hatte sie bestimmt nicht die erhoffte Seelenverwandtschaft gefunden. Ihrer beider Einstellungen zum Leben waren verschieden und sie wusste, dass mit Josef über Gefühle zu sprechen, ihn eher zum Schweigen bringen würde. Letztendlich unterdrückte Violetta ihre Bedenken und nahm den Alltag, so wie er sich gestaltete: mit einem witzigen aber unsensiblen Ehemann. Wahrscheinlich hatte sie zu hohe Ansprüche.

Sie erinnerte sich daran, wie damals in der Schweiz ihre Kolleginnen eine nach der anderen unter die Haube gekommen waren, während sie bei ihrer Großmutter Marie auf den besten Weg war, ein altes Mädchen zu werden, auch wenn sie von ihr hörte, es gäbe für "jeden Topf den passenden Deckel". Die Gelegenheit, in ein anderes Land auszuwandern und Etienne, ihre aussichtslose Liebe nicht mehr zu sehen, war da eine willkommene Option gewesen.

Und jetzt lebte sie das "Wir" anstelle des "Ich" in der ersten gemeinsamen Wohnung. Violetta ließ ihren Blick durch die Räume rundum schweifen. Vom Schlafzimmer aus hatte man Zugang zu einer kleinen Terrasse und zum Garten, den sie nach ihrem Arbeitstag im Büro hingebungsvoll pflegte. Mittlerweile hatte sie einige Gemüsebeete in Mischkultur angelegt, dazwischen Stauden gepflanzt und wilde Rosensträucher. Daher fuhren sie und Josef an den Wochenenden nicht mehr so oft zu den Eltern und verbrachten in den Sommermonaten die freien Stunden draußen auf den Liegestühlen. Doch Josef mit seiner hellen Haut vertrug die Sonne wenig und ärgerte sich über die lästigen Schnaken. Das war nicht wirklich "seine Welt", draußen zu sein, dennoch bewunderte er den roten Klatschmohn im Blumenbeet, den seine Frau aus der Kleinen Markthalle mitgebracht und gepflanzt hatte. Jetzt waren es die Eltern, die zu Besuch nach Frankfurt kamen und Violetta, die nie gelernt hatte zu kochen, durchblätterte ihre Rezepte und konnte schließlich ihren Gästen ein Zürcher Geschnetzeltes servieren.

Zunehmend überlegte sie, ob es für ein Baby nicht bald Zeit wäre. Irgendetwas hielt sie jedoch davon ab, und selbst Josef fühlte sich mit diesem Gedanken überfordert. Während der Verlobungszeit hatte man das Thema nur am Rande angesprochen. Josef als Vater? Das konnte Violetta jetzt sich nicht mehr wirklich vorstellen. Ihre Schwiegermutter, die noch in der alten Familientradition aufgewachsen war, meinte auch, dass es noch zu früh wäre, ein Baby zu bekommen. Josef müsste doch ein regelmäßiges Einkommen haben, damit sie sich ganz um das Kind kümmern könne. So verabschiedete sie sich mit gemischten Gefühlen von diesem Wunsch.

Auch wenn ihr Wohnhaus im Praunheimer Stadtteil mit den angrenzenden Grünflächen und dem nahen Flüsschen der Nidda in idyllischer Lage gelegen war, bot die Wohnung im Winter wenig Komfort. Es war ein schlecht isolierter Altbau und Josefs Arbeitszimmer und das kleine Duschbad hatten gar keine Heizung. Dafür machte der Sommer alles wieder gut und das von der Sonne durchflutete Schlafzimmer mit Sicht auf die Terrasse und den Garten brachte einen Hauch von Urlaubsfeeling. Violetta hing sehr an ihrem Garten und Josef hatte sogar eine Leiter besorgt und die Sauerkirschen vom Baum geerntet.

Als der nächste besonders kalte Winter gekommen war und die Nebenläufe der Nidda zugefroren waren, beschloss Josef, dass er in seinem kalten Zimmer nicht mehr arbeiten wolle, was verständlich war. Der kleine Elektroheizkörper genügte nicht und verursachte hohe Kosten. Schweren Herzens wechselte man die Räume. Das Schlafzimmer wurde ins geräumige Arbeitszimmer verlegt. "Es ist eben doch nur zum Schlafen", argumentierte Josef, angeregt von der Idee, bald in den warmen und hellen Raum umzuziehen. Da er handwerklich geschickt war, wenn er Lust dazu hatte, fertigte er alsbald neue Regale für seine Bücher und brachte diese an die Balkontür, ähnlich wie in Amsterdam, wo sie beide zusammen gewesen waren. Dort hängt man kleine kurze Gardinen an die Fenster auf und baut schmale Regale gegen diese, um darauf Blumentöpfe aufzustellen, was von außen hübsch anzusehen ist.

Nach dem Zimmerwechsel stellte sich jedoch bald heraus, dass der neue sogenannte Arbeitsraum nicht ausreichte, um alle Zeitschriften, Briefmarkenalben, Bücher und Schallplatten unterzubringen und ein Teil davon musste im Wohnzimmer gelagert werden. Die Sammlungen erweiterten sich und binnen kurzer Zeit war die ganze Wohnung außer der Küche mit Josefs Habseligkeiten in Beschlag genommen. Wenn er zu irgendeinem Kongress ging, brachte er neue Schriften mit, die er studieren wollte und diese landeten zuerst auf den überfüllten Schreibtisch. Die Mahnungen seiner Mutter, mehr Ordnung zu halten, wurden zwar begrüßt, es änderte sich aber wenig. "Ich muss doch überlegen, wo ich damit anfange", sagte er zu Violetta, die entgeistert das Geschehen verfolgte. Es hatte auch wenig Sinn, nachzuhaken. In dieser Hinsicht konnte Josef stur bleiben und so blieb nur noch die Hoffnung auf bessere Zeiten.

Als im Frühling die gelben und violetten Krokusse unter der leichten Schneedecke vordrangen und die wärmeren Tage ankündigten, machte sich Violetta voller Tatendrang endlich wieder an die Gartenarbeit und erstellte zuerst ein Kurzinventar ihrer Sämereien für die kommende Saison.

"Schatz, Holger und ich wollen einen Wochenendtrip nach Amsterdam machen. Wir werden dorthin trampen und auf dem Blumenmarkt Pflanzen und Sämereien kaufen", sagte Josef eines Tages euphorisch.

"Nach Amsterdam trampen?"

"Ja, so kannst du mit dem Auto zum Reitstall fahren. Du erinnerst dich doch an den großen Blumenmarkt?"

"Sicher, es war toll. Und wo werdet ihr Quartier beziehen?"

"In der Jugendherberge", antwortete Josef, der hin und wieder mit seinem alten Freund eine Spritztour machte.

Violetta kannte Holger gut. Ab und zu waren sie bei ihm eingeladen. Dieser war ein eingefleischter Junggeselle und seine Suche nach der idealen Frau schlug stets fehl. Dass Josef mit ihm nach Holland trampen wollte, beunruhigte Violetta nicht so sehr. Per Anhalter zu reisen war in den 70ern ziemlich üblich und so konnte man kostenlos durch die Länder reisen.

Dennoch war es ein mulmiges Gefühl, allein ein langes Wochenende zu verbringen. Sie würde die Zeit nutzen, um die Wohnung aufzuräumen, so gut es ging.

Am Abfahrtstag kam Holger zum Mittagessen vorbei und die Stimmung war ausgelassen. Josef mochte schon immer die Lebensart der Grachtenstadt mit seinen zahlreichen Bücherstuben. Auch Violetta fand die niederländische Hauptstadt äußerst kreativ, gar etwas verrückt. Dort gehen Leute schon mal im Pyjama zum Bäcker. Dass Josef und Holger ohne sie hinfahren wollten, begründete sie damit, dass die Jungs unter sich sein wollten.

Ein Küsschen zum Abschied und Violetta winkte vom Schlafzimmer den beiden noch nach. Als sie später in die Küche zurückging und die sich türmenden Teller und Töpfe zum Abwaschen sah, brach sie in Tränen aus und eine tiefe Traurigkeit stieg in ihr auf. Zum ersten Mal seit ihrer Heirat fühlte sie sich vom Leben und von sich selbst abgeschnitten.

Sie hätte auch nach Darmstadt zu den Schwiegereltern hinfahren können oder zum Reiten, oder sie hätte endlich wieder malen können. Am Esstisch in der Küche war noch

117

Platz ... Unschlüssig blieb sie doch bei ihrem ersten Vorhaben, die Wohnung aufzuräumen.

Mit vollen Taschen kamen Josef und Holger aus Amsterdam zurück.

"Wir haben Glück gehabt!", erklärte Josef erleichtert. "Die Zollkontrolle hat uns ganz schön schwitzen lassen!"

"Was habt ihr denn gehabt, was sie hätten finden können?"

Josef reagierte etwas verlegen.

"Ach ja, einige Pflanzen sind doch streng geschützt."

Man wechselte das Thema. Wichtig war doch, dass beide gesund zurückgekommen waren.

In der darauffolgenden Zeit widmete sich Josef weniger seinen Büchern als der mitgebrachten Beute aus dem Städtetrip. Da staunte Violetta nicht schlecht, als Josef nach einigen Tagen mit einer Tasche voller Anzuchttöpfe nach Hause kam.

"Ich war beim Gärtner", sagte er erfreut. "Jede Menge kleine Pflanztöpfe, die er nicht mehr braucht. Da kann ich gleich loslegen."

Violetta war sichtlich erfreut.

"Woher dein plötzliches Interesse? Du hast wohl auf einmal einen grünen Daumen bekommen? Was willst du alles vorziehen außer Tomaten?"

"Warte mal ab, du wirst dich noch wundern!"

Kurz danach blieb Josef oft zuhause und machte sich ans Werk. Die Regale waren bereits an den Fensterrahmen angebracht und boten Platz für mindestens fünfzehn Pflanztöpfe. Aber auch mitten im Zimmer hatte Josef Platz geschaffen für größere Gefäße. Jetzt konnte man nur noch mit Storchschritten durch den Raum laufen. Kopfschüttelnd wartete Violetta darauf, was aus diesem Experiment werden würde. Später sollte eigentlich alles im Garten seinen Platz haben.

Die Tage vergingen und die warmen Sonnenstrahlen ließen die Samen keimen, so dass sich bald die ersten grünen Spitzen zeigten. Unterdessen trieb Josefs Verhalten auch seltsame Blüten. Da sollte man mit aller Vorsicht das Zimmer betreten und keinen Luftzug durchs Öffnen der Balkontür verursachen.

Als die wärmeren Temperaturen den Start in die Outdoor-Saison läuteten, waren Josefs Tomaten gut angewachsen. Die anderen Pflanzen zeigten krautige spitze Blätter und sahen alle gleich aus. Mittlerweile mussten sie umgetopft werden und bei der Pflege seiner Schützlinge wurde Josef zunehmend nervös. Es zeigte sich, dass ein Großteil der Pflanzen von Spinnmilben befallen war und einer Behandlung bedurfte.

Eines Tages als Violetta fassungslos in dem voll mit Pflanzen gefüllten Raum stand, der jetzt einem Urwald ähnelte, klingelte es an der Tür. Sie war sich sicher; Josef hatte sein Arbeitszimmer in eine Cannabis-Plantage umgewandelt.

Immer noch in Gedanken vertieft, ging sie die Haustür öffnen. Es war ein Freund, Winfried, der auch in Praunheim lebte. Als er die Cannabis-Pflanzen entdeckte, ließ er einen Schrei los.

"Mensch, Josef! Marihuana-Pflanzen, bist du verrückt geworden?" Winfried ließ seinen Blick langsam durch den Raum schweifen und näherte sich der Balkontür. Gegenüber hinter dem Gartenzaun befand sich ein Altersheim und die Bewohner gingen oft hin und her spazieren.

"Es braucht nur zu sein, dass jemand da drüben sich für Botanik interessiert und dich beobachtet, und du bist dran!", sagte Winfried aufgeregt "Willst du in den Knast landen und riskieren, dass deine Frau ebenfalls ins Gefängnis kommt?"

Josef reagierte heftig.

"Ich muss die Töpfe sowieso wegschmeißen, das Gras ist nicht zu gebrauchen, ich musste es spritzen", konterte er missgelaunt. Und zu seiner Frau:

"Kein Wort zu Mutti!"

"Natürlich nicht!", erwiderte sie leise.

"Ja, umso besser für dich, wenn du das Ganze entsorgst", fuhr Winfried fort. "Was hast du dir dabei gedacht?"

Violetta war für Winfrieds Worte dankbar. Sie selbst hätte sich nicht getraut, etwas zu sagen, wohlwissend, dass ihr Mann dieses Feld wie eine heilige Kuh hütete.

Man brachte alle von Milben befallenen Pflanzen fort und vergrub sie in den nahegelegenen bewaldeten Taunus. Dann wurde das Zimmer, so gut es ging, gesäubert und die wenigen übrig gebliebenen Tomaten-Pflanzen setzte man in den Garten.

Josefs Begeisterung für anstrengende Gartenarbeit hielt sich in Grenzen und so war es meistens Violetta, die zur Hacke griff und die Beete pflegte. Der Garten direkt vor der Haustür war für sie wie ein großer Freund, der mit seinem Geist sie in eine andere Welt eintauchte, eine Welt der natürlichen Gesetze und auch der Harmonie und der Schönheit. Wenn sie sich draußen verausgabte, schaute sie nicht auf die Uhr und so sollte Ihr Eifer eines Tages einen Dämpfer bekommen. Schlimme Rückenschmerzen waren die Folge und ein Besuch beim Orthopäden wurde unumgänglich. Da sie sich nicht mehr bewegen konnte, bekam sie einige Spritzen und Physiotherapie. Als das alles wenig nützte, beschloss man, sie zu einer offenen Badekur nach Bad Orb im Spessart zu schicken. In dieser Zeit wurden offene Badekuren von den Krankenkassen noch übernommen. Die kleine Kurstadt mit seinen Solequellen, Laub- und Nadelwäldern lag in einem Naturpark, nicht sehr weit entfernt von Frankfurt.

Violettas Schmerzen waren nicht nur körperlicher Natur. Von zarter Gesundheit litt sie zunehmend auch unter Angstzustände und sah ihren Lebenstraum nach vereinter Familie wie ein Kartenhaus zusammenfallen. Sie dachte immer häufiger über ihre Beziehung zu ihrem Mann nach und sah zahlreiche aufziehende Wolken am Ehehimmel aufkommen. Hatte ihre Freundschaftsliebe zu Josef doch nicht ausgereicht? Seine Umarmungen waren mehr geschwisterlich denn erotisch und so verging auch ihr die Lust und man gab sich im Bett mit weniger zufrieden. Josefs Kopf war einfach voll mit zahlreichen Gedanken und Ideen, die er nicht loslassen konnte. Die Vernunft holte Violetta jedoch immer wieder ein: war es nicht wichtiger, gemeinsam den Alltag zu meistern? Wozu also die Sorgen? Es fiel ihr ein, dass ihr Mann auch Kosenamen für sie verwendete, und sie bewertete dies als ein Zeichen seiner Zuneigung.

Dagegen schien Josefs berufliche Laufbahn nicht weitergehen zu wollen. Er, der so vielversprechend einen großen Teil seines Studiums absolviert hatte, arbeitete wegen Studentenmangels immer weniger im Seminar, was ihn verständlicherweise kränkte und dazu führte, dass er sich noch mehr Hobbys zulegte. Es fiel ihm schwer, sich auf die

121

einfachen und kleinen Dinge des Lebens einzulassen, was paradoxerweise im Gegensatz zu seiner hohen intellektuellen Begabung stand, beispielsweise eine Fremdsprache in kürzester Zeit zu erlernen. Josef litt oft unter Migräneanfälle, die ihn zwangen, sich ins abgedunkelte Zimmer zurückzuziehen. Mit einem feuchtkalten Tuch hockte Violetta dann neben dem Bett und kühlte seine blasse Stirn ab.

Zwischenzeitlich war Violettas Kur bewilligt worden. Allein verreisen und sich entspannen, sie lechzte danach, schämte sich aber bald für ihr egozentrisches Denken. Doch sie hatte das brennende Bedürfnis, sich zurückzuziehen. Da war es doch gut, für vier Wochen wegzufahren. Wie damals in ihrem Teenageralter hatte sie das Gefühl, nicht in diese Welt zu passen, fühlte sich innerlich zerrissen und war entmutigt. Obwohl sie diesen Kururlaub herbeisehnte, bedauerte sie gleichzeitig, von Josef getrennt zu sein. Sie bemerkte, dass sie wieder klammerte und Angst vor sich anbahnenden Veränderungen hatte, und dass der emotionale Abstand zwischen ihr und ihrem Mann immer größer werden könnte.

Die Schwiegereltern kamen ein letztes Wochenende vor Violettas Kurantritt und Erna brachte ein neues Kleid, das sie rechtzeitig genäht hatte, obwohl sie sich viel um ihren kranken Mann kümmern musste und ihre freie Zeit knapp bemessen war. Violetta nahm sich vor, nach ihrer Rückkehr zu den Schwiegereltern zu fahren, um Erna bei der Hausarbeit zu helfen.

Dem viel beschäftigten Josef kümmerte es weniger, für diese paar Wochen allein zu sein. Er hatte viel zu erledigen. Als Clubmitglied der Donaldisten, der Akademie für Donaldistische Wissenschaften, besuchte er die entsprechenden Veranstaltungen und den lokalen Stammtisch. "Goldkäferchen, ich komme dich besuchen", hatte er seiner Frau versprochen.

Als Violetta ihr Gepäck in die kleine Pension des Kurortes brachte und das Fenster mit Blick auf der Parkanlage öffnete, atmete sie nicht nur die salzhaltige Luft des nahen Gradierwerkes ein, vielmehr verspürte sie die ersehnte Weite. Es war befreiend, die Ansprüche an sich selbst und auch die Anforderungen der Menschen für vier Wochen zurückzuschrauben.

Der Tag beinhaltete angenehme Anwendungen, wie Bäder, Massagen und Gymnastik. Violetta war nicht sonderlich sportlich, eher bequem. Dass sie es überhaupt gewagt hatte, sich auf ein Pferd zu setzen, erstaunte sie immer wieder. Jetzt während des Kuraufenthaltes konnte sie durch die sagenumwobenen Spessartwälder wandern gehen.

Einmal bekam sie Besuch von Josef. Sie war glücklich darüber, denn, wie immer war er unbekümmert und freundlich. "Im Garten würde alles wachsen und blühen", erzählte er und wegen der Hitze müsste viel gegossen werden, meterhoch sei die Kapuzinerkresse gewachsen. Auch habe er Kirschmarmelade gekocht. Violetta musste zuerst lachen und bekam dann doch ein schlechtes Gewissen gegenüber Josef. Anscheinend machte sie sich selbst das Leben schwer und sie nahm sich vor, zukünftig, sich für seine Interessen mehr zu öffnen.

Sie schrieb Postkarten an die Verwandtschaft. Der Briefwechsel mit der Familie war mit der Zeit eingeschlafen und sie machte sich Vorwürfe, sich nicht genug um ihre Eltern zu kümmern.

Der gesundheitlich angeschlagene Pierre hatte die Bergwelt von Montana verlassen und führte jetzt ein ruhigeres Leben mit seiner Familie am Genfer See. Seine Frau, Jeannette, hatte es geschafft, ihn ins Fernsehen zu bringen, während der er eine Medaille zum Ritter des Nationalen Verdienstordens bekam.

Susanne indes begleitete oft ihren Freund auf seinen Gruppen-Pilgerreisen. Gelegentlich gingen sie auch auf Kreuzfahrt, worüber Susanne besonders glücklich war, ihre schönste Garderobe mitnehmen zu können.

Die Großeltern waren wieder in Sion zurückgekehrt und wohnten jetzt in einem Seniorenheim. Der Kontakt beschränkte sich auf das Telefonieren und das Schreiben von Ansichtskarten. Auch zwischen den Cousins war bis auf die Geburtstage Funkstille eingetreten.

Gelegenheiten, durch die historische Altstadt des Kurortes spazieren zu gehen, fehlten nicht, und so besuchte Violetta eines Tages die kleine Bad Orber St. Martins Kirche. Schon seit längerer Zeit war sie nicht mehr in eine Kirche gegangen, obwohl sie doch am Glauben, eher gesagt, an der Hoffnung zum Glauben festhielt. Als praktizierende Katholikin war sie früher aus dem Gottesdienst oft mit bedrückter Stimmung herausgekommen. Sie hatte immer den Eindruck gehabt, als würde durch den Anblick der glücklichen Familien um sie herum auf dem Kirchenvorplatz ihr Einsamkeitsgefühl noch verstärkt werden. So meinte sie, es sei besser, in dem "stillen Kämmerlein" zu beten. Josefs Interesse hingegen galt mehr der Religionsphilosophie.

Als sie eines Tages nach einer Anwendung wieder in ihre Unterkunft zurückkam, lag ein Brief von Josef in ihrem Postfach. Unruhig öffnete sie zitternd den Umschlag.

Schnell lief sie die Treppen hinauf in ihr Zimmer, um sich voller Schmerz aufs Bett hinzuwerfen. Ihr Cousin, Mimi, dem sie noch vor kurzem eine Ansichtskarte geschickt hatte, war tödlich verunglückt. Ihr Cousin und Jugendfreund, war von einem Gerüst ausgerutscht und in die Tiefe gestürzt! Mimi, der vor nicht langer Zeit geheiratet hatte und das ganze Leben noch vor sich hatte. Mimi, mit dem sie gemeinsam in der Kathedrale fromme Lieder sang. Wie ein Film vor ihren Augen liefen die gemeinsamen Abenteuer von damals oben auf der Burg von Valère. Bittere Tränen liefen ihr über das Gesicht und sie blieb für den Rest des Tages in ihrem Zimmer. Zum ersten Mal war jemand, der ihr viel bedeutete, aus dem Leben geschieden.

Als der vierwöchige Kuraufenthalt in Bad Orb zu Ende ging, holte Josef seine Frau mit dem Wagen ab. Trotz der bedrückenden Nachricht von Mimis Tod, die sie in den letzten Tagen ihres Aufenthaltes ereilt hatte, sah Violetta erholt und entspannt aus. Dank der Therapien waren die Rückenschmerzen verschwunden. Die Fahrt verlief ungewöhnlich ruhig. Der ansonsten so gesprächsfreudige Josef sprach kaum ein Wort.

"Jo, was ist los?", fragte sie ihn nach einer kleinen Weile. "Hast du Kopfschmerzen?"

Er räusperte sich, nahm, was selten vorkam, mitfühlend ihre Hand, um dann zögernd zu antworten:

"Ich bin auch traurig, dass dein Cousin verunglückt ist, Mäuschen."

Nach einer kurzen Pause:

"Leider hatte ich gerade in letzter Zeit viel zu tun bei Professor Thomas und so war ich oft unterwegs. Daher konnte ich in der Wohnung wenig aufräumen."

Josef fuhr fort und rechtfertigte sich:

"Auch musste ständig gegossen werden. Tut mir leid, rege dich also nachher bitte nicht auf, wenn du die Unordnung siehst."

Josefs letzte Worte klangen fast gereizt. Violetta fühlte ihren Puls in die Höhe schießen.

"Eigentlich wollte ich zu Erna fahren, um ihr zu helfen, solange ich noch die Woche Nachkur frei habe", sprach sie leise.

Die Fahrt verlief ohne große Unterhaltung. In ihrem Kopf malte sich Violetta alle möglichen Szenarien aus und sie wunderte sich dennoch, dass nach anfänglicher Aufregung sie jetzt gelassen blieb.

Und Josef hatte nicht übertrieben. Im Flur der Wohnung lagen sämtliche Gegenstände. Ordner und Kisten versperrten den Weg, Comics-Hefte, getragene Wäsche und Lebensmittelpackungen mussten zuerst aus dem Weg geräumt werden. Müll lag herum und auf dem Schreibtisch sämtliche ungeöffnete Briefe und leere Yoghurtbecher, alles in allem, wo sollte man da anfangen? Wie entsorgen? Josefs Sammelleidenschaft hatte sich dermaßen hochgesteigert, dass er sich bald von nichts mehr trennen konnte.

Violetta atmete tief durch, nachdem sie sich den Weg zum Fenster angebahnt und dieses geöffnet hatte. Wortlos schaute sie auf den blühenden Garten. Hier war eine andere Welt, ihre andere Welt, und als die Amsel im Kirschbaum anfing zu singen, schloss sie für einen Augenblick die Augen. Eigentlich wusste sie nicht, wie es weitergehen würde.

Mit dem Aufräumen anfangen, dachte sie, irgendwo anfangen. Der verlegene und verärgerte Josef ging ihr aus dem Weg und versuchte, in der Küche Platz zu schaffen.

Violetta blieb bei ihrem Entschluss, nach Darmstadt zu den Schwiegereltern zu fahren. Erna brauchte ihre Hilfe und sie überließ die eigene Wohnung dem verdutzten Josef, der dafür zu sorgen hatte, dass man wenigstens freien Zugang zu allen Fenstern und zu der Balkontür hatte.

"Du siehst zwar erholt aus, hast aber was auf dem Herzen!", bemerkte die aufmerksame Erna, als sie ihre Schwiegertochter bei der Arbeit beobachtete. "Und ich kann mir vorstellen, worum es geht", ergänzte sie nachdenklich.

Violettas Augen fühlten sich mit Tränen.

"Ich weiß nicht, wie ich in Zukunft mit seiner Unordnung und Sammelei umgehen werde."

Erna wusste um Josefs chaotische Veranlagung und hatte ihre ganze Hoffnung daraufgesetzt, seine Frau würde ihm helfen können, sein zwanghaftes Verhalten im Zaum zu halten. Resigniert, ließ sie die Schultern fallen. Auch ihre Schwiegertochter konnte keine Wunder vollbringen und die psychologischen Hilfsangebote waren zu dieser Zeit noch nicht weit verbreitet.

Während der nachfolgenden Wochen bemühte man sich um ein Mindestmaß an Sauberkeit und Ordnung. Das Problem war, dass Josef nichts wegwerfen wollte, "man könnte es doch irgendwann gebrauchen", und wenn Violetta nicht Hand angelegt hätte, wäre die Wohnung irgendwann unbewohnbar geworden.

Eines Tages im Büro erfuhr Violetta, dass die Bank einen Mitarbeiter in Teilzeitstellung für die Bibliothek suchte.

Eine gute Gelegenheit für Josef, den ewigen Studenten, etwas Interessantes und Lukratives zu machen, dachte sie sofort und sie teilte dies ihrem Mann mit. Josef war einverstanden und nahm das Angebot freudig an. Er hatte sich diese Begeisterung für Neues aufbewahrt, die Violetta so an ihm mochte. So gingen sie zweimal pro Woche morgens zusammen aus dem Haus. Durch die neue berufliche Situation hatte Josef auch mehr Kontakte, die – so Violettas Hoffnung – ihn von seinem Sammeltrieb ablenken würden.

Die Tage verliefen in ruhigeren Bahnen und, auch wenn sich in ihrem Heim nicht viel geändert hatte, konnten beide doch einigermaßen zufrieden leben. Bei der Arbeit hatte sich eine kleine Clique mit den Kolleginnen gebildet und bei schönem Wetter ging man zusammen nach Büroschluss auf einen Apfelwein in eines der urigen Frankfurter Äppelwoi-Lokale. Auch Josef war dabei, als einziger Mann, der mit seinen kurzweiligen Geschichten bei den Frauen für Unterhaltung sorgte.

"Ihr wisst, wir hatten mal darüber gesprochen, irgendwann das Experiment zu machen, eine Wohngemeinschaft zu gründen. Nun habe ich eine Neuigkeit für euch!", verkündete eines Tages Julia, eine der Sekretärinnen. "Ich weiß von einem alten Bauernhaus, in das wir zusammenziehen könnten!"

Alle schauten sich an. Erstaunt und neugierig zugleich meldete sich Gaby, die jüngste unter ihnen.

"Ich wäre dabei! Es wird Zeit, nicht mehr bei meinen Eltern zu wohnen und ich mein eigenes Leben führe."

Nach einer kleinen Verzögerung äußerte sich Gesa, die ein Mini-Appartement bewohnte.

"Meine jetzige Wohnung ist wirklich zu klein", erklärte sie. "Und ich möchte gern einen Hund. In einem Bauernhaus auf dem Land, das würde mir sehr gefallen. Das könnte ein richtiges Abenteuer werden! Violetta, wie wäre es auch mit einem eigenen Pony?"

Violetta und Josef, die sich bis dahin zurückgehalten hatten, tauschten ihre Blicke.

"Wir werden darüber nachdenken. Wo steht das Haus, wie groß ist es und wieviel würde es kosten?", fragte Violetta, deren Aufmerksamkeit jetzt geweckt war.

"Das Haus liegt in der Nähe von Büdingen in der Wetterau, etwa eine knappe Autostunde von Frankfurt entfernt. Wir sind alle motorisiert und manche von uns haben mit der Straßenbahn innerhalb der Stadt eine fast noch längere Fahrtzeit zur Arbeit, oder nicht?", argumentierte Julia. "Wir würden alle sparen", fuhr sie fort, "800 DM für ein ganzes Haus, geteilt durch fünf Leute."

Auf dem Rückweg nach Hause fuhren in Violettas Kopf die Gedanken Karussell. Das war eine völlig neue Perspektive. Schnell wurde sie jedoch von der Traurigkeit, den Garten zu verlassen, eingeholt. Nein, so ein Umzug wäre undenkbar! Das konnte sie nicht mitmachen, wo der Garten ihr doch so viel bedeutete! Sie war erschüttert und Ihre Wangen glühten vor Aufregung. Josef dagegen zeigte Optimismus.

"Wenn mir dort ein großes Zimmer zur Verfügung steht, ja. In der Uni habe ich bereits einen Lagerraum. Und wenn ich wegen meiner Termine in Frankfurt bleiben muss, kann ich auch im Seminar auf meiner Couch schlafen. Zur Arbeit können wir morgens zusammen mit dem Wagen in die

Stadt fahren. Gärtnern kannst du dort bestimmt auch wieder. Wolltest du nicht schon immer auf dem Lande leben, Mäuschen?"

"Mäuschen" nickte traurig. "Schauen wir uns diesen Bauernhof zuerst an und sehen in welchem Zustand er ist."

Als sie die Tür ihrer Wohnung aufmachten und das noch nicht ganz beseitigte Durcheinander erblickten, wurden sie von einer plötzlichen Aufbruchstimmung erfasst. Es war so, als würde sich am Horizont eine helle Spur abzeichnen, und Violetta schwankte zwischen Hoffnung und Erwartung, zwischen festhalten wollen und loslassen müssen. Natürlich würde sie einerseits lieber in Praunheim bleiben, aber so konnte es nicht weitergehen. In einem Haus mit anderen Bewohnern würde sich Josef mit seinem Sammeltrieb nicht derart ausbreiten können. Zudem hoffte sie, dass, wenn dieses Zusammenleben in der Wohngemeinschaft auf dem Bauernhof gelingt, dies ein positives Zeichen für ihre Beziehung wäre. Unerwartet hatte sich ein Neuanfang für beide angekündigt, den sie wagen würden.

Das infrage kommende Haus befand sich hinter einer Anhöhe in einem kleinen Vorort von Büdingen namens Rohrbach. Das Dorf mit den wenigen Bauernhäusern war umgeben von weiten Feldern und sanften Hügeln mit Streuobstwiesen. Wie in einem Dornröschenschlaf lag das zum Haus gehörende Grundstück. Draußen hatten sich die Brennnesseln kniehoch breitgemacht. Im Hof selbst befand sich ein kleiner Hühnerstall. Geheizt wurde das Haus mit Hilfe von Kohleöfen. "Im Wald ist aber auch viel Zunder und Brennholz, das nichts kostet", hatte die Vermieterin gesagt. Der Mietvertrag wurde schließlich von allen unterschrieben.

Violetta und Josef sollten das Erdgeschoss bekommen. Die große zentrale Küche war für alle da, gleichzeitig war sie das Zentrum für Zusammenkünfte und gemeinsame Feiern. Es war noch rustikaler als in ihrer Wohnung in Praunheim, der ländliche Charakter ließ die Städter in romantischen Phantasien schwelgen. Sie würden ab jetzt nicht mehr nur Kolleginnen sein, sondern ein Team, in dem man sich gegenseitig unterstützt. Das war ganz im Sinne Violettas, die sich seit Kindertagen nach Familie sehnte. "Das kommt zur richtigen Zeit", dachte sie, jetzt die neue alternative Lebensform bejahend. "Wir haben ein großes Schlafzimmer und Jo hat auch einen eigenen Raum, den ich selten betreten werde!"

Eine Holztreppe führte in die obere Etage. Dort gab es drei Zimmer und ein Duschbad. Dies war das Reich von Julia, Gesa und Gaby.

Als die Schwiegereltern über den Umzug ihrer Kinder in Kenntnis gesetzt wurden, waren sie zuerst nicht sehr begeistert. Erna wusste jedoch um die schwierige Lage, die sich in der Beziehung zwischen ihrem Sohn und seiner Frau entwickelt hatte und nahm sich vor, sich nicht einzumischen.

Der Umzug von der Stadt aufs Land brachte die kleine Gruppe eng zusammen. Jede hatte so seine eigene Vorstellung. Julia sah sich bereits im Sommer um das Maisfeld radeln, Gesa war schon gedanklich auf dem Pferderücken, Gaby wollte ihr erstes eigenes Zimmer nach ihrem Geschmack einrichten. Josef, der vor kurzem die makrobiotische Ernährungsweise entdeckt hatte, wollte alle damit überraschen. Und Violetta? Hatte sie noch einen Traum? Sie wusste es nicht mehr, aber die harmonische Umgebung des Ortes stimmte sie friedlich.

Als der letzte Tag in der mit Hilfe vieler Hände leergeräumten Frankfurter Wohnung gekommen war und sie die Tür für immer abschloss, warf sie noch einen wehmütigen Blick hinaus in den Garten, der mit seinem duftenden Erdreich und blühenden Pflanzen einige Jahre in ihrem Herzen gewohnt hatte.

Josef konnte einen großen Teil seiner Bücher und Schallplatten im Lagerraum der Universität unterbringen, so dass einem Umzug nach Rohrbach eigentlich nichts mehr im Wege stand.

Nach mehreren Wochen, als sie sich fertig eingerichtet hatten, veranstaltete man ein Einweihungsfest, zu welchem die Kollegen der ganzen Abteilung der Bank eingeladen worden waren. Die Dorfbewohner beäugten jedoch die Neuankömmlinge aus der Stadt zuerst mit Skepsis, zumal einige Tiere dazugekommen waren. Gesa hatte sich eine junge Schäferhündin zugelegt, die noch allerhand Unsinn im Kopf hatte, Julia brachte zwei Katzen mit, und auch zwei aus einer Legebatterie gerettete Hennen sollten im Hühnerstall ein neues Heim finden. Sie bekamen die Namen "Kunigunde" und "Adlerjunges". Abends zur Fütterungszeit warteten die Tiere ungeduldig auf ihre Frauchen. In dieser Anfangsphase gab es viel Spaß und Austausch untereinander; man erlaubte sich, wieder 20 Jahre jung zu sein. Diese Herausforderung wollten alle meistern, auch wenn deren Verlauf nicht vorausschaubar war.

Mittlerweile hatte sich Josef in seinem Reich eingerichtet und war zuerst mit seinem eigenen Zimmer zufrieden. Im Laufe der nachfolgenden Wochen hielt er sich jedoch oft in

Frankfurt auf, weil er samstags zum Flohmarkt ging und dort einen eigenen Verkaufsstand führte. Wenn er zeitweise noch in der Bibliothek der Uni arbeitete, blieb er mit Violetta in Rohrbach und fuhr morgens mit ihr zusammen nach Frankfurt. Nun musste sie sich an die räumliche Distanz gewöhnen und litt bald darunter. Es war diese Sehnsucht nach Nähe, Josef an ihrer Seite zu spüren. "Ich vermisse dich, wenn du nicht da bist", hatte sie ihrem Mann gesagt. "Ja, Mausi, ich denke auch an dich, aber du siehst, was ich alles zu tun habe. In der Deutsch-Französischen Gesellschaft soll ich die Jugendarbeit mit unterstützen. Das sei aber vorübergehend, hat man mir gesagt, und dann werde ich wieder öfter bei dir sein, versprochen!", tröstete Josef.

Mit einem schlechten Gewissen wollte er aber nicht leben, also versuchte er, wieder mehr in Rohrbach zu sein, wo es ihm eigentlich ganz gut gefiel. Und da er bei allen beliebt sein wollte, schlug er vor, an dem kommenden Wochenende das Mittagessen vorzubereiten. Man hatte ohnehin vereinbart, dass ein jeder abwechselnd für das Mittagessen zuständig sein sollte.

Bald darauf beobachtete die erstaunte Gesa, die sich gerade in der Küche aufhielt, wie Josef draußen mit Handschuhen die Spitzen der Brennnessel abschnitt.

"Es gibt heute eine gesunde Brennnesselsuppe", verkündigte er begeistert. "Man braucht nicht jeden Tag Fleisch zu essen!"

Erwartungsvoll saßen an jenem Mittag alle am großen Eichenholztisch. Violetta stellte den Kochtopf und Brot in die Mitte, und alle bedienten sich. Josef hatte würzige Zutaten verwendet und das Gericht roch appetitlich. Seltsam nur, dass niemand davon probieren wollte und sich stattdessen die Augen aller auf den Tellerinhalt richteten.

"Was ist los?", fragte Josef enttäuscht.

Ganz langsam hob Gesa den Kopf.

"Jo, schau mal bitte tiefer hinein in die Suppe."

Josef blieb sprachlos. Neben den Kräutern schwammen braune dicke Maden, die zuerst nicht erkennbar gewesen waren. So hatte die Suppe eine richtige Fleischeinlage und da man sich davor ziemlich ekelte, wurde das Ganze entsorgt, bevor man überhaupt davon gekostet hatte. Violetta hatte richtig Mitleid mit ihrem Mann, der doch nur das Beste gewollt hatte. Es wurde aber auch darüber gelacht und man nahm dieses Missgeschick nicht so tragisch.

Auch wenn das Haus viele Mängel aufwies, waren die WG-Bewohner in Hochstimmung. Den Weg zur Arbeit nach Frankfurt von einer knappen Stunde nahmen sie in Kauf, auch wenn es Ende der 70er noch keine Autobahn gab und die Fahrt gemächlich über die Landstraße verlief. Staus waren noch nicht so häufig und, wenn es draußen noch hell war, liefen sie mit Boogie, der Hündin, durch die Felder. Wieder zuhause versammelte man sich um den Tisch und trank gemeinsam ein Bier.

Aber auch der schönste Sommer geht zu Ende und die Maisfelder werden erntereif. Als die Tage merklich kühler wurden, fing man an, Brennstoff zu bestellen und genügend Zündholz im Wald zu sammeln. Das Badezimmer im Parterre verfügte über einen mit Kohle beheizbaren Badeofen. Das Wasser darin wurde so heiß, dass es genug warmes Wasser für alle gab und, wie zu früheren Zeiten, wurde ein Tag in der Woche als Badetag eingeführt.

Auf den herbstnassen Straßen dauerte es jetzt länger, um zur Arbeit zu fahren und Josef zog es vor, in Frankfurt zu bleiben. In seiner Abwesenheit riskierte Violetta eines Tages einen kurzen Blick in sein Zimmer, das ein heilloses Durcheinander zeigte. Leise verschloss sie die Tür und empfand fast Mitleid mit Josef. Er litt zunehmend unter seiner Unordnung und Vernachlässigung des Wesentlichen. Da versagte sein logisches Denken. Sie wusste einfach nicht, wie sie ihm helfen konnte, sie wusste nur, dass ihre Ohnmacht, etwas bewirken zu können, Grenzen zeigte, die sie akzeptieren musste oder auch nicht. Sollte sie für immer mit diesem Schicksal leben?

Eines Abends, als die Freundinnen von der Arbeit spät nach Hause zurückkamen, saßen die Tiere nicht wie sonst üblich erwartungsvoll auf den Treppen. Vielmehr kam ein Bellen aus dem Hof und Boogie stand da mit eingeklemmter Rute neben weißen Hühnerfedern. Schnell wurde klar, dass in Abwesenheit der Hausbewohnerinnen sich ein Unglück ereignet hatte. Von "Kunigunde" und "Adlerjunges" waren nur noch einige Federn übriggeblieben. Sofort mahnte Gaby, die sich mit Hunden auskannte:

"Boogie hat sich an die Hühner herangemacht! Und sie hat jetzt Blut geleckt, sei vorsichtig, Gesa!"

"Es könnte doch auch ein Habicht gewesen sein!"

Es blieb im Dunkeln und keiner hat je erfahren, was wirklich geschehen war. Man würde zukünftig keine Hühner mehr halten.

Im Büro erweckte das Experiment "Wohnkommune" aus der Wetterau großes Interesse. Alle wollten wissen, wie es lief. Und kein geringerer als der Personalchef wartete morgens auf die Frauen, um seine Neugier zu stillen.

"Na, was gibt's Neues in Rohrbach?", fragte er vergnügt.

Bestürzt antwortete Gaby: "Der Hund hat anscheinend die Hühner aufgefressen. Sie sind nicht mehr da, nur ein paar Feder lagen am Boden."

Der Personalchef war fassungslos:

"Was erzählt ihr da? Der eigene Hund frisst jetzt die eigenen Hühner?! Das wird noch was, euer Abenteuer!" In der Mehrzahl duzte er die Angestellten gern schon mal. Zwar hatte der Hund im Garten Auslauf, doch musste er einige Stunden allein bleiben, und da kann ein junger Hund schon etwas "anstellen". Um die Katzen brauchte man sich keine Gedanken zu machen, sie waren gut miteinander beschäftigt. Zudem waren sie auf Mäusejagd, ja es gab welche, und sie hatten sich in der Speisekammer genüsslich an das Tierfutter gemacht, so dass dieses unbrauchbar geworden war. Einmal sah Violetta, wie eine kleine Maus auf dem Elektrokabel des Toasters herumtanzte. Auch wenn sie sich als Kind vor den Ratten in Paris gefürchtet hatte, fand sie die kleine Maus wiederum niedlich, diese zeigte keine Scheu und putzte sich mal zwischendurch mit ihren Pfötchen. Man versuchte, ab sofort die Lebensmittel zu schützen und schloss diese in Metalldosen ein. Auch wurden einige Mausefallen aufgestellt.

Als der Winter eisige Nächte mit sich brachte, war Durchhaltevermögen gefragt. Es gab zu jener Zeit einen Song von der Rockband "Foreigner", der die Dauerfrosttemperaturen besonders gut begleitete. 'Cold As Ice' rockte die Gruppe, und die Mädchen oben im ersten Stock zitterten vor Kälte, wenn der Kohleofen nachts ausging. Julia bekam da eine

Idee. Ihr Bruder war Vertreter für eine spezielle skandinavische Elektroheizung, die angeblich einfach an die Wand zu montieren sei. Voller Überzeugung brachte sie die Geräte mit, und bald darauf startete man einen Versuch. Doch der Schreck war groß, als irgendwann während der Nacht die Wand bei Julia zu glühen anfing. Für solche Heizgeräte genügte die Stromkapazität in dem alten Gebäude nicht und die Situation war durchaus brenzlich gewesen. Rechtzeitig wurde die Stromsicherung abgestellt. Infolgedessen blieb man bei dem Kohleofen und zog sich einen dicken Pullover für die Nacht an. Der diesjährige Winter sollte lang werden, was dafür sorgte, dass man abends gern mit heißem Tee und Brandy neben dem Ofen mitsamt Hund und Katzen zusammenrückte und sich gemeinsam einen Film im Fernsehen anschaute.

Als einmal Julia vorgeschlagen hatte, zum Wochenende einen Geflügelgericht für alle vorzubereiten, holte sie ein Hähnchen aus der Tiefkühltruhe heraus, damit dieses während der Nacht auf dem Küchentisch in der kühlen Küche langsam abtauen könne. Sie stellte das Fleisch auf einen Teller und vergaß, die Tür abzuschließen. Als alle morgens zum Frühstück zusammenkamen, blieben sie erstarrt an der Türschwelle stehen und trauten ihren Augen nicht, was da ablief. Oscar, der Kater, hatte sich in dem noch halb gefrorenen Hähnchen festgebissen, und es war unmöglich, ihn freizubekommen. Seine Zähne waren einfach in dem Fleisch stecken geblieben. Geistesgegenwärtig nahm Julia den Kater zusammen mit dem Gockel und ließ über beide Wasser laufen, so dass der arme Oscar befreit wurde und fauchend schnell das Weite suchte.

Während des Winters fuhren Violetta und Gesa oft nach Büdingen, der nahegelegenen Kleinstadt mit den hübschen alten Fachwerkhäusern und der mittelalterlichen Befestigungsanlage. Im Büdinger Schloss befand sich das Fürstliche Gestüt mit Stallungen und auch Schulpferden, so dass sie dort Reitstunden nehmen konnten. Violetta liebte Pferde mit ihrem typischen süßlichen Schweißgeruch, und wenn sie ein Pferd aus dem Stall mit dem Zaumzeug abholte, genoss sie es, sich an seine warmen Flanken eng anzuschmiegen. Vor allzu temperamentvollen Reittieren aber schreckte sie zurück.

Wieder zuhause und nach dem gemeinsamen Abend mit den Freundinnen spürte Violetta immer wieder eine tiefe Traurigkeit von ihr Besitz ergreifen, alles könnte doch wunderbar sein, wäre ihr Mann jetzt bei ihr und sie würden ein erfülltes Liebesleben haben. Wenn sie abends allein im Bett lag, schaute sie deprimiert hinüber auf die leere Bettseite neben ihr. In den letzten Wochen war Josef selten da gewesen. Er unternahm oft Studienreisen mit dem Deutsch-Französischen Verein. Gerade jetzt befand er sich in Frankreich bei einer Tagung. Nicht nur räumlich waren sie getrennt, vielmehr erkannte Violetta, dass sie sich zunehmend auseinandergelebt hatten. Die Funkstille zwischen ihnen beiden dehnte sich immer mehr aus und wenn er sie anrief, erzählte er von seinen Erlebnissen und es schien, als würde er sie nicht besonders vermissen. Ihr wurde plötzlich bewusst, dass sie mit ihrem Mann darüber reden müsste, wie es weitergehen sollte.

Violettas Gedanken drehten sich im Kreis: Hatte sie nicht gewusst, dass ihr Mann vor allem ein chaotischer intellektueller Philosoph war, ein Einzelgänger und kein

Familienmensch? Ja, Josef mochte sie doch auch auf seine Art und zu Beginn wollte er mit ihr zusammen sein und sie heiraten. Ihre Augen füllten sich mit Tränen. Sie kroch unter die Bettdecke und versuchte etwas Schlaf zu finden.

Nach einigen Tagen kehrte Josef nach Rohrbach zurück und tat so, als wäre er nie weggefahren. Für ihn war es selbstverständlich, dass er oft zwischen Rohrbach und Frankfurt pendeln musste und er war der Meinung, seine Frau wäre im Kreis der Freundinnen gut versorgt. Alles war gut.

Nach der ersten Nacht seit Josefs Rückkehr stand sie früh auf, ging in die Küche, um den Kohleherd anzufeuern. Josef hatte Kopfschmerzen und sie brachte ihm einen starken Kaffee ans Bett.

"Bleibst du jetzt einige Tage hier? Würde dir guttun, etwas Ruhe. Wenn du wieder fit bist, müssen wir miteinander reden", sagte Violetta mit gedämpfter Stimme.

"Reden worüber denn? Ach, jetzt nicht! Mir brummt der Schädel." Josef drehte sich im Bett. "Mach bitte die Vorhänge zu!"

Violetta verließ leise das Schlafzimmer. Sie erkannte, dass sie innerlich stärker und freier geworden war und sie hatte einen ersten selbständigen Schritt getan, denn sie wusste jetzt, was sie nicht mehr wollte.

Als es soweit war, dass Josef für ein Gespräch bereit war, saßen beide in der Küche. Violetta füllte Kaffee in die Becher. Sanft aber bestimmt nahm sie das Wort.

"Jo, unsere Fernbeziehung belastet mich sehr. Wir sind so oft voneinander getrennt, dass wir uns auseinandergelebt haben. Ich verstehe, dass du viele Interessen hast, du bist

139

aber auch mit mir verheiratet, und warst du nicht richtig glücklich über den Umzug? Ein großes Zimmer hast du ja und du warst auch damit einverstanden, dass wir an dem Experiment der Wohngemeinschaft teilnehmen."

"Ach ja, das wollte ich doch auch. Aber meine Ziele haben sich verändert, weil ich doch die meiste Zeit in Frankfurt beim Professor arbeiten muss. Ich kann unmöglich jeden Tag zwischen Frankfurt und Rohrbach hin- und her pendeln."

Plötzlich geriet Josef außer sich.

"Außerdem will ich nicht eine spießige Ehe führen! Es ist doch modern, seine eigene Individualität auch in der Ehe leben zu können. Andere würden uns um unsere Freiheit beneiden!"

"Man kann doch zusammenleben, ohne spießig zu sein. Waren wir früher nicht glücklich darüber, uns zu haben? Auch ich habe meine eigenen Interessen, darum geht es nicht. Ich habe bloß das Gefühl, dass unser gemeinsames Leben auseinanderfällt, und ich leide darunter. Soll ich weiterhin allein im Bett schlafen?"

Josef fühlte sich bloßgestellt und blieb stumm. Nach einem kleinen Augenblick seufzte er beinahe schuldbewusst.

"Wir könnten wieder in Urlaub fahren, nach Mallorca zum Beispiel, jetzt wo ich mehr Geld habe. Wir könnten es uns leisten. Lass uns im Frühjahr Urlaub nehmen."

Violettas Blick öffnete sich. Fern vom gewohnten Umfeld, könnten sie vielleicht wieder zueinander finden?

"Ja, im Frühjahr, so im März oder April. Ich werde ins Reisebüro gehen", versprach Josef.

Fürs Erste hatten sich die Wogen geglättet und Josef blieb am nächsten Tag noch in Rohrbach. In Frankfurt würde er so bald wie möglich den Urlaub buchen.

Die Zeit verging und Violetta wartete immer noch auf ein Zeichen von Josef, aber nichts geschah. Sie hätte zwar auch selbst in Frankfurt nach der Arbeit ins Reisebüro gehen können, aber Josef konnte eines nicht ausstehen: dass man über seinen Kopf hinweg entscheidet. Als er sich endlich meldete, fehlten ihm fast die Worte. Es hätte sich anders ergeben. Zu dem geplanten Termin könne er leider doch keinen Urlaub nehmen. Im Hochsommer sei alles ausgebucht, und die Sonne würde sowieso zu heiß brennen. Im Herbst aber, dann würden sie nach Mallorca fliegen, ganz bestimmt, vertröstete er.

Aber Violetta erwartete jetzt nichts mehr. Sie konnte auf ihren Mann nicht wirklich böse sein, denn Josef war sich der Situation gar nicht richtig bewusst.

An jenem Tag lief sie den schmalen Weg allein entlang der Streuobstwiesen, um ihre tiefe Traurigkeit zu lindern. Als ein Wiesenvogel im Blau des Himmels schwebte, hob sie den Kopf und lauschte seinem befreienden Gesang. Alles nahm jetzt seinen Lauf, und sie würde sich dem Auf- und Ab ihrer Gefühle in ihrer Zerbrechlichkeit stellen müssen.

Gesa, Julia und Gaby hatten die Anzeichen der Beziehungskrise, die sich zwischen Josef und Violetta entwickelt hatte, auch mitbekommen und standen Violetta mitfühlend zur Seite. Sie musste den Schmerz ihres persönlichen Versagens annehmen. War sie nicht bereits auf dornigen Lebenswegen gegangen, und hatte nicht mancher Tunnel nur scheinbar kein Ende gehabt? Jetzt aber glaubte sie, ihr Herz würde nie wirklich Heimat finden.

Sie wollte Josef keineswegs anklagen. War sie nicht auch selbst daran beteiligt? Auch wenn ihr Mann sein Junggesellenleben fortführen wollte, würde sie ihm zukünftig ihre Freundschaft nicht vorenthalten.

Tatsächlich kehrte Josef hin und wieder zur Wohngemeinschaft zurück und erzählte freudig von seinen Unternehmungen. Er freute sich auch, seine Frau wieder zu sehen, und alles deutete auf Alltäglichkeit hin. Es fiel kein Wort zum geplanten Urlaub. Nicht einen Augenblick entdeckte Josef in Violettas feuchten Augen auch nur den Hauch ihres Wandels.

Aber die Stunde hatte längst geschlagen. Beide führten eine lebhafte Diskussion über ihre verschiedenen Bedürfnisse und wie sich diese in den letzten Jahren verändert hatten. Josef hing mehr an seinem eigenen Lebensstil, und Violetta wünschte Kinder und ein Familienleben. So tauschten sie sich aus über den Fortbestand ihrer Ehe und vereinbarten eine Trennung auf Zeit. Man wollte in Kontakt bleiben und Josef könnte sich ganz seinen Aktivitäten widmen. Sein Gesicht war noch fahler geworden, und zum ersten Mal sah Violetta, dass es ihm nahegegangen war.

Alle Stufen der emotionalen Verarmung und den in den letzten zwei Jahren immer größer gewordenen Abstand zu ihrem Mann hatte sie durchlebt. Wie die einsame Spur im Sand von der zurückfließenden Welle des Meeres mitgenommen und davongespült wird, so sollte sich Violettas Traum nach echter Heimat und einem gemeinsamen Lebensweg mit Josef Olivier nicht erfüllen.

Die Schwiegereltern waren sehr bedrückt, als sie von der Trennung ihrer Kinder erfuhren, vor allem Erna hatte darunter sehr gelitten. Doch blieb sie ihrer Schwiegertochter gegenüber offen und freundlich.

"Einerseits kann ich dich schon verstehen. Josef war schon immer ein Eigenbrötler, ich hatte aber so gehofft, dass er durch dich ..."

Erna weinte. "Ihr seid euch gegenüber aber hoffentlich nicht feindlich gesinnt, nicht wahr?"

"Nein, Mutti, wirklich nicht. Wir werden weiterhin in Verbindung bleiben, Josef und ich, auch wenn wir es nicht geschafft haben, eine glückliche Familie zu gründen. "Was auch die Zukunft bringen wird, du wirst immer für mich eine Mutter bleiben."

In der nachfolgenden Zeit kam Josef ab und zu noch zu Besuch nach Rohrbach und verkündigte eines Tages, er habe eine Dreizimmerwohnung in Frankfurt ganz in der Nähe der Uni für wenig Geld gefunden und dass er daher umziehen würde.

"Du kommst aber mal vorbei, Violetta?"

Für Josef änderte sich wenig an seinem kameradschaftlichen Umgang mit seiner Frau.

"Vielleicht, wenn du eingerichtet bist."

Dieses neu entstandene Bündnis zwischen den beiden milderte ein wenig die Bitterkeit der Trennung.

Als Violetta in das leer gewordene Zimmer, wo Josef einige Monate gewohnt hatte, hineinging, lösten sich ihre aufgestauten Emotionen und sie brach in Tränen aus. Vor ihr lagen die Scherben ihrer Träume, und sie litt unter unsagbaren Selbstvorwürfen.

Violettas Seelenschmerz sollte einige Monate dauern, und sie zog sich zurück, während ihre Gedanken Achterbahn fuhren, bis eines Morgens, als sie zum Himmel aufblickte auf einmal spürte, wie ein Sonnenstrahl der Hoffnung ihre Wangen berührte, als ob die schwebenden Wolken sie in einen Hauch von Leichtigkeit umhüllen wollten.

Eine betörende Begegnung

Es geschah Ende Mai an einem sonnigen Tag, kurz vor Violettas dreißigsten Geburtstag. Mit Gesa, der Reitfreundin und WG-Mitbewohnerin, besuchte sie oft das kleine italienische Restaurant, das zentral in der Büdinger Altstadt, nicht weit entfernt vom Schloss, gelegen war. Es wurde zu einem gemeinsamen Treffpunkt auch für die anderen WG-Hausgenossinnen. Sie hatten dort ihren Stammtisch und erlebten zusammen unbeschwerte Stunden.

Die Trennung von ihrem Mann hatte Violetta zwischenzeitlich seelisch verarbeitet. Auch wenn ihr Herz davon Narben trug, akzeptierte sie jetzt, dass ein Zusammenleben mit Josef nicht mehr möglich gewesen war. Die Ereignisse der letzten Monate hatten Spuren hinterlassen und sie war müde, sehr sogar, so dass die WG-Freundinnen sie ermunterten, nicht immer zuhause zu bleiben und sich zurückzuziehen. Es war Zeit, endlich an die frische Luft hinauszugehen und bei schönem Wetter schwimmen zu gehen. So beschlossen sie, am Wochenende, das Freibad in Büdingen zu besuchen.

An jenem Samstagvormittag stand die Sonne bereits hoch im Himmel, als Gesa und Violetta sich auf den Weg ins Schwimmbad machten. Es sollte für Ende Mai ein ungewöhnlich warmer Tag werden. Beide breiteten ihre Badetücher auf die Gänseblümchenwiese aus und legten sich hin. Nicht zu überhören waren die Musiktransistoren der vielen GIs, zu dieser Zeit in Büdingen stationierte amerikanische Soldaten. Sie waren lustig, bildeten kleine Gruppen und schauten nach den Mädchen.

Gesa und Violetta lagen da unbeweglich, eingecremt und zufrieden, als Gesa plötzlich aufschrie. Ein junger Amerikaner war über ihre Füße gestolpert und wäre fast auf sie hingefallen.

"I'm sorry", entschuldigte sich der Soldat. Statt weiterzugehen, blieb er hockend neben der braungebrannten Gesa, die vor kurzem aus dem Urlaub zurückgekehrt war. Mit ihrem blonden Schopf sah sie umwerfend aus.

"Ich heiße Mike", sagte er lächelnd, während er mit Gesa eindeutig anzubändeln versuchte und nach einer Weile sie neckisch fragte:

"Möchtest du heute Abend mit zum Grillen?"

Gesa sah ihn mit ihren großen blauen Augen an. Dann legte sie sich wieder seelenruhig auf ihr Handtuch hin.

"Einverstanden", antwortete sie selbstsicher.

Mike deutete auf Violetta, die den Kopf zur Seite gedreht hatte. Neben Gesa fand sie sich erbärmlich.

"Was ist mit ihr?", fragte Mike neugierig.

"Sie spricht kein Englisch, aber Spanisch, und auch Französisch", antwortete Gesa. Überraschend war, dass sie dies erwähnte.

"Spanisch spricht sie?" Mike machte ein großes Handzeichen zu seinen in der Nähe sitzenden Freunden.

"Checo, come over here! Eine novia, die spanisch spricht!"

Violettas Neugier war jetzt geweckt. Sie betrachte den jungen sportlichen GI etwas genauer an und hatte verstanden, dass er jemanden gerufen hatte.

Ein Mann löste sich aus der Gruppe und kam auf Violetta und Gesa zu. Von mittlerer Größe lief er mit geschmeidigem Gang. Er schien indianischer oder mexikanischer Abstammung zu sein. Wie alle Soldaten hatte er einen kurzen

Haarschnitt und seine blauschwarzen glatten Haare beton-
ten sein markantes Gesicht. Mit einem Lächeln blieb er zuerst vor den Frauen stehen, sich seiner Erscheinung bewusst. Violetta schaute den gutaussehenden exotischen
Unbekannten an und fühlte, wie plötzlich ihr Herz zu pochen begann. Nachdem er eine Weile seinen Blick auf Violetta gerichtet hatte, kniete sich der Mann neben ihr.

"¿Usted hablá español? Me llamo Checo, Checo
Hernàndez." Violetta atmete tief durch. Ausgesprochen an
diesem Tag fühlte sie sich nicht besonders gut. Und so blieb
sie zuerst schweigend und bekam weiche Knien, als sie seinen Atem spürte. Es trat ein Augenblick der Stille zwischen
ihnen, dann setzte sich Checo neben Violetta. Ein würziger
Duft umgab seinen muskulösen Körper.

"Mein Spanisch ist aber nicht sehr gut, ich freue mich, ein
wenig wieder zu üben", sagte sie dann mit weicher Stimme.
"Ich heiße Violetta."

Er hielt einen Moment inne. "Was machst du gern, Violetta? tanzen, laufen?"

Sie musste aus ihrem ganzen spanischen Wortschatz
schöpfen. Nach einem intensiven Grundkurs und einigen
Wochen Aufenthalt in Madrid konnte sie sich halbwegs verständlich machen. Lächelnd antwortete sie:

"Seit einigen Jahren reite ich. Ich mag Tiere und besonders
Pferde, auch zeichne ich gern Landschaften und ich mag
durch den Wald laufen. Vor einiger Zeit besaß ich einen
Garten, den ich sehr liebte und ich höre gern Jazz-Musik der
40er Jahre, Blues und Swing."

Violetta war jetzt hellwach und wurde mutiger. Schließlich hatte er sie angesprochen, obwohl sie nicht gerade wie

ein Covergirl aussah. Während sie sich unterhielten, bemerkte sie, wie Checos Blick langsam wanderte, von ihren Füssen, über ihren Bauch, ihre Brüste bis hin zu ihren hellbraunen Haaren, die zu einem verwilderten Pagenkopf geschnitten waren, um schließlich in ihren graugrünen Augen zu verweilen.

"Zuhause hatten wir früher auch ein Pferd, ein geschecktes. Ich komme ursprünglich aus Mexico. Ich bin ein Maya-Nachfahre und wir sind in die USA, nach Texas, geflüchtet. Da war ich noch ein Kind. Später bin ich in die US-Army für eine Verpflichtungszeit von fünf Jahren eingetreten. Ich war schon auf Hawaii und in North Carolina stationiert."

Checo setzte seine Sonnenbrille auf und schaute dann einen Augenblick lang auf das glitzernde Wasser des Schwimmbeckens.

"In der Army zu sein ist für uns Chicanos eine gute Möglichkeit, einen Beruf zu erlernen, Geld zu verdienen und den Führerschein zu machen. Ich arbeite als Funker."

Checo fuhr sich durchs Haar und streckte sich, um dann an Violetta näher heranzurücken. Mit einer leichten Handbewegung wandte er sich lächelnd ihr zu.

"Wir machen heute Abend ein Barbecue, eine kleine Party. Magst du mitkommen, Violetta?"

Sie fühlte, wie ihr Herz pochte. Warum bloß? Das alles wollte sie abwehren, was ihr aber nicht gelingen wollte.

Mike, der die Unterhaltung mitgehört hatte, mischte sich ein.

"Die novias kommen mit, ist doch klar!"

Sie standen alle auf. Checo und Mike kehrten zu ihren Freunden und die Frauen fuhren zurück nach Hause, um sich für den Abend vorzubereiten. Sie wollten Baguette-Brot mitbringen.

Als Violetta und Gesa in der Dämmerung zum Grill-Sammelplatz eintrafen, lockte bereits der Geruch von Grillwürstchen. Beide Frauen setzten sich zwischen den Männern, die lebhaft auf Spanisch und Englisch sich unterhielten. Checo hatte einen Kassettenrekorder mitgebracht, der zuerst Latinojazz und dann Mariachi-Musik spielte. Die meisten jungen Soldaten der Gruppe waren Mexikaner, die in den USA lebten. Ihre Kultur bedeutete für sie viel und darauf waren sie stolz.

Im Laufe des Abends wurde die rhythmische Mariachi-Musik etwas lauter gedreht und man fing an zu tanzen. Einer von ihnen nahm Violetta an der Hand. Er drückte sie heftig an sich und ließ sie um sich drehen.

"Folge dem Macho! Lass dich ganz gehen!", ermunterte er temperamentvoll. Und tatsächlich war Violetta nach dieser wilden Runde aufgeheitert und gelöst. Nur einer saß still unter ihnen: Checo. Seine Augen waren auf Violetta gerichtet und sein Blick traf sie derart, dass ihr heiß wurde. Noch kein Mann hatte sie je so angesehen. Ja, der Indio war anders. Er war ungewöhnlich still und nachdenklich, auch wenn er mit seinen Freunden zusammen war, und er hatte Violettas inneres Feuer hinter ihrer Schüchternheit längst entdeckt.

Die Sterne funkelten jetzt hoch am Himmel dieser Frühsommernacht und als es spät wurde, erzählte man sich mit gedämpfter Stimme von den Familien, die dort im weit entfernten Zuhause auf die Rückkehr der Söhne warteten. Violetta hatte sich neben Checo hingesetzt.

"Eines musst du wissen, Violetta", sprach er plötzlich mit leiser Stimme. "Ich gehe durchs Leben als einsamer Wolf, frei und ohne dauernde Bindung!"

Er zögerte einen Augenblick und sagte dann behutsam weiter:

"Aber ... Du bist 'muy callada', eine tiefgründige Frau, ich mag es."

Violetta schloss die Augen, irgendwie hatte er eine Tür zwischen ihm und ihrer Hoffnung gezeigt. Doch fürs Erste genügte, dass er die Leere ihres Herzens ausfüllte und dass er sie vielleicht auf seine jetzige Wanderung ein Stückchen des Weges mitnehmen wollte.

Aus dem Rekorder klangen bluesige Gitarrenklänge. Checo ergriff wieder das Wort:

"Kennst du George Benson?", fragte er Violetta. "Er ist es, den du jetzt hörst. Zurzeit einer der besten Jazzgitarristen."

Auch sie wurde in den Bann des Musikers gezogen.

"Wenn du willst, können wir einige seiner besten Stücke hören", fuhr Checo fort. "Nur du und ich."

Sie zögerte einige Sekunden.

"Ja", antwortete sie dann und senkte daraufhin ihren Blick. "Nur du und ich." Sie wollte nichts als die Kostbarkeit dieses Augenblicks festhalten.

Am Ende der Party tauschte man Telefonnummern und Adressen. Als beide Frauen spät nach Hause zurückfuhren, lag so ein Knistern in der Luft. Beide schauten sich an und Gesa fing an herzhaft zu lachen.

"Gesa, bist du in Mike verliebt?", fragte Violetta schmunzelnd.

"Aber nicht doch! Er ist auch sehr jung, jünger als Checo, vielleicht als Lover, vielleicht ... Aber zwischen dir und

Checo scheint's gefunkt zu haben. Er sieht aber auch wirklich gut aus!"

Sie antwortete mit einem verlegenen Lächeln.

"Er geht mir nicht mehr aus dem Kopf, es ist, als würde ich ihn schon seit langem kennen, und in seiner Nähe kriege ich Herzklopfen. Doch glaube ich auch, dass das leider nur ein Abenteuer bleiben wird, falls er überhaupt mit mir ..." Violetta seufzte. "Er sprach von seiner Freiheit als einsamer Wolf."

"Nun, die Soldaten gehen eines Tages zurück nach Hause, manchmal nehmen sie aber auch eine Frau mit", sagte Gesa. "Doch mach dir nicht zu viele Illusionen, sie nehmen sich für die Zeit hier eine 'Braut', wie sie sagen. Aber das kann dir nur guttun nach alldem, was du mitgemacht hast!"

"Ich fühle mich wie im Rausch", antwortete sie.

Bereits zu Beginn der Woche kam Checo im Auto eines Freundes zum Bauernhaus nach Rohrbach. In einer Tasche hatte er eine kleine Stereoanlage und sämtliche Musikkassetten, die er ohne große Worte auf ein Schränkchen aufstellte.

Als er mit dem Aufbau fertig war, holte er Musikkassetten aus seiner Tasche und drehte sich zu ihr

"Ich schenke sie dir. Kassetten habe ich noch genug. Ich muss aber jetzt zurück zur Kaserne, weil ich gleich Dienst habe. Paco wartet im Auto. Ich wollte, dass du sie bereits hören kannst. Beim nächsten Mal nehme ich frei und werde sie mit dir hören."

"Danke! Checo, warte einen Moment!", rief Violetta aufgeregt. "Am kommenden Samstag habe ich Geburtstag und wir wollen in die Disco nach Friedberg fahren. Ich möchte gern, dass du dabei bist."

Er blieb zuerst kurz stehen und küsste sie auf die Wange. "Ja", sagte er. "Ich werde dabei sein."

Violetta wunderte sich über ihre plötzliche Kühnheit. Aber sie war von dem Verlangen nach ihm überwältigt.

Am Samstagabend setzten sich alle in Gesas Auto und nachdem sie Checo abgeholt hatten, fuhren sie in die nahe Kleinstadt Friedberg zu einer Diskothek, die für ihren DJ berühmt war. Man wollte in Violettas Geburtstag am 4. Juni reinfeiern.

Als sie in den Discosaal eintraten – wie konnte es auch anders sein – waren viele Amerikaner aller Couleur da. Sie tanzten ausgelassen und die bunte rotierende Kugel an der Decke zauberte Lichter auf die Wände und Tanzfläche. Man holte sich beim Barkeeper einen Tequila Sunrise, jenen leckeren Cocktail, der damals angesagt war und setzte sich zuerst an die Bar mit Blick auf die Tanzfläche.

Als Mitternacht herannahte, nahm der DJ das Mikrophon und proklamierte:

"Liebe Leute, es gibt unter uns ein Geburtstagskind! Alles Gute zum Geburtstag Violetta! Für sie wird auf besonderen Wunsch ihres Freundes Checo 'San Francisco' gespielt. Hier ist Scott McKenzie!"

Eine verträumte Stimmung erfasste jetzt das Publikum, die Lichteffekte der Discokugel wurden gedämpft und keiner blieb auf seinem Stuhl sitzen. Mit einer langsamen Bewegung stand Checo auf und nahm Violettas Hand, um sie zur Tanzfläche zu führen. Er zog sie sachte zu sich und sie antwortete hingebungsvoll, während ihre Bewegungen in die seine aufgingen, als würden sie ineinanderfließen. Sie

konnte die Hitze und den Geruch seines Körpers wahrnehmen und spürte seine Kraft durch den dünnen Stoff seiner
Hose. Tanzend lehnte sie sich an seine breite Schulter. Es
sollte einer der schönsten Momente ihres Lebens werden.

Spät in der Nacht fuhren sie nach Rohrbach zurück. Violetta stellte den geschenkten Blumenstrauß ins Wasser und
führte Checo in ihr Schlafzimmer zu dem Doppelbett, in
dem sie schon seit so langer Zeit allein geschlafen hatte. Ihre
Blicke versanken ineinander und sie spürte eine unzähmbare Lust. Nichts hielt sie mehr zurück. Sie küssten sich voller Leidenschaft. Checo ließ ihren ganzen Körper vor Lust
erbeben und sie wünschte nur noch, mit ihm zu verschmelzen. Rasch zog er sie aus und sie fühlte ihr Verlangen bis ins
Unendliche aufsteigen, ein Gefühl, das sie so noch nie gekannt hatte. Sie betrachtete das Spiel seiner hellbraunen
Muskeln und die Erregung seiner Männlichkeit, wenn er
zwischen ihren Schenkeln spielte. Seine Haut war glatt und
samtig, und während er mit seinen Lippen ihren nackten
Körper liebkoste, spürte sie ein erwartungsvolles Schaudern. Schließlich nahm er sie stürmisch und sie gab sich
dann seinen tiefen Stößen hin, bis sie in eine langsam anrol-
lende Welle hineinsank und hauchend seinen Namen rief:
"Checo!"

Zum Schlafen war diese wunderbare Nacht zu schade,
dennoch sanken sie gelöst in den Schlaf und erst die frühen
Sonnenstrahlen weckten sie auf. Violetta betrachtete den
neben ihr noch dösenden Checo, den sie erst vor einigen Tagen kennengelernt hatte und fühlte sich tief mit ihm verbunden. Sie staunte noch darüber, dass er sie angesprochen

und begehrt hatte. Hoffentlich würden sie den Sonntag zusammenverbringen.

Er öffnete ein Auge. "Buenos Dias!", und streichelte ihr Gesicht. Sie kuschelte sich an ihn. "Magst du Kaffee?", fragte sie. Er ging ins Bad und kam anschließend in die Küche. Gaby war gerade dabei, Toasts zu rösten.

Aus der oberen Etage hörte man Gesas Stimme. Sie kam die Treppen herunter und war in Mikes Begleitung. Julia folgte grinsend.

Gesa schaute fragend das Liebespaar an.

"Wir fahren heute zum Badesee, wollt ihr auch mit?"

Checo, der gerade in seinen Toast biss, wünschte den Tag anders zu verbringen und unter anderem mit Violetta Musik hören. So lehnte er dankend ab.

Sie blieben allein im Haus und landeten bald wieder ins Bett. Jetzt berührten sich ihre nackten Körper im lichtdurchfluteten Zimmer und ihre Blicke verloren sich einander. Checo drehte sich auf den Rücken. Verführerisch lockte er sie und schob seine Zunge zwischen Violettas halb geöffneten Lippen. Mit einer sanften Bewegung schubste sie ihn zurück und setzte sich voller Lust auf ihn. Sie konnte nicht aufhören, diese seine samtige hellbraune Haut zu streicheln und ihre Fingerspitzen langsam über seinen Körper fahren zu lassen. Ihre heißen Leiber verloren sich ins Grenzenlose, während alles um sie herum sich verflüchtigte. In Checos Armen erfüllten sich endlich ihre Sehnsucht und ihr Begehren. Sie war an einem für sie bisher unerreichbaren Ort angekommen.

Es war nicht nur die körperliche Anziehung, die sie vereinte, es entwickelte sich eine tiefe Intimität zwischen ihnen, weil sie sich ohne große Worte miteinander

austauschen konnten. Ihr "einsamer Wolf" blieb oft be-
obachtend im Hintergrund. In dieser Ruhe ging etwas Geheimnisvolles von ihm aus. Wenn nur sein Blick auf Violetta
gerichtet war und er sie anschaute, genügte es. Sie war mit
ihm vereint. Auch sie blieb schweigsam und entspannt. Es
war heilsam, mit jemandem zusammen zu sein, mit dem
man nicht ständig über irgendetwas reden musste. Obwohl
sich ihre Wege erst seit kurzem gekreuzt hatten, durchlebte
sie zum ersten Mal das Einssein mit einem Menschen, sie,
die beziehungslos aufgewachsen war.

Ab und zu zog sich Checo mit einem Buch des Meisters
spirituellen Wissens Carlos Castaneda zurück, um sich mit
Violetta anschließend über das "unergründliche Geheimnis" des indianischen Zauberers Don Juan Matus auszutauschen. Und so konnten sie sich lange miteinander über den
Yaqui-Weg des Wissens unterhalten.

Gab es doch so etwas wie die verwandte Seele? fragte sie
sich. In ihren Augen gab es dieses bislang unbekannte
Leuchten. Verflogen war ihre Unsicherheit. Sie fühlte sich
keineswegs so unscheinbar, wie sie immer gemeint hatte.
Ihre Ausstrahlung war weiblicher geworden. Und Checo
hatte zu ihr gesagt: "Estàs cada dìa màs guapa, du wirst jeden Tag hübscher, und ich liebe dein frisches Gesicht."

Sobald er von seiner Arbeit in der Kaserne zurück war,
fuhr sie zu dem Gasthaus, wo er noch wohnte. Die Soldaten
hatten durchaus die Möglichkeit, ihre Unterkunft in einem
Privatquartier zusammen mit einem Kameraden zu mieten.
Violetta verbrachte oft die Nächte bei Checo in der Pension.
Der Mitbewohner war so freundlich, woanders zu übernachten und das Zimmer dem Liebespaar zu überlassen.

Als eines Tages Checo wieder im Bauernhaus in Rohrbach zu Besuch war, entdeckte er Josefs leeres Zimmer.

"Hier hatte mein Mann sein Arbeitszimmer", erklärte Violetta. "Wir haben uns einvernehmlich getrennt", ergänzte sie leise. "Und manchmal kommt er hierher auf eine Steppvisite, fährt aber am gleichen Tag zurück nach Frankfurt, wo er sich eine Wohnung genommen hat."

Checo blieb gelassen. Obwohl Violettas Ehering ihm längst aufgefallen war, stellte er keine Fragen. Stattdessen berührte er sanft mit einem Finger ihre langen Wimpern.

"Ich könnte hier einziehen, wenn auch die anderen damit einverstanden sind", schlug er vor.

"Jaa, bitte sofort!". Violetta schmiegte sich an ihn. "Bevor ich zur Arbeit fahre, kann ich dich morgens zur Kaserne bringen."

Der Vorschlag gefiel den Mitbewohnerinnen und so zog Checo um und brachte lediglich ein Sofa, etwas Bekleidung und seine Stereoanlage mit. Gesa klärte ihn darüber auf, dass samstags die Straße vor dem Haus zur Hälfte gekehrt werden muss, dies sei im Dorf so üblich. Und jeder machte es abwechselnd.

"Ok!", antwortete Checo amüsiert, der von jetzt an samstags den Besen auch ergriff, und da er ziemlich gründlich kehrte, erblickte man nach getaner Arbeit eine makellose Straße.

Der Neuzugang in der Wohngemeinschaft brachte frischen Wind und wirbelte manche Gewohnheiten auf. Checo kümmerte sich um Sauberkeit in der Küche und bereitete am Wochenende das Frühstück, was anfangs allerdings etwas gewöhnungsbedürftig war. Denn es gab Bratkartoffeln mit Spiegelei und Pancakes mit Zimt. Checo spendierte auch aus dem amerikanischen Laden Milch, Toastbrot und Cottage Cheese in großen Tüten, alles eben ein Format größer als übliche europäische Packungen. Bei Tisch konnte Checo es sich nicht nehmen lassen, der Hündin mal einen Leckerbissen zu reichen, worüber Gesa nicht gerade begeistert war, denn jetzt bettelte Boogie fortwährend beim Essen.

Violetta lernte, wie man Guacamole zubereitet, eine pikante mexikanische Avocadocreme, die dann von allen mit Begeisterung aufgenommen wurde. Manchmal kamen auch Checos Freunde nach Rohrbach ins Bauernhaus zum Essen und Violetta bereitete ihnen ein Chili con Carne. Damit punktete sie bei den Mexikanern, die meinten, ihr Chili würde so schmecken, wie bei ihnen zuhause.

Checos Soldatenleben war vom Dienst in der Kaserne durchorganisiert. Es fanden auch Manöver in verschiedenen Einsatzgebieten statt, die manchmal einige Tage dauerten. Ansonsten ging er auf den Sportplatz trainieren und seine Runden laufen auf dem sandigen Parcours. Er nahm oft Violetta mit und zeigte ihr die richtige Atemtechnik beim Joggen, so dass sie auch diesen Sport für sich entdeckte. Ende der 70er waren noch wenige Deutsche dabei, es waren vor allem die Amerikaner, die man entlang der Straße joggen sah.

Lebenslust und heiße Tage prägten den langanhaltenden Sommer, und als sie das Büdinger Altstadtfest besuchten, machte Checo einige Fotos, die Violetta für immer zur Erinnerung wie einen Schatz aufbewahren wollte.

Doch auch der schönste Sommer geht zu Ende, wenn die grüne Landschaft langsam sich in eine goldene färbt, die

Blätter von den Bäumen durch den aufkommenden Wind aufgewirbelt werden und auf den Wegen unter den Schritten rauschen.

Die großen Herbstmanöver kündigten sich an. Checo und Violetta würden einige Tage voneinander getrennt sein. Während dieser Zeit schlichen sich erste Sorgen ein, wie sie die Trennung von Checo verkraften würde, wenn dieser nach Texas zurückgeht, und sie malte sich aus, wie sie weiterleben würde. Nein, darüber hinwegkommen, würde sie nie können! Bei diesem Gedanken lief es ihr kalt den Rücken hinunter und sie musste daran denken, was Checo gesagt hatte, als sie sich kennengelernt hatten. Intuitiv fühlte sie auch, dass diese wunderbare Beziehung mit seiner Rückkehr in die USA zu Ende gehen würde. Sie erlebte mit Checo die größten Glücksgefühle bis eben zu jener Tür, die er angedeutet hatte, die Tür seines Rückzugs. Violetta wehrte diese Vorstellung ab, es war noch nicht die Rede davon, dass sein Dienst in Deutschland bald enden würde, trotzdem war es klug, sich keine Zukunft mit ihm vorzustellen, sondern die jetzige geschenkte Zeit auszukosten.

Am Ende der Woche war sie gerade dabei, die Bettwäsche zu wechseln, als Checo noch in Uniform in das Zimmer eintraf und vor ihr stand. Die militärischen Übungen mit seiner Einheit waren vorüber. Er umarmte sie zuerst zärtlich, um sie dann aufs Bett zu schupsen und sie leidenschaftlich zu drücken.

"Du hast mir gefehlt!" Seine Stimme klang tief und rau. Violetta schlang ihre Arme um seinen Hals.

"Checo", murmelte sie, "Checo, du bist wieder da!"

Keiner hatte bislang je zu ihr gesagt, sie würde fehlen. Diese Worte prägten sich auf ihre Seele ein und sollten sie für immer begleiten.

In den Herbstmonaten gingen sie viel in den Schlosspark spazieren und an den Wochenenden fuhren sie nach Friedberg zum Tanzen. Checo machte sie mit anderen Soulsängern bekannt, wie Barry White und Doobie Brothers. Überhaupt war Musik stets gegenwärtig und Violetta beobachtete, dass er oft in geheimnisvoller Weise in sich hineinging und die Augen geschlossen hielt, während "seine Música" spielte.

Gab es einen tiefen unüberwindbaren Schmerz? Oft war er von einer rätselhaften Aura umgeben, was ihn noch anziehender machte. Intuitiv stellte Violetta keine Fragen und respektierte seine verborgene Welt, während sie vor der Tür seines Herzens wartete …

Weil sie um die Begrenztheit der Zeit mit Checo wusste, war jede Stunde mit ihm kostbar, aber vor dem immer näherkommenden Augenblick des Abschieds fürchtete sie sich.

Während sie tagsüber im Büro an ihrem Schreibtisch saß, spürte sie manchmal, wie sie von der Lust auf Checo ergriffen war und das warme, wohlige und feuchte Gefühl sich bis in ihren Schoß ausbreitete …

Im Bauernhaus stellte man sich so langsam auf den kommenden Winter ein und überprüfte die alten Kohleöfen. Sie waren noch voll funktionstüchtig und sollten für gemütliche Wärme sorgen. Man besorgte die ersten Kohlebriketts und sammelte Altholz aus dem Wald zum Anfeuern. Checo fand das Klima in Deutschland immer zu kalt. Für ihn war es nie warm genug, so dass er in den kühlen Tagen beim morgendlichen Werken in der Frühstücksküche erst einmal ordentlich einheizte. Wenn die Mädchen dann im dicken Rollkragenpullover die Treppen herunterkamen, mussten sie zuerst in ihre Zimmer zurücklaufen und ein T-Shirt anziehen, was für Lachkrämpfe sorgte.

Die Autos wurden auch winterfest gemacht, und Violetta gefiel es, die Chromteile ihres VW-Käfers mit einer speziellen Politur auf Hochglanz zu bringen, was Checo wiederum sehr amüsierte und er auch bemerkenswert fand, dass eine Frau sich so um ihr Auto kümmern mochte.

Der letzte Kontakt mit Josef war schon lange her, als Violetta eines Tages einen Anruf ihrer Schwiegermutter erhielt und diese über die Lebensumstände ihres Sohnes berichtete:

"Ich wollte in seiner neuen Wohnung die Fenster ausmessen, um Gardinen zu nähen. Nicht einmal bis zum Fenster konnte ich gehen. Die drei Zimmer sind fast bis zur Decke vollgestopft. Wo soll das hinführen? Und Josef lässt sich nichts sagen, das wäre unwichtig, meint er, Zeit zum Aufräumen hätte er nicht. Er sei jetzt einer esoterischen Gruppe beigetreten und die hätte Vorrang vor allem anderen."

Violetta versuchte zu beschwichtigen.

"Josef hat sich immer für Religionsphilosophie interessiert. Das könnte vielleicht dazu beitragen, dass er lernt, Prioritäten zu setzen, das Chaos in der Wohnung einsieht und motiviert wird, sich Hilfe zu holen. Vielleicht bekommt er auch die Kraft, Ordnung in seinem eigenen Leben zu schaffen. Wichtig ist, dass du innerlich Abstand gewinnst, ansonsten wird es zu einer zu großen Belastung für dich.

Mutti, ich weiß, wie es sich anfüllt, aber Josef ist krank und nur professionelle Hilfe könnte ihm helfen."

Erna war fürs Erste beruhigt. Josef hatte jetzt sein eigenes Leben und man hoffte nur, er würde eines Tages seine Zwangsstörung in den Griff bekommen.

Als an einem Samstag Checo gerade dabei war, die Straßenhälfte zu kehren, kam ein Auto die kleine Straße hoch zum Dorf und hielt vorm Bauernhaus an. Der Straßenkehrer schaute den aussteigenden Mann etwas genauer an und vermutete, dass es sich wohl um Violettas Ehemann handeln müsste. Er stellte den Besen an die Wand des Hauses ab und ging hinein, bevor Josef dies tat. Violetta hatte vom Fenster aus Josefs Auto gesichtet und wartete überrascht im Flur. Als Josef eintraf, fiel ihm das händchenhaltende Paar sofort auf und er verstand, dass Violetta jetzt nicht mehr allein war.

"Ein Südländer!" Josef wandte sich gereizt Violetta zu. "Naja, sie brauchen es auch jeden Tag!"

Kurz darauf sprach er Checo auf Englisch an.

"Was bist für einen Landsmann? Du bist kein Weißer, bist du ein Ami? Hier in der Armee?"

"Ja, ich bin ein mexikanischer Amerikaner, in Büdingen stationiert", antwortete Checo distanziert. "Und ich wohne hier."

Josef lief unruhig den Flur hin- und her. Auf einmal zeigte er großes Interesse am Soldaten.

"Sag mal, könntest du für mich aus der PX in Frankfurt was besorgen? Ich zahle gut."

Checo zögerte einen Augenblick. Einem kleinen Nebenverdienst war er nicht abgeneigt.

"Ja, was soll es sein? Ich nehme an, Whisky und Zigaretten?"

"Genau, ich hätte da einige Abnehmer. Würdest du die Sachen zu mir nach Hause bringen?"

Und so fuhren sie an einem Samstag nach Frankfurt zuerst zum PX-Einkaufszentrum. Der Himmel war wolkenbehangen und der erste Schnee lag in der Luft. Violetta wartete auf ihren Freund in einer Cafeteria, während dieser im Supermarkt war, da nur die Soldaten mit Ausweis zum Einkaufen hineingehen durften. Da hatte sie Zeit zu beobachten, wie die amerikanischen Familien mit ihren großen Autos heranfuhren und den Kofferraum füllten. Die V8-Motoren hatten einen ganz besonderen Sound, den Violetta gern hörte. Überhaupt war es hier eine andere Welt. Die meisten Männer trugen Turnschuhe, wie man sie damals nannte, eine Mode, die später auch den europäischen Markt erobern sollte.

Derweil breitete sich Grillgeruch aus und machte Appetit auf einen dieser dicken Rindfleischburger, die mit allerhand Zutaten gefüllt waren. Als Checo zurückkam, brachte er in einer überdimensionalen Tüte 3 Stangen Zigaretten und einige Flaschen Whisky mit. Er brachte die Ware ins Auto und ging wieder zum Supermarkt, um mit einem Karton unterm Arm zurückzukommen.

"Eine Stereoanlage für dein Auto! Ich werde sie dir installieren", sagte er begeistert. Wenn es um Musikanlagen ging, geriet er in Hochstimmung. Dankerfüllt küsste sie ihn. "Wollen wir hier was essen? Riechst du die gegrillten Burger?"

Josef wohnte im Studentenviertel in einem Altbau aus der Jahrhundertwende. Besser hätte er es nicht treffen können und Violetta war froh, dass er in seinem Umfeld wohnen konnte. Als sie klingelte, hörte sie das Miauen einer Katze. Josef öffnete die Tür, während das erschreckte Tier beim Anblick der beiden Fremden schnell verschwand.

Die beiden traten ein und gingen, so gut es ging, über die gehorteten liegenden Gegenstände. Josef führte sie zu einem Raum, den er sein Arbeitszimmer nannte. Er befreite das zuerst unerreichbare Sofa von einem Stapel Bücher und getragenen Hemden, damit sie Platz nehmen konnten. Bestürzt über das herrschende Chaos warf Checo einen prüfenden Rundumblick in den Raum. So konnte man doch nicht leben!

"Ich würde euch gern einen Kaffee anbieten aber die Küche ist im Moment außer Betrieb", witzelte Josef. "Der Wasseranschluss ist defekt, wird aber demnächst repariert."

"Du hast jetzt eine Katze? Willst du sie hier wirklich behalten?", fragte Violetta.

"Nee, kann ich doch nicht, bin zu oft unterwegs. Eine Bekannte wird sie abholen."

Nachdem er bezahlt hatte, suchte Josef einen Platz für seine Einkäufe.

"Dies ist ein einmaliges Geschäft", bekundete Checo. "Es wird keine Wiederholung geben."

Josef verstand und Checo hatte die Gelegenheit gehabt, die Bekanntschaft mit Violettas Ehemann zu machen. Er blieb still, schaute sie an, stand auf und nahm ihre Hand, um das Haus zu verlassen. Dann drehte er sich kurz um und sagte zu Josef:

"Amigo, hole dir Hilfe, um das alles hier wieder in den Griff zu bekommen!"

Auf der Heimfahrt blieben sie wortlos, während Schneeflocken auf die Windschutzscheibe rieselten und der aufkommende Wind die verblühten Herbstzeitlosen wegpustete.

Zuhause würden sie zum ersten Mal die Öfen anmachen. Es war immer ein Erlebnis, den Badeofen anzuheizen, der nicht nur warmes Wasser hergab, sondern auch den Raum in eine Sauna verwandelte, gerade richtig für ein Bad zu zweit.

Die kalte Jahreszeit brachte wieder glatte Straßen und streikende Automotoren mit sich und es war jetzt mühsam, zur Arbeit nach Frankfurt zu fahren. Längere Fahrtzeiten und Nebel waren beschwerlich. Dies war der Preis für die wunderbaren langen Sommerabende auf dem Land.

Man traf sich jetzt wieder häufiger zum abendlichen Austausch bei einer Flasche Wein und fachsimpelte über das Leben. Checo brachte manchmal seine mexikanischen Freunde mit, und, wenn es ein Football-Spiel im Fernseher gab, zogen sich die Männer zurück, um es gemeinsam anzuschauen.

Für alle Bewohnerinnen war es auch eine Zeit des Nachdenkens über die Fortentwicklung der WG im Herbst des kommenden Jahres. Mit Ablauf des Mietvertrags würden sie wahrscheinlich alle auseinandergehen, Julia hatte bei der Arbeit einen Franzosen kennengelernt, Gesas Ex-Ehemann hatte sich bei ihr wieder gemeldet, und da diese an ihm noch hing, war nicht auszuschließen, dass sie es wieder zusammen versuchen würden. Die junge Gaby wollte noch weiter studieren und Checo würde in die USA zurückkreisen. Und Violetta? Sie wollte noch nicht daran denken und meinte, ihr Herz würde sowieso zerreißen. Demnach versuchte sie zu verdrängen, was sie belastete und nicht zu ändern war. Augenblicklich war sie von Checo so erfüllt, dass sie sich damit tröstete, seine hinterlassenen Spuren in ihrem Herzen würden sie für immer begleiten.

An den Weihnachtstagen besuchten die Freundinnen ihre Familien und Violetta fuhr zu den Schwiegereltern, vor allem wegen Erna, die immer ein offenes Ohr für sie hatte. Auch Josef würde da sein.

"Du hast einen anderen Mann, einen GI?", fragte ihre Schwiegermutter neugierig und auch etwas enttäuscht. Josef hat es mir erzählt."

Zögernd antwortete sie:

"Das stimmt. Er ist Soldat, in Büdingen stationiert und kommt ursprünglich aus Mexico. Doch er wird nicht ewig hier bleiben."

Sie verbrachten das Weihnachtsfest zusammen und unterhielten sich lange über die Ereignisse der vergangenen Monate.

"Ich möchte gern, dass wir Freunde bleiben", betonte Violetta. "Wir haben doch erkannt, dass es für Josef besser ist, wie er jetzt lebt. Vielleicht trifft er eines Tages eine Frau, die zu ihm besser passt als ich, eine humorvolle Frau mit dem notwendigen Rückgrat. Wir waren sehr jung, als wir uns kennengelernt haben. Und auch ich bin kein Unschuldsengel. Was mich betrifft, weiß ich noch nicht, was ich tun werde, wenn Checo weg ist."

Mitten im Gespräch unterbrach Violetta und hielt einen Moment inne.

"Der Zeitmietvertrag für unser Haus in Rohrbach läuft bis zum kommenden Herbst. Die anderen Mitbewohnerinnen haben bereits Pläne für die Zukunft."

Josef ging nicht so sehr auf das Thema ein. Vielmehr erzählte er, wie er in seiner esoterischen Gruppe Lebenssinn und Erfüllung finden würde und er auf eine Paarbeziehung verzichten könne. Mit Violetta wolle er zukünftig aber auch gern in Kontakt bleiben.

Zwischen den Jahren wollte Violetta nach Rohrbach zurückfahren, um mit Checo das Jahresende zu feiern. Als sie gerade die Autoschlüssel aus ihrer Handtasche zog, verabschiedete sich Erna von ihr und fragte sorgenvoll:

"Wenn du gewusst hast, dass er wieder weggeht, warum hast du dich mit ihm eingelassen?"

Sie hatte ja so recht. Mit Tränen in den Augen antwortete Violetta:

"Ich weiß es nicht, ich konnte nicht anders."

Während der Rückfahrt machte sie eine Pause, um etwas zu trinken und hielt vor einem Reitstall an. Sie ging kurz hinein zu den Stallungen. Die Tiere waren am Heufressen, das Geräusch ihrer Kaubewegungen verbreitete wohltuende Ruhe. Es war gut, wieder Pferdeluft zu schnuppern und für einen Augenblick die belastenden Abschiedsgedanken loszulassen.

Kaum wieder im Auto, staunte sie, dass sie wieder starken Durst hatte. "Wohl die gewürzten Leckereien von Mutti", dachte sie, und trank die Wasser-Flasche leer.

Endlich wieder in Checos Armen zu sein, seine flüsternde Stimme nah an ihrem Ohr hören und mit einer sanften Handbewegung über sein Gesicht streichen. Diese Liebesmomente waren für sie wie die letzten Teile eines wunderbaren Puzzles, das halb gelegt war, jedoch nie fertig werden würde.

In den folgenden Tagen beobachtete Checo seine ständig durstige Freundin und war besorgt über deren Trinkverhalten. Nichts konnte ihren Durst löschen, so dass er sogar während der Nacht ihr etwas zu trinken ans Bett brachte. Violetta trank alles, was der Kühlschrank hergab und fühlte sich zunehmend müde und schwach.

Eines Morgens fühlte sie sich so elend, dass sie nicht zur Arbeit fahren konnte. Sie meldete sich krank. Eine längere Autofahrt schien unmöglich. Checo fuhr zur Kaserne mit dem Rad und Violetta suchte einen Arzt auf. Sie setzte sich hin und ließ ihren Kopf auf den mit Zeitschriften ausgelegten Holztisch fallen. Als der Arzt persönlich sie rief, hob sie den Kopf und folgte taumelnd dem Doktor.

"Ich habe so einen Durst ..., ich will nur trinken und schlafen", nuschelte sie leise.

"Normalerweise, würde ich Sie nicht aufnehmen, Sie sind nicht im Patientenkreis hier ansässig", erklärte der Arzt. Als er sich Violetta näherte, bemerkte er einen Azetongeruch in ihrem Atem.

"Sofort ins Krankenhaus! Ich rufe dort gleich an. Sie haben Diabetes", sagte der Arzt aufgeregt.

"Diabetes? Sind nicht alte Menschen davon betroffen?"

"Auch junge Leute, und sogar Kinder können daran erkranken, man nennt es juveniles Diabetes Typ 1", erklärte der Doktor. "Sie werden Insulin spritzen müssen!"

All diese Worte rauschten an Violetta vorbei, sie wusste nicht einmal, was Insulin war. Es ist vielleicht nur ein schlechter Traum, dachte sie, und fuhr langsam die paar

Kilometer zurück nach Hause, um eine Tasche zu packen und eine Nachricht für Checo und die Freundinnen zu hinterlassen.

Kaum im Krankenhaus angekommen, wurde sie untersucht und man bestätigte die Diagnose. Eine Krankenschwester wartete bereits mit einer langen Injektionsspritze in der Hand. Es folgten fürchterliche Muskelkrämpfe und Violetta verlor das Bewusstsein.

Als sie aus einem mehrstündigen Koma erwachte, blickte sie auf eine weiße Welt, die Zimmerdecke, die Wände, die Betten. Am Fuß ihres Krankenbettes stand der Doktor.

"Na, der große Durst vorbei?", fragte er freundlich.

Auf ihrem Nachttisch stand eine große Kanne Kräutertee. Aber der große Durst war tatsächlich vorbei und sie lächelte wieder.

In dieser Zeit im Krankenhaus lernte sie alles über die Krankheit, auch, dass sie ab jetzt nicht mehr alles essen durfte. Sie lernte, sich einmal am Tag Insulin zu spritzen. In den nachfolgenden Jahren sollte die Therapie immer besser werden und eine freiere Lebensgestaltung erlauben.

Checo kam jeden Tag kurz vorbei, die Kaserne befand sich in Krankenhausnähe und so behielt er meistens seine Militäruniform an. Nach und nach wurde Violetta bedingt wieder gesund, und sie war, was man als "gut eingestellt" nennt. So konnte sie nach drei Wochen das Krankenhaus verlassen.

Die schönen Tage und Nächte kamen wieder und Violetta absolvierte ihr neues Leben als Diabetikerin mit Bravour. Im Laufe der nachfolgenden Zeit entwickelte sich bei ihr eine sogenannte spontane Remissionsphase, was bedeutete, dass sie zuerst kein Insulin mehr zu spritzen brauchte. Für wie lange, war unsicher. Die Krankheit könnte irgendwann wieder ausbrechen.

Es standen im neuen Jahr viele Veränderungen bevor.

"Ich werde wieder zu Diego nach Malaga ziehen und versuchen, bei Ford einen Job zu finden", erklärte Gesa. Es war nicht das erste Mal, dass sie diesen Schritt gewagt hatte, auch ihr Mann war nach Deutschland einmal gekommen, um doch kurz darauf das Land wieder zu verlassen. Ein unruhiger Geist war er, und er wusste nicht so recht, was er wirklich wollte. Er mochte Gesa aber noch immer und meinte, diesmal würde es klappen.

Julia und Gaby hatten auch ihre Pläne. Doch wollten sie alle zusammen den kommenden letzten Sommer in dem alten Bauernhaus noch richtig genießen. Auch nach der WG-Zeit wollten die Freundinnen untereinander in Kontakt bleiben. Violetta und Checo versuchten, sich nicht zu sehr anmerken zu lassen, dass auch sie im Herbst voneinander Abschied nehmen mussten.

Der diesjährige Sommer war ziemlich regnerisch, die Schwimmbadbesuche eher selten, und man konnte meistens nur in der Halle reiten.

Während draußen der Regen an das Schlafzimmerfenster prasselte, kuschelten Violetta und Checo noch häufiger miteinander. Sie erlebten ganz besonders erfüllte Momente, so, als würde es jedes Mal auch das letzte Mal sein.

Einige Soldaten aus Checos Truppenteil sollten Anfang September bereits ausfliegen. Für Checo stand noch nicht fest, wann dieser Zeitpunkt kommen würde, und so vermied Violetta, ihn daraufhin anzusprechen.

Doch die gefürchtete Zeit der Abreise näherte sich auch für ihn unwiderruflich trotz seines Versuchs, den Dienst in Büdingen um drei weitere Monate zu verlängern. Wahrscheinlich würde er Mitte Oktober nach Houston zurückfliegen.

Während dessen war Julia bereits zu ihrem Freund nach Frankfurt gezogen. Die jüngste, Gaby, wollte sich vor Studienbeginn für eine längere Zeit in Portugal aufhalten. Und so leerten sich allmählich die Wohnräume im ersten Stock des alten Bauernhauses, das für die kleine Gruppe zwei Jahre lang ein gemeinsames Zuhause gewesen war. Gesa und die Hündin waren die letzten übrig gebliebenen Bewohner. Checo hatte auch zwischenzeitlich sein Zimmer leer gemacht und blieb öfter in der Kaserne. Das genaue Datum seiner Abreise nannte er ihr aber noch nicht. Stattdessen gab er ihr seine Anschrift in der Military Base von Houston und erklärte:

"Ich bin nicht mehr lange in der Army, meine Verpflichtungszeit endet Anfang nächsten Jahres. Danach sehe ich einer unsicheren Zukunft entgegen und muss mir einen Job suchen, als Latino keine leichte Aufgabe."

An einem kalten 25. Oktober, als Violetta vor dem Kleiderschrank stand, trat plötzlich Checo in das Schlafzimmer. Er entledigte sich seiner Uniform, umarmte Violetta, küsste ihren Nacken, was sie so gern mochte, und nahm sie von hinten, ein letztes Mal. Hinderten vielleicht zu starke Emotionen ihn daran, Violetta in die Augen zu schauen? Es war so weit, sie spürte es. Ein kalter Schauer lief ihr über den Rücken und es war, als würde der Boden unter ihren Füßen verschwinden. Sie zitterte am ganzen Körper. Checo drehte sie sanft zu sich.

"Violetta, Chiquita, sende mir deine neue Anschrift, wenn du umgezogen bist!"

War das ein Zeichen, dass er sie nicht ganz vergessen wollte? Violetta sah verborgene Tränen in seinen Augen. Mit der rauen Stimme, die ihm bei Erregung eigen war, sagte er:

"Mein Geist als einsamer Wolf lebt auch in einer anderen Dimension, in einer anderen Welt. Dort wirst du ihn für immer finden und er wird dir die Heimat geben, die du brauchst, die Heimat, die ich dir hier heute nicht geben kann, Violetta. Vergiss es nie!"

"In einer anderen Dimension? Was meinst du damit?", schluchzte sie.

"Erinnerst du dich an die Lehren des Don Juan, das Yaqui-Wissen über die Welt der anderen Wirklichkeit?", fragte er sie. "Es gibt ein Tor, das du eines Tages durchschreiten wirst, das Tor hinter dem Regenbogen zwischen Zeit und Raum."

Während er diese rätselhaften Worte sagte, leuchteten wieder seine Augen. Sein Weg führte ihn jetzt wieder in seine Welt. Jahre später würde Violetta sich daran erinnern und tatsächlich sich auf eine ganz andere, geheimnisvolle Reise begeben.

Sie blieb wieder vor dem Schrank stehen. Sie hatte sich nicht mehr zu ihm gedreht, als er das Zimmer verließ, um nicht ungehemmt vor ihm in Tränen auszubrechen. Sie zog sich zurück, schloss die Tür und warf sich aufs Bett.

Es dauerte einige Tage bis sie begriff, dass er für immer fort war. Und es war wichtig, jetzt so schnell wie möglich, wieder nach Frankfurt zu ziehen und dort eine Wohnung zu suchen. Auf keinen Fall wollte sie allein in Büdingen bleiben, dem Ort der Erinnerungen an ihre große Liebe, so dass sie sich unmittelbar nach Checos Weggang auf Wohnungssuche begab. Sie mietete ein kleines Appartement nahe dem Stadtteil Praunheim, wo sie mit Josef gewohnt hatte. Dort lebten auch noch die alten Freunde aus dem ersten Stock ihres früheren Hauses.

Violetta zwang sich zu allen möglichen Aktivitäten, und es gab genug zu tun. Mit dem Auto fuhr sie mit Gesas Unterstützung mehrmals mit Umzugskisten ins neue Domizil. Die letzten Abende im Bauernhaus verbrachten beide zusammen mit der Hündin, die den Kopf auf ihren Füßen legte. Sie vermieden, über Checo zu reden. Zu tief war die Wunde seiner Abwesenheit und Violetta litt regelrecht unter Entzugserscheinungen. Um nicht ganz in Trauer unterzugehen, ging sie laufen bei Wind und Wetter. Sie musste gegen die seelischen und körperlichen Schmerzen angehen, um nachts mit ermüdeten Gliedern vielleicht etwas Schlaf zu finden.

Nachdem alle Möbel verkauft waren und das Haus leer stand, kam auch für Gesa der Abreisetag nach Spanien, das Auto war beladen und Boogies Decke ausgebreitet. Gesa wollte nicht wirklich daran glauben, dass ihr Vorhaben erfolgreich sein würde aber sie sehnte sich auch nach dem warmen Klima in Andalusien.

Sie umarmten sich und nahmen Abschied voneinander mit dem Vorsatz, weiterhin in Verbindung zu bleiben.

Violettas neues Appartement in Frankfurt war eine Dachkammer mit Dusche. In den letzten Jahren hatten sich in Frankfurt sowohl der Arbeits- als auch der Wohnungsmarkt verschlechtert und es war schwierig geworden, eine günstige Wohnung zu finden. Da hatte sie Glück gehabt, etwas Preiswertes zu finden, auch wenn sie jetzt in einer lebhaften Hauptverkehrstrasse wohnte. Zudem war die Nidda, die auch durch ihren früheren Ort Praunheim durchfließt, nicht weit entfernt. In den angrenzenden Parks entlang des Flusses würde sie ihre Joggingrunden drehen.

Violetta war wieder schmal geworden, sie musste sich zwingen zu essen, um ihres Diabetes Willen. Der Insulinbedarf war wieder gestiegen und sie stellte fest, dass die Krankheit wieder ihre ganze Aufmerksamkeit erforderte.

Als Josef von Violettas Rückkehr nach Frankfurt erfuhr, meldete er sich ab und zu bei ihr.

"Ist dein Lover jetzt schon weg?", fragte er schelmisch.

"Mir ist nicht zum Scherzen zumute", antwortete sie traurig. "Ich wusste zwar, dass er zurück nach Texas gehen würde, so hatte er es entschieden von Anfang an. Er sagte, er wolle allein in der Welt leben, er sei ein einsamer Wolf."

"Wenn du auf andere Gedanken kommen willst, kenne ich da eine kleine Bar mit Life-Musik, das 'Pinocchio' im Univiertel."

Um irgendetwas zu sagen, antwortete sie:

"Eine Tages vielleicht. Zuerst werde ich einige Tage nach Mallorca fliegen, wenn ich Urlaub bekommen kann. Aber danke fürs Angebot."

Josef wühlte in seinen Taschen und holte einen Bernstein heraus.

"Schau, Violetta, der Stein besitzt Schutzenergien und so trage ich ihn überall mit."

"Ach ja, du bist jetzt in einer Gemeinschaft. Was ist mit deinen anderen Vereinen?"

"Die habe ich auch noch. Ich teile das alles irgendwie auf."
Josef hatte ein bemerkenswertes Gemüt.

"Schön für dich! Ich brauche eher die Natur. Die Bäume haben uns auch viel zu erzählen. Man muss nur hinhorchen", sagte sie.

"Interessante Sichtweise!", meinte Josef, der immer gern zu einer philosophischen Diskussion bereit war.

Der Urlaub wurde genehmigt. Viel zu tun gab es ohnehin nicht. Die Bank steckte in Umstrukturierungen und Violettas Abteilung sollte sogar aufgelöst werden. Das bedeutete, sie würde sich nach ihrem Urlaub einen neuen Bürojob suchen müssen.

Violetta öffnete ihr Adressenbuch. Checo! Bei seinem Namen brach sie in Tränen aus. Noch hatte sie ihm ihre neue Adresse nicht mitgeteilt. Mit zittrigen Händen nahm sie Briefpapier und schrieb ihm ihre neue Anschrift auf mit dem Schlusswort: "In stiller Sehnsucht, Chiquita."

Sie verbrachte zwei Wochen im winterlichen Mallorca inmitten der Rentner, die der kalten Jahreszeit in Deutschland entflohen waren. Bei den milden Temperaturen auf der Insel ritt sie oft auf einem Mietpferd am Meer entlang, als würden die tosenden Wellen des Meeres sie im spritzigen Galopp jenseits ihrer Schwermut mitnehmen wollen.

Zurück in Deutschland befand sich Post aus Amerika im Briefkasten, und zwar gleich zweimal. Checo hatte ihr geschrieben und der zweite Brief stammte von ihrer ehemaligen Schulfreundin, Claudine Dupin, die sie damals dazu animiert hatte, als Au-Pair-Mädchen nach Deutschland zu gehen. Sie hatten während all den Jahren den Kontakt aufrechterhalten. Aufgeregt öffnete Violetta zuerst Checos Brief. Von ihm etwas in den Händen zu haben, zu erfahren, wie es ihm geht. Sie meinte, beim Lesen der Zeilen fast seine Stimme zu hören und stellte fest, dass sie ihn nie vergessen würde. Checos Brief war keineswegs nur romantisch. Einer seiner Verwandten sei kürzlich durch ein schweres Unwetter in Texas ums Leben gekommen. Ein Tornado hätte zudem San Antonio heimgesucht, dem viele Menschen zum Opfer gefallen waren. Ganze Häuser seien beschädigt worden und die Stromversorgung ausgefallen, während sintflutartige Regenfälle in Houston zu massiven Überflutungen geführt hätten. Violetta machte sich Sorgen um Checo. Sie antwortete ihm voller Mitgefühl, ohne jedoch zu sehr in sentimentalen Überschwang zu fallen. Er wusste doch, wie es in ihr aussah und er hatte gewählt, ohne sie weiterzuleben. Das musste sie respektieren, wenn auch schmerzlich.

Claudine Dupin hingegen hatte es aus beruflichen Gründen in die USA verschlagen und sie konnte dort eine naturwissenschaftliche Laufbahn einschlagen. Manchmal überlegte Violetta, ob sie auch nach Amerika auswandern sollte, doch war ihr das wahre Motiv wohl bekannt. Für ein solches Unternehmen fehlte ihr aber der Mut, ohne englische Sprachkenntnisse, sich auf den weiten Weg zu machen. Sie besann sich wieder darauf, dass ihre Schulbildung mäßig war und sie vielmehr als kaufmännische Angestellte im Büro weiterarbeiten müsste. Und dann gab es ja auch noch ihre chronische Erkrankung. Seit sie wieder allein lebte, ermattete Violetta zunehmend und sie sammelte ihre restliche Kraft, um im Alltag überhaupt funktionieren zu können.

Während des ersten Jahres nach Checos Heimkehr lebte sie in völliger Enthaltsamkeit und verbrachte die meiste freie Zeit im Reitstall und in der Natur, was das schmerzliche Gefühl der Verlassenheit für einige Stunden linderte.

Durch die vielen einsamen Wanderungen erwachte in ihr mit der Zeit ein neues Bewusstsein und sie erlebte Augenblicke der Verbundenheit mit allem, was ist. Mit Checo hatte sie erfahren, was ganz zu sein bedeutete, sowohl mit den Sinnen als auch mit der Seele. Daher gehörten seitdem Zeiten der Meditation zu ihren Ritualen und sie griff manchmal auch wieder zu den Lehren des Don Juan Matus, in denen die "Zeichen der anderen Realität, aber auch den Weg des Herzens zu Gott" beschrieben werden. Und sie öffnete die Bibel, allem voran das "Johannes-Evangelium", das sie wegen der dort entfalteten Mystik sehr schätzte. Da geht es auch immer wieder um die innigste Gemeinschaft von Gott und Mensch, für sie jedoch mehr von Natur und Mensch.

Sie zwang sich dazu, ihr soziales Umfeld nicht zu vernachlässigen, so dass sie sich hin und wieder mit Josef in der "Pinocchio-Bar" im Studentenviertel traf, aber je öfter sie mit anderen Menschen zusammen war, umso einsamer fühlte sie sich und die Klänge der Jazz-Gitarre in der "Pinocchio-Bar" ließen die Zeiten mit Checo wieder aufleben, was ihren Seelenschmerz noch vertiefte. Daher folgte sie schließlich mehr ihrer inneren Stimme und entdeckte, was in dieser Zeit wirklich gut für sie war, vor allen Dingen schreiben und zeichnen.

Irgendwann erinnerte sie sich auch daran, dass es nicht der erste Kampf war, den sie bisher in ihrem Leben hatte meistern müssen, und dass die Herausforderungen sie innerlich stärker gemacht hatten, so dass sich allmählich die Trauerphase abschwächte.

Es war eine nette Überraschung, als eines Tages Gesa sich aus Spanien meldete. Sie wollte wieder nach Deutschland zurückkommen. "Die Zeit mit ihrem Ex-Mann sei definitiv vorbei", hatte sie erklärt; sie würde bald in der alten Heimat eintreffen. Violetta war überglücklich darüber, die alte Freundin wiederzusehen. Vielleicht könnte man eine kleine Zusammenkunft auch mit den anderen Ex- Mitbewohnerinnen organisieren?

Auch beruflich sollte sich für Violetta einiges ändern. Sie musste sich einen neuen Job suchen, da ihre Abteilung in der Großbank aufgelöst wurde und man ihr keine Ersatzstelle anbieten konnte. So wechselte sie in eine Werbeagentur, wo es recht locker und hektisch zuging, viel Abwechslung bot und vor allem kreative Ablenkung brachte. Dies kam ihrer künstlerischen Ader zugute. Es war anregend, mit den Textern der Werbekampagne zusammen zuarbeiten, was ihre eigene Kreativität verstärkte. So wollte sie die Gedichte ihrer Jugendzeit nebst selbst gezeichneten Illustrationen zusammenbinden und alles in einer Mappe aufbewahren, sozusagen als stumme Zeugen ihres Seelenlebens.

Als der Frankfurter Sommer zurückgekehrt war, ging sie manchmal mit einer Freundin nach der Arbeit in den Praunheimer Biergarten. Man saß draußen auf der Terrasse unter den mit kleinen Lichtgirlanden geschmückten Kastanienbäumen. Violetta schaute um sich. Sie war wieder zu Kräften gekommen und sie fühlte, wie sie sich immer häufiger nach Berührung sehnte. Fast zwei Jahre war es her, dass sie mit Checo geschlafen hatte, das letzte Mal vor seiner Abreise. Sie suchte nicht bewusst nach Gelegenheiten intimer Begegnungen, es ergaben sich einfach welche. Lag es an der Sinnlichkeit, die er in ihr zum Leben erweckt hatte?

Im Laufe der Zeit hatte sie nun einige kurze Bekanntschaften, die für Ablenkung sorgten und es war schön, morgens nicht mehr allein zu frühstücken. Auch wenn sie kein Erdbeben in ihrem Liebesleben auslösten, verschafften diese zwangslosen Kontakte durchaus auch Geborgenheit und Nähe. So verlief das dritte Jahr nach Checos Fortgang in ruhigen Bahnen.

Violetta beabsichtigte auch, bald eine größere Wohnung zu mieten und startete die Suche anhand der Zeitungsannoncen und mit Hilfe von Maklerbüros.

Dies erwies sich jedoch als schwierig, da die Wohnungsnot in Frankfurt zu einem wachsenden Problem geworden war. Sie musste fürs Erste davon Abstand halten, zumal der Arzt ihr einen Aufenthalt in einer Diabetes-Klinik empfohlen hatte. Zur "Neueinstellung" hieß es, was Diabetiker-Patienten nur allzu gut kennen.

Hoch in den Norden der Republik sollte die Reise führen. Die Diabetes-Klinik befand sich in einem Bundesland, das sie noch nicht kannte: Schleswig-Holstein. Die sogenannte diabetische Neueinstellung war nicht mit einer Badekur zu vergleichen, vielmehr wurde für die Patienten nach der optimalen Therapie gesucht.

An einem regnerischen Herbsttag stieg Violetta in den Zug, der seine Fahrt in Richtung Norden setzte. Gebannt schaute sie aus dem Fenster die vorbeiziehende und flacher werdende Landschaft. Nach zweimaligem Umsteigen hatte sie die geschichtsträchtige Kleinstadt Mölln erreicht, die für vier Wochen ihr Zuhause werden würde.

Die Stadt lag im Gebiet eines Naturparks mit einem ruhigen See in der Mitte, umrandet von Laubbäumen. Sie mochte kleine Städte mit den romantischen und verwinkelten Gassen schon immer und würde auch in eine solche umziehen, wäre nicht die Schwierigkeit, dort einen Arbeitsplatz zu finden.

Viel Zeit zum Entdecken gab es wenig, da man immer zur Stelle sein musste, wenn die Krankenschwester die ärztlichen Tests durchführte. So oft wie möglich unternahm sie aber Waldspaziergänge und zeichnete das bunt gewordene Laub.

Unter den Mitpatienten lernte sie einen Mann kennen, der an einer ausgeprägten Adipositas litt. Beim Warten auf das Öffnen des Speisesaals unterhielten sie sich ausgiebig. Es stellte sich heraus, dass seine Frau an Multipler Sklerose erkrankt war und dass sie bald im Rollstuhl sitzen würde. Jetzt konnte sie aber noch etwas gehen und sie würde am Wochenende zu Besuch in die Klinik kommen. "Dann werden Sie sie kennenlernen", sagte der Mann. "Sie und meine Frau sind sich ähnlich", stellte er freundlich fest.

Am darauffolgenden Samstag lernte Violetta die Ehefrau kennen. Eine kleine, zierliche Person, die ihre Füße vorsichtig vorsetzte. Mit einem Lächeln begrüßte sie Violetta:

"Hallo, ich bin Petra. Andreas hat mir schon von dir erzählt!"

Auf Anhieb fand Violetta sie sympathisch.

Bei einem Spaziergang durch den von der Herbstsonne durchfluteten Klinikpark lernten sie sich kennen und tauschten sich über ihre Zukunftspläne aus. Die gemeinsamen Interessen wollte man zukünftig in irgendeiner Form weiter entwickeln.

Bevor Petra sich auf den Rückweg nach Hause machte, verabschiedete sie sich von Violetta mit den Worten:

"Du willst umziehen? Warum nicht nach Hamburg? Komm doch zu uns, wir finden dir eine Wohnung und zuerst kannst du bei uns bleiben. Wir haben viel Platz!"

"Nach Hamburg ziehen?" Überrascht blieb Violetta für einen Moment sprachlos. Was würde sich hinter dieser neuen Wegbiegung wohl verbergen?

Checo

Für eine kleine Weile meines Lebens nur
sah ich in dunkler Nacht den weiten Himmel,
wie ich hoch hinaus wurde emporgehoben
auf Adlerflügeln bis hinterm Regenbogen.
Auf dass die ewige göttliche Lebensuhr
für mich, die Minuten, die Stunden,
Raum und Zeit in Sterne sich wandeln
und gesunden wird meine Seelenblessur.
Mit dir den glutvollen Pfad bis zum Gipfel
der Sinnlichkeit hab' ich erklommen,
voller Lust in deinen Armen mich verfangen,
um in der Nacht dein Feuer in mir zu hüten,
Glückseligkeit und Traum in Purpur,
während eines Atemzuges vereint im Liebestempel.
Du nahmst Abschied und bist mir dann entschwunden,
wolltest zurück in dein Land, frei wie der Vogel,
und als Einsamer Wolf mit verborgenen Träumen
durch die stürmischen Lebenswüsten weiter streifen.
Tief in meinem Herzen sich deine Worte bewegen

tröstend und hell,

bis zur verborgenen Welt soll ich noch wandern.

Wirst du es sein, hinter der Pforte, der auf mich wirst warten?

Eine schwierige Entscheidung

Ein eventueller Umzug in ein anderes Bundesland, und das auch noch in den Norden? Violettas Gedanken kreisten um diese Option, die sie nicht mehr losließ. Einerseits bewegte sie die Bekanntschaft mit dem Ehepaar aus Hamburg, diesen Schritt zu wagen, andererseits traten all ihre Zukunftsängste wieder in ihr hoch und im Norden wollte sie eigentlich nicht leben.

Sie dachte darüber weiter nach: Schließlich waren die alten Freunde in Frankfurt weit weg verstreut, und der Kontakt beschränkte sich auf einen gelegentlichen Briefwechsel. Nur Josef lebte nach wie vor in seinem Studentenviertel. Gesa, die wieder von Spanien nach Deutschland zurückgekehrt war, hatte es in ihre Heimatstadt am Rhein verschlagen, wo sie auf Jobsuche war.

Selbst in der Werbeagentur, wo die Stellen ohnehin kurzfristig waren, brauten sich Veränderungen zusammen,

Werbeetats und geplante Kampagnen sollten gestrichen werden, so dass auch Violetta sich erneut auf Arbeitssuche hätte begeben müssen. Ferner war ihr kleines Appartement in Frankfurt auch nur eine vorübergehende Lösung.

Nach langem Hin- und Her entschied sie sich zu einem Kompromiss. Die Zeit konnte nicht geeigneter sein, um auch eine eventuelle Rückkehr in die Schweiz zu erwägen, was sie während ihres baldigen Urlaubs herausfinden wollte. Sie würde sich danach endgültig entscheiden, wie es weitergehen sollte. Hinsichtlich eines Umzugs nach Hamburg, mahnten die Worte einer Freundin, die den Norden der Republik kannte:

"Überleg es dir gut, Violetta, Hamburg ist weitläufig und man muss immer mit Bahn und Bus unterwegs sein. So eine gemütliche Innenstadt wie hier mit Brunnen und Alleen, wo man gern flaniert, und so etwas wie unsere 'Freßgass' ohne Autoverkehr gibt es dort nicht. Es gibt viele Stadtteile mit eigenen Einkaufszentren. Außerdem regnet es oft. Aber die Alster und die Elbe sind ganz schön, auch die schicken Stadtteile", fügte sie relativierend hinzu. Das Ergebnis dieser Unterhaltung war bedenklich und Violetta beschloss, sich doch nebenbei und unverbindlich nach einer Wohnung in Taunusnähe umzusehen.

Der Immobilienmarkt in der Samstagsausgabe der Frankfurter Zeitung versprach jedoch nichts Gutes. Kein Vergleich zu den vielen Mietwohnungsangeboten, die es noch vor einigen Jahren gegeben hatte. Enttäuscht sehnte sie sich nach der guten alten WG-Zeit.

Doch sie wusste, ihr altes Leben musste sie loslassen, um nach vorne schauen zu können. Natürlich würde es ihr schwerfallen, ihre Lieblingsplätze in Frankfurt nicht mehr aufsuchen zu können und woanders ganz neu anzufangen.

Während sie so überlegte, fielen ihr die Worte des französischen Schriftstellers Antoine de Saint-Exupéry über die Sterne auf, die immer wie Freunde da sind und vom Himmel aller Länder auf die Menschen hinunterschauen. Ob in Frankfurt oder Hamburg, sie würde in der Nacht "diesen Freunden" am Firmament immer nahe sein können. Für Violetta war wichtig, dass sie sich mit dem Universum und allem Leben verbunden fühlte.

Solange nichts Endgültiges beschlossen war, versuchte sie ihre Grübeleien beiseitezuschieben und pflegte den Kontakt zur Schwiegerfamilie. Mit Erna telefonierte sie oft und besuchte sie hin und wieder. Manchmal gesellte sich auch Josef dazu; wenn sie zusammensaßen, schwebte ein Hauch von früher im Raum.

"Werdet ihr euch scheiden lassen?", fragte Erna besorgt.

"Es eilt nicht, aber eines Tages schon", war die gemeinsame Antwort.

Josef konnte sich nicht vorstellen, je wieder zu heiraten. Das war bekanntlich kein Leben für ihn und Violetta hatte den Einen für ihr ganzes Leben geliebt. Taucht man nicht nur einmal in dasselbe Glück? Sie war Erna gegenüber zutiefst dankbar, weil sie trotz ihrer Trennung von Josef keinen Groll hegte. Ihre Schwiegermutter nahm gefasst Kenntnis von Violettas Umzugsabsichten. "Das ist noch nicht sicher, ich muss es mir noch überlegen", erklärte sie vorsichtig.

Eine zufällige Gelegenheit kam ihr zu Hilfe. Im Rahmen ihrer Tätigkeit in der Werbeagentur sollte Violetta eines Tages in höchster Eile mit Druckunterlagen von

Werbedokumenten in das Flugzeug nach Hamburg steigen und diese zum Verlagshaus bringen, damit die Anzeige termingerecht in der nächsten Ausgabe einer bestimmten Zeitschrift erscheinen konnte. Die Bekannten aus der Kurklinik in Mölln waren darüber hoch erfreut und boten ihr an, bei ihnen zu übernachten, da die Dienstfahrt am Freitag beendet wäre und Violetta das Wochenende auf eigene Kosten zur freien Verfügung stand. Sie würde die Möglichkeit haben, die Stadt ein wenig kennenzulernen und sehen, ob sie sich dort wohl fühlen und bei den neuen Freunden wohnen könnte.

Als der Abflugtag gekommen war, drehte sich in der Agentur alles mit hektischer Betriebsamkeit um die Druckunterlagen. In letzter Minute fuhr sie zum Flughafen, so dass in der Abfertigungshalle ihr Name bereits aufgerufen wurde. Außer Atem rannte sie zum entsprechenden Gate. Sie stieg als letzte Passagierin in die wartende, voll besetzte Maschine ein, während alle Blicke auf sie gerichtet waren.

In Hamburg gelandet hieß es, sofort mit einem Taxi zum Verlagshaus fahren, gewappnet mit einer Flasche Asti Spumante als kleine Entschädigung für die späte terminliche Übergabe. Als dies erledigt war, fuhr Violetta mit dem Taxi weiter zu Andreas und Petra, die bereits auf sie warteten.

Die Fahrt schien kein Ende nehmen zu wollen, bis ein von Linden und Weidenbäumen umrahmter und unter den Sonnenstrahlen glitzernder See durchschimmerte: die Alster. Violetta bewunderte die prächtigen Villen mit Blick aufs Wasser und die blühenden Vorgärten. Das erinnerte sie ein wenig an den Genfer See, zumal auch hier eine hohe

185

Fontäne hochspritzte, wenn auch kleiner als die in Genf. "Sie leben aber wirklich vornehm", dachte sie bei diesem Anblick und freute sich, die Wohnung der Freunde bald zu sehen.

Im Parterre eines Mehrfamilienhauses befand sich die geräumige Wohnung von Andreas und Petra. Ein leeres Zimmer zog Violettas Aufmerksamkeit.

"Das Kinderzimmer. Es würde dir zur Verfügung stehen", erklärte Petra. "Wir werden wahrscheinlich keine Kinder haben. Meine Krankheit schreitet voran. Vielleicht schaffen wir uns einen Hund an, so hätte ich auch Gesellschaft, während Andreas auf der Arbeit ist."

Es berührte Violetta, dass Petra trotz ihrer Behinderung Zufriedenheit und Selbstachtung ausstrahlte. Spätestens jetzt erhöhte sich ihre Motivation, sich doch eher für Hamburg zu entscheiden und der Freundin ein wenig zur Seite zu stehen. Bis zum späten Abend unterhielten sie sich ausführlich darüber. Andreas erklärte, dass auch die Jobsuche als Sekretärin erfolgreich verlaufen würde. Für die Wohnung könnte sie sich Zeit lassen und während ihres Aufenthaltes bei ihnen einen kleinen finanziellen Beitrag für die Verpflegung leisten.

"In unserem Stadtteil und in Alsternähe sind die Mieten allerdings ziemlich hoch", gab Andreas zu. "Es gibt aber andere Bezirke, die in Frage kommen könnten."

Violettas Gedanken wirbelten in ihrem Kopf herum, schließlich erklärte sie mit verhaltener Stimme:

"Bevor ich mich endgültig entscheide, nehme ich meinen Resturlaub und fahre in die Schweiz zu meiner Familie. Danach werde ich mein Umzugsvorhaben hoffentlich mit klarem Blick in die Tat umsetzen können."

Am nächsten Tag machten sie einen Rundgang durchs Viertel und gingen am Ufer des Sees spazieren.

Der Besuch bei den Freunden in Hamburg hatte Violetta ermutigt, die Zukunft nicht mehr so düster zu betrachten. Noch war sie jung und außer ihrer Diabeteserkrankung war sie gesund. Sie ging reiten, joggen, wandern und konnte malen, was wollte sie mehr? Man kann auch den Graben der Einsamkeit durch allerhand Aktivitäten füllen, dachte sie, und irgendwann würde auch sie sicher wieder glücklich sein …

Ende Juni kündigte sie ihre Arbeitsstelle in der Werbeagentur und bereitete sich auf ihre Reise in die alte Heimat vor. Später erfuhr sie, dass einigen ihrer Kollegen aus betriebsbedingten Gründen bereits gekündigt worden war. So war sie der eigenen Entlassung zuvorgekommen.

An einem heißen Julitag nahm Violetta einen Expresszug nach Genf über Basel. Der gute alte und komfortable Hispania Express war ausrangiert worden. Wenn sie einige Urlaubstage in der Schweiz verbrachte, machte sie immer eine Familienrundtour zu ihrer Mutter, ihrem Vater und zu den Cousins in Sion. Sie blieb zuerst bei ihrer Tante in Genf, die ihr einfach einen Hausschlüssel aushändigte und bei der es entspannt und unkompliziert zuging.

Dieser Urlaub war jetzt aber etwas anderes. Wichtig war es, sich über den Genfer Arbeitsmarkt und die Wohnsituation zu informieren, Zeitarbeitsagenturen aufzusuchen und über die Verdienstmöglichkeiten vor Ort zu erkundigen. Die Angebote waren vielversprechend und die Gehälter höher als in Deutschland. Von Bedeutung war aber auch, das

Lebensgefühl der multikulturellen Stadt, in der sie geboren war, neu zu erspüren.

Beim Schlendern durch die quirligen Straßen stellte sie jedoch fest, dass es hier recht eng war und man wenig Grün sah, auch wenn am Hafen und in den Parks am Seeufer die Stadt sich vor der prächtigen Bergkulisse wunderschön zeigte und die Wellen des Genfersees einen fast glauben ließen, man wäre am Meer. Ein Domizil in Wassernähe dürfte leider unbezahlbar sein. Auch ihre Tante wohnte mit ihren zwei Katzen in einem Genfer Vorort und musste mit dem Bus zur Arbeit fahren.

"Könntest du dir vorstellen, hierher zu ziehen und zu arbeiten?", fragte ihre Tante sie.

"Ich bin mir immer noch nicht so sicher. Die Altstadt gefällt mir zwar gut und am See ist es atemberaubend schön. Auch würde ich besser verdienen. Nun, das braucht man auch, um hier leben zu können, nicht wahr? Ich schwanke noch, was die Entscheidung angeht. In Hamburg habe ich Freunde, die mich zum Umzug motivieren."

Tante Lilly fuhr fort:

"Du weißt, deine Mutter lebt mehr in Frankreich als hier. Sie reist auch viel mit Bernard und seinen Gruppen. Wenn sie wieder zu Hause ist, kann sie aber nicht lange allein bleiben und braucht Gesellschaft. So ist sie diejenige, die mich besucht, da ich die Katzen nicht gern allein lasse. Außerdem liegt mir die Bergwelt nicht so. Deine Mutter ist anstrengend, wir sind aber Schwestern und für 2 – 3 Tage geht es auch. Das heißt, wenn du wieder in der Schweiz leben würdest, musst du dir darüber auch im Klaren sein, dass sie dich oft wird sehen wollen."

Diese Worte ließen bei Violetta die Alarmglocken schrillen. Zu fremd waren sie sich, sie und Susanne. Es hatte immer Differenzen gegeben, nicht aus bösem Willen, aber ihre Charaktere und Lebenseinstellungen konnten nicht unterschiedlicher sein. Und der Besuch bei ihrer Mutter stand jetzt nach der Woche in Genf auch noch bevor!

Sie würde den berühmten Panoramic-Express von Montreux nach Château-d'Oex nehmen, dem kleinen Ort, der bereits Schauplatz großer Ereignisse in ihrem bisherigen Leben gewesen war, und wie immer würde die geschmackvoll gekleidete Susanne sie vom Bahnhof abholen.

Für eine knappe Woche würde sie mit ihrer Mutter zusammen in deren neuen Wohnung leben und damit zurechtkommen versuchen. Sie würde damit leben, dass spät nach dem Fernsehabend das Schlafsofa für die Nacht herzurichten sei. Daraufhin wurde ihr doch mulmig.

Es war immer wieder die gleiche Situation. Das Bettzeug befand sich in einem Schrank im Keller. Auf Violettas Frage, wo der Schrankschlüssel zu finden sei, reagierte Susanne gereizt.

"Ich habe dir schon so oft gesagt, wo sich der Schlüssel für den Schrank befindet, Violetta!"

"Ich hatte es vergessen!", antwortete sie kleinlaut. Zum wiederholten Mal hatte sie es vergessen, warum bloß? Es ärgerte sie und sie würde es endlich aufschreiben. Es gab noch andere Schlüssel, die wichtig waren: einen für den Sekretär, einen anderen für die Speisekammer und jeder befand sich jeweils in einer anderen Schachtel, an deren Standort sie sich auch nicht mehr erinnern konnte …

Als Violetta ihrer Mutter ihre Absicht mitteilte, eventuell in die Schweiz zurückzukommen, war diese angenehm überrascht und begann, sich auszumalen, wie Violetta und sie sich endlich öfter sehen könnten.

"Ich bin zwar oft in Beauvais bei Bernard. Dort betreue ich auch seine Gäste und wir unternehmen Reisen ins Heilige Land. Wenn ich aber hier bin, könntest du die Wochenenden hierherkommen und wir könnten auch ins Wallis zu deinen Cousins fahren. Deine Tante mag nicht verreisen. Meistens bin ich diejenige, die sie in Genf besucht."

Nach einer kleinen Weile sprach sie seufzend weiter:

"Es ist wirklich schade, dass eure Ehe gescheitert ist. Ich mochte Josef gern, er ist sehr intelligent."

"Auch wenn ein Zusammenleben nicht mehr möglich war, sind wir aber Freunde geblieben", erklärte Violetta.

Susannes Stimme wurde eindringlich.

"Übrigens, wenn ich in zwei Jahren pensioniert bin, werde ich die Wohnung hier als Ferienwohnung beibehalten. Das ändert nichts daran, dass du mir von deiner Zeit etwas übriglassen kannst und - da ich älter werde - mir auch im Alltag zur Seite stehst!"

Susanne plante bereits, wie es später werden könnte.

"Die Kinder meiner Freundinnen kümmern sich sehr um ihre Eltern und kommen oft zu Besuch, auch die Enkelkinder", sagte sie vorwurfsvoll.

Violetta antwortete leise:

"Wir sind aber keine normale Familie."

Sie versuchte, nach besten Kräften die Zeit mit ihrer Mutter friedlich zu überstehen, was manchmal auch teilweise gelang. Es war wichtig, ihr so gut wie möglich das Gefühl zu geben, dass sie als ihre erste Tochter stets ein offenes Ohr für sie haben würde. Doch Susannes psychische Erregbarkeit steigerte sich in unerwarteter Weise bis hin zur Panikstörung. Violetta verstand, dass ihre Mutter ohne Tranquilizer nicht in Ruhe mit sich und der Welt leben konnte. Sie empfand in hohem Maße Mitleid mit ihr. Keiner hätte hinter Susannes schöner Fassade je geahnt, was sich in ihrem Inneren abspielte, immer freundlich mit Außenstehenden, offenbarte sich ihre kranke Seite, wenn sie allein mit ihrer Tochter und auch mit ihrer eigenen Schwester zusammen war. Ihr Freund, Bernard, war äußerst geduldig und als Mann Gottes wahrscheinlich fähiger, seine eigenen Bedürfnisse zurückzustellen. Doch Violetta litt auch selbst unter ihren eigenen depressiven Phasen und hätte sich gewünscht, jetzt als erwachsene Frau in Susanne eine Leidensgenossin zu haben, mit der sie sich hätte austauschen können, nach dem Motto: "Geteiltes Leid ist halbes Leid". Doch Susanne blockte ab. "Ich bin doch nicht depressiv, keiner meiner Freunde hat mir je so etwas gesagt, aber du musst es anscheinend besser wissen!", empörte sie sich. Bei einer solchen Unterhaltung war es gut, wenn das Telefon klingelte und dadurch das verkrampfte Miteinander unterbrochen wurde.

Während der Zeit bei ihrer Mutter genoss Violetta das gute Essen, das Susanne zubereitete. Sie konnte hervorragend kochen. Trotzdem fühlte sich Violetta, die beim Essen am Tisch gegenüber Susanne saß, gehemmt in ihrem Verhalten. Außer den Lobäußerungen über das Essen sprachen die beiden kaum ein Wort miteinander.

"Hast du mir nichts zu erzählen?", fragte Susanne missmutig. "Man könnte meinen, wir sind im Kloster bei den Mönchen."

Violetta suchte nach interessanten Gesprächsthemen. Doch je mehr sie überlegte, desto ungeschickter war ihre Wortwahl, und sie bemerkte, wie sie langsam stotterte. Zum Glück waren die gemeinsamen Abende vor dem Fernseher entspannter, weil man sich über den Verlauf der Sendung unterhalten konnte.

Die Tage bei Susanne waren gefüllt mit Supermarkteinkäufen und Tearoom-Besuchen. Manchmal nahmen sie auch die Panoramic-Bahn bis Gstaad, dem noblen Prominentenort, in welchem man Susanne aufgrund ihrer Ähnlichkeit mit einer berühmten Schauspielerin einmal angesprochen hatte.

Während ihren kurzen Spaziergängen durch die reizvolle Landschaft und mit stetem Blick auf die Uhr, um ja nicht zu spät nach Hause zu kommen, vermochte Violetta nicht wirklich zu entspannen. Auf keinen Fall sollte Susanne auf sie warten müssen.

Am Ende ihres Besuches in Château-d'Oex begleitete Susanne wie gewöhnlich ihre Tochter zum Bahnhof. Der Abschied von ihrer Mutter löste in Violetta zwiespältige Gefühle aus, Bitterkeit, Mitleid und auch Scham darüber, dass sie froh war, von diesem Ort endlich wieder wegfahren zu können. Sie stieg in den Goldenpass Panoramic-Express ein.

"Danke für alles, Maman, ich rufe dich an, wenn ich in Sion angekommen bin."

Sie schaute noch lange auf dem Bahnsteig, wo Susanne noch winkend stand, und ihre Augen füllten sich mit

Tränen, so schwer war die emotionale Last der letzten Tage. Sie wusste nicht, wie sie mit dieser Hassliebe zwischen ihr und ihrer Mutter umgehen sollte. Während der Pubertät hatte sie keine Rebellionsphase durchlebt, da war die Beziehung zu Susanne sogar wenig konfliktbeladen.

Die Bewegungen des rhythmisch schaukelnden Waggons verscheuchten Violettas trübsinnige Gedanken und sie ließ ihren Tagträumen wieder freien Lauf, während die urigen Chalets des Berner Oberlandes nach und nach hinter den Bergen verschwanden. Violetta freute sich jetzt auf das Wiedersehen mit der Familie im Wallis.

Ihre Cousine Simone und ihr Mann holten sie ab. Ganz in der Nähe des Bahnhofsgeländes befand sich das alte Finanzamt, wo ihr Berufsleben begonnen hatte. Zwischenzeitlich hatte man rundherum Häuser gebaut. Jetzt sah alles viel kleiner aus, als sie es in Erinnerung hatte.

Ihre Cousins besaßen ein eigenes Haus mit Swimmingpool im Garten, ein prächtiges Haus umgeben von Weinbergen. Eine große Veranda erstreckte sich bis zum Garten, von wo man einen erhebenden Blick auf die abends angestrahlten Hügel von Valère und Tourbillon genießen konnte.

Erst jetzt atmete Violetta auf. Hier konnte sie sich so geben, wie sie war, frei und natürlich, und man hatte sich viel zu erzählen, vor allem Violettas Ehejahre war für ihre Cousine Simone Zentralthema. Ihr fiel ihre damalige Bemerkung über Josef während der Verlobungsfeier wieder ein.

"Hattest du danach noch einen anderen Mann kennengelernt?", fragte Simone, neugierig geworden.

Violettas Blick verlor sich in die Ferne.

"Ja, Checo hieß er, und wir waren zwei Jahre zusammen, die Zeit seiner Stationierung als US-Soldat in Deutschland."

Violetta zog aus ihrer Tasche ein Foto von ihr und Checo auf dem Büdinger Marktplatz, Zeuge glücklicher Tage.

"Oh, ein schöner Mann!", bewunderte Simone.

"Ein Nachkomme vom Volk der Maya, du weißt, es gibt sie noch, die in Mittelamerika leben", erklärte Violetta. "Seine Familie war nach Texas geflüchtet. Er wurde Amerikaner und diente in der US-Army. Als seine Zeit in Deutschland zu Ende war, ist er zurückgegangen." Violetta atmete durch. "Ohne mich", betonte sie, die Stimme brüchig geworden. "Er wollte sich nicht binden. Wir schicken uns Postkarten, ja", sagte sie weiter gedankenverloren. "Bei seinem Abschied geschah Merkwürdiges: Er hinterließ mir eine Art Verheißung, was immer das bedeuten mag. Irgendwann und irgendwo, weit in der Zukunft, würden unsere Seelen sich wieder kreuzen, in einer Welt, die es noch zu entdecken gilt, hatte Checo zu mir gesagt."

Violetta steckte das Foto wieder ein. Es war spät geworden.

Jetzt saßen sie alle zusammen um den großen Gartentisch bei Wein und Bündnerfleisch unter dem Sternenhimmel. Violetta fühlte das Erwachen ihrer Walliser Seele. Die kargen Landschaften der umliegenden Bergwelt hatten sie schon immer in ihrer Wildheit geprägt und sie erinnerte sich daran, wie sie als Kind ganz oben auf den Felsfluren Alpen-Disteln pflückte.

Am nächsten Tag lief sie allein durch die Altstadt den kleinen Weg hoch in die Rue des Châteaux, wo sie als Kind mit ihren Eltern nach der Rückkehr aus Paris gelebt hatte. Nicht lange hatte dieser Lebensabschnitt gedauert, da sie bald ins Internat hatte gehen müssen. Jeder Stein, jeder Baum erweckte Erinnerungen und auch die Mauern, auf welchen die Eidechsen sich erst sonnen, um dann blitzschnell zu verschwinden.

Während Violetta so in ihre Vergangenheit abtauchte, erschienen ihre Kindertage, die sie immer wieder hier und da verbracht hatte, vor ihrem inneren Auge. Sie hatte mitgehört, wie ihre Mutter damit gedroht hatte, die Familie zu verlassen. Nein, sehr glücklich war sie damals nicht gewesen; die Schwierigkeiten in der Schule, das Internat, die immer wiederkehrende Trennung von den Menschen, die sie liebhatte. Und dann ihre Einsamkeit als Teenager, als alle ihre eigenen Wege gingen. Wären Großmutter Marie und ihr Cousin Mimi nicht da gewesen, "wäre ich vor Kummer gestorben".

Violetta blieb einen Augenblick stehen. Um sie herum die imposante Bergwelt der Walliser Alpen, die sich in das blau des Sommerhimmels emporstreckte. Sie atmete tief die trockene Luft ein und spürte neben ihrer Schwermut auch Dankbarkeit für die unvergesslichen Stunden ihrer Wanderungen durch die schattigen Lärchenwälder entlang uralter Bewässerungskanälen, der Suonen. Wie starke Beschützer standen die Lärchenbäume da, und Violetta hatte immer das Gefühl gehabt, mit ihnen in Berührung zu kommen.

Sie lief den Weg wieder herunter bis zur Eckkneipe, wo ihr Vater sich so oft aufgehalten hatte. Nichts hatte sich geändert. Die Männer saßen auf der Terrasse, die mit Kübel-Bäumchen zur Straße abgegrenzt war, und tranken gutgelaunt ihren Fendant in der Mittagssonne.

Violettas Weg führte dann weiter zu Tante Anna, die immer noch nahe der Kathedrale wohnte und zu Großmutter Marie, die beinahe das Augenlicht verloren hatte und daher ihre Enkeltochter nur schemenhaft erkennen konnte. Sie drückte Violettas Hand und küsste sie unaufhörlich.

"Ja, grand-maman, du hattest damals recht. Bei dir habe ich die schönste Zeit verbracht. Und ich werde es nie vergessen!", stotterte Violetta.

"Das Leben ist ein natürlicher Kreislauf und die Jahre sind unsere Lehrmeister, wir werden geboren und müssen wieder gehen", sagte Großmutter Marie. Sie wusste, wie die Welt und das Leben geordnet sind und wie sich der Mensch darin einzufügen hat.

Sie beendete ihren Rundgang durch die Altstadt mit einem Friedhofbesuch und lief bis zum Grab ihres Cousins Mimi. Voller Trauer blieb sie einen Augenblick in stiller Zwiesprache mit dem Verstorbenen. Warum mußte er so jung sterben? Wehmütig machte sie sich wieder auf den Weg zurück zu Simone.

Die Cousins waren großzügig und nahmen Violetta mit nach Zermatt, dem berühmten Bergdorf. Sie hatte das Matterhorn noch nie gesehen. Als ihr Cousin sie dazu aufforderte, beim Näherkommen auf den Berg zuerst vorsichtig die Augen zu schließen und nach einer Weile sie wieder zu öffnen, erstarrte sie ehrfürchtig und voller Bewunderung vor dem 4478 Meter hohen Berg. Um den Gipfel herum drehte sich eine zarte weiße Bannerwolke im Wind und Violetta fühlte sich in eine mystische Atmosphäre hineingezogen. Sie hatte das Gefühl, als ob der Berg sie zu sich holen und einfangen wollte.

Vor dem Abstieg zurück ins Dorf besorgte sie am Kiosk noch eine schöne Ansichtskarte für Checo. Dann lief die kleine Gruppe herunter nach Zermatt durch die hochalpine Bergwelt, während die Spitze des Matterhorns eisgrau und zum Teil schneebedeckt in den schimmernden Sommerhimmel emporragte. Violetta sammelte flache, auf dem steil abfallenden Weg herumliegende Schiefersteine, die zum Bemalen geeignet waren.

Inzwischen hatte sie sich auch mit den Cousins über eine mögliche Rückkehr unterhalten und darüber, wie die Chancen stehen würden, in der alten Heimatstadt Arbeit und Wohnung zu finden. Die vielen Vorurteile von damals kursierten immer noch, sie war ja die Tochter des Kunstmalers, der mit dem Ziegenbock in die Kneipen geht, wo er auch noch sein Geschäft verrichtet. Das war jetzt für Violetta ohne Bedeutung. Vielmehr fragte sie sich, ob sie sich in dieser erzkonservativen katholischen Gesellschaft wiederfinden würde. Einerseits schon. Sie liebte dieses Land und ihr Glaube war tief verankert, auch wenn sie Gott jetzt eher in der Natur als in Menschen oder in heiligen Büchern erlebte. In diesen letzten Tagen vor ihrer Rückreise sollte aber die Entscheidung fallen. Wie eine Touristin war sie durch ihre Stadt gewandert und hatte dabei etwas Bedrückendes erfahren. Trotz innerer Verbundenheit mit dem Wallis fühlte sie sich wie eine Fremde zwischen den Ländern. In Deutschland gab es aber eine Person, die liebevoll sie als ihre Tochter betrachtet hatte: Erna.

Die Bergwelt ihrer Kinderjahre war jetzt zu einem schönen Gemälde geworden, das sie überall mitnehmen würde. Sie aber wollte angenommen und geliebt werden. Sie litt immer noch unter den früheren und jetzigen Ablehnungen und ging tief in sich hinein: "Wenn ich hier wiederkomme, wäre das nicht so, als würde ich mit leeren Händen in das Zimmer meines früheren Lebenshauses hineingehen?" Hier hatten ihre Verwandten ihre Familien gegründet, was ganz natürlich zum Lauf der Dinge gehört, und ein jeder führte sein eigenes Leben. Violetta war willkommen, ja, sie würde als Urlauberin gern wiederkommen dürfen.

Dieser Besuch bei der Familie war ein Wiedersehen und ein Abschied zugleich. Nach ihrem Spaziergang durch die Altstadt fasste sie den Entschluss: Ihren weiteren Lebenspfad würde sie auch künftig in Deutschland beschreiten.

Vor allem eins vermochte Violetta zu dieser Entscheidung zu bewegen: Mit offenen Armen hatte man sie empfangen, keiner jedoch hatte zu ihr das einzige Wort sagen können, das sie so sehnsüchtig hören wollte und sie höchst wahrscheinlich dazu veranlasst hätte, in die alte Heimat zurückzukehren, das kleine Wort: "Bleib!"

Vor der Abreise zu ihrem Vater verbrachten sie den letzten Abend zusammen draußen im Garten. Auf einer Holzplatte hatte Simone den traditionellen Walliser Teller hergerichtet, der von einem trockenen Rotwein, der Dôle, aus den nahegelegenen steilen Hanglagen begleitet war. Violetta bedankte sich bei ihren Cousins für die wunderbaren Urlaubstage und für die Zeit, die man ihr gewidmet hatte.

"Es ist sicher doch besser für dich, in Deutschland zu leben. Dort hast du bereits einige Jahre verbracht und Wurzeln geschlagen, Violetta. Hier würde dir jetzt vieles fremd vorkommen", erklärte ihre Cousine.

Violetta nippte aus ihrem Glas und schaute traurig auf die beleuchteten Burgen. Sie sah sich, wie sie damals mit Mimi dort oben gespielt hatte. Da gehörte sie noch ganz dazu. Aber Simone hatte sicher recht. Ein beklemmendes Gefühl überfiel sie. Nur zweimal, für kurze Zeit hatte sie, erwachsen geworden, die Erfahrung der Zugehörigkeit zu jemandem erlebt: als Checo ihre Liebe entflammte und als Erna sie eine Tochter genannt hatte.

Jetzt war es wichtig, die früheren seelischen Verletzungen loszulassen und sich für ihren weiteren Lebensweg zu öffnen. Sie entdeckte, dass ein "Nach-Hause-Kommen" manchmal ganz unerwartet geschehen kann.

Das Zirpen der Zikaden richtete sie wieder auf. Ja, sie würde eines Tages irgendwo wirklich daheim sein.

Der Besuch bei ihrem Vater sollte ihr letzter kurzer Aufenthalt vor der Rückkehr nach Frankfurt sein. Und so bestieg sie den Regionalzug, der durch das Rhône-Tal fährt über St. Maurice, wo sie im Internat gewesen war. Das alte, mit roten Backsteinen errichtete Gebäude stand immer noch da, einsam und streng in freier Flur. Sie erinnerte sich an die kalten Schlafsäle direkt unter dem Dach und wie der Wind durch das Gemäuer heulte …

Pierre wohnte mit seiner Familie in einer kleinen Ortschaft namens Le Bouveret, wo die Rhône in den Genfersee mündet. Violetta kannte diese naturnahe Gegend voller Schilf und Feuchtwiesen. Sie und Mimi hatten dort früher Salamander und Frösche gefangen und sie, sehr zum Leidwesen von Tante Anna, nach Hause mitgebracht, und Simone hatte ihr das Schwimmen hier beigebracht.

Um in Pierres Wohnung zu gelangen, musste man eine steile Treppe hochsteigen, die zu einem alten Haus führte.

Der Blick von dort oben belohnte mit einer schönen Aussicht über den kleinen lebhaften Hafen.

Pierre war allein in der Wohnung, während Jeannette als Lehrerin und die bald erwachsenen Kinder noch in der Schule waren. Violettas Vater sah müde aus, sein ausschweifender Lebenswandel hatte Spuren hinterlassen. Terpentin- und Farbgeruch lag in der Luft. Pierre stand im Pyjama vor seiner Tochter und umarmte sie herzlich. Violetta spürte seinen Stoppelbart an ihrer Wange.

"Papa, du piekst!", sagte sie lachend.

Pierre krächzte fröhlich:

"Meine kleine Violetta! Lass dich anschauen! Jeannette und die Kinder sind bald wieder da. Ich bereite uns heute Abend einen Lammbraten aus dem Ofen vor."

Pierres gute Laune war ansteckend. Mit ihm war Violetta entspannt. Er mochte eigentlich seine Kinder gern und hatte versucht, mit Jeannettes Hilfe Violettas Schwester Caroline wieder zu sich zu holen, damit diese mit den Halbgeschwistern aufwachsen könne. Vergeblich, Caroline weinte ununterbrochen und wollte zurück zu ihren Pflegeeltern. Das Mädchen benötigte ständige Betreuung und selbst Jeannette, die Pädagogin, fühlte sich mit dem labilen Teenager überfordert. Violetta musste mitansehen, wie sie wohl für immer in psychiatrischer Behandlung bleiben müsste und sie sich selten sehen würden.

Violettas Halbgeschwister hatten in Jeannette eine fürsorgliche Mutter, die daran gearbeitet hatte, ihren Kindern gute Zukunftsperspektiven zu schaffen. Max, der Intellektuelle, wollte das Abitur machen und eventuell katholischer Priester werden.

Paulette hatte die Absicht, an einer Kunsthochschule zu studieren.

Violetta verstand sich gut mit ihrer Stiefmutter. Sie war diejenige gewesen, die ihr damals Jugendbücher schenkte und gute Gespräche mit ihr führte. Manchmal hatte sie Violetta auch zum Skilaufen auf den Pisten von Crans-Montana mitgenommen, während Pierre unten in der Kneipe blieb und auf die beiden wartete. Jeannette war eine gutgelaunte Frau, die auch wusste, wie man mit Pierre Moiry umzugehen hatte: mit freundlicher Sachlichkeit, entschieden und bei allem noch humorvoll. Wenn Pierre die Zahnpasta mit der Rasierseifentube schon mal verwechselte, sorgte dies für laute Gelächter.

Jetzt waren sie an diesem Abend alle zusammen vereint und ließen sich Pierres köstlichen Lammbraten schmecken. Ihr Vater widmete sich außer dem Kochen immer noch der Malerei. Einige seiner Ölbilder hingen an der Wand einer Dauerausstellung und manchmal verkaufte er auch eins. Violetta bewunderte seine Farbkreationen.

"Früh morgens läuft dein Vater herunter zum Strand, um die morgendliche neblige Stimmung farblich einzufangen", erklärte Jeannette. "Aber nur, wenn er dazu Lust hat!" Tatsächlich konnte sich Pierre stundenlang mit den Mischverhältnissen seiner Ölfarben beschäftigen, bevor diese auf die Leinwand aufgetragen wurden. Seine Technik war herangereift und mit mehr Fleiß und Arbeit hätte er einen noch größeren Bekanntheitsgrad erreichen können.

Am nächsten Morgen weckte Pierres Stimme die noch verschlafene Violetta. Er stand im Schlafanzug in der Küche und war dabei, seiner Frau zu diktieren, was sie für das

Abendessen mitbringen sollte. In der einen Hand hielt er ein Glas Weißwein und in der anderen eine Tasse Kaffee. Als Violetta in die Küche eintraf, stellte er Kaffeetasse und Weinglas hin und öffnete ihr die Arme.

"Das ist Zwiebel- und Knoblauchsaft!" Pierre musterte Violettas strengen Blick. "Mit Honig und etwas Weißwein … für den Geschmack. Eine gute Medizin, glaub deinem alten Vater!"

Pierre hatte in seinem kleinen Garten allerlei Kräuter gepflanzt. Während seiner Kindheit oben auf der Alm hatte er von seinem Großvater viel über Heilpflanzen gelernt, sein Wissen darüber war beachtlich.

Violettas Aufenthalt neigte sich dem Ende zu und Jeannette hatte sich kurzfristig frei genommen. So konnten sie sich miteinander über ihren bisherigen Weg unterhalten. Einzelheiten der Ehe mit Josef wurden bewusst ausgelassen und sie erwähnte auch nicht die Details ihrer Liebesbeziehung zu Checo. Vielmehr sollten die Gründe für ein Verbleiben in Deutschland erörtert werden. Jeannette verstand sehr wohl, dass sie, bedingt durch die Jahre ihrer Landesabwesenheit, gewissermaßen die deutsche Lebensart übernommen hatte. Deshalb sollte sie wohl besser weiterhin dort leben. Ihre eigene jüngere Schwester hätte der Heimat auch den Rücken zugekehrt, um eine Zeitlang in New York zu leben.

Pierre mischte sich nicht gern in solcher vernünftigen Unterhaltung ein. Er vertraute mehr seinem Gefühlsleben als seinem Denken. Und er war der Meinung, es wäre an der Zeit rauszugehen, eine kleine Kneipentour zu machen. Seine Kumpane wollten die Tochter aus Deutschland kennenlernen. Violettas Vater zog sich seinen besten Anzug an, einen dunkelblauen, und darüber ein schwarzes Cape, was ziemlich warm war für die Jahreszeit. Aber er bewegte sich ohnehin nicht schweißtreibend und für seine Tochter wollte er gut aussehen. So verließen alle drei die Wohnung und besuchten die erste Kneipe am Strand.

"Antoine!", rief Pierre einem alten Freund zu, der gerade den Weg kreuzte. "Komm zu uns, meine Tochter aus Deutschland ist hier!" Violetta, etwas befangen, begrüßte Pierres Freund. Wie schon früher, in Gesellschaft seiner Kumpel blühte ihr Vater richtig auf. Er lud alle vorbeikommenden Bekannten einfach ein, wenn er Geld hatte, anders gesagt, wenn seine Frau ihm Geld zu diesem Zweck in die Hand gedrückt hatte. Violetta fand dies befremdlich, man wusste doch, dass Pierre ein Alkoholproblem hatte. Doch Jeannette, die sich auch zurechtgemacht hatte, saß an der Seite ihres Mannes und teilte mit ihm dessen Vergnügen.

In der rustikalen Atmosphäre des ersten Bistros wurden edle Tropfen verköstigt. Es sollte noch eine zweite Trinkrunde geben, und so lud Pierre in Spendierlaune die Seinen noch in ein anderes Wirtshaus. Für einen Augenblick fühlte sich Violetta unbehaglich. Ihre Eltern hatten sie damals oft in die Kneipe mitgenommen, wenn sie sich dort mit einem potentiellen Kunden treffen wollten. So hatte sie mit einem Cartoon-Heft still in der Ecke sitzen und abwarten müssen, bis der Kneipenbesuch endlich beendet war. Die verqualmten Räume verursachten heftige Hustenanfälle. Dies war ihr noch lebhaft in Erinnerung.

"Dann gehen wir nach Hause!", versicherte Jeannette. "Wer weiß, wie lange dein Vater noch laufen kann", fügte sie hinzu. "Sein Rücken macht ihm zunehmend Probleme, noch stützt er sich mit dem Spazierstock und malt im Sitzen. Vielleicht kommt er nicht um eine OP herum."

Die letzte Nacht im Hause ihres Vaters war unruhig. Es bedrückte sie zu sehen, wie auch ihre Angehörigen alt und krank wurden. Sie fürchtete sich vor der schnell ablaufenden Zeit und trauerte um das, was sie schon verloren hatte. Ihre zaghaften Versuche, sich Mut zu machen, schienen zu verschwinden wie rieselnder Sand zwischen den Fingern. Nein, sie war noch nicht in der Lage loszulassen. Sie klammerte immer noch und wünschte, sie könne die Uhr zurückdrehen.

Die gesammelten Eindrücke dieser letzten Reise durch die Schweiz bewahrte sie in ihrer geistigen Schatzkiste, die sie immer wieder aufklappen würde. Ihr neuer Lebensweg aber, der begann heute, in diesem Augenblick, und sie musste lernen, sich selbst zu vertrauen und auf ihre eigene Stimme zu hören.

Während der Bahnfahrt nach Genf, entlang des großen Sees, auf dessen Oberfläche sich die gezackte Silhouette des Bergmassivs Dents-du-Midi widerspiegelte, zogen ihre Gedanken noch einmal an ihr vorbei. Ein Graureiher, der auf einem herausragenden Stein saß, erweckte plötzlich ihre Aufmerksamkeit und holte sie aus der Versenkung zurück.

"Genève, Gare de Cornavin", rief der Zugbegleiter. Violetta stieg aus, bahnte sich einen Weg durch die Menschenmenge und kaufte einen Blumenstrauß für ihre Tante, bei der sie vor ihrer Rückreise nach Deutschland übernachten konnte.

...emberstimmung an der Elbe

11/2019 Patricia Ol...

Zu den "Nordlichtern"

Mit einem Blick zum wolkenverhangenen Himmel öffnete Violetta das kleine Dachfenster ihres Schlafzimmers. Kaum zurück in Deutschland vermisste sie bereits jetzt die klare Bergluft und die lichterfüllten Weiten hinter den Bergspitzen.

Es war aber nicht die richtige Zeit, um darüber nachzugrübeln. Ihre ganze Aufmerksamkeit gehörte jetzt den zu erledigenden Umzugsarbeiten. Die von Checo geschenkte Stereoanlage musste vor dem Verkauf ihres alten Autos noch ausgebaut werden. Bald würde sie die Wohnung an die Nachmieterin übergeben und sie selbst vor ihrer Abreise nach Hamburg eine Woche bei der WG-Freundin Julia übernachten. So begann sie mit dem Packen und Aussortieren ihrer Sachen. Viel würde sie nicht mitnehmen. Einiges konnte sie bei Bekannten zur Aufbewahrung unterbringen. Das eingerahmte Bild mit Checo steckte sie in den Koffer zwischen zwei Pullover.

Es war schön, wieder mit einer alten WG-Freundin zu plaudern, über die alte "Rohrbacher Zeit" und über die Liebe, die für Violetta leider ohne glückliches Ende verlaufen war, während die Freundin, die ein Kind erwartete, auf eine gemeinsame Zukunft mit ihrem Freund blicken durfte.

Violetta betrachtete, was die anderen so erlebten, und haderte mit ihren Selbstvorwürfen und Zweifeln. Was war ihre Bestimmung? Gab es überhaupt eine? Sie hatte eine gute Ehefrau und Mutter sein wollen. Nichts von dem, was sie erträumt hatte, hatte sich erfüllt und sie sah sich wieder an den Rand der Gesellschaft gedrängt. Ihre Liebe zu Checo hatte sie zu einer leidenschaftlichen Frau gemacht. Doch hatte sie ihre Hand öffnen und ihn davonziehen lassen müssen, während ihr Herz zerbrach ... Jetzt war es so weit, die eigene Wanderung fortzusetzen, auch wenn ihr seelisches Gepäck sich schwer anfühlte.

Vor der Abreise nach Hamburg besuchte sie zusammen mit Josef die Schwiegereltern in Darmstadt.

"Du kommst aber Weihnachten?", fragte Erna mit Tränen in den Augen.

"Ja, Mutti, ich versuch's auf jeden Fall." Violetta hätte am liebsten jegliches Umzugsvorhaben wieder rückgängig gemacht und hasste sich selbst, weil sie überhaupt daran gedacht hatte wegzuziehen.

Josef hingegen war unbekümmert und äußerte sich mit guten Empfehlungen:

"Du musst unbedingt die Veranstaltungen in der 'Fabrik' in Altona besuchen. Das ist ein altes Kulturzentrum, eine erste Adresse in Hamburg. Ich werde auch mal wieder hinfahren und werde dir vorher Bescheid sagen, dann könnten wir zusammen hingehen!" Der gute alte Josef konnte so richtig erfrischende Einfälle haben!

Ein letztes Wochenende verbrachte sie mit Gesa, der Reitfreundin aus der WG, die auch in einer neuen Lebensphase steckte. Zusammen fuhren sie zu ihrem alten Reiterhof in der Nähe von Büdingen und unternahmen einen langen Ritt durch die hügelige Landschaft der Wetterau. Beinahe 500 km voneinander entfernt würden sie in Zukunft leben, Gesa am Rhein, Violetta an der Elbe.

Dann war es so weit. Violetta verließ die Main-Metropole, in der sie einige Jahre gelebt hatte, und die ihre erste Bleibe im fremden Land gewesen war. Jetzt wagte sie den Neustart, sie, die immer wieder von Ängstlichkeit begleitet war, und eine tiefsitzende Tristesse breitete sich in ihr aus. Sie hatte sich aber für diesen Umzug entschieden, also musste sie jetzt diese Herausforderung meistern.

Als sie im Hamburger Hauptbahnhof ausstieg, erinnerte sie sich, wie sie vor Jahren als Au-Pair-Mädchen in Frankfurt angekommen war und vor lauter Verzweiflung am liebsten sofort in die Schweiz zurückgefahren wäre. Doch genauso wie damals trieb sie jetzt wieder eine unsichtbare Kraft vorwärts in das Unbekannte.

In Hamburg wurde sie bereits erwartet, allerdings nur von Andreas. Seine Frau war für einige Wochen in einem Rehabilitationszentrum untergebracht worden. Enttäuscht empfand Violetta etwas Unbehagen bei dem Gedanken, ohne Petra in der Wohnung mit Andreas allein zu sein. Sie nahm sich vor, sobald wie möglich auf Wohnungs- und Jobsuche zu gehen.

Im Haus der neuen Freunde bezog sie das kleine Zimmer mit Blick auf eine Rasenfläche, keine Wiese, wie die vor der ehemaligen Praunheimer Wohnung mit blühender Schafgarbe. Nein, hier war alles akkurat gepflegt, was sie etwas spießig fand. Im tiefgrünen Rasen war nicht einmal ein Gänseblümchen zu sehen.

Nicht weit entfernt befand sich das Uhlenhorster Alsterufer. Es war tröstlich zu wissen, dass sie bald dort joggen gehen würde. Jetzt aber war sie gerade angekommen. Andreas berichtete, dass seine Frau bald wieder zurückkommen würde. Sie hatte einen schweren Krankheitsschub erlitten und sollte mit neuen Medikamenten eingestellt werden. Violetta stellte fest, dass er seit seinem Kuraufenthalt nicht weiter abgenommen hatte und wunderte sich, dass er viel Zeit im Bett verbrachte.

"Wenn ich nicht im Büro arbeite, bleibe ich gern liegen und schlafe lange, dann esse ich wenigstens nicht."

"Wenn ich deprimiert bin, bleibe ich an den Wochenenden auch gern lange im Bett. Es gibt Tage, wo es nicht anders geht", sagte sie.

In den Gesprächen, die sie nach dem Abendbrot führten, ging es unter anderem um Andreas Frau. Wie lange würde sie ihre Selbständigkeit noch bewahren können? Oder müsste sie bald in den Rollstuhl? Nach einem Augenblick des Schweigens fügte Andreas hinzu:

"Es gibt da noch ein Problem, worüber ich gern mit dir sprechen würde. Durch Petras Krankheit ..., na ja, wie soll ich es sagen?" Er zögerte und blickte verlegen in die Ferne, "haben wir Schwierigkeiten beim Sex, Petra ist verkrampft und ich ... kann's bald auch nicht mehr so richtig."

Violetta war über solche Offenheit überrascht, kannten sie sich doch noch nicht lange, und zeigte Verständnis.

"Da gibt es aber durchaus Therapiemöglichkeiten, nicht nur seitens der Schulmedizin. Übergewicht kann auch das Sexualleben stören, aber wahrscheinlich weißt du es schon. Eine andere Ernährung und mehr Bewegung, aber was sage ich da? Alles schon bekannt. Doch unter Freunden kann man ja darüber sprechen. Seit einiger Zeit interessiere ich mich für die Pflanzenheilkunde. Mein Vater kennt eine Menge Kräuter, unter anderem auch solche für ein erfülltes Liebesleben, wie Johanniskraut und Beifuß, aber auch Gewürze wie Safran und Muskat sind geeignet, ebenso Ginseng. Wenn Petra aus der Klinik zurückkommt, solltet ihr ganz in Ruhe darüber reden."

Andreas schaute sie an. In seinem Blick lag eine fordernde Bitte. Auf einmal wurde ihr mulmig zumute, so dass sie bald das Gespräch beendete und sich zurückzog.

Ermüdet schloss Violetta ihre Zimmertür. Mit tiefen Atemzügen versuchte sie, aus dem Kopfkino auszusteigen und zur Ruhe zu kommen. Die seelischen Schwingungen anderer Menschen nahm sie in ihrer Hochsensibilität immer intensiver wahr, was Fluch und Segen zugleich war, und sie musste sich davor schützen, von den Emotionen und Unruhen anderer Menschen nicht überrollen zu lassen.

Die ersten Nächte bei den "Nordlichtern" waren wenig erholsam. Dennoch stand Violetta früh auf, aß einen Müsliriegel, zog sich einen Trainingsanzug an und eilte nach draußen zur Alster. Wie gut das tat! Aus dem klaren Himmel berührte ein Sonnenstrahl ihr Gesicht. Sie schloss zuerst kurz die Augen und erblickte dann einen auf der flachen Alster vorbeischwimmenden Schwan, der sich plötzlich flügelschlagend aus dem Wasser erhob. Sie lief eine Runde, zuerst langsam und dann immer schneller mit regelmäßigen Atemzügen, so wie Checo es ihr beigebracht hatte. Der Weg führte am Wasser entlang durch einen schön angelegten Park. Etliche Sportler liefen schon vor der Arbeit. Violetta sichtete einige Segelboote auf dem spiegelglatten Wasser. Es war wie am Genfer See und sie meinte fast, sie würde nachher den Bus zu ihrer Tante Lilly nehmen und mit ihr zu Mittag essen. Aber hier war nicht Genf und es gab keine Tante Lilly. Sie würde zurück zu ihrem neuen Domizil, zu Petra und Andreas gehen. Er war momentan krankgeschrieben, weil sein Rücken schmerzte. Verschwitzt und ausgepowert kam Violetta zurück.

"Vielleicht sollte ich auch laufen gehen. Früher haben wir, Petra und ich, Standardtänze getanzt und sogar Preise gewonnen. Das ist aber schon lange vorbei!", sagte Andreas mit einem Seufzer.

"Ich kann nicht richtig tanzen", erwiderte Violetta lachend. "Im Kloster während meiner Schulzeit gab es keine Tanzkurse!"

Sie war erleichtert, dass Andreas mit seiner Frau oft telefonierte. Sie würde ja bald auch wiederkommen, ihr munteres Wesen für Unterhaltung sorgen.

In der Zwischenzeit erkundete sie die Umgebung, holte die Tageszeitung und entdeckte ein kleines Café, wo sie die neuen Freunde einladen könnte. Sie ging auch zum Wochenmarkt, der mit seinen bunten Ständen die Kundschaft lockte. Violetta war begeistert und sah vor ihrem geistigen Auge bereits eine Zeichnung entstehen. Jetzt kaufte sie fürs Mittagessen grüne Bohnen und Bohnenkraut, das auch als Aphrodisiakum bekannt ist. Das Kraut würde sie Andreas jedenfalls empfehlen.

In den nachfolgenden Wochen versuchte sie, eine Arbeitsstelle zu finden, was sich doch schwieriger erwies als gedacht, denn im Gegensatz zum Finanzplatz Frankfurt gab es hier überwiegend Import-Export-Betriebe und Reedereien, die Mitarbeiter mit guten Englischkenntnissen brauchten. Nach Tagen erfolgloser Suche entschied sie sich, eine Zeitarbeit-Agentur aufzusuchen. Sie konnte dort als Urlaubsvertretung in einem staatlichen Unternehmen beginnen.

Früh morgens fuhr sie mit dem Bus quer durch die Stadt und bemerkte, wie unterschiedlich die Stadtteile waren, einerseits prächtige Jugendstil-Häuser aus der Gründerzeit mit hellen Fassaden und großzügigen Alleen, dann wieder Gewerbehöfe und schmutzig graue Häuser in Industriegebieten. Viele ausländische Läden säumten die Straßen und Leute aus aller Herren Länder liefen herum. Es gab keine Straße, die sich wie eine Fußgängerzone zum gemütlichen Bummeln anfühlte, der Autoverkehr war dominierend. Das war nicht das Hamburg, das sie zuerst kennengelernt hatte, da wo Andreas und Petra wohnten, und sie fühlte sich unbehaglich mit dieser Fremdheit konfrontiert.

Nein, Großstädte hatte sie nie gemocht. In Frankfurt war ihr Stadtteil ländlich geprägt gewesen und trotzdem nah der Innenstadt. Sogar die Entfernungen waren in Hamburg beträchtlich und alles dauerte einfach länger, so auch die Fahrt bis zu dem Reitstall, den sie ausfindig gemacht hatte. Da musste sie die S-Bahn nehmen, jenen mit Pendlern überfüllten Regionalzug. Daran würde sie sich gewöhnen müssen. Sie versuchte, sich wichtige Stützpunkte zu merken, um bald in die Innenstadt hinfahren zu können.

Ihren ersten Ausflug unternahm sie am Tag vor Petras Rückkehr aus der Klinik. Anlässlich einer Sportveranstaltung hatte man die über den Hamburger Hafen errichtete Köhlbrandbrücke für Fußgänger freigegeben. Violetta reihte sich in die Menge ein und lief mit den anderen Sportlern bis zu dem Aussichtspunkt, der einen weiten spektakulären Blick über den Hafen bot und ihr ein Schwebegefühl vermittelte. Glücklich kehrte sie an die Alster zurück und nahm sich vor, den Abend in Ruhe zu verbringen, innezuhalten und über diese ersten Tage an ihrem neuen Wohnort nachzudenken.

Ein Taxi brachte Petra wieder nach Hause. Sie und ihr Mann fielen sich freundschaftlich in die Arme. Sie ließ die beiden zuerst allein, bevor auch sie die Freundin umarmte.

"Ich freue mich so sehr, dass du wieder da bist! Inzwischen habe ich einiges hier kennengelernt und arbeite für ein paar Wochen beim TÜV. Einen Reitstall habe ich auch bereits gefunden!"

Violetta wusste, dass ihre Freundin ebenfalls Pferde mochte.

"Ich werde mich erkundigen, ob in meinem Reitstall therapeutisches Reiten angeboten wird."

Alles war gut, bis auf Violettas Diabetes. Die Glukosewerte schwankten zwischen niedrig und hoch. Ein Arzttermin war unausweichlich. Glücklicherweise entwickelte sich die Diabetesbehandlung in diesen 1980er Jahren zu einer freieren Selbstbetreuung dank weiterentwickelter Insuline und Testgeräte.

Die Heimkehr der Freundin bereicherte die kleine Gemeinschaft. Petra hatte sich gut erholt und die Kortisontherapie zeigte eine positive Wirkung. Man durfte auf lange Intervalle zwischen den Schüben hoffen. Violetta zog sich öfter zurück in ihr Zimmer und ließ die beiden allein, wenn sie sich unterhalten wollten, ganz anders als bei ihr und Checo, die immer wieder wortlos übereinander hergefallen waren.

Petra mochte mit Violetta zu gern über den Sinn des Lebens diskutieren und sprach ganz offen über ihre Eheprobleme, die aber vor allem krankheitsbedingt waren, wie sie betonte. Sie wünschte sich ein Baby, was allerdings mit zahlreichen Risiken verbunden war, so dass man jetzt daran dachte, einen Bobtail-Hund ins Haus zu holen. Sie und ihr Mann waren England-Fans. Alles, vom Käse bis zur Marmelade, musste von der Insel stammen, so auch der Hund.

Das lebhafte Miteinander war gut für Violetta. Es lenkte sie von ihren Sorgen ab. "Mit der eigenen Wohnung kannst du dir doch Zeit lassen", beteuerten Petra und Andreas immer wieder. "Es ist doch ganz schön, so wie es jetzt ist, oder?"

Violetta blieb daher länger als gedacht bei den neuen Freunden. Irgendwann aber nahte der Zeitpunkt, selbständiger zu werden. Sie hatte immer noch ein Arbeitsverhältnis bei der Interim-Agentur. Ihre Bewerbungen um eine feste Anstellung auf dem Arbeitsmarkt waren bisher erfolglos geblieben, was sie zunehmend beunruhigte. Ganz leise fragte sie sich, welcher Teufel sie wohl geritten hatte, hierher zu kommen.

Manchmal ergeben sich unerwartet neue Situationen. Im Reitstall lernte Violetta eine Frau kennen, die eine leerstehende Wohnung in der Innenstadt zu vermitteln hatte. Es würde keine luxuriöse Unterkunft sein, doch eben zentral gelegen und vor allem war die Miete erschwinglich. Ganz aufgeregt berichtete Violetta den Freunden davon und lud die beiden ein, zusammen mit ihr die Wohnung anzusehen.

Die Besichtigung fiel eher nüchtern aus, auch wenn die Wohnung in einer geschichtsträchtigen Straße, dem sogenannten "Gänge-Viertel" gelegen war. Beim Öffnen der Balkontür hörte das Trio lautstarkes Grölen aus dem gegenüberliegenden Haus. Betrunkene Männer gingen ein- und aus. Das Gebäude diente als Übernachtungsstätte für Obdachlose. Es war damit zu rechnen, dass diese Nachbarn für einen lauten Geräuschpegel sorgen würden.

Die zwei Zimmer und die Küche der Wohnung waren recht geräumig.

Die Zusage, die Wohnung mieten zu wollen, erforderte eine rasche Entscheidung, denn andere standen bereits Schlange, um eine solch zentrale Behausung zu bekommen. Petra und Andreas waren anfangs wenig begeistert, zeigten sich später jedoch versöhnlicher. "Du hast von hier aus nicht weit bis in die City und zum Hauptbahnhof", erklärte Petra. Sie wusste, dass es immer mehr Menschen in die Stadt zog und dass der Wohnungsmarkt inzwischen angespannt war. Das hatte sie Violetta vorher nicht erzählen wollen, um sie nicht zu entmutigen.

Die neue Wohnung lag in einer zum sogenannten "Szeneviertel" gehörenden Straße. Hier gab es viele kleine Lokale, Bars und Restaurants in den rotgeklinkerten Häusern. "Es würde Papa gefallen", stellte sie fest.

Nicht weit entfernt befand sich die große Parkanlage "Planten un Blomen", die einst als Zoologischer Garten angelegt worden war und die man später zu einem Gelände für große Gartenausstellungen umgebaut hatte. Jetzt war es ein Ort der Freizeit und Entspannung geworden und Violetta hatte eine neue Laufstrecke rund um den kleinen See entdeckt. Eine erste Hürde war beseitigt, sie würde bald hier wohnen und die Wände ihres neuen Zuhauses mit einem frischen Anstrich verschönern.

Kurz darauf, als die drei Freunde zusammen den Abend verbrachten erzählte Andreas von einem alten Bekannten namens Freddy.

"Den Freddy kennen wir noch aus der Tanzschule. Wenn man ihn braucht, ist er zur Stelle", sagte Andreas vergnügt.

Im Ernst, er kann alles in der Wohnung reparieren, renovieren usw."

Mit einer Hand machte Petra ein Zeichen und zeigte auf den Fußboden.

"Schau, Violetta, die Korkplatten hat er uns vor nicht langer Zeit gelegt. Ich bin sicher, dass er dir gegen ein kleines Entgelt auch helfen würde."

"Wir werden ihn demnächst einladen, dann kannst du ihn kennenlernen", erzählte Andreas weiter. "Aber eines ist bei ihm anstrengend, man wird ihn einfach nicht mehr los. Er findet kein Ende und sitzt auf der Couch, solange bis man ihn bitten muss, nach Hause zu gehen. Er nimmt es nicht übel, daran ist er gewöhnt. Zu guter Letzt ist er auch noch auf der Suche nach einer Freundin! Also Violetta, nimm dich in Acht!"

Die brach in Lachen aus und wartete gespannt auf diese neue Bekanntschaft.

Sie ließ auch nicht lange auf sich warten. Eines Abends klingelte es an der Tür und ein etwa 1,90 Meter großer beleibter Mann stand vor Violetta. Seine Gesichtszüge waren harmonisch und er trug dichte lockige Haare, die auf seinem Kopf wie eine Wollmütze aussahen.

Freddy stellte sich vor. Er begrüßte Violetta mit einem eher schlaffen Händedruck.

"Du bist von Frankfurt hierher zugezogen?", fragte er nach einer kurzen Weile. "Andreas hat mir berichtet. Und du hast auch schon eine Wohnung? Musst du renovieren? Wenn du willst, helfe ich dir beim Tapezieren."

"Oh! Du bist wirklich auf dem Laufenden! Es ist nett von dir, danke fürs Angebot."

Violetta war überrascht. "Er kennt mich kaum und bietet gleich seine Hilfe an!"

"Ich studiere an der Technischen Hochschule und kann meine Zeit einteilen", sagte Freddy weiter. "Und nebenbei verdiene ich etwas Geld mit kleinen Nebenjobs."

Bei diesen Worten wurde Violetta stutzig. "Er ist doch schon älter, wieso studiert er noch?", fragte sie sich.

Als hätte er ihre Gedanken gelesen, rechtfertigte sich Freddy.

"Ich bin Mess- und Regelmechaniker und mache eine Fortbildung in Elektrotechnik und EDV-Programmierung."

"Oh, ein Beruf mit vielen Perspektiven, den du da anstrebst."

Petra und Violetta gingen in die Küche. Sie hatten kalte Platten vorbereitet und brachten sie ins Wohnzimmer, wo sie gemeinsam den Abend verbrachten. Während Andreas die meiste Zeit redete, saß Freddy still zuhörend auf der Couch und trank sein Bier. Violetta schaute manchmal auf die Uhr, es wurde spät und sie fragte sich, ob der Gast von sich aus bald gehen würde. Da sie am nächsten Tag arbeiten musste, entschied sie als erste, sich zurückzuziehen und reichte Freddy die Hand zum Abschied.

"War nett, dich kennengelernt zu haben, Freddy", sagte sie etwas förmlich.

"Ich rufe dich an! Wenn du willst, können wir zusammen die Wandfarbe kaufen gehen!", schlug er vor.

Violetta schaute ihn an. Er hatte etwas Beruhigendes und Vertrautes an sich. So schwerfällig, wie Andreas ihn beschrieben hatte, schien er nicht zu sein. Beim Hinausgehen aus dem Zimmer warf ihr Petra einen schelmischen Blick zu. "Was denkt sie sich da?" Violetta reagierte mit Achsel-zucken.

In den nachfolgenden Tagen meldete sich Freddy bei Vi-oletta. Er hatte allerhand Ideen zum Renovieren der Woh-nung. Zusammen schauten sie sich die Räume an und kauf-ten in einem Baumarkt Material und Werkzeuge, die Platz fanden in Freddys altem Kombiwagen. Als sie Farbe und Tapeten in die Wohnung brachten, machte Freddy eine Be-merkung über die Nachtspeicheröfen.

"Sehr wirtschaftlich sind sie nicht, und Küche, Bad und das kleine Zimmer werden überhaupt nicht beheizt", sagte er nachdenklich. "Die Tür zum Flur muss dann geöffnet bleiben, um etwas Wärme auch dorthin abzuleiten."

"Ich habe schon sogar mit Kohleöfen geheizt, hiermit hat man wenigstens keinen Dreck, ich werde schon zurecht-kommen", meinte sie.

Zwischen den Arbeitseinsätzen bei ihrer Interimsagentur konnte Violetta unbezahlten Urlaub nehmen. Viel Geld hatte sie zwar nicht, aber sie konnte aus ihren Ersparnissen schöpfen. So wollte sie sich für eine Woche ganz dem Reno-vieren widmen und zuerst unabhängig von Freddy mit der Arbeit beginnen. Doch dieser befand sich schon fleißig an Ort und Stelle und wartete auf Violetta, die noch überlegte, wie sie mit ihm umgehen sollte.

Eines Tages wartete Freddy wie immer vorm Hausein-gang auf sie. Nur diesmal hatte er einen Strauß roter Rosen mitgebracht! Als Violetta dies sah, fühlte sie sich unsicher, einerseits berührte sie diese Geste, doch sollte Freddy sich auch keine falschen Hoffnungen machen. Andreas Worte kamen ihr wieder ins Gedächtnis: "Er sucht eine Freundin." Sie versuchte, sich ihre Unsicherheit nicht anmerken zu lassen, bedankte sich und lud ihn in den "Wienerwald" zum Essen ein. Freddy war ein Genießer, ein gutes Essen lehnte er nie ab. Die Arbeit konnte warten.

Er nahm einen Hähnchenschenkel in die Hand und nagte ihn ab. Violetta fand sein Schmatzen etwas abstoßend. Messer und Gabel fielen ihr aus der Hand, als er seinen Blick in den ihren eintauchte und mit sanfter Stimme sagte:

"Weißt du, Violetta, ich wollte es dir schon seit langem sagen: Ich mag dich sehr gern."

Vor Verlegenheit hätte sie am liebsten die Flucht ergriffen. Dennoch reagierte sie mit Fassung.

"Ich finde es schön, dass wir uns kennengelernt haben und ich schätze dich sehr ..." Sie machte eine Pause. "Danke, Freddy, du bist wirklich ein guter Freund, aber ... ich bin etwas durcheinander." Ein brennendes Verlangen ging plötzlich durch ihren ganzen Körper und eine Gestalt zeichnete sich vor ihren Augen ab: Checo. Sie blieb einen Augenblick still, bis sie dann mit feuchten Augen Freddy anschaute. Sie lächelte ihm zu und legte ihre Hand auf seine.

"Danke für die Rosen!", sagte sie mit leiser Stimme.

Die Renovierungsarbeiten gingen gut voran und das bestellte französische Bett wurde geliefert. Freddy baute aus Holzbrettern einen begehbaren Schrank, eine kleine Kammer mit Regalen und Beleuchtung, was wirklich gut aussah. Sie hätte allen Grund gehabt, glücklich zu sein. Stattdessen begann sie an dem Neuanfang in der Fremde zu zweifeln. Zum ersten Mal außer damals in Paris würde sie jetzt so richtig mitten in einer lärmenden Stadt leben. Dementsprechend zog sie mit gemischten Gefühlen in ihr neues Zuhause ein. Sie realisierte, dass sie aus unerklärlichen

Gründen für viele Jahre in Hamburg bleiben würde, und der Gedanke daran ließ sie frösteln. Auf Dauer wollte sie auf keinen Fall allein leben. Der geduldige Freddy war stets da und die Zeit, die sie mit ihm verbrachte, erhellte ihre sonst traurigen und sorgenvollen Gedanken. Ähnlich wie damals mit Josef erstrebte sie wieder eine Beziehung von gegenseitiger Zuneigung, ja, auch ohne große Leidenschaft. Zu sehr hatte sie sich in Checo unter dem bitteren süßen Schmerz ihrer Liebe verloren. Sie sehnte sich jetzt nach einem Füreinander-Dasein mit einem lieben Menschen in einer vertrauensvollen Partnerschaft, und nach Monaten der Enthaltsamkeit spürte sie auch das Verlangen nach körperlicher Nähe und Geborgenheit. Zudem stellte sie sich vor, dass Freddys beruflicher Weg voller Zukunftsperspektiven sei und so vielleicht mit ihm eine gesicherte Existenz möglich wäre. Sie blieb einfach offen für die weitere Entwicklung.

Zu ihrem Staunen erfuhr Violetta kurz nach ihrem Umzug in ihre neue Wohnung, dass Andreas und Petra wieder einen neuen Gast bei sich aufgenommen hatten. Beim therapeutischen Reiten hatte Petra in der Reitschule eine junge Frau kennengelernt, die ebenfalls auf Wohnungssuche war. Auch sie bekam das Angebot, ein Zimmer in ihrer geräumigen Wohnung zu beziehen. Die Vermutung, dass die beiden mehr im Sinn hatten, als die bloße Unterstützung einer Freundin, schien sich zu bewahrheiten. Das sollte jedoch die Freundschaft zueinander nicht beeinträchtigen. Um den Kontakt aufrecht zu erhalten, besuchte Violetta sie weiterhin.

"Seid ihr jetzt zusammen?", fragte Petra neugierig. "Es scheint, dass Freddy endlich eine Freundin gefunden hat."

"Er ist ein guter Freund und ich mag ihn gern, wirklich", antwortete sie. "Er hat mir in der neuen Wohnung viel geholfen. Aber es ist nicht so, dass ich in ihn verliebt wäre, ich hatte dir von meiner großen Liebe erzählt und sie ist in mir noch so lebendig! Ich glaube, es wird sich einfach ergeben, was sich ergeben soll."

Violetta fragte nicht danach, warum sie das Zimmer wieder untervermietet hatten. Wichtig war ihr nur, dass die Freundschaft zwischen ihnen nicht verloren ging.

Es waren Worte von Antoine de Saint-Exupery, die ihr in den Kopf gingen. "Du bist zeitlebens für das verantwortlich, was du dir vertraut gemacht hast."

Jeder, dem sie ihr Vertrauen schenkte, war Teil ihrer Geschichte. Die traumatischen Erfahrungen von früher hatten Narben hinterlassen, weshalb sie immer wieder die Anerkennung anderer Menschen suchte und sich unbewusst an sie klammerte. Sie empfand große Dankbarkeit, wenn jemand auf irgendeine Art und Weise ihr wenigstens für eine kleine Zeit Wertschätzung entgegenbrachte, so dass jener Mensch tief in ihrer Seele verankert war. Zwar verblassten die Gesichter im Laufe der Jahre, doch blieben sie immer noch lebendig und sollten aus ihrem Herzen nicht verbannt werden. "Auch wenn man jemanden aus den Augen verliert, heißt es doch nicht, ihn für immer zu vergessen", dachte sie.

Erst Jahre später würde sie sich in ihrem eigenen Selbst finden und dabei Heilung erfahren. Fürs Erste musste sie lernen, dass Menschen kommen und gehen und dass sie manchmal auch nur flüchtige Begegnungen auf dem Lebensweg sind. Ein Bild aus einer Kindergeschichte formte sich vor ihren Augen: Die Entstehung des Orchesters, als der Dirigent noch ganz allein war und wie nach und nach die einzelnen Instrumente, Streicher, Cello, Flöte und zum Schluss auch das Klavier, hinzukamen und sie alle zusammen als Orchester klangvoll musizieren konnten. So bildeten die auf ihrem bisherigen Lebensweg getroffenen Menschen einschließlich der eigenen Familie eine lange Kette, wie die Musikinstrumente, mit hellen, aber auch dunklen Tönen, Tönen der Hoffnung und solche der Enttäuschung und des Schmerzes.

Mit der Zeit gewöhnte sie sich an die langen Wege in Hamburg. Sie hatte endlich eine Stelle als kaufmännische Angestellte in einem Steuerbüro angeboten bekommen, zwar nicht sehr aufregend, aber man musste halt nehmen, was zu bekommen war.

Es war Oktober geworden. Jetzt wechselten sich regenreiche mit sonnigen Tagen ab und die Laubbäume in den Parks rund um die Alster verfärbten sich gelb und rot. Eine schöne Zeit, die Violetta liebte. Im Wallis waren es die Rebstöcke, die im Herbst bunt wurden. Freddy zeigte ihr den großen Stadtpark und den Hafen. Am meisten aber liebte sie den Wald im Westen der Stadt, den "Klövensteen". Oft gingen sie zusammen dort wandern. Es gab viele Reitwege und Violetta nahm sich vor, einen Reitstall in der Nähe des Waldes zu suchen, um durch das schöne Gelände zu reiten. Das gab ihr ein gutes Gefühl. Nach der trübsinnigen ersten Zeit am neuen Wohnort wurde sie innerlich gelassener und schaute auf das, was ihr Leben jetzt ausfüllte. Zweifellos berührte sie auch Freddys freundschaftliche Zuwendung und so schöpfte sie neue Kraft.

Da gab es auch noch den großen Fluss: die Elbe. Gerade in den dunkler werdenden Tagen spiegelte sich der von schwachen Sonnenstrahlen durchdrungene Wolkenhimmel in den tiefen Fluten wider. Die Landschaft war dann in milchigen Nebeln wie aufgelöst. Stille kam übers Land und öffnete die Tür der Seele nach innen. Violetta unternahm auch allein entlang der Elbe lange Wanderungen, während die Ereignisse ihres bisherigen Lebens an ihr vorbeizogen. Der Kontakt zur Familie in der Schweiz war immer weniger geworden. Das wollte sie wiederaufleben lassen. Checo und ihren Freundinnen schickte sie hin und wieder eine Postkarte. Vor allem zu Erna blieb die Verbindung bestehen.

Josef, der immer exzentrischer geworden war, meldete sich ab und zu telefonisch. Stets guter Laune war er der Meinung, dass es wohl an der Zeit wäre, jetzt die Scheidung einzureichen, was Violetta auch akzeptierte. Man nahm einen gemeinsamen Anwalt und verzichtete einvernehmlich auf Versorgungsausgleich.

Freddy erzählte von seiner Familie, die aus seiner Mutter und einem Bruder bestand. Der Vater war vor nicht langer Zeit – noch keine 50 Jahre alt - überraschend gestorben.

Den Hamburger Ortsteil, in dem Freddy und auch die Mutter wohnten, hatte sie bisher noch nicht gesehen: Altona, im Hamburger Westen, der bei den Luftangriffen im Zweiten Weltkrieg zum größten Teil zerstört worden war. Jetzt war das Viertel vom Geschosswohnungsbau geprägt. Freddy zeigte Violetta mit Stolz seinen Stadtteil. Er zeigte ihr auch das schrille Vergnügungsquartier von St. Pauli, den Hamburger Kiez mit seinen Nachtclubs. Hier war die

soziale Mischung aus Migranten, Arbeitern und Paradies-
vögeln besonders präsent.

Altona lag nah am Wasser, was Violetta gut gefiel. Ansonsten bestand der dichtbesiedelte Bezirk aus modernen
grauen Betongebäuden und verwitterten Altbauten. Die
Nähe zur Elbe mit seinem Strand entschädigte allemal für
die Nüchternheit des Ortes. Der Forst Klövensteen befand
sich etwa eine halbe Stunde Autofahrt entfernt.

Sie erlebte den ersten Herbststurm, der über den Norden
fegte, mit seinen starken Windböen, geknickten Bäumen
und Hochwasser. So etwas hatte sie noch nie gesehen. Sogar
die Elbe trat über die Ufer und parkende Autos wurden
überflutet.

Die sprunghaft wechselnden Temperaturen verursachten
Husten und sie erkältete sich leicht. Doch schon als Kind
hatte sie die Naturkräfte geliebt, sie fühlte sich von ihnen
verzaubert und in anderen Welten versetzt.

Wenn sie nach dem Arbeitstag in ihre inzwischen fertig
renovierte Wohnung zurückkehrte, entspannte sie sich bei
einem Abendritual mit Kerzenschein und Kräutertee. Beim
Betrachten der Kerzenflamme spürte sie, wie die Sehnsucht
nach Berührung und Hingabe sie wieder heimsuchte. Es
war ein schönes Schwelgen in Traumvorstellungen und zugleich auch der Schmerz einer Wunde, die nicht schließen
wollte. Von diesen Gedanken bewegt, legte sie sich hinein
in das große Schweigen Gottes.

Eines Tages, als sie neben Freddy im Auto saß, befiel sie
eine innere Unruhe. Aufgewühlt richtete sie ihren Blick zu
seinen Füßen, wie er Gas gab und die Kupplung trat, bis hin
zu seinen dicken Beinen. Erregt, hätte sie ihn gern in den
Schritt gefasst. Leicht beschämt drehte sie dann den Kopf

und atmete durch. "Ob er's gemerkt hat?", fragte sie sich. Als sie sich später vor Violettas Wohnung verabschiedeten, näherten sich ihre Gesichter einander, und zum ersten Mal küssten sie sich.

"Violetta, ich möchte dich gern zum Abendessen bei mir einladen", sprach Freddy leise. "Wirst du kommen ... und bleiben?"

Sie lächelte. "Ja", antwortete sie. "Ich bringe Wein mit."

Es war ein kalter Novemberabend, als Violetta Freddy besuchte. Seine Wohnung befand sich ganz oben unter dem Dach. Mit Herzklopfen stieg sie die Treppen langsam hoch, Freddy stand bereits vor der Eingangstür. Er war so hochgewachsen, dass seine Gestalt beinahe den ganzen Türrahmen füllte. Die Begrüßung fiel etwas zaghaft aus und sie gingen zusammen in die Küche. Eine Riesenportion Salat hatte Freddy vorbereitet und Violetta stellte die Flasche Rotwein und das Baguette-Brot auf den Tisch.

"Du wohnst aber schön hier! die Wohnung ist gut geschnitten. Schön hell, so ganz oben zu wohnen, und Bäume rundherum gibt es auch!"

"Das ist eine Genossenschaftswohnung. All diese Häuser hier sind Genossenschaftshäuser und die Mieten sind erschwinglich. Man muss dafür der Genossenschaft beitreten und Anteile kaufen." Freddy zeigte auf das Haus quer gegenüber. "Im 4. Stock wohnt meine Mutter."

Unter den Dachschrägen war es warm und gemütlich. Nach dem Essen stand Violetta auf und ging zum Fenster. Von hier oben bot sich eine schöne Aussicht auf einen weitläufigen Spielplatz und einen Park bis weiter weg zu einem großen Gelände, auf dem ein Riesenrad aufgebaut war.

"Das ist unser Volksfest, der 'Hamburger Dom', der dreimal im Jahr stattfindet", erklärte Freddy. "Um 22.30h werden wir das große Feuerwerk am Himmel erleben."

Violetta blieb einen Augenblick am Fenster stehen und bemerkte, dass Freddy direkt hinter ihr stand. Er rückte immer näher an sie und sie konnte ihn jetzt spüren. Sie ließ es zu und lehnte sich mit ihrer Hüfte gegen ihn. Dieser Augenblick war lustvoll. Der anschließenden Umarmung folgte ein intensives Berühren. Freddy hielt ihre Taille fest umschlungen, als plötzlich der laute Knall eines Feuerwerkskörpers ihre erotische Zweisamkeit unterbrach und leuchtende Feuerkaskaden am Nachthimmel explodierten. Freddy holte eine Flasche Sekt und zwei Gläser.

"Den trinken wir jetzt auf unseren schönen Abend, Violetta!"

Sie sah ihn an mit lachenden Augen. Ja, Freddy war ein Genießer.

Es wurde spät. Berauscht vom prickelnden Sekt ließen sie wie zwei fröhliche Teenager in der Küche alles stehen und fielen auf Freddys schmales Bett. Sie streichelten sich und Violetta spürte, wie die Lust sie ergriff. Dieses wohlige und auch bebende Gefühl hatte sie so lange vermisst. Ein heißes Verlangen durchzuckte sie. Sie befreite ihr langes braunes Haar aus der Spange, die sie um ihre Mähne geklemmt hatte, so dass es wie Wellen sich über ihre Schultern ausbreitete, was Freddys Begehren erweckte. Er wühlte jetzt mit beiden Händen in ihren dichten Haaren, was sie vor Wonne keuchen ließ. Je erregter sie war, desto mehr wünschte sie sich ein härteres Anfassen. Doch Freddy war eher ein Kuscheltyp und Violetta schmolz regelrecht in seinen Armen auf seinem dicken Bauch. Es gab ihr ein Gefühl des Beschütztseins. Sie blieb einfach zuerst auf ihm liegen, um ihn dann fordernder zu küssen, bis sie endlich stöhnend seine Erregung zwischen ihren Beinen spürte und sie sich lustvoll hingab.

Am nächsten Morgen erhellten die ersten Sonnenstrahlen das kleine Zimmer. Sie wachten mit einem Lächeln auf den Lippen auf und blieben noch eine kleine Weile nebeneinander liegend. Violetta streichelte seinen fettleibigen Körper. Durch seine Größe verteilte sich dies aber. Freddy hatte durchaus einen leichten Gang, der wahrscheinlich vom Turniertanz herrührte. Sie war dankbar für die erlebte erste gemeinsame Nacht und als sie aufstand, stellte sie sich in ihrer Nacktheit vor Freddy hin, um mit einer langsamen und genussvollen Bewegung ihrer Hand die von den zerwühlten Haaren bedeckte Brust zu befreien.

Aus dem Flur ertönte plötzlich ein Klingeln. Freddy, immer noch unter der Bettdecke machte einen Sprung zum Telefon.

"Es ist sicher meine Mutter", sagte er flüsternd zu Violetta und nahm die lange Telefonschnur mit bis zum Wohnzimmerfenster. Schräg gegenüber stand eine Frau auf dem Balkon, die mit einem Handzeichen Freddy zuwinkte.

Mit dem Hörer am linken Ohr erklärte er: "Ich bin nicht allein. "Da ist jemand bei mir. Magst du demnächst rüberkommen und sie kennenlernen?", fragte er nach leichtem Zögern.

"Sie scheinen sich gut zu verstehen", dachte Violetta, die unvoreingenommen neugierig auf ihre Bekanntschaft war.

Am darauffolgenden Freitag brachte Violetta einen selstgebackenen Kuchen mit zu Freddy. Schon während sie die

Treppen hochstieg, hörte sie eine helle Frauenstimme. Eine hoch gewachsene und kräftige blonde Frau hatte bereits die Tür geöffnet und betrachtete die Frau, die im Leben ihres Sohnes überraschend aufgetaucht war.

"Ich bin Magda, Freddys Mutter", sagte sie freundlich. "Ich habe schon viel von dir gehört. Ich darf wohl 'du' sagen?"

Violetta staunte nicht schlecht. Magda und Freddy sahen sich so ähnlich aus, als wären sie Zwillinge.

"Die Freude ist ganz meinerseits."

Der Abend gestaltete sich locker. Violetta musterte vorsichtig die pralle Frau mit den rot lackierten Fingernägeln und dem dazu passenden Lippenstift.

"Ich bin Sekretärin in einem Architektenbüro", sagte Magda. Zuerst arbeitete ich halbtags, als die Kinder noch klein waren. Freddy hat noch einen jüngeren Bruder, der schon länger ausgezogen ist und außerhalb Hamburgs lebt. Da bin ich froh, dass Freddy hiergeblieben ist, denn mein Mann ist letztes Jahr verstorben."

"Oh! Das tut mir leid. Er war aber noch jung."

Violetta wartete einen Augenblick und fuhr fort.

"Auch ich arbeite im Büro. Das war nicht meine erste Wahl. Eine Tätigkeit in einem kreativen Beruf wäre mir viel lieber gewesen, aber die Ausbildung in der Kunstakademie war teuer. Ich male und mache Zeichnungen jetzt in meiner Freizeit."

Magdas Auftreten war freundlich. Ohne Zweifel bedeutete ihr aber die innige Beziehung zu ihrem Sohn sehr viel. Violetta spürte, dass sie auf keinen Fall zwischen den beiden stehen durfte, vielmehr sollte Magda in ihr eine Freundin und keine Rivalin sehen.

So ergab sich nach und nach, dass sich um Violetta ein kleiner familiärer Kreis bildete. Sie fühlte sich von den "Nordlichtern" angenommen und frischer Wind trat in ihr Leben ein, das sie jetzt entspannter gestaltete.

Freddy begleitete sie zum Reitstall, der etwa 20 km westlich entfernt war, und wartete im Reiterstübchen am Panoramafenster mit Blick auf die Reithalle. Er schaute gern zu, gesellte sich jedoch aus Schüchternheit nicht zu den anderen Betrachtern.

"Würdest du gern ein eigenes Pferd haben?", fragte er eines Tages Violetta.

"Oh, das ist aber sehr teuer!", erwiderte sie dann aufgeregt. "Nicht nur der Kauf, die Unterbringung des Pferdes auch. Ich könnte aber vielleicht über eine Reitbeteiligung nachdenken. Da teilt man sich die Kosten und hat sozusagen ein halbes eigenes Pferd."

Erst spät, in stiller Abendstunde, kehrten sie nach Hamburg zurück. Die Nacht verbrachten sie meistens in Violettas Wohnung. An manchen Tagen musste Freddy zur Vorlesung an der Technischen Hochschule. Zum Jahresende waren Klausuren zu schreiben. Die Erinnerungen an die Zeiten, in denen auch Josef Klausurarbeiten abliefern musste, wurden wieder wach. "Freddy studiert aber ein 'handfestes' Fach", ermutigte sie sich, und das sei etwas ganz anderes.

Nach den grauen Novembertagen nahte die lichterfrohe Weihnachtszeit mit ihren geschmückten Märkten und Lebkuchendüften. Violetta liebte diese Tradition, die alles heller macht und für sie auch eine Zeit der Reflexion mitbrachte. Auch wenn sie jetzt wenig fromm war, bedeutete ihr das Kommen des Mannes aus Nazareth in die Welt sehr viel, hatte er doch einen richtungsweisenden Weg voller Weisheit vorgelebt.

Violetta kündigte an, am Heiligabend nicht in Hamburg zu sein, da sie ihrer Ex-Schwiegermutter versprochen hatte, nach Darmstadt zu kommen. Freddy verstand das, wenn er auch etwas geknickt war.

"Wir verbringen aber Silvester zusammen!", versicherte sie. "Ich bleibe nur drei Tage weg."

Sie bemerkte, dass Freddy Angst davor hatte, sie könnte nicht wiederkommen. Er musste ihr einfach vertrauen, schließlich hatte sie eine Vergangenheit, so wie er auch. Freddys Jugend war durch Krankheiten geprägt gewesen. Aufgrund seines Übergewichtes war er nicht zur Armee eingezogen worden; er solle zuerst abnehmen. Der in der Küche liegende Diätplan fand jedoch wenig Beachtung, Freddy mochte einfach zu gern essen.

Bislang hatte er noch keine feste Freundin gehabt. Merkwürdigerweise kannte er jedoch viele Frauen aus der Tanzschulzeit, und zwar solche, die seine Gutmütigkeit und Hilfsbereitschaft gern in Anspruch nahmen, wenn sie in Schwierigkeiten waren. Zuerst verunsicherte dies Violetta, die eine leichte Eifersucht empfand. "Warum kann er nicht Männerfreundschaften haben, wie andere auch?" Immer wieder rief eine Frau an, die Freddy ihr Herz ausschüttete. Später ergab sich, dass sie Probleme in ihrer lesbischen Paarbeziehung hatte. Auch dafür schien Freddy die geeignete Person zu sein, gute Ratschläge zu geben. Violetta schmunzelte. "Er könnte fast eine eigene psychologische Praxis eröffnen."

Jetzt würde sie wieder nach Frankfurt für die Feiertage hinfahren, die Schwiegereltern und ihren Ex-Mann wiedersehen. Vielleicht würde dies auch ihr letzter Besuch dort sein, und man würde zukünftig nur noch zum Telefon greifen.

Als Violetta eintraf, war Josef bereits da. Plätzchen- und Kaffeeduft kündigten einen gemütlichen Adventsabend an und die Atmosphäre fühlte sich an wie früher. Für einen Augenblick meinte Violetta, dass die Zeit einfach stehen geblieben wäre.

Josef erzählte, dass er Anfang des neuen Jahres sich mit seiner Gruppe zum Studium von heiligen Schriften eines berühmten Professors treffen würde. "In seinem Buch würden sich Wissenschaft und Spiritualität begegnen", sagte er fasziniert.

Violetta hörte interessiert zu, richtete jedoch immer wieder ihren Blick auf Josefs Gesicht, der wie der lustige Junge auf dem Titelbild des Satiremagazins "MAD" aussah.

"Jo, dir fehlt vorne ein Schneidezahn!"

"Ja, ich weiß, habe aber im Moment keine Zeit zum Zahnarzt zu gehen!"

Josefs Äußerungen waren einfach die einer Frohnatur und seinem Aussehen hatte er nie große Bedeutung beigemessen.

"Erzähl doch, wie es dir gefällt im hohen Norden?", fragte er.

"Ich habe die Bekanntschaft einiger Leuten gemacht, und mein Leben spielt sich wie immer zwischen Arbeit im Büro und Freizeit ab, ein Leben, das nicht so anspruchsvoll daherkommt, wie bei dir. Um ehrlich zu sein, weiß ich auch noch nicht, ob ich für immer in Hamburg bleiben werde, die Stadt ist mir einfach zu groß. Die Zukunft wird es zeigen."

Sie wollte noch nicht erwähnen, dass sie auch einen neuen festen Freund hatte.

Die gemeinsame Zeit im Hause der Schwiegereltern beruhigte Violetta, die sich immer wieder Gedanken darüber gemacht hatte, wie sie zukünftig mit ihren Gefühlen der Schwiegerfamilie gegenüber umgehen sollte. Sie erinnerte sich, wie Erna sie mit kleinen Geschenken überrascht und sie wie eine Tochter aufgenommen hatte. Nein, niemals würde sie das vergessen und wieder einmal wurde sie wehmütig. Warum hatte sie nicht abwarten können, bis Josef sich in Therapie begibt? Sie würden weiterhin in Frankfurt leben und sie hätte noch ihren Garten ... Ihre Augen wurden feucht. "Ich wollte doch nur ein bisschen glücklich sein ..." Und da gab es diese eine unzähmbare innere Kraft, die sie dazu gedrängt hatte, auszubrechen, wollte sie nicht selbst erkranken. Und dann war auch Checo aufgetaucht. Sie hatte sich endlich gespürt und aufgehört zu träumen, da ihr Traum Wirklichkeit geworden war, wenn auch nur für kurze Zeit.

Violetta beobachtete die älter gewordenen Gesichter und sie erkannte wieder einmal, dass man das Vergangene nicht festhalten kann, dass man es loslassen muss und der Weg auch in eine andere Richtung weitergeht.

Nach dem Fest kehrte sie nach Hamburg zurück. Freddy holte sie am Bahnhof ab, eine Rose in der Hand. Er war jetzt ihr Lebensgefährte und sie wollte ihm ihre ganze Aufmerksamkeit widmen. Er sollte sich wohlfühlen mit ihr. Dennoch würde sie als die Hüterin ihres eigenen Herzens sich immer treu bleiben. Das hatte sie gelernt. Sie hob den Blick auf den milchigen Winterhimmel und spürte, wie die aufgekeimte Hoffnung sich in ihr ausbreitete.

Im Winter des neuen Semesters musste Freddy eine Klausur in der Fachhochschule schreiben und so bereitete er sich etwas unwillig auf die Prüfung vor. Dabei besaß er durchaus fundiertes Wissen und hatte bereits am Rechner einer großen Firma gearbeitet. Trotzdem litt er unter starker Prüfungsangst, die ihn dazu verleitete, öfter im Kühlschrank nachzusehen, was dieser so zu bieten hatte.

Am Tag nach dem Examen kam Freddy enttäuscht nach Hause.

"Ich habe meine Arbeit abgeliefert. Doch ich hatte auch ein Blackout und plötzlich konnte ich nicht mehr tief in die Materie eintauchen; vielleicht habe ich das Thema verfehlt. Jetzt heißt es abwarten, wie die Dozenten mich benoten."

Violetta legte ihre Hand auf seine.

"So eine Klausurarbeit kann wirklich belastend sein. Und die Angst vor Misserfolg kann einem den Schlaf rauben. Ich kann es verstehen, weil ich auch kein Prüfungstyp bin."

Fürs Erste konnte Freddy sich entspannen. Das Ergebnis seiner Klausur würde er erst in einigen Wochen erfahren und in der Zwischenzeit müsse er sowieso verreisen. Ein Klinikaufenthalt war angesagt. Sein Arzt hatte ihm nämlich eine Adipositas-Kur verordnet.

Während Freddys Abwesenheit würde sie Gelegenheit zum Nachdenken haben. Wieder einmal schlichen sich Zweifel ein. Wie würde sich zukünftig das Zusammenleben mit Freddy gestalten? Konnte sie zu ihm aufschauen? Gewiss nicht. Er war aber ein guter Freund, und das war jetzt wichtig.

Die Reha-Klinik befand sich in einem waldreichen Erholungsgebiet. Dort sollte Freddy mit Hilfe einer Adipositasgruppe lernen, eigenverantwortlich Selbstkontrolle über sein Essverhalten zu entwickeln. Violetta war erleichtert, dass Freddy diese Chance nutzte. Auch sie selbst durfte wegen ihres Diabetes nicht alles essen und so würden sie sich gegenseitig unterstützen können.

Einmal besuchte sie ihn zusammen mit seiner Mutter. Als sie aus dem Auto ausstiegen, kam er ihnen auf dem Parkplatz der Klinik entgegen. Die Überraschung war groß; man sah ihm an, dass er bereits gut abgenommen hatte.

"11 kg habe ich verloren und Schwimmhäute zwischen den Fingern gekriegt!", lachte Freddy in Anspielung auf seine täglichen Schwimmübungen.

Am Ende war die Reha erfolgreich gewesen und man hoffte, er würde die neu erlernten Verhaltensweisen zuhause übernehmen und in den Alltag integrieren. "Er wird weniger Schmerzen in den Knien haben", freute sich Violetta. Am letzten Tag holten sie Freddy ab und fuhren wieder heim in seine Wohnung.

"Ich habe über unsere Wohnverhältnisse nachgedacht", sagte Freddy auf einmal. "Was meinst du, sollten wir nicht zusammenziehen? Ich würde es super finden. Da meine Wohnung komfortabler ist und ich Dauernutzungsrecht habe, könntest du mit mir hier leben."

Violetta lächelte und schaute um sich herum, die kleinen Räume, die Dachschräge …

"Da muss man aber ganz schön zusammenrücken!", antwortete sie lachend. "Ich sage 'ja', wir verbringen jetzt ohnehin die meiste Zeit hier."

Und so kam es, dass nach einigen Monaten Violetta zu Freddy zog und die beiden von da an in der kleinen Wohnung in Altona zusammenlebten. Begleitet von der Geräuschkulisse des Hafens blickten sie gemeinsam aus der vierten Etage auf Hamburgs Kirchtürme.

Freddy strich die Wände neu, entsorgte sein altes Bett und modernisierte die Küche. Er und Violetta waren das jüngste Paar unter den anderen eher betagten Mietern. Ganz oben zu wohnen vermittelte ihnen ein kleines Penthouse-Feeling. Im Sommer, wenn es unterm Dach zu heiß wurde, verbrachten sie viel Zeit draußen am Elbstrand.

Der Hamburger Winter hatte es jedoch in sich. Tagelang Minusgrade, aber kaum Schnee. Der eisgraue Himmel lag schwer über dem Land und auf dem Gemüt. Die Sonne machte sich rar, die Alster war zugefroren. Wenn das Eis ausreichend dick war, durfte man sie betreten. Die Menschen feierten schlittschuhlaufend mit Glühwein und Grillwürstchen. Die gemütlichen Abende mit Kerzenlicht und Nüsseknacken waren wieder da. Es war ein Stück Heimat geworden.

Während dieser Winterzeit hatten sich auch Freddys Prüfungsarbeiten in den Hintergrund verschoben. Umso enttäuschender wurde es, als die Ergebnisse bekanntgegeben wurden. Nicht bestanden! Der gemütliche Freddy hatte es geahnt, und auch wenn es hart war, konnte er sich schließlich damit arrangieren, denn er wusste, bei der Hauptprüfung sind die meisten Teilnehmer erfolglos. Anfang des kommenden Semesters würde er eine Nachklausur vorlegen. Dies bedeutete, dass er sich auf diesen zweiten Anlauf gründlich vorbereiten müsste.

Violetta beschwichtigte.

"Hast du mir nicht gesagt, dass es bis zu drei Prüfungsmöglichkeiten gibt? Die nächste Klausur wird bestimmt gut."

Freddy bemühte sich seitdem, sein Studium intensiver zu betreiben.

Freddys Mutter meldete sich hin und wieder unter dem Vorwand, dass sie die beiden zum Essen einladen wolle, was aber auch oft mit der Bitte um einen kleinen Gefallen verbunden war. So war sie es gewöhnt. Ihr Sohn war immer für sie da gewesen und sie wünschte nach wie vor seine Gesellschaft. Das hatte zur Folge, dass Freddy stets unverzüglich den Bitten seiner Mutter nachgab. Umso erstaunlicher war es, dass er doch manchmal mit einem cholerischen Anfall reagierte. Anscheinend war diese Mutter-Sohn-Beziehung doch nicht ganz so konfliktfrei. Violetta hielt sich im Hintergrund, beobachtete und wartete, bis sich die Wogen glätteten.

Für Freddy gab es viele Zerstreuungen, denen er lieber nachging, als sich hinzusetzen und zu lernen. Dies alles registrierte Violetta und sie fragte sich, warum er sich überhaupt dem Stress eines Hochschulstudiums ausgesetzt hatte. Die psychologische Berufsberatung hätte ihm dies angeraten, argumentierte Freddy. Mit einem Abschluss als Informatiker würden ihm viele Türe offenstehen und der Verdienst wäre höher als in seinem bisherigen Beruf.

Ende der 80er Jahre standen auch andere große Veränderungen bevor. Die digitale Ära hatte begonnen und sie setzte sich schnell im Berufsleben durch. Schreibmaschinen wurden durch Personal-Computer ersetzt. Selbst Violetta musste an Schulungen teilnehmen, was sie verabscheute.

So verging der erste lange Winter mit Freddy. Beide trotteten durch den Alltag, der eintönig dahinfloss. Da kamen bunte Bilder in ihr Gedächtnis hoch, Bilder der Bergspitzen und solche der weiten Felder an der Küste von Nord- und Ostsee. Verreisen müsste man. Urlaubsgedanken erhellten ihr Gemüt und gemeinsam fasste man den Entschluss, im Frühsommer in die Schweiz zu fahren. Bei der Gelegenheit würde Freddy Violettas Familie kennenlernen. Nur nebenbei hatte sie der Verwandtschaft über ihren neuen Wohnort berichtet und ihrer Mutter mitgeteilt, dass sie ihren Freund beim nächsten Besuch mitbringen würde. Der steckte den Lernstress gern beiseite und begann lieber mit der eifrigen Vorbereitung der Reiseroute per Auto quer durch Deutschland bis in die Schweizer Alpen.

Endlich drang der Frühling auch in den Norden, begleitet von starken Winden, die mal Regen, mal Schneeschauer über die Stadt brachten. Es herrschte mitunter ein rauer Ostwind, der die Glieder reißen ließ und Hustenanfälle provozierte. Violetta litt sehr darunter und hatte des Öfteren auf ihre geliebten Pferde in der kalten Reithalle verzichten müssen. Das frische Grün der Bäume in den zahlreichen Parks der Stadt war jetzt die Entschädigung für die langen dunklen Wintertage.

Anfang Juni, um 4.00h morgens, starteten sie in den Urlaub. Freddy war als Frühaufsteher schon hellwach und fuhr die erste Strecke. Später löste Violetta ihn ab. Geplant war auch, vielleicht in einem kleinen Hotel zu übernachten. Violettas Geburtstag stand bevor und sie erinnerte sich an einen ganz anderen Geburtstag, als sie vor Jahren mit Checo gefeiert hatte. Jetzt überfiel sie wiederum

Melancholie, da ihr bewusstwurde, wie groß die Entfernung zwischen Hamburg und dem Rest der Welt war. Auch befürchtete sie, dass das Leben mit Freddy sie doch nicht ganz erfüllen würde. Sie warf jedoch diesen Gedanken rasch zurück. Sie hing sehr an Freddy. Und hatte sie sich nicht dafür entschieden, nach Hamburg zu ziehen und war er nicht ein liebenswerter Gefährte? Es war doch schön, wenn sie, "seine Kleine", in seinen dicken Armen versank …

Sie näherten sich Frankfurt am Main an, der Stadt, in der ihr Leben in Deutschland begonnen hatte. Sie wäre am liebsten ausgestiegen. Sie fühlte, wie sehr sie das Leben woanders suchte, statt es zu leben wie es gerade war. Eines Tages aber würde auch sie ins echte Leben ankommen.

Nach einer langen Autofahrt kamen sie endlich im Berner Oberland an und bezogen ein kleines gemietetes Appartement mitten im Ortskern von Château-d'Oex. Vor dem alten Holzchalet plätscherte das Wasser der Saane hüpfend über die Felsen hinab. Freddy hob seinen Blick zu den Bergspitzen und tauchte in die Ruhe der Berge ein.

"Schau, Kleine, dort ganz oben werden wir hin klettern!", sagte er ehrfürchtig.

Violettas Mutter wartete bereits auf die beiden. Als sie die Küchentür, die zum Garten führt, öffnete, stand sie zuerst sprachlos vor dem gestandenen Mannsbild. Sie hob dabei den Kopf, um Freddy anzusehen und zu begrüßen, während er sein Schulfranzösisch herausholte. Susanne servierte Hähnchen mit Estragon aus dem Backofen und beim gemütlichen Essen unterhielt man sich über die Ereignisse der letzten Monate.

"Ich habe schon für unser morgiges Mittagessen eingekauft. Ihr kommt doch jeden Tag hierher zum Essen?", fragte auf einmal Susanne. Die Frage hatte mehr einen eindringlichen Charakter als den einer Einladung.

"Oh, danke, Maman. Gerne, wenn wir im Ort bleiben. Wir wollen aber auch Bergtouren unternehmen und dann sind wir natürlich mehrere Stunden zu Fuß unterwegs", antwortete Violetta. Susanne reagierte etwas verstimmt auf die Antwort ihrer Tochter.

"Ich meine, ihr könnt mir auch gern Gesellschaft leisten, die paar Tage, wo ihr hier seid."

"Ja, und wir werden auf jeden Fall zusammen schöne Fahrten mit dem Auto machen", versprach sie ihrer Mutter.

Freddy schaute Violetta an. Er schien einiges verstanden zu haben. Sie erwiderte seinen Blick nicht und übersetzte einfach, was wichtig war. Es sollte alles darangesetzt werden, dass das Miteinander reibungslos verläuft.

Susanne sprach leise zu Violetta:

"Es ist gut, dass ihr eine Ferienwohnung genommen habt. Er ist ja so groß und so schwer, mein Bett würde zusammenbrechen."

Sie nickte etwas traurig und spülte das Geschirr ab. Den Rest des Tages verbrachten sie zusammen, tief eingesunken in der zu weich gewordenen Polsterung des Sofas. Violetta hatte bereits über alles berichtet, was Susanne nicht davon abhielt, weiter Fragen zu stellen. Als nach einer Weile die Konversation abzuflauen drohte, äußerte sie etwas missmutig:

"War das alles? Hast du mir nicht mehr zu erzählen?"

Violetta seufzte.

"Die Reise war lang und wir sind müde. Es wird Zeit, zu gehen. Vielen Dank für das leckere Essen, Maman. Wir sehen uns morgen Vormittag."

Schweigend stiegen sie ins Auto. Die ersten Sterne funkelten am Nachthimmel. Die Luft war mild und sie wollten noch vor dem Schlafengehen einen kurzen Moment auf dem Balkon des Ferienhauses zur Ruhe kommen. Sie sprachen weiterhin kein Wort miteinander und lauschten den Nachtgeräuschen. Doch Violetta spürte, dass Freddy angespannt war. Sicher war er müde von der Reise oder lag es daran, dass er wenig von den Unterhaltungen verstand und dass sie übersetzen musste? Die kommenden Tage würden es zeigen.

Am frühen Morgen weckte das Blubbern des Baches Violetta auf. Freddy stand bereits auf dem Balkon und bewunderte die Landschaft. Nach einem ergiebigen Frühstück gingen sie zu Fuß durchs Dorf bis zur Susannes Wohnung.

"Was hältst du davon, wenn wir heute Nachmittag eine kleine Spritztour unternehmen?", fragte Violetta gutgelaunt ihre frisch geschminkte und hübsch gekleidete Mutter. Diese war angenehm überrascht und nahm die Einladung gern an. Alle sollten doch einen schönen Tag erleben und allzu intensive Gespräche, die Violetta für Freddy übersetzen musste, konnten dadurch vermieden werden. So fuhren alle drei durch das reizvolle Berner Oberland in Richtung Thuner See. Sie wollten auch noch die Storchenkolonie bei Solothurn besuchen. Violetta würde im Park der großen Vögel ihren Geburtstag feiern.

Für sie war es eine Gratwanderung zwischen Mutter und Freund. Während der gemeinsamen Aktivitäten fiel auf, dass Freddy nicht bei bester Laune war und er sich immer mehr zurückzog. Auch hatte er die Tendenz zu schmollen, statt zu sagen, was ihn störte. Susanne äußerte oft den Wunsch, auf Einkaufstour in die Stadt zu fahren. Violetta war nicht abgeneigt. Wenn sie längere Zeit mit ihrer Mutter verbrachte, übernahm sie unbewusst ihr oberflächliches Verhalten. Sie meinte, dass sie sich wenigstens beim Shoppen gut verstehen würden. Am Abend, als sie zurück in der Ferienwohnung waren, versuchte Violetta, die innere Harmonie zwischen ihr und Freddy, der sich entspannen konnte, wenn sie wieder alleine waren, wiederherzustellen. Sie beschlossen, am nächsten Tag eine längere Bergtour zu unternehmen, und informierten Susanne, dass sie erst abends kommen würden.

Endlich die Kraft der Anstrengung durch den ganzen Körper beim Wandern spüren! Sie und Freddy hatten diesen Tag so sehr ersehnt. Man wollte die unglaublich faszinierende "Pointe de Cray" mit ihrer Höhe von 2198 m erklimmen. Früh morgens liefen sie los. Mit Brot, Käse, Wasser und Wein im Rucksack. Der kühle leichte Wind erlaubte einen energischen Schritt. Später, wenn die Sonne hoch am Himmel stehen würde, würden sie fast am Gipfel angekommen sein und die grandiose Aussicht auf den Ort sowie auf die umliegenden Bergspitzen genießen. Hier in der klaren Luft war Freiheit.

Endlich in der Natur unterwegs zu sein, den Tannenwald und das frische Gras hautnah zu spüren und intensiv zu leben erweckte ihre Liebeslust. In dieser Einsamkeit legten sie sich aufs Gras nieder. Weit weg waren die störenden Gedanken und Alltagssorgen. Sie gaben sich hin, während die

Sonnenstrahlen ihre Körper umschmeichelten und sie selbst mit der Natur verschmolzen.

Nach der Anstrengung der Bergtour war ein ruhiger Tag angesagt. Sie trafen in glücklicher Stimmung wieder bei Susanne ein. Verschiedenes musste eingekauft werden, was man sobald erledigte. Als sie durch die Hintertür des Gartens ankamen, wurden sie von Susanne freudestrahlend begrüßt.

"Bernard hat sich angekündigt! Er kommt mit dem Auto aus Paris für eine Woche hierher", erklärte sie. Diese Nachricht erfreute Violetta umso mehr, als sie den Priester für einen aufrichtigen Mann hielt und man sich mit ihm über Glaubensfragen wunderbar unterhalten konnte. Er war geduldig und Susanne hatte großen Respekt vor ihm. Sie ließ ihn in Ruhe, wenn er seine Arbeitsunterlagen auf dem kleinen Tisch im Wohnzimmer liegen ließ. Das alles störte sie nicht so sehr, als wenn ihre Tochter im Bad ein Kleidungsstück an den falschen Haken hängte.

Susanne fuhr fort:

"Ich werde die Gelegenheit ausnutzen, mit Bernard nach Montreux zu fahren, um einiges zu besorgen, was es hier im Ort nicht gibt. So könnt ihr eure Wanderungen planen, wie es euch gefällt."

"Wir wollen aber auch mit ihm zusammen sein, möglichst oft, denn es ist schon lange her, dass ich Bernard nicht gesehen habe; ich freue mich auch auf ein Wiedersehen mit ihm", antwortete Violetta etwas enttäuscht. Sie wurde das Gefühl nicht los, dass ihre Person erst in Ermangelung anderer Gesellschaft gefragt war.

Die Ankunft Bernards bereicherte die Unterredungen zwischen ihnen. Susanne widmete sich hauptsächlich dem

Priester, der sie zum Katholizismus gebracht hatte und jetzt mit ihr eine geistig-spirituelle Verbindung pflegte. Umso mehr bedrückte Violetta, dass die Menschen von einem Leben nach der Botschaft des Evangeliums weit entfernt waren. Auch Bernard selbst liebte den Luxus. Überhaupt störte sie sich daran, dass in der Religion ständig das Wort "Liebe" verkündet wurde. Angesichts des oberflächlichen Lebensstils der Gläubigen - war dies nicht einfach nur ein Lippenbekenntnis? Als sie ein Kind war, hatten die Nonnen im Internat zu einem einfachen Leben gemahnt. Violetta selbst hielt sich aber auch nicht ganz daran. Dafür mochte sie sich zu gern mit schönen Dingen umgeben.

Bernard plante eine Pilgerfahrt mit der Diözese sowie eine Reise nach Israel. Violetta wäre auch gern mit dabei gewesen. Doch dazu kam es nie. Wenn Susanne mit Bernard zusammen war, gab es weiter nichts als einen geduldeten Platz für Violetta. Umso mehr ergriff sie jede sich anbietende Gelegenheit, um mit dem Priester lange Gespräche über Religion und Philosophie zu führen, was Freddy überhaupt nicht interessierte. Er war ein Mann der Fakten.

So verliefen die restlichen Urlaubstage in angeregter Stimmung durch Bernards Anwesenheit. Dies entlastete Violetta, die die Erwartungen ihrer Mutter, alles richtig machen zu müssen, jetzt nicht mehr exakt zu erfüllen brauchte. Bernard war angesprochen und er meisterte die Situation mit Leichtigkeit.

Der letzte Tag in Château-d'Oex war gekommen. Vor der Weiterreise zu Violettas Vater und zu den Cousins kauften sie noch kleine Geschenke für Freddys Mutter und für die Freunde.

"Maman, komm doch mit Bernard einmal nach Hamburg zu uns", bot Violetta an. "Ihr braucht auch nicht ins Hotel zu gehen, weil Freddys Mutter öfter reist und in ihrer Abwesenheit gern ihre Wohnung für Gäste zur Verfügung stellt, sie wohnt ja direkt bei uns gegenüber."

Susanne lächelte. Sie war offensichtlich erfreut über den Besuch ihrer Tochter, auch wenn sie im Umgang mit ihr oft ungeduldig und gereizt war. Sie beugte sich zu Violetta, als diese bereits im Auto Platz genommen hatte.

"Du müssest dich etwas schminken", empfahl sie.

"Tue ich, Maman, wenn ich ins Büro gehe."

Sie blickten sich noch einmal an, dann ein kurzer Wink und Freddy startete den Wagen. Würden sie zusammen wiederkommen? Es war gar nicht so sicher. Zu mühsam war es für Freddy, der offensichtlich mit Violettas Mutter nicht klarkam. Sollte sie eines Tages zu Besuch nach Hamburg kommen, würde er aber einen guten Touristenführer abgeben. Freddy wäre stolz, Susanne und Bernard Hamburgs Sehenswürdigkeiten zu zeigen, dessen war sie sicher.

Wie würden ihr Vater und ihre Stiefmutter beim Anblick ihres neuen Lebenspartners reagieren?

Bei Pierre ging es, wie immer, turbulent zu und vor allem herzlich. Freddy war von seiner Extravaganz amüsiert und der Umgang zwischen ihnen entspannt. Violetta konnte aufatmen.

"Er ist ein richtiger Bodyguard!", scherzte Pierre beim Anblick des großen Mannes an Violettas Seite. "Mit dem Personenschutz bist du ja Tag und Nacht in Sicherheit!", witzelte er weiter.

Es nahte der Tag der langen Rückreise von etwa 900 km, die sie früh morgens antreten wollten. Dabei schwang in ihr aber auch ein Stück Wehmut mit, in die ferne Großstadt zurückzukehren. Sie warf einen Blick auf Freddy, der beim Fahren konzentriert auf die kurvige Straße achtete. Als "Hamburger Jung" freute er sich auf seine Stadt, auch wenn der Aufenthalt in den Bergen ihm ansonsten gut gefallen hatte. Die Luft dort sei für ihn aber zu trocken, gab er zu wissen. Da war das maritime Klima bekömmlicher.

"Wir sollten nächstes Jahr nach Dänemark fahren", schlug er vor.

Als Kind hatte Freddy oft während der Schulferien vier Wochen mit der Familie in einem einfachen Strandhäuschen in den Dünen Dänemarks verbracht. Violetta hörte zu und stellte sich vor, wie die hohen Wellen der Nordsee rauschen und die schäumende Gischt vom Meer fliegt. Überall in der Natur war sie zuhause.

Als sie die hochgestreckten Kräne der Hafen-Kaimauern sahen, wussten sie, dass sie sich nach über neun Stunden Autofahrt Hamburg näherten. Violetta ließ ihren müden Blick über den Hafen schweifen und verfolgte eine einzelne Möwe, die kreischend ihre Runde flog. Sie reckte und streckte ihren steifen Rücken. Warum musste plötzlich ein leichtes Schaudern sie erfassen?

...sel *Bornholm*

Patricia Olivi

Østerlars Kirke

Die Hoffnung stirbt zuletzt

Während Violettas Berufsjahren veränderte sich die Arbeitswelt durch die zunehmende Digitalisierung immer schneller. Computer prägten jetzt den Arbeitsalltag und man musste sich mit dem technischen Fortschritt auseinandersetzen. Kurse wurden angeboten, damit man den neuen Anforderungen gerecht wurde. Violetta besuchte zusätzlich einen Abendkurs. Von heute auf morgen waren Handwerker ins Büro gekommen und hatten neue Kabel gelegt. Kurz darauf hatten sie die neuen Geräte angeschlossen. Man war jetzt miteinander vernetzt und auch das "Internet" war geboren.

Dies beeinflusste das Miteinander unter den Kollegen. Das Betriebsklima in den Büros verschlechterte sich. Starker Konkurrenzkampf war die Folge, da die Vorgesetzten jetzt mehr Druck auf die Angestellten ausübten. Alles sollte schnell gehen.

Die Firma, in der Violetta bereits seit einigen Jahren arbeitete, bestand aus selbständigen Partnern in der Steuerberatung großer Reedereien. Man arbeitete mit den neuesten EDV-Anwendungen. Zum Glück konnte Violetta sich auch an Freddy wenden, der davon viel verstand. Er hatte sich einen dieser neuen kleinen Rechner für den privaten Gebrauch gekauft und verbrachte viel Zeit mit der Einrichtung zusätzlicher Programme.

Sorge bereitete der Einstellungsstopp. Wenn eine Sekretärin aus Altersgründen ausschied, wurde sie nicht ersetzt. Der PC konnte die Lücke schließen. Eines Tages musste sich Violetta von ihrem Chef sagen lassen:

"Frau Moiry, wenn Sie sich gegenüber der Computertechnik verschlossen hätten, wäre Ihr Arbeitsplatz gefährdet gewesen", will heißen: "Sie wären entlassen worden."

Der raue Ton im Büro war belastend. Violetta litt immer häufiger unter Rücken- und Hüftschmerzen, so sehr, dass sie manchmal nicht mehr auf dem Pferd sitzen konnte. Zu allem Überfluss beanspruchten die neuen Geräte mit ihrem ganzen Arsenal an Programmen die volle Aufmerksamkeit ihrer Anwender. Für Freddy wurde der Computer zum Lebenssinn: Er verbrachte jeden freien Augenblick vor dem Monitor, was auch seinem Studium förderlich sein sollte, denn die Wiederholung der Prüfung stand unmittelbar bevor.

Währenddessen bekam Violetta Physiotherapie und Krankengymnastik verschrieben. "Sie haben eine angeborene Hüftdysplasie", hatte ihr der Orthopäde gesagt. "Irgendwann werden Sie eine neue Hüfte brauchen!" Violetta schluckte. War das der Grund, warum sie als Kind so ungelenkig war?

Auch mit Freddys Gesundheit war es nicht zum Besten bestellt. Der Verschleiß in seinen Knien war fortgeschritten und er musste sich in der Klinik einer Kniearthroskopie unterziehen. Und da war auch noch die alte Lungenembolie, die er zwar überwunden hatte, jedoch immer noch eine Gefahr darstellte.

Violetta wusste: Gesund zu sein ist keineswegs eine Selbstverständlichkeit. Vorsichtig ermahnte sie ihren Freund, seinen Diätplan zu befolgen und sich mehr zu bewegen. Mit wenig Erfolg. Bei Stress bediente sich Freddy aus dem Kühlschrank. "Nur eine kleine Ecke Käse", sagte er dann, was eigentlich die halbe Packung bedeutete. "Ich befürchte, dass er mit der Gabel sein Grab schaufelt", dachte sie manchmal, entsetzt über diese negativen Gedanken. Doch Freddy duldete keine Empfehlungen, auch seitens Violettas nicht. Was tun? Spazieren zu gehen schien ihr das Einzige zu sein, wozu sie ihren Freund zu animieren vermochte. Die kalten Tage dauerten lange, und wenn der eisige Ostwind durch das Land fegte, war an Wanderungen nicht zu denken. Violetta fuhr nur zum Reiten, wenn sie beschwerdefrei war.

Es war aber auch gemütlich, abends zu zweit vor dem Fernseher auf der Couch zu liegen und sich die in dieser Zeit allgegenwärtigen amerikanischen Serien anzusehen. Violetta stellte fest, dass auch sie immer träger wurde und sich wie Freddy allmählich gern Genüssliches genehmigte. Sie tranken zusammen abends einen Aperitif und plauderten wie ein altes Ehepaar.

Im Bett gab es wenig Aufregung, zumal sich bei Freddy anfängliche Potenzprobleme einschlichen, bis irgendwann richtiger Sex immer seltener wurde. Selbst Violettas Verlangen ließ allmählich nach, sie war müde geworden. Und da war obendrein noch der emotionale Stress im Büro, der die Unlust verstärkte.

Sie staunte nicht besonders darüber, als sie hörte, dass Freddy auch die zweite Klausur nicht bestanden hatte. Seine Nebentätigkeiten beanspruchten Einsatzbereitschaft, und die vor dem Computer verbrachten Spielstunden konnten die fehlende Zeit zum Lernen nicht ersetzen. So fand sie sich damit ab, wieder einmal diejenige zu sein, die für das tägliche Leben aufkommen musste. Sie empfand darauf eine leise Enttäuschung, hatte jedoch nicht den Mut,

Freddy darauf anzusprechen und sie beschloss, einfach abzuwarten. Noch konnte er ein drittes Mal zur Prüfung antreten.

Sie verbrachten weiterhin ruhige und gemütliche Stunden zu zweit. Es war ihr Zuhause mit Freddy in der kleinen Wohnung unterm Dach; sie wollte aufhören, sich um die Zukunft Gedanken zu machen, ließ sich stattdessen immer mehr in den Alltagstrott fallen.

Seitdem der Computer seinen festen Platz im Wohnzimmer hatte, gab es leider weniger gemeinsame Unternehmungen und Violetta ging einfach allein spazieren. Wegen der Schmerzen in ihrer Hüfte hatte sie das Joggen aufgeben müssen, und es sah so aus, als würde sie auch bald nicht mehr auf einem Pferd sitzen können. Wandern blieb ihr noch. Wenn Freddy sich dazu bewegen ließ, gingen sie zusammen durch das Hamburger Umland. Die Natur war ein Ort der Begegnung, wo sie sich auch wieder lachend umarmten. Glückliche Stunden draußen, Erneuerungszeiten für die Seele in Violettas geliebtem Wald.

Eines Abends, als Freddy aus der Dusche herauskam, sah Violetta, wie er ein Bein mit seiner Hand bedeckte. Neugierig näherte sie sich ihm und sah, wie eine offene Wunde an seinem Unterschenkel klaffte, während er das Gesicht verzog. Durch seine tiefe Venenthrombose hatte sich ein Geschwür gebildet.

"Was kann ich für dich tun?", fragte sie erschrocken.

"Bring mir bitte den Verbandkasten, da habe ich einen speziellen Verband, und morgen früh gehe ich zum Arzt", antwortete er röchelnd.

Bis zur Heilung seines offenen Beines sollten es Wochen dauern. Violetta, auch kränkelnd, verbrachte mit ihm die

Abende vor dem Fernseher und sie sahen gemeinsam Spielfilme, deren Handlungen in weiten sonnigen Gefilden spielten. Genug Stoff zum Träumen. Wenn Freddy wieder gesund werden würde, wäre sie gern mit ihm nach Florida geflogen. Er jedoch vertrug Hitze schlecht und wünschte eher, nach Skandinavien zu verreisen.

Das Häuschen aus Kindertagen in den Sanddünen von Lökken ganz oben im Nordwesten Dänemarks existierte immer noch und gehörte einer Bekannten von Freddys Mutter. Wenn man die preiswerteren Lebensmittel aus Deutschland für die Urlaubstage mitnahm, gestaltete sich der Aufenthalt dort kostengünstiger. Und so plante man, zusammen mit Magda und Freddys Bruder, den kommenden Sommerurlaub in Dänemark zu verbringen. Dann würde Freddy auch mit seiner letzten Klausur fertig sein, bestanden oder nicht. Violetta war es jetzt gleichgültig, man würde dann nach den Ferien sehen, wie es weiter gehen soll.

Und tatsächlich bedeutete der dritte Anlauf das Finale für Freddys Berufsperspektive als geprüfter Informatiker. Als er an jenem Tag nach Hause kam, sah man ihm an, dass es nicht gut gelaufen war.

"Der Dozent hat mich im Visier!", klagte Freddy empört. So aufgebracht hatte sie ihn noch nie gesehen.

"Er hat was gegen mich und schikaniert mich, wo es auch nur geht!", ergänzte er erbost, und ging zum Kühlschrank. Violetta nahm mit ihm mitleidsvoll einen Drink. Sie hielt still. Nein, auch wenn Freddy sich in der neuen Technologie gut auskannte, war er kein Typ, der gern studierte und von Teamgeist sprudeln würde, was immer mehr gefragt war.

Sein Bruder Markus hingegen studierte Psychologie und war das Gegenteil von Freddy in jeder Hinsicht: schmal und redegewandt, leicht arrogant. Seine Verlobte kam aus gutem Hause und die Hochzeit nebst Hauskauf war gemachte Sache. Beide Brüder hatten einen so unterschiedlichen Lebensstil und waren vom Charakter so verschieden, dass sie wenig Kontakt zueinander hatten und gegenseitige Besuche sich auf Geburtstage und Weihnachten beschränkten, was bedauernswert war in Anbetracht des eigenen überschaubaren Freundeskreises.

Man brachte die Lernunterlagen in den Keller. Freddy wollte vor der Reise nach Dänemark etwas Geld verdienen und fand einen Job bei einem Zulieferbetrieb für Kochgeschirr, was nicht besonders gut für ihn war, denn die Töpfe waren schwer und dies belastete sein krankes Bein. Schon um die Enttäuschung über die nicht bestandene Prüfung zu verarbeiten, ging er dieser Arbeit trotzdem nach.

In der kalten Jahreszeit waren wieder die Stunden fürs Zeichnen und Briefeschreiben an Familie und Freunde gekommen. Zur größten Freude Violettas kam einmal Gesa, die alte Reitfreundin aus der Rohrbacher Wohngemeinschaft, zu Besuch nach Hamburg. Auch sie hatte aus gesundheitlichen Gründen die Reitstiefel für immer ausgezogen. Man konnte nur noch zusammen in alten Erinnerungen schwelgen.

"Wie gefällt es dir, als Hanseatin hier zu leben?", fragte die Freundin.

Violettas Antwort klang diplomatisch.

"Na ja, es geht so ..." Ich bedaure vor allem, dass der Wald so weit entfernt ist. Und das Reiten ist auch nicht mehr", ergänzte sie traurig. "Wir sind richtige Couch-

Potatos geworden!", sagte sie mit schrägem Blick zu Gesa.
Und weiter zu Freddy:

"Gesa und ich kennen uns seit Jahren und haben wirklich
viel zusammen erlebt. Wo sind bloß all die Jahre geblieben?"

Als beide kurz allein waren, fragte Gesa mit leiser
Stimme:

"Hast du noch Kontakt zu Checo?"

"Nein, aber wie könnte ich ihn je vergessen? Er hat mein
Leben entscheidend beeinflusst, doch, wie im Song von Fre-
ddie Mercury 'The Show must go one', alles muss weitergehen", antwortete sie resigniert. Violetta hob energisch den
Kopf:

"Jetzt planen wir, den nächsten Sommerurlaub in Dänemark zu verbringen. Die Nordsee dort soll meterhohe Wellen an den Strand spülen."

Gesa kommentierte lachend:

"Als Sonnenanbeterin ziehe ich den Süden vor."

Gesas Anwesenheit tat gut. Es war schwierig, in der Großstadt neue Bekanntschaften zu machen. Sogar im Reitstall
sprachen die Reiter nur bis zur Stalltür miteinander. Seit
Petra und Andreas das kleine Zimmer in ihrer Wohnung
dauerhaft untervermietet hatten, war der Kontakt lockerer
geworden. Es hatte sich einfach so ergeben. Nicht einmal im
Büro unter den Kollegen wollten Freundschaften entstehen.
Viele wohnten außerhalb der Stadt, und es war nicht üblich,
nach der Arbeit zusammen in ein Café zu gehen. Die Tristesse des Arbeitslebens und das ewig schlechte Wetter
drückten ihr aufs Gemüt. Wieder einmal überfiel sie dieses
Gefühl von Einsamkeit, das sie bereits als Kind gekannt

hatte. Hier aber waren sie wenigstens zu zweit einsam. Sie vertröstete sich. Hatte sie nicht einen netten Partner, der ihr zugleich Freund und Bruder war?

Derweil lag Hamburg noch unter dichten winterlichen Nebeln und die Kälte kroch derart in die Knochen, dass die Menschen mürrisch durch die Straßen eilten, ohne nach links und rechts zu schauen.

An diesen langen Winterabenden schaute man sich auch gerne die Fotoalben an. Begeistert erzählte Freddy, wie er als Kind jedes Jahr mit der ganzen Familie die Schulferien in Dänemark verbrachte. Beim Betrachten der Bilder vertiefte sich Violetta in den tiefblauen Himmel und in die Weite des Strandes, so wie damals in Portugal an der Atlantik-Küste. Es war wie ein Lichtstreifen am Horizont, gleich einem fernen Zeichen der Hoffnung. Aus den Zwängen des Alltags ausbrechen und das Unbekannte erforschen, das vermochte Flügeln zu verleihen.

Und diese Zeit rückte immer näher. Der Himmel erhellte sich und die Winde vertrieben die Regenfronten. Es wurde Sommer in Hamburg. Dann war es so weit, und eines Morgens im Juli holte Freddys Mutter die beiden mit ihrem Auto ab. Sie war eine begeisterte und forsche Autofahrerin, was ihr Sohn des Öfteren monierte. Freddys Bruder und seine Verlobte waren bereits früher am Urlaubsort angekommen. Nach etwa vier Stunden hatten sie die kleine Ortschaft erreicht. Weiß gestrichene Strandhäuschen verteilten sich in den vom Wind geformten Sanddünen und das Rauschen der Nordsee war weithin zu hören. Bäume suchte man vergebens, eine einzigartige Landschaft war das und Violetta fühlte sich mit ihr sogleich verbunden. Trotz Sonnenschein war die Luft kühl. Die vom Wind verwehten

Gräser erinnerten sie an die Zeiten ihres eigenen Lebens, die auch in alle Richtungen verweht worden waren.

Dieser lang ersehnte Urlaub sollte jedoch eine Herausforderung werden. Das Haus war klein und man schlief auf schmalen Etagenbetten. Wenn das Wetter es erlaubte, konnte man draußen mit dem Gartenschlauch duschen. Bis zum Strand waren einige Sanddünen zu bewältigen. Ohne Zögern wagten sich Freddy und Magda in die tobenden Fluten der Nordsee. Violetta blickte ehrfurchtsvoll auf das wilde Meer, das sich bis zum nicht endenden Horizont erstreckte. Es gab einmal auch einen Sturm, der Schaumwolken auf dem Sand spülte, und die Temperaturen stürzten stark ab, so dass abends der Ofen angemacht werden musste.

Das Miteinander auf engstem Raum verursachte Spannungen unter den Mitbewohnern. Es waren die Kleinigkeiten, die für schlechte Stimmung sorgten, und eines Abends hörte Violetta, die bereits im Bett lag, wie Freddys Bruder über sie herzog. "Sie paßt nicht zur Familie!", meinte Markus. Dies alles versetzte Violetta in Aufruhr. Tränen rollten über ihr Gesicht. Sie, die sich so sehr nach Zuwendung sehnte, nahm sich vor, am nächsten Tag für Magda einen Strauß Blumen zu kaufen und sich mehr um den Haushalt zu kümmern. Sie hielt Abstand zu Freddys Bruder und ging so oft wie möglich zum Strand.

Nie wieder würde sie nach Lökken mitfahren. Aber auch Freddy konnte nicht mehr an die dort verbrachten glücklichen Tage seiner Kindheit anknüpfen und erkannte, dass er zukünftig mit Violetta woandershin verreisen müsste.

Nach der Rückkehr in Hamburg ging die Diskussion darüber, was Freddy jetzt machen sollte.

"Du hast doch deinen Gesellenbrief", sagte Violetta zuversichtlich. "Warum nicht einen Job in deinem Beruf als Regelmessmechaniker suchen?"

Nach einigem Zögern willigte Freddy ein und begann, die Anzeigen des Arbeitsmarktes durchzuforsten. Dies erwies sich als nicht so einfach und viele Vorstellungsgespräche führten zu Absagen. Man wollte niemanden einstellen, der nicht gesund war. Fit sollte man sein, die Arbeitswelt brauchte junge, dynamische Leute.

Auch Violetta hatte damit zu kämpfen gehabt. Im Büro betrachtete man sie oft aufgrund ihres Diabetes als "nicht voll einsatzfähig". Mit der Zeit wurde Freddy immer unzufriedener und suchte Ablenkung beim Essen. Violetta bekam Angst, als er schon wieder eine Hose in der nächsten Größe kaufen musste.

Ein glücklicher Zufall brachte endlich Erleichterung. Ein staatliches Forschungsinstitut suchte einen Regelmessmechaniker in Ergänzung seines technischen Teams. Dort sollte dieser für die klimatischen Bedingungen in den Holzforschungslaboren zuständig sein. Freddy stellte sich vor und wurde eingestellt. Wenn das kein Grund zum Feiern war!

Freddy konnte sich entspannt zurücklehnen, als die Probezeit erfolgreich zu Ende gegangen war und er jetzt gutes Geld mit nach Hause bringen konnte. Man überlegte, das alte Auto gegen ein neues auszutauschen. Freddy brauchte den Wagen täglich, um an seinen entfernten Arbeitsort zu gelangen. Wegen seiner Größe musste es ein langes Auto sein. Beim Blättern der Zeitung entdeckte Violetta einen vom Händler neu angebotenen amerikanischen Wagen. Schon immer mochte sie die großen Fahrzeuge mit dem unverwechselbaren Blubbern der Zylinder. Das abgebildete Cabriolet, das aussah wie das berühmte Auto einer amerikanischen Serie, kostete so viel wie ein deutscher Mittelklassewagen und hatte bereits Airbag und Klimaanlage. Freddy gefiel auch das Erscheinungsbild und die technischen Daten des Wagens, so dass er sich ihn näher ansehen wollte.

Das ließ nicht lange auf sich warten und nach einer Probefahrt kaufte man ein Pontiac Firebird Cabriolet. Das Auto ließ sich erstaunlich leicht handhaben, so dass später auch Violetta am Steuer saß. Der Spaß an dem schönen Auto lenkte sie von ihren immer wieder zurückkehrenden depressiven Gedanken ab und sie war dankbar dafür, dankbar für jeden Augenblick, wo sie nicht traurig war.

Anfangs gefiel Freddy die Arbeit. Er war viel an der frischen Luft und die Laborgebäude befanden sich mitten eines riesigen Parks mit hochwachsenden Bäumen aus allen Kontinenten, die zu Forschungszwecken gepflanzt worden waren.

Doch da waren auch die Kollegen. Das kleine Team bestand aus je einem Elektriker, Schreiner und Maurer. Ein jeder hatte seinen gesundheitlichen Schwachpunkt. So dürfte Freddy sich in guter Gesellschaft finden, dachte Violetta. Aber wenn ihr Freund abends nach Hause kam, klagte er über die Kollegen. Wieder einmal war er der Meinung, man habe es auf ihn abgesehen. Violetta munterte ihn auf. Auch sie kannte dieses Gefühl. Er würde sich allmählich schon Respekt verschaffen, versicherte sie ihm.

Der diesjährige Winter brachte viel Schnee und Kälte in den Norden. Sogar die Pendlerzüge blieben im Schnee stecken. Freddy war ein sehr guter Autofahrer und der schwere Pontiac ließ sich durch die Schneemaßen erstaunlich gut manövrieren.

Eines Tages jedoch, als er am Institut angekommen war und das Auto abgestellt hatte, stieg er so unglücklich aus dem Wagen, dass er auf den verreisten Parkplatz ausrutschte und sich eine schwere Verletzung, ausgerechnet an dem kranken Bein, zufügte. Man brachte ihn in ein nah gelegenes Unfallkrankenhaus.

Als Violetta von der Arbeit nach Hause kam, erblickte sie einen niedergeschmetterten Freddy mit Gipsbein. Voller Mitleid umsorgte sie ihn, zuerst vier Wochen, dann acht, dann waren es drei Monate. Es war ein Geschenk des Himmels, dass das Forschungsinstitut ihn wieder aufnahm. Man durfte aufatmen.

Der Alltag hatte beide wieder eingeholt; hier und da eine kleine Erkältung und manchmal eine Einladung bei Freddys Mutter, die im Winter gern das norddeutsche Traditionsessen "Grünkohl" zubereitete und die Familie dazu einlud.

Freddys Gemütszustand allerdings blieb verdunkelt. Er litt wohl sehr unter der Tatsache, dass sich sein Berufswunsch nicht erfüllt hatte und dass das Miteinander mit seinen Kollegen nicht frei von Konflikten war. Violetta bemerkte, dass er sich in seiner Enttäuschung immer häufiger wortkarg zurückzog. Auch sie selbst kannte die Ungerechtigkeit am Arbeitsplatz und sie wusste um den Vorteil, den selbstbewusste Kollegen genossen, während man selbst als "kleines Licht" nur unbedeutende Tätigkeiten zu verrichten hat.

Oder es gab gar keine Arbeit mehr und man musste sich einfallen lassen, wie die Stunden im Büro ausgefüllt werden konnten. So fing sie an, die älteren Akten zu archivieren, was in der Tat eine volle Beschäftigung war, nur dass diese nicht als besonders wichtig betrachtet wurde, man meinte fast, sie würde sich damit die Zeit vertreiben. Schweren Herzens kehrte sie nach der langweiligen Tätigkeit nach Hause und schaute sich mit Freddy die berühmten TV-Serien an.

Die Wochen schienen endlos zu sein unterm grauen Himmel und das Leben gestaltete sich wieder so richtig eintönig. Vor Langeweile schlief man abends gleich ein. Keine gemeinsamen Wanderungen, kein Kinobesuch. Violetta hatte das Gefühl, in einem Korsett zu stecken und nicht mehr am Leben teilnehmen zu können. Sie konnte sich auch nicht daran erinnern, in Frankfurt solch einen strengen Winter erlebt zu haben.

Erst als der Frühling mit seinen lichten Tagen endlich zurückgekommen war, öffneten beide wieder ihre Augen auf die Welt und neue Hoffnung erwachte in ihnen. Sie fingen damit an, die Wände der Wohnung neu zu streichen und Sonstiges zu erneuern.

Violetta zeichnete wieder und brachte einige Verse zu Papier. Für Freddy kaufte sie die Märchen aus "1001 Nacht", die sie selber schon einmal gelesen hatte. Ob die Lektüre der erotischen Geschichten etwas bewirken würde?

Auch Reisepläne für den Sommer wurden geschmiedet. Nicht, dass sie besonders reich geworden wären, aber einmal im Jahr war eine Luftveränderung von großer Bedeutung. Violetta hatte über die dänische Insel Bornholm inmitten der Ostsee viel Gutes gehört, wie schön die Landschaft dort sei und dass die Sonne öfter als auf dem Festland scheinen würde. Auch dürfte der hitzeempfindliche Freddy daran Gefallen finden, war es doch ein Reiseziel in kühleren Gefilden. Sie brachte einen vielversprechenden Prospekt aus dem Reisebüro mit nach Hause und man beschloss, im Sommer auf die Insel zu fahren. Zwar würde die Fahrt dorthin eine halbe Weltreise werden: Zuerst frühmorgens mit dem Auto zum Skandinavienkai und anschließend die mehrstündige Überfahrt an Bord eines großen Fährschiffes. Der Gedanke daran war aber bereits Grund zur Freude und verkürzte die Wartezeit.

Dann war der Tag der Abreise endlich da. Nach dem Abstellen des Autos im Bauch des Schiffes begaben sich die Reisenden an Deck. Von dort aus konnte man sich den Seewind um die Nase wehen lassen und blickte auf die weite Ostsee. Auf Bornholm hatten sie eine Familienpension gefunden mit ruhiger Lage in Wald- und Strandnähe. An der Rezeption begrüßte sie ein freundliches Ehepaar auf Deutsch mit einer sympathisch klingenden dänischen Aussprache.

Die Hotelanlage bestand aus Holzbungalows, die mit einem Schlafraum und einer Dusche ausgestattet waren. Vor jedem Häuschen gab es eine kleine Terrasse, die mit Wildblumenbeeten geschmückt war. Nebenan stand ein größeres Haus, wo die Mahlzeiten eingenommen wurden. Im Garten stand auch ein überdachter Swimmingpool.

Die Landschaft auf der Insel sah immer wieder anders aus, weiße Sandstrände, aber auch schroffe

Felsformationen und vor allem Naturwälder, die von tiefen Schluchten durchzogen waren, wechselten miteinander ab. Dort wuchsen meterhohe Farne, die Violetta in dieser Größe noch nie gesehen hatte. Auch fanden sich große Steinbrocken, sogenannte Findlinge, die nach der Eisschmelze liegengeblieben waren. Kein Stück Land ähnelte dem anderen. Moore wechselten mit Steilküsten, Heideflächen und Waldgebieten. Entlang der Küste reihten sich weiße Fischerdörfer, und die Schornsteine der Fischräuchereien waren weit sichtbar. Überhaupt, das Leben auf der Insel verlief ruhig, man fühlte sich in frühere Zeiten versetzt.

Täglich gingen Violetta und Freddy in der tosenden Ostsee baden. Diese unbeschwerten Tage an der Luft ließen die Alltags- und Gesundheitsprobleme in den Hintergrund treten und, angeregt durch die frische Seeluft, fanden sie sich wieder, als würden die Jahre zurückgedreht worden sein. Ganz sicher würden sie das nächste Jahr wieder hierherkommen.

Zurück in Hamburg widmeten sie sich mit neuer Kraft ihren jeweiligen Beschäftigungen. Im Gegensatz zu Violetta, die am Arbeitsplatz immer mehr nach Beschäftigung suchen musste, hatte Freddy im Forschungsinstitut genug zu tun und genoss das Gefühl, gebraucht zu werden.

In Violettas Büro hingegen erledigten die Mitarbeiter vieles selbst am Computer, so dass die Eingangskörbe für den Schriftwechsel mit den Mandanten leer blieben und sie sich wie vorher ihren Archivierungsarbeiten widmen musste: Ein langer achtstündiger Tag, der sie dennoch zufriedenstellen konnte, wenn das Ergebnis ihres Handelns gut geworden war und die Kollegen sich über die neuen Ordner freuten.

Zu dieser Zeit war es schwierig geworden, den Job einfach zu wechseln. Nur sehr junge Arbeitskräfte hatten jetzt eine Chance und obendrein war Violetta aufgrund ihres Diabetes im Besitz eines Schwerbehindertenausweises. Schwerbehinderte wurden erst recht nicht so schnell eingestellt.

Auch wenn Freddy sich nicht so sehr für tiefere Gespräche interessierte, unterhielten sie sich manchmal über Philosophie und Religion. Als evangelisch-lutherischer Christ kannte er die Bibel aus der Schulzeit recht gut. Die Katholikin Violetta orientierte sich lieber an göttlicher Liebesmystik. Für sie war Gott eher in der Natur zu finden. Diese Gesprächsabende erweiterten ihren Horizont und sie waren sich einig, dass ein erfülltes Leben in der Einfachheit liege und man sich kein Glück kaufen könne. Das war leichter gesagt als getan. Violetta liebte es, sich schöne Dinge zu kaufen und ging relativ locker mit Geld um, und auch Freddy kaufte mehr als das Notwendige, vor allem, was das Essen betraf.

Als das Jahresende herannahte, dachte Violetta darüber nach, ob sie und ihr Freund Weihnachten vielleicht in der Schweiz mit der Familie verbringen könnten. Aus diesem Vorhaben wurde nichts. Pierre hatte während der Feiertage das Haus voll und Susanne kündigte gleich an, dass sie Weihnachten gar nicht in Château-d'Oex sein würde, sondern mit Bernard bei dessen Verwandtschaft in Frankreich.

Violetta wusste nicht, ob sie sich darüber freuen sollte oder nicht. Sicher hatte sie sich damals von ihrer Mutter abgrenzen wollen, um sich zu schützen. Zeit ihres Lebens würde sie sich aber vorwerfen, zu ihr keine Nähe aufgebaut zu haben, so wie sie sie zu Josefs Mutter hatte entwickeln können.

Somit verbrachte Violetta Weihnachten mit Freddys Familie in gemütlicher Runde. Magda spielte am Klavier Weihnachtslieder. Man reflektierte über den Verlauf des vergangenen Jahres und Violetta blickte mit Skepsis in die Zukunft. Ihre Hüft- und Rückenschmerzen waren stärker geworden, ihr Freund hatte wieder an Gewicht zugenommen und musste starke Kompressionsstrümpfe tragen, was nicht besonders bequem war. Violetta stand oft fassungslos vor ihrem Unvermögen, ihm und sich selbst helfen zu können. Dabei litt sie darunter, ihn nicht annehmen zu können, wie er war und ihn als Mann zu lieben. Er war ein Bruder, ein guter Freund, wie auch Josef ein guter Freund gewesen war. Sie meinte, ihre mangelnde Zuwendung und ihr Egoismus würden an allem schuld sein. Dabei war am Anfang, als sie zusammengekommen waren, doch alles recht vielversprechend gewesen. Violetta musste sich eingestehen, dass sie Freddy auch nur "liebhatte". Diesmal aber würde sie durchhalten und alles daransetzen, wenn schon in keiner leidenschaftlichen, dann wenigstens aber in freundschaftlicher Zweisamkeit miteinander zu leben.

Diese konnte sich durchaus in der Wiederaufnahme eingeschlafener Gewohnheiten ausdrücken. Zusammen etwas Leckeres kochen und über Gott und die Welt reden, von einem Wochenende zum anderen leben und von den Ferien bis zu den nächsten. Die Reise zur Insel im letzten Sommer hatte beiden so sehr gefallen, dass sie dem kommenden Urlaub entgegenfieberten.

Die alljährliche Winter-Tristesse hatte sich aber wieder breitgemacht und mitten am Tag war der Hamburger Himmel bereits dunkel. Die sonnenverwöhnte Walliserin Violetta spürte am eigenen Leib, wie chronische Müdigkeit sich in ihr ausbreitete. Ach, aus der Enge hinausziehen können, in eine weite helle Welt und Lust am Leben empfinden! Das war, was sie beschäftigte und ersehnte. Einen Strandfelsen, einen Baum umarmen, die Stadt hinter sich lassen, das würde sie in Bornholm wieder erleben und auch Freddy würde sich neu fühlen und seine Energiereserven aufladen können.

Doch zuerst herrschte Frust. Mit seinen Kollegen konnte Freddy weiterhin nichts anfangen, sein Chef war launisch und Violetta kam zu dem alljährlich stattfindenden Gehaltsgespräch mit ihrem Abteilungsleiter als Letzte dran. Man argumentierte, dass sie aufgrund schlechter Wirtschaftsdaten mit keiner Gehaltserhöhung rechnen dürfte. Violetta vermied es, sich zu erniedrigen, um mehr Geld für ihre Arbeit zu bekommen, nachdem sie dies schon einmal erfolglos versucht hatte.

Aber auch der kälteste Winter geht vorbei und irgendwann bildete sich am Himmel das Spiel von Licht und Schatten unter den Wolken. Die ersten Sonnenstrahlen fanden ihren Weg über den Norden und die laue Luft war durch die trompetenähnlichen Rufe der zurückkehrenden Zugvögel durchdrungen. Der Frühling hielt langsam Einzug in Hamburg und bald würden sie wieder durch den Forst Klövensteen laufen können. Die Buschwindröschen zwischen den Moosflächen bildeten einen Teppich unter den noch kahlen Bäumen und nach der langen Winterpause konnte der Wandertraum durch den Frühlingswald in Erfüllung gehen.

Durch die zunehmenden Hüftschmerzen waren jedoch lange Streifzüge immer schwieriger geworden. Sie besorgte sich ein rundes Entlastungskissen für ihren Bürostuhl. Ein Besuch beim Orthopäden war unumgänglich.

Nachdem man alle notwendigen Therapien versucht hatte, blieb nur noch das Einsetzen eines künstlichen Hüftgelenks. Der Arzt stellte ihr eine Einweisung in eine Fachklinik aus und empfahl, wegen der langen Wartezeit noch vor dem Urlaub, dort vorstellig zu werden und sich einen OP-Termin zu holen.

Violetta nahm diese Ankündigung mit Gelassenheit auf. Die Implantation einer Hüftprothese war doch ein Routineeingriff und danach würde sie endlich wieder schmerzfrei laufen können, hoffte sie.

Sie waren erleichtert, als die Reise nach Bornholm wieder bevorstand. Dort war die Luft frisch und das Schwimmen im Meer eine Wohltat für beide Schmerzgeplagte.

In diesem Sommer aber sollte alles anders werden. Eine Hitzewelle hatte den Norden erfasst. Man berichtete Wassertemperaturen in der Ostsee beinahe wie im Mittelmeer, was die Verbreitung der Blaualgenblüten förderte.

Als die Fähre in Bornholm angelegt hatte und sie hinausstiegen, wehte ihnen ein warmer übelriechender Wind entgegen. "Die Algenpest! Dies Jahr ist es einfach zu warm!", meldete ein Matrose. Das Wasser war voll der schwarzen Gräser und meterhoch türmten sich die Algenberge auf dem Sand. "Wenn der Wind dreht, wird der Strand gereinigt", erklärte der Mann.

Während sie zum Hotel fuhren, schlossen sie das Glasdach des Wagens. Der faule modrige Geruch war so eindringlich, dass an einem ersten Spaziergang am Strand nicht zu denken war. Die Ferienhäuschen befanden sich hinten am Waldrand und doch wehte der Gestank auch bis dorthin. "Ja", sagte der Hotelmanager, "dies Jahr ist alles anders. Hoffen wir, dass der Wind bald dreht. Ein Gewitter ist auf jeden Fall vorhergesagt."

In der Hotelanlage befand sich ein kleines Gebäude, das früher als Stall gedient hatte und nach dem Umbau jetzt als Treffpunkt für die Hotelgäste diente, wo man nach dem Abendessen seinen Kaffee trank, ganz wie die Dänen es gewöhnt sind. Die kleinen Fenster aus buntem Glas sahen aus wie die einer Kapelle. Innen waren die Mauern einfach mit Kalkweiß gestrichen, was den rustikalen Effekt noch betonte.

Am ersten Abend in der Bar standen die Hotelgäste stöhnend herum. "Wir können sowieso nicht schlafen!" Da die Räume nicht klimatisiert waren, bot sich das hoteleigene Schwimmbad zur späten Stunde als willkommene Erfrischung an.

Violetta kannte die trockene Hitze aus dem Wallis, die auch die 40-Grad-Marke übersteigen konnte. Wenn aber die Hitze den Norden erfasst, ist es so schwül, dass die Haut ständig feucht ist. Da war es gut, die halbe Nacht mit Mückenschutz draußen auf der Terrasse des Bungalows bei einem kühlen Drink zu sitzen.

An einem Abend, während sie draußen vor ihrem Bungalow saßen und nachdenklich den dunklen Himmel beobachteten, kamen plötzlich Blitze auf, die die schweren Wolken durchleuchteten. Kurz darauf grollte der Donner und der Himmel öffnete seine Schleusen, so dass die ersten Regentropfen auf die ausgedörrte Wiese fielen, um sich bald in einem heftigen Wolkenbruch zu entladen. Die Menschen kamen aus ihren Häusern heraus und fingen an, auf der nassen Wiese fröhlich zu tanzen. "Liebe Leute, endlich Regen!"

Indes tobte das Gewitter weiter, man rückte die Stühle zusammen und zog sich ins Trockene zurück. Innen stand noch die warme Luft, so dass man sich völlig nackt aufs Bett hinlegte und unbeweglich blieb.

Als Violetta am nächsten Morgen die Terrassentür öffnete, wehte ein frischer Wind. Der faule Algengeruch war verflogen. Endlich würden sie wieder hinaus in die Natur auf Entdeckungstour gehen können! So machten sie sich auf den Weg zu den Spalttälern von Ekkodalen inmitten der Insel, zu einem geheimnisvollen Ort. Wenn man dort ein Wort zwischen den senkrechten Felsen laut ruft, kommt es als Echo wieder. Über die Teiche des Waldes flitzen schillernde Libellen, tanzen über dem Wasser wie kleine Elfen. Es war wie ein Eintauchen in eine andere Welt.

Violetta nahm Freddys Hand. Er sah sie lächelnd an und wischte sich die Schweißperlen von der Stirn. Das Atmen fiel ihm schwer. Am nächsten Tag würden sie sich Ruhe gönnen.

Durch die lange Wanderung über Stock und Stein meldeten sich bei beiden die alten Leiden wieder. Der Arzt hatte doch Bewegung auf jeden Fall empfohlen. Das war den Erlebnistag in Ekkodalen wert.

Zwischenzeitlich war der Strand gesäubert worden und das Wasser der Ostsee wieder klar. Freddy war ein guter

Schwimmer und ging ohne zu zögern in das kühle Nass hinein. Das war gut für ihn, dachte Violetta, die sich immer ernsthaftere Gedanken über Freddys Gesundheitszustand machte. Schleichend veränderte sich auch Freddys Verhalten. Sicher beunruhigten ihn seine Krankheiten. Immer häufiger blieb er auf der Terrasse sitzen, wenn sie nach dem Abendessen noch einen kleinen Spaziergang machte. Er wollte allein sein und eine Patience legen. Dies war in Ordnung, doch es fiel auf, dass er sich zusehends ihr gegenüber verschloss und schmollend zurückzog, ohne ein Wort darüber sprechen zu können. So geschehen an jenem Abend, als sie vom Speisesaal zurückkamen.

Es war der letzte Urlaubstag und Violetta schlug ihrem Freund, einen kleinen Spaziergang vor.

"Komm doch mit, Freddy, zu einer letzten Runde vor unserer Abreise!" Dass er betrübt war, rührte vielleicht daher, dass der Urlaub zu Ende war und bald die raue Wirklichkeit wieder zurückkehren würde, dachte sie. Freddy wollte lieber draußen sitzen. Eigentlich fühlte sie, dass er seine Ruhe haben wollte.

In Gedanken versunken, antwortete er: "Nein, geh du nur, ich bleibe hier!"

Die Luft war mild und still. Violetta winkte Freddy noch zu und entfernte sich vom Hotelgelände in Richtung Strand. Die Baumkronen neigten sich leicht unter den sanften Wind, ein weicher Nebel zog über die von der Sonne verbrannten Felder. Sie lief mit langsamen leisen Schritten und als sie an den weißen Sandstrand angekommen war, blickte sie hinaus auf das weite Meer, während Wasservögel am rötlich gefärbten Abendhimmel ihre Kreise zogen.

Plötzlich erlebte sie sich wie ein verlorenes Kind, das wieder einmal seine Einsamkeit spürte und diese unstillbare Sehnsucht nach Erfüllung, nach einem "Du" in sich trug. Sie wollte in den Arm genommen werden und sich einfach auf einer starken Schulter ausruhen. Es war, als wären die letzten Jahre an ihr vorbeigegangen und sie stände, wie so oft, mit leeren Händen da. Ihres Lebens müde geworden, versank sie in tiefe Traurigkeit. Immer wieder holte sie ihre Vergangenheit ein, alles was sie bisher auf ihrem Lebensweg erlebt hatte, und sie fühlte, dass diese innere Verlassenheit sie weiterhin begleiten würde. Violetta hob den Kopf. Sie hatte den kleinen Wald zum Strand erreicht. Ja, die vertrauenserweckenden Bäume mit ihrer Heilkraft, sie waren auch noch da, still und doch gegenwärtig.

Waren vielleicht all ihre Hoffnungen auf ein normales Leben mit Mann und Kind Früchte von Illusionen? Freddy war doch ihr Lebensbegleiter und sie war dankbar, mit ihm zusammen zu leben. Dennoch schaffte sie es nicht, sich von ihren düsteren Gedanken zu lösen. War eine Depression die Ursache ihrer Wehmut? Ein Gebet kam über ihre Lippen:

"Gott, mein Gott, jetzt wäre es gut, wenn du mich holen würdest, denn meine Seele schreit und ich weiß nicht mehr weiter."

Sie hörte die stürmische Brandung und erreichte die Wellen, die an den flachen Strand rollten. Die salzige Luft ließ ihre offenen Haare um ihre Schulter wehen und eine merkwürdige Ruhe kehrte auf einmal in ihre Seele ein. Es war schön hier, und Violetta lief immer weiter, bis sie mit ihren Füßen tief im Wasser stand. Von einer unsichtbaren Kraft getrieben, lief sie weiter fort durch die Schaumkronen, und die Gischt spritzte ihr ins Gesicht. Sie spürte keine Kälte, ein wohliges Gefühl breitete sich in ihr aus, während das Wasser ihr bald bis zum Kinn reichte ...

"Violetta, komm zu uns", flüsterten ihr die Wellen. "Komm zu uns", wiederholten sie sanft.

Vom Strand aus rief eine Stimme.

"Hallo, Sie da draußen im Wasser! Was machen Sie, kommen Sie raus!"

Aber Violetta ignorierte das Rufen und tauchte einfach weiter. Da erfasste sie plötzlich jemand und zog sie heftig zu sich.

"Was hatten Sie vor, junge Frau? Schnell raus aus dem Wasser! Ihre Kleidung ist völlig nass!", sagte der geschockte Retter. Leicht verwirrt, schaute Violetta ihn mit weit aufgerissenen Augen an. "Danke", murmelte sie.

"Wo wohnen Sie? In einem Hotel? Ich werde Sie hinbringen", erklärte der Mann. "Das dürfen Sie nie mehr wieder tun! Im Auto habe ich eine Decke, Sie zittern ja am ganzen Körper!"

"Bitte sagen Sie niemandem davon, ich reise ja morgen wieder ab", flehte sie ihn an.

Als der Mann mit der in einer Decke eingehüllten Violetta zum Hotel ankam, standen bereits Freddy und der Hotelmanager draußen.

"Wo warst du? Ich war voller Angst, dass etwas passiert sei! Wir wollten schon die Polizei rufen", schrie Freddy außer sich.

Violettas Retter verriet nichts und fand eine passende Erklärung.

"Ihr war schlecht geworden und sie ist ins Wasser gefallen. Sie braucht jetzt Ruhe und etwas Warmes zu trinken."

"Danke, dass Sie meine Kleine zurückgebracht haben", äußerte Freddy erleichtert. Er nahm Violetta in seinen Armen und sie schaute ihn mit angstverzerrtem Gesicht an.

"Was ist los, Violetta, wie geht es dir jetzt? Hattest du eine Unterzuckerung? In Hamburg musst du zum Arzt gehen! In diesem Zustand habe ich dich noch nie gesehen!"

Es sollte ihre letzte Reise nach Bornholm sein. Als sie am nächsten Tag zur Fähre fuhren, und während sie in der Warteschlange vor der Fähre standen, sprach Freddy zu der neben ihm sitzenden und noch etwas entkräfteten Violetta:

"Diesmal habe ich mich in Bornholm nicht so erholt wie sonst."

"Ich auch nicht", äußerte sie leise. "Ich auch nicht."

Weg der Hoffnung — Patricia Olivia-Rosset 11/19

Auf Abschiedspfaden

Vor der Reise nach Bornholm hatte sie sich bei der Fachklinik für Orthopädie einen Operationstermin geben lassen, der nun für den frühen Herbst geplant war. Nach dem Eingriff sollte sie eine Anschlussrehabilitation antreten. Je näher das Datum der Einweisung in die Klinik kam, desto mulmiger wurde ihr. Diesen Tag hatte sie doch voller Ungeduld erwartet. Warum bloß diese aufkommenden Sorgen? Sie wünschte nur noch, alles wäre überstanden. Auch wenn es ein Routineeingriff war, begab sie sich schließlich doch in fremde Hände. Auf der anderen Seite war sie erleichtert, von der Büroarbeit fernbleiben zu können, denn sie fühlte sich ausgebrannt und alles war eine Last geworden. Sie wusste, dass sie familiär ein erhöhtes Risiko hatte, an einer Depression zu erkranken. Aber um darüber auch nur nachzudenken, hatte sie keine Kraft mehr. Die merkwürdige Abendwanderung am Bornholmer Strand steckte ihr noch in den Knochen. Was hatte dieses traumatische Erlebnis deuten wollen? Bald würde sie unter unbekannten Menschen in ihrem Krankenhausbett an die weiße Decke ihres Zimmers starren, vielleicht würden es dort ihre letzten Tage sein und sie würde endgültig von dieser Welt Abschied nehmen. Wäre es nicht erlösend, den Lebensschmerzen ein Ende setzen zu können?

Am Tag der Einweisung brachte Freddy sie in die Klinik, zwei Gehstöcke mit im Gepäck. Anfangs würden sie unentbehrlich sein, hatte er gesagt.

Mit dem Betreten der Station begab sie sich in die Krankenhaus-Maschinerie, aus welcher es keinen Rückzug mehr gab. Nach einer letzten Mahlzeit zog man ihr ein weißes Flügelhemdchen an.

"Ich komme dich morgen besuchen", versprach Freddy.

Sie lächelte müde.

"Mach dir keine Sorgen, das ist für die hier reine Routine. Alles wird gut. Du bist aber blass um die Nase ..."

Violetta lag mit zwei anderen Frauen in einem Dreibettzimmer. Die Ärzte und Krankenpfleger gingen ein und aus. Wegen ihres Diabetes war vorgesehen, sie am nächsten Tag als erste in den OP-Raum zu bringen. Sie bekam zuerst ein Beruhigungsmittel, das sie in einen Dämmerschlaf

versetzte, während man sie in den Operationssaal hinunter-
führte.

Durch die Teilkörperbetäubung blieb sie während des
Eingriffs ansprechbar und konnte alle Vorgänge mitverfol-
gen. Sie sah die Ärzte am OP-Tisch hantieren und hörte, wie
sie sich knapp unterhielten. Jetzt ist es soweit, dachte sie,
und überließ sich ihrem Schicksal.

Irgendwann öffnete sie die Augen und sah, dass sie mit
anderen Patienten in einem Raum lag. Sie blickte auf die
Uhr an der Wand, als eine Krankenschwester hineinkam,
sich zu ihrer Nachbarin beugte und ihr die Anweisung gab,
die Füße nacheinander hin- und her zu bewegen.

"Alles gut mit Ihnen!", protokollierte die Schwester. "Sie
werden in ihr Zimmer zurückgebracht."

Dann näherte sie sich Violettas Bett und wiederholte ihre
Anordnung.

"Frau Moiry, wie geht es Ihnen? Bitte bewegen auch Sie
ihre Füße!"

Als nichts geschah, stellte die Krankenschwester eine andere Frage:

"Können Sie Ihre rechte Fußspitze nicht anheben?"

Violetta konnte nichts spüren. Sie meinte zwar, dass sie
ihre Fußspitze angehoben hätte, doch dies war nicht der
Fall. Der Fuß blieb unbeweglich. Noch leicht verwirrt begriff sie zuerst nicht, warum es bei ihr anders war und sie
hörte, wie das Medizinpersonal darüber sprach, und nun
die Aussage: der Nerv, der für das Heben des Fußes zuständig ist, der Peroneus-Nerv, war während der Operation ge-
schädigt worden, was eine Lähmung verursachte.

"Sie bleiben hier zur Beobachtung. Der Arzt wird Sie noch untersuchen", sagte die nervös gewordene Krankenschwester zu Violetta.

Allmählich begriff sie, dass sie Opfer eines Operationsfehlers geworden war. Nach präoperativer Aufklärung über die Risiken des Eingriffs sind Zwischenfälle nicht ganz auszuschließen. Schließlich muss der Patient dem Eingriff zustimmen. Ihre wilden Gedanken gerieten in einen Strudel in ihrem Kopf. Leise wimmerte sie vor sich hin und Tränen nässten die Spitze des Bettlakens. Würde sie je wieder laufen können?

Violetta lag jetzt allein im Aufwachraum und der Chirurg kam hinein.

"Frau Moiry, bedauerlicherweise hat es bei Ihnen Komplikationen gegeben. Sie leiden jetzt unter einer Peroneus-Parese. Eine solche Nervenläsion kann vorkommen. Aber ich kann sie beruhigen. Meistens gibt es keine dauernde Lähmung, dies hängt vom Ausmaß der Verletzung ab. Sie sind noch jung und wir dürfen annehmen, dass mit der Zeit die Lähmung wieder zurückgeht. Anfangs werden Sie eine Hilfsschiene tragen müssen, um gehen zu können und nicht über Ihre eigenen Füße zu stolpern. Auch werden Sie in der Reha Physiotherapie und Elektrostimulation bekommen", ergänzte er zuversichtlich. "Und noch etwas: Sie haben viel Blut verloren, man wird Ihnen eine Bluttransfusion verabreichen."

Diese Worte gingen an Violettas Ohren vorbei. Sie war so aufgewühlt, dass sie nur noch eines wünschte: schlafen und nicht wieder aufwachen. Alles um sie herum schien sich zu drehen. Sie schloss die Augen und schlief ein.

Inzwischen hatte man sie in ihr Krankenzimmer zurückgebracht, wo sie nach einigen Stunden für kurze Zeit aufwachte. Sie lag auf dem Rücken mit einem an der Seite angelegten Drainageschlauch und konnte sich nicht bewegen. Betäubt durch die starken Schmerzmittel dämmerte sie immer wieder weg. Ihr Blutverlust während der Operation war beträchtlich gewesen. Ihr fehlte die Kraft, überhaupt etwas zu sich zu nehmen. Eine Pflegekraft kümmerte sich um ihre Blutzuckerwerte.

Als sie für einen Augenblick die Augen öffnete, sah sie, dass Freddy an ihrem Bett saß. Mit getrübtem Blick schaute sie ihn an und er nahm ihre Hand.

"Freddy, mein Fuß ist gelähmt", wisperte sie. "Und sie wissen nicht, ob er ganz heilen wird."

Freddy hatte hängende Mundwinkel und blieb stumm. Er war sichtlich berührt und konnte doch nichts sagen. Aber er war bei ihr und er würde am nächsten Tag wiederkommen.

Zwei Tage nach der OP kam die Physiotherapeutin mit einer speziell für Violetta angepassten Fußorthese. Damit sollte sie laufen üben. Immer wieder fiel sie in Ohnmacht, so dass ihr die angekündigte Bluttransfusion verabreicht wurde. Diese zeigte auch bald Wirkung, so dass sie danach länger wachbleiben konnte und Unterhaltungen mit den Bettnachbarinnen möglich waren. Die Damen liefen bereits ganz munter mit ihren Gehstöcken den Gang entlang und sollten bald die Klinik verlassen, um ihre Rehabilitation anzutreten.

Für Violetta war dies noch nicht möglich. Auch konnte man ihr nicht zusichern, dass alles wieder gut werden würde. Zuerst musste man sich mit kleinen Fortschritten zufriedengeben. Und da war auch das schmerzhafte Anschwellen ihres Beines, das mit allerlei Mitteln behandelt wurde, angefangen von Lymphdrainage bis hin zu kühlen Quarkkompressen.

In dieser Zeit erlebte sie eine stille Einkehr und geriet wieder einmal in die Grenzerfahrung von Leid und Einsamkeit. Wie sie da unbeweglich auf ihrem Bett lag, hatte sie vor ihrem inneren Auge die Gestalt des gekreuzigten Jesus. Auch Er musste damals ziemlich verzweifelt gewesen sein, schien Gott Ihn doch verlassen zu haben. Es tat gut, an Ihn zu denken, an den Jesus, den sie als Kind damals im Internat zu ihrem Freund gemacht hatte. Dennoch wurde sie weiterhin von düsteren Visionen heimgesucht. "Es kann sein, dass ich nie wieder durch den Wald werde laufen können", befürchtete sie und haderte mit ihrem Glauben. Sie klagte Gott an. Warum? Sie musste auch an Hiob aus dem Alten Testament denken und an die Geschichte des geprüften Knechtes. "Es heißt doch, dass Gott das geknickte Rohr nicht zerbrechen würde?"

Nein, sie betete nicht um ein Wunder, vielmehr reihte sie sich resigniert in die lange Schlange der Leidgeprüften dieser Welt ein.

Erst als Violetta ein noch wirksameres Nervenmedikament erhielt, um ihre Krämpfe in Schach zu halten, verbesserte sich allmählich ihr Befinden. Nach einigen Tagen konnte sogar daran gedacht werden, sie per Liegend-Transport in die Reha zu entlassen. Ansonsten musste sie noch im Rollstuhl sitzen. Die Rehaklinik befand sich an der Ostsee, gut drei Stunden von Hamburg entfernt.

Der Tagesablauf dort war straff organisiert. Man holte Violetta mit dem Rollstuhl ab und brachte sie täglich in das warme Schwimmbecken, wo sie unter Anleitung in der Gruppe Übungen absolvieren musste. Auch bekam sie medizinische Anwendungen und eine noch höhere Dosis ihres Nervenmedikamentes.

Am Ende der vierten Woche durfte sie stundenweise die Orthese ausziehen. Auch die Schmerzen ließen nach. Sie sollte sich mit den Gehstöcken bewegen und war nicht mehr so oft auf den Rollstuhl angewiesen. Violetta atmete auf und staunte darüber, hatte sie doch mit dem Schlimmsten gerechnet. Jetzt empfand sie tiefe Dankbarkeit für die positive Entwicklung und wagte, auf eine weitere Genesung zu hoffen. Sie spürte, dass sie einen guten Kampf gekämpft hatte, aus welchem sie gestärkt herausgegangen war.

Sie blieb sechs Wochen in der Rehaklinik. Mit der neuen Hüfte kam sie zurecht und nach einer letzten Untersuchung wurde sie entlassen. In Hamburg sollte die Behandlung weitergeführt werden. Die Lähmung der Streckmuskulatur zum Anheben ihrer Fußspitze war zwar noch nicht ganz behoben, sie konnte aber mit den Gehstöcken laufen und man hatte ihr zugesagt, dass sie auf orthopädische Wanderschuhe zurückgreifen könnte.

Für die Rückreise nach Hamburg saß Violetta jetzt im Kleinbus auf einem erhöhten Sitz, eine Maßnahme, die sie auch zuhause noch wochenlang beibehalten sollte. Es war, als wäre sie neu geboren, voller Tatendrang und ihre neue Lebensfreude hatte jetzt die anfänglichen trüben Gedanken abgelöst.

Freddy nahm sie fürsorglich in die Arme und Violetta legte ihren Kopf auf seine Brust.

"Freddy, zuerst habe ich wirklich nicht gedacht, dass ich es schaffen würde"

"Du brauchst noch etwas Geduld. Es wird noch dauern, bis du wieder ins Büro kannst. Also mache es dir zuhause gemütlich."

Und so verbrachte sie die folgenden Wochen nach dem Rehabilitationsmuster der Klinik, mit Therapien und Gehübungen. Sie versuchte auch, einige Hausarbeiten in der Wohnung zu verrichten.

Nach etwa acht Wochen hatte der Arzt grünes Licht für eine sogenannte Wiedereingliederung in das normale Arbeitsleben gegeben. Sie lief jetzt frei herum, nur ihr rechtes Knie konnte sie noch nicht richtig beugen.

In der Zwischenzeit hatte sich im Büro einiges geändert und die wenigen verantwortungsvollen Aufgaben, die sie innehatte, waren einer anderen Kollegin übertragen worden. "Verständlich", dachte sie. "Ich war ja auch lange weg. Doch jetzt bin ich wieder da, und nun?" Die Geschäftsleitung hatte anders entschieden und Violetta würde zukünftig die Sekretärin nicht mehr vertreten. Es war offensichtlich, dass ihre Arbeitskraft entbehrlich geworden war, und ja, jeder ist ersetzbar.

Dennoch war sie glücklich darüber, ein fast normales Leben führen zu können und mit Freddy zusammen die gewohnten gemütlichen Abende zu verbringen. Sie kam wieder voll zu Kräften und traute sich, eine erste kleine Winterwanderung in den Wald zu unternehmen, und zwar ohne speziell angefertigte Wanderschuhe.

Eines Abends meldete sich ihre Stiefmutter, Jeannette, am Telefon.

"Schön, dass du wieder zuhause bist und deine OP gut überstanden hast."

Ihre Stimme wurde zittrig.

"Jetzt ist es dein Vater, der im Krankenhaus liegt. Die Ärzte haben bei ihm einen Tumor am Kehlkopf entdeckt, der aber mit einer Strahlentherapie behandelbar ist. Das wird einige Zeit in Anspruch nehmen, und ich werde kurzfristig eine Wohnung in Sion mieten. So kann ich ihn öfter besuchen gehen."

Violettas Herz pochte bis zum Hals.

"Es ist ja furchtbar! Wann kann ich mit ihm sprechen?"

"Noch nicht, zuerst müssen wir abwarten, wie die Strahlentherapie anschlägt."

Ihr alter Vater, der trotz seines ungesunden Lebenswandels immer so wacker gewesen war und Ärzte gemieden hatte wie der Teufel das Weihwasser, sollte er jetzt dafür einen hohen Tribut zahlen? Eines hatte Violetta gelernt: warten und sich dem Unvermeidlichen fügen, warten auf einen guten Ausgang und akzeptieren, wenn es keinen gibt. Diesmal betete sie um ein Wunder: dass Pierre wieder gesund wird.

Es beruhigte sie, dass er sie nach einiger Zeit anrief. Pierre sprach flüsternd mit rauer Stimme:

"Die ersten Bestrahlungen sind beendet. Es kommt noch eine Anschlussbehandlung, ich darf gar nichts mehr, weder ein Glas Wein trinken noch meine Gitanes rauchen!", klagte er. "Aber eines möchte ich noch: den Sommer an der Côte d'Azur erleben. Du könntest auch mitkommen, im gemieteten Haus ist Platz genug."

Es sollten seine letzten gesprochenen Worte gewesen sein. Kurz danach kam die Nachricht seines Ablebens. Nicht an den Folgen des Tumors war er gestorben, sondern an einer Leberzirrhose.

Violetta konnte die weite Fahrt in die Schweiz noch nicht antreten, um an der Beerdigung teilzunehmen. Sie trauerte still um ihren Vater und zündete eine Kerze für ihn an. Sie und Freddy würden aber im Sommer kommen, zum Grab gehen und die ganze Walliser Verwandtschaft besuchen. Selbst Susanne trauerte um ihren Ex-Mann. "Er hatte viele guten Eigenschaften", hatte sie gesagt.

Kaum war Pierre beerdigt worden, ging es um sein Vermächtnis. In seinem Testament verschenkte er jedem seiner Kinder ein Ölgemälde, als Haupterbin war aber seine Ehefrau eingesetzt und Jeannette begann, dies vehement zu verteidigen. Umso überraschter war Violetta, die sich für jegliche Intrigen nicht sonderlich interessierte, als ihre Stiefmutter sie mehrmals anrief, um ja alle Einzelheiten festzuhalten. Die Lage beruhigte sich, als diese merkte, dass Pierres erste Tochter keine Ansprüche stellte. Jetzt war Jeannette wieder lieb und meinte, sie sollte mit Freddy auf jeden Fall kommen. Man würde alle zusammen zum Friedhof gehen.

Aber auch dies sollte sich nicht erfüllen.

Das graue Hamburger Winterwetter schlug wieder auf die Stimmung. Da war es gut, Reisepläne zu schmieden. Freddy besorgte sich von seinem Automobilclub einen Routenplaner und Landkarten für die Schweiz. Man wollte im kommenden Sommer mit dem komfortablen Pontiac die lange Strecke fahren. Violetta nahm noch monatelang das

Nervenmedikament, um schmerzfrei das lange Sitzen im Auto bewältigen zu können.

Aber Mitte Februar bekam Freddy eine starke Erkältung. Zudem kam eine schwere Bronchitis hinzu und er musste das Bett hüten. Violetta war in Sorge, trotz seiner kräftigen Erscheinung hatte ihr Freund keine robuste Gesundheit. Der Arzt kam sogar ins Haus, um ihn zu untersuchen, weil Freddy auch das Atmen schwerfiel. Es dauerte einige Tage, bis er wieder aufstehen durfte, um sich beim Arzt einer eingehenden Untersuchung unterziehen zu lassen, denn sein Herz schlug unregelmäßig. Violetta blickte ängstlich auf das eingefallene blasse Gesicht ihres Freundes. Freddy hatte tiefe dunkle Augenringe bekommen und war schnell erschöpft.

Als kurz darauf Violetta nach der Arbeit nach Hause kam, kündigte Freddy an, er müsse am nächsten Morgen für zwei Tage in die Klinik zur Herzkatheteruntersuchung. Schon hatte er seine Reisetasche gepackt. Zuletzt steckte er noch seine Computerzeitschrift hinein.

Violetta sah ihn an. Er hatte einen getrübten Blick bekommen. "Ja, das ist gut, dass du gründlich untersucht wirst", sagte sie, eigentlich mehr, um sich selbst zu beruhigen. Während sie versuchte, aufmunternd auf ihn zuzusprechen, sah sie, wie Freddy mit einer raschen Geste ein Blatt Papier in die Schublade des Schreibtisches hineinlegte.

Eine innere Unruhe hatte sie ergriffen und sie spürte intuitiv, dass ein Riss durch ihr Leben bedrohlich herannahte.

Es war der 9. März. Wie immer war Freddy als erster früh aufgestanden und hatte geduscht. Danach legte er sich für gewöhnlich noch eine kleine Weile hin, bevor er in die Küche ging. An diesem Morgen blieb jedoch alles still. Violetta stand auf und sah nach ihm. Er lächelte ihr zu. Beruhigt machte sie sich fertig, um zur Arbeit zu fahren. Freddy war wieder eingeschlafen. Violetta, erstaunt darüber, kam zu ihm, um sich von ihm zu verabschieden. Sie berührte ihn leicht und er wachte auf. Sein Gesichtsausdruck hatte etwas Friedliches und Verklärtes an sich. Violetta streichelte seine Wange.

"Lass es mich bald wissen, wann ich zu dir ins Krankenhaus darf. Ich denk an dich."

Es war vereinbart worden, dass Magdas Lebensgefährte Freddy ins Krankenhaus fahren würde. Violetta verließ die Wohnung und als sie draußen auf der Straße stand, blickte sie noch kurz nach oben zum Schlafzimmerfenster. Kein Freddy, der ihr durchs Fenster noch zuwinkte. Sie lief traurig zur Arbeit und grübelte, ob sie nicht einfach hätte bei Freddy bleiben sollen. Aber ausgerechnet in dieser Woche herrschte im Büro aufgrund von Steuerprüfungen hektisches Treiben, und alles war eilig. Im Normalfall hätte sie sich über dieses Arbeitsaufkommen gefreut, statt die eintönigen Stunden am Schreibtisch vergehen zu sehen.

Am späten Vormittag läutete das Telefon.

"Frau Moiry, kommen Sie bitte zur Rezeption. Herr Schneider ist hier."

"Oh, wie schön! Die Untersuchung ist wahrscheinlich schon fertig und Freddy durfte wieder nach Hause", freute sie sich. Sie ging vorsichtig die Wendeltreppe hinunter.

Die Rezeptionistin zeigte auf das Konferenzzimmer mit den Worten:

"Hier wartet er auf Sie."

Etwas stutzig, öffnete Violetta die Tür. Zu ihrer großen Überraschung wartete nicht Freddy auf sie, sondern sein Bruder Markus. Violetta setzte sich langsam hin und hing angstvoll an seinen Lippen.

Die Worte fielen wie Donnerschläge, gewaltig und unumkehrbar:

"Freddy ist tot!"

"Neein!" schrie Violetta, neein!" Sie krümmte sich vor Schmerz und schrie immer wieder: "Nein!"

"Doch!" Er hat's bis zum Krankenhaus nicht mehr geschafft. Eine Reanimation ist fehlgeschlagen. Jetzt wird eine Obduktion veranlasst", erläuterte Markus mit leiser Stimme.

Violetta konnte seine Worte nicht mehr hören. Sie brach zusammen.

Markus und die zu Hilfe gerufene Empfangssekretärin fingen an, Violetta wieder zu Bewusstsein zu bringen. Man verabreichte ihr ein Glas Wasser, das sie zitternd und mit blauen Lippen zu sich nahm. Weil sie langsam das volle Bewusstsein wieder erlangte, verzichtete man auf das Herbeiholen des Notarztes. Mit Unterstützung stand sie auf und fiel, von Weinkrämpfen erschüttert, in die Arme der Empfangssekretärin.

"Mein Freddy ist tot!", schluchzte sie immer wieder.

Blitzartig sah sie sich am Strand von Bornholm, wie sie ihren Sterbewunsch zu den Wellen des Meeres getragen hatte. Nicht ihr brechendes Herz sollte Ruhe finden, sondern Freddy mit nur 42 Jahren wurde ihr entrissen.

Sie fuhr mit Markus zu Magda, die bereits weinend auf die beiden wartete. Kurz darauf kamen der Pastor und ein Vertreter des Bestattungsinstituts, die Magda bereits bestellt hatte. Es gab viel zu besprechen und Violetta funktionierte so, als würden sämtliche Computerprogramme in ihr abgerufen werden. Ja, sie würde sich mit den Behörden und Versicherungen auseinandersetzen. Das gab ihr die Möglichkeit, ihren Schmerz zuerst für eine Weile zu verdrängen, um dann nachts ihn umso heftiger zu erleben. An jenem Abend übernachtete sie bei Freddys Mutter.

Am nächsten Morgen stand sie wie gerädert auf, gefangen in einem Gefühlschaos. Vielleicht war das nur ein schlechter Traum. Doch die Realität holte sie wieder ein. Ohne Freddy wollte sie ihren Lebensweg nicht weitergehen und sich den Bedrohungen dieser Welt allein ausliefern. Jetzt war es ihr endgültig zu viel. Auch wenn sie nicht seelenverwandt gewesen waren, war Freddy einige Jahre lang ihr Begleiter im Guten wie im Schlechten, zuerst Liebhaber, dann Freund und Bruder. Violetta war wie versteinert und ihre Trauer machte jetzt Platz für Wutanfälle. Warum hatte der Arzt Freddy nicht schon früher richtig behandelt, wo man doch wusste, dass es ihm seit längerer Zeit nicht gut ging? Warum war er nicht mit einem Krankenwagen ins Krankenhaus gefahren?

Später sollte die Obduktion ergeben, dass er an einer Lungenembolie gestorben war.

Violetta fiel jetzt in ein tiefes Loch. Jede Erinnerung an Freddy erschütterte sie. Sie würde lernen müssen, diese Trauer in ihr Leben zu integrieren. Aber jetzt stand sie da, orientierungslos und verloren. Die Welt bedeutete ihr nichts mehr und ein Teil von ihr war gegangen. Nicht genug, dass sie immer noch erschüttert dastand, Freddys Bruder hatte ihr vorangekündigt:

"Violetta, es wird leider für dich finanziell jetzt richtig hart werden."

Ja, sie würde sich einschränken müssen. Zukunftsängste stiegen in ihr hoch. Als Erstes musste sie schweren Herzens den Wagen verkaufen, da sie dessen Unterhaltskosten allein nicht mehr tragen konnte.

Sie blieb einige Tage bei Magda. Sie trösteten sich gegenseitig und Magda erzählte, wie es damals gewesen war, als ihr Mann auch im jungen Alter an einem Herzinfarkt gestorben war.

Dann fasste Violetta den Entschluss, wieder in ihre Wohnung zurückzukehren. Als sie vor der Haustür stand, meinte sie fast, im Flur würde Freddy auf sie warten und sie fragen: "Fröschlein, wie war dein Tag?" Es gab keine Antwort, es würde nie mehr wieder eine Antwort geben. Geschüttelt von einem heftigen Weinkrampf warf sie sich aufs Bett.

Irgendwann stand sie auf und ließ ihren verweinten Blick durch das kleine Zimmer herumschweifen. Instinktiv ging sie zum Schreibtisch und öffnete die erste Schublade. Freddy hatte sämtliche Akten und Versicherungspolicen dort aufbewahrt. Es war bald Zeit, mit dem Versand der ersten Todesanzeigen zu beginnen. Ganz oben befand sich das Blatt Papier, das er hineingesteckt hatte. Es trug die Aufschrift "Mein Testament!" Hatte Freddy gespürt, dass sein Leben bald ein Ende haben würde?

Emsig schrieb Violetta an alle wichtigen Adressen, auch an die Wohnungsbaugenossenschaft, da sie jetzt als alleinige Mieterin einen neuen Vertrag brauchte. Nach und nach erledigte sie die organisatorischen Dinge und der Termin für die Urnenbeisetzung wurde festgelegt. Derweil hielt sie an allem fest, was Freddy zuvor noch benutzt hatte. Sie tauschte sogar ihren Zahnbecher gegen den von Freddy. Am schwersten war das Aussortieren seiner Kleidung für eine Hilfsorganisation. Violetta behielt einige T-Shirts, die sie für sich selbst umnähen wollte. Sie verzichtete darauf, Musik zu hören, da es ihr unerträglich wurde, die Songs zu hören, die sie mit Freddy gehört hatte.

In den ersten Monaten nach der Bestattung fuhr Violetta regelmäßig zum Friedhof und pflegte Freddys Grab mit Hingabe. "Die Trauerarbeit dauert neun Monate", hatte jemand zu ihr gesagt, "solange wie eine Schwangerschaft."

Während sie so mit erhitztem Kopf herumwirbelte, riefen Freunde und Verwandte an. Ihre Mutter Susanne und ihre Tante Lilly hatten sich für eine Woche angekündigt. Sie wollten Violetta in dieser schweren Zeit beistehen. Am meisten aber berührte sie, dass ihr Ex-Mann Josef sie mit den Worten tröstete:

"Er ist in das große Licht eingegangen und dort wandelt er jetzt in Liebe schwerelos", versicherte er.

Auch mit Susannes Freund führte sie ein längeres Telefongespräch. Er sprach als Priester mehr von der Hoffnung und von Gottes Zusage in schweren Zeiten. Violetta jedoch erlebte sich eher am Rande der Verzweiflung.

Josefs Mutter, Erna, die selbstaufopfernde, hatte ebenfalls schweren Kummer. Ihrem Mann ging es schlecht. Er war schon lange ein Pflegefall und sein Zustand verschlimmerte sich zunehmend.

Es sah so aus, als würden all ihre geliebten Menschen und auch sie selbst auf den Abschiedspfaden des Lebens umherziehen. Violetta spürte die unabwendbare Begrenztheit des

Seins. Sie öffnete wiederum symbolisch ihre Hände, weil sie verstand, dass sie alles loslassen musste.

Magda nahm sich des Familienbesuchs aus der Schweiz an und man unternahm kleine Fahrten ins Grüne. Nach dem erlittenen Tiefschlag sollten sie sich alle ein wenig entspannen können.

Doch es sah so aus, als würde sich der Himmel auch über diesem Besuch verfinstern. Seit ihrem Eintreffen in Hamburg war Susannes Stimmung betrübt. Sie, die es immer vermied, über Gefühle zu sprechen, vertraute schließlich ihrer Tochter an, dass sich Bernard demnächst einer größeren Operation unterziehen müsse. Violetta schaute sie besorgt an:

"Und woran soll er operiert werden?"

Susannes antwortete angstvoll und schluckte ihre Tränen.

"Er hat Darmkrebs!"

Diese erschütternde Aussage ließ keinen Zweifel daran, dass auch für Susanne die Lebensreise an einen Wendepunkt gekommen und ihr weiterer Weg mit scharfkantigen Steinen gepflastert war. Während der letzten Jahre war die Fernbeziehung zu ihrem Freund für Susanne bereichernd gewesen, denn auch wenn der Priester sich viel um die Belange seiner Gemeinde kümmern musste, durfte Violettas Mutter ihm des Öfteren als Empfangsdame zur Seite stehen und mit ihm Pilgerreisen unternehmen. Zudem waren seine eleganten Schwestern die passenden Freundinnen für Susanne.

Bernards Operation verlief ohne Zwischenfälle und anschließend folgte eine Chemotherapie. Es blieb abzuwarten, wie er die Behandlung vertragen würde.

Mittlerweile hatte der Arbeitsalltag wieder begonnen und Violetta stürzte sich in ihre Aufgaben, was für Ablenkung sorgte und die schlimmen Ereignisse der vergangenen Wochen ein wenig in den Hintergrund rücken ließ. Am Ende des Tages, wenn sie wieder zuhause war, explodierten dann ihre angestauten Gefühle in einem nicht endenden Weinkrampf.

Um sich Freddy nah zu fühlen, fuhr sie jeden Sonntag zum Friedhof und pflegte sein Grab. Vielleicht würde sie ihm auch bald folgen können, dachte sie.

Während dieser einsamen Stunden bekam sie das Bedürfnis, wieder in eine Kirche zu gehen, einfach mal dazusitzen, vielleicht ein Gebet zu sprechen. Sie hatte die liturgischen Gesänge und die Orgelmusik schon immer gemocht.

Durch die Kirchenbesuche lernte Violetta einen Mönch kennen, der sich um Obdachlose kümmerte. Er leitete eine Tagesstätte für die Bedürftige und jede helfende Hand war willkommen. Violetta entschied sich, von ihrer freien Zeit einige Stunden zu verschenken und bei der Essensausgabe mitzuhelfen. Es war gut, über den eigenen Tellerrand zu schauen. Sie leistete den Menschen Gesellschaft, setzte sich zu ihnen und hörte aufmerksam ihre Lebensgeschichten, mal war der Arbeitsplatzverlust, mal eine Scheidung, vor allem aber der Alkohol Schuld an der Misere, aus der die Menschen kaum entkommen konnten. Violetta vergaß nie, wie eines Abends einer der "Gäste" - so wurden die Obdachlosen genannt – voller Dankbarkeit ihre Hand in die seine nahm, weil sie ein offenes Ohr für ihn gehabt hatte.

Sie blieb einige Zeit als Ersthelferin bei der Organisation. Als die Hamburger Obdachlosen aber immer weniger wurden, um für organisierte Gruppen aus dem Osten mit zweifelhafter Bedürftigkeit Platz zu schaffen, hörte sie mit dieser ehrenamtlichen Tätigkeit auf. Stattdessen vertiefte sie sich in die Kontemplation und nahm regelmäßig an Meditationssitzungen in einem Schwesternkonvent teil.

In dieser Zeit der Neuorientierung dehnte sie ihre Wanderungen durch den Wald aus, der für sie schon immer ein mystischer und heilsamer Ort gewesen war. Noch mehr als in einer Kirche empfand sie den stillen Wald mit seinem Atem als Ort der Begegnung mit dem Heiligen. Hatten nicht auch viele Gotteserfahrungen in der Natur stattgefunden?

In ihrer Betrachtung wurde ihr bewusst, wie aus dem Waldboden sowohl das kleinste Veilchen als auch der riesige Farn hervorgeht, und sie fühlte sich mit dem Werden und Vergehen in diesen Kreislauf des Lebens eingebunden. Demnach dürfte es nicht so schlimm sein, aus der irdischen Welt zu scheiden. Sie stellte sich auch die Frage, ob sie immer noch fest im christlichen Glauben verankert war. Dessen war sie jetzt gar nicht mehr so sicher.

Als Kind hatte sie noch an Himmel und Hölle geglaubt. Jetzt aber gab es um sie herum so viele Glaubensrichtungen, die sich manchmal sogar bekriegten, und viele "heilige Bücher" nahmen für sich in Anspruch, die Wahrheit zu besitzen. Da war für sie der lebendige Kontakt mit der Natur wie ein Liebesversprechen auf eine nie endende Vereinigung mit Gott.

Im Laufe der im Konvent stattfindenden Meditationstreffen lernte sie eine kleine Frauengruppe kennen, die sich diesem kontemplativen Schwesternorden zugehörig fühlte. Man las die Werke der Heiligen und tauschte sich darüber aus. Violetta verbrachte manche Sonntagsnachmittage dort, um sich in den Weg des inneren Betens einzuüben. Die Literatur der Heiligen erwies sich jedoch für sie bald als zu schwierig und war intellektuell zu hoch. Sie fühlte sich dem Studium dieser Schriften nicht gewachsen. Auch wenn sie anfangs meinte, dies sei ein guter Weg für sie, vermisste sie bald den offenen Dialog zwischen den Teilnehmerinnen. Und so verließ sie auch diese Institution. Es blieb ihr jedoch die Bekanntschaft mit einer Frau aus Quebec, Teresa, die eine gute Freundin wurde und mit der sie in ihrer gemeinsamen Muttersprache Französisch sprechen konnte.

Im Zuge ihrer spirituellen Entdeckungen lernte sie noch eine andere Glaubensgruppe kennen, eine Laiengemeinschaft eines katholischen Ordens. Abends fand in der Kirche das sogenannte Abendlob, die Vesper, mit Psalmengesängen statt. Violetta wurde dort bald Sängerin des kleinen gregorianischen Chors. Sie gestaltete das musikalische Geschehen mit und genoss durchaus diese gesungene Gebetszeit. Die Stille der Einkehr beschränkte sich jedoch nur auf die Vesper. Für Mitglieder der Gruppe war die Teilnahme an dem Studium des Klosterregulariums verpflichtend. Violetta fühlte sich dort nicht mehr "richtig angekommen", die klerikalen Vorschriften aus dem 6. Jahrhundert waren ihr zu lebensfremd und zu theoretisch. An Stelle innerer Versenkung wurde viel Wert auf Äußerlichkeiten gelegt und die Teilnahme an den vielen religiösen Veranstaltungen wurden ihr zu anstrengend, so dass sie sich nach einiger Zeit auch davon distanzierte.

Nachdem sie sich in den Glaubensbewegungen der Kirche umgeschaut hatte, musste sie feststellen, dass sie auch ein Problem mit der religiösen Pluralität hatte. Wie einfach war doch früher im Internat ihr Kinderglaube gewesen! Aufgrund der allgegenwärtigen Bosheit in der Welt geriet ihr Glauben zunehmend ins Wanken. Gab es wirklich einen personalen Gott, zu dem man beten konnte und der einen begleitet? Und wenn ja, warum konnte der Mensch seine Grausamkeit, auch im Namen der Religion, so ausleben, während Gott schwieg? Warum konnte der Mensch in seiner Gier den Planeten und alle Lebewesen derart rücksichtslos ausbeuten? Auch gläubige Menschen machten da keine Ausnahme.

Nachdem sie sich intensiv mit dieser Theodizee-Frage beschäftigt hatte, änderte sich ihr Gottesbild. Sie kam zu der Einsicht, dass Gott ganz anders sein musste, ein großes schöpferisches Geheimnis, eine Endlosigkeit in allen Wesen, gegenwärtig, angefangen vom Grashalm bis hin zu den Galaxien und dass Diesseits und Jenseits miteinander verwoben waren. Alles war vereint in einem ewigen Kreislauf. Diese Unergründlichkeit sollte zukünftig für sie bedeuten, ihren Weg unbeirrt weiter zu beschreiten mit Respekt vor der Weisheit und den Geheimnissen der Natur.

So gewöhnte sie sich langsam an ihr neues Leben ohne Freddy und unternahm allein lange Wanderungen durch den Klövensteen. Während unter ihren Schritten die Äste im Unterholz knackten und sie den Kuckucksruf hörte, räumte sie ihre Gefühle auf und durchleuchtete ihre eigene Lebensgeschichte. Vielleicht würde sie diese eines Tages aufschreiben. Und auch wenn keiner sich dafür interessieren würde, wäre dies auch Teil ihrer Geschichte gewesen. Wie oft hatte sie schon an Türen geklopft, die sich nicht geöffnet hatten?

Violetta spürte auch, dass sie wahrscheinlich nie mehr wieder jemanden an ihrer Seite haben würde. Mit dem Verfließen der Zeit wanderte auch sie langsam aus der Außenwelt heraus. Seelen aber können zueinanderfinden. Manchmal hörte sie tief in ihrem Herzen eine leise Stimme, die schwebend den Klang eines entfernten Rufes in sich trug und eine tiefe Sehnsucht in ihr weckte.

Einmal entschied sie sich für eine Kurzreise an den Rhein zu ihrer Freundin Gesa, mit der sie seit der WG-Zeit den Kontakt aufrechterhalten hatte. Sie reiste auch nach Darmstadt zu ihrer Ex-Schwiegermutter, Erna, die jetzt auch alleine war, nachdem ihr Mann verstorben war.

Als Violetta dort eintraf, war auch Josef anwesend, der um den Vater trauerte. Das Wiedersehen mit Mutter und Sohn war innig und emotional. Alle waren nachdenklich, bis irgendwann Josef anfing, über seine neuen Projekte zu sprechen.

"Ich verbringe viel Zeit im Institut an der Uni und bin noch kaum in meiner Wohnung, na ja, ihr wisst, ich müsste dort aufräumen …", ergänzte er ein wenig verlegen. "Übrigens, wir haben in der Gruppe für Freddy gebetet, Violetta. Er ist jetzt im großen Bewusstseins-Universum, genau wie der Vati auch."

Sie war dankbar für Josefs Trostworte. Doch sie wusste: Ab jetzt würde sie mehr denn je ihren Lebensweg allein gehen. In den stillen Stunden würde sie sich ihren künstlerischen Neigungen widmen und sonntags Magda besuchen gehen.

"Freddys Uhr war abgelaufen und irgendwann muss man loslassen", sagte Freddys Mutter. "Nachdem mein Mann auch mit Mitte vierzig gestorben war, fühlte ich mich zu jung, um allein zu bleiben. Dann habe ich Kontaktanzeigen gelesen und mich mit verschiedenen Männern getroffen. Da war aber keiner für mich und es war ein Glücksfall, dass ich im Urlaub in Österreich den Ludwig getroffen habe. Seitdem freue ich mich auf die Zeit hier mit ihm."

Wie recht sie hatte! Doch Violetta war nicht Magda. Und sie musste sich damit abfinden. Erstaunlich, dass sie jetzt darüber nicht mehr verbittert war.

Einige Monate nach Freddys Tod fing sie langsam an, die Wohnung neu zu gestalten. Sie trennte sich von einigen Möbeln und Gegenständen, verschenkte Bücher und Schallplatten. Das Entrümpeln brachte Leichtigkeit, nicht nur in die Wohnung, es befreite sie auch innerlich von allem Überflüssigen und ebnete den Boden für das einfachere Leben, das sie anstrebte.

In der Zwischenzeit hatte sich Violettas Mutter mit einer traurigen Nachricht gemeldet. Bernard hatte zwar die Chemotherapie nach seiner Krebsoperation gut vertragen, dennoch befanden sich Metastasen in der Leber, was die Überlebenschancen herabsetzten. Susanne war mit ihm und einer Gruppe von anderen Krebskranken nach Lourdes ein letztes Mal gepilgert, was wenn schon keine wunderbare Heilung, zumindest Trost gespendet hatte.

Es war geplant, dass er Anfang September noch einmal zu Besuch nach Château-d'Oex kommen würde, so dass Violetta ihn während ihres Urlaubs dort auch wiedersehen würde.

Als es soweit war, fuhr sie mit dem Nachtzug in die Schweiz. Diese Reise hätte mit Freddy stattfinden sollen und es fiel ihr schwer, jetzt allein unterwegs zu sein. Überall

Menschengruppen, Liebespärchen und Jugendliche, die lebhaft und in fröhlicher Stimmung zu ihren Zielen reisten.

Als sie in Château-d'Oex ankam, warteten bereits Susanne und Bernard am Bahnhof. Das Dorf war wie gewöhnlich zu dieser Jahreszeit in ein mildes Licht getaucht. Kein Großstadtlärm, stattdessen der monotone und beruhigende Klang der Kuhglocken aus den naheliegenden Weiden. Gut war es, dass Susannes Freund hier zur Erholung gekommen war. Beim Anblick des stark abgemagerten Priesters wurde sie traurig und spürte, dieses Wiedersehen würde das letzte Mal sein. Und plötzlich sorgte sie sich auch um ihre Mutter. Sie war es gewöhnt, von ihm und seinen Schwestern wie ein Mitglied der Familie umsorgt zu werden, und sie hatte beinahe mehr Zeit bei Bernards Familie als bei sich zuhause verbracht. Dann dachte sie weiter nach: "Maman wollte doch mit Bernard ganz in Frankreich leben und die Wohnung hier als Ferienort behalten. Was wird sie ohne ihn alleine tun?" Violetta wagte es nicht, eine weitere Prognose anzustellen.

Nach drei Tagen Aufenthalt bei ihrer Mutter fuhr sie weiter ins Wallis. Auch hier gab es keine erfreuliche Begegnung. Die erblindete Großmutter Marie lag in ihrem Pflegeheimbett und wartete nur noch auf den Tod. Violetta weinte. So ein altes Leben, jahrelang nur noch vor sich hin zu vegetieren. Das war erniedrigend.

Violetta besuchte auch ihre Stiefmutter, Jeannette, die jetzt Witwe war. Offensichtlich war sie die einzige, der es gutging. Als gut situierte Pensionärin konnte sie ihren kulturellen Interessen nachgehen. Großzügig bot sie Violetta an, mit dem Auto einige Touren in die Bergtäler zu unternehmen.

Auch organisierte sie ein Großfamilientreffen auf dem Campingplatz eines Onkels. Sie kamen alle, sogar ihre Schwester Caroline in Begleitung eines Betreuers. Und es gab ein Wiedersehen mit ihren Cousinen, den Zwillingsschwestern. Eine von ihnen, die in der Kunstakademie studiert hatte, war, ähnlich wie Violetta, besonders an Malerei interessiert, mit dem Unterschied, dass sie einen künstlerischen Beruf hatte ergreifen können.

"Freddy hätte heute auch dabei sein sollen", sagte Violetta zu ihrer Cousine Simone. "Wir wollten mit dem Auto kommen. Er hatte bereits Kartenmaterial für die Fahrt besorgt."

Es war ein gutes Gefühl, die ganze Familie der Moirys so vereint wiederzusehen. Warum dann diese plötzlich aufsteigende Unruhe? War es die traurige Gewissheit, dass viele von ihnen nicht mehr lange leben würden, es kein Wiedersehen mehr geben und nur noch der Blick ins Fotoalbum übrigbleiben würde?

Am Ende ihres Aufenthaltes im Wallis bot Jeannette Violetta an, sie mit dem Auto bis zum Bahnhof nach Montreux zurückzufahren. Nach einer Übernachtung bei ihrer Tante in Genf sollte sie am nächsten Tag nach Hamburg zurückreisen.

Ein kühler Wind wehte von der Seeseite, als beide Frauen auf dem Bahnsteig in Montreux standen, und während der Zug gerade eintraf, nahm Jeannette ihre Brille ab. Eben noch gut gelaunt, versteinerte sich plötzlich ihr Gesichtsausdruck und sie sah Violetta an mit einem solch stechenden Blick, dass diese darüber erschrak. Was hatte dies zu bedeuten? Sie erkannte ihre Stiefmutter einfach nicht wieder.

Als sie sich verabschiedeten, murmelte Violetta etwas verwirrt:

"Danke, Jeannette, für die schöne Feier und die Bergtouren."

Später im Zug ließ sie dieser Zwischenfall nicht in Ruhe. Sie fragte sich, ob sie sich Jeannettes schlagartiges Verhalten vielleicht eingebildet hätte und versuchte, dieses negative Gefühl nicht an sich haften zu lassen. Zu einem späteren Zeitpunkt würde sie sich daran erinnern, dass ihre Cousine über Jeannettes eifrige Bemühungen nachdenklich gesagt hatte: "Ich werde nie verstehen können, warum sie das Familientreffen so in die Hand genommen hat, wo sie doch eine andere Absicht verfolgte, nämlich dich, Violetta, zur Erreichung ihrer eigenen Ziele zu benutzen."

Ihre Gedanken schwirrten durcheinander, doch jetzt freute sie sich auf ihr Zuhause, wo sie in Freiheit so lebte, wie sie leben wollte, fern ab von Vorschriften.

Sie konnte wieder zu ihren liebgewonnenen Gewohnheiten zurückkehren. Auf den Balkonen der Nachbarn blühten die letzten Sommerpflanzen und die Sonnenblumen neigten sich über die Mauern der Sonne entgegen. So einen Balkon vermisste sie schon. Zum Glück bot ihr Schlafzimmer beim Sonnenuntergang eine schöne Aussicht auf die Baumkronen der im Hof stehenden Birken.

Kurz nach ihrer Rückkehr erhielt sie einen Anruf ihrer Mutter. Violetta ahnte, dass es eine traurige Nachricht war. Bernard war seinem Krebsleiden erlegen. Von jetzt an würde Susanne für die Zeit der Beerdigung und danach in Frankreich bleiben. Es sollte eine große Trauerfeier geben und viele Priester und Kirchenleute hatten sich zum

Abschied angemeldet, so dass es auch einiges zu organisieren gab. Susanne blieb unerwarteter Weise gelassen und teilte ihrer Tochter telefonisch mit, wie großartig das Requiem in der Kathedrale werden würde.

Nach der Trauerfeier blieb Susanne noch bei Bernards Schwestern. Es war vorgesehen, ein Buch über sein Leben von einigen engen Freunden schreiben zu lassen. Als seine langjährige Freundin besaß Susanne wertvolle Informationen.

Ferner hatte sich ergeben, dass der Verstorbene ein privates Testament aufgesetzt hatte. Darin war zwar festgelegt, dass die gesetzliche Erbfolge zum Tragen kommt, jedoch war auch Susanne reichlich bedacht worden. Und auf einmal wendete sich das Blatt. Bei den Aufräumarbeiten im Pfarrhaus eiferten die Damen um die Wette auf der Suche nach wertvollen Erinnerungsstücken.

"Wo hat er bloß seinen Rosenkranz aus Lapislazuli aufbewahrt?", fragte eine der Schwestern.

Sie konnte nicht wissen, dass ihr Bruder das wertvolle Stück Susanne bereits verschenkt hatte.

Leider waren die Streitigkeiten nicht nur auf den Rosenkranz begrenzt. Vielmehr waren die Schwestern darüber entsetzt, dass Susanne sogar einige Antik-Möbel geerbt hatte. Dies alles führte immer mehr zu Anfeindungen in der so angesehenen Familie. Die Beziehungen litten derart darunter, dass nach und nach der Kontakt untereinander zusammenbrach.

Susanne nistete sich wieder in Château-d'Oex ein und ließ Bernards Möbel aus Frankreich nachkommen, um sie teilweise in einem Depot zu unterbringen.

Es trat ein, was eintreten sollte: Das Alleinsein war für Violettas Mutter unerträglich, da sie nicht wusste, womit sie hätte sich beschäftigen können. Die Jahre der Tanzabende waren vorbei und sie musste allein ins Café gehen. Ein Buch zu lesen wäre ihr auch nicht in den Sinn gekommen, da sie nach anfänglichen Versuchen immer wieder "dabei einschlafen würde", erklärte sie.

Es gab noch eine Freundin aus alten Tagen. Diese jedoch hatte Enkelkinder und ihre Zeit gehörte ihnen. Jedes Gespräch drehte sich um die Kleinen, was Susanne inzwischen verabscheute. Also fuhr sie jetzt öfter nach Genf zu ihrer Schwester Lilly, die nicht immer darüber begeistert war. Es blieb nicht aus, dass Susanne bald ihre Tochter, die unerfreulicherweise auch noch so weit weg wohnte, regelmäßig anrief und diese bat, so bald wie möglich zu ihr nach Château-d'Oex zu kommen.

Violetta wurde den Gedanken nicht los, dass sie anscheinend jetzt gut genug dafür war, und das verletzte sie. So oft hatte sie versucht, die Beziehung zu ihrer Mutter zu verbessern. Derzeit stand ihre einst so gefragte Mutter aber alleine da. So beschloss sie, in dieser schweren Phase ihr beizustehen. Sie war jetzt auch eine hinterbliebene Lebensgefährtin, deren Lebensplanung, wie ihre eigene auch, wie Schnee unter der Sonne weggeschmolzen war.

Eines Tages, während Violetta ihre letzten Urlaubsfotos aussortierte, klingelte das Telefon. Diesmal war es Jeannette, die sie in Aufregung versetzte. Nach kurzer Erkundigung ihres Befindens kam Violettas Stiefmutter unmittelbar zur Sache:

"Wir sind gerade dabei, den Nachlass deiner Großmutter Marie, die im Sterben liegt, zu regeln. Das Haus in Martigny soll unter der Erbengemeinschaft aufgeteilt und verkauft werden. Aber die Immobilienpreise sind aktuell im Keller. Da dein Vater verstorben ist, wärest du bei der gesetzlichen Erbfolge Miterbin."

Jeannette hielt einen Augenblick inne und fuhr fort:

"Vielleicht weißt du es noch nicht, aber ich habe damals das Kostgeld für das Mädcheninternat in Verolliez anstelle deines Vaters alleine gezahlt und musste deswegen ein gutes Weingut verkaufen. Eigentlich bist du mir jetzt 10.000 Sfr. schuldig."

Violetta war fassungslos.

"10.000 Sfr.? Was sagst du da? Soviel Geld habe ich gar nicht!"

Jeannette fügte hinzu:

"Ich habe bereits einen Anwalt eingeschaltet, da die anderen Erben sich jetzt mit mir streiten, sie wollen mir meinen Anteil nicht auszahlen. Auch wenn das Haus noch nicht verkauft ist, ist ein Gutachten über dessen Wert bereits erstellt. Viel ist es nicht. Doch es kommt mir nicht in den Sinn, auf dieses mir zustehende Geld zu verzichten."

Bestürzt über diese Forderung, fand Violetta keine Worte. Jetzt verstand sie die plötzliche Wandlung ihrer Stiefmutter, und ihre Enttäuschung darüber quälte sie maßlos. Gerade diese Frau, die sie in ihrer Jugend pädagogisch begleitet hatte, fuhr jetzt mit schwerem Geschütz gegen sie auf.

Jeannettes Stimme wurde süßlich:

"Es gibt da eine Möglichkeit. Du kannst auf deinen Erbanteil zu meinen Gunsten verzichten, und zwar mit einer sog. Erbverzichtserklärung. Dann ist das für dich erledigt.

Gegenüber deiner Tante und deinen Onkeln bin ich aber fest entschlossen, wenn es sein muss, vor Gericht zu gehen."

Fassungslos akzeptierte Violetta diesen Vorschlag. Es ging ihr nicht so sehr um das Geld, das sie gebrauchen konnte, sondern um die Art und Weise, wie mit ihr umgegangen wurde.

"Ich will davon nichts mehr hören, Jeannette, und ich werde diese Erklärung unterschreiben. Mein Leben geschieht hier." Das Band der Freundschaft zwischen ihnen war gerissen. Einzig und allein, dass sie diese Jahre an der Seite ihres Vaters verbracht hatte, tröstete sie und stimmte sie ein wenig milder. Es dauerte jedoch einige Zeit, bis sie diesen Vorfall aufgearbeitet hatte. Warum musste jemand, dem sie so nah gestanden hatte, derart auf ihre eigenen Vorteile pochen?

Wenige Zeit später schlief Großmutter Marie nach ihrem arbeitsreichen Leben friedlich ein.

Um den internen Streit zwischen Jeannette und den anderen Erben zu beenden und um "Ruhe von ihr zu haben", gab man ihr letztendlich ihren Anteil und den Violettas. Dann wandte man sich von ihr ab und die Türen blieben seitdem für sie verschlossen. Tante Anna erwies sich ihrer Nichte gegenüber großzügig und schenkte ihr 5.000 Sfr. als kleine Entschädigung für ihren Erbverzicht.

Der Alltag pendelte sich wieder ein und Violetta setzte die Aufräumarbeit in ihrer Wohnung fort. Es sollten nur noch die wesentlichen Dinge ihren Platz haben und in den Schränken ihr Künstlerbedarf und Malutensilien aufbewahrt werden. Je mehr sie sich von Gegenständen und von verletzenden Menschen trennte, desto leichter wurde ihre

Seele. Das half ihr, den Blick, wenn auch manchmal von Tränen verschleiert, nach vorne zu richten. Wenn sie bisher die Krisen ihres kleinen Lebens meistern konnte, würde sie dies auch in Zukunft tun können.

Eines Tages geschah es, dass ihre kanadische Freundin Teresa eine neue Bleibe suchte. Sie hatte sich bei Violettas Genossenschaft eingetragen. Zufällig befand sich die ihr angebotene, noch preisgebundene Sozialwohnung in einem alten Nachkriegshaus, das gegenüber im Hof stand, und diese besaß eine teilweise überdachte Loggia mit Blick auf eine kleine Wiese. Violetta freute sich, dass Teresa bald nur ein paar Schritte von ihr entfernt wohnen würde. Doch daraus wurde nichts, die Freundin wollte doch lieber in der Nähe ihrer Tochter im Hamburger Norden bleiben, was bedeutete, dass Teresa ihr den Vorschlag machte, doch selbst dort umzuziehen. Auf lange Sicht gesehen, sei das auch für sie besser, im ersten Stock statt im vierten zu wohnen. Violetta ergriff diese Gelegenheit, hatte sie sich doch so sehr einen Balkon gewünscht. Als langjähriges Mitglied der Genossenschaft erhielt sie auch einen neuen Dauernutzungsvertrag. Teils erfreut über die Aussicht, bald einen Balkon zu haben, teils wehmütig, verließ sie die kleine Wohnung unterm Dach, in der sie mit Freddy jahrelang zusammengelebt hatte.

Als Violettas Mutter dies erfuhr, blieb es nicht aus, dass sie mehr als ärgerlich wurde.

"Warum kommst du nicht wieder in die Schweiz? Deine Cousins in Sion würden dir sicher zu einem Job verhelfen!"

Doch Violetta dachte nicht daran. Sie hatte sich damals entschieden, und obwohl sie wusste, dass die Lebensqualität im Heimatland besser war und sie auch oft ihre Berge vermisste, hatte sie hier Wurzeln geschlagen und sie musste noch einige Jahre arbeiten. Es war dafür zu spät. Älter geworden und als Diabetikerin würde sie ohnehin nicht so leicht eine neue Arbeit finden, auch in der Schweiz nicht.

"Maman, du weißt doch, ich komme während der Ferien zu dir!"

Violetta bereitete sich jetzt auf den Umzug vor und trennte sich erneut von den letzten Zeugen ihrer Vergangenheit, nur die Fotoalben, ihre Musik und Malutensilien sowie die neueren Möbel wollte sie mitnehmen. Für die Loggia kaufte sie einen Tisch und zwei Stühle. Sie freute sich bereits auf das Frühstücken draußen auf dem Balkon und auf das Beobachten der Meisen bei der Brut im eigenen Nistkasten.

Bei der Übergabe der Haustürschlüssel an ihre Nachfolgerin liefen ihr Tränen über das Gesicht. Hier hatte sie mit Freddy geliebt und gelebt. Es waren wertvolle Jahre gewesen. Ein letztes Mal ging sie die Treppe des Hauses Nr. 19 herunter und stand im Garten ihrem neuen Domizil gegenüber, das sich wie eine leere Seite eines Buches vor ihr öffnete.

Jetzt war es umgekehrt; von ihrem neuen Schlafzimmer aus blickte sie auf ihre alte Wohnung. "Freddys Geist kann jetzt zu mir rüber schauen!", meinte sie mit einem Lächeln.

Voller kreativen Ideen richtete sie sich behaglich mit Naturholz ein und beschäftigte sich auf der Loggia alsbald mit Pflanzen und Sämereien, mit Mini-Tomaten und Wildkräutern. Die Meisen bekamen einen Nistkasten, den sie von da an jedes Frühjahr zum Brüten aufsuchen konnten.

In ihrer besinnlichen kleinen Welt hatte sie sich an ihr Alleindasein jetzt gewöhnt, so sehr sogar, dass sie die Gesellschaft anderer mied. Wenn sie es dennoch tat, kehrte sie erschöpft zurück. Sie ermüdete schnell, der Stadtlärm war belastend und sie litt unter Geräusch- und Schmerzempfindlichkeit. Sie kam sich, wie ein Schwamm vor, der alles in sich aufsaugt. Daher wollte sie in ihrer Freizeit hinausfahren, fernab von der Enge und dem Konsumgeschrei der Menschenmenge. Sie erinnerte sich aber auch daran, dass es eine Zeit gegeben hatte, wo auch sie dem Kaufrausch verfallen war und sie danach nicht nur mit vollen Tüten, sondern mit innerer Unzufriedenheit nach Hause zurückkehrte. Jetzt wusste sie, sie brauchte mehr denn je ruhige Lebensräume draußen in der Natur als Quelle der Erneuerung und keinen Schrank voller Kleidung!

Weil in den letzten Jahren immer mehr vor allem junge Menschen in den Hamburger Westen zuströmten, erlebte der Stadtteil Altona einen Bauboom. Wie beschaulich war es doch gewesen, als sie in den 1980er Jahren zu Freddy gezogen war.

Die Zeit verging und Verhängnisse nahmen ihren Lauf. Ein Anruf ihrer Ex-Schwiegermutter Erna brachte eine traurige Nachricht, die Violetta wie eine Nadel ins Herz traf.

"Josef hat einen Schlaganfall erlitten, er kann nicht mehr sprechen und liegt im Komma", schluchzte sie.

"Oh, neein, Mutti, neein. Das darf nicht sein!" Violetta zitterte vor Aufregung.

Mit stockender Stimme berichtete Erna, dass Josef das Wochenende in der Universität verbracht hatte, weil er dort schwierige Texte in Ruhe übersetzen wollte. Erst am

Montag sei er von der Reinigungskraft bewusstlos entdeckt worden.

Violetta war wütend. Es hatte sich für Josef doch alles so gut ergeben, er liebte seinen Job und führte das Leben, das er mochte. Warum musste er, mitten im Leben, ein solches Schicksal erleiden? Erna tat ihr unermesslich leid. Wie würde sie in ihrem hohen Alter dies verkraften?

Josef hatte ein schweres Schädel-Hirn-Trauma mit Hirnblutung erlitten und war teilweise gelähmt. Er konnte nicht mehr sprechen, jedoch hören und mit Augenbewegungen reagieren. Nach einem Aufenthalt auf der Intensivstation im Krankenhaus verlegte man ihn in eine Fachklinik für Koma-Patienten. Violetta war erschüttert und nahm sich vor, so schnell wie möglich nach Darmstadt zu fahren. Trotz Stress im Büro wollte sie drei Tage Urlaub beantragen, was man aber nicht genehmigte. Also schrieb sie einen Brief zum Vorlesen an Josef. Er sollte ihre Anteilnahme und ihr Mitgefühl zum Ausdruck bringen.

Einige Wochen lang wurde Josef intensivmedizinisch betreut, und als es ihm etwas besser ging, bekam er auch neurologische Rehabilitation. Erna war regelmäßig bei ihm, und auch seine esoterische Gemeinschaft kümmerte sich um ihn. Doch es waren dauerhafte Schäden zu erwarten. "Er würde nie mehr wieder ins selbständige Leben zurück", hatten die Ärzte gesagt, so dass Erna, voll Schmerz und Kummer, die Wohnung ihres Sohnes auflösen musste.

Beim Betreten der vermüllten Wohnung, ließ sie einen Schrei los:

"Mein Gott! Wer soll das alles beseitigen? Eine Entrümpelungsfirma muss her! Ich kann das nicht."

Wie konnte es soweit kommen? Der Seminarprofessor hatte sich schon gewundert, dass sich Josef in einem Zimmer des Instituts eingerichtet hatte und fast immer dort schlief. Bereits jetzt kündigte sich auch noch eine größere Sammlung von Fachbüchern an, worüber der Professor staunte, da er diese nicht bestellt hatte. Dass der Schlaganfall ihn während der Arbeit hatte treffen müssen, erschütterte das ganze Institut. Man wollte in Zukunft die alleinige Nachtarbeit der Angestellten einschränken.

Sein Zustand gab wenig Hoffnung auf Besserung. Er konnte nicht sprechen, versuchte, mit Blickkontakt und Lidschlag zu kommunizieren. Er verstand aber alles, was man ihm sagte. Doch schnell wurde man dessen sicher, Josef würde für immer in der Klinik bleiben müssen.

Nachdem einige Zeit vergangen war, bekam Violetta eines Abends Besuch von zwei Polizisten.

"Sind Sie Frau Moiry-Olivier und verwandt mit Frau Erna Olivier?", fragten sie höflich.

Violetta nickte. Irgendwie war dieser Besuch kein gutes Zeichen.

"Sie ist meine Ex-Schwiegermutter", antwortete sie zaghaft.

"Wir müssen Ihnen leider die traurige Mitteilung machen, dass Ihre Schwiegermutter verstorben ist. Man hat sie in ihrer Wohnung gefunden", erklärte der Beamte.

Eine Welt brach zusammen. Sie drehte sich kurz um, bedeckte ihr Gesicht mit der Hand, während bittere Tränen hinabbrannen. Arme Erna, das alles hatte sie nicht verkraften können und außer Josef war jetzt keiner von ihrer Familie mehr am Leben.

Es war so unwirklich. Noch vor kurzer Zeit hatten sie miteinander geredet und Josef von seinen neuen Projekten berichtet. Wie benommen, schenkte sich Violetta einen Whisky ein, den sie rasch trank und der ihren Schmerz etwas betäubte. Doch jetzt war Durchhalten angesagt und sie musste einfach weiter funktionieren.

Sie trug lange diesen übergroßen Abschiedsschmerz in sich und flüchtete in den Wald. Wenn sich der Weg durch den Schatten der Bäume verdunkelte, weiter vorne aber die Sonne die Lichtung im Wald durchleuchtete, wusste sie: Auch auf ihrem Lebenspfad würde sich die Dunkelheit verziehen. Sie erinnerte sich daran, wie sie auf Bornholm von einer wundersamen Kraft aus der Finsternis herausgeholt worden war und staunte immer noch darüber. Es wäre so einfach gewesen, wenn sie damals aus dieser Welt geschieden wäre, sie die Zerbrechliche. Stattdessen sollte sie leben und lernen, auch als Hochsensible nicht ständig von ihren Emotionen überwältigt zu werden.

Die Tagesroutine hatte sich wieder eingependelt und der Alltag im Büro schwankte zwischen Stress und Langeweile.

Eines Tages rief sie jemand an, den sie zuerst nicht wiedererkannte. Es war Philipp, ein Freund Josefs. Anders als ihr Ex-Mann hatte Philipp in der Indogermanistik Karriere gemacht. Violetta hielt das Telefon zuerst nicht direkt ans Ohr, als wolle sie nicht hören, was sie bereits ahnte. Es konnte sich nur um Josef handeln.

"Violetta, gut, dass ich dich erreiche ... Josef ..., Josef ist von uns gegangen", sprach Philipp. Nächste Woche ist die Beerdigung. Kannst du kommen?"

Kalter Schweiß brach in Violetta aus und sie hatte Mühe, ihre Worte zusammenzufassen. Mit tauben Lippen antwortete sie:

"Ja, Philipp, sicher. Ich werde zur Beerdigung kommen."

Jetzt war sie innerlich leer und hatte keine Tränen mehr.

Josefs Gemeinschaft hatte eine kleine Beerdigungszeremonie vorbereitet, ohne Pastor. Es war eine Sozialbestattung, einfach aber würdevoll. Ein schlichtes Holzkreuz mit Josefs Bild schmückte das kleine Grab. Die Trauernden beteten zusammen und legten Blumen nieder. Kreidebleich nahm Violetta Abschied von Josef, ihrem ersten Mann, mit dem sie voller Zuversicht ihre Anfangsjahre in Frankfurt gelebt hatte.

"Adieu, lieber Josef. Die Mutti wartet bereits auf dich!"

Erst im Zug zurück nach Hamburg bemerkte sie, dass ihr Gesicht tränenüberströmt war, während sich ihr bisheriges Leben vor ihr ausbreitete: die Reisen mit Josef, die Verlobung, die Hochzeit, all das war noch gegenwärtig. Dann ihre Träume, die sich aufgelöst hatten, als er psychisch erkrankte. Sie war diejenige gewesen, die Josef verlassen hatte. Sie hatte glücklich sein wollen und Checo hatte ihr, wenn nicht den ganzen, doch wenigstens ein Stück Himmel geschenkt. Später war Freddy wie ein Fels in der Brandung gewesen und hatte ihr ein Zuhause gegeben. Er wurde ihr weggenommen …

Violetta ließ jetzt ihren verweinten Blick über das norddeutsche Tiefland schweifen. Warum musste sie immer wieder alleine dastehen? Sie atmete tief durch und nippte an ihrem Kaffee. Nein, eine Kämpferin war sie wahrlich nicht. Sie hatte nur diese eine kleine Erwartung, dass irgendwann sich die Tür der Trauer hinter ihr schließen würde. Hatte sie nicht bereits neulich auf dem Waldweg eine helle Spur der Hoffnung am Horizont gesichtet?

Abends zuhause zündete sie eine Kerze an und begleitete ihre Verstorbenen in die Seelenwelt der Ewigkeit.

Ermutigende Worte fielen ihr ein:

"Du kannst nicht tiefer fallen als in Gottes Hand."

War es wirklich so? Hatte Gott überhaupt eine "Hand"? Was war der Sinn, auf der Welt zu sein, zu leiden und nur zu hoffen, dass man nach dem Tod bei Gott sein würde? Sie dachte auch an Jesus, ja, sie konnte sich vorstellen, dass man ihm in der anderen Welt begegnen würde, sie hoffte es jedenfalls, denn auch er hatte gelitten und angekündigt, man würde ihn wiedersehen.

Und sie erinnerte sich auch daran, dass die fallenden Blätter der Bäume nur scheinbar verrotten und in ihrer Umwandlung in den Kreislauf der Jahreszeiten zur Seele von Mutter Natur zurückkehrten. Das war tröstlich und überschritt alle Grenzen.

Und der Alltag ging seinen alten Gang. Zuerst kurz auf dem Balkon das Morgenlicht begrüßen, duschen, arbeiten gehen. Jeden Morgen gedachte sie einen Augenblick ihrer Verstorbenen. Sie aber musste noch leben, noch arbeiten gehen, sich um ihre Mutter kümmern und während ihres Besuchs bei ihr für sie da sein.

Tante Lilly, die Selbstbewusste, brauchte niemanden an ihrer Seite und war emotional unabhängig. Zärtlichkeiten tauschte sie nur mit ihren beiden Katzen aus. Violettas Reisen in die Schweiz begannen immer mit einer ersten Nacht bei ihr. Nach drei Tagen Aufenthalt in Genf nahm sie für gewöhnlich den Zug nach Château-d'Oex, um die restlichen Tage bei ihrer Mutter zu verbringen. Mit Magengrummeln hörte sie schon Susannes Vorwürfe, sie würde nicht lange genug bei ihr bleiben.

"Maman, ich muss doch auch einige Tage zuhause in Hamburg für mich verbringen, bevor ich wieder zur Arbeit gehe", erklärte sie dann.

Nicht ganz ohne Hintergedanken hatte sie bei dem diesjährigen Urlaub plötzlich eine Idee gehabt: Warum nicht Susanne ans Herz legen, im kommenden Jahr nach Hamburg zu kommen? Man würde zusammen und vielleicht auch mit Tante Lilly, die das Wasser liebte, in einem Thermalbad einige Tage verbringen und eine Badekur machen. Violetta hoffte, das Zusammenleben würde sich durch die fremde neue Umgebung ungezwungener gestalten.

Sie zögerte nicht lange und sprach darüber mit Susanne, die den Vorschlag nicht uninteressant fand.

"Ich würde dich dazu einladen und die Kosten für das Hotel übernehmen", sprach Violetta munter weiter. Ihr wurde bewusst, dass auch ihre Mutter unter dem Verlust eines lieben Menschen hatte leiden müssen und dass ein Kururlaub ihr guttun würde.

So konnte sie beruhigt ins Wallis zu der Verwandtschaft weiterreisen. Sie hatte ihrer Mutter ein Angebot gemacht und alles war gut. Jetzt freute sie sich auf das Wiedersehen mit ihren Cousins und der im Seniorenheim lebenden Tante Anna.

Ihre alte Heimatstadt hatte sich kaum verändert, zumindest hatte man die historische Altstadt gut erhalten. Sie ging wieder den Weg zur alten Burg hoch, vorbei an dem Haus, wo sie gelebt hatte, heute eine feine Adresse für ein

Architektenbüro. Sie kletterte die steinigen Treppen bis zur Basilika von Valère.

Mittags wurde draußen im Garten gegrillt und Violetta genoss diese Zeit in der vom Gesang der Zikaden durchdrungenen und trockenen Walliser Luft und sie meinte fast, sie wäre von hier nie weggegangen. Zugleich wusste sie aber auch, dass sie in Sion nur als Urlauberin weilte und man hier genau wie anderswo sein Leben meistern musste.

Bei dem Gedanken an ihre Urlaubsreise ins Wallis freute sie sich das ganze Jahr über. Doch dies sollte bald nicht mehr ohne weiteres möglich sein. Simone und ihr Mann waren Großeltern geworden und ihre Tochter hatte unter einer postnatalen Depression gelitten, so dass Simone jetzt sich viel um sie und das Baby kümmern musste. Sie hatten das Gästebett im kleinen Erdgeschoss-Appartement entfernt und noch kein neues kaufen können. Zwar besuchte Violetta sie noch einmal, spürte aber, dass alles sich verändert hatte. Selbstverständlich würde sie jetzt sich nicht aufdrängen. Der beidseitige Kontakt zwischen ihr und ihrer Cousine blieb zwar bestehen, wurde jedoch seltener.

Ihre zukünftigen Reisen in die Schweiz wollte sie demnach verkürzen, da sie keine drei Wochen bei ihrer Mutter wohnen mochte und sie während ihres Urlaubs auch lange Wanderungen durch den Hamburger Wald Klövensteen zu unternehmen vorhatte. Zuerst aber würden Susanne und sie im nächsten Jahr gemeinsam in Deutschland eine Badekur machen.

Als es soweit war, reiste Violettas Mutter alleine ohne ihre Schwester an, die sich anders überlegt hatte. An einem goldenen Oktobertag bezogen sie ein Appartement mit zwei getrennten Schlafzimmern in einem guten Hotel mit Bade-abteilung in Bad Bevensen, einer kleinen Kurstadt, nicht weit entfernt von Hamburg. Es sollten Tage der Entspan-nung auch für Susanne werden. Es war erfreulich, dass die Mahlzeiten nicht allzu "deutsch" ausfielen, vielmehr war ein großes Büffet aufgestellt, wo sich die Gäste nach Lust und Laune bedienen konnten.

Der Kurort mit seinen feinen Restaurants und Terrassen gefiel Susanne. Sie blieb immer wieder vor den vielen Kon-ditoreien stehen, die mit allerlei Torten die Kurgäste lock-ten. Auch mochte sie es, durch die kleinen Fußgängerwege spazieren zu gehen und die Mode der Saison in den Schau-fenstern anschauen. Zurück ins Hotel ging es dann in die Badeabteilung, wo der Masseur bereits auf sie wartete.

Als Susanne zurückfuhr nach Château-d'Oex, hatte sie sich gut erholt und konnte vorübergehend mit weniger Me-dikamenten auskommen. Auch die Spannungen zwischen Mutter und Tochter hatten sich während der Kur etwas lö-sen können.

Nach einiger Zeit erhielt Violetta erneut eine Hiobsbot-schaft. Völlig unerwartet, hatte man bei ihrer Tante Lilly ei-nen bösartigen Tumor entdeckt. Die Ärzte gaben ihr nicht mehr viel Zeit, zu spät hatte sie sich in ärztliche Behandlung begeben. Violetta war unendlich traurig. Zu ahnen, dass sie bald nicht mehr da sein würde, versetzte sie in Aufruhr.

Susanne besuchte regelmäßig ihre Schwester und küm-merte sich um sie, die von der Krankheit geschwächt war. Lilly blieb jedoch pragmatisch und lehnte sogar Susannes Hilfe ab, so dass man sie irgendwann ins Krankenhaus ein-liefern musste, um dort versorgt zu werden.

Nach einer leichten Besserung schlugen die weiteren Behandlungsversuche jedoch fehl. Es war zu spät. Man brachte sie schließlich in ein Hospiz, wo sie ihre letzten Tage in Würde verbringen konnte. Als Violetta davon erfuhr, nahm sie das nächste Flugzeug nach Genf. Zusammen mit ihrer Mutter fuhr sie gleich zum Hospiz. Aufgewühlt stand Violetta am Bett ihrer Tante und betrachtete ihre halb geschlossenen Augen.

"Es tut mir so leid", stotterte sie weinend. "Es tut mir unendlich leid, Tante Lilly."

"Das geht vorbei", sagte sie leise, "das geht vorbei …"
Violetta hielt Lillys kalte Hand fest.

In dieser Nacht verstarb sie und Violetta blieb noch einige Tage in Genf, um zusammen mit ihrer Mutter alles Notwendige zu erledigen. Eine Seebestattung hatte sie sich gewünscht, sie, die ihren Genfer See so sehr geliebt hatte.

Während ihrer Rückreise nach Deutschland kreisten die Gedanken in Violettas Kopf, unruhig und voller Sorgen. Jetzt war Susanne alleine und da sie keine Kontakte zu der Walliser Familie mehr hatte, würde sie sich umso mehr an ihrer Tochter klammern. Schon jetzt fürchtete Violetta sich davor. Und sie würde in ihrem Urlaub und über Weihnachten zu ihr hinfahren müssen. Violetta schämte sich für ihre egoistischen Gedanken. Nein, auf keinen Fall sollte Susanne allein bleiben. Es war unwichtig, wie es ihr selbst dabei gehen würde. Sie nahm sich vor, Susanne das orientalische Parfüm mitzubringen, das sie so gernhatte.

Auch hier würde sie durch diesen neuen Schmerz hindurchgehen und ihn irgendwann loslassen können. Hatte Tante Lilly nicht gesagt: "Es geht vorbei"?

Jetzt war sie für die gewöhnlichen Tätigkeiten des Alltags dankbar, das Vertraute gab ihr Halt im endlosen Tunnel der Tragödien.

Sie erinnerte sich daran, dass alles vergänglich ist und dass sie bereits sämtliche Krisen gemeistert hatte. Die Hürden des Lebensweges, die es zu überwinden gilt, sind auch Wegweiser für die weitere Wanderung. Violetta war vorbereitet auf das, was noch kommen würde, sie empfand geradezu eine innere Kraft, die sie befähigte, dem Schicksal die Stirn zu bieten. Weil ihre Angst vor emotionaler Einsamkeit so oft ihr Leben bestimmt hatte, war sie entschlossen, diese als Teil ihres Wesens und ihrer Hochsensibilität anzunehmen und ihren Blick nicht mehr zu senken. Mit Empathie und auf Augenhöhe wollte sie zukünftig ihrer Mutter begegnen.

Jetzt meldete sich Susanne oft bei ihrer Tochter. Sie berichtete über jede kleine Unpässlichkeit und klagte darüber, wie allein sie sei. Violetta versuchte, sie mit der Ankündigung ihres nächsten Urlaubs zu trösten und empfahl ihr, zwecks neuer Bekanntschaften sich in der Kirchengemeinde umzusehen, sicher würden sich dort auch einige Damen im Pfarrhaus zum Kaffeetrinken treffen. Susanne schlug diesen Vorschlag zurück: "Es sind aber doch ganz alte Frauen", sagte sie empört.

Sie sollte irgendwann ihre Meinung ändern, denn tatsächlich lernte sie einen kleinen Kreis von treuen Kirchgängerinnen kennen, der sich wöchentlich zum Austausch traf. Violetta war beruhigt, dass ihre Mutter jetzt neue Freundinnen hatte. Es war auch nicht schwer für Susanne, durch ihr elegantes Auftreten und ihre gefällige Art Bekanntschaften zu machen, sie musste es nur wollen. Später lernte sie ein

Ehepaar kennen, mit dem sie sich täglich im Café traf. Alles in allem, Susanne war jetzt weniger allein als sie selbst.

Ende des Jahres fuhr Violetta für eine Woche in die Schweiz, um dort mit ihrer Mutter die Weihnachtstage im schneebedeckten Château-d'Oex zu verbringen. In dieser Zeit achtete sie darauf, den Familienfrieden nicht zu gefährden. Man machte gemeinsam kleine Spaziergänge und traf sich anschließend im Café mit dem befreundeten Ehepaar. Da war die Atmosphäre locker und Violetta liebte diese Zusammenkünfte.

Wenn sie wieder von dem Ausflug zurück waren, veränderte sich die Stimmung und um Violetta wurde es wieder eng. Hatte nicht sogar Tante Lilly gesagt: "Mit Fremden benimmt sie sich ganz anders?" Susanne musste zeitig ihre Medizin einnehmen. Violetta ging den oft grundlosen gereizten Reaktionen ihrer Mutter einfach aus dem Weg und zog sich für eine kleine Weile ins Bad zurück. Überrascht stellte sie fest, dass sie Abstand halten konnte und diese Stimmungsschwankungen sie nicht mehr so schmerzlich berührten.

Mit der Zeit entwickelte Susanne eine tiefe Depression und Merkmale von Hypochondrie. Trotz Valium litt sie unter allen möglichen Krankheiten. Ihr Arzt hatte versucht, ihr Antidepressiva zu verschreiben, doch seine Patientin hatte Angst, das Mittel nicht zu vertragen und legte es lieber in den Schrank. Violetta betonte immer wieder, dass es ihr damit besser gehen würde, dies sei bei so vielen Kranken bewiesen. Schließlich gab der Doktor auf und behandelte Susanne weiter mit den ihr bekannten Substanzen.

Als Violetta wieder einmal einige Tage im Spätsommer bei ihrer Mutter verbrachte, merkte sie, dass die Situation immer schwieriger geworden war. Sie nahm all ihren Mut zusammen, um Susanne einen Aufenthalt in dem Erholungs- und Pflegeheim von Château-d'Oex zu empfehlen, wo sie auch ärztlich betreut werden würde. Susanne ging zuerst voll in die Defensive. Dort seien nur alte Menschen und es wäre sowieso zu teuer. Durch Fürsprache des Arztes akzeptierte sie schließlich, zwei Wochen in dem Heim zu verbringen. Man sah sich das einladende und gepflegte Haus gemeinsam an und Susanne ließ sich umstimmen. "Ja, sie würde hier vorübergehend bleiben." Violetta konnte mit einem guten Gefühl nach Hause zurückfahren.

Sie telefonierten oft miteinander und Susanne berichtete, dass sie im Erholungsheim gut betreut sei. Gegen ihre Blutarmut hatte man ihr Eisenpräparate verschrieben. Ferner schätzte sie die Nachmittagsstunde im Gemeinschaftsraum. Aber für immer wollte sie auf keinen Fall hierbleiben, was ihrerseits verständlich war. Die Kurzaufenthalte aber sollten sich auf ihr Befinden positiv auswirken. Violetta war erleichtert, ihre Mutter in diesem schön gelegenen Haus gut versorgt zu wissen.

Da sie seit einiger Zeit unter Schluckbeschwerden litt, hatte man noch eine größere Untersuchung im Kopf-Halsbereich durchgeführt und die Ergebnisse sollten in einigen Tagen vorliegen.

Da zeichneten sich bereits dunkle Wolken am Horizont ab. Eines Abends, zu einer ungewöhnlichen Stunde bekam Violetta einen Anruf ihrer Mutter. Es sollte keine erfreuliche Nachricht sein.

"Maman, was ist?" Violettas Herz raste.

"Ich habe Krebs ... an den Speicheldrüsen unter der Zunge", antwortete Susanne mit stockender Stimme. "Nicht operierbar!"

Zuerst in Schockstarre versetzt, schrie Violetta:

"Oh, mein Gott! Es ist furchtbar!"

Sie konnte keine klaren Gedanken mehr fassen und stotterte, um irgendetwas zu sagen, ihr Verstand war vernebelt, bis dann die Worte aus ihr in Bruchstücke herauskamen:

"Oh, Maman, ich wünschte, ich wäre jetzt bei dir!"

Diese Nachricht veränderte alles und sie fragte sich, ob diese Welt nicht bereits die Hölle war.

"Adieu Maman!"

Die niederschmetternde Nachricht von Susannes Erkrankung war unerträglich und tief war das emotionale Loch, in das Violetta fiel. Sie bäumte sich gegen dieses Schicksal auf. Keine negativen Meldungen, nichts von Krankheiten und Todesfällen mehr wollte sie hören. Es war genug der Schmerzen, auch der eigenen, die Dauerbegleiter ihres

Alltags geworden waren. Zwischen Liebe und Hass fühlte sie sich dunklen Mächten ausgeliefert. Was erwartete man nicht alles von ihr! Jedem Zuspruch und Trost zu spenden? Das konnte sie nicht mehr. So flüchtete sie sich in den Wald und lief solange, bis sie vor Erschöpfung nach Hause zurückkehren musste. Sie wünschte nur noch, all die Horrormeldungen der letzten Monate hinter sich zu lassen und nicht mehr traumatisiert durch die Welt zu laufen.

Dennoch würde sie lernen müssen, auch mit schlechten Karten zu spielen. Die Alltagsroutine holte sie wieder ein und nach ihrem Arbeitstag setzte sie sich hin, bereitete sich eine Tasse Tee und schaute durchs Fenster nach draußen. Sie beobachtete die Zweige der Birken im Hof, die sich in dem leichten Wind hin- und her schwangen. Violetta kämpfte mit Schuldgefühlen ihrer Mutter gegenüber, weil sie zu ihr keine innige Beziehung hatte aufbauen können. Mehr denn je brauchte Susanne jetzt doch die Unterstützung ihrer Tochter. In ihrem Inneren aber sträubte sie sich dagegen. Zwischen ihr und ihrer dominanten Mutter hatte es immer wieder diese schier unüberwindbare Mauer gegeben und allein der Gedanke daran ließ sie schaudern. Sie beobachtete weiter das Spiel der Birkenzweige im Wind, ihre Leichtigkeit und Unbekümmertheit. Mit einem Atemzug erinnerte sie sich auf einmal: Hatte sie nicht vor kurzem entschlossen, trotz ihrer Unsicherheit mit erhobenem Kopf, mutig und frei durchs Leben zu gehen und Susanne die Hand zu reichen?

Tränen liefen ihr über die Wangen. Sich durchzusetzen und abzugrenzen hatte sie nie gekonnt. Violetta schloss die Augen und begann sich zu fragen: "Was würde geschehen, wenn das alles, wovor ich mich fürchte, auch eintreffen würde?" Sie wurde kämpferisch und sprach laut zu sich: "Ja, ich lasse diese Angst zu und werde aufhören, mich selbst anzuklagen, auch wenn Maman, die jetzt unheilbar krank ist, mit mir unfreundlich werden sollte. Wenn ich die Herausforderungen mit dem nötigen emotionalen Abstand angehe, wird diese Last mich nicht erdrücken. Biegen sich nicht die Grashalme im Wind ohne zu brechen?"

In der ersten Zeit nach Bekanntwerden der Diagnose drehte sich alles um die passende Therapie. Da eine Operation nicht möglich war, empfahlen die Ärzte eine kombinierte Strahlen- und Chemotherapie. Doch Susanne lehnte dies ab, nachdem man sie auch über die Nebenwirkungen aufgeklärt hatte. Fortan musste Violettas Mutter in Ungewissheit mit dem über ihr schwebenden Damoklesschwert des Krebses leben lernen. Die Ärzte konnten ihr auch nicht sagen, ob und wie lange, Wochen oder gar Jahre der Zungentumor stabil bleiben und nicht streuen würde.

Ein leichtes Aufatmen war ihr gegönnt. Sie konnte sich auch noch ernähren wie immer. Nur hin und wieder hatte sie Schwierigkeiten und Schmerzen beim Schlucken. Es hieß aber, zunächst einmal zur Normalität zurückzukehren, und um ihre Mutter zu beruhigen, teilte Violetta ihr mit, dass sie bald ihr Bahnticket für die kommende Reise reservieren würde.

Es gab jedoch Tage, an denen Susanne bereits frühmorgens ihre Tochter anrief, bevor diese zur Arbeit ging. Jede noch so kleine Veränderung ihres Befindens verängstigte sie, so dass ihre Gedanken darum kreisten, wie lange sie noch zu leben hätte. Daraufhin erhöhte ihr Hausarzt die Dosis ihrer Tranquilizer.

Violetta nahm jetzt ihren gesamten Jahresurlaub, um mehr Zeit in Château-d'Oex zu verbringen und Susanne zur Seite zu stehen. Wenn möglich, unternahmen sie kleine Touren mit dem Zug. Doch selbst bei einem Tagesausflug nach Montreux mit dem Goldenpass-Express waren beide während der beeindruckenden Fahrt durch die tiefen Wälder eher wortkarg und Violetta überlegte, wie sie ihre Mutter ablenken könnte, indem sie zum Beispiel auf die Schönheit der Wiesenblumen von den umliegenden Feldern aufmerksam machte. Susanne zuckte kurz mit den Schultern.

"Das Gras ist richtig spinatgrün! Ich mag das Grün der Olivenhaine im Süden."

Violetta musste schmunzeln. Ja, auch sie mochte das Grün der Olivenzweige, aber die einheimischen Wiesen mit ihren schillernden Gräsern waren doch schön. Susannes Äußerungen konnten manchmal witzig sein. So war sie eben, diese schöne und exzentrische Mutter, die auch nie das Haus verließ, ohne sich geschmackvoll gekleidet und geschminkt zu haben.

"Hast du nicht etwas Besseres zum Anziehen?", fragte sie ihre Tochter. "Du läufst immer mit Wanderhose und T-Shirt herum!"

"Ja, hier oben in den Bergen. Fürs Büro ziehe ich mich auch eleganter an." Warum muss ich mich immer rechtfertigen? ging ihr durch den Kopf.

So verliefen die Tage in Château-d'Oex zwischen Hoffnung und Resignation. Der Tag gestaltete sich nach Susannes momentanem Befinden, so dass man nicht viel im Voraus planen konnte. Violetta passte sich an. Wichtig war ihr, dass ihre Mutter sich wohlfühlen konnte, was wiederum auch ihr selbst zugutekam. Jeder Augenblick der Entspannung war kostbar und linderte die inneren Schmerzen ihrer eigenen Unzulänglichkeit.

Violetta hatte es sich zur Gewohnheit gemacht, morgens ihren Kaffee am Bett ihrer Mutter, die sich nach ihrem kleinen Frühstück wieder hinlegte, fertig zu trinken und mit ihr ein wenig zu plaudern. Dabei konnte sie erspüren, wie die nächsten Stunden sich entwickeln würden, alles hing davon ab, wie gut Susanne geschlafen hatte, und wie sie sich jetzt gerade befand.

Besonders belastend war jedoch der letzte Tag ihres Aufenthaltes. Wie immer, legte sich Susanne noch einen Augenblick hin und wartete auf Violettas Gesellschaft. Ihr leises Schluchzen verriet, dass sie weinte.

"Warum musst du auch so weit weg wohnen?", fragte sie zum wiederholten Male.

Violetta spürte dann einen Stich ins Herz. Wie konnte sie schon wieder abreisen und ihre kranke Mutter zurücklassen? Dann erinnerte sie sich, dass Susanne ja auch liebe Freunde hatte, mit denen sie sich fast täglich im Café traf, das Ehepaar Jennifer und Leon, Brigitte, die auch allein lebte. Und da war auch noch ihre langjährige Freundin aus der Drogerie. Nein, Susanne war gar nicht so allein, wie sie immer meinte.

Violetta ertappte sich, dass sie sich freute, bald wieder nach Hause zurückzufahren, und schämte sich wieder dafür. Beim Zwischenstopp in Basel und während der Wartezeit auf den ICE nach Hamburg telefonierte sie noch einmal mit Susanne und versuchte, ihr Mut zu machen.

Es war wieder soweit. Nach Violettas Abreise ließ der Arzt Susanne in das bekannte Erholungsheim bringen. Die Tage dort sollten ihr anschließendes Alleinsein zuhause erleichtern und die Trennung von der Tochter abmildern.

In der nachfolgenden Zeit blieb Susannes Gesundheitszustand relativ stabil, so dass man von einer chronischen Phase ausging, die sogar mehrere Monate anhalten könnte. Violetta atmete auf und hoffte, alles würde so weiterlaufen bis zu ihrem nächsten Besuch in Château-d'Oex.

Währenddessen entwickelte sich an ihrem Arbeitsplatz eine Konfliktsituation mit dem Arbeitgeber. Nicht nur, dass man durch Unterforderung psychischen Druck auf sie ausübte, ihr Gehalt war bereits seit einigen Jahren nicht mehr erhöht worden, und ihr Einsatz mit den nicht so wichtigen Archivarbeiten hatten beim Chef zwar Anerkennung gefunden, und die Kollegen schätzten, gut sortierte Unterlagen in ihren Ordnern zu finden, doch seitens der Geschäftsleitung blieb es nur bei schönen Worten.

Während der Arbeit erschien eines Tages in der Tür der Abteilungsleiter mit einem Lächeln auf den Lippen.

"Frau Moiry, der Personalleiter möchte mit Ihnen sprechen. Kommen Sie bitte in mein Büro."

Erstaunt stand Violetta auf.

"Keine Angst! Wir wollen Sie nicht entlassen!", formulierte der Vorgesetzte. Wir wollen nur zusammen ihren Arbeitsvertrag näher anschauen."

Violetta ahnte nichts Gutes. Sie war in einem Alter, da man gern die Mitarbeiter in den Ruhestand schickte. Doch soweit war sie noch nicht; sie würde um ihren Arbeitsplatz kämpfen. Es ging um jeden Euro ihrer späteren Rente, die ohnehin nicht üppig ausfallen würde.

"Aufgrund Ihrer Schwerbehinderung dürften Sie jetzt ohne Abschläge bereits in Rente gehen", erklärte der Personalchef.

Also doch! Sie hatte es geahnt.

"Wir würden Ihnen vorschlagen, bald Ihren Rentenantrag zu stellen und dann bei uns auf Hilfskraftbasis weiter zu arbeiten. Verstehen Sie, Frau Moiry, wir müssen auch unsere eigenen Interessen wahrnehmen. Sicher wissen Sie auch, dass die wirtschaftliche Lage sich seit langem in einer Schwächephase befindet. Da macht der Arbeitsmarkt keine Ausnahme."

Wohl wissend, dass sie durch ein gesetzliches Sonderkündigungsgesetz geschützt war, antwortete Violetta blitzartig:

"Auch wenn ich ohne Abschläge in Rente gehen könnte, werde ich bis zum regulären Rentenalter von 65 Jahren weiterarbeiten müssen. Ein früherer Rentenbeginn würde für mich eine Kürzung auf Lebenszeit bedeuten. Ich möchte daher mein jetziges Arbeitsverhältnis fortsetzen!", betonte sie und blickte selbstsicher auf die Herren. Ihre aufgekommene Empörung hatte ihren Mut plötzlich entfacht.

Im Büro des Chefs herrschte zuerst drückendes Schweigen. Doch in der Kanzlei wusste man, sich diplomatisch zu benehmen und Schlussworte zu finden. Und so standen alle auf und ein jeder ging an seinen Platz zurück. Violetta wusste jetzt, dass es für sie in den kommenden Jahren nicht einfach werden würde. Sie fühlte sich allein gelassen mit ihrer Enttäuschung und ihren Nöten, denn der weitere Verlauf der künftigen Entwicklung war noch in der Schwebe geblieben. Sie wusste, dass man versuchen würde, mit allen gesetzlichen Mitteln einen rechtlich zulässigen Weg zur betriebsbedingten Kündigung ausfindig zu machen. Das Warten auf eine Entscheidung war zermürbend. Es würden Jahre der Unsicherheit werden und raue Winde aus allen Richtungen würden über sie hinwegfegen. Ein Gefühl lähmender Kälte kroch in ihr hoch.

Um sich abzulenken, verbrachte sie die Abende vor dem Fernseher. Sie erinnerte sich, wie sie mit Freddy auf der Couch zusammengekuschelt Serien angeschaut hatte. Wie behaglich waren diese Stunden gewesen! Jetzt empfand sie die umgebende Einsamkeit als bedrückend. Sie wusste, durch diese Dunkelheit müsste sie unbeirrt weitergehen, bis die Dornen anfangen würden zu blühen. Jetzt aber war es wieder die Angst, die Besitz von ihr genommen hatte.

Mehrmals in der Woche telefonierte sie mit ihrer Mutter und durch den Klang ihrer Stimme ahnte Violetta, in welcher Verfassung sie sich gerade befand. Noch war ihre Erkrankung stabil geblieben. Jetzt waren es hauptsächlich ihre depressiven Schübe und ihre Appetitlosigkeit, unter denen sie stark zu leiden hatte.

Susanne klärte ihre Tochter darüber auf, was sie alles nach ihrem Ableben zu erledigen hätte, wo welche Schlüssel und Bankkarten sich befänden und an wen sie zu schreiben hätte. Die Anleitungen wechselten oft und so schrieb Violetta alles auf, um auf den neuesten Stand zu bleiben. Sie würde eine Akte mit allen wichtigen Versicherungsunterlagen zusammenstellen und diese dann dem Notar übergeben, der die Steuern und das Erbe aufteilen würde.

Sie fürchtete sich auch vor der Wohnungsauflösung und eventuellen Renovierungsarbeiten. Die Eigentümer wohnten im selben Haus direkt über Susannes Wohnung und hatten den Ruf, besonders geschäftstüchtig zu sein.

Mit jedem Wiedersehen wuchs Violettas Unbehagen, denn allmählich veränderte sich Susannes Aussehen. Die Krankheit meldete sich mit voller Wucht zurück. Sie blutete stark und bald konnte Susanne nur noch sehr weiche Kost zu sich nehmen, was zu einer auffallenden Gewichtsabnahme führte. Erst als sie ein Medikament zur Blutstillung bekam, beruhigte sich die Lage etwas und man gab ihr neben Vitaminen auch spezielle Nahrungsergänzungsmittel, um ihren schwächelnden Gesundheitszustand zu stabilisieren. Violetta fuhr jetzt öfter in die Schweiz und wenn sie wieder abreisen musste, verbrachte Susanne einige Tage im Erholungsheim, was sich bereits bewährt hatte.

So vergingen wieder einige Monate und Susanne musste immer häufiger in die Fachklinik nach Lausanne gebracht werden. Dort war sie in den Händen von Onkologen. Violetta sprach mit einem von ihnen. Es bestünde die Möglichkeit, einen kleinen Eingriff am Rachen durchzuführen, damit sie mehr Luft bekommt, hatte er erklärt. Doch Susanne hatte dies zuerst abgelehnt, dann zugestimmt und schließlich doch wieder abgelehnt. Und so wurde sie an ein Beatmungsgerät angeschlossen.

Violetta hatte wieder einmal ihr Bahnticket besorgt, als sie an jenem Tag im Juni einen Anruf aus der Klinik in Lausanne bekam.

"Wir mussten ihre Mutter auf die Intensivstation verlegen", erklärte die Krankenschwester. "Sie hatte eine starke Blutung, die wir aber eindämmen konnten. Ihr Zustand ist wieder stabil und wir überlegen immer noch, ob wir doch einen Luftröhrenschnitt durchführen. Sie war zuerst damit nicht einverstanden. Jetzt aber hat sie eingewilligt. Das wird eine große Erleichterung bringen, sie wird wieder besser atmen und essen können. Nur ihre Stimme wird heiser bleiben. Nach der Operation kann sie wieder zurück nach Château-d'Oex und sich im dortigen Krankenhaus von dem Eingriff erholen."

Diese Aussage hörte sich gut an.

"Ich treffe am 18. Juni in Château-d'Oex ein und rufe Sie sogleich an", erklärte Violetta.

Am Abend des 17. Juni stieg sie ein in den City-Night-Line mit einem Ticket ohne Rückfahrt in Richtung Basel. Ihren ganzen Jahresurlaub hatte sie für diese Reise vorgesehen. Sie spürte, dass das Unheil trotz der positiven Nachricht der Krankenschwester, auf das sie mit innerer Anspannung blickte, unabänderlich herannahte. "Behalte deine Tränen für später", hatte ihr einmal ihre Großmutter gesagt. Violetta legte sich stöhnend auf das schmale Bett hin. Sie wusste, es war so weit, das Unausweichliche konnte sie nicht verhindern.

Der Himmel im Berner Oberland zeigte sich regenverhangen und Château-d'Oex lag im Nebel eingehüllt, was zu dieser Jahreszeit nicht oft vorkam. Violetta trat in die Wohnung ihrer Mutter ein und ihre Abwesenheit berührte sie schmerzlich. Das war das erste Mal, dass sie allein in Susannes Wohnung war. Sie öffnete einen Briefumschlag aus der auf dem Küchentisch liegenden Post. Es war eine Arztrechnung und die Zahlung wäre längst fällig gewesen. Die übrigen Briefe ließ sie zuerst liegen. Sie würde sich so bald wie möglich darum kümmern. Zuerst aber rief sie das

Krankenhaus in Lausanne an und erkundigte sich, wie die Operation verlaufen war.

"Wir haben gar nicht operieren können", erklärte zögernd die Krankenschwester." Madame wollte nicht. Jetzt ist sie ins künstliche Koma versetzt worden."

Aufgewühlt reagierte Violetta:

"Ich komme morgen nach Lausanne."

Einerseits konnte sie verstehen, dass ihre Mutter eine Operation mit hohen Risiken abgelehnt hatte. Es wäre aber so wunderbar gewesen, sie hier in Château-d'Oex im Heim gut versorgt zu wissen. Sie hätte sie täglich besucht und man hätte vielleicht wieder einige Zeit gewonnen ...

Am nächsten Morgen nahm Violetta den Zug zum Genfer See. Im Universitätsspital angekommen, wurde sie von einer Krankenschwester abgeholt.

"Wir fahren hoch zur Station", erklärte diese. "Ihre Mutter ist noch auf der Intensiv." Violetta staunte über die durch Türen wie in einem Sicherheitstrakt abgeriegelten Korridore. Es gab keine Zimmer, so dass sie sich fragte, wo ihre Mutter wohl liegen würde. Durch eine Schleuse betraten sie einen mit weißen Trennvorhängen ausgestatteten Raum, der mit Überwachungsmonitoren sowie medizinischen Geräten ausgestattet war. Dort an der Ecke erkannte sie Susanne an ihren dunklen Haaren, die säuberlich auf dem Kissen lagen. Ihr Gesicht war unter dem Beatmungsgerät versteckt. Violetta versuchte, ihre Tränen zu verbergen. Das hatte sie nicht erwartet, hatte man ihr doch gesagt, ihrer Mutter ginge es "den Umständen entsprechend" gut. Und da lag eine arme kleine Gestalt, die bald aus dem Leben scheiden würde! Vorsichtig näherte sich Violetta dem schmalen Bett und legte ihre Hand auf Susannes Arm.

"Maman, ich bin hier bei dir", sagte sie unter Tränen. "Ich bleibe bei dir!"

Die ins künstliche Koma versetzte Susanne reagierte nicht. Man verabreichte ihr schmerzstillende Medikamente, die je nach Bedarf angepasst werden konnten und die sie entspannt schlafen ließen.

Ein Arzt schob den weißen Vorhang zur Seite und prüfte mit besorgter Miene die Messdaten der Monitore.

"Wir müssen uns über das weitere Vorgehen unterhalten", sprach er zu Violetta, die nach einem Blick zu ihrer Mutter langsam aufstand und dem Arzt in sein Büro folgte.

Nachdenklich sprach der Mediziner sich aus:

"Sie wissen, Ihre Mutter hat letztendlich den Luftröhrenschnitt abgelehnt. Nun müssen wir jetzt entscheiden, ob wir die lebensverlängernde Maßnahme beenden. Etwas anderes würde bedeuten, dass wir lediglich den Sterbevorgang verlängern."

Violetta begriff endgültig, dass ihre Mutter am Lebensende angekommen war. Sie erinnerte sich auch daran, dass Susanne gesagt hatte, sie wolle auf keinen Fall künstlich am Leben gehalten werden und so willigte sie in den Vorschlag ein.

"Es ist besser, Sie schauen beim Abschalten der Geräte nicht zu", empfahl der Arzt. "Verabschieden Sie sich lieber jetzt von ihr."

Mit zitternden Knien näherte sich Violetta ihrer sterbenden Mutter, Susannes Hände lagen neben der Bettdecke. Sie berührte sie ein letztes Mal und beugte sich zu ihr, während ihre Hand auf Susannes Schulter ruhte.

"Adieu, Maman, adieu …"

Von Schmerz benebelt, verließ Violetta die Intensivstation. Ihre Mutter, zu der sie zeit ihres Lebens eine Hassliebe entwickelt und um deren Anerkennung sie stets gekämpft hatte, war innerhalb weniger Minuten von ihr gegangen. Der Anblick ihres stark abgemagerten Körpers hatte sie tief erschüttert und bereits jetzt kämpfte sie wieder mit Schuldgefühlen und Selbsthass, nicht genug für sie getan zu haben. Sie war in Gefühlsschwankungen hin- und hergerissen und fürchtete sich auch noch vor den Aufgaben, die sich in den nächsten Wochen vor ihr auftürmen würden, denn anders als bei Freddy würde sie sich um die Bestattung und um die Wohnungsauflösung ganz alleine kümmern müssen. Zudem waren die Gepflogenheiten in der Schweiz anders als in Deutschland.

Violetta lief über den Klinikvorplatz zur U-Bahn. Sie konnte sich nicht mehr zurückhalten und ihre salzigen Tränen benetzten ihre Lippen. Jetzt würde alles seinen Lauf nehmen. Man würde den Bericht und die Sterbeurkunde weiterleiten und sie müsste für die Bestattung die entsprechende Vorsorge treffen und sich um die Formalitäten kümmern. Susanne hatte in ihrem Testament die Feuerbestattung gewählt.

Sie stieg in den Zug nach Montreux ein, setzte sich ans Fenster und schaute auf den See. War es vielleicht alles nur ein Albtraum, aus welchem sie bald aufwachen würde? Ihre Seele war durch die Konflikte mit Susanne von Wut und Schmerz geprägt. Von Wut, weil sie unter der ständigen Bevormundung ihrer Mutter gelitten hatte und von Schmerz, weil sie sich nicht daran erinnern konnte, je von ihr zärtlich in die Arme genommen worden zu sein. Doch jetzt war alles anders, und nach den großen Emotionen breitete sich allmählich eine hohle Leere in ihr aus.

Erst als der Montreux-Oberland-Express in Château-d'Oex ankam, wurde ihr bewusst, dass sie zum ersten Mal alleine hier Entscheidungen treffen musste. Sie öffnete die Wohnungstür und ihr schien, als schwebe ein Hauch von Susannes Parfüm noch leicht durch die Luft. An der Garderobe hing ihr eleganter Mantel. Nein, sie konnte nicht einfach verstorben sein, sie würde bestimmt bald wieder heimkommen vom Friseurbesuch oder vom Einkaufen. Sie warf einen Blick auf Susannes Fernsehsessel und brach in Tränen aus. Um sich zurückzunehmen, ging sie zum Telefon und begann, die schlimme Nachricht den Freunden und Cousins mitzuteilen. Jennifer und Leon, das befreundete Ehepaar, die Violetta so sehr ins Herz geschlossen hatte, ebenso Brigitte, die Freundin aus Rossinière, sie alle spendeten Trost und Linderung. Mit ihnen konnte sie rechnen.

Am nächsten Morgen wachte sie wie gerädert auf, setzte sich an den Küchentisch und schrieb eine Checkliste mit den zu erledigenden Arbeiten, allen voran der Besuch bei dem Bestattungsinstitut.

In den folgenden Tagen nutzte sie die Vormittage für Schreibarbeiten. Briefe an Versicherungen, Rentenanstalt, Ärzte. Sie ging zum Notar und traf sich mit dem Pfarrer, um das Datum für den Trauergottesdienst und die anschließende Urnenbeisetzung zu vereinbaren. Auch ihre Schwester Caroline sollte dabei sein. Ein kleiner Teil des Friedhofs namens "Garten der Erinnerung" war für stille Beisetzungen vorgesehen und war durchs ganze Jahr geschmückt. An diesem schönen Ort würde Susanne ihre letzte Ruhe haben.

Die Cousins aus dem Wallis und enge Freunde trafen in Château-d'Oex ein, um sich von ihrer Tante und Freundin zu verabschieden. Violettas Schwester Caroline war in Begleitung eines Betreuers. Sie durfte aufgrund ihrer labilen Verfassung nicht zu lange bleiben und wünschte, bereits jetzt Bekleidung und Schmuck der Mutter mitnehmen zu dürfen. Dazu hatte sie einen großen Koffer mitgebracht. Caroline zeigte keine emotionalen Regungen und ihre hellblauen Augen starrten ausdruckslos in die Ferne. Es war schmerzlich anzusehen, wie die eigene Schwester, unter dem Einfluss von Psychopharmaka, der ganzen Welt gegenüber fremd stand und wie sie allein den Alltag des Lebens nie hätte meistern können. Es sollte auch das letzte Mal sein, dass beide Schwestern sich wiedersahen.

Nach der Urnenbeisetzung gingen die Gäste zum gemeinsamen Traueressen in ein Restaurant und tauschten Erinnerungen aus. Violetta war erleichtert, die erste Herausforderung hatte sie bewältigt. Jetzt konnte sie sich um die Wohnungsauflösung kümmern. Sie bezahlte eine zusätzliche Monatsmiete, um genug Zeit zu haben. Die Hauseigentümer waren schließlich doch vertrauenswürdiger als angenommen.

Nach und nach leerte sich auch die Wohnung. Mit Hilfe einer freundlichen Bekannten entsorgte sie den ganzen Haushalt. Möbel, Geschirr und Bekleidung holte die Emmaus-Organisation für obdachlose Menschen ab. Jeder Tag wurde es weniger und am Ende saß Violetta mitten im Zimmer auf einem Gartenstuhl. Als man den Fernseher und das Bett schließlich noch abholte, gab es nichts mehr und sie mietete sich ein Zimmer im Bahnhofshotel.

Vor der Wohnungsübergabe reinigte sie noch alles gründlich. Zwischen der Bestattung, den Notarterminen und der Wohnungsauflösung war die Zeit so schnell vergangen, dass sie bald an ihre Rückreise denken konnte. Sie verbrachte noch einige Tage im Hotel und traf sich mit Jennifer und Leon. Sie waren liebe Freunde, mit denen sie weiterhin einen engen Kontakt pflegen wollte. Es ergab sich auch, dass ihre Tochter, Anne-Marie, die lange in Texas gelebt hatte und nach Europa zurückgekehrt war, Kontakt zu Violetta aufgenommen hatte. Daraus entwickelte sich eine Brieffreundschaft mit regem Mailaustausch.

Dann war der letzte Tag gekommen. Sie musste von diesem malerischen Ort, wo andere Urlaub machen, der ihr aber traurige und einsame Stunden bereitet hatte, abreisen. Jetzt war sie zwar wieder allein, fühlte sich jedoch erleichtert, diese schwere Zeit hinter sich zu lassen. Sie war nicht zusammengebrochen, war an ihren Tränen gewachsen und staunte darüber, dass sie Schritt für Schritt tagtäglich die anstehenden Aufgaben erledigt hatte. Innerer Frieden erfüllte sie, sie war bereit, mit allem, was geschehen war, abzuschließen. Und sie konnte ihrer Mutter einen Platz in ihrem bedrängten Herzen zurückgeben.

Der Alltag in Hamburg war zurückgekehrt. Die Arbeit brachte ein wenig Zerstreuung. Es war gut, beschäftigt zu sein, denn sie begriff endgültig, dass Susannes Stimme am Telefon nie wieder zu hören sein und auch sonst niemand mehr aus dem engsten Familienkreis sie anrufen würde. Alle waren weg. Magda, Freddys Mutter, war in eine Seniorenresidenz am anderen Ende der Stadt hingezogen. Violetta schaute dankbar auf die wenigen übrig gebliebenen

Freunde, mit welchen sie sich ab und zu traf. Weiterhin verbrachte sie viele Stunden im Wald, ihrem Sehnsuchtsort, der immer für sie da war, und vertiefte sich in die Schriften von Hermann Hesse, dessen Künstlernatur und Erfahrungswege sie stark beeinflussten, weil er genau ihre Seelenzustände ausdrückte. Davon angeregt legte sie ein Tagebuch an, in dem sie ihre Erlebnisse mit selbstgezeichneten Illustrationen festhielt. Dabei mischten sich neben wahren Begebenheiten auch Traum- und Phantasiebilder.

Sie lernte auch Emma kennen, die in der gleichen Wohnanlage lebte. Zwischen ihnen entwickelte sich eine innige Freundschaft. Emma litt unter einer spastischen Zerebralparese und musste im Rollstuhl sitzen. Trotz ihrer Behinderung strahlte sie Lebensmut aus, so dass sie von allen Menschen gemocht wurde, die mit ihr zu tun hatten. Da sie unmittelbar in der Wohnanlage der Genossenschaft von Violetta lebte, konnten sich beide oft sehen. Sie hatten es sich zur Gewohnheit gemacht, sonntags gemeinsam Kaffee zu trinken und über die kleinen und großen Sorgen des Lebens nachzudenken.

Die Ereignisse der letzten Jahre hatten dennoch Spuren hinterlassen. Bei Violetta hatte sich eine koronare Herzkrankheit entwickelt, die lebenslang mit Medikamenten behandelt werden musste. Seltsam war es zu sehen, wie der Körper sich allmählich vom Leben zurückzog. Andererseits verzehrte sie diese geheimnisvolle unerfüllte Sehnsucht nach Erfüllung. Es war ein tiefes Gefühl, das sie auch körperlich spüren konnte, etwas jetzt noch Unerreichbares und Unwirkliches. Der verborgene Ruf, den sie in ihrem Herzensgrund vernehmen konnte, entfachte ihr Verlangen und sie nahm sich vor, diesen Gemütsbewegungen in ihren

Texten Leben einzuhauchen. Allmählich verblasste die Rationalität des Alltags und Violetta bewegte sich immer mehr in einer Welt, die ihre Phantasie zum Aufleben brachte.

Eines Abends wurde sie auf eine Fernsehreportage aufmerksam. Es ging um die Entdeckung Amerikas durch Christoph Kolumbus und die Expeditionen der Konquistadoren in Mittel- und Südamerika. Bei dem Anblick dieser Bilder ergriff sie das blanke Entsetzen. Nicht nur, dass die Eroberungszüge der Spanier mit ihrer brutalen Unterwerfung beinahe die Ausrottung der indianischen Urbevölkerung zur Folge gehabt hatte, auch war deren Kultur mit Füßen getreten worden. Am meisten schmerzte, dass diese blutige Eroberung auch noch im Namen des Kreuzes geschehen war.

Violetta stand auf und ging zur Vitrine, in der sie das eingerahmte, inzwischen vergilbte Bild von Checo aufbewahrte. Sie vertiefte sich für einen Augenblick in sein lächelndes Gesicht. Ob seine Vorfahren ein solches Schicksal erlitten hatten? Sie verstand jetzt besser Checos Wut auf die Machthaber der Regierungen dieser Welt. In unfruchtbare Reservate zwangsumgesiedelt, sind heute die Ureinwohner, Söhne und Töchter der Erde, heimatlos im eigenen Land.

Der Dokumentarfilm jenes Abends ließ sie nicht mehr los und sie begann, sich intensiv mit dem Leben der indigenen Völker zu beschäftigen. Sie las alles über die jeweilige Kultur der verschiedenen Stämme und befasste sich fortan auch mit deren Traditionen. Ihr Schicksal berührte sie zutiefst und sie empfand eine innere Verbundenheit mit ihnen, die Teil ihres Lebens wurde. Dabei schrieb sie ihre

335

Gedanken und Gefühle nieder und ließ ihren Visionen freien Lauf. Sie sah, wie ihre Seele von der Enge des Alltäglichen in die Weite einer anderen Welt hinausflog und sich wandelte.

Als sie einmal von einer Waldwanderung nach Hause zurückkam, wollte sie in ihren Büchern stöbern. Ein Einzelband, den sie bisher noch nicht kannte, zog ihre Aufmerksamkeit auf sich. Sie griff nach dem Buch, das ihr aus der Hand zu Boden fiel. Sie bückte sich, um es aufzuheben und las auf der aufgeschlagenen Seite die folgenden Worte einer alten Indianer-Weisheit:

"Gehe aufrecht wie die Bäume,
lebe dein Leben so stark wie die Berge,
sei sanft wie der Frühlingswind,
bewahre die Wärme der Sonne im Herzen
und der Große Geist wird immer bei dir sein."

Ein Wonnegefühl ging durch ihren ganzen Körper. "Ja, das ist es!" Violetta erkannte sich in diesen Versen. War das nicht schon immer ihr Lebenssinn gewesen? Wie in einer wohligen Umarmung gehüllt, hielt sie einen Augenblick inne. Dann ließ sie ihren Blick durch das Zimmer wandern, bis zu der Vase auf dem Schreibtisch, in der eine Adlerfeder steckte. Sie nahm diese vorsichtig in ihre Hand und strich mit dem Zeigefinger sachte darüber. Dann las sie erneut die Zeilen, die sich tief in ihr Herz eingruben. Plötzlich durchströmte sie eine eigenartige Schwere und mit einer langsamen Bewegung ließ sie sich aufs Sofa nieder, klappte das Buch zu und schloss die Augen.

Sie spürte, wie die emotionalen Wunden ihres bisherigen Lebens allmählich Heilung fanden. Es war, als würde sie auf eine ferne Pforte hinschauen, durch welche die Grenzen des Unüberwindbaren überschritten werden können. Plötzlich stieg die Erinnerung an Checos Worte in ihr wieder auf: "Violetta, es gibt ein Tor, das du eines Tages durchschreiten wirst, das Tor hinter dem Regenbogen."

Von einer über Zeit und Raum hinausgehenden Dimension hatte Checo gesprochen.

Eine weite Reise in eine unbekannte Welt?

Sie war bereit für dieses große Abenteuer.

„Man muss das Unmögliche versuchen,
um das Mögliche zu erreichen."
(Hermann Hesse)

Teil II

Der Traumweg zum Regenbogen

Wir haben unsere Namen mit Blut
in den Sand der Zeit
geschrieben

Im Regenbogenland

Die Entsendung

In jener Zeit ereignete sich jenseits des großen Teichs im fernen Arizona eine wunderbare Geschichte, die man sich heute noch erzählt und deren Authentizität von manch einem Einheimischen nicht angezweifelt wird.

Etwas Merkwürdiges lag in der Luft über der Sonora-Wüste. Der Tag neigte sich dem Ende zu und der Schleier der Dämmerung breitete sich über die vom Wind verwitterten rotbraunen Tafelberge aus. Licht und Schatten senkten sich auf die ockerfarbene Erde, um langsam in die Traumwelt der Menschen hinüber zu gleiten. Die ersten Sternschnuppen flitzten am Nachthimmel und die Stunde des Kojoten war gekommen, während die Jäger der Lüfte nach Beute spähten.

In der Mitte des Zeremonie-Hogans im Navajo-Dorf loderten die Flammen in der Feuerstelle, die bizarre Formen auf die bronzefarbenen Gesichter der Männer warfen. Sie hatten sich in tiefem Schweigen ringsum neben dem Ältestenrat versammelt und warteten gespannt auf das, was der Häuptling Ma'ee ihnen zu sagen hatte. Zeitweilig unterbrachen das Bellen der Hunde und das Geräusch des knisternden Brennholzes die herrschende Stille.

Vertreter verschiedener Indianerstämme und Clans waren zusammengekommen, je nach Zugehörigkeit wechselte die getragene traditionelle Tracht; besticktes Lederhemd und Federschmuck bei den Lakota, Baumwollhemd und Türkisketten bei den Navajos, Lendenschurz und Gamaschen bei den Yaquis und Apachen.

Solch eine Ratsversammlung hatte es im Regenbogenland bisher noch nicht gegeben. Aus aktuellem Anlass wollte man darüber abstimmen, ob Ma'ees zweiter Sohn, der Seher und Schamane Ashkii, in die materielle Außenwelt ausreisen sollte, da er mit übernatürlichen Kräften ausgestattet war und sich zwischen den Welten hin- und her bewegen konnte, ohne gesehen zu werden.

Dann erhob sich Häuptling Ma'ee, kniff zuerst die Augen zusammen und blickte seine Zuhörer an, die gebannt auf seine Rede warteten. In einer Sprache, die alle verstanden, trug er vor:

"Brüder, ihr wisst, was unsere Väter in allen Teilen des Kontinents erlitten haben und wie sie durch Zwangsumsiedlung aus ihren Gebieten vertrieben wurden, um in Reservaten ein unwürdiges Leben in Armut und Krankheit zu führen. Bis heute strömt ihr Blut auf die Erde, um die Habgier der weißen Männer nach Land und Bodenschätzen zu befriedigen, so dass eine große Wunde im Herzen der Mutter Erde klafft, die sich in zunehmender Verseuchung von Luft und Wasser zeigt.

Wir, heute hier zusammengekommen, wissen: Viele Winter sind inzwischen vergangen und unsere Stämme, die jetzt in der Innenwelt leben, gehören alle dem großen Volk der Ureinwohner dieses Landes an.

Ihr habt auch erfahren, wie die Stammesbrüder in den Reservaten durch den Einsatz meines ältesten Sohnes Ahiga allmählich wieder erstarken, ihre kranken Seelen Heilung finden und wie er ihnen bei der Selbstversorgung zur Seite steht.

Als wir noch in der Außenwelt lebten, waren auch wir zuerst dem Untergang geweiht. Erst die innere Einkehr zu unseren eigenen Wurzeln hatte unser Selbstbewusstsein wachsen lassen, unsere Erneuerung bewirkt und uns den Weg in die Innenwelt hier im Regenbogenland gezeigt. Dies ist das Ziel, das wir für die Brüder da draußen anstreben:

nicht nur die Beseitigung von Armut durch Bildung und zugesicherte Wasserrechte, sondern die Rückkehr zum Urbild des indianischen Menschen, im Gleichgewicht von Körper, Geist und Seele auf dem Pfad der Harmonie und Schönheit, der den Zugang zum Regenbogenland ermöglicht.

Uns ist bewusst geworden: Der Kreis des Lebens zeigt, dass wir mit allen Kräften und Wesenheiten der Natur verbunden sind, mit den Jahreszeiten, den Tieren und Pflanzen, mit Vater Sonne, Mutter Erde und Großmutter Mond, Bruder Wind und Schwester Wasser. Alle vermitteln uns die Einsicht, dass das, was in der äußeren Welt als objektive Realität gesehen wird, eigentlich die Widerspiegelung der inneren subjektiven Wirklichkeit darstellt. Das bedeutet auch, dass die Menschen im Kampf mit Widerstandskräften lernen und deren Seelen wieder erstarken können. Einige von uns erhielten bereits Visionen von der Befreiung unserer Brüder, die noch in großer Not in der äußeren materiellen Welt leben.

Nun zum Anliegen unserer Zusammenkunft: Mein Sohn Ahiga, von den Heiligen und Geistwesen in die Außenwelt zu den Stämmen geführt, erlebt jetzt eine große Unruhe, weil er Nacht für Nacht von einem immer wiederkehrenden Traum heimgesucht wird.

In einer Vision blickt er auf ein großes Wasser in einem fernen Gebirgsland. Gleichzeitig hört er, wie jemand versucht, Kontakt mit uns aufzunehmen und Hilferufe durch die Zeit sendet. Anscheinend handelt es sich um eine Frauenstimme oder die eines Kindes. Dabei vernimmt Ahiga unser aller Stimmen, die miteinander verschmelzen, so dass mehrere Seelen in seiner Brust wohnen. Dieser Traum hat in ihm den unaufhaltsamen Drang entfacht, die unbekannte Stimme ausfindig zu machen. Ahiga wird erst dann zur alten Stärke zurückfinden und seine Aufgabe in der Außenwelt fortsetzen können, wenn bekannt wird, woher die Stimme aus der Ferne kommt und diese sich ihm offenbart."

Der Redner unterbrach seine Worte, machte eine ruhige Handbewegung und ließ seinen Blick durch den Hogan schweifen, so als ob er durch einen unsichtbaren Vorhang durchschauen wollte. Als er wieder aufsah, strahlten seine Augen und das Weiß seiner Augen blitzte über die Anwesenden, die Zeugen seiner übernatürlichen Kraft wurden. Es bestand Einigkeit darüber, dass Ashkii nach der Segenszeremonie damit beauftragt werden sollte, durch Raum und Zeit in die Außenwelt zu reisen, um den Ursprung der unbekannten Stimme zu erkunden.

Während die Männer so über das Vorgehen berieten, durchdrang das Geräusch einer knarrenden Tür den Raum. Gleich darauf trat Ashkii plötzlich auf wundersame Weise in ihre Mitte. Von ihm ging eine magische Kraft aus, die von seinen außergewöhnlich großen Augen noch unterstrichen war. Hochgewachsen und von edler Erscheinung trug er um seinen Hals ein mit Türkissteinen eingefasstes Silbercollier, das bis zu seiner breiten Brust reichte, aus der ein geheimnisvolles Emblem auf seiner Haut hervorblickte. Das gleiche mystische Ornament, in dessen Mitte ein glühendes drittes Auge sich bewegte, befand sich auch auf seinem rechten Oberarm. Jeder, der es ansah, tat dies mit Ehrfurcht. Ashkiis ausdrucksvolle Gesichtszüge strahlten Güte und Schönheit aus. Tiefgründig schaute er den Häuptling an, während er das um seine kinnlangen Haare gewickelte Haarband zurechtzupfte.

"Vater, du hast gerufen? Eure Visionen und die meines Bruders sind mir nicht verborgen geblieben."

"Mein Sohn, du weißt, dass du vom Großen Geist tiefe Einsicht in die Lebensbedingungen der Menschen erhalten hast und von den Geistwesen geführt wirst. Du kennst die geheimen Dimensionen der Dinge, wo Entfernungen verblassen und die Zeit aufgehoben ist. Auch wenn deine Ausbildung zum Medizinmann bei deiner Großmutter noch nicht beendet ist, kannst du deine erste Mission antreten und durch den Tunnel der Zeit in die Welt der Sterblichen eingehen. Dort wirst du die Menschenfrau aufspüren."

"Das wird eine lange Reise werden! Ich bin bereit, mich auf die Suche zu begeben", sicherte Ashkii zu. Er fühlte, dass dies auch für ihn von Bedeutung werden würde.

"Wird dein Weg dich zuerst in den Norden zu deinem Bruder führen?", fragte ihn Ma'ee.

"Das wird es."

"Vorher werden wir uns wieder hier im Hogan versammeln und eine Segensweg-Zeremonie halten, um Kraft und Frieden zu erbitten", kündigte der Häuptling an.

Zum Abschluss der Ratsversammlung entzündete Ma'ee die heilige Pfeife und nachdem er vier Züge für die vier Himmelsrichtungen geraucht hatte, überreichte er sie dem neben ihm Sitzenden. Das unter den Präriestämmen verbreitete Ritual wurde jetzt gemeinsam von allen Stämmen praktiziert.

Die Dauer einer *Segensweg-Zeremonie* erstreckte sich bis zum Anbruch des Tages. Die heiligen Lieder wurden gesungen: die Erde-Lieder und diejenigen von der

Erschaffung der Sonne und solche von der Heilung der Mutter Erde.

Wie ein Lichtstreifen, der am frühen Morgen erscheint, klangen die Worte des "Morgengesanges:

... *"Sprechender Gott ruft, trägt seine Dämmerungs-Mokassins beim Rufen,*

... *einen wunderbaren Blütenstaub-Kristall aus vielen Stoffen trägt er in seinem Mund, während er ruft*

... *Sein Ruf ist beständig, seine Stimme wunderschön, während er ruft*

... *vor ihm vergeht die Nacht, während er ruft"*...

Nach der Zeremonie kehrte jeder zu seiner eigenen Dorfgemeinschaft zurück und widmete sich seinem Tagwerk. Für Ashkii war es auch soweit. Um in die sichtbare Außenwelt zu reisen, wechselte er seine traditionelle Kleidung gegen Jeans und T-Shirt aus. Er behielt jedoch das Stirnband und den Schmuck. Bevor er sich auf den Weg machte, schärfte ihm sein Vater ein:

"Zeuge keinen Hybridmenschen da draußen, denn dann müsstest du für immer in der Außenwelt bleiben und wie die Menschen sterblich werden. Außerdem vergiss nie, dass diese Mission die erste deiner drei Prüfungen sein wird, die du als angehender Hüter der Welten zu bestehen hast. Es geht um den Fortbestand unserer Welt."

"Ja, Vater."

Der Weg vom Navajo-Dorf führte durch alte Hirtenpfade weit in die Wildnis. Während der stillen Wanderung durch die Canyons lauschte Ashkii dem Wind und öffnete sich den Geistern der Gräser und Wüsteneisenholzbäume, die ihn mit ihren Schwingungen berührten. Dabei lief er weiter, tief in sich versunken und lenkte seinen Geist auf eine ferne Berglandschaft in der Außenwelt. Er sah vor seinem inneren Auge einen glitzernden See mitten in einer Stadt, die von hohen Berggipfeln umrahmt war. Stumme Farbenbilder liefen wie ein Film vor seinen Augen ab, der die Geschichte eines Mädchens über mehrere Jahrzehnte an unterschiedlichen Orten erzählte. Ashkii blieb bei diesem visionären Blick stehen und, von den Geistwesen unterstützt, erhielt er den Hinweis, in ein kleines Land mitten in Europa zu reisen. Doch zuerst zog es ihn in den Norden zu seinem Bruder, mit dem er über sein Vorhaben sprechen wollte.

Großmutter Shimasani, die Medizinfrau, die Ashkii bis dahin begleitet hatte, zog sich zurück, als ein schwebender Nebel sichtbar wurde, der nach unten sank und sich um Ashkii legte. Allein durchschritt er die Schwelle der Wahrnehmung zwischen Außen- und Innenwelt. Noch konnte er den Abschiedsgruß seiner Großmutter auffangen:

"hózhóógó nanináa doo" – "Mögest du in Übereinstimmung mit hózhó gehen."

***

Ashkii erreichte eine Stadt am großen Wasser: Genève in der Schweiz. Hier war alles gut überschaubar. Von der malerischen Schönheit der Umgebung ergriffen, ließ er sich auf eine Felsenklippe nahe dem Strandbad nieder, hinter ihm das grandiose Alpenpanorama mit den verschneiten Bergenspitzen. Die Wassertropfen, die der Wind vom hohen Springbrunnen inmitten des Seebeckens wirbelte, spritzten auf die vorbeigehenden Passanten. Während er seine Füße genüsslich in dem kühlen Nass badete, beobachtete er die

Möwen, die ihre Kreise über dem Wasser zogen und anschließend immer in die gleiche südliche Richtung weiterflogen. Er erkannte darin einen Hinweis und sah bereits vor sich den Teil der Stadt, der zwischen zwei Flüssen lag und den er alsbald aufsuchen würde.

Ashkii mischte sich unter die Menschen, die durch die schmalen Straßen der Altstadt schlenderten. Manch einer begutachtete neugierig den exotisch aussehenden Fremdling. Auf den Terrassen vor den vielen Cafés gab es kaum noch freie Tische. Ashkii lief durch verwinkelte Gassen und erreichte einen Platz, in dessen Nähe sich die große Kathedrale St. Peter befand. Er hielt einen Augenblick vor dem beeindruckenden sakralen Bau inne. Er selbst brauchte aber keine Kirche, um zu dem Großen Schöpfer und den Geistern zu beten. Vielmehr verneigte er sich vor der Erhabenheit der Berge und dankte Mutter Erde für ihre Gaben. Ihm war auch bewusst, dass er von einer besonderen Kraft beseelt worden war, die er zum Wohle seines Volkes einsetzen musste. Ashkii bewunderte die in den Schaufenstern der Antiquitätenläden ausgestellten Gemälde der alten Meister. "Immer wieder malen sie den großen Medizinmann Jesus mit blauen Augen und blonden Haaren", stellte er fest. "Dabei hat er doch dunkle Augen und eine hellbraune Haut wie wir!"

Er lief weiter bis zur Spitze der Jonction, dem Ort am Ende des Sees, wo beide Flüsse Rhône und Arve zusammenfließen und blieb wie verwurzelt stehen. Er konnte Vibrationen einer kindlichen Stimme wahrnehmen, die hier ihren Anfang gehabt haben musste. Diese verstreuten sich jedoch bald in eine andere Richtung; westlich, nach Frankreich, sein nächstes Ziel.

Der Weg führte ihn in die Hauptstadt, Paris. Dort angekommen, ging er auf Entdeckungstour und sah von ferne das Wahrzeichen der Stadt, den Eiffelturm. Da alles hier weitläufig war, entschied er, sich verborgen und abschnittsweise durch die Stadt zu bewegen. Seiner inneren Stimme folgend, lief er durch die Straßen an historisch bedeutsamen Monumenten vorbei und erreichte ein ehemaliges Arbeiter-Viertel.

Eintönige Betonhochhäuser prägten jetzt das 13. Pariser Arrondissement, das früher von ärmlichen Siedlungen geprägt gewesen war. Auch hier blieb Ashkii stehen. Ein muffiger und beißender Geruch stieg ihm in die Nase, so wie er damals durch die im Quartier ansässigen Gerbereien den Menschen entgegengeweht hatte. Er sah die dunklen engen Gassen zwischen den Behausungen und die kopfsteinbedeckten schmutzigen Innenhöfe. All das war zwar verschwunden. Doch die gleichen Spuren wie diejenigen vom Genfer See schwebten über den Stadtteil und Ashkii war sich sicher: die kleine Stimme, deren Trägerin einige Zeit hier gewohnt haben musste, war vernehmbar.

Es war bereits spät geworden, als er weiter durch eine belebte Straße mit Restaurants und Nachtclubs lief, aus denen laute Musik erschallte. In ihm erwachten die Neugierde und der Wunsch auf etwas Zerstreuung. Auch spürte er das Bedürfnis nach Nähe. "Wie die Menschen wohl miteinander feiern?" Vor dem Eingang einer Diskothek wollte der Türsteher ihn zuerst abweisen. Von Ashkiis Blick getroffen, zuckte er zusammen und ließ ihn daraufhin hinein.

Kaum angekommen, stand er bald inmitten einer Gruppe von jungen Leuten, die nicht so genau wussten, ob sie ihn auslachen oder bewundern sollten. Die herumstehenden Mädchen folgten ihm mit bewundernden Blicken, er aber ging seelenruhig zur Bar und bestellte sich einen Tomatensaft.

"He, Mann, wo kommst du denn her?", fragte ihn jemand angeheitert, zuerst auf Französisch, und weil sein Gegenüber nichts verstand, auf Englisch. "Sag bloß, du bist ein echter Indianer, dann bin ich Napoleon Bonaparte!", schrie er, und alle lachten.

"Ein Tomatensäftchen! Das ist nicht wirklich, was du brauchst. Nimm den Hauscocktail!"

Der Mann bedrängte Ashkii, der jedoch ihn stehen ließ, um eine der Frauen zum Tanz aufzufordern, und so betrat das Paar die Tanzfläche.

Aneinandergeschmiegt begannen sie zum Takt der Musik zu tanzen, was ihm außerordentlich gefiel.

"Bei uns wird das Tanzen im Kreis der ganzen Gemeinschaft ausgeführt", sagte er seiner Partnerin, die es nicht glauben konnte, mit wem sie da körpernah zu der kuschelig gewordenen Musik sich bewegte. Ashkii wusste ganz gut, wie damit umzugehen war und er ließ zuerst seine Hände sanft auf den Hüften der Schönen ruhen. Dann wurde der Druck immer stärker und er spürte, wie seine Tänzerin ihren Körper an seinen anlehnte. "Ich muss sie küssen, und zwar sofort!" Der menschliche Teil seines Wesens wollte es und er spürte das Verlangen seiner Männlichkeit. Es war verlockend, um die Gunst der Frau zu werben und er war nahe daran, der Versuchung nachzugeben. Die Mahnung seines Vaters klang ihm aber noch im Ohr und es kam ohnehin ganz anders: Durch die Erregung wachten seine übersinnlichen Kräfte auf, und seine Augen fingen derart an zu blitzen, dass die Frau bei deren Anblick ihn vor Schreck plötzlich wegschubste. Verdutzt stand Ashkii da, verlassen mit seiner unerfüllten Begierde. Bedrückt entfernte er sich daraufhin auf verborgene Weise von dem Tanzlokal, worauf die überraschten Leute ihn suchten. "Er war unheimlich! Habt ihr seine Augen gesehen?", sprachen diejenigen, die in seiner Nähe gewesen waren.

Ashkii widmete sich bald wieder seiner Aufgabe und nach etwas Schlaf unter freiem Himmel verließ er Paris, da er auf eine neue Spur gekommen war, die erneut in das kleine Alpenland, die Schweiz, führen sollte. Als er gerade dabei war, der Stadt Paris den Rücken zuzukehren, entdeckte er den großen Parkplatz eines Autohauses, auf welchem Sportwagen abgestellt waren. Neugierig, näherte er sich langsam dem Fuhrpark.

"Oh, schnelle Pferde auf Räder!" Ashkii ging zu einem schwarzen Wagen, den er bemustern wollte. Wie von selbst öffnete sich die Autotür und er nahm Platz auf dem Fahrersitz. Lächelnd ließ er seine Hände sanft übers Lenkrad und Cockpit gleiten. Wie das Ganze funktioniert, wusste er noch nicht. Nach genauerem Hinsehen drückte er aber an die richtigen Stellen, bewegte den Schalthebel und der kraftvolle Motor fing an zu dröhnen. Ashkii lenkte den Wagen in Richtung Ausgang. Es sollte nur ein kleiner Ausflug werden, dann würde er das Auto zurückbringen. So dachte er sich nichts dabei, als plötzlich die Entwendung des Wagens bemerkt wurde und man ihn verfolgte. Vom Geschwindigkeitsrausch ergriffen, jubelte Ashkii lautstark über dieses neue Erlebnis. Zwar besaß er zuhause auch ein schnelles Pferd, hinterm Lenkrad eines solchen Rennautos zu sitzen war aber eine Spritztour wert. Alles nahm ein jähes Ende, als zwei Streifenwagen hinter ihm her waren. Nach einer wilden Verfolgungsjagd, wurde Ashkii gestoppt.

"Vos papiers!", befahl der Polizist sichtlich verärgert und erstaunt, dass ein Indianer sich in Frankreich verirrt hatte. Ashkii zuckte mit den Schultern und sagte mit einem Lächeln, er verstehe leider kein Französisch. Der Beamte versuchte es mit gebrochenem Englisch. Doch man kam nicht weiter, denn der Autoräuber hatte weder Ausweis noch Führerschein. Ein durchgeführter Alkoholtest verlief negativ. Für die französischen Beamten hatte jedoch dieser Ausländer eine Straftat begangen, die mit aller Härte bestraft werden musste.

"Aussteigen! Das Lachen wird dir noch vergehen! Eine Nacht in Polizeigewahrsam wird dich zur Vernunft bringen und die Strafe wird teuer!"

Ashkii befolgte den Anordnungen und man steckte ihn in die Gefängniszelle der Polizeiwache. Er verstand nicht ganz, warum sein Verhalten so schwerwiegend gewesen sein sollte. "Bei uns gibt es keinen Besitz dieser Art."

Er lief hin und her wie ein eingesperrter Löwe durch den mit Gittern ausgestatteten Raum und legte sich bald auf das schmale Bett hin.

"Was machen wir mit dem Indianer?" Diese Frage war am darauffolgenden Morgen Gegenstand der Unterhaltung unter den Beamten.

"Der Kerl hat keinen Ausweis und keine Kreditkarte. Wir wissen nicht, wo er herkommt. Eine Nachforschung anzustellen dürfte wenig Erfolg haben. Wir werden ihn wohl laufen lassen müssen."

Sie betraten den Büroraum und ihre Blicke fielen auf einem Zettel, der auf dem Schreibtisch lag.

"Sorry, ich wollte nur eine kleine Probefahrt machen!"

Vom Gefangenen keine Spur. Und die Zellentür war geschlossen.

Sprachlosigkeit herrschte unter den Männern, bis einer mulmig das Wort ergriff:

"Glaubt ihr an Geister?"

Ashkii setzte seine Reise fort und betrat erneut schweizerischen Boden. Er wurde in den Südwesten des Landes geführt und traf in Sion ein, der Hauptstadt des Kantons Wallis. Sofort fielen ihm die beiden Schlossruinen auf. Er kletterte den Burghügel von Valère hoch, vor ihm die liegende Altstadt und in der Ferne der silberglitzernde Verlauf des Flusses Rhône. Er erblickte die Bergmassive, die ihn an seine Heimat erinnerten. Auch die trockene Luft mit seinen würzigen Kräuterdüften ließ ihn an die Pflanzen im Regenbogenland denken. Mit einem Dankgebet nahm er einige Zweige von dem zwischen den Felsen wachsenden Wildthymian für sein Medizinbündel mit. Die Glücksgefühle, die er hier verspürte, verrieten ihm; hier hatte das gesuchte Kind oft gespielt.

Ashkii besuchte im Wallis und auch in der Zentralschweiz mehrere Orte, die der Geist ihm zuwies. Das unbekannte Mädchen hatte an verschiedenen Orten ihrer Heimat gelebt. Der Klang ihrer Stimme wurde mit der Zeit ernster und ließ jetzt eine Schwermut erahnen, die nach Auswegen suchte. Dann verblassten ihre seelischen Spuren, um schließlich ganz zu verschwinden.

Nachdem er sämtliche Landstriche in dem Alpenland erkundet hatte, erhielt er die Anweisung, fortzugehen und in Richtung Norden, nach Deutschland, fortzugehen.

Ashkii staunte nicht schlecht, als er mitten in Frankfurt am Main die vielen amerikanischen Soldaten erblickte. Es schien auch, dass die GIs eine wichtige Rolle im Leben des inzwischen erwachsenen Mädchens gespielt haben mussten. Wieder ging er mehrmals durch die Stadt und spürte, dass es nach menschlichem Ermessen nicht vor langer Zeit gewesen sein dürfte, dass es hier gelebt hatte. Kaum meinte er, die Trägerin der Stimme ausfindig gemacht zu haben, wechselte die eingeschlagene Richtung, und es stellte sich bald heraus, dass sie auch in Frankfurt nicht mehr wohnte.

Daraufhin führte ihn der Weg von der Stadt am Main zu einer Ortschaft mit mittelalterlichem Charakter; Büdingen, nahe Frankfurt, die Residenzstadt eines Grafen gewesen war.

Was für ein waldreiches Gebiet! Ashkii nahm sich Zeit, um in den wortlosen Raum der Stille in ihm selbst hinein zu gehen und den Empfindungen seiner Seele nachzuspüren. Er verbrachte eine Weile sitzend in Meditation und ließ die Erlebnisse seiner bisherigen Reisen Revue passieren. Dann stellte er sich hin, streckte den linken Arm gen Himmel und holte einen kleinen Beutel aus seiner Tasche. Mit einer ausholenden Bewegung warf er Maisblütenstaub in die Luft, um den heiligen Wesen zu danken, die ihm die Möglichkeit gegeben hatten, hier zu sein. Zuletzt beschloss er, eine kleine Zeremonie abzuhalten. Er entzündete ein Feuer und streute getrocknete Kräuter auf die glühenden Steine. Dabei betete er und trat in Kontakt mit seinen

Schutzgeistern, von denen er die Botschaft erhielt, dass seine Mission bald erfolgreich werden würde.

Nach dieser Ankündigung setzte Ashkii mit besonderer Aufmerksamkeit die Suche fort. Seine Geisteskraft war mit Himmel und Erde verbunden und er fühlte, dass ihn hier tiefe Emotionen erreichen würden.

Als er später durch die kleine Stadt umherzog, fiel er den dort stationierten amerikanischen Soldaten auf. Sie erkannten ihn als amerikanischen Navajo-Indianer und staunten, dass er nicht eine Uniform der US-Army trug.

"Ich bin kein Soldat", erklärte Ashkii ihnen.

"Wie bitte, was machst du hier? Tourist? Kannst du dir das leisten?"

"Ich bin in Europa auf der Suche nach einer bestimmten Person und habe den Hinweis erhalten, dass sie eventuell hier leben könnte."

"Ach, etwa eine verschmähte Braut?"

Ashkii lachte.

"Das glaube ich nicht, eher das Gegenteil. Es gibt aber Dinge, die den meisten Menschen verborgen bleiben, während sie anderen offenbart werden."

"Du sprichst in Rätseln!"

Die Soldaten wollten mehr darüber erfahren, aber Ashkii verabschiedete sich von ihnen. Unruhe hatte ihn ergriffen. Mitten im Zentrum der mit vielen Fachwerkshäusern bestückten Altstadt stand er gegenüber einer kleinen Herberge, die Gästezimmer an amerikanische Soldaten vermietete, und er spürte; dieser Ort war Schauplatz einer leidenschaftlichen Liebesbeziehung gewesen. Während er darüber nachdachte, erlebte er in seiner Vision, wie eine Frau mit einem durch die Wüste umherziehenden Wolf zusammenwanderte. Das Tier war in Wirklichkeit jedoch ein Mann, und Ashkii war zutiefst berührt, als es sich herausstellte, dass dieser ein entfernter Stammesbruder des Maya-Volkes gewesen sein musste.

Wie durch die Morgensonne die Nebelschwaden sich auflösen, verschwanden dann Frau und Wolf. Nur leise wahrnehmbar; ein sehnsüchtiger Ruf. Erfüllt von diesen Eindrücken blickte Ashkii ein letztes Mal auf das historische Fachwerkhaus und verließ den Ort.

Es drängte ihm, zu den flachen Ebenen des Nordens weiter zu ziehen und so erreichte er den großen Fluss, die Elbe, die das Land durchquert und die Stadt Hamburg mit der Nordsee verbindet. Der große Hafen der Metropole hatte sein Interesse geweckt und er begab sich hinunter zu den Hafenbrücken, um die vorbeiziehenden Schiffe zu beobachten. Anschließend bahnte er sich einen Weg durch die Menschenmenge. Mit dem Wind im Rücken verließ er die Landungsbrücken. Er stieg die Treppenstufen hinauf, die zu einem Wohngebiet führten.

Wie ein Marathon-Läufer, der das Ziel vor Augen hat, so wusste Ashkii, dass er dem Ende seiner Reise nahegekommen war. Die Umrisse der Trägerin der Stimme zeichneten sich in ihm ab. Plötzlich waren sie da, die Rufe, die jetzt auch in sein Herz eindrangen. Dann folgte er seinen tiefen Impulsen und lief bis zu der Wohnanlage mit den Klinkerhäusern. Dort blieb er stehen und lenkte den Blick auf die zur Hof- und Gartenseite schön gestalteten Balkone.

Er war in sämtliche Lebensabschnitte der unbekannten Frau geführt worden, und er war sich sicher; von ihr stammten die zu seinem Volk durchdrungenen Rufe und hier musste sie jetzt leben.

Im Hof der Wohnanlage bewegten sich die Zweige der Birken sanft hin und her. Als Ashkii zu den Baumkronen empor sah, fing in demselben Augenblick ein starker Wind zu wehen und die schmalen hohen Bäume neigten sich bedrohlich weit hinunter, so dass die erstaunten Menschen die Fenster schlossen und ihre Balkonpflanzen hereinholten. Plötzliche Wetterveränderungen waren im Norden häufig. Jetzt aber kündigte sich ein heftiger Sturm an.

Ashkii ließ das erste Haus der Wohnanlage nicht mehr aus den Augen. Bald würde auch hier jemand seine Blumen hereinholen.

***

Am Arbeitstisch in ihrem Schreiben vertieft, bemerkte Violetta das herankommende Gewitter zuerst nicht. Erst als das Zimmer stockfinster wurde, stand sie auf, um Licht anzumachen. Erstaunt über die plötzlich auftretenden Windböen, wollte sie einige Pflanzen, die draußen standen, in eine geschützte Ecke der Loggia hinstellen. Der Wirbelwind, der ihr beim Öffnen der Balkontür entgegenkam, ließ sie vor Schreck einige Schritte ins Zimmer rückwärts ziehen. Eine Windbö fegte durch den Raum, so dass sämtliche Gegenstände auf dem Schreibtisch umkippten. Seltsame Geräusche kamen aus dem Flur und es entstand ein konfuses Stimmenwirrwarr.

Nach einer Weile hatte sich alles beruhigt, als wäre nichts gewesen. Sie setzte sich vorsichtig wieder an den Schreibtisch. Ihr Blick fiel auf das Heft mit ihren geschriebenen Gedichten; eine Seite mit gerade fertig gewordenen Zeilen war herausgerissen worden. Darin stand:

"Ich werde Raum und Zeit überwinden
Und dich in einem fernen Land suchen
Bereit für deine sehnlichste Eroberung.
Ich lasse hinter mir Schmerz und Verletzung
Meine Seele auf Flügeln fortgetragen
Bereits das Morgenrot der Seligkeit ahnend
An den heiligen Orten unserer Begegnung."

Während Violetta so über das Geschehen grübelte, entstanden plötzlich seltsame Geräusche. Die Wandbilder der Portrait-Reihe ihrer Indianer-Galerie im Flur waren zum Leben erwacht und zu sprechenden Gestalten mutiert. Unter den Portraits von berühmten Häuptlingen befand sich das Bild eines jungen Navajo aus dem Jahr 1904. Seine schöne Erscheinung hatte Violetta so beeindruckt, dass sie ihm einen Platz unter den älteren Herren gewidmet hatte. Nun lächelte dieser auf einmal, wandte sich Violetta zu und schaute sie schelmisch an. Die Köpfe der anderen Häuptlinge begannen auch, sich hin und her zu bewegen und einer nach dem anderen ergriff das Wort:

"Wir sollten die weiße Frau entführen", meinten einstimmig Red Armed Panther und Sitting Bull.

"Lass uns eher in den Kampf ziehen gegen all die Leute, die uns im Wege stehen!", befürwortete der große Cochise. "Quanah Parker wäre auch dafür, nicht wahr?" Der Häuptling der Comanchen nickte zustimmend.

Ein Yaqui-Apache trat den gemachten Vorschlägen entgegen:

"Aber, aber, bedenkt doch, dass wir uns im 21. Jahrhundert befinden. Die Zeiten und die Kampfmethoden haben sich geändert."

Der Navajo-Boy war noch still geblieben. Die Männer fragten ihn:

"Was ist mit dir, angehender Medizinmann?"

Ashkii legte einen Finger auf die Lippen.

"Ich habe einen Plan, und ich arbeite noch daran", antwortete er zufrieden.

Schließlich flachten die Gespräche ab und die Gesichter nahmen ihre ursprüngliche Position in die Bilderrahmen wieder ein.

Die verblüffte Violetta überlegte fieberhaft, was für Dinge sich hier ereignet hatten. Und da war auch noch dieser erdige Kräuterduft, der sich überall durch den Raum verteilte. Sie ging durch die Zimmer. Überall schwebte der würzige Geruch in der Luft ... Violetta schloss die Augen. "Ich habe zu viel gearbeitet und bilde mir das alles ein."

**

Das schnurrende Geräusch einer sich langsam öffnenden Tür unterbrach die Gespräche der versammelten Stammesvertreter, während Ashkii zum Vorschein kam. Er blieb zuerst wie ein Denkmal stehen, während sein physischer Körper und seine Geist-Seele sich wieder vereinten. In seiner rechten Hand hielt er ein beschriebenes Blatt Papier, das er mit Freude dem Häuptling überreichte.

"Hier Vater."

"Lese mir vor, was diese Zeilen sagen."

Mit geschlossenen Augen horchte Ashkiis Vater einige Augenblicke lang, was sein Sohn ihm vortrug, bis er schließlich nachdenklich nickte.

"Es sind Worte voller Sehnsucht von jemandem, der ein Leben im Schatten geführt hat und jetzt an den Rand der Außenwelt gelangt ist", sagte er. "Und es sind auch unsere eigenen Rufe, die wir in unseren Träumen vernehmen." Zu Ashkii, der an seiner Seite Platz genommen hatte, sprach er:

"Mein Sohn, der erste Schritt ist vollbracht, deine Aufgabe umfasst aber mehr, du weißt, was du noch zu tun hast?"

Ashkiis Augen funkelten.

"Ja, Vater!"

***

Wenn auch die Vorkommnisse der letzten Tage, die sich in ihrer Wohnung ereignet hatten, unerklärlich und zu fantastisch waren, so fühlte sich Violetta in der Folgezeit innerlich ausgeglichen, was ihren immer wiederkehrenden Seelenschmerz linderte. Etwas war anders geworden, etwas, was sie glücklich machte und zukunftsweisend zu sein schien.

Die Frage nach dem Verbleib des Gedichtes blieb aber unbeantwortet. Sie schaute sich gründlich um, die Originalseite war einfach unauffindbar. Es hatte keinen Sinn weiter zu suchen.

Im Büro hatte keiner vom Sturm etwas gemerkt. Vielmehr war die Urlaubsliste Gesprächsthema, die jährlich unter den Kollegen herumgereicht wird und in die man sich eintragen musste. Violetta wusste nicht so recht, für wann sie ihren Urlaub vormerken sollte und wo sie diesen verbringen würde. Schon seit langer Zeit war sie nicht mehr in die Schweiz, ihre alte Heimat, gefahren. Fast alle ihre Verwandten und Bekannten waren nicht mehr da, sie waren verstorben oder hatten ihre eigenen Familien, die sie ganz in Beschlag nahmen. So verabscheute sie, allein zu verreisen und ihre soziale Isolation noch mehr fühlen zu müssen. Stattdessen verbrachte sie ihre Ferien auf dem heimischen Balkon und wanderte durch die Wälder.

Es ergab sich, dass die Kollegen die Zeiten vorplanten, die sie auch selbst vorgemerkt hatte, so dass sie sich für einen baldigen Urlaub entscheiden musste.

Abgespannt vom langen Arbeitstag war es schön zu wissen, demnächst ausschlafen zu können und viel Zeit draußen zu verbringen, so dass sie an jenem Tag erleichtert nach Hause zurückkam.

Beim Öffnen ihres Briefkastens fiel ihr ein Luftpostbrief aus den USA von ihrer früheren Schulfreundin in die Hände. "Claudine schickt mir doch meistens E-Mails, hoffentlich nichts Schlimmes!", dachte Violetta beim Öffnen des Briefes, der sie in helle Aufregung versetzte. Claudine Dupin war von Flagstaff in Arizona, wo sie gearbeitet hatte, nach Sedona umgezogen und nun hatte sie Violetta eingeladen, einige Tage zu ihr in Amerikas Südwesten zu kommen. Violetta fühlte ihr Herz schlagen. Diese erste Einladung von Claudine war wahrscheinlich mit dem Eintritt der Freundin in den Ruhestand zu erklären. Jetzt hatte Claudine mehr Zeit und sie kannten sich aus Kindertagen. Die Brieffreundschaft hatte all die Jahre überdauert und jetzt würden sie sich endlich wiedersehen! Ihre Furcht vor einer langen Reise waren vergessen, wenn es darum ging, das Land der Indianer kennenzulernen, sie würde nicht alleine, sondern zusammen mit Claudine Ausflüge unternehmen.

Die Kollegen waren mehr als überrascht über Violettas Urlaubsziel. Man warnte sie vor allen möglichen Gefahren oder aber man beneidete sie um die Chance, dem grauen Hamburger Himmel entfliehen zu können.

Es war etwas ganz Besonderes, zum ersten Mal in ihrem Leben Flugtickets, Visum und Diabetiker-Ausweis für die Einreise in die USA zusammenzustellen. Alles ging erstaunlich schnell und sie bereitete sich für ihre große Reise vor. Zeichenblock, Stifte, Medikamente; das alles musste sie mitnehmen. Und ein norddeutsches Geschenk für die Freundin.

Der Abreisetag rückte näher. Ausgesprochen an einem 4. Juni, ihrem Geburtstag, sollte sie nach Sedona abfliegen und dort drei Wochen verbringen. Ein langer Flug mit Zwischenlandungen. Doch je näher der Abreisetermin rückte, umso mehr fingen ihre Nerven an zu flattern. Worauf hatte sie sich da eingelassen? Da war aber kein Zurück mehr möglich.

Es war so weit: Nach dem Einchecken wartete sie auf dem Kunststoff-Schalensitz in der Flughafenhalle und die alte emotionale Not kam erneut in ihr hoch. Sie stellte fest, dass sie sich eigentlich nur zu Hause wohl und in Sicherheit fühlte. Aber jetzt war sie eine Reisende inmitten der anderen Passagiere, und bald würde ihr Flug aufgerufen werden.

Von ihrem Fensterplatz aus betrachtete sie gespannt die Startbahn. Als die Maschine abhob, spürte sie, wie alles hinter ihr verschwand.

Das berühmte Lied von "der Freiheit, die über den Wolken grenzenlos sein muss" ging ihr durch den Kopf. Eine schöne Sichtweise für ein Gefühl von Leichtigkeit, die später doch wieder schwinden wird. Momentan war sie mit praktischen Dingen beschäftigt, wie ihren regelmäßigen

Blutzuckerwerten und Insulinanpassungen. Zwischendurch lenkte sie sich ab mit Lesen und Musik hören.

Einen Sedona-Reiseführer hatte sie in ihrem Handgepäck verstaut. Ebenso ihre Papiere und Flugtickets. Violetta griff zu der Tasche, um ein Buch herauszuholen. Dabei bemerkte sie, dass die Schutzhülle, in der ihre Flugunterlagen untergebracht waren, anders aussah als ursprünglich. Völlig überrascht, griff sie nach dem Umschlag und öffnete ihn. Das Rückflugticket fehlte! Auf der Hülle stand "One Way Ticket". Verängstigt fing sie an, hektisch das Handgepäck durchzuwühlen." Ich weiß doch hundertprozentig, dass ich die Flugscheine zusammen hier hatte." Sie atmete tief durch, fühlte aber, wie ihr Herz raste und ihre Knie weich wurden. Wieder war etwas verschwunden. In Sedona würde sie sofort am Schalter der Airline ein neues Ticket reservieren müssen. Fürs Erste aber schloss sie die Augen und staunte darüber, dass ihr Puls sich bald wieder beruhigte und sie plötzlich das Geschehen relativieren konnte. "So eine Reise ist eben doch immer ein Abenteuer", philosophierte sie.

Für den Augenblick vergaß sie ihre Bedenken und schaute aus dem Fenster auf eine dichte Wolkenschicht. Sie hatte immer von diesem weiten Land geträumt, das für Checo, ihre große Liebe, damals die Welt bedeutet hatte. Die wunderbaren Worte aus einem Lied der Comanchen-Indianer fielen ihr ein:

"Wenn der Wind mir durchs Haar weht,
weiß ich, dass du dich in meinem Herzen bewegst ... "
***

Nach der Flugdauer von über 17 Stunden war das Ziel erreicht und die KLM-Maschine landete in Sedona. Violetta atmete auf und holte ein Foto der Freundin heraus, um sie unter den vielen Gesichtern leichter erkennen zu können. Das erinnerte sie daran, wie sie schon einmal ein Erkennungsmerkmal in der Hand gehalten hatte, damals bei ihrer Ankunft als Au-Pair-Mädchen in Frankfurt am Main. Jetzt aber war der Anlass Grund zur großen Freude.

Es dauerte nicht lange und beide Freundinnen hatten sich gefunden. Herzlich umarmte Claudine die heimatliche Freundin:

"Violetta, zuerst herzliche Glückwünsche zum Geburtstag! Was für ein Zufall, du kommst hier an deinem Geburtstag an, mein Gott, so lange ist es her, dass wir uns gesehen haben. Und jetzt wohnst du in Deutschland. Du musst mir das alles erzählen, ich bin richtig neugierig!" Violetta war hellwach geworden.

"Oh ja, wir haben uns viel zu erzählen. Wie gefällt es dir hier im Südwesten? Kann ziemlich heiß werden, oder? Danke für deine Einladung. Nie im Leben hätte ich ansonsten diese Reise unternommen."

Beide lachten herzlich.

"Das nächste Mal werde ich die sein, die weit reisen werde, wenn du mich mal zu dir nach Deutschland einlädst zum Beispiel! Dann kannst du mir Hamburg zeigen", antwortete Claudine vergnügt. "Zuhause habe ich ein kleines Geschenk für dich."

"Ich darf hier sein, und das ist bereits ein großes Geschenk." Etwas verlegen erklärte sie dann:

"Es gibt da ein kleines Problem. Ich muss zuerst zum KLM-Schalter wegen meines Rückflugs. In der Vorbereitungshektik muss ich mein Rückreiseticket irgendwie verlegt haben."

Als beide Frauen am Terminal ankamen, stellten sie erstaunt fest, dass der Schalter der Airline nicht besetzt war.

"Dann werden wir es online von zuhause aus erledigen, mache dir keine Sorgen!", sagte Claudine gut gelaunt.

"Ach, ich will eigentlich noch nicht an die Rückreise denken. Jetzt bin ich da und es ist wunderbar!"

Als beide Freundinnen in Richtung Ausgang gingen, war jemand ihnen dicht auf den Fersen: Ashkii. Er ließ Violetta nicht aus den Augen. Seine rechte Hand näherte sich spielerisch Violettas dichtem Haar. Zu gern hätte er in den hellbraunen Schopf gewühlt, dennoch ließ er es ein Wunsch bleiben. Rechtzeitig verließ er den Flughafen. Sie war angekommen und das war wichtig, auch ihren Namen kannte er jetzt.

"Du hast aber wenig Gepäck!", stellte Claudine fest. "Wenn ich verreise, nehme ich immer zu viel mit."

Sie stiegen in den Pickup ein.

"Ich hatte auch mal ein amerikanisches Auto, so eins mit dem richtigen Motorsound, du weißt schon, die 8 Zylinder! Aber die Zeiten haben sich geändert: Erstens habe ich gar kein Auto mehr und zweitens, es verbrauchte eine Menge Benzin, was schlecht ist für die Umwelt", erzählte Violetta.

Ermüdet fühlte sie allmählich den Jetlag. Es wäre aber schade, dem Schlafbedürfnis nachzugeben. Viel interessanter war es, den Kopf in allen Richtungen zu drehen, um die vorbeiziehende Landschaft zu entdecken.

"Du wirst dich wundern", erklärte Claudine. "Hier verändert sich die Natur ständig. Trockene Wüstenregionen, Sandsteintafelberge, Kiefernwälder und Berge, fast wie im Wallis! Wir werden schöne Touren unternehmen, so dass du unvergessliche Erinnerungen mitnehmen wirst. Zum Beispiel werden wir das Monument Valley und die alten Kulturstätten der Indianer besichtigen. Auch werden wir den bald stattfindenden großen Markt in der Navajo Nation Reservation besuchen."

Violetta hörte traumtrunken Claudines Ausführungen zu. Blühende Kakteen säumten die Straße nach Village of Oak Creek, wo die Freundin wohnte. Violettas Augenlider wurden schwerer und schwerer, so dass sie letztendlich doch einschlummerte.

Die untergehende Sonne tauchte die Straße in ein goldenes Licht, was die roten Felskuppen noch feuriger erscheinen ließ.

Claudine warf ihren Rucksack auf das Sofa.

"Ach, jetzt einen Kaffee!", sagte sie. "Willkommen in Arizona, Violetta!"

"Ich kann es immer noch nicht fassen, hier zu sein, einige Stunden Flugzeit von Deutschland entfernt, wie wunderbar!"

Vergnügt bestaunte Violetta die Inneneinrichtung.

"Bist du eine echte Amerikanerin geworden?", fragte sie. "Was mich betrifft, bin ich in die deutsche Kultur ziemlich integriert. Das merke ich vor allem, wenn ich mal wieder in der alten Heimat zu Besuch bin.

"Wahrscheinlich schon. Aber man bleibt doch innerlich mit seinen Wurzeln verbunden."

Violetta wurde nachdenklich.

"Ja, wenn man welche hat ..."

Nach einem kräftigenden Imbiss tauschten sich beide Frauen über ihr Leben aus und sprachen darüber, welche Ziele sie jetzt hatten.

"Erzähle doch", fragte Violetta lebhaft. "Wie bist du damals hierhergekommen? Ich weiß noch, dass du nach dem Studium ins Ausland wolltest."

"Ja, durch Kontakte an der Uni erfuhr ich von einer lukrativen Stelle als 'Executive Assistentin' im wissenschaftlichen Institut für Astrophysik in Flagstaff. Ich hatte Glück und bekam den Posten. Es waren interessante Jahre in der Forschung. Trotzdem habe ich mich entschlossen, früher in Rente zu gehen und hierher nach Sedona umzuziehen. So wie du mag ich lange Touren durch die Berge und mir kam die Idee, dir das Land zu zeigen, durch das wir zusammen wandern werden. Meine Freunde sind eher unsportlich. Auch wollte ich meinem dahinsiechenden Liebesleben frischen Wind einflössen. In all den Jahren war ich so mit meinem Beruf verheiratet, dass interessante Männer einfach an mir vorbeigezogen sind! Ich hätte jetzt aber gern einen Partner. Was ist mit dir?"

Violetta zögerte einen Augenblick und seufzte.

"Ich hatte dir erzählt von meiner großen Liebe, Checo, dem Indio-Amerikaner, der in Deutschland als Soldat stationiert war und mit dem ich eine intensive Beziehung hatte. Als er zurück in die USA gegangen ist, war für mich die Welt am Ende. Josef und ich hatten uns bereits getrennt. Jahre später habe ich Freddy kennengelernt, mit dem ich lange zusammen war, bis er völlig unerwartet an einer Lungenembolie starb. Am Anfang unserer gemeinsamen Zeit war ich noch voller Hoffnung gewesen, dass wir zusammen eine Familie gründen könnten, doch daraus war nichts geworden. Der gute Freddy hatte zuerst keinen Job und dann wurde ich Diabetikerin. So lebten wir schließlich mehr wie Bruder und Schwester zusammen unter einem Dach. Ich tröstete mich damit, dass ich mir sagte 'wenigstens bist du nicht mehr allein'. Sein früher Tod hat mich in eine tiefe Lethargie verfallen lassen und erst nach Monaten, als ich immer öfter durch den Wald wandern oder reiten ging, erwachten meine Sinne wieder und die Sehnsucht nach einem Seelenverwandten war intensiver denn je geworden. Ich hatte aber gelernt, allein zu sein, auch unter Tränen. Zum Glück ist die Leidenschaft an kein Alter gebunden. Nur dass einen die Unpässlichkeiten des Älterwerdens nach und nach begleiten."

Violetta geriet in Wallung.

"Zuerst habe ich ein Ehrenamt in einer Obdachloseneinrichtung angenommen, um nicht dauernd um mich selber zu kreisen, und wollte Hilfsbedürftigen etwas von meiner Zeit geben. Nach meiner Hüft-OP bin ich aber ausgestiegen.

Dann besuchte ich einige religiöse Gemeinschaften. Nirgends konnte ich jedoch mich wirklich heimisch fühlen und ich bekam sozusagen Glaubenszweifel. Ich entdeckte, dass Glaube etwas sehr Persönliches ist und man angesichts des Bösen in der Welt unser Gottesbild revidieren müsste. Irgendwann begann ich, mich für schamanische Heilung und indianische Spiritualität zu interessieren. Die Bräuche und die Lebensphilosophie der alten Stämme haben mich in ihren Bann gezogen. Um mich vom Lärm und von der Enge der Großstadt zu erholen, suchte ich die Verbundenheit mit der Natur, vor allem im Wald. Schon als Kind liebte ich unsere einheimischen Lärchen und Tannen. Die Bäume sind immer für dich da, wie stille Freunde und sie verstehen dich."

"Wie schön du das sagst! Ich freue mich auf unsere Ausflüge", sagte die aufgeweckte Claudine. "Vielleicht findest du hier auch die Liebe fürs Leben!"

Es war schon spät, und sie ließen diesen erlebnisreichen Tag mit einem Glas Wein ausklingen. Dann war es Zeit, sich bettfertig zu machen und schlafen zu gehen. Das Gästebett war schnell hergerichtet und Violetta freute sich auf ihre erste Nacht im fremden Land. Überglücklich schaute sie den Sternenhimmel und sprach ein kurzes Dankgebet für alles, was sie an diesem Tag erlebt hatte.

Es war zu erwarten, dass die erste Nacht nicht erholsam sein würde, von der langen Reise war sie zu sehr aufgewühlt. Die Vorstellung von dem, was sie in den kommenden Tagen entdecken würde, ließ sie nicht mehr los. Irgendwann aber löste der Schlaf die Knoten ihrer Gedanken und sie schlummerte ein.

Die Nachtruhe dauerte nicht lange: Aus dem Schlaf gerissen wachte sie plötzlich auf, warf die Bettdecke zur Seite und saß aufrecht sitzend im Bett. Von irgendwoher durchdrangen die Töne einer Trommel, deren Schläge immer lauter wurden, die Nacht. "Es ist nur ein Traum", dachte sie etwas benommen, und legte sich wieder hin. Herzklopfend wachte sie erneut auf, als sie auch noch ihren Namen hörte; "Violetta! Violetta!"

Am nächsten Morgen stand sie wie gerädert auf und erzählte Claudine von ihrem nächtlichen Erlebnis.

"Es war wohl eine unruhige erste Nacht, kein Wunder, die Aufregung und die lange Reise. Sicher wird die kommende Nacht besser sein. Statt Rotwein werden wir einen beruhigenden Kräutertee trinken", sagte Claudine lachend.

Während des Frühstücks wurde das Tagesprogramm besprochen.

"Zuerst zeige ich dir die Gegend um Sedona, die roten Felsen, die Kiefernwälder, durch die wir eine schöne Wandertour machen können, und zum Schluss werden wir die berühmte Felskapelle besichtigen. Wenn noch genügend Zeit bleibt, können wir uns auch die Filmkulisse ansehen, vor der viele Westernfilme gedreht wurden."

"Das ist wunderbar, ich kann es kaum abwarten!" Violetta strahlte.

Claudine fuhr fort, die Ausflüge zu beschreiben:

"Morgen fahren wir auf die Route 66 und schauen uns Flagstaff und den Grand Canyon National Park an. Wahrscheinlich fieberst du bereits dem entgegen: Übermorgen findet das große indianische Volksfest statt, das 'Navajo Nation Fair', eine Indianermesse, die in diesem Jahr in Tuba City anstelle von Window Rock stattfindet. Hopis und Navajos werden traditionelle Tänze aufführen und die Besucher werden zum Mitmachen am Gesellschaftstanz eingeladen. Es wird einen großen Markt mit Kunst- und Handwerksständen geben. Dafür brauchen wir sicher einen ganzen Tag. Da können wir in verschiedene Indianer-Kulturen eintauchen. Ein bleibender Eindruck!"

Die Freundinnen räumten das Frühstücksgeschirr auf und stellten ihre Rucksäcke zusammen.

"Bevor wir losfahren, sollten wir nicht noch wegen deines Rückfluges nach Deutschland im Internet nachsehen? Das wäre dann erledigt."

Claudine öffnete ihr Notebook. Zu ihrem Staunen ließ sich dieses nicht starten und der Bildschirm blieb schwarz. Sie prüfte alles. War das Gerät zu warm geworden oder war es abgestürzt? Alles schien in Ordnung zu sein. Violetta versuchte, die Airline telefonisch zu erreichen. Doch es konnte keine Verbindung hergestellt werden. Alles in allem wurde beschlossen, es am nächsten Tag wieder zu versuchen.

Während der Fahrt nach Flagstaff vergaßen sie gern Violettas Rückflug. Jetzt waren sie nach neuen Entdeckungen unterwegs.

"Violetta, du weißt, Sedona genießt den Ruf, ein spiritueller Ort zu sein. Es gibt Heilungszeremonien auf uralten Kraftplätzen der Indianer. Es wird gesagt, die hiesigen Berge hätten eine ganz besondere Aura und viele würden hier ihr Lebensglück suchen. Ich wahrscheinlich auch!", erklärte Claudine.

Violetta schloss sich dem an. "Man wird hier tatsächlich in eine solche Atmosphäre versetzt, als wollten sämtliche Energien, die durch die roten Felsen wirbeln, uns in das Geheimnis des Lebens mitnehmen."

"Und weil das alles so magisch klingt, will ich dir von einer Legende erzählen", ergänzte Claudine. "Es wird berichtet, dass in der Gegend um Sedona ein verborgenes Indianerdorf existiert, in dem mehrere Indianerstämme zusammenleben. Ein Ort, der auf keiner Karte verzeichnet ist. Viele sogenannte 'Selbsterleuchtete' haben sich auf die Suche begeben, natürlich erfolglos. Aber das Gerücht um die Existenz dieses Dorfes hält sich hartnäckig."

Das war faszinierend.

"Wie interessant, das nährt die Phantasie. Ob es uns dorthin verschlagen wird?"

Ein zweiter Tag in Arizona, aufregend und unvergesslich. Claudine hatte viel Herz in die Planung der Ausflüge gesteckt. Violetta nahm die Eindrücke der vorbeiziehenden Landschaft mit, um sie später mit Stift und Zeichenblock neu ins Leben zu rufen.

Am dritten Tag stand der große Markt auf dem Programm. Um rechtzeitig dort anzukommen, stiegen die Freundinnen schon bei Anbruch der Morgendämmerung ins Auto. Außer Handy, Diabetes-Utensilien, Geld und etwas Proviant für die Fahrt nahm Violetta nichts mit. Ein Stoffrucksack sollte genügen. Claudine hingegen trug eine große Tasche mit sich, da sie einen Teppich kaufen wollte.

"Hast du letzte Nacht wieder Trommeln gehört?", witzelte Claudine.

"Ja, und eine Stimme rief mich auch noch bei meinem Namen", antwortete Violetta mit verhaltener Stimme. Die Ereignisse in ihrer Wohnung vor ihrer Abreise holten sie wieder ein. Hatte sie nur geträumt? Oder hatte sie sich Phantasievorstellungen hingegeben? Darüber sprach sie mit Claudine nicht. Zu skurril war das. Ihr Geschichtenheft erschien wieder vor ihrem inneren Auge. Was war mit der ersten Seite des Liebesgedichtes geschehen? Plötzlich fühlte sie, wie ihre Sinne, von unsichtbaren Kräften getrieben, sich in einen inneren geheimnisvollen Raum öffneten.

Während der Fahrt bemerkte Claudine Violettas verträumte Versunkenheit. Fast hätte sie sie darauf angesprochen. "Wahrscheinlich immer noch die Zeitumstellung", dachte sie, und ließ die Freundin in Ruhe. Später auf dem Markt würde es ohnehin turbulent zugehen.

Nachdem sie durch zerklüftete Waldtäler gefahren waren, ging es durch breite Wüstenabschnitte weiter bis zur großen Navajo- und Hopi Reservation auf dem Colorado-Plateau.

"Wir sind da!", rief Claudine und fuhr den Wagen zu einem Parkplatz, der bereits gut belegt war. Neben älteren amerikanischen Pick-ups standen da auch Fuhrwerke mit Pferden und Maultieren.

Violetta schaute Claudine lächelnd an. Sie war tatsächlich im Indianerland angekommen. Hier würde sie endlich den Menschen begegnen, die seit geraumer Zeit ihr Gemüt innerlich anrührten.

Der große Marktplatz befand sich auf sandigem Boden. Es gab kleinere Stein- und Lehmhäuser sowie Wohnwagen und Zelte. Hier und da säumten Kakteengewächse die staubigen Wege, deren Blüten Farbkleckse auf die karge Erde zauberten.

Wie aus einer anderen Zeit und irgendwie unpassend in der schmucklosen Umgebung hing an der Wand eines der Häuser eine große historische Turmuhr. Das Zifferblatt war so gut sichtbar, dass die Uhrzeit aus weiterer Entfernung gelesen werden konnte. Beide Freundinnen staunten darüber. Claudine, die schon hier gewesen war, schüttelte den Kopf.

"Diese Uhr ist mir bisher nie aufgefallen. Wozu soll sie dienen? Die Indianer schauen da bestimmt nicht hin und die Touristen erst recht nicht."

"Vielleicht gibt es jetzt einen Aufpasser, der die Zeitspanne für die Marktstände regelt", meinte Violetta schmunzelnd. "Dann wissen die Menschen, wann sie schließen müssen."

Derweil bereiteten die Marktleute ihre Verkaufsstände vor, Tische und auch Decken auf dem Boden dienten als Ausstellflächen für allerlei Gegenstände, von Schmuck bis hin zu Keramiktöpfen, Kunsthandwerk, Teppichen. Auch an Essbarem fehlte es nicht und der appetitliche Duft der frisch gebrutzelten Tortillas wehte den Besuchern entgegen. Bunt bekleidete Leute liefen emsig herum. Man erkannte die Navajos an ihren farbigen Kopfbändern und an den mit weißen Fäden gebundenen Haarknoten. Violetta staunte darüber und fand dies richtig schön. Auf einem anderen weiteren Platz stand eine Gruppe von Pow-Wow-Tänzern in ihren geschmückten Gewändern.

Violetta und Claudine mischten sich unter die Besucher und stärkten sich mit Maisbrot. Obwohl die Marktatmosphäre von Heiterkeit geprägt war, war Violetta plötzlich betrübt. Sie musste immer wieder an die tragische Geschichte der Ureinwohner in den letzten Jahrhunderten denken: den langen Marsch der Navajo bei ihrer Zwangsumsiedlung, wo Hunderte von ihnen starben, das Massaker von Wounded Knee in South Dakota, den Pfad der Tränen der Cherokee und noch viel mehr der Grausamkeiten, die alle Indianerstämme hatten erleben müssen. Nicht zu übersehen war die jetzige Armut und Alkoholabhängigkeit, unter denen viele zu leiden hatten. Einst hatten die weißen Siedler den Alkohol sogar als Waffe gezielt eingesetzt, um sie abhängig zu machen und dadurch leichter an Landrechte zu kommen. Tränen stiegen ihr in die Augen und sie schämte sich, für das, was die sogenannte "überlegene weiße Rasse" angerichtet hatte. Und die Unterdrückung bestand immer noch. Lebensbedingungen wie in der Dritten Welt.

"Violetta, was ist mit dir los? Hier, trink etwas Wasser", sagte Claudine bei dem Anblick der auf einmal abgespannt wirkenden Freundin.

Versteckt hinter einem aufgestellten Holzgerüst beobachtete Ashkii aufmerksam das Geschehen. Dann lief er eiligst zu einem der Stände, wo eine alte Frau Schmuck ausgelegt hatte.

"Grandma", sagte er kurz und bündig "Bald kommt sie vorbei." Die Alte nickte ernst. Sie brauchte keine Personenbeschreibung. Ihr Enkelsohn rannte wieder los und setzte sich auf den Boden hin. Nachdem er einen Pappbecher hingestellt hatte, legte er den Kopf auf die Knie und wartete.

Violetta und Claudine schlenderten weiter über den Markt. Es gab so viel zu sehen. Die handgewebten Teppiche weckten insbesondere Claudines Interesse und so steuerten beide einen der Verkaufsstände an. Als sie vorbeigingen, saß Ashkii mit gesenktem Kopf immer noch da.

"Schau mal den Navajo dort", sagte Violetta betroffen. "Wahrscheinlich hat er auch keine Arbeit, geschweige denn eine Bleibe. Warte mal kurz, ich werde ihm was geben."

Eine Münze fiel in den Pappbecher und Ashkii erhob schmunzelnd den Kopf. Mit seinen großen dunklen Augen schaute er Violetta an, die einen Augenblick wie versteinert stehen blieb.

"Aber … ich kenne dich!" Sichtlich aufgeregt kamen ihr die Worte über die Lippen: "Du siehst aus wie der Navajo-Boy aus meiner Indianer-Fotosammlung. Wie kann das sein? Das Foto stammt aus den 1900er Jahren!"

Wortlos ließ Ashkii seinen Blick auf Violetta ruhen, während er lächelnd seine makellos weißen Zähne zeigte. Schließlich legte er den Kopf erneut auf die angezogenen Knie.

Neugierig näherte sich Claudine.

"Die Arbeitslosigkeit ist hoch unter den Indianern. Es gibt einfach nicht genug Jobs und sie haben auch eine andere Einstellung zur regelmäßigen Arbeit", sagte sie lachend.

Die Freundinnen gingen weiter zu den Teppichen und Schaffellen. Claudine kaufte einen handgewebten Läufer für ihren Flur und steckte ihn in die große Tasche.

"Schade, dass ich keinen nach Deutschland mitnehmen kann", bedauerte Violetta.

"Jetzt zu dem Schmuck, da wirst du bestimmt etwas finden, was typisch ist für den Navajo-Stil." Claudine entdeckte einen vielversprechenden Stand.

"Schau dort, die alte Navajo-Frau im dunklen Samtkleid. Lass uns hingehen. Sie ist mir schon vorher aufgefallen und scheint viel Auswahl zu haben."

Beide näherten sich den Vorlagebrettern und die Verkäuferin sah sie freundlich an. Bald hatte Violetta ein Collier ausgesucht und holte ihre Geldbörse, um es zu bezahlen. Doch die alte Frau schüttelte verneinend den Kopf und holte ein anderes Schmuckstück aus einer kleinen Schatulle, die sie vor der verdutzten Violetta öffnete. Darin befand sich eine exklusiv aussehende Halskette mit einem großen Anhänger aus Silber und Onyx, der mit zwei sich ergänzenden Türkisen in einem Kreis bestückt war. Die Halbedelsteine übten eine große Faszination aus und Violetta war mit dem Betrachten des Edelstücks so beschäftigt, dass sie nicht sofort merkte, dass jemand sie am Ärmel zog.

"Miss, sie ist für dich", sagte ein kleiner Junge, indem er ihr eine Adlerfeder überreichte. Überrascht drehte sich Violetta zu dem Kind um. Doch es war schon wieder weg. Sie steckte die Feder in ihren Stoffbeutel und schaute fragend Claudine an, die über das Geschehen amüsiert war. "Dir passieren aber wirklich merkwürdige Dinge!"

Violetta konzentrierte sich wieder auf das von der Indianerin angebotene Collier und entschied sich für dessen Kauf. Schweigend machte die alte Frau ein Zeichen, ihr das Schmuckstück umhängen zu wollen und lehnte die Bezahlung ab. Sie legte mit einer sanften Bewegung das Collier um Violettas Hals und während sie dies tat, traf der durchdringende Blick der alten Frau sie bis ins Innerste. Alles um sie herum fing an zu schwanken und ein Ruck ging durch Violettas Körper. Es war, als würden die Menschen auf einmal von der Bildfläche verschwinden, und allmählich verstummte das Geräuschwirrwarr. Sie hörte Claudines Ruf und versuchte noch zu antworten, aber kein Ton kam aus ihr heraus. Die große Wanduhr zeigte 12.00h. Das konnte sie noch gerade erkennen. Sie versuchte mit aller Kraft, das Bewusstsein nicht zu verlieren und um Hilfe zu bitten. Alles vergeblich. Ihr Herz stockte, und ein immer schneller werdender Kreis drehte sich um sie, bis sie allein und ermattet mitten auf dem Marktplatz langsam ihrer Sinne wieder mächtig wurde. Zwar war der Marktplatz der gleiche, doch etwas war anders geworden, etwas, das sie innerlich erschauern ließ.

Im Regenbogenland

Orientierungslos lief Violetta auf dem Marktplatz umher. Wie war sie hierhergekommen? An die Verkaufsstände der Indianer hatte sie nur diffuse Erinnerungen. Und sie war nicht allein. Eine Freundin war bei ihr. Ja, daran konnte sie sich schemenhaft erinnern. Das bunte Treiben auf dem Platz ließ sich erahnen, aber wo waren all die Menschen jetzt geblieben, die ihren Geschäften eben noch nachgingen? Violetta fühlte sich wie in einem Vakuum gefangen. Sie müsste bewusst dagegen ankämpfen, dachte sie, irgendetwas tun, sich bewegen, schreien. Wütend und voller Angst rief sie unentwegt um Hilfe, aber ihr Rufen hallte ins Leere. Die Verkaufsstände waren inzwischen verwaist. Violetta fasste sich reflexartig am Hals und berührte ihre Türkis Halskette. Sie bemerkte, dass an dem Amulett ein Teil fehlte. Der kreisförmige Anhänger stellte jetzt eine Mondsichel dar. Völlig verwirrt, drehte sie sich immer wieder im Kreis. Die Wanduhr zeigte noch 12.00h. Dann sah sie doch noch einen einzelnen Mann, der eiligst seine nicht verkauften Waren in sein Auto brachte. Bevor sie überhaupt ihn ansprechen konnte, hörte sie seine hastigen Worte:

"Lady, sehen Sie zu, dass Sie schnell nach Hause gehen. Es droht ein Sandsturm. Bleiben Sie lieber nicht draußen!" Bei diesen Worten bekam sie Gänsehaut und schaute dem wegfahrenden Wagen des Mannes nach. Jetzt war der Platz wirklich leergefegt, im wahrsten Sinn des Wortes, denn der aufkommende Wind wirbelte den Sand auf und verdunkelte die Sonne. Verzweifelt taumelte sie vor sich hin, als sie plötzlich auf der anderen Seite des Platzes eine stehende

Pferdekutsche mit zwei vorgespannten Pferden entdeckte. Es war nicht irgendeine Kutsche, vielmehr sah sie aus wie eine historische Postkutsche aus einem Westernfilm.

"Vielleicht kann ich dort Schutz finden", hoffte sie und schleppte sich zu dem eigenartigen Gefährt.

Als sie vor der Tür stand, die sich plötzlich öffnete, setzte sie sich hinein, bemerkte aber dabei den am Ende der Straße stehenden Mann nicht. "Nur etwas schlafen", murmelte sie, und verkroch sich auf den Rücksitz. Kaum hatte sie ihren Kopf an die Rückenlehne gelegt, schlug die Wagentür zu und Ashkii stand plötzlich mitten im Weg. Er erhob den rechten Arm und mit einem Satz preschten die Pferde los und ließen den Marktplatz bald hinter sich. Hin- und her geschüttelt hielt sie sich verängstigt am Sitz fest, bis sie erschöpft das Bewusstsein verlor. Während die Kutsche immer schneller wurde, verschwand die dahinziehende Landschaft hinter einer dichten Nebelwand.

Erst als die Pferde nach der wilden Fahrt schnaubend zum Stehen kamen, kam Violetta wieder zu sich. Etwas benommen riskierte sie einen Blick nach draußen. Sie war in einer Siedlung angekommen und sah, dass deren Bewohner indianischer Abstammung waren, jedoch unterschiedliche Kleidung trugen. Kinder tobten mit Hunden herum und Frauen, die Körbe mit Feldfrüchten trugen, hielten hier und da ein Schwätzchen. Alles war vertraut und doch anders, als wäre sie in eine andere Zeit versetzt worden, und die Menschen waren - wie in Vorzeiten – stammestypisch gekleidet.

Violetta war jetzt aus ihrer Lethargie aufgewacht und schaute sich staunend um. Als sie die Hand auf die Wagentür legte, öffnete sich diese langsam von allein. Vorsichtig stieg sie aus. Sie bemerkte eine Herde von Schafen und Pferden, die auf einem abgelegenen Platz weideten. Ein über dem Ort kreisender Adler zog ihre Aufmerksamkeit. Fasziniert verfolgte sie sein majestätisches Schweben nah an einem Regenbogen, der sich farbenprächtig über das Land spannte und Ruhe in ihr aufgewühltes Herz brachte.

Je mehr sie versuchte, sich an das zu erinnern, was geschehen war, desto mehr verblasste es, so dass sie sich bald an nichts mehr erinnern konnte, nicht einmal wo sie herkam und wer sie war. Sogar ihr Name blieb im Dunkeln und außer einer Greifvogelfeder war ihr Stoffbeutel leer; weder Ausweis noch Geld, auch kein Handy. Sie schaute sich die Feder genauer an. Da war doch was ... ein großer Sandplatz, ein Kind hatte ihr diese Feder gegeben, daran konnte sie sich jetzt erinnern. Dann sah sie, dass ihre Armbanduhr 12.00h zeigte. Ja, jetzt wusste sie es, da war die große Wanduhr an der Mauer über dem Marktplatz, die auch 12.00h gezeigt hatte ...

Aus einem nahen Blockhaus kam ein würziger Duft, den sie schon einmal wahrgenommen hatte. Aber wo? Jetzt zog es sie zuerst zu diesem Haus, dessen Tür offen war. Von der Sonne geblendet, erkannte sie vorerst die Silhouetten von einem Mann und einer Frau, die dabei waren, Krug und Becher auf einen Tisch zu stellen. Dabei unterhielten sie sich in einer seltsam klingenden Sprache. Violetta staunte darüber, dass sie vieles davon verstehen konnte.

"Alle wissen jetzt, dass die Frau aus der Außenwelt inzwischen bei uns angekommen ist. Der Zeitpunkt der Begegnung mit dem Auserwählten wird in ferner Zukunft auf mein Zeichen geschehen", sagte der Mann leise zu der Frau.

"Ja, ihre alten Wunden müssen zuerst heilen, damit ihre weibliche Energie zurückkehren kann und sie bereit wird, die neue Herausforderung zu meistern", ergänzte die Frau.

Zögernd blieb Violetta am Eingang stehen, als die zwei Personen sich dann zu ihr umdrehten. Violetta hielt den Atem an. Diese Menschen hatte sie schon einmal gesehen: Sie erkannte die alte Indianerin, die ihr den Schmuck verkauft hatte. Der junge Mann an ihrer Seite kam ihr auch bekannt vor. War er nicht der im Sand sitzende Navajo gewesen?

"*Yá´át´ééh´abin*, ich bin Großmutter Shimasani", begrüßte die alte Frau sie mit einem Lächeln. "Und hier ist mein Enkel Ashkii. Wir sind aus dem Volk der Diné und werden auch Navajo genannt." Sie berührte dabei Violettas Hand. Ashkii, glücklich über die gelungene Ankunft seiner Schutzbefohlenen, betrachtete Violetta nicht ganz ohne Stolz, die langsam ihren Blick auf sein rassiges Gesicht richtete, ohne ihn jedoch anzustarren.

"Wo bin ich, warum bin ich hier, was ist mit mir geschehen?" Violetta zitterte vor Aufregung und spürte, wie sich ihr Gedächtnis noch mehr verdunkelte.

"Ich weiß nicht einmal, wer ich bin", flüsterte sie.

Die Großmutter schwieg eine Weile und schaute sie beruhigend an.

"Du hast viele Fragen!", erwiderte sie. "Die Antworten sind nicht im Kopf, sie sind im Herzen", fügte sie hinzu. "Du bist 'Violetta', das Waldveilchen, unscheinbar und doch voller Duft. Wir haben deine Stimme gehört und deine Träume haben dich von der Außenwelt hierhergeführt. Du bist im Hier und Jetzt der Innenwelt, im Land des Regenbogens."

"In der Innenwelt?"

"Ja, in der Welt des sichtbar gewordenen Bewusstseins, der Gedanken und der Träume, wohin alle Menschen zurückkehren werden, in die Welt des ursprünglichen wahren Lebens, außerhalb von Raum und Zeit."

"Bin ich etwa tot und im Jenseits gelandet?", fragte sie mit banger Neugier.

Mit einem Schritt nach vorn griff Ashkii plötzlich Violettas Hand und zog sie zu sich.

"Du bist keineswegs tot. Wie Grandma schon sagte, du hast ein weiteres Tor deines Lebens durchschritten. Du wirst ein Teil von uns werden und von uns allen, den Tieren, dem Wind, den Bäumen und Pflanzen lernen. Wenn dafür die rechte Zeit kommt, wirst du demjenigen begegnen, der von deiner Sehnsucht berührt worden ist. Es werden aber noch viele Monde ins Land ziehen, bevor das geschieht, denn dein neuer Lebensweg hat gerade erst begonnen."

Violetta entspannte sich allmählich. Sie spürte etwas, das ihre ganze Seele beruhigte und ihren Körper wohlig schwer machte. Großmutter Shimasani überreichte ihr einen Becher Kräutertee und führte sie behutsam in einen kleinen Raum, wo sie auf einem mit Schafsfellen ausgelegten Bett in einen tiefen Schlaf fiel.

Als die Abendsonne unterging, verließ Ashkii das Haus seiner Großmutter, um nach seinen Pferden zu sehen. Und der Adler, der seine Kreise am Himmel drehte, flog zu ihm. Er setzte sich auf seinen Arm und lehnte sich zutraulich an seine Schulter.

***

So hatte sich Claudine den Besuch des Indianermarktes nicht vorgestellt. Erschüttert über Violettas plötzliches Verschwinden, hielt sie weiterhin Ausschau nach der Freundin. Wo konnte sie sein? Nur einen Augenblick lang hatte sie sich von ihr entfernt, um sich Maya-Keramik anzusehen. Claudine fragte mehrere Standbetreiber, sie ging zu dem Ort, wo sie mit Violetta zuletzt zusammen gewesen war, und sie suchte den Schmuckstand der alten Indianerin. Vergeblich. Da war nichts mehr. Weil der Tag sich dem Ende zuneigte, beschloss sie, sich ein Gästezimmer in Tuba City zu nehmen. Am nächsten Morgen würde sie gleich eine Vermisstenanzeige bei der Navajo-Polizeibehörde aufgeben.

Claudines Gedanken kreisten unentwegt um die Ereignisse. Was, wenn Violetta nicht wieder auftauchen würde? An wen müsste sie sich in Deutschland wenden? Sie hatten nicht darüber gesprochen, welche Verwandte und Freunde von Violettas Amerika-Reise wussten, und der Name ihres Arbeitgebers war ihr auch nicht bekannt. Plötzlich musste sie an die Legende des geheimen Dorfes denken. "Völlig absurd!", meinte sie. Hatte Violetta vielleicht einen Mann kennengelernt? "Nein, sie hätte ihn mir sicher vorgestellt."

Nach einer unruhigen Nacht stand Claudine auf, zerschlagen und entmutigt frühzeitig. Vielleicht war das alles ein schlechter Traum? Aber dem war nicht so, und sie setzte jetzt ihre ganze Hoffnung in die Navajo Tribal Police, bei der sie Violettas Verschwinden melden wollte. Vorher würde sie noch die Plätze aufsuchen, wo sie mit ihr gewesen war, ob sie vielleicht zurückgekehrt sei und dort auf sie warten würde. Doch keine Violetta in Sicht. Voller Sorge betrat sie schließlich das Polizeibüro.

"Officer", sagte Claudine keuchend. "Ich muss eine Vermisstenmeldung aufgeben!"

Der Beamte blickte eher gelangweilt auf die aufgewühlte Frau, die er in so früher Stunde vor sich hatte.

"Und wenn möchten Sie als vermisst melden?"

"Meine Freundin aus Deutschland, die hier zu Besuch ist. Wir waren gestern zusammen auf dem Markt und als wir zurückfahren wollten, war sie plötzlich verschwunden. Ich mache mir große Sorgen, dass ihr etwas zugestoßen sein könnte. Sie spricht kaum Englisch. Zudem ist sie Diabetikerin und braucht regelmäßig ihr Insulin."

Der Mann horchte auf, als er dies hörte notierte er Violettas Personalien sorgfältig auf ein Blatt Papier.

"Der Computer streikt!", erklärte der Beamte pragmatisch. Keine Sorge, wir werden ihre Freundin zur Fahndung ausschreiben und, falls nötig, einen Hubschraubereinsatz einleiten", versprach der Mann. Nachdem sie das Protokoll unterschrieben hatte, verließ Claudine das Polizeibüro. Man würde mit ihr in Verbindung bleiben. Unterdessen machte sie sich Mut. "Ich habe getan, was ich konnte. Jetzt heißt es abwarten und hoffen." Es wurde Zeit, nach Hause zurückzufahren.

Während sie zu ihrem Auto lief, hörte sie plötzlich Schritte hinter sich, die über den knisternden Weg eilten. Sie drehte sich um und erkannte den kleinen Jungen, der Violetta die Adlerfeder gegeben hatte.

Aufgeschreckt sprach sie ihn an:

"Du warst auch auf dem Markt. Hast du meine Freundin gesehen? Ich habe sie aus den Augen verloren und suche sie jetzt überall, denn sie ist spurlos verschwunden. Du hattest ihr doch eine Adlerfeder gegeben."

"Miss, suche sie nicht, ihr geht es jetzt sehr gut. Mache dir keine Sorgen!", sagte das Kind.

"Wo ist sie?", schrie Claudine. "Wo ist sie?"

Der Junge gab ihr aber keine Antwort, lächelte und rannte davon. Claudine blieb sprachlos. Als sie die Tür ihres Autos öffnete, brach sie in Tränen aus. Zwar wusste sie jetzt, dass Violetta noch lebte, aber was mit ihr geschehen war, blieb im Dunkeln. Sie wusste nur, dass sie selbst hierher wiederkommen würde; etwas zog sie auf rätselhafte Weise an diesen Ort.

***

Draußen herrschte bereits Hochbetrieb, als Violetta vom Schlaf erwachte. Sie hörte, wie die Hühner gackernd herbeiliefen und die Schafe aus dem Stall hinaus auf die Weide liefen. Es war anscheinend Futterzeit für alle. Auch die Pferde tobten auf der Koppel. Es roch nach frischem Kaffee und sie stand auf, nicht ohne sich zu fragen, wo sie eigentlich war. Dann erinnerte sie sich an die Großmutter und an Ashkii und sie verstand, dass auch sie jetzt hier wohnte.

Auf einem Strohstuhl lag ein gefaltetes Navajo-Kleid aus blauem Samt, das sie anzog. Ein Blick in den aufgestellten großen Spiegel zeigte ihr das Bild einer Frau reiferen Alters, die ihr vertraut war. Als sie sich dem Spiegel näherte, ließ sie einen Finger über ihr Gesicht wandern, und nach und nach verwandelte sich ihr Aussehen. Erstaunt erblickte sie jetzt eine um Jahre verjüngte Frau mit frischen Gesichtszügen und den vollen Lippen der Jugend: das war sie selbst. Wie konnte es sein? Sie wagte nicht, diese Frage an ihre

Gastgeber zu stellen, und wartete ab, was alles sich noch ergeben würde.

Großmutter Shimasani stand bereits in der Küche. Sie war gerade dabei, eine Pfanne zu erhitzen und kleine Teigfladen in das heiße Fett zu geben, so dass sich der Duft von frisch gebackenem Brot bald im Raum verteilte. Sie lächelte, als sie Violetta hereinkommen sah.

"Das Kleid steht dir gut! Nimm Platz, wir werden essen, was ihr Weißen 'frühstücken' nennt. Es gibt frisches Brot und Schafskäse, Früchte und Eier. Mein Enkel wird auch gleich dazu kommen."

Mit einem fragenden Blick schaute Violetta die Großmutter an. Diese nickte freundlich und machte sie mit ihrem neuen Leben bekannt.

"Aus deiner Einsamkeit in der Außenwelt hast du Rufe gesendet, um deinen Seelenverwandten zu finden. Mit Hilfe der Geistwesen hast du zu uns gefunden." Großmutter legte eine Hand auf Violettas Schulter. "Ja, auch du wirst eines Tages Brot backen und noch viel mehr. Unser uraltes Wissen wird dir in deiner Entwicklung Wegweiser sein. Wir werden zuerst alles gemeinsam unternehmen, bis du eigenständig genug sein wirst, das Herz deines Hogans und deiner Familie zu sein. Die Geistwesen werden deine Wünsche und Gedanken auf deinem Weg sichtbar mitgestalten und unsere Sprache wird auch deine Sprache sein. Du wirst wissen, wer du bist, dich selbst neu kennenlernen, fähig werden, dein Leben zu gestalten, und du wirst auf die Antworten lauschen, die aus deinem Herzen aufsteigen. Wichtig ist es, Erfüllung zu finden, auch ohne Belohnung und Anerkennung von außen. In dir selbst wirst du ruhen und die

Kraft, die in deinem Innern wohnt, wird dir den Schlüssel zu einem erfüllten Leben geben.

Töpfern, weben und flechten, dich mit dem Anbau von Gemüse vertraut machen, das alles wird deine Aufgabe sein. Auch dein künstlerisches Schaffen und deine Kreativität haben ihren Platz, denn du wurdest mit der Gabe der Farben gesegnet. Vor allem aber wirst du, wie jede Frau im Regenbogenland, die Hüterin von Hózhó sein, der inneren Harmonie, des Gleichgewichtes und der Schönheit."

Violetta hörte aufmerksam zu. Woher wusste die Großmutter das alles? Großmutters Orakelworte prägten sich tief in ihre Seele ein.

Ashkii hatte gerade seine Pferde gefüttert, als er ins Haus trat.

"Yá´át´ééh abíní, Waldveilchen!", begrüßte er Violetta. Seine Stimme klang tief und warm. Er setzte sich an den Tisch gegenüber Violetta und ließ seinen unergründlichen Blick auf dem ihren ruhen.

"Ich werde für dich eine Segensweg-Zeremonie durchführen", verkündete er. "Du wirst über den Ursprung unseres Volkes erfahren, vom Sprechenden Gott und von Mutter Erde hören und die heiligen Lieder werden dich stärken und beschützen."

Sie schaute ihn an wie ein Kind, das gerade ein Geschenk entgegennimmt.

Nach dem gemeinsamen Essen zog sich Ashkii zurück, um sich der Vorbereitung der Zeremonie zu widmen. Es ging darum, Violetta vom Geist der Harmonie des Ganzen durchdringen zu lassen und in ihr die Balance zwischen den Welten wiederherzustellen. Mit dem Empfang des Segens sollte Violetta die Unordnung der alten Welt hinter sich lassen und die heilende Ordnung der neuen Welt erfahren.

Am Vormittag nahm Großmutter Shimasani Violetta mit zu einem Rundgang durchs Dorf. Beide kamen an der Pferdekoppel vorbei, als eines der Pferde, ein mächtiger Appaloosa, kopfschleudernd am Zaun mitlief. Dabei wieherte er wild und fröhlich hinter den Frauen her.

"Das ist Jalapeño, Ashkiis Pferd", erklärte Großmutter. "Er möchte dich begrüßen, habe keine Scheu, ihm deine Zuneigung zu zeigen!" Als das Tier vor ihr stehen blieb, ließ die erstaunte Violetta ihre Hand sachte über seinen schön gebogenen Hals gleiten. Dabei bemerkte sie, dass Jalapeños Brandzeichen das gleiche Symbol darstellte, das Ashkii auf seiner Brust oberhalb des Herzens trug. Sie wollte schon die Großmutter darüber fragen, verzichtete jedoch darauf. Irgendwann würde sie es vielleicht erfahren.

Violetta erinnerte sich, dass sie schon Kontakt zu Pferden gehabt haben musste. Den Stallgeruch hatte sie immer noch in der Nase und vor ihrem inneren Auge sah sie die entspannten Tiere in den Stallboxen beim Kauen ihres Futters. Ihr kam der Gedanke, dass sie vielleicht hier auch bald reiten würde.

Es gab im Ort kleine Geschäfte, Töpferstuben, Schmiedewerkstätten, Schulen und Sportplätze. Es war ländlich und zeitgemäß zugleich, was Violetta überraschte. Auf Parkplätzen waren einige Fahrzeuge abgestellt. Demnach waren die Menschen hier nicht nur zu Pferd unterwegs.

Während sie durch die Straßen gingen, begann Großmutter Shimasani zu erzählen:

"In der Außenwelt leiden viele unserer Stämme in den Reservaten heute noch unter großer Armut und Arbeitslosigkeit. Die Menschen ernähren sich schlecht und kämpfen ums Überleben. Wir versuchen, Material für den Bau neuer Behausungen herbeizuschaffen, denn die von der Regierung damals bereit gestellten Wohnquartiere sind längst heruntergekommen und unsere Leute besitzen nichts, um sie wieder instand zu setzen."

Großmutter blieb einen Augenblick in sich versunken.

"Das Leben hier in der Innenwelt ist die Vision dessen, was wir für unsere Brüder draußen anstreben: Durch Aufklärung und Zuwendung die Rückbesinnung und den Stolz auf ihre indianische Identität, die fast ausgerottet worden wäre, zurückzuerlangen.

Ashkiis Bruder Ahiga weilt in der Außenwelt, um den Leuten zu helfen, wie sie aus Abhängigkeiten aller Art befreit werden können und welche Möglichkeiten der Selbstversorgung möglich sind. Ahiga führt mit Vertretern der jeweiligen Regierungen harte Verhandlungen über die Umsetzung der Wasserrechte.

Hier in der Innenwelt, im Regenbogenland, leben wir die sichtbar gewordene Verwirklichung der Lebensziele, die in unseren Herzen keimen. Wenn jemand in der Außenwelt an seine Vision glaubt und ein naturgemäßes Leben in Liebe und Freiheit herbeisehnt, kann er neu geboren werden und der Weg in die Innenwelt steht ihm offen.

Viele von uns lebten einst auch in Reservaten, bis zu dem Zeitpunkt, als uns bewusstwurde, welche Richtung einzuschlagen war, um in das Land des Regenbogens zu gelangen. Wenn der Mensch den Weg der Erneuerung und der

Schönheit zu seinen eigenen Wurzeln nicht mehr finden kann, wird er nicht mehr sein."

Aufmerksam hörte Violetta Großmutters Rede. Wie weise waren ihre Worte! Sie war eine angesehene Medizinfrau, die auch ihren Enkel in das Geheimnis der schamanischen Heilgesänge und Rituale einweihte.

Nach einer Weile kamen sie zu dem zeremoniellen Hogan, in welchem Ashkii mit einigen Helfern das bunte Sandgemälde aus Maismehl, Blütenpollen und Lapislazuli für die Zeremonie anfertigen würde.

In Violetta drängten sich brennende Fragen auf, die sie jedoch noch für sich behielt. Sie war überrascht, dass sie ihre Neugier loslassen konnte. Mit einer Hand berührte sie ihren halben Türkisanhänger; dabei fielen ihr Großmutters Worte wieder ein: "Die Antworten sind nicht in deinem Kopf, sie sind in deinem Herzen."

Als die Medizinfrau Violettas Handbewegung sah, sagte sie zu ihr: "Es wird die Zeit kommen, da die Teile deines Colliers sich wiedervereinigen werden, so wie du 'ganz' werden wirst, dein Inneres und dein Äußeres im Gleichgewicht."

Sie liefen immer weiter durch das Dorf, das sich am Horizont grenzenlos auszudehnen schien. In der Ferne zwischen freien Feldern standen Tipis, wie sie einst die Nomaden-Stämme der großen Prärien zum Wohnen benutzten, aber auch andere Behausungen kamen zum Vorschein: Wigwams und Wickiups, Langhäuser und Hogans, je nachdem welchem Stamm die Bewohner angehörten. Außerdem liefen frei wandernde Bisons auf ausgedehnten Grasflächen umher.

"Du staunst darüber? Bei uns sind die Bisons zurück und werden von den Lakota behütet, die mit ihnen wieder eine Verbindung an ihre frühere Lebensweise anknüpfen konnten", erklärte Großmutter.

"Jeder im Regenbogenland kann sein Leben nach eigener Vorstellung gestalten, ob neuzeitlich oder traditionell, aber stets in Verbundenheit mit der Gemeinschaft und mit Mutter Erde. Was wir von ihr nehmen, geben wir ihr zurück. Für jede Kiefer, die wir für die Pfosten der Hogans fällen, pflanzen wir einen neuen Baum.

Bei uns Navajo bleibt unser Zuhause der Hogan, manchmal achteckig und im Vergleich zu früher mit Bad und Fenstern. Manch einer bevorzugt noch das kleine ursprüngliche Hogan, und was du weit weg unter der Sonne glitzern siehst, das sind die Solaranlagen, aus welchen wir unseren Strom beziehen", fügte sie hinzu. Violetta staunte darüber, wie die Menschen in einer Symbiose zwischen Tradition und technischem Fortschritt miteinander lebten.

Ein intensiver Geruch ging von einem Gebäude aus.

"Hier wird Schafskäse hergestellt. Aus der cremigen Milch stellen wir aber auch Pflegeprodukte und Seifen her", ergänzte Großmutter freudig.

Beide Frauen näherten sich jetzt einem der klassischen Hogans und Großmutter Shimasani zeigte Violetta den Eingang. Im Inneren des Hauses wurden sie bereits erwartet.

Ein Mann reiferen Alters mit würdevollen Gesichtszügen, der zusammen mit einer Frau auf einem bunten Navajo-Teppich saß, erhob langsam seinen Blick auf die Ankömmlinge.

"Komm näher, Waldveilchen", begrüßte der Mann Violetta. "Ja, ich kenne bereits deinen Namen. Ich bin Ma'ee,

Shimasanis Sohn, und hier ist meine Frau, Otekah. Du hast bereits unseren jüngsten Sohn Ashkii kennengelernt. Es gibt noch Ahiga, den älteren Sohn, und drei Töchter, die du auch bald sehen wirst. Seit deiner Ankunft hier bist du in der Obhut von Großmutter. Das ist gut, sie ist eine weise Medizinfrau und wird dich in die Geheimnisse unseres Lebens einweihen."

Violetta horchte Ma'ees Worten und war gefesselt von seiner erhabenen Ausstrahlung. In den schwarzbraunen Augen des Häuptlings flackerte ein Feuer, das sie in ihren Bann zog. Durch Otekahs Lächeln eingeladen, näherte sie sich langsam den beiden. Sie hielt einen Augenblick inne und spürte die Freundlichkeit, die von ihnen ausging, so dass sie Zutrauen fasste.

Während sie und Großmutter sich neben den beiden hinsetzten, warf Violetta einen bewundernden Blick auf den kuppelförmigen Rundbau und auf die im Boden aufrecht gesetzten Baumstämme. Der Duft von geräuchertem Salbei und trockener Birkenrinde schwebte durch den Raum, was Klarheit und Harmonie unter den Anwesenden verbreitete.

Plötzlich stockte Violetta der Atem, als sie ein auf einem Baumstamm angehaftetes Blatt Papier entdeckte. Sie stand auf und las aufmerksam die darauf enthaltenen Zeilen. Für einen kurzen Moment sah sie vor ihrem inneren Auge das Gedicht-Manuskript, das sie in Arbeit gehabt hatte.

"Das habe ich doch verfasst! ja, das war ich", rief sie dann aufgeregt. "Wie ist es hierhergekommen?" Ihre Erinnerung lebte auf. "War ich in meinem alten Leben, als ich es schrieb? Jetzt fühle ich das Sehnen in mir, das nie erfüllt wurde und das immer noch in mir brennt", sprach sie aufgewühlt.

"Du hast diese Worte aus deinem Herzen durch deinen Schmerz geschrieben, den Schmerz der Einsamkeit. Durch das Wirken der Geister haben deine wehmütigen Gedanken eine Brücke von der Außen- bis zur Innenwelt geschlagen. Und es gibt hier im Land des Regenbogens jemanden unter uns, der auch dich gesucht und gerufen hat, und so haben wir dich zu uns geholt", erklärte Ma'ee.

Wer hatte gerufen? Violetta unterdrückte schnell diese Frage. Der oft erwähnte Ahiga war nicht zugegen und der schöne Ashkii war geheimnisumwoben. Sie wusste nur, was Großmutter über ihren Enkel angedeutet hatte, nämlich dass ihm durch die Berufung des Großen Geistes magische Fähigkeiten verliehen worden waren und er noch viel mehr sei als ein Seher.

Wenn er sich nicht mit dem Beritt junger Pferde beschäftigte oder die Jugend auf dem Sportplatz betreute, verbrachte der Enkel viel Zeit mit Vorbereitungen von Zeremonien und zog sich regelmäßig in die Berge zurück. Auch die Ausbildung zum Medizinmann und Geistheiler bei Großmutter Shimasani war geprägt von Stunden der Stille und des Rückzugs. Zudem erforderte die Einführung in die Kunst der zahlreichen rituellen Gesänge vollen Einsatz. Es war auch Ashkii, der als „Hataalii" (Sänger) die Segensweg-Zeremonie für Violetta gestalten würde.

Als es so weit war, trat sie mit Großmutter und weiteren Familien- und Clan-Mitgliedern, die der Zeremonie beiwohnen sollten, in den Hogan ein. Sie gingen links um den in der Mitte platzierten Ofen herum. An einer Wand saß Ashkii, um seinen Kopf ein weißes Stirnband, das sich eindrucksvoll gegen seine gebräunte Haut absetzte. Er trug ein blaues Hemd mit einer silbernen Bolo-Krawatte um seinen

Hals. Neben ihm stand ein geöffneter kleiner Koffer, der verschiedene in Wildleder eingewickelte Gegenstände beinhaltete. Vor dem Koffer lag ein geöffnetes Bündel, sein sog. Blessingway-Jish mit Erdproben von den vier heiligen Bergen. Herzklopfend nahm Violetta Platz neben dem Jish-Koffer. Sie trug einen bunten Rock und eine schwarze Samtbluse, die mit Türkisen besetzt war.

Vor Ashkii waren verschiedene Gefäße mit Speisen aufgebaut und die Anwesenden wurden aufgefordert mitzuessen. Danach brachten einige Männer einen Eimer mit Sand, der vor Violetta ausgekippt wurde, und Ashkii und seine Helfer fertigten daraus ein Sandgemälde aus zerstoßenem, eingefärbtem Sandstein, Kohle und Blütenstaub. Die Heilungskraft des Sandgemäldes sollte auf Violettas Geist und Körper übertragen werden. Eine geflochtene Korbschale wurde an die Ostseite des Hogans hingestellt, in die eine seifige Lauge eingerührt worden war.

Als die Sandmalerei fertig war, fing eine Helferin an, gelbes Maismehl auf die westliche Seite der Sandfläche zu streuen, wo Violetta sich hinstellen musste, so dass die Helferin sie waschen konnte. Violetta zog ihre Kleider aus. Decken und Tücher, gehalten von zwei Frauen, schützten sie beim Waschen des Körpers. Ashkii sang während dieser ganzen Zeit, begleitet von den Männern, die mit gesenkten Köpfen und ehrfürchtigen Gesichtern neben ihm saßen. Am Ende der Prozedur kniete Violetta mit gewaschenem und aufgelöstem Haar auf dem Sandboden. Die Helferin trocknete ihre Füße, Beine, den Oberkörper und das Gesicht mit Maismehl. Dann erhielt sie frische Oberkleider. Nach dem

Kämmen und dem Anlegen ihres Schmucks waren körperliche Reinigung und Erneuerung vollendet.

Der "Hataalii" unterbrach seinen Gesang, um aus dem offenen Medizinbündel verschiedene Gebetsstäbe zu nehmen. Er setzte sich dichter zu Violetta, übergab ihr zwei Gebetsstäbe und einen Medizinbeutel. In demütiger Haltung hielt sie alles vor sich hin, während er mit ähnlichen Gegenständen in der Hand erneut zu singen begann. Schließlich brach der Gesang ab. Ein Beutel mit Maisblütenstaub ging im Urzeigersinn von einem Anwesenden zum anderen. Man entnahm eine Prise, streute sie sich auf die Lippen, auf den Kopf und auf die Erde. Violetta durfte sich erheben, ihr wurde eine Wolldecke umgelegt. Für eine Weile ging sie hinaus. Anschließend wurde die Zeremonie fortgesetzt und endete beim ersten Morgengrauen. Erst als ein schmaler Lichtstreifen am Horizont erschien, führten die "*dawn songs*" zum Höhepunkt des Segensweg-Rituals:

... "*Sprechender Gott ruft,*
so ist gesagt,
vor ihm vergeht die Nacht, während er ruft.
Hinter ihm vergeht die Nacht, während er ruft.
Vor ihm ist alles gesegnet, während er ruft.
...
Ni yo o."

Nach dem Ritual wurde das Bild mit den Händen verwischt und der benutzte Sand in ein blaues Tuch gepackt, so dass er aus dem Hogan hinausgetragen werden konnte, wo er zeremoniell beseitigt wurde. Jeder Besucher durfte etwas Sand mitnehmen, der durch die Symbole eine Heilwirkung erhalten hatte.

Als ob sie durch die Welten geglitten wäre, so hatte sich Violetta während des Rituals gefühlt. Sie war neuen Heilkräften begegnet und erlebte die Verbundenheit mit dem Herzen der Erde. Für sie hatte Ashkii diese Zeremonie durchgeführt und sie war in den Zauber seiner Ausstrahlung eingetaucht.

Spätestens jetzt wusste sie, dass sie in einer anderen Dimension, einem Paralleluniversum, lebte. Zwar benutzte man Begriffe, die in der materiellen Welt verwendet werden, doch war der Raum unendlich und die Zeit hatte weder Anfang noch Ende. Der Regenbogen spannte sich immer wieder über das Land und in der Nacht leuchteten die Sterne am Himmel. Das Erscheinungsbild der Menschen, ob jung oder alt, konnte sich wandeln.

"Großmutter, gibt es auch den Tod im Regenbogenland?", fragte sie einmal.

"Es gibt keinen Tod im Regenbogenland, es ist das Bewusstsein, das sich von dem hiesigen Körper löst, um den immerwährenden frischen Körper in der göttlichen Welt der Geister zu bekleiden. Es kann geschehen, dass jemand spürt, wann das Ereignis der Umwandlung herannaht. Dann ordnet er sein Haus und sorgt dafür, dass alles in Schönheit verbleibt. Er macht sich davon und zieht sich in die Abgeschiedenheit der Berge zurück. Wenn seine Verwandten ihn aufsuchen wollen und das leere Haus entdecken, wissen sie, dass er nicht mehr da und von ihnen fortgegangen ist."

Großmutters Gesicht wurde ernst.

"Es gibt unter uns eine uralte Geschlechterlinie von Visionären und Heilern mit besonderen Gaben, die von einem Vater auf einen Sohn oder eine Tochter vererbt werden, so dass dieses geheime Wissen ihm oder ihr eine besondere Macht verleiht. Der oder die Berufene kann im Trancezustand mit Hilfe der Schutzgeister das Gleichgewicht der Tier-Mensch-Einheiten mit den geistigen Kräften des Universums wiederherstellen und Heilungen durchführen. Mein Sohn Ma'ee und meine Enkelsöhne Ashkii und Ahiga gehören dazu, und sie vermögen, die Geschicke der Menschen zu beeinflussen. Der Schamane bedient sich dieser göttlichen Energien zum Wohle der Menschen. Wenn aber ein Schamane diese Kräfte verwendet, um anderen Schaden zuzufügen, würde er zum gefährlichen Hexer. Durch den ständigen Kontakt mit den geistigen Kräften besteht durchaus die Gefahr, mit Hilfe eben dieser Geister Schlimmes anzustellen. Es ist ein zweischneidiges Schwert. Der Heiler ist somit immer nur einen Schritt vom Hexer entfernt, solange er in einer Prüfungszeit steht und in seiner Auserwählung noch nicht bestätigt ist, und dies trifft auf Ashkii zu."

Großmutter legte eine kurze Pause ein und führte weiter aus:

"Während Ahiga und ich zwischen den Welten in der Zauberkutsche hin- und her wechseln können, vermag Ashkii dies auch in unsichtbarer Form zu tun. So konnte er auch verborgen in die Außenwelt reisen, um dich zu suchen."

Violetta spürte, dass Großmutter ihr noch nicht alles über ihren geheimnisvollen jüngsten Enkel verraten wollte. Und ihre Bescheidenheit berührte sie, denn auch sie war eine auserwählte Heilerin.

Jetzt wollte sie es doch wissen.

"Warum ist Ashkiis Bruder nicht hier?"

"Derzeit arbeitet er noch in der Außenwelt. Der Tag wird kommen, da er wieder unter uns sein wird und du ihn kennenlernen wirst."

Großmutters Familie und das Dorf bedeuteten für Violetta, dass sie jetzt in einer Welt zuhause war, in der sie - von den hiesigen Menschen angenommen - ein echtes Zugehörigkeitsgefühl erlebte. Dennoch entfachte sich in ihr immer wieder dieses Verlangen nach demjenigen, den sie in ihrem Gedicht begehrt und dessen Antwort sie mit ihrem ausgerufenen Namen im Traum vernommen hatte. Wer und wo könnte er sein? Für den Augenblick musste Großmutters Antwort genügen. Sie befand sich ja noch in einem Prozess des Werdens im Kreislauf der Lebensrhythmen. Und sie glaubte Großmutters Worten.

Unter den zahlreichen Beschäftigungen, denen man im Dorf nachgehen konnte, wählte sie zuerst die Arbeit am Webstuhl. Unter der Obhut einer erfahrenen Navajo-Frau, lernte sie das Handwerk kennen und entschied sich, mit dem Weben einer Satteldecke zu beginnen.

Das magische Licht, das die Landschaften des Regenbogenlandes in immer neue Farben verwandelte, inspirierte sie auch zum Malen und sie nutzte jede Gelegenheit, ihrer Kunst Ausdruck zu verleihen. In dem Stoffbeutel, den sie immer bei sich trug, befanden sich Zeichenblock und Stifte. Eines Tages nahm sie sich vor, Ashkiis Pferd auf dem Papier zeichnerisch einzufangen. Bald ergab sich dazu eine Gelegenheit.

Violetta näherte sich dem großen Areal mit den Weideflächen und beobachtete mit Freude die Pferdegruppe aus Schecken, Rotbraunen und Appaloosa. Der temperamentvolle Jalapeño erkannte Violetta und wieherte ihr entgegen. Sie streichelte seinen Kopf. "Dieser hier braucht wirklich einen scharfen Galopp! Er ist wunderschön und ich mag ihn sehr, aber auf ihm zu sitzen, das wäre eine andere Sache", meinte sie amüsiert. Während sie Block und Stift herausholte, kam Ashkii aus dem Stall, in der Hand ein mexikanisches Reithalfter. Zuerst führte er Jalapeño auf eine andere Weide.

"Die Herde hat neuen Zuwachs, einen Mustang, und ich werde gleich seine Bekanntschaft machen", sagte er mit einem Lächeln. "Schön, dass du hier bist und deinen Zeichenblock dabeihast."

"Ich möchte eine Skizze von deinem Pferd zeichnen", sagte sie und bemerkte, wie sanft ihre Stimme dabei klang, was sie verlegen machte.

Ein Pferdepfleger holte eines der Tiere aus dem offenen Stall und versuchte, es zum eingezäunten Auslaufplatz zu führen, was sichtlich abenteuerlich aussah. Das Wildpferd tobte bockend herum und rannte von einer Ecke zur anderen.

"Du brauchst bald ein eigenes Pferd", lächelte Ashkii schelmisch zu Violetta.

"Oh, ja ... aber ein ganz ruhiges!" Ihr wurde bei dieser Aussage etwas mulmig, denn sie ahnte, dass er damit das Wildpferd meinte. Ashkii schaute sie vergnügt an und betrat dann seelenruhig den Sandplatz, während das Pferd kreuz und quer herum sprang. Ashkii setzte sich mitten auf den Sandplatz und streckte mit einladender Geste dem unbändigen Tier seine Hand aus. Dann wartete er ab und wartete und wartete. Zwischendurch rief Ashkii mit beruhigender Stimme, stand auf und begann, sich dem Pferd langsam zu nähern. Das sollte für heute genügen. Als er die Tür des eingezäunten Platzes öffnen wollte, sah er, dass das Pferd gute Ansätze zeigte, ihm folgen zu wollen.

"Eine brave Stute!", urteilte er. "Ist ja alles neu für sie, aber bald wird sie lammfromm sein und sich hier zuhause fühlen. Jalapeño ist von ihr schon richtig angetan. In einigen Tagen wirst du die Stute nicht wiedererkennen."

Violetta lächelte ihm zu und verabschiedete sich. Während sie zu Jalapeño lief, unterbrach sie kurz ihren Weg und schaute sich die mit Holz verkleideten Gebäude hinter dem Reitareal genauer an. Eines davon diente als Futterscheune und grenzte an einen Hühnerstall. In einem weiteren Gehöft entdeckte sie den eigenartigen Zweispänner, mit welchem sie hergekommen war, daneben Zaumzeug und Pferdegeschirr.

Wie lange war es her, dass sie damit in die geheime Innenwelt eingedrungen war? Die Zeit, auch wenn darauf angespielt wurde, hatte hier keine Bedeutung mehr, es konnte gestern gewesen sein, oder auch vor drei Mondphasen, und es konnte auch morgen bedeuten. Violetta atmete tief durch.

Als sie ihren Weg zu Jalapeño fortsetzte, überlegte sie, wo Ashkiis Hogan sich wohl befinden könnte. Man sah ihn oft, frühmorgens aus der großen Scheune herauskommen. "Er hat vielleicht noch gar keinen eigenen Hogan", dachte Violetta, wohlwissend, dass ein Navajo-Mann einen solchen baut, wenn er heiraten will, und dieser dann durch die matrilineare Familienstruktur auch noch seiner Frau gehört.

Sie setzte ihren Weg zu Jalapeño fort, und als der Hengst sie sah, wieherte er ihr wie immer entgegen. Sie machte eine Bleistiftskizze von ihm und freute sich darauf, Ashkii bald ein Bild seines Hengstes schenken zu können.

"Hast du bereits das Pferd gesehen, das Ashkii für dich zureiten wird?", fragte Großmutter. "Ja, die Mustang-Stute hat er für dich ausgesucht. Und, glaub mir, wenn sie soweit ist, wird sie sanftmütig sein wie ein Lamm. Ashkii kann sich mit allen Tieren verständigen und auch du wirst es eines Tages können."

"Großmutter, einerseits freue ich mich darüber, und ich glaube auch, dass ich schon auf einem Pferd gesessen haben muss, weil mir das alles bekannt vorkommt, aber ich bin nicht sehr mutig, wahrscheinlich auch beim Reiten nicht", erklärte sie leise.

"Hab Vertrauen in deine Fähigkeiten. Wann immer die Furcht Besitz von dir ergreifen will, steh aufrecht und schau ihr ruhig ins Gesicht. Der Riese, der unbezwingbar zu sein schien, wird sich als Zwerg entpuppen."

Lachend drückte Violetta Großmutter Shimasani in ihre Arme.

"Du wirst aus mir noch eine echte Kämpferin machen!"

Violettas Alltag richtete sich auch nach dem, was gerade getan werden musste. Zusammen mit anderen Frauen kümmerte sie sich um die kleinen Besorgungen. Ihre ganze Aufmerksamkeit galt dem jetzigen Augenblick. Es gab keine Erwartungs- und Versagensängste. Dadurch fasste sie Zutrauen und Ruhe kehrte in ihre Emotionen ein. Alle Aktivitäten wurden zu einer Entdeckung ihrer selbst und spornten sie an, Neues zu wagen. Im Dorf entdeckten die neugierigen Kinder sie beim Malen und zeigten Interesse, sie begleiten zu wollen, so dass sie anfing, draußen mit ihnen den Umgang mit Stiften zu üben.

"Früher haben wir vom Jagen und Sammeln gelebt", erwähnte eines Tages Großmutter Shimasani. "Seit langem jedoch haben wir uns auch dem Ackerbau und der Pferde- und Schafszucht zugewandt. Du hast bereits die Gemüsebeete gesehen, die wir angelegt haben, und es sind die drei Schwestern Mais, Kürbis und Bohnen, die wir heute für ein Festessen ernten wollen. Unsere Lakota- und Cheyenne-Freunde werden uns Bisonfleisch bringen, so dass wir alle zusammen speisen werden. Auch die Familien meiner Kinder und Ashkii werden dabei sein. So lass uns zwei große Körbe mitnehmen und gleich hinausgehen."

Um das bebaute Kulturland gab es noch eine angrenzende brachliegende Fläche mit Ackerwildkräutern.

"Die heiligen Pflanzen, die für die Zeremonien benötigt werden, gedeihen auf mageren Böden, besser noch wild im Canyon", erklärte sie.

Bevor sie ans Werk gingen, knieten die Frauen sich vor den Pflanzen nieder. Großmutter Shimasani holte aus einem kleinen Beutel Maispollen, den sie über das erntereife Gemüse streute und bedankte sich bei den Pflanzgeistern dafür, dass das Zweibeinvolk durch sie ernährt werden konnte.

Als sie zurückkamen, brannte bereits ein Lagerfeuer. Einige Leute in traditioneller Kleidung tanzten ausgelassen im Takt der Trommel und Gesänge. Kleine Kinder umkreisten Ashkii, der ihnen allerlei Kunststücke zeigte.

401

Gelegenheiten, Bekanntschaften zu schließen fehlten nicht, und Violetta, die sich mit einigen Helfern um die Gastfreunde kümmerte, blickte immer wieder in die vielen Gesichter. Könnte es sein, dass der "Eine" sich unter ihnen verbirgt?

Während des Festes lernte sie die Kultur der Lakota näher kennen. Was in der Außenwelt vom Untergang bedroht gewesen war und beinahe verloren gegangen wäre, konnten die Lakota im Regenbogenland neu in ihr Leben integrieren: die sieben Tugenden, wie Respekt, Weisheit, Tapferkeit, Liebe, Bescheidenheit, Großzügigkeit und Standhaftigkeit. Violetta hörte vom Medizinrad und vom heiligen Kreis des ewigen Lebens, vom spirituellen Verständnis der Mutter Erde und von der Reinigung von Körper, Geist und Seele in der Schwitzhütte.

Immer wieder erlebte sie die Vertrautheit mit allem Lebendigen, in dessen Vielfalt sie sich einbringen konnte, so wie sie war. Sie fühlte, wie ihr Herz sich weitete und ihre Sinneswahrnehmungen feiner wurden.

Privatbesitz, sofern es überhaupt welchen gab, wurde - wenn nötig - untereinander verteilt oder man tauschte Gegenstände gegeneinander aus. Wenn jemand ein Geschäft führte, geschah dies nicht primär aus wirtschaftlichen Interessen, denn im Regenbogenland war das Leitmotiv nicht auf "Besitze alles", sondern auf "Lebe wahrhaftig" ausgerichtet.

Gleichgewicht zwischen Tradition und Moderne prägte das Miteinander, wie es das in der Außenwelt so nicht gegeben hatte. Wenn einmal der Pfad der Harmonie zwischen Körper und Geist gestört war, führte man ein Ritual zur Wiederherstellung von Schönheit, Gesundheit und Frieden durch. Es galt, ganzheitlich und ausgewogen zu leben und sich den eigenen Seelenbewegungen zu überlassen.

Violettas Weg in ihr neues Leben vollzog sich unter der liebevollen Aufsicht der Großmutter und auch durch sanfte Führung, wenn sie allein Entscheidungen treffen und aktiv am Dorfleben mitwirken musste.

Einige Monde waren vergangen, als Violetta einmal am Reitplatz entlanglief und Ashkii beobachten konnte, wie er die mittlerweile brav gewordene Scheckstute antraben ließ. Keine wilden Bocksprünge mehr, jetzt bot sich das harmonische Bild eines schnaubenden Pferdes, das zufrieden den Hals wölbte. Ashkii drehte sich zu Violetta und rief ihr zu:

"Komm herein, Waldblümchen!" So nannte er sie manchmal. Etwas zögerlich öffnete Violetta das Tor und ging auf Ashkii zu, der mit Schwung vom Pferd abstieg, während sie dem Tier ihre Hand streckte. Ashkii überreichte Violetta den Führstrick.

"Nun ist diese Stute dein Pferd. Geh ganz nah an ihr heran und puste ihr leicht in die Nüstern als Zeichen deiner Zugehörigkeit und deines Vertrauens. Sie wird dich überall hintragen und deine Freundin sein."

Noch unsicher schaute Violetta ihn an. Wohl wissend, was sie sagen wollte, ließ er sie gar nicht zu Wort kommen und lächelte ihr zu.

"Du hast in der Außenwelt reiten gelernt und einige Jahre regelmäßig auf einem Pferd gesessen!"

"Woher weißt ...du das?", fragte sie ihn aufgewühlt.

"Welchen Namen hast du für sie gewählt?", erwiderte er schmunzelnd.

Sie streichelte den Rücken der Stute und überlegte einen Moment.

"Amitola, Regenbogen, das wäre ein schöner Name", antwortete sie, von Ashkiis Geschenk tief berührt.

Er nahm ihre Hand in die seine.

"Demnächst reiten wir durchs Regenbogenland", sagte er leise. "Und ja, der Name ist schön und passt zu euch beiden!"

Mit Begeisterung erzählte Violetta Großmutter Shimasani, wie ihr Enkel die wilde Stute zugeritten und diese ihr übergeben hatte. Alsdann besuchte Violetta das Pferd bei jeder Gelegenheit auf der Koppel; dadurch entwickelte sich eine besondere Beziehung zwischen ihnen. Ashkii ließ sie immer häufiger aufsitzen und allmählich gewann sie an Sicherheit und Erfahrung.

Großmutter Shimasani war es nicht entgangen, dass Violetta des Öfteren bei Ashkii und den Pferden verweilte. Jetzt war es aber auch an der Zeit, ihr Wissen über die Heilwirkungen der Kräuter zu vertiefen.

"Wir wollen heute unsere Aufmerksamkeit auf die Kräuter richten, die unseren Körpern helfen, gesund zu bleiben", erklärte Großmutter und übergab Violetta einen Leinenbeutel zum Sammeln.

In der Morgendämmerung brachen sie auf und durchquerten zuerst einen Wüstenabschnitt, um bald ein Tal des Canyons zu erreichen, wo dichtes Reisgras und niedrige Sträucher wuchsen. Säulenartige Kakteen und solche mit blütenbildenden Aufsätzen sowie zahlreiche Feigenkakteen hatten sich hier verbreitet.

"Du weißt, auch die Pflanzen besitzen eine Geistnatur und wir sind mit ihnen spirituell eingewoben, weshalb wir sie nicht einfach so pflücken, sondern sie um Erlaubnis bitten werden, wie neulich beim Ernten der drei Schwestern. Wir werden ihnen erklären, wozu wir sie brauchen. Wenn der Mensch nur nimmt, wird die Balance in der Natur gestört. Daher werden wir ihnen eine kleine Gabe, Maismehl und Tabak, hinterlassen", erklärte die Medizinfrau.

"Großmutter, ich fühle mich so, als würde ich hineinkriechen in die Pflanzen und mich wie sie vom Wind berühren lassen."

"Der Wind ist auch die Stimme und der Atem des Großen Geistes, sagen unsere Lakota-Brüder."

Nach einiger Zeit war der Stoffbeutel mit verschiedenen Kräutern gefüllt, mit denen man einen Teeaufguss vorbereiten konnte, und mit Wurzeln zur Fertigung von Breiauflagen bei Schnittverletzungen. Mit einer langsamen Handbewegung zeigte Großmutter auf einen buntschimmernden Kolibri, der gerade frei in der Luft von Blütenkelch zu Blütenkelch schwirrte.

"Du wirst sicher bald wieder hierherkommen. Ashkii reitet oft durch den Canyon, es könnte sein, dass er dich bald mit deinem neuen Pferd zu einem Ausflug mitnimmt."

Während sie die Pflanzen begutachtete, sagte sie dann weiter zu Violetta:

"Einige der Kräuter sind für Ashkiis Medizinbündel bestimmt und mit den übrigen werden wir einen Heilaufguss vorbereiten."

Zurück zum Hogan warf Violetta einen kurzen Blick in den Spiegel, der ihr gebräuntes Gesicht zeigte. Sie nahm etwas Schafmilch-Hautcreme und verteilte sie genüsslich auf ihrer warmen Haut, voll Dankbarkeit, dass sie diese neuen Eindrücke hatte erleben dürfen.

Nach einigen Tagen tauchte Ashkii vor Großmutters Haus auf. Mit gebührendem Abstand zu Jalapeño führte er mit einer Hand Violettas Stute. "Es ist so weit", dachte Violetta teils erfreut darüber, teils ängstlich beim Anblick des temperamentsvollen Hengstes, der ungeduldig hin und her tänzelte. "Ich werde bald die weite Landschaft des Regenbogenlandes wiedersehen!" Daran zu denken machte ihr Mut und die samtigen Augen ihrer Stute sahen sie voller Milde an. Violetta begrüßte sie mit einem freundlichen Klopfen auf den Hals, nahm Schwung und saß auf. Großmutter Shimasani folgte den beiden nachdenklich. Sie erkannte, dass ihrem Enkel viel an Violetta lag und ein liebenswürdiges Lächeln ging über ihre Lippen. Sie wusste um Ashkiis besondere Aufgabe, die auch in Violettas Leben eine wichtige Rolle spielen würde. Dennoch kreisten ihre Gedanken nicht nur um den jüngsten der Enkel. Das noch Schlummernde in der Frau aus der Ferne sollte bald geweckt werden.

Im Schritt verließen die Reiter das heimische Dorf und erreichten bald die sich bis zum Horizont ausdehnende Landschaft des Regenbogenlandes. Die ersten Umrisse der Saguaro-Kakteen, deren weiße Blüten sich am Vorabend geöffnet hatten, traten hervor, und weiter weg ragten violette und braune Bergketten. Schweigend ritten sie über sandigen Boden hintereinander, Ashkii zuerst, der hin und wieder Violetta die bizarren Felsformationen und Tierspuren im Sand zeigte.

Nachdem sie eine Zeit lang im ruhigen Tempo geritten waren, zeigte Jalapeño starken Bewegungsdrang. Ashkii hielt ihn zuerst zurück und lächelte Violetta zu, die einen ängstlichen Blick auf den Hengst warf.

"Waldveilchen, wollen wir losfliegen? Hab keine Angst vorm Galopp!"

Während er dies sagte, schien plötzlich die Wüste zu verschwinden. In atemberaubendem Tempo jagten die Pferde jetzt nebeneinander dahin. Dabei plusterte sich der Hengst auf, um die Stute zu imponieren, ließ sich jedoch von ihr nicht überholen.

"In Amitola steckt viel drin! Sie ist fast so schnell wie Jalapeño", rief Ashkii erfreut. "Lass sie laufen, Waldblümchen, lass sie laufen!"

Violetta hob den Kopf und schaute lachend in den blauen Himmel. Ihre Angst war verflogen und sie ließ sich vom Rausch der Geschwindigkeit mitreißen.

Als sie zurückkamen, stand ein Mann Pfeife rauchend vor Großmutters Haus: Ma'ee. Der auf seiner linken Faust sitzende Adler erhob sich und flog zu Ashkii, als er ihn erblickte.

"Ihr seid mit dem Wind geritten und Waldblume gewinnt immer mehr an Mut", sagte Ashkiis Vater.

Violetta entfaltete auch ihr Wissen und übte sich darin, die nützlichen Dinge des häuslichen Alltags zu verrichten. Sie kochte und backte Maismehlkuchen, fertigte alle Arten von Kräutersuden und Tees, webte Satteldecken und stellte Keramikkrüge her. Sie brachte weiter den Kindern das Malen bei, sang mit ihnen und begleitete sie auf kleinen Ausritten.

Eines Tages beschloss sie, Ashkiis Lieblingskekse zu backen und sich bei ihm für den langen Ausritt am Rande des

Regenbogens zu bedanken. Sie stellte das Gebäck in einen Korb und Großmutter fügte Käse und Früchte hinzu. Dann machte sie sich auf den Weg zu den Paddocks. Einige Pferde dösten in der Mittagsruhe, andere knabberten an den Zweigen der Sträucher, die mitten auf dem Platz für sie ausgelegt waren. Ashkii war nicht anwesend, so dass sie sich entschied, das Areal näher zu erkunden. Die große Scheune, in der die Postkutsche stand, hatte schon immer eine Faszination auf sie ausgeübt. Auf ihren Ruf nach Ashkii bekam sie keine Antwort und sie bemerkte, dass die üblichen Geräusche des Hofes sich verflüchtigt hatten. Es wurde auf einmal still, ungewöhnlich still. Die Pferde schienen zu schlafen, sogar die sonst zahlreichen pickenden Hühner hatten sich in den Stall zurückgezogen. Mit ihrer Suche beschäftigt, bemerkte sie nicht, dass sich die Scheunentür hinter ihr geschlossen hatte.

"Ashkii, wo bist du? Ich habe dir etwas mitgebracht!", rief sie erneut und untersuchte daraufhin noch jeden Winkel. "Vielleicht hat er sich auf einen heiligen Berg zurückgezogen", dachte sie. "Ich werde morgen wiederkommen." Als sie gerade nach Hause zurücklaufen wollte, schaute sie sich noch einmal um und entdeckte plötzlich die Umrisse einer großen Pforte, die zwischen Heu- und Strohsäcken zum Vorschein trat. Erstaunt ging sie herzklopfend langsam auf diese zu.

"Ashkii, bist du hier drin?", rief sie. Die Stille wurde beklemmend, und sie fühlte sich zu diesem Tor magisch hingezogen. Von einer fremden Kraft getrieben, legte sie gerade ihre zitternde Hand auf den goldenen Torgriff, als plötzlich, wie aus dem Nichts Ashkii mit ausgebreiteten

Armen dastand und sich schützend zwischen Violetta und Tor stellte.

"Waldblümchen!", hauchte er hastig. Er nahm Violettas Hand in seine und drückte sie an sich. Dann führte er sie behutsam zum Stallausgang. Als sie draußen waren, senkte er seinen Blick in ihre erschreckten Augen, die ihn stumm fragend anstarrten. Ashkiis Stimme klang tief und sanft.

"Waldblümchen!" Schreite niemals alleine durch dieses Tor. Eines Tages werde ich dich dorthin führen. Du wirst es mit mir zusammen betreten, wenn der Tag gekommen ist, den Kreislauf der Erkenntnis zu vollziehen."

Diese ebenso schönen wie merkwürdigen Worte trafen sie tief ins Herz und bei allem Schreck breitete sich in ihr ein Gefühl von Trost und Frieden aus. Mit einem kleinen Schritt nach vorne schmiegte sie sich an Ashkii, und sie spürte die Wärme seiner Haut, als er seine Arme um sie umschlang. Endlich ging die brennende Frage über ihre Lippen:

"Ashkii, bist du der, der auch mich gerufen hat?"

Seine Zauberkraft durchströmte seine Adern und seine Augen funkelten.

"Ich bin der, der dich geholt hat", antwortete er rätselhaft. Während er dies sagte, suchten seine Lippen die ihren. Violetta schloss die Augen und erlebte ihren ersten Kuss im Lande des Regenbogens. Als sie sie wieder öffnete und voller Glück Ashkii anschaute, blickten ihr plötzlich zwei Gesichter entgegen, die einander sehr ähnlich waren. Mit einem Lächeln nahm er ihren Kopf zwischen seine Hände. Sie wusste jetzt, Ashkii war wirklich der ganz Andere, der in besonderer Weise mit dem Regenbogenland verwoben war.

Als sie sich trennten, fühlte sie, wie ein unbegreifliches Band sie aneinanderknüpfte. Auch wenn er nicht der war, für den sie ihn lange gehalten hatte, wusste sie, dass sie irgendwie zueinander gehörten.

Großmutter bemerkte, wie aufgewühlt ihr Schützling war.

"Hast du Ashkii den Korb überreichen können?"

"Ja, aber er war zuerst nicht da, ich habe ihn gesucht und wollte schon umdrehen, als er plötzlich vor mir stand!", erklärte Violetta aufgeregt.

"Großmutter, fast wäre ich durch ein großes bronzenes Tor gegangen, das in der Scheune versteckt ist, weil ich annahm, Ashkii könnte sich dahinter befinden."

"Das ist das verborgene Tor zwischen der Innen- und Außenwelt, durch welches nur er schreiten darf, es sei denn, er führt jemanden hindurch. Wer allein durch dieses Tor geht, kommt niemals mehr zurück."

Violetta blieb zuerst wie angewurzelt stehen. Großmutter schaute sie liebevoll an.

"Du magst Ashkii sehr gern, nicht wahr? Das ist auch gut so, aber eines musst du wissen: Ashkii ist nicht nur ein Menschenkind. Er ist ein Zauberwesen und ein Seher, so dass er auch sowohl in der physischen Welt als auch in der Welt der Geister wohnen kann. Darüber hatte ich bereits gesprochen. Zudem hat er noch mit feindlichen Kräften zu kämpfen und muss manche Prüfungen bestehen, weil er auserkoren ist, der Hüter der Welten zu sein."

"Der Hüter der Welten?"

"Das Regenbogenland lebt aus Ashkiis Hand", antwortete sie geheimnisvoll.

Ein wenig verlegen, sprach Violetta über die Vorkommnisse in der Scheune.

"Es war seltsam, ich sah auf seinem Gesicht plötzlich ein zweites durchschimmern, … als er mich küsste. Und er ist auch nicht die Stimme, die mich bei meinem Namen gerufen hat, hat er gesagt."

Großmutter schien dies alles bereits zu wissen, hatte sie es doch schon vorausgeahnt.

"Es wird der Tag kommen, an dem deine Sehnsucht ihre Erfüllung finden wird, weil du das, was schon immer in dir war, neu entdecken wirst und es mit demjenigen teilen, der in seinem Wesen gefestigt ist und der dir verheißen wurde. Ihr werdet einander ergänzen und zusammen den Weg beschreiten in Harmonie und Liebe mit Mutter Erde, dem eigenen Selbst und den anderen Menschen. Ihr werdet Heimat sein für eure Kinder."

Violettas Gesicht hellte sich auf.

"Heimat sein für unsere Kinder? Das ist ein kostbarer Schatz. Dass ich hier im Regenbogenland sein darf und von liebenden Menschen umgeben bin, bedeutet für mich bereits großes Glück."

Von da an kam eine Zeit, während der sie sich noch intensiver mit Großmutters Lehren befasste. Sie wusste so viel um die weibliche Kraft und kannte die Geheimnisse des Lebens und der Natur. "Vergiss nie, auch die Empfangende zu sein", betonte sie." Die Kraft der Frau nährt sich von ihrer instinktiven und wilden Natur, von der Kreativität ihres Herzens, von dem Wunsch, neues Leben zu schenken."

Die Sonne ging auf und unter im Regenbogenland und das leuchtende Gewölbe des Regenbogens erschien immer wieder aufs Neue zwischen den Bergen. Regen und Sonne wechselten sich ab und verwandelten die Wüstentäler für eine Weile in eine Blütenpracht.

Violetta wuchs in der Weisheit von Großmutter Shimasani heran und sie lebte die Werte, die ihr innerhalb des Stammes übermittelt wurden. Sie war ein ebenbürtiges Mitglied und eine Schwester aller geworden und konnte sich mittlerweile fließend in der Navajo-Sprache unterhalten. Das Leben gestaltete sich in Einfachheit und doch voller Reichtum, in Balance mit den Gesetzen der Natur.

Bei den langen Reitausflügen mit Ashkii durch das Regenbogenland mit seinen immer wieder abwechselnden Landschaften liebte sie vor allem das ruhige Zurückreiten unter dem endlos blauen Himmel. Sie lauschte dabei Ashkiis Dankeslied, das vom Wehen des Windes und vom Ruf der am Himmel schwebenden Greifvögel getragen war.

***

Die Jahreszeiten bestimmten den natürlichen Lebensrhythmus der Menschen, von Säen und Ernten, von Werken und Gestalten, von Lernen und Beisammensein. Man tauschte sich aus, veranstaltete Spiel- und Wettkämpfe und saß abends um das Lagerfeuer. Bis spät in die Nacht verbrachte man viel Zeit miteinander. Es wurde getanzt und gesungen. Erst als die Menschen sich wieder hinsetzten, wusste man: Für die Alten war die Zeit gekommen, Geschichten zu erzählen, die über Generationen hinweg überliefert worden waren, so dass sich alle Anwesenden, ob jung oder alt, mit den traditionellen Werten vertraut machen konnten.

Die Monde kamen und gingen, bis sich eines Tages bedrohliche Anzeichen mehrten und weit am Horizont dunkle Schatten sichtbar wurden. Es geschah, dass die dunklen Geistwesen aus der niederen Welt die Gunst der Stunde nutzen wollten, um dem angehenden Wächter eine Falle zu stellen und unter den Dorfbewohnern Verwirrung zu stiften. Ma'ees Sohn Ashkii sollte versucht werden und seinen Kampfgeist beweisen. So verwandelten die Geistwesen zuerst die Farben des Regenbogens in einen undurchsichtigen Nebel und ließen Finsternis aus der Unterwelt am Himmel aufziehen.

Im Dorf regte sich das Leben wie gewöhnlich. Man begrüßte den Morgen und widmete sich seinen Tätigkeiten. Die Tiere des Hofes bekamen ihr Futter, während die Pferde und die Schafe hinausgelassen wurden. Nur Jalapeño stand allein auf seiner Wiese, wirkte nervös und wieherte. Wo blieb sein Reiter?

Der war an jenem Morgen anderer Gesinnung als sonst. Mit einem finsteren Blick verließ Ashkii sein Quartier, nahm Satteldecke und Zaumzeug und machte sich auf den Weg zum Pferdestall. In seiner Erregung wiederholte er wie ein Mantra die Sätze, die sich in seinem Kopf festgesetzt hatten: "Ich will das Waldblümchen jetzt schon für mich alleine haben und ich weiß, was ich tun werde! Ja, ich werde es tun!", murmelte er vor sich hin. Der Gedanke daran hellte sein Gesicht auf. Bald würde er das Waldblümchen bei sich haben.

Als er hinausging, veränderte sich schlagartig die bis dahin friedliche Morgenstimmung. Mancher beobachtete bestürzt, wie der Himmel sich verdunkelte und ahnte, dies sei kein normales Wetterphänomen. Durch Ashkiis aggressive Geisteshaltung breitete sich Disharmonie unter den Lebewesen aus; auch das Gleichgewicht der Naturkräfte geriet ins Schwanken. Schwere Winde kamen von den Bergen und wirbelten den Sand auf. Die Vögel verstummten. Hunde, Katzen, Hühner, sie alle suchten das Weite und zerstreuten sich in verschiedene Richtungen. Als Jalapeño Ashkii sah, drehte er sich um und zeigte ihm mit angelegten Ohren die drohende Hinterhand. Erst auf den strengen Befehlsruf seines Reiters reagierte der Hengst. Selbst der Adler flog nicht wie gewohnt zu ihm und saß kreischend auf einem Holzposten.

Gerade hatte Violetta mit den Jugendlichen angefangen, an dem Bild auf der Staffelei zu arbeiten. Dies war wegen des aufkommenden Windes kein leichtes Unterfangen und sie entschied sich, den Unterricht auf den nächsten Morgen zu verlegen.

Großmutter Shimasani war dabei, das Maisfeld zu bearbeiten. Besorgt über den trüben Regenbogen hob sie immer wieder den Kopf gen Himmel. Ihre Gedanken kreisten um den Enkel. Es war offensichtlich, dass er Hózhó verloren hatte und aus dem Gleichgewicht geraten war, das konnte sie fühlen, und der verschwundene Regenbogen war dessen Zeichen. Mehr noch, das Böse hatte in ihm die Oberhand gewonnen und er war dabei, sich seines geheimen Wissens zu eigenen Zwecken zu bedienen. Trotz allem durfte sie nicht eingreifen.

Nach der Feldarbeit ging sie zu ihrem Sohn Ma'ee, um mit ihm über den Ernst der Lage zu sprechen.

"Ich befürchte, dass Ashkii dabei ist, sich aus dem solidarischen Denken zu lösen und dass er durch seine Absichten böse Wesenheiten herbeigerufen hat", sagte sie seufzend. "Ist Violetta bedroht? Das ganze Land könnte in Gefahr geraten", schlussfolgerte sie.

414

Ma'ee erkannte durchaus das Risiko.

"Ich habe es gesehen: Der Regenbogen wird sich bald komplett auflösen und mit ihm alles, was die innere Welt ausmacht, sollte Ashkii die Balance zwischen den Kräften nicht wiederherstellen können und aus dem Kampf mit sich selbst nicht als Sieger hervorgehen."

"Du meinst, er steht vor seiner zweiten Prüfung?"

"Ja, Mutter, so ist es", antwortete er. Mit einem Blick in die Ferne überlegte er eine Weile, bevor er weitersprach:

"Wir müssen es geschehen lassen, wohin es auch immer führen mag. Vergiss nicht, Mutter, welche Stellung er einnehmen wird, auch im Leben von Waldveilchen, wenn er all dem standhält."

Als Großmutter Shimasani den Hogan ihres Sohnes verließ, besuchte sie Violetta, die mit den Kindern dabei war, die Malutensilien einzupacken.

"Großmutter!", rief sie aus. "Wir werden für heute Schluss machen. Die Staffeleien halten den Wind nicht aus. Schau dir die Arbeiten der Kinder. Sind sie nicht wunderschön?" Violetta strahlte und umarmte die alte Frau. Dabei bemerkte sie ihr sorgenvolles Gesicht.

"Großmutter, etwas beschäftigt dich, das kann ich sehen."

Sie antwortete nicht und drückte Violetta an sich.

"Ich werde zuerst das Arbeitsmaterial in den Raum bringen und komme dann nach Hause", sagte Violetta, die plötzlich beunruhigt war. Auch sie hatte jetzt die Veränderungen am Himmel wahrgenommen.

"Ich warte auf dich, lass uns zusammen nach Hause gehen."

Am Himmel zeigte sich zwischen den dunklen Wolken, für alle jetzt wahrnehmbar, ein schmaler violetter Streifen. Jeder, der sich noch im Freien aufhielt, staunte darüber und fürchtete sich. Es lag etwas Unberechenbares in der Luft und alle zogen sich rasch ins Haus zurück.

Schweigend und nachdenklich liefen Großmutter Shimasani und Violetta nebeneinander, als plötzlich das Geräusch von aufschlagenden Pferdehufen hörbar wurde. Violetta drehte sich um und erblickte Ashkii, der auf die beiden zuritt. Das merkwürdige Grinsen, das über sein gebieterisches Gesicht zog, versetzte Violetta derart in Erregung, dass ihr die Beine versagten und sie vor Schreck stehenblieb. Großmutter hielt Violetta am Arm fest. Als Ashkii jedoch Violetta fest ergriff, um sie auf Jalapeño zu schleudern, war Großmutter auf die Wucht, die auf sie einbrach, nicht vorbereitet und schlug machtlos die Arme herunter. Ashkii feuerte Jalapeño an, der lospreschte, und bald war nur noch die Silhouette von Pferd und Reiter zu sehen, die aus Großmutters Blickfeld verschwand.

Ashkii hatte Violetta entführt! Schnell machte diese Nachricht die Runde durchs Land und keiner verstand, wie dies geschehen konnte. Ashkiis Vater berief den Ältestenrat in seinen Hogan zu einer Versammlung. Großer Aufruhr herrschte, da bereits Teile des Dorfes samt ihren Bewohnern verschwanden, weil die innere Welt sich auflöste.

"Ich muss mit euch über meinen Sohn Ashkii sprechen", sagte Ma'ee tief bestürzt. "Die dunklen Seiten der Mächte haben sich Zugang zu ihm verschafft und sich seiner Handlungen bemächtigt, so dass er zum Gehilfen böser Geister wurde. Es könnte sein, dass er die weiße Frau entführt hat, um mit ihr in der Außenwelt zu leben und sich seiner

Berufung als Hüter der Welten zu entziehen. Ihr habt auch bemerkt, dass der Bogen nicht mehr da ist." Der Häuptling hielt einen Augenblick inne.

"Sollte mein Sohn nicht zurückkehren, wird das Regenbogenland nicht mehr sein, denn es wurde durch ihn geboren. Es wird einen Kampf mit den dunklen Mächten geben."

Alle zogen sich zurück in ihre Häuser und verharrten erwartungsvoll.

***

Violetta saß auf Jalapeños Rücken vor Ashkii, der nach hinten auf die Kruppe des Pferdes hingerückt war. Er ließ es bald verschnaufen und in Schritt fallen. Mit einer Hand umspannte er lustvoll Violettas Körper und presste ihn fest an sich, während er ihren Hals liebkoste. Violetta verstand nicht so richtig, was mit ihr geschehen war. Warum hatte Ashkii ihre Stute nicht mitgebracht? Ein seltsamer Ausritt, war das, dachte sie beinahe amüsiert. Und dass er sie an sich drückte und küsste, gefiel ihr auch. Hatte er sie auch nicht schon in der Scheune geküsst? Es hatte sich so gut angefühlt. Jetzt aber war dieses Blitzen in seinen Augen und das aggressive Verhalten. Sie wollte darüber nicht nachdenken und rückte noch näher an Ashkii heran, der ihr allerlei Kosenamen zuflüsterte.

Sie drehte sich zu ihm. "Ashkii, wohin reiten wir?"

"Weit übers Land hinaus, hinterm Horizont", antwortete er leise.

"Aber, verlassen wir dabei nicht das Regenbogenland? fragte sie zögernd weiter. "Der Bogen ist nicht mehr da."

Ashkii gab keine Antwort. Stattdessen verhinderte er, dass sie seinen Blick traf und ließ seine Hand über Violettas

Körper gleiten. Sein Streicheln wurde immer heftiger und Violetta, die zuerst Gefallen daran gefunden hatte, fing an, sich zu ängstigen. Es war so, als würde eine eiserne Hand ihr Herz gefangen halten, und auf einmal erinnerte sie sich an Großmutters Worte: "Der Heiler ist immer nur einen Schritt vom Hexer entfernt." Sie aber lebte dieses Abenteuer mit all ihren Sinnen und sie verdankte Ashkii so viel. Bis ans Ende der Welt würde sie mit ihm hin reiten.

Sie erreichten bald ein hohes Bergplateau, von wo aus sich ein überwältigender Blick auf eine tiefe Schlucht bot, die von senkrecht stehenden Felswänden umrandet war, so dass jegliche Passage unmöglich war, zumal dichter Nebel sich in den Abgrund senkte. Dennoch trieb Ashkii den Hengst immer wieder vorwärts, während dieser sich schnaubend und voller Panik aufbäumte. Mit fester Umarmung hielt Ashkii Violetta, die erschrocken Jalapeños Mähne ergriff. Immer heftiger versuchte der Hengst sich Ashkiis Griff zu entziehen, wieherte und stampfte heftig mit den Hufen. Doch der Reiter auf seinem Rücken blieb wie festgeklebt. Das Ringen dauerte so eine Weile, als plötzlich der Adler am Himmel erschien. Er drehte seine Kreise direkt über Jalapeño, senkte sich mit einem Wehruf zu Ashkii herab und griff seine Schulter an. Er ließ nicht los, wiederholte mehrmals seine Attacken, bis Ashkii endlich aus seinem Rausch erwachte. Entgeistert schaute er sich um, saß noch einige Bocksprünge aus und beugte sich über die in Ohnmacht gefallene Violetta. Wie konnte es sein, dass er mit ihr hierher bis zur Grenze zur Außenwelt geritten war? Dann erkannte er die ihm von den bösen Geistwesen gestellte Falle, die zu dem Chaos im Regenbogenland geführt hatte. Erschüttert sah sich Ashkii plötzlich mit einem der mächtigsten fleischgewordenen Geister gegenüber, der ihn zum Kampf aufforderte, einem Kampf zwischen Leben und Tod. Bereit sich mit ihm zu messen, stieg Ashkii vom Pferd ab, legte Violetta auf den Boden und stellte sich mit gebeugten Knien in Verteidigungsposition.

"Schamane Ashkii", grölte das Wesen. "Du weißt: Nur in der Außenwelt kannst du mit der weißen Frau leben. Dann tu's doch!" Er wusste, dass Ashkiis menschliche Seite danach verlangte und fauchte ihn an. "Vergiss das Regenbogenland, das eine Utopie bleiben wird. Du kannst nicht all deine Stammesbrüder retten, und als nächstes musst du mich bezwingen, mal sehen, wie lange du brauchst, um in den Staub zu fallen!"

Wütend zückte das Geistwesen sein Messer. Ein erbitterter Kampf zwischen den beiden Kontrahenten entwickelte sich. Ashkii, schnell wie ein Pfeil, wich den Angriffen geschickt aus. Schließlich gelang es ihm, den Feind zu Boden zu werfen, damit außer Gefecht zu setzen und somit den Kampf für sich zu entscheiden. Dabei sah er, wie sich die Pforte zwischen den Welten öffnete und ein aufkommender Silberstreifen am Himmel die Erfüllung seiner Mission andeutete.

Mit geschwollenen Adern und zerrissenem Hemd fand sich Ashkii nach dem bestandenen Duell wieder. Das Geistwesen hatte sich zurückgezogen, nicht ohne zu warnen:

"Wir sind noch nicht fertig, Schamane der Welten, wenn nicht mit dir, dann mit den Deinen!"

Jetzt empfand Ashkii tiefen Schmerz, als er auf die bewusstlose Violetta hinuntersah. Behutsam streichelte er ihr Gesicht. Der böse Geist war in Violettas Seele eingedrungen und hatte verursacht, dass sich die Alterungserscheinungen ihres früheren Lebens in der Außenwelt allmählich wieder zeigten.

"Ich hätte sie beinahe umgebracht!", stellte er bestürzt fest. Erst jetzt nahm er das Verschwinden des Regenbogens wahr. Dann hob er Violetta in seine Arme und legte sie auf den Rücken des verschwitzten Pferdes. Wohlwollend blubberte Jalapeño vor sich hin.

"Ashkii, wo sind wir?", fragte sie halbwach.

Er lächelte ihr zu, schaute sie an und ließ eine Hand über ihr Gesicht gleiten. "Sie wird sich an nichts erinnern." Dann legte er seine Stirn gegen Jalapeños Hals. Ein Dank kam ihm über die Lippen. "Bruder, du hast es gut gemacht."

Der Adler breitete seine Flügel aus und stieg in die Höhe. Ashkii lockerte seine verletzte Schulter, hob den Arm und der Greifvogel kam wieder zu ihm herunter.

Ein letzter Blick in die Ferne und Ashkii nahm die Zügel locker in die Hand, um die Rückkehr anzutreten. Wie im Flug galoppierte der Hengst, kraftvoller denn je, zurück ins heimatliche Dorf. Das Gleichgewicht der inneren Welt war wiederhergestellt und er war einen Schritt zum auserwählten Hüter der Welten vorangekommen.

Je mehr sie sich dem Heimatsdorf näherten, desto heller wurde der Himmel über ihnen, und weit entfernt im Unendlichen leuchtete er wieder, der Regenbogen.

Als Ashkii das Dorf durchquerte, war alles unverändert und wunderbar vertraut, als ob es niemals anders gewesen wäre. Die Menschen gingen ihren gewohnten Beschäftigungen nach, die Tiere grasten friedlich auf den Wiesen und die Luft war erfüllt von warmen harzigen Düften. Zwischenzeitlich öffnete Violetta langsam ihre Augen und staunte darüber, dass sie nicht auf ihrer Stute saß, sondern mit Ashkii eng einander geschmiegt auf Jalapeños Rücken. Ihre Gesichtszüge strahlten wieder Frische aus. Dieser Ritt aber schien ihr irgendwie anders gewesen zu sein als sonst, und sie bemerkte, dass Ashkiis Lederhemd zerrissen war. Jetzt aber war sie wieder bei Großmutter Shimasani zurück und hatte Hunger.

Ashkii hielt Jalapeño vor Großmutters Haus an und nahm Violetta an der Hand. Mit einem Seufzer der Erleichterung nahm die Alte sie in ihre Armen.

"Hier bist du wieder unter uns und nah am Herzschlag von Mutter Erde."

"Großmutter, ich weiß gar nicht, wo wir überall geritten sind, aber Ashkii kann es dir bestimmt erzählen", sagte sie arglos.

Shimasanis scharfer Blick traf den ihres Enkels, der ihn sodann vor ihr senkte. Sie hatten sich jedoch verstanden, sie, die weise Medizinfrau und der Enkel, der Geistmensch Ashkii.

"Du weißt, was du jetzt zu tun hast?"

"Ja, Grandma."

Nachdem er sein Pferd versorgt hatte, betrat Ashkii den Hogan seiner Eltern, um sich für einige Tage zu verabschieden. Aus Ma'ees dunklen Augen funkten Blitze. Auch hier blieb Ashkii ehrfürchtig.

"Erhebe dich, mein Sohn! Mitten in der Versuchung hast du jedoch innere Stärke bewiesen und die Geistwesen besiegt. Geh, und reinige dich an den heiligen Orten", ordnete er an.

Ashkii nahm sein Jagdmesser und eine Decke mit und machte sich zu Fuß auf den Weg zum Mount Taylor, einer der vier heiligen Berge seines Volkes. Es sollte einen Weg der Entbehrungen werden, wo er mit Gebet und Fasten eine Schwitzhütte bauen und sich dort zur Reinigung zurückziehen wollte.

Von dem bizarren Ereignis erholt, begleitete Violetta Großmutter Shimasani bei ihren Besuchen bei Verwandten und Freunden aus den verschiedenen Stämmen. Es waren intensive Begegnungen, die sie glücklich machten und spirituell nährten, und sie eignete sich jenes Wissen an, das nicht nur den Kopf, sondern das Herz erfüllt. Die Medizinfrau betonte oft, wie wichtig es sei, zuallererst allen Menschen in ihrem Anderssein und allen Lebewesen gegenüber aufgeschlossen zu sein. Die Wertschätzung für die Mitmenschen sei die Grundlage für ein erfülltes Leben, nämlich die Fähigkeit zu lieben.

"In der Außenwelt wird in den heiligen Büchern immer wieder gern über die Liebe gesprochen, dies ist jedoch oft emotional missverstanden worden. Die Menschen überfordern sich mit der sogenannten Nächstenliebe, weil sie das Gebot der Selbstachtung missachten. Aggressionen und Kriege werden die Folge sein", sagte sie. "Viel wichtiger ist es, über niemanden zu urteilen, ehe man nicht eine Meile in seinen Mokassins gegangen ist. Dieser Spruch der Apachen dürfte dir bekannt sein. Wenn du jemandem Achtung und Sanftmut entgegenbringst und dein Gegenüber wie einen Gast empfängst, können sich Türen zu unbekannten Räumen öffnen, in die du hineinblicken kannst und die deinen Horizont erweitern. Das ist der fortgeschrittene Pfad, der zur Liebe führt. Wenn du aber vor einer verschlossenen

Herzenstür stehen solltest, dann wisse, von einem toten Pferd muss man absteigen!

Erst wenn du mit dir selbst umgehen kannst und deine Wahrheit erspürst, wirst du dich in deiner Zwillingsseele erkennen, wie auch sie sich in dir finden wird. In der Außenwelt bist du immer dem wahren Leben hinterhergelaufen. Deine Sehnsucht war der Schlüssel zu deinem neuen Weg und dessen kommenden Vollendung hier im Regenbogenland."

Großmutter fuhr fort:

„Das Leben beherbergt für dich noch ein großes Geheimnis, das dich nicht nur mit dem, den du gerufen hast, sondern auch mit Ashkii, dem Hüter der Welten, verbinden wird. Doch die Frucht muss zuerst reifen, bevor sie verzehrt wird."

Die langen Unterweisungen der Medizinfrau ließen Violetta immer wieder innehalten. Sie horchte auf die leisesten Stimmen in ihrem Herzen, die sie dazu bewegten, in eben diesem gegenwärtigen Augenblick zu verweilen, ohne ihre Hände nach dem ungreifbaren nächsten Tag auszustrecken. Große Dankbarkeit erfüllte sie und sie lernte, sich nicht in den Vordergrund zu stellen und dennoch selbstbewusst aufrecht zu gehen.

**

Nach Tagen des Rückzugs und nach den Reinigungsritualen verließ Ashkii die Rundhütte, die er mit der Decke abgedeckt hatte, entfernte die Stangen aus trockenen Ästen und löschte die Feuerstelle. Es war Zeit, wieder ins Dorf zurückzukehren.

Als er von den Bergen herunterkam, bewegte ihn tiefe Ergriffenheit über die neuen Erkenntnisse, die ihm zuteilgeworden waren. Mit gezielten Schritten lief er rasch den Sandweg hinab durch die rotgefärbten Hügel. Vor ihm rollte eine immer neu werdende Landschaft und dieses Land war sein Land. Er hatte sich dem Wind, den Tieren und den Pflanzen, der Sonne und dem Regen ausgeliefert. Er hatte zu dem Heiligen Volk gebetet und war in seiner Erwählung zum Hüter der Welten zum zweiten Mal bekräftigt worden.

Als er im Dorf ankam, lief er zuerst zu seinen Pferden, die ihn freudig begrüßten. Die Menschen, die ihm begegneten, riefen seinen Namen. Man stellte keine Fragen über seine Abwesenheit, vielmehr erlebten die Leute ihn als Krieger, der siegreich zurückgekommen war.

Zusammen mit Großmutter Shimasani war Violetta gerade dabei, Türkissteine für die Schmuckherstellung auszusuchen, als Ashkii in der Tür erschien und am Eingang stand. Sein samtiger Blick wanderte durch den Raum, bevor er die beiden begrüßte.

„Yá´át´ééh", sagte er mit tiefer, sanfter Stimme. Seine kraftvolle Ausstrahlung umfing beide Frauen, die ihn freudig überrascht anschauten.

Nach einer kleinen Weile erwiderte Großmutter seinen Gruß.

"Enkelsohn, komm und setze dich zu uns. Wir haben schon auf dich gewartet und einen Fleischeintopf gekocht."

Ashkii nahm Platz zwischen den beiden Frauen. Violetta reichte ihm eine mit Suppe gefüllte dampfende Schüssel und Navajo-Brot. Ihre Blicke trafen sich und ein Lächeln zeichnete sich auf ihre Lippen.

"Ich freue mich, dass du wieder da bist, wir alle, auch Jalapeño und alle Tiere", sagte sie überzeugt.

Er schaute sie dankbar an und sie erblickte tief in seinen flammenden Augen dieses innere Band, das beide vereinte.

***

Und am Himmel spannte der Bogen wieder seine Farben über das ganze Land, mahnend und verheißungsvoll zugleich. Derweil war vielen Indianern aus der Außenwelt der Weg ins Regenbogenland geebnet worden, und mit Hilfe von Ashkiis Bruder waren sie von überall her in der neuen Heimat angekommen.

Um die vom Schicksal gebeutelten Menschen willkommen zu heißen, beschloss Ashkii, die "Hózhó naascha"-Zeremonie, den Schönheitsweg, durchzuführen, der den kranken und orientierungslosen Mitbrüdern helfen sollte, ihre innere Harmonie mit dem Göttlichen und mit sich selbst wiederherzustellen. Viele der Bewohner in den Reservaten hatten keinen Zugang zu ihren alten Traditionen mehr gehabt und die jüngeren unter ihnen kannten eine solche Zeremonie überhaupt nicht. So sollte der "*Beauty Way*" die Schwachen wieder gesund machen und alle erfahren lassen, dass ohne Schönheit das Leben für Körper und Geist zerstörend wirkt.

Um Platz für die Teilnehmer zu schaffen, wurde ein großes Zelt aufgebaut, in welchem alle im Kreis um das Feuer sitzen konnten, während Ashkii auf dem Boden in der hinteren Ecke des Zeltes sein heiliges Bündel mit verschiedenen Wurzeln und Kräutern für das Heilungsritual bereithielt.

Am Ende der Zeremonie, die bis zum Morgengrauen dauerte, sang er das Abschlussgebet von Schönheit, Frieden und Ruhe:

"Heute werde ich gehen, heute wird alles Böse mich verlassen.
Ich werde einen leichten Körper haben, ich werde für immer glücklich sein, nichts wird mich behindern.
Ich bin eins mit der Erde
In Schönheit gehe ich
Ich gehe mit Schönheit vor mir
Ich gehe mit Schönheit hinter mir
Ich gehe mit Schönheit unter mir
Ich gehe mit Schönheit über mir
Ich gehe mit Schönheit um mich herum und werde glücklich sein, nichts wird mich behindern.
Es ist wieder Schönheit geworden.
Ich werde eine kühle Brise über meinem Körper haben.
…
Möge ich auch als alter Mann
Den schönen Pfad
Gehen."

Viele der Anwesenden wunderten sich, dass eine weiße Frau unter den Indianern lebte.

"Auch ich komme von weit weg aus der Außenwelt", erklärte Violetta. "Wir alle, die ein wahrhaftiges Leben verwirklichen wollen, dürfen das neue, uns geschenkte Land mit aufbauen."

In der nachfolgenden Zeit herrschte im Dorf reges Treiben. Häuser wurden gebaut, Gärten angelegt und Pferde unter die Neuankömmlinge verteilt. Die Leute erkundeten den Ortskern mit seinen Geschäften, Handwerkstuben, Ställen und auch Schulgebäuden. Alle staunten über die Weite des Landes, die ausgedehnten Grasflächen und Wüstenwälder, die man mit Hilfe vorbehandelter Abwässer hatte entstehen lassen. Alles wurde in den Kreislauf der Natur eingefügt.

Um die Neuankömmlinge über das Leben im Regenbogenland einzuweihen, veranstaltete man einen kulturübergreifenden Initiationsritus. Manch einer kannte nur die negativen Seiten der eigenen Geschichte, hatte sich der Welt des weißen Mannes angepasst und lebte mit dem ständigen Gefühl, nirgends zugehörig zu sein, so dass man sich zugedröhnt hatte, um den trostlosen Alltag samt Arbeitslosigkeit erträglicher zu machen.

Es war auch bereichernd, den Kontakt mit den neuen Bewohnern zu pflegen. Die Worte von Großmutter Shimasani klangen Violetta noch im Ohr: "Empfange dein Gegenüber wie einen Gast und es öffnen sich Türe zu unbekannten Räumen, die dein Horizont erweitern."

Im Laufe der Zeit entwickelten sich auch Geschäftsbeziehungen unter den neuen Dorfgemeinschaften und stammesspezifische Arbeiten, die beim Nachbarn nicht so bekannt waren, wurden zum Austausch angeboten. Gegen geflochtene Körbe erwarb Violetta ein besticktes Lederkleid. Bei den Apachinnen besonders begehrt waren Türkis-Ohrhänger, wie sie auch Navajo-Männer trugen.

Als eines Tages Violetta das Camp der Apachen verließ, ging sie zu den Pferdestallungen, um nach ihrer Stute zu sehen, die von Jalapeño tragend war. Ihr inzwischen recht runder Bauch kündigte die bald kommende Zeit der Geburt an. Hoch erfreut darüber, verwöhnte Violetta sie hingebungsvoll und verbrachte mehr Zeit mit ihr. Zu ihrer Überraschung näherte sich dem Weidegatter plötzlich ein großer Appaloosa, den sie zuerst fürs Ashkiis Pferd hielt, doch dieser stand abseits auf seiner eigenen Weide.

"Wer bist denn du?", fragte sie neugierig und streichelte seinen langmähnigen Hals. Auf seiner linken Flanke war das offizielle Zuchtzeichen wie bei Jalapeño aufgebracht, aus dessen Mitte blickte jedoch kein mystisches Auge wie bei Ashkiis Hengst.

"Du bist aber nicht Jalapeño", stellte sie fest.

"Nein, es ist nicht Jalapeño. Es ist Amarok, sein Zwillingsbruder", hörte sie Ashkii sprechen. Violetta drehte sich um und erblickte ihn, wie er an die Holzwand gelehnt auf dem Boden saß, eine Henne auf seinem Schoß, die er lächelnd streichelte wie ein Kätzchen.

"Ich wusste nicht, dass Jalapeño einen Zwillingsbruder hat und habe ihn hier noch nie gesehen."

"Jetzt hast du seine Bekanntschaft gemacht", antwortete Ashkii schmunzelnd. "Ich habe feine Schafswolle für Grandma, komm, lass uns zusammen zu ihr gehen. Sie hat uns auch etwas mitzuteilen", fügte er hinzu.

Großmutter arbeitete gerade an einem dekorativen Wandbehang aus der weichen Schafswolle ihrer eigenen Tiere. Ihre dunklen Augen strahlten vor Freude, als sie die beiden eintreten sah.

"Meine Kinder, diesen Teppich bringen wir heute Abend zu Ma'ee. Wir werden dort gemeinsam essen", sagte sie beschwingt.

Feierlaune herrschte unter den Gästen und Ma'ees Frau, Otekah, zeigte Violetta den freien Sitzplatz neben sich.

Ashkii, der etwas später eintraf, setzte sich abseits auf den Boden, eine Trommel in der Hand, und blickte dabei auf die Anwesenden. Noch waren nicht alle da und so nutzte man die Zeit, um miteinander ins Gespräch zu kommen und sich selbstgemachte Geschenke zu überreichen.

Inmitten der lebhaften Unterhaltung wurde es auf einmal still und aller Augen blickten zum Eingang, als ein großer gutaussehender Mann im Hogan erschien und die Versammelten begrüßte. Ma'ee stand auf und zog ihn in seine Arme.

"Mein Sohn, sei willkommen, wir alle haben schon auf dich gewartet!"

"Die Neuankömmlinge, die dir gefolgt sind und die du hierhergeführt hast, können sich von der Anstrengung des Übergangs erholen", sagte Otekah.

"Mutter, ihr wart stets in meinem Herzen." Dann ging der Mann zu Violetta und stellte sich vor:

"Ich bin Ahiga. Hoffentlich war mein Bruder Ashkii mit seiner Begutachtung über mich gnädig!", schmunzelte er.

"Du bist Violetta, das Waldveilchen?", fragte er freundlich. Sein Blick leuchtete auf und ein Lächeln ging über sein braunes Gesicht.

"Ja, die bin ich", murmelte sie, von seiner edlen Erscheinung beeindruckt. Ahiga hatte bereits einige graue Haare, strahlte jedoch eine ungeheure Vitalität aus.

Ashkii sprang auf und trommelte voller Freude. Sie hatten sich lange nicht gesehen, zuletzt, bevor er seine Reise in das Alpenland auf der Suche nach Violetta angetreten hatte. Jetzt nahm Ahiga neben Großmutter Shimasani und seinen Schwestern Platz und saß Violetta gegenüber, die hin und wieder einen heimlichen Blick in seine Richtung riskierte. Wo hatte sie dieses markante Gesicht schon einmal gesehen? Das verwirrte sie. Dann fiel es ihr ein. Als Ashkii sie in der Scheune geküsst hatte, da war Ahigas Gesicht auf mysteriöse Weise auf dem seinen durchgeschimmert. Auch der Klang seiner Stimme war ihr nicht fremd. Violettas Herz klopfte ihr bis zum Hals. Immer wieder hatte sie versucht herauszufinden, wer derjenige unter den Indianern sein könnte, den sie im Traum gesucht und der auch sie aufgespürt hatte. Der ferne Ruf aus der anderen Welt. Ja, er war es. Da bestand nun kein Zweifel mehr. Von dem Augenblick an folgte sie ihm mit ihrem Blick und fühlte, wie sie dabei in Wallung geriet. Eine verheißungsvolle Spannung lag in der Luft.

In den folgenden Tagen war Ahiga ein gefragter Mann. Er baute Häuser und Hogans, half jedem, der sich ein neues Zuhause einrichten wollte, und unterstützte die alten Menschen in ihrem Alltag. Auch betreute und versorgte er die Tiere des Hofes.

Die frohe Botschaft machte bald die Runde: Amitola, Violettas Stute, hatte ein kleines Hengstfohlen geboren. Es wurde Jamiro genannt und trug von Geburt an das rätselhafte Merkmal mit dem lebendigen Auge auf der Hinterhand wie Jalapeño. Violetta umsorgte hingebungsvoll die Mutterstute und ihr Fohlen, das kess in die Welt schaute.

Beim Malkurs draußen gesellte sich Ahiga manchmal zu Violettas Schülern und folgte still und aufmerksam den Anweisungen. Er war überhaupt ein in sich ruhender Mann, sprach leise und strahlte eine ebenso sanfte wie kraftvolle Ruhe aus. Seine Bewegungen waren präzise und sicher. Wenn jemand in handwerklichen Arbeiten nicht weiterwusste, fand Ahiga eine Lösung. Seit sein Bruder zurück war, ließ Ashkii ihm den Vortritt und hielt sich bescheiden im Hintergrund. Er konnte befriedigt sehen, wie sich der Zweck seiner Reise in die Außenwelt erfüllt hatte. Auch er selbst war von Violettas Glück berührt. Seine Stunde würde bald herannahen.

Wenn Violetta zugegen war, suchte Ahiga ihre Nähe. Sie sprachen aber wenig miteinander, sahen sich nur an. Das genügte, denn zwischen ihnen vibrierte die Luft, sie hatten sich verstanden.

Eines Abends, als Violetta und Großmutter draußen vor dem Hogan saßen, hörten sie plötzlich melodische Vogelstimmen.

"Waldveilchen, hör genau zu", sagte sie. "Es ist kein Vogelgesang, es ist ... eine Flöte! Eine Liebesflöte zur Brautwerbung ganz in der alten Tradition der Lakota, die auch unter uns Anklang gefunden hat. Der Bewerber als Brautanwärter spielt sein eigenes Lied bei der Brautwerbung."

Und da erschien er schon, der Flötenspieler. Vor den beiden Frauen stand lächelnd Ahiga. Er hielt sein Instrument in der Hand und trug einen gewebten Umhang über dem Arm.

Violetta schaute Ahiga bewundernd an.

"Wie schön dein Spiel war, wie Vogelgesang! Darf ich dich um eine weitere Melodie bitten?"

Der Flötenspieler überlegte nicht lange. Er sah Violetta mit einem langen tiefen Blick an und setzte sein Spiel fort. Die entsprechenden Löcher des Instruments deckte er bereits mit den Fingerspitzen ab. Dann fing er an, einige Takte

zu spielen, steckte anschließend die Flöte in seine Hosenta-
sche und begann zu singen:

"... Ich werde Raum und Zeit überwinden
Und dich in fernen Ländern suchen
Bereit für deine sinnliche Eroberung
Ich lasse hinter mir Schmerz und Verletzung
Meine Seele auf den Flügeln der Hoffnung
Fortgetragen
Bereits das Morgenrot der Seligkeit ahnend
An den heiligen Orten unserer Begegnung. "

Seine wunderbare tiefe Stimme mit ihrem in Melodie ge-
fassten Sehnsuchtsgedicht ließ Violetta innerlich beben.
Ihre Augen füllten sich mit Freudentränen. Großmutter
nahm sanft ihre Hand und holte sie zurück.

"Ahiga, Enkelsohn, du wirst uns mit deiner Musik noch
oft bezaubern. Der Große Geist hat dich mit vielen Gaben
gesegnet, da du selbstlos für andere Menschen kämpfst.
Und du weißt, Unterstützung wirst du jetzt bekommen, die
dich auf deinem Weg begleiten wird, das Waldveilchen,
und ihr werdet miteinander tief verbunden sein. Ashkii
wird die Hochzeitszeremonie durchführen", ergänzte sie
fröhlich.

Großmutters Worte zogen an Violetta vorbei, so sehr hatte
Ahiga sie mit seinem Blick gefangen. Da hatte sie ihn vor
sich, den Mann, den sie so sehr ersehnt hatte. Bescheiden
und doch voller Erhabenheit. Mit einer einfachen Geste lud
er Violetta ein, mit ihm ein paar Schritte zu gehen. Sachte

legte er ihr den Umhang um die Schultern und hielt ihre Hand.

"Ich habe dich in einer Vision am Großen Wasser bereits gesehen und dein Rufen durchdrang meine Nächte", flüsterte er ihr zu.

"Am Großen Wasser?"

"Ja, im Land der hohen Berge und der vielen Seen in der Außenwelt, da wo du hergekommen bist."

"Ich habe deine Stimme von weither auch vernommen", sagte sie tief berührt.

Sie setzten ihren Weg fort, still und nachdenklich, als er ihr plötzlich die ersten Sternschnuppen zeigte, die über die Abenddämmerung zuckten.

"Waldveilchen, was wünschst du dir?", fragte er lächelnd.

Verträumt und glücklich blickte sie in den Himmel, senkte ihren Blick, lächelte nur zurück und schaute ihn zärtlich an.

Ahiga drückte ihre Hand etwas fester.

"Wirst du meine Frau werden?", fragte er leise.

Herzklopfend blieb sie zuerst stehen und streichelte über seine Wange.

"Ja, ich will deine Frau werden!"

Sie liefen weiter, innerlich bereits vereint, nach der jahrelangen Suche, gleichzeitig am Ziel angekommen und ihren gemeinsamen Weg beginnend.

Schnell wurde bekannt, dass die weiße Frau und Ma'ees erster Sohn bald heiraten würden. Rasch begannen die Vorbereitungen, denn viele Gäste würden der Zeremonie beiwohnen.

In der folgenden Zeit wurde das Haus der Brautleute gebaut. Ashkii und Ahiga gestalteten gemeinsam mit ihren

Freunden den großen kuppelförmigen Hogan. Sein Eingang zeigte nach Osten, innen wurde er mit Baumstämmen aus Kiefernholz verkleidet, während für die steinernen Außenwände Lehm verputzt wurde. Sonnenkollektoren lieferten Strom. Das durchaus komfortable Rundhaus verfügte über einen zentralen Raum mit Kamin, eine Küche und ein Bad sowie drei weitere Räume. Man legte vor dem Haus außerdem eine Terrasse an, die zu einem Stück Land für den Anbau von Obst und Gemüse zur Eigenversorgung führte. Um die Inneneinrichtung kümmerten sich die Frauen, die gewebte Decken und Teppiche sowie Tierfelle herbeibrachten. Sämtliche Möbelstücke waren von befreundeten Stammesangehörigen hergestellt worden.

Als alles bereit war, nahm Ashkii eine Hauseinweihung vor. Er ging betend durch jeden Raum und hängte kleine Kräutersträuße an den Wänden auf.

Derweil hatte Violetta ein Bild als Geschenk für ihre zukünftigen Schwiegereltern gemalt. Es stellte das Regenbogenland dar, wie sie es bei ihren Ausritten wahrgenommen hatte. Dabei stellte sie sich vor, dass das Regenbogenland unterschiedliche Klimazonen und Vegetationstypen hatte: Wüste, Wald, Grasland und Seen, alles unter dem sich wölbenden Lichtbogen. Als Ma'ee das Gemälde in Händen hielt, betrachtete er es mit Anerkennung. Sein Gesicht leuchtete:

"Du wirst mit uns das Land bewahren!"

Am Abend vor der Hochzeit holte Ahiga seine Braut und führte sie hinaus in den Wald. Sie setzten sich unter eine Pinyon-Kiefer. Der Wind spielte in den Ästen der Bäume. Es war so friedlich hier. Violettas Blick tauchte tief in Ahigas warme braune Augen, die ihr alles sagten und Worte überflüssig machten. In diesem Augenblick war sie daheim angekommen. Ahiga unterbrach die Stille und sprach leise: "Ich bin kein einsamer Wolf mehr", sagte er. Violettas Herz klopfte. "Einsamer Wolf?" Da war doch etwas gewesen, irgendwann vor langer Zeit. Auch wenn sie sich an ihre frühere Existenz nicht vollends erinnern konnte, gab es doch ein Ereignis, das sich tief in ihr Bewusstsein eingegraben hatte und durch Ahigas Worte wieder lebendig geworden war. In einer fernen Zukunft, hatte es geheißen, würde sie ihm begegnen, dem "Einsamen Wolf", den sie Zeit ihres Lebens gesucht hatte. Jetzt war es geschehen: ihr Herz hatte in Ahiga Ruhe gefunden.

Die Schwestern halfen bei den Festvorbereitungen und kümmerten sich vor allem um die Braut. Am Tag der Hochzeit kamen sie ins Haus der Großmutter, wo Violetta ihre letzte Nacht verbracht hatte. Ihre dichten hellbraunen Haare wurden zu zwei dicken Knoten mit eingeflochtenen weißen Wollbändern gebunden, und deren Enden ihr bis zur Taille reichten. Sie wurde frisch und leicht geschminkt und Großmutter zog ihr das selbst genähte Hochzeitskleid an. Lächelnd legte sie den prunkvollen Schmuck um ihren Hals und hängte ihr die Ohrhänger aus Türkis und Koralle ein, Symbol für die gemeinsame Kraft von Feuer und Wasser. Violetta konnte ihr Glück kaum fassen. Dabei bemerkte sie, dass ihr Collier, dessen Anhänger geteilt gewesen war jetzt vollständig strahlte. Großmutter bemerkte dies und grinste verschwörerisch.

Die strahlende Braut betrachtete ihr Spiegelbild. Ihr dunkelrotes Samtkleid war mit goldenen Ornamenten und bunten Perlen bestickt und sie trug um die Hüften einen reich

verzierten Silbergürtel. Vervollständigt wurde die Braut-
kleidung durch ein aus feiner Wolle handgewobenes Plaid,
das sie über dem Arm trug. Man überreichte ihr den zeremoniellen Hochzeitskorb, den sie ehrfürchtig entgegen-
nahm. Um die Ehe zu besiegeln, würden die Brautleute
während der Zeremonie gemeinsam daraus essen.

Eine doppelreihige schwere Türkiskette schmückte Ahigas Brust. Er trug ein Hemd aus dem gleichen Stoff wie Violettas Kleid sowie einen silberverzierten Gürtel. Seine
kinnlangen Haare waren mit einem weißen Stirnband um-
wunden.

Beim Klang der Trommeln hatten sich viele Menschen bereits versammelt und warteten auf das Erscheinen des
Brautpaars. Und da kam es auch schon: Ahiga hatte seinen
Arm um Violetta gelegt, die jeden zur Begrüßung an-
strahlte. Ashkii als Priester in zeremonieller Kleidung empfing das Brautpaar und führte es in das große offene Tipi, in
dessen Mitte ein prächtiger Teppich mit Sitzkissen lag.
Rundherum saßen die Verwandten und übrigen Gäste.

Da begann Ashkii mit einem Gebetslied und eine mit Har-
zen und heiligen Kräutern gefüllte Schale wurde angezün-
det. Er goss Wasser in ein Gefäß und übergab es Ahiga, der
das heilige Wasser als symbolische Reinigung über Violettas Hände fließen ließ. Dann führte die Braut bei Ahiga das
gleiche Ritual durch. Jetzt schob Ahiga ihr den mit Türkis
und Koralle besetzten Trauring behutsam an ihren Finger,
während Ashkii betend Maisbrei in den Hochzeitskorb
füllte und diesen dem Brautpaar übergab. Einer nach dem
andern tauchte die Finger in den Korb und aß etwas Brei,
dies abwechselnd für die vier Himmelsrichtungen. Als das

Brautpaar fertig gegessen hatte, ertönte froher Zuruf unter den Gästen. Die Trauung war vollzogen.

Draußen wurde weiter gefeiert mit Speisen aller Art, Tanz und Trommelschlägen, mit Spielen für Groß und Klein. Die frisch Vermählten eröffneten den Kreistanz zur Verehrung von Mutter Erde und Vater Himmel. Alsbald mischten sich dann die Gäste unter die Tanzenden.

Bei Großmutter Shimasani hatte Violetta alles gelernt, was die Persönlichkeit einer Frau bereichert. Sie hatte von der Hingabe gehört, diese nicht als Unterwerfung anzusehen, vielmehr als gleichwertige Ergänzung der ihr zugewandten männlichen Seele und Ausleben ihrer natürlichen Bestimmung als weibliches Geschöpf, als Tochter von Mutter Erde, die Leben schenkt und beschützt. "Wir müssen achtsam den Lebensraum mit allen beseelten Wesen, Tieren und Pflanzen teilen und den Naturgesetzen folgen", betonte die Medizinfrau immer wieder. Im Stamm waren die Rollen wohlbedacht verteilt, was ein harmonisches Miteinander förderte. Sie würde nicht gegen ihren Mann kämpfen, sondern mit ihm für eine gemeinsame Sache. Sie wusste, wie sehr er sich auf sie verlassen würde und das erfüllte sie mit Stolz.

Violetta und Ahiga zogen in ihren Hogan ein. Jeder Gegenstand war sorgfältig ausgesucht worden, um Schönheit, Ordnung und Harmonie auch in den Alltag zu integrieren. In dieser Eheanfangszeit hielten sich Großmutter und Ashkii im Hintergrund.

Violetta hatte sich einen guten Ruf als Köchin erworben und versorgte auch vorbeikommende Gäste. Gemäß der alten Tradition der Gastfreundschaft ließ sie keinen Besucher fortgehen, ohne ihm Speise und Trank angeboten zu haben. Vom angelegten Feld gab es eigenes Gemüse, während A- higa manchmal von der Jagd ein erlegtes Tier mitbrachte.

Natürlicher Tagesablauf, eingebettet in den Rhythmus der Jahreszeiten, nachhaltige Selbstversorgung und auch Stunden des Rückzugs in die Natur mit ihrem Mann und Entfaltung der eigenen Talente prägten Violettas neues Leben und das der Gemeinschaft. So wollten immer mehr Leute an den Mal- und Zeichenkursen unter freiem Himmel teilnehmen. Man eröffnete eine Galerie, so dass die Kunstschaffenden dort ihre Gemälde und Skulpturen ausstellen konnten.

Ashkii zog sich öfter in die heiligen Berge zurück und führte Kulthandlungen durch, um Segen, Gnade und Fruchtbarkeit in den Familien bei den Schutzgeistern zu erbitten. Daher kümmerte sich Ahiga zusammen mit zwei Pflegern um den Beritt der jungen Pferde und betreute ansonsten die Schafszucht. Er arbeitete gern mit freiem Oberkörper, dessen erotische Ausstrahlung auf Violetta magisch wirkte. Diskret beobachtete sie ihn, wie er nach der Arbeit mit einem Pferd, abstieg, zum Brunnenbecken lief und mit beiden Händen Wasser schöpfte, das er über Brust und Schulter herunterlaufen ließ.

Als sie ihn eines Tages so am Brunnen sah, nahm Violetta ein Handtuch und eilte zu ihm. Ahiga stand da mit nassem Gesicht und Oberkörper und machte eine einladende Armbewegung. Sie näherte sich mit tanzenden leichten Schritten und hielt zuerst das Handtuch versteckt hinter dem Rücken. Er hielt sie fest und sie drückte ihre rechte Wange gegen seinen breiten Brustkorb.

"Wie stark du bist!", hauchte sie mit heißem Atem. Jetzt holte sie das Handtuch hervor und trocknete ihn ab mit sanften Berührungen, langsam bis zu seinem Schritt, was seine Erregung entfachte. Sie liebte seinen warmen maskulinen Körpergeruch und schob ihre Hand in seine Hose. Ihre heißen Blicke trafen aufeinander und ihr Verlangen verzehrte sie. Da fasste Ahiga seine Frau und beide verschwanden im Geräteschuppen. Er betörte sie und mit einem Kuss zog er ihr das Höschen aus, um sie ungezähmt zu erobern, während sie ineinanderflossen. Glücklich und ermattet lagen sie auf einem großen Strohsack nebeneinander.

"Du bist mein wildes Waldveilchen", flüsterte er ihr zu.

Hand in Hand kehrten sie heim und Violetta brachte Essen nach draußen. In den Abendstunden bildeten sich gern kleine Gruppen um das große Lagerfeuer und hörten den Alten zu, die die Geschichten ihrer jeweiligen Stämme erzählten. Einer der Männer ergriff das Wort:

"Wir danken dem Großen Geist, Ma'ee und seinen Söhnen, dass unsere Stämme von allen Landesteilen der Außenwelt Zugang in das Regenbogenland gefunden haben. Viele Monde mussten vergehen, ehe wir die Rückbesinnung auf unsere indianische Identität wieder erlangten und wir uns von Trugbildern und schädlichen Lebensformen loslösen konnten", fügte der Redner hinzu.

Einer nach dem anderen wurde nach seiner Meinung gefragt. Da stand Ahiga auf, schaute in die Runde der Anwesenden und verkündete:

"Brüder, bald werde ich wieder in die Außenwelt reisen, um die Arbeit unter den Stämmen fortzuführen. Ich bin glücklich darüber, dass meine Frau - wann immer möglich - mich begleiten und unterstützen wird."

Violetta hatte sich zwischenzeitlich zu Großmutter Shimasani hingesetzt.

"Alles hast du mich gelehrt und geduldig zurückgeholt, wenn ich nicht mehr weiterwusste", sagte sie voller Dankbarkeit.

Freudentränen glänzten in Großmutters Auge.

"Hier in der Innenwelt bist du zu einem neuen Bewusstsein gelangt und hast gelernt, im Augenblick achtsam zu sein, dich mit deinen Schwächen auszusöhnen, dich dem immerwährenden Wandel ohne Furcht zu stellen und deine eigene Spur einzugraben."

Nach ausgiebiger Beratung der Stammesältesten bereitete man sich auf die neue Herausforderung; Violetta würde an der Seite ihres Mannes in der Außenwelt mitwirken, einer Welt, aus welcher sie Hilferufe gesendet hatte und aus der sie durch Ashkiis Eingreifen geholt worden war.

Der Zeitpunkt für den Übergang in die Außenwelt stand noch nicht fest. Ahiga erklärte seiner Frau, dass wohl nicht alle Menschen sofort bereit wären, die Botschaft des neuen indianischen Wegs anzunehmen. Viele kleine Schritte wären notwendig, denn Armut und schlechte Gesundheit zerrten an ihnen. Daher war es wichtig, zuerst sie mit Nahrung und Arbeitsmaterial im Alltag zu unterstützen, wobei die Lebensmittelversorgung mit eigens dafür mitgebrachtem Saatgut eine wichtige Rolle spielen würde. Das Hauptaugenmerk sei, dass jeder in seinen Entscheidungen frei war: zurück zu den Wurzeln, oder aber weiterhin im Reservat leben, beziehungsweise im Ghetto einer anonymen Großstadt. Die eigene Identität zu finden, das war wichtig.

Derweil gab es einiges vorzubereiten.

"Ich werde Saatgut und Wüstenpflanzen mitbringen, die im Trockenklima relativ anspruchslos sind", erklärte Ahiga. "Solche, deren Wurzeln tief in den Boden wachsen und mit wenig Wasser auskommen."

"Ja, sehr gut, und das Projekt 'Bäume für die Wüste' findet auch großen Zuspruch. Viele der arbeitslosen Jugendlichen sehen darin für sich eine lohnende Perspektive und suchen eine Arbeit in unserem Bündnis", ergänzte Ashkii.

Einige Tage vor der Abreise der Enkelkinder in die Außenwelt war Großmutter häufig zu Besuch und blieb bei ihnen zum Essen. Dabei trug sie stets einen Korb mit Stickerei-Perlen sowie Leder- und Stoffresten bei sich. Violetta überlegte, was sie wohl aus den feinen Materialien anfertigen würde.

"Das nehme ich nachher wieder mit nach Hause. Eine kleine Handarbeit", verkündete sie schmunzelnd. "Für die dafür vorgesehene Zeit."

Nach einigen Tagen kam Ashkii wieder ins Haus seines Bruders.

"Bevor ihr aufbricht, habe ich eine Überraschung für euch: einen Ausritt durch das weite Land des Regenbogens, wo ihr noch nie gewesen seid!", verlautete er.

Violetta bekam ein anderes Pferd, da ihre Stute rossig war. Dieser Ausflug sollte einige Stunden lang dauern, und so entschied man sich, vor Sonnenaufgang das Dorf zu verlassen, um in aller Stille dem Erwachen der Natur zu lauschen.

Die Reiter durchquerten die unbefestigten Wege an typischen Wüstenpflanzen und Kakteengewächsen vorbei, als sie plötzlich eine herannahende Nebelbank umschloss und sie in einen engen Canyon gelangten. Unbeirrt führte Ashkii Violetta und Ahiga weiter, als sich ein saphirblauer Himmel über sie wölbte und eine völlig andere Landschaft zum Vorschein kam. Anstelle des rotgelben Wüstensandes wuchsen jetzt grüne Lärchen-Zirben-Wälder mit Wachholdern, Fichten und Walnussbäumen. Der weiche Waldboden verströmte einen intensiven Duft und aus den im Moos versteckten Veilchen streckten sich deren blauviolette Blüten empor. Die Reiter blieben stehen und versanken in das Naturschauspiel.

Ahiga zeigte auf den Boden.

"Meine betörende Violetta, schau hier wachsen deine Schwestern!"

Wo sie auch durchritten, es war unbekanntes Gelände, das sie gerade entdeckten, als würden sie auf der entferntesten Seite ihres Landes angekommen sein. Dann wieder eine andere Erscheinung: Sandwege schlängelten sich jetzt zwischen den roten Felsengruppen, die zu einer Schlucht führten, in deren unergründliche Tiefe tosende Wasserfälle stürzten. Daneben zeigten sich trockene Flussbetten in Erwartung der Regenzeit, um sich wieder mit Wasser zu füllen. Dann erschienen auf einmal, eingebettet zwischen hohen Bergen, glasklare Seen, wie man sie im Alpenraum vorfindet. Violetta atmete tief durch. So viel Schönheit war berauschend und die Luft, die sie atmete, verbreitete einen köstlichen Duft von unentdeckten Blumen und Früchten. Wie ein aufleuchtender Blitz erschien vor ihrem inneren Auge ihre an den Schwiegereltern geschenkte Zeichnung des Regenbogenlandes. Die Landschaften darauf, ja die unterschiedlichsten Landstriche mit ihrer jeweiligen Flora …

sie waren gerade dabei, in dieses lebendig gewordene Bild einzutauchen.

"Ashkii, diese wunderbare Welt, das sind doch die Motive meines gemalten Bildes für deine Eltern. Wie kann das sein?", fragte die erstaunte Violetta

Umso überraschender kam Ashkiis Antwort:

"Du hast in deiner Vision all diese Landschaften gesehen und sie zu Papier gebracht. Hier in der Innenwelt nehmen unsere Gedanken sichtbare Formen an und verwirklichen sich. Deine Vision ist somit fühlbare Realität geworden, und auch ich entdecke sie erst jetzt."

Violetta erinnerte sich an Großmutters Worte. Sie lebte ja in der Innenwelt "der Welt des sichtbar gewordenen Bewusstseins, der Gedanken und der Träume …"

Wieviel Zeit war vergangen, seitdem sie losgeritten waren, da man jetzt nicht mehr die Stunden zählt und der Tag ein Augenblick bedeuten konnte? Sie kehrten zurück, als die Sonne unterging.

"Danke, Bruder, die Überraschung ist dir gelungen, aber auch nur, weil meine Frau dich mit ihrem Geistesbild inspiriert hat!", kommentierte Ahiga lachend.

Nachdem die Pferde versorgt waren, gingen die drei zu Großmutter Shimasani, um sie zum Essen in Ahigas Hogan mitzunehmen.

"Großmutter, das sind aber schöne Perlen, die du da in das Leder verarbeitest", bewunderte Violetta, als sie den mit Wolle und Wildleder gefüllten Weidenkorb sah.

„Ja, und die Arbeit macht mir auch große Freude", erwiderte sie, ohne auf Einzelheiten einzugehen.

Die Vorbereitungen für den Übergang in die Außenwelt waren im vollen Gange. Ahiga hatte Werkzeug, Saatgut, Getreide und Bohnen aussortiert, Säcke und Wasserbehälter gefüllt. Die beiden Kutschpferde hatten ein besonderes Kraftfutter erhalten, so dass bald alles bereit war.

Dennoch schlichen sich Zweifel an der bevorstehenden Unternehmung ein und Ahiga überlegte, was diese aufkommende Unruhe zu bedeuten hatte. Und er war mit dieser Sorge nicht allein. Auch Ashkii kam ins Grübeln, bis ihm bewusstwurde, dass er vor seiner dritten Prüfung stehen könnte. Er sah immer deutlicher, dass nicht er Opfer der bösen Geister werden könnte, sondern Violetta. Sie könnte das Ziel einer Verschwörung werden. Daraufhin ging er zu seinem Vater und sprach darüber mit ihm.

"Sohn, auch ich sehe dunkle Wolken am Horizont. Ein Unheil schwebt über Ahigas Haus, das du wirst bekämpfen müssen", prophezeite Ma'ee.

Großmutter hingegen war mit ihrer Handarbeit voll in Anspruch genommen. Bald würde sie damit fertig sein und sie würde die genähten Babymokassins Violetta schenken, denn sie wusste es: Violetta war schwanger!

Ahiga blieb gern einen Augenblick lang in der Küche, wenn er nach Hause kam, um seine Frau zu überraschen, in dem er ihren Hals liebkoste. An jenem Tag, als diese sich zu ihm zurückdrehte, flüsterte sie ihm mit glänzenden Augen:

"Mein großer Kämpfer, ich habe eine Überraschung für dich", und zeigte ihm die Babymokassins. Begeistert nahm er sie in seine Arme.

"Wir bekommen ein Baby?" Mit seiner Bärenkraft hob er sie hoch wie eine Puppe und tanzte eine Runde mit ihr durch den Raum. Diese frohe Nachricht sollte jedoch bald durch die herannahenden Ereignisse, die beide Brüder witterten, bedroht werden. Nachdem Ashkii mit seinem Vater gesprochen hatte, eilte er zu seinem Bruder. Noch bevor dieser überhaupt ein Wort sagen konnte, ergriff Ashkii das Wort.

"Auf keinen Fall darf Violetta mit in die Außenwelt! Ihr Leben könnte in Gefahr geraten. Sie wird unter meiner Obhut stehen, solange du in der Außenwelt bist. Verkürze deinen Aufenthalt dort und unternimm nichts ohne Segen des Großen Geistes und den Beistand deiner Krafttiere, damit du die Orientierung nicht verlierst", ordnete Ashkii an.

Die Erregung seines Bruders bestätigte Ahiga in seiner eigenen Unruhe.

Als Violetta vom Feld zurückkam und ihren Gemüsekorb auf den Tisch stellte, bemerkte sie die besorgten Gesichter. Großmutter saß schweigend auf einem Küchenstuhl und nahm sie in den Arm, während ihr Mann und ihr Schwager sich ebenfalls schweigend anschauten. Man wollte die zukünftige Mutter nicht beunruhigen und überließ Großmutter die Aufgabe, die passenden Worte zu finden.

"Waldveilchen, meine Enkelsöhne und ich haben erkannt, dass der Übergang von der Innen- in die Außenwelt eine zu große Belastung darstellt und du diesmal hierbleiben solltest. Ahiga wird daher sich auch nur kurz in der Außenwelt aufhalten."

Violetta fühlte die Ernsthaftigkeit dieser Aussage. Etwas verwirrt erklärte sie:

"Oh, ich wäre auch gern dabei gewesen, aber wenn ihr meint, folge ich natürlich eurem Ratschlag und werde hierbleiben. In der Zwischenzeit werde ich mit der Babyausstattung beginnen."

Ahiga umarmte sie. "Sobald ich zurück bin, baue ich eine schöne Wiege, gepolstert mit dem weichsten unserer Schafsfelle."

Am Tag des Aufbruchs, als die Sonne schon hoch am Himmel stand, war es soweit. Das Gepäck war in der Kutsche untergebracht. Ashkii war nicht am Ort, da er Heilkräuter aus seinem Medizingarten zusammenstellte, die er seinem Bruder noch mitgeben wollte. Doch während er dies tat, fühlte er eine immer stärker werdende Müdigkeit, die ihn bald lähmte und ihn wie in einem eisernen Korsett gefangen hielt. Seine Gedanken trübten sich, gerade jetzt, wo er dem Gespann das Zeichen zur Abfahrt geben sollte. Benommen, sprach er zu sich selbst: "Ich muss los." Stattdessen gehorchten ihm seine Beine nicht mehr, er fiel auf einen Strohsack und sank in einen tiefen Schlaf. Derweil befand sich

Ahiga bereits im Inneren des Pferdewagens und unterhielt sich mit Großmutter. "Wo bleibt Ashkii denn solange?", fragte er sorgenvoll. Er warf einen Blick zum Himmel; der Regenbogen flimmerte, als würde er bald verschwinden. Dies war ein untrügliches Zeichen dafür, dass eine Gefahr herannahte. Ahiga wartete noch etwas und schaute ernstlich besorgt den schwindenden Regenbogen. Und von dem Schamanen immer noch keine Spur.

Vor der Abreise in die Außenwelt wollte Violetta einmal zu ihrem Mann gehen. Es war das erste Mal seit ihrer Hochzeit, dass sie getrennt voneinander sein würden. Sie lief zu der bereitstehenden Kutsche und musterte das merkwürdige Fuhrwerk mit den beiden angespannten Rappen, die auch nicht von dieser Welt zu sein schienen. Sie hatte vage Erinnerungen darüber, wie das Vehikel in atemberaubender Geschwindigkeit die Welten durchschritten hatte.

"Wir warten immer noch auf Ashkii. Die Pferde gehen nur unter seinem Kommando", erklärte Ahiga seiner Frau und versuchte, seine Sorgen zu verbergen. Dann stand er auf und setzte den Fuß auf das breite Trittbrett der Kutsche, um Violetta zu umarmen. Doch seine Bewegungen gehorchten ihm nicht mehr und um ihn herum verlangsamte sich alles. Schließlich blieb er wie erstarrt stehen. Violetta wollte ihrem Mann entgegenkommen und stellte einen Fuß auf die erste Stufe. Kaum hatte sie das Trittbrett berührt, wurden sie und Ahiga mit einem Ruck in das Innere der Kutsche hineingeschleudert. Beide fielen um und die Tür schloss mit lautem Knall.

Großmutter, die dabeigestanden hatte, schrie auf. Hier waren die dunklen Zauberkräfte am Werk und hatten Ashkii überlistet. Noch bevor sie sich wieder besann, preschte die Kutsche los. Großmutter drehte sich um, ob der Enkel endlich erscheinen würde? Die Straße war leer, das Gleichgewicht der Naturgesetze gestört und der Regenbogen war verschwunden. Großmutter lief bis zu Ashkiis Hütte und entdeckte ihn schlafend auf dem Strohsack.

"Enkel, wach auf!" Sie schüttelte ihn mit aller Kraft. Benebelt öffnete er die Augen.

"Grandma, was ist? Was tust du hier?"

"Die Kutsche ist weg, auf Zeichen der bösen Mächte … und Violetta ist an Bord!"

Jetzt war der Schamane hellwach. Aufgerüttelt stand er auf. Seine noch verschlafenen Augen öffneten sich weit und blitzten vom Zorn.

"Ich mache mich sofort auf den Weg", sagte er zu Großmutter." Die Kraft seines Wesens durchwirkte ihn und er ahnte, dies sollte seine dritte und letzte Erprobung werden.

Großmutter verbrachte den restlichen Tag bei ihrem Sohn. Zum ersten Male fürchtete sie die Macht der dunklen Mächte, die es auf Violetta und ihr ungeborenes Kind abgesehen hatten, weil es wie sein Onkel die Gabe der Erkenntnis und der Seherkraft besitzen würde.

Mit hoher Geschwindigkeit stürmte die Kutsche auf dem sandigen Weg dahin und flog durch Staubwolken hindurch. Ahiga und Violetta saßen in einer Ecke eng einander geschmiegt.

"Ashkii wird uns bald suchen. Nicht er hat das Zeichen zur Abfahrt gegeben, sondern die dunklen Geistwesen. Fürchte dich nicht. Denke daran, wenn wir in der Außenwelt sind, vergiss unsere Namen nicht, wenn …"

Ahiga konnte nicht zu Ende sprechen. Plötzlich öffnete sich die Tür und er wurde mit voller Wucht aus Violettas Umarmung herausgerissen und hinausgeworfen. Violetta schrie auf. Dunkle lärmende Schatten breiteten sich in die Kutsche aus und immer wieder klopfte Ihre Stirn gegen das schmale Fenster. Das alles konnte doch nicht wahr sein! "Ahiga!", schluchzte sie. Sie meinte, ihr Schädel würde bald platzen. Tränenüberströmt schrie sie vor Schmerz und legte eine Hand auf ihren Bauch. "Mein Baby!", rief sie immer wieder, "mein Baby!"

Sie erlebte den Übergang in die Außenwelt bei vollem Bewusstsein und nicht, wie einst auf ihrer ersten Reise in die

Innenwelt, in festem Schlaf. Während der wilden Fahrt schienen die vorbeilaufenden Landschaften mit dem bleiernen Himmel zu verschmelzen. Es dauerte eine halbe Ewigkeit, bis die beiden Rappen endlich mit lautem Wiehern auf einem großen Platz zum Stehen kamen.

Langsam öffnete sich die Tür der Kutsche und Violetta stieg zitternd aus. Die heiße Luft schnürte ihr die Kehle zu. Um sie herum liefen Menschen herum, die damit beschäftigt waren, Zelte und Verkaufsstände aufzuschlagen. Es war anscheinend Markttag. Entkräftet und taumelnd lief Violetta durch das Gedränge an den Buden vorbei.

"He, Mädel, wohl ein bisschen zu tief ins Glas geschaut!?", riefen die Leute spöttisch. Die Worte konnten Violetta nicht wirklich erreichen, sie war ihrer Sinne immer noch nicht mächtig. Diese Häuser, diese Verkaufsstände, das alles hatte sie irgendwann gesehen. Wie durcheinander wogende Meereswellen bewegten sich ihre Erinnerungen zwischen den Welten. Und dann wie der Blitz, der durch die Wolken schlägt, schoss ihr ein Name durch: Ahiga! Wo konnte er jetzt sein? War das alles nur ein böser Traum? Sie sah abwesend Straßen und Gebäude, doch nur eines war wichtig: dass sie ihn wiederfindet und beide zurückfahren, wo sie hergekommen waren. Allmählich stiegen in ihr weitere Bilder der Erinnerung auf. Da war doch noch Ashkii, ihr Schwager, und Großmutter Shimasani, die Medizinfrau, die sie wie eine Enkeltochter aufgenommen und das Leben gelehrt hatte, dann das ganze Dorf im Regenbogenland. Violetta fühlte, wie ihre Kehle sich zuschnürte und ihr Atem stockte. War das alles eine Illusion gewesen? Zitternd vor Schmerz rief sie immer wieder den Namen ihres Mannes und alle Namen, die sie kannte. An Ashkii zu denken war tröstlich, sicher hatte er sich aufgemacht, sie und Ahiga zu suchen.

Sie blieb vor einem mehrstöckigen Gebäude stehen und blickte nach oben. Für einen Augenblick wachte die alte Welt in ihr auf. Hing da nicht eine große Bahnhofsuhr an der Mauer? fragte sie sich, als plötzlich eine laute Stimme aufschrie:

"Violetta!"

Vor ihr stand eine Frau, die sie vom Kopf bis zu den Füßen musterte. Sie blieb vor Überraschung stehen, bis diese sie überschwänglich umarmte und stotternd fragte:

"Violetta, bist du es? Ich erkenne dich kaum. Aber ja, du bist es. Erkennst du mich nicht? Ich bin doch Claudine, deine Freundin aus Sedona, und du wolltest deinen Urlaub bei mir verbringen."

Sie schluchzte. Die Worte brachen aus ihr heraus wie ein Wasserfall.

"Seit drei Wochen suchen wir dich überall. Wo warst du? Auch die Stammespolizei ist hinter dir her. Ich musste dich als vermisst melden."

Violetta schaute die Frau genauer an. Jetzt erkannte sie sie. Plötzlich empfand sie starke Kopfschmerzen und ihr wurde schwindelig, während sie herzerschüttert murmelte: "Ich suche meinen Mann. Er ist aus der Kutsche herausgefallen."

"Was sagst du da? Du suchst deinen Mann? Als Single bist du zu mir gekommen. Wie kannst du auf einmal verheiratet sein?"

Claudine nahm sie an der Hand und führte sie zuerst an einen ruhigen Ort. Sie bemerkte aber, dass Violetta in einer anderen Welt weilte und sie keine Fragen würde beantworten können. Hatte sie den Verstand verloren? Was für traumatisches Erlebnis steckte dahinter?

"Für heute Abend bleiben wir hier. Ich habe ein Zimmer gemietet, weil die Beamten meine Mitarbeit brauchen. Auch dein Personalausweis befindet sich bei der Polizeiwache", erklärte Claudine, die jetzt die Komplexität der Lage erfasste.

Violetta folgte der Freundin wie ferngesteuert. Als sie in dem gemieteten Zimmer ankamen, legte sie sich hin und schloss erschöpft die Augen. Sie fühlte sich bei Claudine in guten Händen. Am nächsten Tag würde sie wieder durch die Straßen laufen und nach Ahiga und der Kutsche suchen.

Doch am nächsten Morgen kam es ganz anders.

"Wir müssen zuerst zur Polizei, deinen Ausweis holen und dich zurückmelden, jetzt wo du wiederaufgetaucht bist", sagte Claudine. Überglücklich fasste sie Violetta an den Schultern.

"Ich bin so froh, dass dir nichts Schlimmes widerfahren ist. Du musst mir erklären, wo du die ganze Zeit gesteckt hast. Hast du jemanden kennengelernt und bist ihm gefolgt, ohne mir ein Wort zu sagen?" Ihre Worte klangen fast vorwurfsvoll. "Wenn du dich von alledem erholt hast, müssen wir deine Rückreise nach Deutschland organisieren."

"Nach Deutschland?"

Jetzt wurde Claudine doch besorgt. Man würde abwarten müssen, wann die Freundin wieder bei Verstand sein würde. Umso erstaunter wurde sie, als Violetta sie umarmte.

"Danke, Claudine, dass du dich so um mich kümmerst. Aber ich muss nachher wieder raus und die Kutsche suchen, denn in ihr bin ich ja hierhergereist."

"Ja, natürlich." Claudine versuchte, ihre Hilflosigkeit zu verbergen.

Nach dem Frühstück machten sie sich auf den Weg zum Polizeibüro. Claudine hielt Violetta fest an der Hand, als wäre sie ein kleines Mädchen, das staunend sein Umfeld betrachtet.

Der in seiner Arbeit vertiefte Beamte richtete jetzt einen Blick auf beide Frauen. Anhand eines Fotos und der Personenbeschreibung erkannte er die vermisste Violetta.

"Sie sind wohlbehalten wieder da. Wo waren Sie denn? Waren Sie entführt, waren Sie Opfer einer Gewalttat?" Der Mann hörte nicht auf, Fragen zu stellen.

"Wir müssen jetzt dafür sorgen, dass mit Ihnen alles in Ordnung ist. Daher werde ich Sie für einen Tag zur Untersuchung ins Hospital schicken."

Violetta bekam ihren Personalausweis wieder und mit einem gequälten Gesichtsausdruck drehte sie sich wortlos zu Claudine.

"Alles wird gut, es ist reine Routine. Dann weiß man, ob dir was fehlt oder du Opfer einer Gewalttat warst.

Mit einem unguten Gefühl ließ Violetta alles geschehen. Nach der Untersuchung würde man sie sicherlich schnell aus dem Krankenhaus entlassen, dachte sie. Fürs Erste fuhren sie in das Allgemeinkrankenhaus in Tuba City, wo Violetta angemeldet worden war.

"Ich komme heute Abend wieder und sehe nach dir", versprach Claudine. Beide verabschiedeten sich und Violetta schaute die Freundin mit traurigem Blick an. Irgendetwas sagte ihr, dass sie wohl doch nicht so schnell das Hospital würde verlassen können.

Man führte sie in einen größeren Raum mit durch Vorhänge getrennten Betten. Alles war einfach gehalten und die Krankenschwester nahm sie freundlich auf, wofür sie dankbar war. Sie durfte duschen und bekam ein sauberes Hemd. Dann kam ein Arzt und Violettas Gesicht hellte sich auf, als sie erkannte, dass er ein Navajo-Indianer war und dieser staunte, dass seine Patientin ihm in der Navajo-Sprache Fragen stellte. Sie musste die medizinischen Untersuchungen einschließlich der gynäkologischen über sich ergehen lassen und dachte, damit sei alles in Ordnung. Man brachte sie in ihr Zimmer zurück. Noch am späten Nachmittag besuchte sie der Navajo-Arzt, diesmal in Begleitung eines Kollegen.

"Frau Moiry, Ihnen fehlt nichts, im Gegenteil: Sie sind in der 10. Woche schwanger! Wussten Sie das?"

Daran erinnert, freute sie sich und lächelte schüchtern:

"Ja, ich wusste es!"

"Es gibt da noch etwas", fuhr der Doktor fort. "Aufgrund Ihres biologischen Alters dürfte normalerweise eine Schwangerschaft nicht mehr möglich sein. Diesen Umstand müssen wir prüfen. Sie sehen auch sehr viel jünger aus, als ihr Alter es vermuten lässt. Außerdem sind Ihre Laborwerte außergewöhnlich und bedürfen einer näheren Untersuchung. Kollegen aus der Wissenschaft, namhafte Forscher, die wir darüber informiert haben, möchten anhand weiterer Analysen einen solch seltenen Fall untersuchen. Es könnte einige Tage in Anspruch nehmen. Aber es gibt keinen

Grund zur Sorge. Im Gegenteil, Sie sind ein Glücksfall. Übrigens, wo haben sie die Navajo-Sprache gelernt?"

Violetta blieb wortlos. Das bedeutete, dass sie im Hospital bleiben und die Neugierde der Ärzte befriedigen musste. Traurig schaute sie den Arzt an.

"Ich kann das zwar verstehen, aber inzwischen sucht mich mein Mann. Wir waren in der Kutsche hierher unterwegs und es gab einen Unfall. Er ist von der Kutsche gefallen, mitten in der Wüste. Nur ich kam hier an."

"Woher kamen Sie denn?", fragte der Arzt skeptisch.

Blitzschnell antwortete Violetta, als ob jemand ihr die Antwort ins Ohr geflüstert hätte:

"Von der anderen Seite der Wüste, ziemlich weit weg von hier."

Der Navajo schmunzelte und verließ den Raum.

Am Abend kam Claudine zu Besuch in der Annahme, Violetta würde aus der Klinik entlassen werden. Sie traf eine Krankenschwester, die gerade ins Zimmer hereinkam.

"Frau Moiry bleibt noch hier", erklärte sie der überraschten Claudine. Es müssen noch einige Untersuchungen gemacht werden. Es ist aber alles gut."

Violetta fasste die Hand der Freundin.

"Liebe Claudine, es ist schon in Ordnung. Du solltest doch wieder nach Hause zurückfahren. Man weiß nicht, wie lange man mich hierbehalten will. Ich werde mich dann bei dir melden", versprach sie etwas bedrückt.

"Was wollen sie mit dir noch machen?"

"Eine genetische Untersuchung. Sie rätseln darüber, wie ich in meinen reifen Jahren noch schwanger werden konnte."

„Was sagst du da? Du bist seit drei Wochen hier und du sollst auf einmal ein Kind erwarten? Davon hast du mir nichts erzählt. Wie schön, herzlichen Glückwunsch!"

"Als ich zu dir kam, war ich noch nicht schwanger ... Wie soll ich es sagen? Es gibt Geheimnisse zwischen Himmel und Erde", erklärte Violetta der Freundin, die kopfschüttelnd vor ihrem Bett stand. Sie verabschiedete sich mit den Worten:

"Das ist eine zu wunderbare Geschichte und sie wird mich noch lange beschäftigen. Du meldest dich ganz bestimmt bei mir, nicht wahr, Violetta?"

Fragend und hoffnungsvoll sahen sich beide an.

***

Ahiga rieb sich die Augen und spürte einen Stich in seiner Schulter. Er hatte sich wohl eine Verletzung zugezogen und versuchte vorsichtig aufzustehen. Wie lange hatte er bereits hier gelegen? Die Wüste holte ihn in die Realität zurück. Allmählich begriff er, was geschehen war und ein tiefer Schmerz traf ihn durch Mark und Seele. "Waldveilchen, wo bist du?" Er würde sie suchen, überall, auch wenn er den ganzen Kontinent durchqueren müsste. Und Ashkii war sicher auch bereits auf der Suche, dachte er. Dieser Gedanke gab ihm Kraft. Erleichtert ließ er seinen Blick über die sandigen Weiten streifen. Hier und da im Wind rollende Steppenhexen (zusammengerollte trockene Pflanzen) und über allem die brennende Sonne in der einsamen Landschaft. Saguaro-Kakteen und Felsenburgen zeichneten sich am Horizont ab. Er schloss die Augen und fing an, ruhig zu überlegen. Wichtig war es, logische und klare Gedanken zu haben: und das war zuerst der Kampf um das blanke

Überleben in der Abgeschiedenheit der Wildnis. Um den einzuschlagenden Weg zu finden, musste er anhand der Markierung einer Schattenstelle die Himmelsrichtungen bestimmen. Dafür waren passende Äste oder Stöcke nötig. Doch außer Grashalmen gab es hier nicht einmal die ansonsten in dieser Wüste wachsenden Baumwollpappeln und Kiefern, so dass er sich anders orientieren musste. Er beschloss, in Richtung der abgelegenen Felsen zu laufen. Eventuelle Tierspuren könnten auch auf eine Wasserstelle hinweisen. Ahiga durchsuchte seine Hosentaschen nach nützlichen Dingen. Bürsten, Seife und Wäsche waren in der Kutsche geblieben. Außer seinem Klappmesser, das er immer bei sich trug, fand er nur etwas Geld und ein Taschentuch. Er lief einige Stunden mit schleppenden Schritten bis zu den Sandsteintürmen und setzte sich erschöpft an einen geschützten Platz unter einem Felsen. Dabei entdeckte er unter dessen Vorsprung eine moosbewachsene feuchte Stelle. Dies war seine Chance, er könnte dort vielleicht Sickerwasser mit seinem Taschentuch aufsaugen. Jeder Tropfen Wasser war lebensrettend.

Als die ersten Sterne am klaren Wüstenhimmel zu funkeln begannen, richtete er ganz nah an den Felsen seinen Lagerplatz für die Nacht. Ohne Brennholz musste er auf ein Feuer verzichten, das etwaige Wildtiere auf Entfernung zu halten vermochten. Er legte etwas von dem feuchten Moos auf seine schmerzende Schulter und streckte sich aus. Sein weiteres Schicksal verlangte einen klaren Kopf, am nächsten Tag würde er ein Stück weiterkommen, dessen war er sicher. Möglicherweise würde er die sandige Ebene hinter sich lassen und in ein bewaldetes Gebiet kommen, dort, wo die Bergketten sich abzeichneten. Sein Blick folgte den jagenden Nachthabichten, die im Himmel ihre kunstvollen Flugkünste vorführten. In der Stille der angebrochenen Nacht murmelte er: "mein Waldveilchen ..." Das Rauschen des Windes wiegte ihn schließlich in den Schlaf.

Als die Morgensonne die langen Schatten der Felsen vertrieb, wachte er mit knurrendem Magen auf. Heute würde er versuchen, ein Tier zu fangen und Nüsse der Pinyon-Kiefer in den Bergen zu finden. Die Hügelkette war noch weit entfernt, aber es blieb keine andere Wahl, als dorthin zu laufen. Er stand auf, saugte an seinem befeuchteten Taschentuch und wischte sich den Sand vom Gesicht.

Als er sich gerade auf den Weg machen wollte, sah er einen auf der Felsspitze sitzenden Wanderfalken, der ihn rufend anschaute. Ahiga erwiderte seinen Blick und der Vogel flog ein kleines Stück, landete wieder, um ihn rufend erneut anzuschauen. Ahiga verstand dies als Hinweis und er folgte dem Vogel. Immer wieder drehte sich der Falke nach ihm und Ahiga setzte seine Schritte in die angedeutete Richtung fort. Geführt vom Falken lief er bis zur Hügelkette, die er bei Anbruch der Nacht erreicht hatte. Es gab einen dichten Baumbestand. Hier würde er sich niederlassen, sich ausruhen und ein Feuer machen. Bald hatte er dürre Äste eines Wachholderstrauchs zusammen. Er bastelte sich einen Feuerbohrer, den er zwischen den Handflächen schnell bewegte. Die Reibungshitze erzeugte Funken, die bald lodernde Flammen hervorbrachten. Dann hielt er Ausschau nach essbaren Wurzeln und Nüssen. Vielleicht könnte er auch ein Kaninchen fangen. Ahiga schaute nach dem Falken, der auf einem Ast in seiner Nähe saß.

"Danke, Bruder. Du hast mich hierhergeführt."

Die Kaninchenjagd war erfolgreich und Ahiga warf dem Falken ein Stück Fleisch zu, das der Vogel gierig schnappte. Dann pickte er einzelne Fleischstücke mit einem Stöckchen und briet sie über dem Feuer. Etwas davon wollte er als Verpflegung für den langen Marsch, der noch vor ihm lag, mitnehmen. Müde geworden, verzehrte er mit langsamen Bissen das gebratene Fleisch und schlug anschließend sein Nachtlager auf.

Als die Sonne aufging und die Luft noch angenehm kühl war, stand Ahiga auf und wusch sich in einem nahegelegenen Tümpel, der zwischen hohen Gräsern verborgen lag. Er würde sich alsbald auf den Weg machen und die frühen Morgenstunden nutzen, um weit voranzukommen. Der Falke hatte ihn bis jetzt geführt, doch nun war er davongeflogen. Ahiga hoffte, einen Weghinweis, vielleicht einen Trampelpfad zu finden, der eine Richtung anzeigen würde. Er verließ den Wald in Richtung Norden und erreichte nach Stunden eine Hochebene mit offener rotglühender Steppenlandschaft, die sich bis zum Horizont abrollte. Ganz weit weg in der Ferne: die gerade wahrnehmbare Silhouette des Monument Valley. Ohne Zweifel, er war in der Außenwelt, in der Navajo- und Hopi-Reservation, angekommen. Eine innere Freude ergriff ihn, bald würde er Violetta finden. Doch zunächst musste er den langen Weg durch das Wüstengebiet in der sengenden Hitze hinter sich bringen. Unterwegs konnte er sich an der zwischen den Tafelbergen und Felsen verlaufenden Straße orientieren. Der Weg durch die rote Wüste bis nach Tuba City war aber noch lang und Durst quälte ihn. Er verstand es aber, seine Kräfte schonend einzusetzen und seine Schritte behutsam und sicher zu setzen. Während seiner Wanderung beobachtete er langsam fahrende Fahrzeuge mit Touristen auf der Straße zum Monument Valley, ein Indiz dafür, dass er in der Zivilisation angekommen war. Sein eigenes Ziel war jedoch noch nicht erreicht, und er fragte sich, warum er gerade in diese Richtung geführt wurde. Aber er vertraute darauf, dass es die guten Geister waren, die ihn dort hinlockten.

Der Marsch brachte ihn an den Rand seiner Kräfte, die Suche nach Wasser gestaltete sich schwierig und bremste sein Vorankommen. Wenn er ein ausgetrocknetes Flussbett überqueren musste und eine feuchte Stelle erkennbar wurde, grub er tiefer, solange, bis etwas Wasser an die Oberfläche stieg und er seinen Durst ein wenig stillen konnte, auch wenn er es nicht filtern konnte. Er gönnte sich wenige Pausen, denn der Wunsch, bald in der Stadt anzukommen, spornte ihn an, und so hatte er am Ende des Tages viele Meilen zurückgelegt. Erst in der Abenddämmerung machte er sich auf die Nahrungssuche und richtete einen Schlafplatz ein, den er mit trockenen Gräsern auszupolstern versuchte. Als er so da lag, blickte Ahiga in der klaren kalten Luft der Wüstennacht zum Sternenhimmel auf. Seine Gedanken kreisten um Violetta und um die Dinge, die sich ereignet hatten. Er hatte doch nur in die Außenwelt reisen und die Stammesbrüder verstärken wollen, wie es seiner Berufung entsprach und wie er es immer getan hatte. Offensichtlich war ein böses Geistwesen hier am Werk, und dieses hatte nicht einmal vor Ashkiis Macht Ehrfurcht gehabt und ihn überlistet. Seine schwangere Frau, die im Schutz der Familie im Regenbogenland hätte bleiben sollen, war mit Gewalt in die Außenwelt deportiert worden. Hoffentlich hatte das Baby keinen Schaden davongetragen.

459

Ashkii würde das Geistwesen bezwingen und endgültig die Herrschaft als Hüter der Welten für sich entscheiden, dessen war Ahiga überzeugt. Während er darüber so nachdachte, fielen ihm allmählich die Augenlider zu und er schlief ein.

Als er aufwachte, spürte er, heute würde er in die Stadt kommen. Einige Tage war er unterwegs gewesen, auf sich allein gestellt. Mit Hilfe des Falken und durch seine eigene Willenskraft hatte er den Weg gefunden und dafür dankte er dem Großen Geist.

Der Wind wehte ihm entgegen, als er bald die Umrisse einer Siedlung erblickte, und trotz Hunger und Müdigkeit verspürte er neues Leben in seine Glieder zurückkehren. Da war eine vertraute Gegenwart, die ihn magisch anzog. Er lief bis ins Stadtzentrum, wo Frauen in ihren Imbissstuben dabei waren, Tortillas zu backen. Die paar Münzen, die er in seinen Taschen noch hatte, würden für eine Mahlzeit reichen. Jetzt befand er sich im quirligen Getümmel und schaute sich gründlich um. Die Hoffnung, die Kutsche irgendwo hier in diesen Gassen aufzuspüren, blieb unerfüllt, und niemand hatte einen Pferdegespann und eine junge Frau nach Ahigas Beschreibung je gesehen. So verließ er die Hauptstraße und setzte sich grübelnd auf eine Bank.

"Yá'át'ééh, Bruder!", hörte er plötzlich sagen. Ashkiis Stimme! Der Schamane stand vor ihm. Endlich. In tiefer Freude über das Wiedersehen umarmten sich beide Brüder.

"Der Weg war lang. Ein Falke hat mich einen Teil des Weges begleitet", berichtete Ahiga.

"Ich weiß, den habe ich zu dir geschickt. Es war die einzige Möglichkeit, dir eine Wegrichtung anzudeuten. Das Waldveilchen verschwand aus meinen Augen und meine

Visionen waren so vernebelt, dass ich keinen von euch beiden ausfindig machen konnte. Ich habe dich hierhergeführt, weil Violettas Reise damals auch hier begonnen hatte, auf dem großen Markt. Jetzt ist der Kampf mit den dunklen Mächten bald vorbei. Ich kann es erkennen, deine Frau muss sich hier in diesem Ort befinden, und das Rappengespann steht an einem geheimen Platz zur Rückreise bereit", erklärte Ashkii. "Trotzdem könnten doch noch einige Hindernisse auf uns zukommen."

Sie verließen zuerst die Stadt, um an einem einsamen Ort eine Zeremonie durchzuführen, während der Ashkii seinem Bruder eine kräftigende Kräutermedizin verabreichte.

Wenig später zogen beide wieder nach Tuba City zurück und erkundeten jedes Haus und jede Ecke, wo sie Violettas Signatur erspüren konnten, bis sie vor dem Polizeigebäude standen. Hier würden sie vielleicht eine Auskunft bekommen. Der Beamte betrachtete die beiden soeben eingetroffenen Männer mit Argwohn. Als Ahiga ihm ein Foto seiner Frau zeigte, wurde er gefälliger.

"Ja, das ist die Frau, die als vermisst gemeldet worden war und vor kurzem wieder aufgetaucht ist. Sie hat uns eine ziemlich merkwürdige Geschichte von einer Kutsche, die verlorengegangen war, erzählt. Dabei wäre ihr Mann gefallen und sie würde sich auf die Suche nach ihm machen. Und Sie sind der Ehemann und wussten nicht, wo sie war?"

Ahiga antwortete nicht direkt auf diese Frage. Kaum konnte er seine Erregung verbergen.

"Wo befindet sie sich jetzt? Ich bin hier mit meinem Bruder, um sie zu holen."

"Das wird schwierig werden. Ein Aufenthalt im Krankenhaus war unumgänglich. Verstehen Sie, die Frau war drei Wochen verschwunden, litt unter Amnesie und Wahrnehmungstäuschungen. Sie ist dort zur Beobachtung. Mehr Informationen werden Sie von den Ärzten vor Ort erhalten.

Ohne zu zögern liefen Ahiga und Ashkii zum Hospital.

"Es ist besser, du gehst allein zu ihr. Ich bleibe draußen und arbeite an meinem Plan", erklärte Ashkii.

Eilends begab sich Ahiga zu der ihm angegebenen Krankenstation, auf der Violetta lag. Da ihr Zustand immer rätselhafter wurde, hatte man sie in ein Einzelzimmer verlegt, vor dessen Tür zur Überwachung der Patientin ein Beamte stand.

"Sie sind der Ehemann? Können Sie sich ausweisen? Dann dürfen Sie rein, aber nur ein paar Minuten", ordnete die Stationsschwester.

Ahiga betrat leise den Raum und erblickte eine schlafende Violetta. Er beugte sich über ihr verkrampftes, von Tränen überströmtes Gesicht. Tief berührt, ergriff er ihre Hand und hielt sie in der seinigen.

"Mein Waldveilchen! Es ist bald alles vorbei. Ich bin hier, um dich zu holen."

Gerade trat der Chefarzt in Begleitung des Navajo-Arztes in Violettas Zimmer.

Ahiga wurde ungeduldig.

"Was haben Sie mit ihr angestellt?"

"Nach gründlicher Untersuchung rätseln wir über die Metamorphose, die ihr Körper derzeit erfährt. Als sie zu uns kam, hatte sie die Zellstruktur einer Zwanzigjährigen, wohingegen jetzt plötzliche Alterungsvorgänge nachzuweisen sind. Zu ihrer Beruhigung: Der Fötus entwickelt sich normal, aber man kann die weitere Entwicklung nicht vorhersagen. Um es klar auszudrücken: Einen solchen Fall hat es bisher noch nicht gegeben und dies erweckt natürlich das Interesse der Fachwelt."

"Schön und gut. Jetzt aber bin ich hier und ich werde meine Frau nicht länger der Willkür der Medizin überlassen und gestatten, dass sie wissenschaftlichen Forschungszwecken dient. Bei uns wird sie wieder ganz gesund werden", erklärte Ahiga.

Der Chefarzt wies ihn zurück.

„Noch kann sie das Krankenhaus nicht verlassen. Ihr Leben und das des Embryos müssen überwacht werden."

"Ich werde veranlassen, dass ein Medizinmann zu Rate gezogen wird", führte der Navajo-Arzt verständnisvoll hinzu.

Violetta wachte auf.

"Ahiga, Liebster!", rief sie atemstockend leise. "Ahiga, du bist da, du hast mir so gefehlt. Ich will nach Hause", flüsterte sie und schaute ihren Mann mit aufgerissenen Augen.

"Habe keine Angst. Bald bis du wieder draußen. Ashkii wird dich besuchen kommen", hauchte er ihr ins Ohr. "Alles zu seiner Zeit", flüsterte er. Violetta verstand, dass ihr Schwager alle Hebel für ihre Befreiung in Bewegung setzen würde. Erleichtert drückte sie den Kopf wieder aufs Kissen. Der Navajo-Arzt, der sich noch mit Ahiga unterhielt, lächelte ihr zu. Bevor er ging, ließ er die Worte fallen:

"Frau Moiry, die Harmonie wird bald wiederhergestellt."

Am nächsten Tag wachte sie mit Gliederschmerzen auf. Sie fühlte sich krank und erschöpft, als würden sämtliche bösen Kräfte sie daran hindern, gesund zu werden. Würde

Ashkii sie auch tatsächlich bald erlösen können? Auch die Sorge um ihr Baby ließ ihr keine Ruhe, zu groß war die Befürchtung, eine Fehlgeburt zu erleiden, sollte sie nicht bald ins Regenbogenland zurückkehren können. Sie starrte an die weiße Decke. Aus der nahen Umgebung drangen Straßengeräusche. Violetta ließ ihren Blick durch den Raum wandern. Wann würde der sehnsüchtig erwartete Besuch kommen?

Nach einer Weile klopfte jemand an die Tür. Der Navajo-Arzt kam in Begleitung eines anderen Kollegen herein. Es wurde gefachsimpelt, wie so oft, und die Stationsschwester notierte alles. "Es sieht nicht danach aus, als würde man mich bald entlassen", dachte Violetta resigniert. Der neue Kollege neigte sich über sie. Das Funkeln in seinen Augen verriet ihr: Ashkii! Erleichtert seufzte sie tief auf.

"Heute Nacht", sprach er ihr leise ins Ohr, bevor er mit dem anderen Arzt das Krankenzimmer verließ.

Unruhig wartete Violetta auf Ashkiis Eingreifen. Wie sollte sie unbemerkt das bewachte Zimmer verlassen können? Welchen Befreiungsschlag plante ihr Schwager? Sie stand auf, wusch sich, zog sich an und legte sich herzklopfend wieder ins Bett. Die Zeit schien fast stehen zu bleiben, bis endlich die Nacht hereinbrach. Das Licht des hellen Vollmondes fiel durch die Rollladenschlitze und geheimnisvolle Schatten glitten durch das Zimmer. Violetta spürte. Dies war der Augenblick, da ein Schamane sich mit der Geisterwelt verbindet.

Plötzlich sah sie, wie eine unsichtbare Hand die Türklinke langsam herunterdrückte. Violetta hielt den Atem an. Als die Tür offen war, badete der ganze Raum in einem hellen

Licht. Fasziniert erlebte sie Ashkiis Verwandlung, als sein menschliches Antlitz wiederhergestellt wurde.

"Mein Waldblümchen!" Noch bevor sie realisieren konnte, was geschah, nahm der Schamane sie hoch und trug sie hinaus an den Wächter vorbei, dessen Wahrnehmung gelähmt war. In seinem durch Glaswände abgetrennten Zimmer hatte der Nachtdienstarzt seinen Kopf einfach auf den Tisch gelegt und schlief. Nicht nur er, auch die Nachtschwester war durch Ashkii außer Gefecht gesetzt worden. Eine gespenstische Ruhe erfüllte jetzt den langen Korridor, durch den Ashkii zügig lief, mit Violetta auf den Armen. Vor dem Gebäude stand jenes magische Gefährt mit den zwei angespannten Rappen und im hinteren Teil der Kutsche saß bereits Ahiga. Violetta warf sich in seine Arme und er drückte sie stürmisch an sich. Sie sprachen kein Wort, blieben einen Moment lang eng umschlungen. Allein der Zauber des Augenblicks zählte, eines Augenblicks von Ewigkeit. Erst nach einigen Minuten sprach er sanft ihren Namen: "Mein Waldveilchen, alles ist gut."

Ashkii ließ das Gespann davonpreschen, und die Pferdehufe donnerten über den Weg, bis die Kutsche anfing zu wanken und vom Boden abhob. Dort weiter weg schimmerte bereits der Regenbogen, der mit seinen Strahlen das ganze Gespann erfasste.

***

Große Aufregung herrschte im Tuba City Hospital. Ärzte und Pflegepersonal hatten zur frühen Stunde das leere Krankenzimmer entdeckt und niemand konnte sich das Verschwinden der Frau Violetta Moiry erklären, stand ihr Zimmer doch unter Bewachung. Der Wächter konnte sich nicht erklären, warum er so tief eingeschlafen war. Man traf sich im Gemeinschaftsraum, um die Lage zu besprechen. Auf jeden Fall sollte die Polizei von dem erneuten Verschwinden der Frau in Kenntnis gesetzt werden. Schließlich machte sich Ratlosigkeit unter den Anwesenden breit. Nachdem er zuerst geschwiegen hatte, meldete sich jetzt der Navajo-Arzt.

"Verehrte Kollegen und Kolleginnen, diese Patientin gab zu vielen Fragen Anlass und wir wären glücklich gewesen, das Phänomen ihres wahren biologischen Alters und dessen plötzliche Veränderung zu erforschen. Wir hätten möglicherweise einen großen Schritt zur Entschlüsselung des Alterungsprozesses beim Menschen gemacht. Als sie bei uns eingeliefert wurde, hatte sie die Zellstruktur einer Zwanzigjährigen. Warum dieser beachtliche Prozess der Verjüngung sich innerhalb weniger Tage plötzlich zurückbildete, werden wir wohl nie erfahren. In meiner Kultur weiß man, vieles entzieht sich unseren Sinnen und Geheimnisse bleiben verborgen. Dieser Fall sollte in den Geheimakten verschlossen bleiben."

Eine Ärztin fragte zögernd:

"Kennen Sie auch die Legende des verborgenen Indianerdorfes?"

Mit einem Lächeln antwortete er kopfnickend: "Auch in Märchen steckt etwas Wahres."

So blieb es dabei, und die Berichterstattung unterschied sich je nach Mediengattung. Bei der Fachpresse eher differenziert, während die Boulevardzeitungen allerlei Spekulationen darüber anstellten.

Schließlich wurde überall im Land darüber berichtet, wie eine weiße Frau mit Zauberkräften als Geistgestalt durch

die Wüste wandeln und sich in die Legenden der Wolfs-
menschen einreihen würde. Als Claudine von Violettas erneuter Flucht erfuhr, reiste
sie sogleich nach Tuba City. Es konnte nicht wahr sein, es
durfte nicht sein. Alles war fast wieder in geordnete Ver-
hältnisse gekommen. Violetta würde nach ihrer Genesung
nach Deutschland zurückkehren können.

Claudine begab sich in das Hospital und stand mit einem
beklemmenden Gefühl vor dem Zimmer Nr.8, wo Violetta
gelegen hatte. Trauer und Ratlosigkeit breiteten sich in ihr
aus. Sie unterhielt sich mit der Stationsschwester, von der
sie keine Erklärung bekommen konnte, wie Violetta aus
dem bewachten Krankenhaus verschwunden war.

Von diesen Ereignissen aufgezehrt, beschloss Claudine
nach Sedona zurückzufahren. Ihre innere traurige Leere
war schmerzlich und während der Fahrt spielte sie in Gedanken noch einmal sämtliche möglichen Szenarien durch.
Es war, als würde sie gegen eine Wand laufen, und sie ließ
schluchzend ihren Tränen freien Lauf. Was für ein seltsamer Urlaub war das gewesen! Diesmal würde Violettas Ab-
gang wohl endgültig sein. Die Freundin würde sie wahrscheinlich nie wiedersehen. Noch einmal ließ sie Violettas
kurzen Aufenthalt Revue passieren. Dann erinnerte sie sich
an das, was sie während der ersten zwei Nächte in Sedona
erlebt hatte, die Rufe und die Trommelschläge in der Nacht.
Sie hatte gemeint, Violetta hätte das alles nur geträumt. Jetzt
war sie sich dessen nicht mehr so sicher. Und da war auch
noch der Junge, der sie vor dem Polizeigebäude angesprochen hatte, als sie die Vermisstenmeldung aufgegeben hatte
... Claudine versuchte, Ordnung in das Chaos ihrer

Gedanken zu bekommen. Aber jetzt, wo Violetta ihr Glück in unbekannten Gefilden gefunden hatte, erkannte sie, dass auch sie andere Prioritäten in ihrem Leben setzen sollte. Je mehr sie darüber nachdachte, desto mehr boten sich ihr neue Lebensperspektiven. Auch wenn sie unter dem Verschwinden der Freundin lange leiden würde, wollte sie aktiv werden und sich zukünftig für die Indianer im Reservat einsetzen.

Sie kam in Sedona gerade an, als die Abendsonne hinter den Bergen zu sinken begann und den Horizont in ein leuchtendes Rot verwandelte. Müde warf sie sich aufs Sofa. Der Raum war in ein Licht eingetaucht, das Farbspiele in ihr rötliches Haar zauberte. Seufzend stand sie auf, um sich einen Kaffee zu machen, als ihr Blick auf den Schreibtisch fiel. Dort lag eine Adlerfeder! Und darunter ein Kärtchen mit den Worten:

"Liebe Claudine, glaub an deine Träume, denn durch sie erreichen wir das Unmögliche."

Sie schloss die Augen, drückte das Kärtchen an sich. Auch sie hatte teil an diesem Geheimnis. Violettas Gegenwart schwebte durch den Raum.

***

Zufrieden betrachtete Ahiga das Wiegenbrett, das er aus Kiefernholz und Wildleder gerade fertiggebaut hatte. Ein weiches Lammfell aus Ashkiis Merino-Schafzucht diente als Unterlage, Großmutter Shimasani hatte Ornamente mit Perlen und kleinen Traumfängern angefertigt. Laut Ashkiis Prophezeiung sollte es ein Junge werden. Er selbst hatte bereits ein Hängekörbchen aus Weiden geflochten, das dem Baby freie Sicht auf seine Umgebung verschaffen würde. Ashkii hatte die dunkle Macht der bösen Geister im Kampf bezwungen und seine Herrschaftsgewalt war jetzt unangreifbar geworden. Fortan hütete er die Innen- und die Außenwelt.

Als damals Violetta durch die Kraft der Geistwesen in das Regenbogenland hingeführt worden war, hatte sie von ihrem früheren Leben nur Erinnerungsfetzen. Jetzt aber waren die Erlebnisse der Reise in die Außenwelt lebendig geworden und der Gedanke, dass sie in Gefahr geraten war, ließ sie noch nachträglich erschauern. Wie ein kleines Kind bei der Mutter konnte sie nun endlich im Kreis der Familie Ruhe finden.

"Das Tor zu deinem Unterbewusstsein kann sich jetzt öffnen", erklärte Großmutter Shimasani.

"Wie der Baum, der in der Höhe über dem Erdboden in zwei Stämme geteilt war und sich dann weiter oben zu einem einzigen Stamm mit vielen Ästen wieder vereinigt, so seid ihr jetzt, du und Ahiga. Aus einem entfernten Land hattest du ihn gerufen. Eure Seelen haben sich dann gefunden. Ihr seid verbunden durch die gegenseitige Hingabe."

Großmutter unterbrach ihre Rede, wartete einen Augenblick und umarmte dann Violetta. Ihre leuchtenden Augen trafen sie mitten ins Herz.

"Bald wirst du Einblick in das verborgene Geheimnis unserer Sippe und ihrer Erben bekommen. Noch mehr, die Geschichte deines Lebens wird sich enthüllen, wenn du durch die große Pforte mit dem Hüter der Welten schreiten wirst."

Oft hatte Violetta rätselhafte Worte aus Großmutters Mund gehört. Und hatte Ashkii ihr nicht auch von der großen Pforte gesprochen und sie davor gewarnt, allein hindurchzugehen? Bange Erwartung, gepaart mit brennender Neugierde beflügelte sie.

"Wann wird dies geschehen?", wollte sie wissen.

"Wenn es sich zeigt, dass du dafür bereit bist."

Violetta nahm diese Antwort mit Gelassenheit auf, hatte sie doch gelernt im Hier und Heute zu leben, so dass sie in der nachfolgenden Zeit ihren Beschäftigungen wie immer nachging. Sie vertraute dem Weg, der vor ihr lag, auch ohne ihn bis zum Ende sehen zu können; sie ging ihn einfach.

Eines Morgens früh ging sie zusammen mit ihrem Mann zum Stall, um nach den frischgeschlüpften Küken zu sehen. Ahiga wollte dort auch einige Arbeiten durchführen und anschließend sein Pferd für einen Ausritt satteln. Bevor er aufs Pferd stieg, hatte er die Angewohnheit, seinen Halsschmuck abzunehmen und ihn um Violettas Hals, als Zeichen seiner Verbundenheit, umzulegen. Ashkii, der ansonsten auf Jalapeño seinen Bruder auf einem scharfen Ritt gerne begleitete, war an diesem Tag nicht zugegen.

Violetta fütterte die Kleintiere und schaute nach ihrer Stute, die bereits mit den anderen Pferden auf der Weide graste. Eine Schar von Schwalben schwirrte durch die laue Luft und das Morgenlicht tauchte die Häuser des Hofes in ein leuchtendes Gelb ein. Mit einem Küken in der Hand setzte sie sich einen Augenblick hin und dankte den Geistern für das bunte Treiben um sie herum und für die Schönheit und Großzügigkeit von Mutter Erde.

Wie sie da auf der Bank saß und ihr Gesicht den warmen Sonnenstrahlen entgegenstreckte, kam überraschenderweise ihre Schwiegermutter, Otekah, vorbei. Sie lächelte ihr zu und nahm Platz neben Violetta.

"Unser Enkel erblickt bald das Licht der Welt", freute sie sich. "Weißt du, es wird ein außergewöhnliches Kind werden und mit den geistigen Heilkräften ausgestattet sein, die sein Onkel und auch sein Vater besitzen." Sie zögerte einen Moment, dann sprach sie mit ruhiger Stimme weiter: "Das Durchschreiten der Pforte zwischen den Welten wird ein wunderbares Ereignis für dich und dein Kind sein. Auch ich wurde einst hindurchgeführt." Mehr sagte sie nicht. Sie stand auf, streichelte die Wange ihrer Schwiegertochter und ging zurück nach Hause. Violetta hätte zu gern erfahren, ob die Heil- und Zauberkräfte den Brüdern beim Durchschreiten der Pforte verliehen worden waren. Sie lächelte in sich hinein, bald würde auch sie die Schatztruhe öffnen können. Jetzt aber war eine Mahlzeit vorzubereiten und so ging sie zum Feld, um frische Bohnen, Kürbis und Zwiebeln zu ernten.

Als Ahiga von seinem Ritt zurückkam, umarmte er seine Frau, die die Türkiskette, nicht ohne ihre Finger keck entlang seines muskulösen Halses gleiten zu lassen, ihm wieder anlegte.

"Ashkii ist bald zurück", sagte er erfreut. "Er wird dafür sorgen, dass sein Zauber unser Kind berühren wird und der Schlüssel der Pforte weitergegeben wird."

Violettas Gesicht strahlte, und in demselben Augenblick spürte sie eine tiefe Ruhe und die Bereitschaft, sich auf dieses Geheimnis einzulassen.

Einige Tage später, als sie gerade dabei war, die Zeichnungsentwürfe der Kinder durchzusehen, kam unerwartet Ashkii. Er stand am Türeingang und blickte forschend zu ihr hinüber, während seine Augen blitzten. Er streckte

Violetta seine Hand hin und machte ein Zeichen, ihm zu folgen. Sie stand auf und traf seinen auffordernden Blick. Wortlos liefen sie bis zur großen Scheune, die schon immer eine große Anziehungskraft auf sie ausgeübt hatte. Im Inneren des Gebäudes war alles an seinem Platz, in der Ecke etwas abseits stand die Kutsche. Stroh und Heuballen waren hoch eingelagert und versperrten teilweise den Weg zur gegenüberliegenden Seite. Hier war Violetta auch schon einmal gewesen, als sie die verborgene große Tür entdeckt und beinahe angefasst hatte. Ashkii schob einige Ballen zur Seite und da war sie, die eindrucksvolle bronzene Pforte. Sie war so gewaltig, dass ihre Höhe sich über das Dach des Stalles hinaus bis zum Himmel zu heben schien. Anders als bei ihrem ersten Besuch in der Scheune erstrahlte die versteckte Tür jetzt in einem magischen Licht. Ehrfürchtig blieb Violetta hinter Ashkii stehen und wartete ab. Bald stellte er sie vor sich hin und legte eine Hand auf ihren Bauch. Violetta spürte seinen heißen Atem auf ihrem Hals, als sich dann das mächtige Portal, das die innere und äußere Welt trennt, unter brausendem Lärm öffnete.

Plötzlich war es, als würde sie mit Ashkii engumschlungen durch die Wolken schweben. Ein unbeschreibliches Glücksgefühl und weiches warmes Licht berührten sie. Dabei hielt Ashkii sie ganz fest und führte sie weiter bis in die Wohnungen der Geister, wo seine Heimat war. Es ertönten noch nie zuvor gehörte Klänge, engelsgleich und wunderbar, und sie erlebte das völlige Einssein mit dem Leben. Es schien ihr, als ob ihr Herz sich derart weitete, dass darin alle Menschen, die sie je gekannt hatte, Platz finden würden ...

Vor ihren Augen schwebte eine glitzernde Adlerfeder. Als sie lächelnd aus ihrer Entrücktheit erwachte, streckte Ashkii einen Arm aus, als wollte er die Wolken einfangen. Sie lösten sich auf und enthüllten weit entfernte Landschaften, Berge und Städte.

"Siehe, mein Waldblümchen, dort liegt das Alpenland, aus welchem du gekommen bist. Auch werden jetzt alle Wege deines Lebens vor deinen Augen abrollen."

Dann sah sie, wie ein großer See mit einer sprudelnden Fontäne mitten im Hafen durch die Wolken schimmerte: Genf.

"Hier erblicktest du das Licht der Welt, bliebest aber nicht lange, denn du musstest von hier in die Stadt mit dem Turm aus Eisen wegziehen, erklärte Ashkii. "Zwischen Farben, Öl und Pinsel hast du bis zur Rückkehr ins Alpenland in einer elenden Behausung gewohnt. Die Berge haben dich wieder aufleben lassen und du bist zur Frau herangewachsen.

Es war nicht leicht, als Introvertierte in einer lauten Welt zu leben. Von den Konflikten mit deiner Mutter geprägt, hattest du dich bereits früh in einen unerreichbaren Turm zurückgezogen."

Violetta schaute ihre Vergangenheit an, wie sie damals stets auf der Suche nach dem Urvertrauen, der Liebe und Anerkennung war, weil sie Zärtlichkeit nicht gekannt und weil sie es nicht besser gewusst hatte. Warum hatte man sie von Kindesbeinen an immer allein gelassen?

Ein Stich ins Herz ließ die alte Mutterwunde aufleben. Sie bereute zutiefst, dass sie keine liebende Tochter hatte sein können und klagte sich selbst an, so dass sie – um zu vergessen - in ein anderes Land geflüchtet war.

Ashkii führte sie dann in den Norden, nach Deutschland, wohin es sie zu dieser Zeit verschlagen hatte. Eingebettet in eine hügelige Landschaft; eine kleine mittelalterliche Stadt. Hier hatte das Glück der Liebe sie gestreift, um dann wieder zu entschwinden. Eine kurze Berührung und ein langes Leiden. War das Leben nicht eine Theaterbühne mit vielen Akteuren, die sie nur hatte betrachten dürfen? Sie hatte nie wirklich dazu gehört und war auch unter Menschen einsam geblieben. Ihr Bedürfnis nach Zugehörigkeit hatte sich nirgends erfüllt.

Weitere Szenen spielten sich vor ihren Augen ab. Eine Zeit lang hatte es ausgesehen, als hätte sie ihren Platz in der Gesellschaft endlich gefunden. Dornenreich war jedoch auch dieser Weg gewesen und schwere Verluste hatte sie damals erlitten, als ihre Lebensgefährten einer nach dem anderen in jungem Alter gestorben waren und sich der Kreis der Lebenden dann immer mehr verengt hatte.

Sie erinnerte sich: Für jede noch so kleine Zuwendung war sie unendlich dankbar gewesen, denn nichts war selbstverständlich gewesen.

Neben langen Wanderungen durch die norddeutschen Wälder hatte sie immer öfter ihren Tuschkasten herausgeholt und farbige Landschaften gemalt, eine Leidenschaft aus Kindertagen.

Dann sah Violetta auseinandergerissene Seiten eines Schreibheftes: ihre Texte und Gedichte, in denen sie ihrer Lebenssehnsucht Ausdruck verliehen hatte und die von unsichtbaren Flügeln ins Indianerland bis weit hinter dem Horizont getragen worden waren. Während sie ihren tiefen Empfindungen freien Lauf gelassen hatte, waren im Laufe der Zeit Rufe bis zu ihr durchgedrungen; eine unbekannte Stimme aus der Fremde war plötzlich vernehmbar geworden.

Ashkii fühlte Violettas starke Emotionen und strich beruhigend über ihren Kopf.

"In der Außenwelt hast du nach Heilung deiner seelischen Wunden gesucht, bis sich in deinem Herzen durch die Entwicklung deiner Persönlichkeit ein neuer Weg anbahnte. Wo dein Seelenverwandter wohnte, wusstest du zuerst noch nicht und so sollte durch das Wirken der Geistwesen die Begrenzung von Zeit und Raum aufgehoben werden. Du bist jetzt mit dem Leben durch ein unzertrennliches Band vereint. Schau dir noch die nächsten Bilder deiner Lebensstufen an."

Jetzt erblickte Violetta die Stadt Hamburg in Norddeutschland und konnte die Wohnanlage mit den Backsteinhäusern erkennen, in der sie zuletzt gewohnt hatte. Nach einem Rundumblick durch das von der Abendsonne durchflutete Wohnzimmer ihrer Wohnung, sah sie sich selbst auf einem braunen Sofa liegend, eine Adlerfeder auf ihrem Oberkörper, die im Luftzug der offenen Balkontür grazil hin und her tanzte. Sie sah ihren mit Thymian und Lavendel bepflanzten Kräuterturm, dessen Duft sich in dem Raum verteilte. Als sie sich so betrachtete, erfasste sie ein Zittern. War sie tot oder hatte sie das alles nur geträumt? Wer weiß es schon so genau …?

Das war aber nicht wichtig. Wichtig war nur, dass sie gelernt hatte, ganz natürlich und harmonisch dem Strom des Lebens zu folgen. Sie war Teil eines großen Ganzen und Großmutter Shimasani hatte ihr den Weg zur inneren Freiheit gezeigt. Die Grenzen zwischen den Welten waren zerflossen.

Ashkii hob wieder den Arm und schloss die Vorhänge der Außenwelt. Eine weitreichende Landschaft voller Licht erstreckte sich jetzt bis ins Unendliche, und dort am fernen Horizont wölbte er sich: der Regenbogen. Sie war wieder zu Hause. Bald sah sie Ahiga, der gerade aus dem Hogan herauskam. Freudetränen kullerten über ihr Gesicht, und sie legte eine Hand auf ihren Babybauch. Sie spürte es; etwas Wunderbares war mit ihr geschehen, und Ashkii hatte ihr gezeigt, wo Wirklichkeit und Traum sich berühren.

Nachwort

Diese Geschichte aus dem kleinen Leben der Violetta Moiry endet keinesfalls hier. Sie lebt in uns weiter, in unseren verborgenen Emotionen und Phantasien bei der Suche nach Selbstfindung in scheinbar hoffnungslosen Zeiten. Sie will uns durch Selbstakzeptanz einen Weg zur Befreiung krankmachender Lebensmuster zeigen. Sie begleitet einen jeden, der sich auf die eigene innere Schatzsuche begibt, seinen Träumen folgt und sich dem Geheimnis des Lebens anzunähern wagt.

Danksagung

Mein besonderer Dank geht an Philipp, der durch seine Anregungen und freundliche Unterstützung zur Entstehung dieses Buches beigetragen hat.

An die Ureinwohner Amerikas, weil sie mich als Weisheitshüter mit ihrem alten Wissen dazu inspiriert haben, auch auf steinigen Wegen aufrecht zu gehen.